John Forster
Mein Freund Charles Dickens
(Charles Dickens' Leben)

Zweiter Band

EVERUS Verlag

Forster, John: Mein Freund Charles Dickens (Charles Dickens' Leben). Zweiter Band. 2014
Orthographie und Interpunktion wurden behutsam modernisiert, grammatikalische Eigenheiten bleiben gewahrt.
ISBN: 978-3-86347-874-2

Umschlaggestaltung: SEVERUS Verlag

Bibliografische Information der Deutschen Nationalbibliothek: Die Deutsche Nationalbibliothek verzeichnet diese Publikation in der Deutschen Nationalbibliografie; detaillierte bibliografische Daten sind im Internet über https://dnb.de abrufbar.

Der SEVERUS Verlag ist ein Imprint der Bedey & Thoms Media GmbH,
Hermannstal 119k, 22119 Hamburg

SEVERUS Verlag, 2014
http://www.severus-verlag.de
Gedruckt in Deutschland
Der SEVERUS Verlag übernimmt keine juristische Verantwortung oder irgendeine Haftung für evtl. fehlerhafte Angaben und deren Folgen.

John Forster

Mein Freund Charles Dickens

(Charles Dickens' Leben)

Ins Deutsche übertragen von
Friedrich Althaus

Zweiter Band

1842–1851

Erstes Kapitel

Die amerikanischen Noten
1842

Die Wirklichkeit blieb nicht hinter seinen Erwartungen von der Heimat zurück. Seine Rückkehr war die Veranlassung grenzenloser Freude, und die Pläne, die er vor seiner Abfahrt in Bezug auf unser Wiedersehen gemacht hatte, erfüllten sich bis auf's Wort. Durch den Klang seiner hellen Stimme erfuhr ich zuerst von seiner Ankunft und aus meinem Hause gingen wir zusammen zu Maclise, ebenfalls „ohne ihn vorher zu benachrichtigen". Ein Dîner in Greenwich, an welchem mehrere Freunde (Talfourd, Milnes, Procter, Maclise, Stanfield, Marryat, Barham, Hood, Cruikshank u. a.) teilnahmen und andere unmittelbare Begrüßungen folgten; aber eine ganz besondere Feier wurde für den Herbst aufgespart, indem wir, um eine Vergleichung mit demjenigen herauszufordern, was Dickens im Auslande gesehen, eine Reise in der Heimat verabredeten, auf der Stanfield, Maclise und ich selbst ihn begleiten sollten, und zwar durch die schönsten Teile einer, den meisten von uns bis dahin unbekannten, englischen Grafschaft, zu welchem Zwecke wir schließlich Cornwall wählten.

Vor unserer Abreise war er mit der Abfassung der „*Amerikanischen Noten*" beschäftigt und in dieselbe Zwischenzeit fiel auch die Ankunft Longfellow's, der in London Dickens' Gast war und (ich darf dies von uns beiden hinzufügen) unser anhänglicher Freund wurde. Longfellow's Name hatte damals noch nicht den hellen und vertrauten Klang in England wie später; aber er hatte schon mehrere seiner besten Gedichte geschrieben, und er besaß alle jene Eigenschaften heitrer Geselligkeit, die Kultur und den Zauber, für die es keinen höheren Typus gibt, als den des gebildeten und talentvollen Amerikaners. Als er vor kurzem wieder in England war, erinnerte er mich an zwei aus einer großen Zahl von Erlebnissen, deren wir uns ein Vierteljahrhundert vorher erfreut hatten. Das eine war ein Tag in Rochester, an dem wir, durch eines jener Verbote aufgehalten, welche das Staunen der Fremden und die Schande der Engländer sind, über Tore und Barrieren hinwegsprangen und, den wiederholten Drohungen mit allen Schrecken des Gesetzes, die der Custode des Ortes uns grob entgegenhielt, Trotz bietend, die Schloßruinen gründlich durchforschten. Das zweite war eine Nacht unter denjenigen Klassen der Bevölkerung, welche ihr ganzes Leben hindurch gegen die Gesetze freveln und ihrer Schrecken spotten: den Vagabunden und Dieben von London, als wir unter der Führung und dem Schutze der erprobtesten Beamten der zwei großen hauptstädtischen Gefängnisse die schlimmsten Höhlen der gefährlichsten Verbrecher durchwanderten. Zum Beweise, daß die öffentliche Aufmerksamkeit nicht umsonst auf solche Szenen gelenkt wird, ist es auch wohl der Erwähnung wert, daß Dickens, als er zwölf Jahre später, zum Zwecke eines Artikels für die Household Words, wieder einen solchen Gang machte, bedeutende Veränderungen vorfand, wodurch diese Menschenhöhlen, wenn nicht weniger gefährlich, so doch jedenfalls anständiger geworden waren. An dem Abend unsres früheren Besuches wurde Maclise, der uns begleitete, beim Eintritt in das erste der Logierhäuser bei der Münze von solcher Übelkeit ergriffen, daß er unter dem Schutze der Polizei draußen bleiben mußte, so lange wir drinnen waren. Longfellow kehrte am 21. Oktober mit dem Schiff Great Western in die Heimat zurück, nachdem er unterwegs in Bath bei Landor zu Gaste gewesen war, und am Ende der folgenden Woche traten wir unsere Reise nach Cornwall an.

Zunächst muß ich aber über die schriftstellerischen Arbeiten berichten, welche Dickens vorher beschäftigt hatten. Nicht lange nach seinem Wiedererscheinen unter uns ging er, da sein Haus noch von Sir John Wilson bewohnt wurde, nach Broadstairs, wohin er die Briefe mitnahm, aus denen ich so lange Auszüge mitgeteilt habe, um dieselben für die Abfassung seiner „Amerikanischen Noten" zu benutzen; und eine seiner ersten Ankündigungen an mich (18. Juli) läßt nicht nur den Fortschritt dieser Arbeit, sondern auch die Beschäftigung mit dem Roman, zu dessen Beginn im November er sich verpflichtet hatte, erkennen. „Die am Anfang des Buchs behandelten Gegenstände sind der Art, daß ich sie nicht bloß leicht hinwerfen kann, und daher machen sie mich dann und wann ärgerlich. Wenn ich nach Washington komme, ist alles gut. Das Zellengefängnis in Philadelphia ist übrigens ein guter Gegenstand; ich vergaß das eben. Hast Du das Kapitel über Boston schon gesehen? ... Auch ich bin nie in Cornwall gewesen. Ein Bergwerk müssen wir natürlich sehen und Southwood Smith soll uns einen Brief dafür geben. Ich denke daran, das neue Buch in der Laterne eines Leuchtturms zu eröffnen." Ein, zwei Monate später (16. Sept.) geschriebener Brief kommt auf diesen Plan zurück, dem er jedoch schließlich entsagte; und zeigt wie rasch er seinen „*Amerikanischen Noten"* Gestalt gab. »Bei dem Wettrennen auf der Insel Thanet sah ich gestern – o! wer kann sagen, wie unendlich viel Charakteristisches von der schurkischen und spitzbübischen Sorte. Ich bekam sogar einige neue Runzeln durch Marktschreier, Scharlatane und Vagabunden im Allgemeinen. Ich denke daran, mein Buch an der Küste von Cornwall, an einem furchtbar öden, felsenumgürteten Orte zu beginnen. Ich hoffe mit dem Amerikanischen Buche vor Ende des nächsten Monats fertig zu sein und wir wollen dann zusammen jener öden Gegend zueilen." Da unsre Freunde durch Verpflichtungen an der Kunstakademie zurückgehalten wurden, mußten wir die Abreise etwas verzögern, und inzwischen wende ich mich wieder zu seinen Briefen, die uns mit seinem Fortschritt mit den „Noten" und anderen Beschäftigungen und Genüssen der Zwischenzeit bekannt machen. Sie bedürfen keiner Erläuterung, die sie nicht selbst geben. Ich will jedoch bemerken, daß die damals gesammelten Gedichte Tennyson's eine Lieblingslektüre Dickens' geworden waren und daß der Komiker Mitchell ihm in Amerika einen kleinen, weißen, zottigen Dachshund geschenkt hatte, der zuerst den imposanten Namen Timber Doodle trug und ein großer häuslicher Verzug und Gefährte wurde.

„Ich habe diesen ganzen Morgen (7. August) am Meeresufer Tennyson gelesen. Unter anderen kleinen Wirkungen dieser Lektüre will ich erwähnen, daß die Wasser austrockneten wie ehemals und mich alle Meermänner und Meerjungfern auf dem Boden des Ozeans sehen ließen, samt Millionen seltsamer Geschöpfe, halb Fisch, halb Pflanze, die in alle möglichen Korallengrotten und Seegras-Gewächshäuser hinabblickten und mit ihren großen Glotzaugen in alle offenen Ecken und Löcher hinein starrten. Und wer sonst könnte solch einen Schluß zu der außerordentlichen und, wie Landor sagen würde ‚höchst wunderbaren' Reihe von Gemälden in dem ‚Traum von schönen Frauen' heraufbeschwören, wie:

> Squadrons and squares of men in brazen plates,
> Scaffolds, still sheets of water, divers woes,
> Ranges of glimmering vaults, with iron grates,
>   And hushed seraglios![1]

„Ich komme ganz gut weiter, aber es war gestern so glänzend und sonnig, daß ich mir einen Feiertag machen mußte." Vier Tage später: Ich habe den lieben langen Tag nicht ein Wort geschrieben. Ich kam gestern bis nach New-York und glaube, es geht alles wie es sollte

---

[1] Schwadronen und Regimenter von Männern in ehernem Harnisch, Schaffotte, stille Wasserspiegel, mannigfaches Weh, Reihen schimmernder Gewölbe mit eisernen Gittern und lautlose Serails.

… Mein Hündchen macht sich sehr heraus und springt jetzt schon auf Kommando über meinen Stock. Ich habe seinen Namen in Snittle Timbery verwandelt, was volltönender und ausdrucksvoller ist. Er schließt sich dem Rest der Familie in den herzlichsten Grüßen an Dich an. Nota bene. Das Theater in Margate ist jeden Abend offen und die ‚Vier Patagonier' (siehe Goldsmith's Essais) werden dreimal wöchentlich in Ranelagh aufgeführt …"

Er erwartete damals einen Besuch von mir, welchen diese Beweggründe beschleunigen sollten und es folgte etwas andres, dem ich, wie er meinte, nicht widerstehen könne: die Umwandlung einer tiefen Tragödie in die ausgelassenste Posse durch einen lieben gemeinsamen Freund. „Jetzt mußt Du wirklich kommen. Sehen allein ist Glauben, aber sehr oft nicht einmal das, und selbst wenn die Sache da ist, ist man noch weit entfernt, sie zu glauben. Mrs. Nickleby selbst fragte mich, wie Du weißt, einmal, ob ich wirklich glaubte, es habe je eine solche Frau gegeben; aber nachdem, was ich Dir von der Tragödie unsres trefflichen Freundes erzählen muß, wird man nicht mehr weder an mich noch an meine Beschreibungen glauben, wenn Du nicht kommst und sie Dir noch einmal ‚auf besonderes Verlangen' vorspielen läßt. Wir sahen sie gestern Abend und o! hättest Du mit dabei sein können! Der junge Betty, ausführend, was der Menschengeist ohne meine Hilfe sich nie vorstellen kann, die Beine wie auswattierte Stiefelblöcke in verblaßte gelbe Hosen eingebündelt, war der Held. Der Komiker der Gesellschaft, in ein weißes Laken eingehüllt, den Kopf wie die Schrift eines Advokaten mit rotem Band umbunden und so oft er erschien, mit gellendem Gelächter begrüßt, war der ehrwürdige Priester. Ein armer, zahnloser, alter Idiot, über den sogar die Galerie verächtlich losbrüllte, wenn er ein Tyrann genannt wurde, war der unerbittliche und bejahrte Creon. Und Ismene, gekleidet in spangengeschmückte Musselinhosen, die sehr weit um die Beine und sehr eng um die Knöchel waren, grade wie Fatima im ‚Blaubart' sie tragen würde, wurde sogleich bei ihrem ersten Erscheinen aufgefordert, ein Lied zu singen. Kannst Du hiernach noch länger … ?"

Zu Anfang September erhielt ich neue Nachrichten über sein Buch und sonstige Angelegenheiten. „Das Kapitel über Philadelphia scheint mir sehr gut, aber leider füllt es im Druck nicht so viel Raum, als ich gehofft hatte … In Amerika haben sie einen Brief mit meiner Unterschrift gefälscht, von dem ganz keck behauptet wird, er sei mit dem Zirkular über den Schutz des literarischen Eigentums im *Chronicle* erschienen und in dem ich mich auf eine Weise, die Du Dir vorstellen kannst, über die Festessen und so weiter äußere. Man hat den Brief durch die ganzen Vereinigten Staaten verbreitet und der Schurke, der ihn erfunden hat, ist natürlich ein ‚schmucker Mann'. Du mußt wissen, daß man die Sache nicht als Scherz behandelt und scherzhaft darüber schreibt. Mr. Park Benjamin beginnt eine Auslassung darüber mit folgenden großgedruckten Worten: *Dickens ist ein Narr und ein Lügner* ... Ich habe einen neuen Schützling, in der Person eines armen taubstummen Jungen, den ich neulich halbtot am Strande fand und vorläufig in dem Armenkrankenhause in Minster untergebracht habe. Ein höchst beklagenswerter Fall."

Am 14. schrieb er mir: „Mit dem Niagarafall ist es mir heute sehr zu meiner Zufriedenheit gelungen. Ich habe die Beschreibung sehr kurz gemacht (wie sie sein sollte), aber ich glaube, sie ist gut. Ich fange an, über das einleitende Kapitel nachzudenken und es ist mir inzwischen vorgekommen, als würde ich am Anfang der Bände Folgendes auf eine leere Seite setzen mögen: ‚Ich widme dies Buch denjenigen meiner amerikanischen Freunde, die ihr Vaterland lieben, aber es ertragen können, die Wahrheit zu hören, wenn sie mit gutem Humor und in freundlicher Absicht geschrieben wird.' Was denkst Du davon? Hast Du etwas dagegen einzuwenden?"

Meine Antwort läßt sich aus seiner Erwiderung vom 20. mutmaßen. „Ich sehe nicht ganz, wie ich in der Widmung meinen Gefühlen über den Empfang in Amerika Ausdruck geben soll. Es war natürlich immer meine Absicht, am Ende des Buches dankbar darauf hinzudeuten, und es wird sich in dem einleitenden Kapitel eine Stelle dafür finden, falls wir uns für ein solches entscheiden. Würde es gut sein, nach ‚amerikanischen Freunden' einzuschalten: ‚die, während sie mir ein Willkommen gaben, dessen ich mich immer dankbar und stolz erinnern werde, mein Urteil frei ließen und die &c.' Wenn dies Dir gefällt, mag es so sein."

Vor dem Ende des Monats schrieb er: „Während der letzten zwei oder drei Tage ist es mit der Arbeit ziemlich langsam vonstatten gegangen, da ich nicht in der Stimmung war. Heute hatte ich kaum zwanzig Linien geschrieben, als ich (das Wetter war prachtvoll) hinausstürzte, um zu baden. Und wenn ich das getan habe, ist es mit schriftstellerischen Arbeiten bis morgen aus. Der kleine Hund ist in der besten Laune und spricht, wie Mr. Kenwigs sagen würde, ohne Aufhören. Ich habe durch die ‚Britannia' Briefe von Felton, Prescot, O. und anderen erhalten, alle sehr ernst und freundlich. Was ich über die armen Auswanderer und ihr Benehmen, so wörtlich wahr, wie ich es auf dem Schiffe von Quebec nach Montreal beobachtete, geschrieben habe, wird Dir, glaube ich, gefallen."

Diese Stelle gehört nicht bloß an sich zu den anziehendsten in seinen Schriften, sondern gibt der Empfindung, welche allen zu Grunde liegt, einen so vollkommenen Ausdruck, daß ich sie als Anmerkung einschalte.[2] An Bord dieses kanadischen Dampfboots traf er Haufen

---

[2] ‚So scheinheilig wir uns stellen mögen und bis an's Ende aller Dinge stellen werden, – es ist sehr viel schwerer für die Armen, tugendhaft zu sein, als für die Reichen, und das Gute, das in ihnen ist, glänzt aus diesem Grunde um so heller. In manchem Palast wohnt ein Mann, der beste der Gatten und Väter, dessen persönlicher Wert in beiden Beziehungen mit Recht zum Himmel erhoben wird. Aber man bringe ihn hierher, auf dies gedrängte Verdeck. Man nehme seiner schönen jungen Frau ihr seidenes Kleid und ihre Juwelen, man löse ihr geflochtenes Haar, man präge ihrer Stirne frühe Runzeln ein, falte ihre Wange mit Sorge und Entbehrung, kleide ihre abgemagerte Gestalt in ein grob zusammengeflicktes Gewand, man lasse ihm nichts als seine Liebe, sie auszustatten und zu schmücken, und man wird dieselbe wirklich auf die Probe stellen. Man ändere seine Stellung in der Welt so, daß er in jenen Kleinen, die an seinem Knie emporklettern, nicht Zeugen seines Reichtums und seines Namens sieht, sondern kleine Kämpfer, die ihm sein tägliches Brot abringen, Wilddiebe seines spärlichen Mahls, Zahlen, die jede Summe seiner Behaglichkeit teilen und den kleinen Betrag derselben noch mehr verringern. Statt der Reize der Kindheit in ihrer holdesten Gestalt häufe man auf ihn alle ihre Schmerzen und Mängel, ihre Krankheiten und Leiden, ihre Verdrießlichkeit, Launenhaftigkeit und zänkische Beharrlichkeit, ihr Geschwätz rede nicht von heiteren Kinderphantasien, sondern von Kälte und Hunger und Durst und wenn seine väterliche Liebe dies alles überlebt und er geduldig, wachsam, zartfühlend ist, für das Leben seiner Kinder Sorge trägt und immer an ihren Leiden und Freuden teilnimmt, dann schickt ihn in's Parlament und auf die Kanzel und in die Gerichtshöfe zurück, und wenn er schöne Reden hört über die Verdorbenheit derjenigen, die von der Hand in den Mund leben und hart arbeiten, um das tun zu können, dann trete er hervor, als Einer, der etwas davon weiß; und erkläre jenen Großmäulern, daß sie, im Vergleich mit einer solchen Klasse, in ihrem täglichen Leben engelgleiche Geschöpfe sein und endlich den Himmel nur demütig belagern sollten … Wer von uns kann sagen, was er sein würde, wenn sein Zustand, mit geringer Besserung und Veränderung, sein ganzes Leben hindurch so beschaffen wäre. Indem ich unter diesen Leuten umherblickte, weit von der Heimat, ohne Wohnort, dürftig, auf der Wanderung, müde von der Reise und von hartem Leben wie sie waren; und sah, wie geduldig sie ihre kleinen Kinder hegten und pflegten, wie sie deren Bedürfnisse immer zuerst zu Rate zogen, dann ihre eigenen halb befriedigten, welche milde Dienerinnen der Hoffnung und des Glaubens die Frauen waren, wie ihr Beispiel den Männern zu Gute kam und wie sehr, sehr selten auch nur eine augenblickliche Heftigkeit und rauhe Klage unter ihnen ausbrach, so fühlte ich eine stärkere Liebe und Hochachtung für mein Geschlecht mein Herz durchglühen und wünschte zu Gott, es wären viele Atheisten des bessern Teils der menschlichen Natur da gewesen, um diese einfache Lehre in dem Buch des Lebens zu lesen.'

armer Auswanderer und ihre Kinder, und so groß war ihre geduldige Freundlichkeit und heitere Ausdauer, unter Umständen, in denen die leichtlebigen Reichen schwerlich ermangelt haben würden, Ungeheuer von Ungeduld und Selbstsucht zu werden, daß dadurch eine Gedankenreihe in ihm angeregt wurde, welche an Würdigkeit der Beobachtung und an absoluter Wahrheit unübertrefflich ist. Jeremy Taylor lehrt dieselbe Philosophie in seiner Abhandlung über die Gelegenheiten, aber hier wurde sie durch das Beispiel mit allen seinen edeln Zügen verschönt. Dickens ließ uns dadurch Reich und Arm in einer neuen Übersetzung lesen.

Die Drucker waren jetzt eifrig an der Arbeit und in der letzten Septemberwoche schrieb er: „Ich schicke die Korrekturbögen bis zum Niagara ... Ich mache nun diese Woche so ziemlich zum Feiertage ... habe einen Hauptanteil an der gestrigen Regatta genommen, die sehr hübsch und heiter war. Wir denken daran, zu rechter Zeit für Macready's erstes Auftreten in die Stadt zu kommen, bei welcher Veranlassung Du uns wohl einen Imbiss geben wirst; und Du und Mac werdet dann natürlich den nächsten Tag bei uns dinieren? Ich werde nach meiner Heimkehr, wie ich hoffe, weiter nichts mehr an dem Buche zu tun haben, als die beiden Kapitel über die Sklaverei und das Volk, die ich nötigenfalls leicht in einer Woche abmachen kann ... Der Polizeimann, der den Herzog von Braunschweig für einen von dem vornehmen Spitzbubengesindel hielt, sollte sofort zum Inspektor gemacht werden. Der Verdacht macht (ich glaube das im Ernste) seinem Scharfsinn und Urteil alle Ehre." Drei Tage später: „Während der letzten zwei Tage haben wir heftige Nordoststürme gehabt und eine uns zuwogende See, die den Pier ertränkt. Heute ist es furchtbar. Man erinnert sich hier keiner solchen See um diese Jahreszeit und sie strömt in diesem Augenblick in Wellen von zwölf Fuß Höhe herein. Du würdest den Ort kaum wiedererkennen. Aber wir werden uns am Sonnabend zur Essenszeit pünktlich bei Dir einstellen. Sollte der Wind sich in derselben Richtung halten, werden wir vielleicht zu Lande kommen müssen, und in diesem Falle würde ich mit der Karawane um sechs Uhr morgens aufbrechen ... Was hältst Du von dem folgenden Titel für mein Buch: *„Amerikanische Noten zu allgemeinem Umlauf"* und von diesem Motto:

„Auf eine Frage des Richters bemerkte der Bank-Advokat, diese Sorte Noten zirkulierten am allgemeinsten in denjenigen Ländern, wo sie gestohlen und gefälscht seien. *Gerichtsverhandlungen in Old Bailey."*

Das Motto wurde, in Folge von dagegen erhobenen Einwendungen, ausgelassen und am letzten Tage des Monats erhielt ich den letzten seiner Briefe während dieses Besuchs in Broadstair. „So seltsam es Dir scheinen mag," (25. September) „die See geht so hoch, daß uns nichts anderes übrig bleibt, als zu Lande zurückzukehren. Kein Dampfschiff kann aus Ramsgate herauskommen, und das Schiff nach Margate lag die ganze Mittwochnacht mit allen Passagieren an Bord außerhalb des Hafens. Du kannst uns daher am Sonnabend um fünf erwarten; denn ich habe mich entschlossen, morgen von hier abzureisen, weil wir es sonst nicht mit der Zeit einrichten könnten und habe einen Omnibus gemietet, der die ganze Karawane über Land befördern soll. Wir können kein Fenster und keine Tür öffnen; Beine sind auf der Terrasse nutzlos und die Schiffe von Margate können nur in Herne Bay Passagiere an Bord nehmen." Er brachte den ganzen Rest des zweiten Bandes mit, ausgenommen die beiden letzten Kapitel, mit Einschluß desjenigen, welches er als ‚einleitend' bezeichnet hatte; und am nächsten Mittwoch (5. Oktober) sagte er mir, das erste derselben sei fertig. „Ich wünsche sehr, daß Du heute bei mir dinierst, damit wir nachher zusammen ins Drury-Lane-Theater gehen können; und wir wollen die Zeit auf halb fünf festsetzen, sonst ist keine Zeit, sich's bequem zu machen. Ich gehe heute Morgen nach Tottenham, in einer traurigen Mission, die ich gern vermieden hätte. Hone, der Herausgeber des Every Day Book, liegt im Sterben und schickte gestern Cruikshank zu mir, um mich zu bitten, ich möge zu ihm kommen, da er seit einiger Zeit nichts von mir gelesen habe und mich gern sehen, und mir die Hand drücken möge, ehe er (wie Cruikshank sagte) *ginge*. Es läßt sich natürlich nicht ändern; ich muß also heute Morgen nach Tottenham. Ich habe den ganzen Tag bis Mitternacht gearbeitet und das Kapitel über die Sklaverei beendet."

Der traurige Besuch hatte seine schmerzliche Schlußfolge, ehe der nächste Monat sein Ende erreicht hatte, als Dickens mit demselben Gefährten zu Hone's Begräbnis ging; und einer der Briefe, die er damals an Felton schrieb, hat mich so lebhaft an die Tragikomödie eines Zwischenfalls jenes Tages erinnert, den er noch lange nachher zu beschreiben pflegte, und dessen vollkommene Wahrheit ich den andern Hauptteilnehmer gutmütig habe zugeben hören, daß zwei oder drei Sätze darüber hier mitgeteilt werden mögen. Die wunderbare Nachbarschaft ernster und humoristischer Dinge in diesem unserm Leben, machte an sich einen großen Teil von dem Genie in Dickens' Schriften aus; das Gelächter grenzt dicht an das Pathos, berührt es aber nie mit Spott; und dieser kleine Vorfall kann als ein weiterer Beweis für seine Realität gelten.

„Wir gingen in ein kleines Wohnzimmer, wo die Begräbnisgesellschaft sich befand; und fürwahr, es war kläglich genug. Denn die Witwe und die Kinder weinten bitterlich in einer Ecke und die andern Leidtragenden (nichts als Zeremonienleute, die sich nicht mehr um den Toten härmten als seine Bahre) unterhielten sich ganz kühl und nachlässig in einer andern, und der Kontrast war so schmerzhaft und peinlich als ich je einen sah. Es war ein Independenten-Prediger in seinem Kostüm und mit einer Bibel unter dem Arm zugen, der, sobald wir uns gesetzt hatten, C. mit lauter, emphatischer Stimme also anredete: ‚Mr. C., haben Sie einen Paragraphen über unsern dahingeschiedenen Freund gesehen, der die Runde durch die Morgenzeitungen gemacht hat?' – Ja wohl, sagte C., indem er die Augen auf mich heftete, denn er hatte mir auf der Hinfahrt mit einigem Stolz erzählt, daß der Paragraph von ihm abgefaßt sei. ‚O', sagte der Geistliche, ‚dann werden Sie mir übereinstimmen, daß derselbe nicht bloß eine Beleidigung gegen mich ist, der ich der Diener des Allmächtigen bin, sondern eine Beleidigung gegen den Allmächtigen, dessen Diener ich bin.' – Was wollen Sie damit sagen? bemerkte C. – ‚Es heißt in diesem Paragraphen, Mr. C.', sagte der Geistliche, ‚daß Mr. Hone, nachdem er in seinem Geschäft bankrott gemacht, von mir überredet worden sei, sich auf der Kanzel zu versuchen, was falsch, unrichtig, unchristlich und, um es rund heraus zu sagen, gotteslästerlich und in jeder Hinsicht verächtlich ist. Lasset uns beten!' Worauf er, ich gebe Dir mein Wort darauf, in demselben Atemzuge niederkniete, wie wir alle taten und ein klägliches Mischmasch von einem extemporierten Gebet anfing. Ich war wirklich von Schmerz um die Familie durchdrungen" (er bemühte sich später eifrig für sie, ebenso wie der menschenfreundliche C.); „als aber C. auf den Knien liegend und über den Verlust eines alten Freundes schluchzend, mir zuflüsterte: ‚wäre es nicht ein Geistlicher, und wäre es nicht ein Begräbnis, so würde er ihn geohrfeigt haben', war mir zu Mute, als könne nur ein Lachkrampf mir Erleichterung geben."

Am 10. Oktober hörte ich von ihm, daß das als Einleitung zu den „Noten" bestimmte Kapitel geschrieben sei und nur unsere Beratung erwarte, ob es gedruckt werden solle oder nicht. Wir entschieden dagegen, er seinerseits mit so großem Widerstreben, daß ich versprechen mußte, die Veröffentlichung zu besorgen, wenn eine passendere Zeit kommen sollte. Diese Zeit ist meiner Meinung nach jetzt gekommen, und das Kapitel sieht in diesen Blättern zum erstenmale das Licht.

Gegenwärtig ist keine Gefahr mehr vorhanden, wie damals als es geschrieben wurde, daß man seine selbstbewußte Haltung mit Furcht vor feindlichen Beurteilungen verwechselt, denen er vorzubeugen wünschte. Er ist über dies alles hinaus, und enthüllt uns hier als Einer, den Furcht und Tadel nicht mehr berühren können, seine ehrliche Absicht bei dem Gebrauch der Satire, selbst da, wo die humoristische Versuchung für ihn am stärksten war. Was er sagt, wird auch aus andern Gründen mit ungewöhnlichem Interesse gelesen werden, da es nicht bloß mit seinen ersten Erfahrungen in bedeutungsvollem Zusammenhange steht, sondern auch mit seinem zweiten Besuch in Amerika, am Schlusse seines Lebens. Er hegte immer dieselbe hohe Meinung von dem, was in diesem Lande das Beste, und immer dieselbe Verachtung für das, was das Schlechteste darin ist.

„Zur Einleitung und notwendig zu lesen.

Ich habe den vorstehenden Titel an die Spitze dieser Seite gestellt, weil ich das Recht irgendeiner Person, über dies Buch ein Urteil zu fällen, oder zu einem vernünftigen Schluß darüber zu kommen, bestreite und leugne, ehe man sich die Mühe gegeben hat, mit seinem Plane und seinem Zweck bekannt zu werden.

Es ist kein statistisches Buch. Arithmetische Figuren sind schon fast ebenso verschwenderisch auf Amerika's andächtiges Haupt gehäuft, wie Sprachfiguren über dem Grabe Shakespeare's aufgetürmt worden sind.

Es enthält auch keine Klatschereien über Individuen, und keine Verletzung der gesellschaftlichen Vertraulichkeiten des Privatlebens. Die so weit verbreitete Gewohnheit, lebende Damen und Herren wegzukapern, sie in Kabinette hineinzuzwängen, und sie zur Belustigung der Müßigen und der Neugierigen mit Zetteln und Etiketten zu versehen, einerlei ob sie wollen oder nicht, ist nicht nach meinem Geschmack. Ich habe sie daher vermieden.

Es hat kein Korn irgendeiner politischen Zutat in seiner Zusammensetzung.

Ebenso wenig enthält es, und sollte es meiner Absicht gemäß enthalten, lange und ausführliche Berichte über meinen persönlichen Empfang in den Vereinigten Staaten; nicht, weil ich gegen den freiwilligen Erguß der Neigung und des Edelmuts bei einem höchst warmfühlenden und edelherzigen Volke unempfindlich war oder bin, sondern weil es mir meiner Meinung nach schlecht anstehen würde, diese Dinge, die notwendigerweise so viel zu meinem eigenen Lobe enthalten, vor den Augen meiner unglücklichen Leser auszukramen.

Dies Buch ist einfach, was es eben sein will; ein Bericht über die Eindrücke, die ich von Tage zu Tage während meiner raschen Reisen in Amerika empfing und mitunter (aber nicht immer) über die Schlüsse, zu welchen sie und das Nachdenken über sie mich führten; eine Beschreibung des Landes, das ich durchreiste, der Anstalten, die ich besuchte, der Leute, unter denen ich reiste und der Sitten und Gewohnheiten, die sich meiner Beobachtung darboten. Sehr viele Werke von ganz demselben Plan und Gesichtskreis sind bereits veröffentlicht worden; doch glaube ich, daß nach dieser Seite diese beiden Bände keiner Rechtfertigung bedürfen. Das Interesse solcher Erzeugnisse, sofern sie ein solches haben, liegt in den wechselnden Eindrücken, welche dieselben neuen Gegenstände auf verschiedene Geister hervorbringen, nicht in neuen Entdeckungen oder außerordentlichen Abenteuern.

Man wird wohl kaum denken, daß ich die Gefahr nicht kenne, der ich mich aussetze, indem ich überhaupt über Amerika schreibe. Ich weiß sehr wohl, daß es in Amerika eine zahlreiche Klasse wohlmeinender Leute gibt, die geneigt sind, mit allen Berichten über die Republik, deren Bürger sie sind, unzufrieden zu sein, wenn sie nicht in Ausdrücken des höchsten und übertriebensten Lobes abgefaßt sind. Ich weiß sehr wohl, daß es in Amerika, wie in den meisten andern auf Karten der großen Welt angegebenen Ländern, eine zahlreiche Klasse von Personen gibt, die so zart und feinfühlend gebildet sind, daß sie die Wahrheit in keiner Form ertragen können. Und ich bedarf keiner Prophetengabe, um aus der Ferne zu erkennen, daß diejenigen, denen es am leichtesten sein wird, Bosheit, Haß und jede Lieblosigkeit in diesen Blättern zu entdecken und über jeden Zweifel hinaus zu beweisen, sie seien völlig unvereinbar mit jener dankbaren und dauernden Erinnerung an das mir in Amerika bereitete Willkommen, die ich zu empfinden vorgebe – gewisse wahrhafte und feingebildete amerikanische Journalisten sein werden, die sich große Mühe gaben, mir während meines dortigen Aufenthalts bei allen Gelegenheiten zu beweisen, daß das besagte Willkommen völlig wertlos sei.

Indem ich jedoch wagte, anderer Meinung zu sein als selbst diese hohen Autoritäten, bildete ich mir von Anfang an meine eigne Ansicht über seinen Wert und halte bis auf die gegenwärtige Stunde daran fest, und indem ich (wie ich bei allen öffentlichen Gelegenheiten ohne Ausnahme tat) meine Unabhängigkeit und Redefreiheit unter den Amerikanern behauptete und dieselbe in der Heimat bewahrte, glaube ich meine Würdigung des hohen Wertes jenes Willkommens und der edeln ehrenhaften Motive, welche dasselbe veranlaßten, am besten zu beweisen. Von Anfang bis zu Ende sah ich in den Freunden, die sich in Amerika um mich drängten, alte, vielleicht zu dankbare und zu parteiische Leser, denen ich glücklich genug gewesen war, Vergnügen und Unterhaltung zu verschaffen, nicht die gemeine Herde, die einen Fremden durch Liebkosungen und Schmeicheleien versuchen möchte, sich mit geschlossenen Augen von allen Mängeln der Nation abzuwenden, und ihr Lob mit der Urteilsgabe eines Bänkelsängers zu singen. Von Anfang bis zu Ende sah ich in jenen gastlichen Händen einen in der Heimat geflochtenen Lorbeerkranz, nicht einen unter ein paar Blumen versteckten eisernen Maulkorb.

Daher wähle ich – und ich halte mich zu dieser Wahl nicht bloß für berechtigt, sondern für verpflichtet – den einfachen Weg, zu sagen was ich denke und zu bemerken was ich gesehen, und wie es nicht meine Gewohnheit ist, das zu erheben, was in meiner Heimat meiner Meinung nach Schwächen und Mißbräuche sind, so ist es nicht meine Absicht, die Mißbräuche und Schwächen abzumildern oder zu verhüllen, die ich in fremden Ländern beobachtet habe.

Wenn dies Buch in die Hände eines empfindlichen Amerikaners fallen sollte, der es nicht ertragen kann zu hören, daß noch viel an der praktischen Durchführung der Einrichtungen seines Vaterlandes fehlt; daß dasselbe, trotz des Vorteils, den es durch die elastischere Frische und Kraft seiner Jugend vor allen andern Nationen genießt, weit davon entfernt ist, ein Muster zu sein, welches die Erde nachahmen sollte, und daß sogar in denjenigen Schilderungen der Nationalsitten, gegen die er am meisten einzuwenden hat, auch nach dem Verfließen mehrerer Jahre, deren jedes mutmaßlich einen Schritt auf der Bahn der Verbesserung bezeichnet, doch noch viel Richtiges und Wahres ist, bis auf diese Stunde – so mag er es jetzt bei Seite legen, denn ihm werde ich nicht gefallen. Vor den Aufgeklärten, Denkenden und Gebildeten unter seinen Landsleuten habe ich keine Furcht; denn nach vielen genußreichen, nicht leicht zu vergessenden Gesprächen, habe ich hinreichenden Grund zu glauben, daß es nicht viele, wenn überhaupt welche Dinge gibt, hinsichtlich deren ihre Ansichten wesentlich von den meinigen abweichen.

Man mag fragen: ‚Wenn Du in Bezug auf Amerika irgendwie enttäuscht bist und im Voraus weißt, daß der Ausdruck Deiner Enttäuschung irgendeine Klasse kränken muß, warum schreibst Du dann überhaupt?' Hierauf antworte ich, daß ich Größeres in Amerika zu finden erwartete, als ich fand und daß ich beschloß, dem Lande nach bestem Vermögen Gerechtigkeit widerfahren zu lassen, auf Kosten aller, meiner Überzeugung nach irrtümlichen oder vorurteilsvollen

Behauptungen, welche zu seinem Nachteil gemacht worden sind. Nun ich mit einem berichtigten und ernüchterten Urteil in die Heimat zurückgekehrt bin, halte ich mich für nicht weniger verpflichtet, dem gerecht zu werden, was ich nach bestem Ermessen als wahr erkannt habe."

In Bezug auf das Buch, für welches diese Einleitung geschrieben wurde, wird es genügen nur noch zu bemerken, daß es am 18. Oktober erschien, daß vor dem Schluß des Jahres vier große Auflagen davon verkauft waren, und daß es meiner Meinung nach vollständig die Würdigung eines Mannes verdiente, der durch die stärksten geselligen Bande an Amerika geknüpft und sonst in jeder Hinsicht ein ehrenhafter, hochsinniger, gerechter Richter war. „Sie sind," schrieb Lord Jeffrey, „sehr zart mit unsern empfindlichen Freunden jenseits des Ozeans umgegangen, und mein ganzes Herz geht mit Ihnen in jedem Ihrer Worte. Mir scheint, daß Sie vollkommen ausgeführt haben, was Sie auszuführen unternahmen, und daß die Welt noch nie eine treuere, malerischere, unterhaltendere und wohlwollendere Erzählung gesehen hat."

*

Ich erlaube mir, ein späteres Blatt so weit zu antizipieren, daß ich hier einen kurzen Auszug aus einem der Briefe über Dickens' letzten Besuch in Amerika einschalte. Ohne das Interesse zu beeinträchtigen, womit die Erzählung jener Zeit an dem gehörigen Orte gelesen werden wird, werde ich so andeuten, in welchem Umfang seine damaligen Eindrücke durch die Erfahrungen, welche er sechsundzwanzig Jahre später machte, abgeändert wurden. Er schreibt aus Philadelphia, am 14. Januar 1868:

„In sozialer Beziehung sehe ich einen großen Fortschritt zum Besseren. In politischer Beziehung keinen. England, von den Kirchenältesten von Marylebone[3] und den Penny-Zeitungen regiert, und England, was es nach Jahren einer solchen Regierung sein würde, bezeichnet darin für mich das Resultat. In sozialer Beziehung ist die Veränderung der Sitten bemerkenswert. Man begegnet nach allen Seiten einer weit größeren Höflichkeit und Milde ... Andererseits gibt es noch wunderbar seltsame provinzielle Sonderbarkeiten, und die Zeitungen drücken fortwährend das populäre Erstaunen aus über ‚Mr. Dickens' außerordentliche Gemütsruhe'. Sie scheinen es übel zu neh-

---

[3] Ein Londoner Kirchspiel, das im Rufe des Radikalismus steht. – D. Übers.

men, daß ich nicht auf die Plattform hintaumele, überwältigt durch das Schauspiel vor mir und durch die Größe der Nation. Sie sind alle so daran gewöhnt, öffentliche Handlungen unter Trompetenstößen vorzunehmen, daß die Vorstellung meines Hereinkommens und Vorlesens ohne das vorhergängige Hereinstürzen irgendjemandes, der eine Rede über mich hält, und dann wieder hinausstürzt und mich hereinführt, ihnen so unbe-greiflich ist, daß sie mitunter, ehe ich meine Lippen öffne, keine Ahnung haben, ich könne wirklich Charles Dickens sein."

Zweites Kapitel

Das erste Jahr von Martin Chuzzlewit
1843

Inzwischen hatte der Ausflug nach Cornwall stattgefunden, und zwar zu so unerwarteter und dauernder Befriedigung für uns, daß wir ziemlich weit in die dritte Woche unserer Abwesenheit vorgerückt waren, ehe wir das Gesicht heimwärts wandten. Die Eisenbahnen halfen uns damals nicht viel; aber wo die Wege für Postpferde unzugänglich waren, gingen wir zu Fuß. Wir besuchten Tintagel, und ließen keinen Teil der durch die Legenden König Arthur's geweihten Berg- und Seelandschaft unerforscht. Wir erstiegen die Spitze des höchsten Turmes auf Mount St. Michael und stiegen nieder in mehrere Bergwerke. Land und Meer enthüllten uns ihre Wunder; aber von allen Eindrücken, die wir mit uns forttrugen, und von denen einige später so dauernde Formen annahmen, als sie durch die schönste Kunst empfangen konnten, wurde keiner die Quelle so tiefer Erregung für uns alle, als ein Sonnenuntergang, den wir bei Land's End sahen. Stanfield kannte die Wunder des Kontinents, Maclise war heimisch in den Schönheiten Irlands, ich war von Jugend auf vertraut mit der schottischen Landschaft, und Dickens kam eben von dem Niagarafall; aber es war etwas in dem Versinken der Sonne hinter dem atlantischen Ozean an jenem Herbstnachmittage, als wir es von der Spitze des am weitesten in die See hinausragenden Felsens betrachteten, dem, wie wir uns alle gegenseitig gestanden, nichts in unserer Erinnerung gleichkam.

Doch es würde unwürdig sein, mit der reich wechselnden und überfließenden Heiterkeit jener drei denkwürdigen Wochen jetzt nur die getrübte Erinnerung des einzigen Überlebenden zu verknüpfen. „Gesegneter Stern des Morgens!" schrieb Dickens an Felton, während der Abglanz ihres Genusses noch auf ihm lag. „Was für einen Ausflug nach Cornwall wir machten, grade nachdem Longfellow abgereist war! ... Zuweilen reisten wir die ganze Nacht, zuweilen den ganzen Tag, zuweilen beide ... Himmel! Hätten Sie die Flaschenhälse sehen können, verwirrend durch die endlose Mannigfaltigkeit ihrer Gestalt, die aus den Wagentaschen herausblickten! Hätten Sie ein Zeuge sein können der tiefen Hingebung der Postillione, der wilden Zuneigung der Wirte, der wahnsinnigen Freude der Kellner! Hätten Sie uns folgen können in die erdigen alten Kirchen, die wir besuchten und in die seltsamen Höhlen an dem düstern Meergestade, und hinab in die Tiefen der Bergwerke, und hinauf auf die Gipfel der schwindelnden Höhen, wo das unsagbare graue Wasser ich weiß nicht wie viele hundert Fuß unter uns rauschte. Hätten Sie nur einen Schimmer der hellen Feuer sehen können, an denen wir nachts in den großen Zimmern der alten Wirtshäuser saßen, lange nachdem die frühen Morgenstunden gekommen und gegangen waren … Ich habe nie in meinem Leben so gelacht wie auf dieser Reise. Es würde Ihnen wohl getan haben, mich zu hören. Ich würgte und keuchte und sprengte auf dem ganzen Wege die Schnalle hinten von meiner Halsbinde ab. Und Stanfield geriet in solche apoplektische Verwickelungen, daß wir ihn oft mit den Reisesäcken auf den Rücken schlagen mußten, ehe es uns gelang, ihn wieder zur Besinnung zu bringen. Im Ernste, ich glaube solch ein Ausflug ist nie vorher dagewesen. Und sie machten Skizzen, diese beiden Menschen, an den romantischsten unserer Halteplätze, daß man hätte schwören mögen, wir hätten sowohl den Geist der Schönheit unter uns, als den Geist des Humors."

Der Fels von Logan, von Stanfield, war eine dieser Skizzen, und sie stellte auf lachende Weise zugleich den Zauber dessen dar, was wir sahen, und die Heiterkeit dessen was wir taten, denn sie setzte mich oben auf die Spitze des Felsens. Das ist jedoch historisch, denn ich hatte den Felsen erstiegen, und an diese und andere Beispiele von Selbstbeherrschung auf Höhen, welche die andern abschreckten, sowie an ein Motiv für ein Gemälde, dessen Käufer unbekannterweise Dickens selbst wurde, erinnerte Maclise mich viele Jahre später in einigen heitern Anspielungen, deren Mitteilung der wohlwollende Leser mir, trotz des meinen athletischen Taten gespendeten Lobes, verzeihen muß. Sie vollenden das Bild unseres Ausfluges. Etwas was ich Maclise über eine Reise durch die Berglandschaft der wilden Küsten von Donegal geschrieben, hatte die Saite dieser alten Erinnerung angeschlagen. „Was Dein Klettertalent betrifft," antwortete er, „weiß ich da nicht was in früheren Zeiten geschah? Sehe ich nicht immer noch den Felsen von Logan und Dich oben auf der schwindelnden Spitze sitzen, während wir, uns an seinen Rücken anlehnend, vor allem was unten verborgen lag zurückscheuten? Würde ich mich je an den Wasserfall von St. Wighton gewagt haben, hättest Du mir nicht den Weg gewiesen? Und als wir nach Land's End kamen, wo das grüne Meer unter uns in die einsamen Felsenengen eindrang, in denen die Seejungfern wohnen, wer außer Dir hatte da den Mut, sich hinüberzulehnen, um jene Diamantenstrahlen von Lichtglanz zu sehen, die ich damals (und ich bin derselben Meinung noch jetzt) für das Schlagen ihrer Schwänze erklärte? Und dann wieder sehe ich Dich auf dem höchsten Steine des runden Turms, über den höchsten Zinnen des Kastells, auf Mount St. Michael sitzen, ohne einen Vorsprung oder eine Schutzwehr zwischen Dir und dem bodenlosen Ozean, dreitausend Fuß unter Dir. Endlich, wie könnte ich vergessen, als Du den Ziegenpfad nach König Arthurs Schloß Tintagel hinaufklommst, wo ich, mit dem vergeblichen Wunsch Dir zu folgen, wie ein Caliban am Boden hinkroch und Du, nach Art eines neckischen Geistes und starken Ariel, faktisch vor mir auf- und abtanztest!"

Der Wasserfall, an den ich ihn führte, befand sich unter den Dokumenten unserer, auch von Thackeray in einer scherzhaften Federzeichnung verherrlichten berühmten Ferienreise, welche von beiden Malern auf die akademische Kunstausstellung des folgenden Jahres geschickt wurden; und so lebhaft wünschte Dickens diese Landschaft, auf der sich das Porträt eines Mitgliedes seiner Familie befand, zu besitzen, und so besorgt war er zugleich, daß unserm Freunde das Opfer erspart bleiben sollte, das, wie er wohl wußte, dem Geständnis seines Wunsches folgen würde, daß er das Bild unter einem angenommenen Namen vor der Eröffnung der Kunstausstellung kaufte, und sich entschieden weigerte, das Geld zurückzunehmen, welches Maclise ihm nach der Entdeckung seiner List aufdrängte. Unser Freund, der ihm schon auf's Freigebigste ein reizendes Bild seiner vier ältesten Kinder geschenkt hatte, das ihn und seine Frau nach Amerika begleiten sollte, brachte nichtsdestoweniger sein edles Herz zu seinem Rechte und malte vier Jahre später, als freiwillige Gabe, Mrs. Dickens in derselben Größe wie das Bild ihres Mannes im Jahre 1839.

„Erblicke endlich den Titel des neuen Buches," so lautete das erste Billet, das ich nach unserer Rückkehr am 12. November von Dickens erhielt; „aber verliere ihn nicht, denn ich habe keine Abschrift." Der Titel und sogar die Geschichte waren, während wir reisten, unentschieden geblieben, weil er noch immer an dem Wunsche festhielt, sie in diesen cornischen Umgebungen anzufangen; doch dieser Plan wurde nun schließlich aufgegeben und der Leser verlor nichts, indem an die Stelle des Leuchtturms oder des Bergwerks in Cornwall die Schmiede des Dorfes in Wiltshire trat, an dem windigen Herbstabend, welcher die Geschichte von *Martin Chuzzlewit* eröffnet. Für diesen Namen entschied er sich schließlich, aber, wie eine Erwähnung seiner Abänderungen zeigen wird, erst nach langer Überlegung. Martin war der Vorname zu allen; doch der Familienname ging von seiner ersten Form: Sweezleden, Sweezleback und Sweezlewag, in Chuzzletoe, Chuzzleboy, Chubblewig und Chuzzlewig über, und auch Chuzzlewit wurde endlich erst nach neuem Schwanken und Überlegen gewählt. Was er mir in seinem Briefe schließlich als Entscheidung schickte, lautete wie folgt: „Leben und Abenteuer Martin Chuzzlewig's, seiner Familie, seiner Freunde und Feinde. Mit Einschluß aller seiner Neigungen und Eigenheiten. Nebst einem historischen Bericht über das, was er getan und das, was er nicht getan hat. Überhaupt ein vollständiger Schlüssel zu dem Hause Chuzzlewig." Den ganzen letzteren Teil des Titels ließ er natürlich fallen, als das Werk während seines Fortschritts zuerst nicht beabsichtigte Veränderungen erfuhr; aber schon bei dem dritten Hefte schickte er mir den Entwurf „von dem Plane des alten Martin, Pecksniff zu erniedrigen und zu strafen" und die Schwierigkeiten, denen er bei dem Abweichen von andern Teilen seines Planes begegnete, waren so groß, daß er dadurch bei seinen späteren Romanen zu größerer Sorgfalt in der ersten Anlage, und größtmöglichem Festhalten an dem ursprünglich gefaßten Plane veranlaßt wurde.

Das erste Heft, das im Januar 1843 erschien, war noch nicht ganz vollendet, als er mir am 8. Dezember schrieb: „Das Chuzzlewit-Manuskript reicht so viel weiter, als ich gedacht hatte, daß das Heft beinahe fertig ist. Dem Himmel sei Dank!" So eilig er auch zuletzt anfing, und obgleich er schon beim Anfang seine Bahn änderte und von dem Verlauf seines Planes noch wenig sah, so begann er doch vielleicht keinen andern Roman mit stärkerem Mut oder größerer Zuversicht. Krankheit hielt mich damals mehrere Tage an's Zimmer gefesselt, und so begierig war er, die Wirkung von Pecksniff und Pinch zu versuchen, daß er, als die Tinte noch kaum auf der letzten Seite trocken war, zu mir kam, um mir das Manuskript vorzulesen. Sydney Smith, der ihm schrieb, wie sehr das erste Heft ihm gefallen habe, sah das Vielversprechende jener Charaktere richtig voraus. „Pecksniff und seine Töchter und Pinch sind vortrefflich. – Malerei ersten Ranges, wie niemand als Sie sie ausführen kann." Und hier sei sofort bemerkt, daß der Gedanke, Pecksniff zu einer Charakterfigur zu machen, in Wahrheit der Ursprung des Buches war. Es war sein Zweck, mehr oder weniger durch jede der vorgeführten Personen die Zahl und die Mannigfaltigkeit der Launen und Laster zu zeigen, welche ihre Wurzel in der Selbstsucht haben.

Ein anderes Schriftstück aus seiner Feder, das am Ende des Jahres 1842 Erwähnung verdient, war der Prolog zu der „Patrizier-Tochter" (Patrician's Daughter), Westland Marston's erstem dramatischen Versuch, der ihn weniger durch die Schönheit seiner Komposition, als durch den Mut angezogen hatte, womit sein Gegenstand aus dem wirklichen Leben der Zeit herausgegriffen war.

Nicht leicht sein Zweck und nicht gering sein Ansehn;
Ihr selbst die Spieler, euer Haus die Szene.

Dies war auch die Zeit, als Browning seine Tragödie „Der Flecken auf dem Wappen" (Blot on the Scutcheon) schrieb. Ich las dieselbe im Manuskript und teilte sie dann auch Dickens privatim mit, und mein Glaube, daß sie ihn tief ergreifen würde, wurde nicht getäuscht. „Browning's Stück," schrieb er am 25. November, „hat mich in eine wahrhafte Leidenschaft des Schmerzes versetzt. Zu sagen, daß der Gegenstand etwas anderes enthält als was schön, wahr, tief ergreifend, voll von der reinsten Empfindung ist, und der wahrsten und zartesten Quelle des Interesses entspringt, würde grade so sein als wollte man sagen, daß in der Sonne kein Licht und in dem Blute keine Wärme ist. Es ist voller Genie, voll von natürlichen und großen Gedanken, tief und doch einfach und schön in seiner Kraft. Ich kenne nichts so Rührendes, nichts, in keinem Buche, das ich je gelesen, als Mildred's Zurückkommen auf das –

Ich war so jung – ich hatte keine Mutter.

Ich kenne keine Liebe wie diese, keine Leidenschaft wie diese, keine Gestaltung eines glänzenden Gedankens im Einklang mit seiner Konzeption, wie diese. Und ich schwöre, es ist eine Tragödie, die gespielt werden *muß*, und außerdem gespielt werden muß von Macready. Einiges möchte ich womöglich geändert haben (es ist nicht wichtig, meistens gebrochene Zeilen); und jedenfalls möchte ich, daß der alte Diener seine Erzählung auf der Bühne anfinge, und bei ihrem Beginn von seinem Herrn an der Kehle gepackt und mit dem Degen angegriffen würde. Aber die Tragödie werde ich nie vergessen, noch je einen weniger lebendigen Eindruck von ihr haben als jetzt. Und wenn Du Browning sagst, daß ich sie gelesen habe, so sage ihm, daß ich von Grund meiner Seele aus glaube, daß kein lebender Mensch (und nicht viele tote) ein solches Werk zu schaffen vermöchten. – Der abgeänderte Prolog gefällt Macready sehr." ... Bemerkungen über seinen allgemeinen literarischen Geschmack und seine besondere Schätzung zeitgenössischer Werke spare ich mir für eine gelegenere Zeit auf; hier muß ich indes noch bemerken, daß nichts eine größere Teilnahme bei ihm erweckte als ehrliche, auf seinem eigenen Felde errungene Erfolge, und daß es in seiner weitherzigen und offenen Natur keine Schlupfwinkel für kleine Eifersüchteleien gab. Es fällt mir ein Beispiel ein, das sofort erwähnt werden mag: als er, viele Jahre nach der

Zeit, von der ich hier rede, mich sehr eindringlich auf zwei Erzählungen aufmerksam machte, die damals in ‚Blackwood's Magazin' erschienen; und später unter dem Titel „Bilder aus dem Leben der Geistlichkeit" (Scenes of Clerical Life) gesammelt wurden.[4] „Lies sie jedenfalls," schrieb er. „Es ist das Beste was ich gesehen habe, seit ich meine Laufbahn begann."

Das Jahr 1843[5] wurde eröffnet unter der eifrigsten Fortsetzung seiner Arbeit an *Chuzzlewit*. „Ich hoffe, das Heft wird sehr gut werden," schrieb er mir am 8. Januar über das zweite Heft. „Ich habe tüchtig daran gearbeitet, und bin den ganzen Tag zu Hause gewesen. Ebenso gestern, mit Ausnahme von zwei Stunden am Nachmittage, wo ich mir in halbfußtiefem Schnee durch die Wildnisse von Willesden einen Weg bahnte." Vorläufig werde ich jedoch auf seinen Fortschritt mit den früheren Teilen des Romans, an welchem er bis Mittsommer 1844 beschäftigt war, nur dann und wann einen flüchtigen Blick werfen. Unerwartete und seltsame Enttäuschungen, die einen bedeutenden Einfluß auf ihn ausübten, erwuchsen ihm bei dieser Arbeit; aber ich schiebe die Erwähnung derselben eine Weile auf, um zunächst von den Hauptbegebenheiten des Jahres 1843 zu reden.

---

[4] George Eliots's erstes Werk. – D. Übers.

[5] In einem der Briefe an seinen amerikanischen Freund Felton findet sich eine Erinnerung an Weihnachtsvergnügungen, die meinem Gedächtnis entfallen waren, und für die sich hier eine Ecke finden mag, da diese Belustigungen während der frohen, alten Jahreszeit für ihn charakteristisch waren, und in künftigen Jahren häufig erneuert wurden. „Das schönste ist" (schrieb er 31. Dezember 1842), „daß Forster und ich gemeinschaftlich den ganzen Lagervorrat eines Zauberers gekauft haben, dessen Handhabung und Schaustellung mir anvertraut ist … Bei den Kunststücken, die einen Mitwisser erfordern, hilft mir (wegen seiner unerschütterlichen guten Laune) Stanfield, der seine Rolle immer grade so spielt wie er nicht sollte, zu dem unaussprechlichen Entzücken aller Zuschauer. Wir produzieren uns heute im Kleinen bei Forster, wo wir das Ende des alten und den Beginn des neuen Jahres feiern wollen." Atlantic Monthly, Juli 1871.

Charles Dickens, seine Frau und ihre Schwester

Gezeichnet im J. 1842 von Daniel Maclise, gestochen von C. H. Jeens

„Ich bin in Verlegenheit," schrieb er am 12. Februar; „und werde heute entweder im Laufe des Tages oder des Abends zu Dir kommen. Ich konnte gestern nicht eine Zeile schreiben, nicht ein Wort, obgleich ich's nach Kräften versuchte. In einer Art von Verzweiflung fuhr ich um halb Drei mit meinem Paar Unterröcken nach Richmond und speiste dort! O, was für ein schöner Tag war es in jener Gegend." Sein Paar Unterröcke waren Mrs. Dickens und deren Schwester Georgina. Die letztere war seit seiner Rückkehr von Amerika ein Mitglied seines Haushalts geworden, und blieb dies bis zu seinem Tode; und er hatte allen Grund auf die Beständigkeit, Tiefe und Hingabe ihrer Freundschaft stolz zu sein. In einem Notizbuch von ihm, das er im Januar 1855 anfing, und worin er zum erstenmal in seinem Leben Andeutungen und Gedanken niederlegte, um in künftigen Schriften davon Gebrauch zu machen, finde ich die Skizze eines Charakters, der, wenn nicht ganz und gar durch seine Schwägerin eingegeben, doch der Hauptsache nach auf sie anwendbar war. „Sie opferte sich für die Kinder auf, und wurde dadurch hinreichend belohnt. Von Kind auf wurde sie immer durch die Kinder" (eines andern) „in Anspruch genommen. Und so geschah es, daß sie sich nie verheiratete, nie selbst ein Kind hatte; sie gibt sich immer den Kindern hin; und die Kinder lieben sie; und sie hat immer Jugend, die von ihr abhängt, bis an ihren Tod; und stirbt glücklich." Nicht manche Tage nach jenem Ausfluge nach Richmond machte Maclise eine leicht hingeworfene Bleistiftskizze der drei, die daran teilnahmen, während wir alle zusammensaßen, und nie enthielt ein so leichter Entwurf mehr Wahrheit der Beobachtung. Die Porträt-Ähnlichkeit aller ist vorzüglich und ich bewahre die Zeichnung hier auf, weil kein anderes Porträt von Dickens selbst sein Aussehen und seine Haltung in dieser noch jugendlichen Zeit lebendiger wiedergibt. Er trägt seinen angenehmsten Ausdruck, etwas geschmeichelt, wenn man will; aber nichts mir Bekanntes gibt ein so lebensvolles und wahres Abbild seines damaligen offenen, frischen, schönen Gesichtes.

Für mich war dies ein Jahr voller Krankheit, in deren Verlauf es mir nie an hilfreicher und tätiger Sympathie von ihm fehlte. „Laß mich wissen, wie es Dir geht," schrieb er zwei Tage später. „Aber ich schreibe jetzt nicht so sehr deshalb, als um Dir nachdrücklich zu sagen, daß ich darauf bestehe, daß Du Dich einwickelst, und morgen in einem Mietwagen mit einem großen Koffer hierher kommst. Es ist jedenfalls besser, krank zu sein mit einem Flink, Heiter und Comp. in der Nähe, als in der öden Wüste von Lincolns-Inn-Fields. Du findest hier das bequemste Bett von der Welt, und dann hast Du den Drawing-Room für Dein Arbeitszimmer, Flink und Heiter zum Kameraden, und alles andere in passendem Zusammenhang. Nach dem Empfange Gregory's, gestern Abend, fange ich an, auf die Wiedergeburt der Menschheit zu hoffen, obgleich ich keine Hoffnung hege auf die des Chronicle, das seine Stimme nicht gegen den Schurken erhebt. Hast Du die Bemerkung in dem Gelb und Blau[6] über meine *Noten* gesehen?"

Die erste dieser schließlichen Anspielungen bezog sich auf den Umstand, daß man den Herausgeber des infamen ‚Satiristen' von der Bühne im Drury-Lane-Theater, wo er in der Rolle Hamlets aufgetreten war, heruntergepfiffen hatte und ich erinnere mich noch, mit welch unendlichem Vergnügen ich später hörte, wie der Oberrichter Tindal in seiner Anrede an die Jury, bei Gelegenheit eines Prozesses, den jener Übeltäter gegen einen Bierwirt von St. Giles anhängig machte, weil derselbe Leute gemietet, an dem Pfeifen teilzunehmen, den Stolz

---

[6] Buff and Blue – die Whigfarben und die Farben des Umschlags der whiggistischen Edinburgh Review. – D. Übers.

gestand, den er empfinde, ‚in demselben Kirchspiel zu leben mit einem Manne in der niedrigen Lebensstellung der Angeklagten,' der im Stande sei, aus seiner eignen Tasche Geld zu bezahlen für die Bestrafung dessen, was ihm eine Verletzung des Anstandes erscheine. Die zweite Anspielung bezog sich auf eine Behauptung des Kritikers der „Amerikanischen Noten" in der Edinburgh Review, des Inhalts, daß, wenn er gut unterrichtet sei, Dickens als eine Art von Missionar in Sachen des internationalen Schutzes des literarischen Eigentums nach Amerika gegangen sei, wogegen gleich darauf eine verneinende Erwiderung in der ‚*Times*' erschienen war. „Ich leugne es durchaus," schrieb Dickens. „Man hat ihn falsch berichtet und er macht, ohne Erkundigungen anzustellen, eine Mitteilung, die ich nur durch eins der kürzesten und stärksten Worte in unserer Sprache charakterisieren könnte."

Ich kann hier bemerken, daß die Streitigkeiten, welche durch das Buch über Amerika hervorgerufen wurden, sich über den größten Teil des Jahres erstreckten. Es genügt übrigens zu sagen, daß Dickens die Stellung, die er in seinen an Ort und Stelle geschriebenen und in dem ersten Bande mitgeteilten Briefen eingenommen hatte, und über deren wichtigste Punkte sein Buch, und später auch Chuzzlewit, zu einem öffentlichen Urteil aufforderte, so vollständig gegen alle Angriffe behauptete, daß keine der Gegenbehauptungen und Argumente ihn auch nur einen Zoll breit daraus verdrängten. Aber der Streit ist jetzt tot, und er nahm bei seinem spätern Besuch in Amerika Veranlassung, ihm eine Grabschrift zu setzen.

Obgleich ich (um zu seinem Februarbriefe zurückzukehren) seinem herzlichen Geheiß, mich sofort bei ihm einzuquartieren, nicht gehorchte, so kam ich doch bald nachher in einem Landhause bei ihm zu Gast, das er in Finchley gemietet hatte, und hier war es, wo bei dem Umherwandeln und den Unterredungen in den grünen Landwegen, während des Beginns der Mittsommermonate, die Charakterfigur der Mrs. Gamp und der Gebrauch, den er von dieser bemerkenswerten Person machen könne, ihm zuerst vor die Seele trat. In seiner Vorrede zu Martin Chuzzlewit spricht er von ihr als einem guten zeitgenössischen Typus der gemieteten Krankenwärterinnen armer Leute. Er hätte aber hinzufügen können, daß es den Reichen nicht besser damit gehe; denn das Original der Mrs. Gamp war in Wahrheit eine Person, die von einer ausgezeichneten Freundin Dickens' gemietet war, um einen ihr teuren Kranken zu pflegen; und unter anderen Gampischen Eigentümlichkeiten hatte diese Pflegerin in dem Krankenzimmer die Gewohnheit, ihre Nase an dem hohen Feuergatter der Länge nach zu reiben. Ich besinne mich nicht mehr, ob ich bei der ersten Erwähnung von Mrs. Gamp Bedenken äußerte, ob ein solcher Charakter zu einer der Hauptpersonen seines Romans gemacht werden könne; wenn ich jedoch solche Bedenken äußerte, so überlebten dieselben nicht den Inhalt des Pakets, welches sie, einige Wochen nach unserer Rückkehr, im Fleische bei mir einführte. „Sage mir," schrieb er ans Yorkshire, wo er inzwischen heitere Feiertage mit einem Freunde verlebt hatte, „was Du über Mrs. Gamp denkst. Du wirst es nicht leicht finden, durch die Hunderte von Druckfehlern in ihrer Konversation durchzukommen, aber ich will Deine Ansicht sofort hören. Ich glaube Du kennst schon etwas von meiner eignen. Ich beabsichtige etwas Gutes daraus zu machen."

In demselben Briefe schickte er mir eine geistreiche kleine Parabel in Versen, die er für einen von Lady Blessington herausgegebenen Almanach geschrieben hatte.[7]

Ein Wort zu rechter Zeit

Es herrscht im Orient ein Aberglaube,
Daß Allah, auf ein Stück Papier geschrieben,
Von größerm Segen sei als Priesterworte,
Als Weihrauchwoge und als Kerzenflamme.
Denn jedes Blättchen, welches diesen Namen
An seiner Stirne trägt, so glaubt man dorten,
Hilft dem, der's findet, durch das Fegefeuer,
Gibt einen Ruhort seinen glüh'nden Füßen.

Aus diesem Grund tut man gewaltig wichtig,
Mit allen frommen Reden und Traktätchen,
Und sammelt sorglich ihre Blätter – denn
Das Volk ist dort nicht aufgeklärt wie wir.
Und so, auf kotigen Wegen zögernd stets,
Mit Suchen nur nach jenem Schatz beschäftigt,
Hat's in den Tagen seines Staubdurchforschens
Nur selten Zeit, zum Himmel aufzublicken.

---

[7] „Ich habe, ebenso wie Du, einen Brief von Lady Blessington gehabt, zu deren Behuf ich heute Morgen die Zeilen aufsetzte, die ich Dir hiermit schicke. Aber ich habe es nur getan, um mich zu entschuldigen, denn ich zweifle sehr, ob sie ihr passen werden, und ich hoffe, sie wird sie an Dich zurückschicken, für den ‚Examiner'." (Juli, 1843). Die Zeilen verdienen es vollkommen, erhalten zu werden.

So hab' ein Land gekannt ich auf der Erde,
Wo Dunkel brütete über den Wassern
Und Mangel, Mühsal und Unwissenheit
Das Erbteil seiner Söhn' und Töchter waren.
Und wo doch die, die allen Menschen weit
Der Liebe Pforten hätten öffnen sollen,
Um Worte stritten am Altare und
Das Buch zerrissen, um des Einbands willen.

Der Beste unter jenen frommen Türken
Grausam entstellt Gottes lebendiges Abbild,
Ihr höchster Priester, glaubend nicht an Werke,
Erhängt die Tugenden auf offnem Marktplatz.
Der Pariah-Christ, dem beide Sekten fluchen,
(Sie fluchen sich und fluchen allen andern)
Geht weiter, ohne viel dadurch zu leiden,
Tut Gutes wo er kann, liebt seinen Bruder.

Eine andere Anspielung in seinem Februarbriefe erinnert mich an das Interesse, welches seine frühere Mitarbeit an dem ‚Chronicle' ihm für alles einflößte, was den Kredit dieser Zeitung beeinflußte, und daß dies das Jahr war, in welchem John Black aufhörte, ihr Hauptredakteur zu sein und zwar unter Umständen, welche Dickens' ganze Sympathie von neuem auf's Stärkste anregten. „Ich fühle tiefen Kummer um Black," schrieb er 3. Mai 1843. „Bedauere es vom Grund meiner Seele. Wüßte ich nur wo er wäre, ich würde sogleich hingehen, ihn zu trösten." Er erfuhr, wo er war und er, nebst einer Anzahl von uns, trösteten auch den vortrefflichen Mann auf eine äußerst englische Weise, indem wir ihm am 20. Mai in Greenwich ein Festessen gaben, bei dem Dickens alles vollkommen anordnete, und das in jeder Hinsicht seinen Zweck erfüllte. Unter den Teilnehmern befanden sich Sheil und Thackeray, Fonblanque und Charles Buller, Southwood Smith und William Johnson Fox, Macready und Maclise, sowie ich selbst und Dickens.

Eine andere ähnliche Festlichkeit folgte, bei der einer dieser Teilnehmer der Gast war, und die den Bemühungen von Dickens kaum weniger verdankte, als wir im Herbste im ‚Star und Garter' in Richmond Macready eine glückliche Reise nach Amerika wünschten. Dickens führte den Vorsitz bei diesem Abschiedsmahl, und wollte mit Stanfield, Maclise und mir in der folgenden Woche den großen

Schauspieler nach Liverpool bringen, um ihm am Bord des Cunard-Dampfschiffs Lebewohl zu sagen, und seine Frau nach dem Abschied nach London zurück zu begleiten. Allein ein Wort von unserm vortrefflichen Freunde Kapitän Marryat, das uns alle, mit Ausnahme von Dickens selbst, überraschte, entfernte ihn aus unserer Gesellschaft. Marryat war der Meinung, ein öffentlicher Bericht, daß Macready auf seiner Fahrt von dem Verfasser der *Amerikanischen Noten* und *Martin Chuzzlewit's* geleitet worden, werde ihm in den Vereinigten Staaten schaden, und unser Freund stimmte sofort mit ihm darin überein. „Deinen ersten und Hauptgrund," schrieb er mir, „an Marryat's Urteil zu zweifeln, kann ich ohne Mühe über den Haufen werfen. Es ist mir selbst schon durch den Kopf gegangen; ich habe die Sache mehr als einmal gegen Kate erwähnt, und ich hatte beabsichtigt, nicht an Bord zu gehen und Radley zu bitten, daß meine Anwesenheit in seinem Hause unerwähnt bleibe. Was mich abhielt, meinen Befürchtungen Ausdruck zu geben, war die Besorgnis, es möge scheinen als ob ich, wenn ich es täte, meinen Handlungen eine zu große Bedeutung beimesse. Nun ich aber Marryat auf meiner Seite habe, erkläre ich ohne jedes Bedenken, daß er vollkommen Recht hat. Ich befürchte sehr, daß die Widmung zu *Nickleby* Macready Schaden tun wird. Marryat irrt sich, wenn er meint, daß sie in den amerikanischen Ausgaben nicht gedruckt ist, denn ich habe sie selbst in den Ladenfenstern mehrerer Städte gesehen. Wenn ich mit ihm an Bord ginge, so hege ich nicht den mindesten Zweifel, daß die Tatsache in ganz New-York durch Plakate angekündigt sein würde, ehe er sich in Boston rasiert hätte. Und daß es in Amerika Tausende von Menschen gibt, die auf die bloße Behauptung hin, er sei mein Freund, einen Streit mit ihm anfangen würden, ist mir ebenso unzweifelhaft als meine eigne Existenz. Du hast Marryat's Ausspruch nur bezweifelt, weil es für jeden, der nicht dort gewesen, unmöglich ist zu wissen, was sie in ihrem eigenen Lande sind."

Dieser Brief wurde von Broadstairs geschrieben, wohin Dickens im August gegangen war, nachdem er an einem Werke praktischer Menschlichkeit mitgeholfen, wie er allein helfen konnte und zu helfen liebte. Früher im Jahre hatte er bei einem Zweckessen zum Besten des ‚Pensionsfonds für Buchdrucker', bei welchem auch Thomas Hood, Douglas Jerrold und ich selbst anwesend waren, den Vorsitz geführt; und nach dem schrecklichen Unglücksfall jenes Sommerabends, durch den der Schauspieler Elton sein Leben verlor, waren es besonders Dickens' unablässige Bemühungen, trefflich unterstützt von Mr. Sarle, und mit Wärme aufgenommen von Elton's eigner Profession (der edelmütigsten in der Welt), wodurch das Nötige für die vielen unversorgten Kinder beschafft wurde. Zu Ende August erhielt ich Nachrichten von ihm aus seinem Lieblings-Seebade, die zu charakteristisch sind, als daß sie hier ausgelassen werden dürften. Der vorhergehende Tag war ‚entsetzlich heiß' gewesen; doch das hatte ihn nicht abgeschreckt zu tun, was er nur zu oft geneigt war, plötzlich mitten in der anstrengendsten Arbeit zu tun. „Ich habe einen tollen Wettmarsch gegen die Zeit gemacht: vier Meilen, nach den Meilensteinen, in vier und einer halben Stunde, den ganzen Weg unter einer brennenden Sonne. Ich konnte" (er schreibt am folgenden Morgen) „in der Nacht nicht zum Schlaf kommen, und begann wirklich zu fürchten, ich würde ein Fieber bekommen. Du kannst Dir vorstellen, in was für einem Autor-Zustand ich mich heute befinde. Ich könnte ebenso gut die Klippe aufessen, als über irgendetwas schreiben." Einige Tage später war er indes wieder ganz wohl; und eine andere an seinen amerikanischen Freund gerichtete Briefskizze wird zeigen, wie er für gewöhnlich an der See lebte. „In einem Bogenfenster im ersten Stock sitzt von neun bis ein Uhr ein Herr mit ziemlich langem Haar und keinem Halstuch, der schreibt und grinst, als dächte er, er sei äußerst amüsant. Um eins verschwindet er, taucht dann schnell aus einem Badekarren auf und man kann sehen, wie er als eine Art lachsfarbiges Meerschwein im Ozean umherplatscht. Hierauf kann man ihn erblicken, wie er in einem andern Bogenfenster zu ebner Erde ein tüchtiges Gabelfrühstück zu sich nimmt, und dann zwei bis drei Meilen, oder so, spazieren geht, oder im Sande auf dem Rücken liegend ein Buch liest. Niemand belästigt ihn, außer wenn man weiß, daß er geneigt ist, sich zu unterhalten, und wie man mir sagt, fühlt er sich äußerst komfortabel. Er ist braun wie eine Beere und es wird behauptet, er sei ein kleines Vermögen für den Gastwirt, der Bier und kalten Punsch verkauft. Doch das ist ein bloßes Gerücht. Zuweilen geht er nach London (sechzehn Meilen oder so entfernt), und dann gibt es, so sagt man, Nachts in Lincoln's-Inn-Fields einen Klang wie von Menschen, die zusammen lachen, samt einem Klirren von Messern und Gabeln und Weingläsern."[8]

Er kehrte dauernd in die Stadt zurück am Montag, den 2. Oktober und war vom Mittwoch bis zum Freitag dieser Woche in Manchester, wo er bei der Eröffnung des großen ‚Athenäum', bei der auch Cobden und Disraeli zugegen waren, den Vorsitz führte. Hier sprach er beson-

---

[8] Brief von Dickens an Prof. Felton (1. Sept. 1843), abgedruckt im Atlantic Monthly vom Juli 1871.

ders über einen Gegenstand, der seinem Herzen immer nahe lag: die Erziehung der sehr Armen. Er zeigte wie gefährlich es sei, eine geringe Kenntnis gefährlich zu nennen; erklärte, daß er die geringste der geringen gar keiner vorziehe, schlug vor, einem alten Verse den neuen zu substituieren:

> Ob nie Du Haus und Güter Dein magst nennen,
> Kenntnis gewährt was sie nicht geben können;

erzählte seinen Zuhörern von der wirklichen und größten aller Gefahren, die wir noch vor kurzem mit Longfellow in den nächtlichen Zufluchtsörtern von London gesehen hatten: „Tausende unsterblicher Wesen, ohne Alternative oder Wahl verdammt, nicht den Pfad zu wandeln, den unser großer Dichter den Blumenpfad zu dem ewigen Freudenfeuer nennt, sondern einen Pfad voll spitziger Steine, bereitet durch brutale Unwissenheit"; und verglich diesen Zustand mit dem unaussprechlichen Trost und Segen, den eine auch nur geringe Erkenntnis über Menschen von dem niedrigsten Range und den hoffnungslosesten Mitteln ausgeströmt habe, wie sie „mit dem Hirtenknaben Fergusson die Sterne beobachtete, dem armen Barbier Arkwright in Lancashire, dem Seifensiedersohn Franklin, dem Schuhmacher Bloomfield in seinem Dachstübchen, dem jungen Burns an seinem Pfluge, und, hoch über dem Lärm des Webstuhls und des Hammers, Arbeitern in Sheffield und in Lancashire, die ich hier nennen könnte, Mut zuflüsterte."

Derselbe Geist trieb ihn an, das merkwürdige Institut der ‚Lumpenschulen' (Ragged Schools) eifrig zu bewillkommnen, die, von einem Schuhmacher in Southampton und einem Schornsteinfeger in Windsor angefangen, und von einem Pair des Königreichs[9] fortgeführt, Resultate von unberechenbarer Wichtigkeit für die Gesellschaft gehabt haben. Das Jahr, von dem ich rede, war ihr erstes, sowie dasjenige, in welchem ich schreibe ihr letztes ist;[10] und man hat berechnet, daß sie während der Zwischenzeit nicht nur dreihunderttausend Kindern eine Art von Erziehung gegeben, sondern auch einem Drittteil dieser Zahl die Mittel zu ehrlichem Erwerb geboten haben. „Ich habe," schrieb Dickens am 24. September, „an Miss Coutts einen Schmiedehammer-Bericht über die Lumpenschulen geschickt und da ich sah, daß sie in

---

[9] Lord Shaftesbury.

[10] Das Ende der ‚Lumpenschulen' wurde bezeichnet durch die Einführung der alle Volksklassen umfassenden Erziehungsbill von 1871. – D. Übers.

der Subskriptionsliste für geistliche Erziehung zweihundert Pfund gezeichnet hatte, bemühte ich mich, ihr klar zu machen, daß religiöse Mysterien und schwierige Glaubensbekenntnisse nicht für solche Schüler geeignet seien. Ich sagte ihr auch, daß es von unendlicher Bedeutung sei, sie rein zu *waschen*. In ihrer Antwort fragt sie mich, wie hoch die Miete einiger großen, luftigen Räumlichkeiten sich belaufen, und was die Baukosten für einen ordentlichen Bade- oder Reinigungsort sein würden, in Bezug auf welche Punkte ich mit den Autoritäten in Briefwechsel stehe. Ich zweifle nicht, daß sie alles tun wird, worum ich sie in dieser Sache bitte. Sie ist, ich erkläre es feierlich, ein vorzügliches Wesen, und ich hege die vollkommenste Zuneigung und Hochachtung für sie."

Eins der letzten Dinge, die er am Schluß des Jahres in ähnlichem Geiste tat, war, daß er sich erbot, die ‚Lumpenschulen' für die Edinburgh Review zu beschreiben. „Ich habe Napier gesagt," schrieb er mir, „daß ich eine Beschreibung davon geben will in einem Artikel über Erziehung, wenn die Review sich nicht fürchtet, gegen den kirchlichen Katechismus und andere bloße Formulare und Subtilitäten, in Bezug auf die Erziehung der Jungen und der Unwissenden aufzutreten. Ich fürchte, es ist äußerst unwahrscheinlich, daß sie so weit gehen wird." Seine Befürchtung war wohlbegründet; aber seine Bemerkungen aus jener Zeit bieten mir die Veranlassung, hinzuzufügen, daß seine Ungeduld gegen Meinungsverschiedenheiten hinsichtlich dieses Punktes mit Geistlichen der Hochkirche ihn bewogen hatte, während der letzten Jahre Sitze in der Kapelle der Unitarier in Little Portland-Street zu nehmen, für deren Prediger, Mr. Edward Tagart, er eine freundschaftliche Achtung empfand, welche auch dann noch fortdauerte, nachdem er aufgehört hatte, ein Mitglied seiner Gemeinde zu sein. Daß er diese zwei oder drei Jahre später verließ, weiß ich genau, und über die häufige Erregung seines Geistes und seiner Gedanken, in Bezug auf diesen allbedeutsamen Gegenstand, wird sich eine andere Gelegenheit finden zu sprechen. Aber in Bezug auf wesentliche Punkte hatte er nie stärkere Sympathien, als mit der Lehre und der Disziplin der Englischen Staatskirche; diesen vermochte er im Laufe der Zeit alle kleineren Meinungsverschiedenheiten anzupassen, und der unveränderliche Glaube an das Christentum selbst, unabhängig von Sekten und Schismen, der ihm in keiner Periode seines Lebens verloren gegangen war, fand am Schlusse desselben einen Ausdruck in seinem letzten Willen. Zwölf Monate vor seinem Tode wurden die folgenden Worte geschrieben. „Ich verordne, daß mein Name mit einfachen englischen Buchstaben auf mein Grab geschrieben wird … Ich beschwöre meine Freunde, mich unter keinen Umständen zum Gegenstande eines Denkmals, oder irgendeiner andern Ehrenbezeugung zu machen. Ich gründe meine Ansprüche auf das Andenken meines Vaterlandes, auf die Werke die ich veröffentlicht habe, und auf das Andenken meiner Freunde, nach der Erfahrung die sie im Leben von mir gehabt haben. Ich befehle meine Seele der Gnade Gottes, durch unsern Herrn und Heiland Jesus Christus und ich ermahne meine lieben Kinder, demütig zu versuchen, sich durch die Lehre des Neuen Testaments nach seinem lebendigen Geiste leiten zu lassen, und keines Menschen beschränkter Auslegung ihres Buchstabens Glauben zu schenken."

So tätig er in dem jetzt endenden Jahre gewesen, und so mannigfaltig seine Beschäftigungen waren, so vermochte er doch, in der höchsten Stimmung seines Genies, voll unveränderter Tatkraft für gute Werke, und von grenzloser Genußfähigkeit, die Schlußmonate dieses Jahres durch eine große Errungenschaft zu bezeichnen, an die er ohne die Enttäuschungen, welche das Jahr ihm auch gebracht, vielleicht nie gedacht hätte. Er hatte erst eine Woche nach seiner Rückkehr von Manchester, wo der Gedanke zuerst in ihm aufstieg, damit begonnen, und vor Ende November hatte er seinen denkwürdigen *Christmas Carol* beendet. Derselbe war das Resultat verstreuter Momente der Muße, die ihm von der Zeit, welche zwei Hefte seines *Chuzzlewit* erforderten, übrig blieb, und obgleich ursprünglich nur mit dem Zweck angefangen, dem Ertrage von *Chuzzlewit* etwas hinzuzufügen, kann ich doch seinen eignen Bericht darüber bestätigen, wie es ihm bei der Abfassung erging: mit welch seltsamer Gewalt ihn der Gegenstand als solcher ergriff, wie er dabei weinte und lachte, und wieder weinte, und sich in ungewöhnlichem Maße aufregte, und wie er im Nachdenken darüber manche Nacht drei oder vier Meilen durch die finstern Straßen Londons umherwanderte, nachdem alle nüchternen Leute zu Bett gegangen waren. Und als er damit fertig war, ließ er sich, wie er unserm Freunde Felton in Amerika erzählte, wie ein Wahnsinniger freien Lauf. „Forster ist wieder heraus," fügte er zur Erläuterung unserer praktischen Kommentare über seine Feier der heitern alten Jahreszeit hinzu, „und wenn er nach unserer Weihnachtsfeier nicht wieder hineingeht, muß er fürwahr sehr stark sein. Solche Festmahle, solche Bälle, solche Zaubereien, solches Blindekuhspielen, solches in's Theater gehen, solches Ausküssen alter und solches Einküssen neuer Jahre, hat nie zuvor in diesem Weltteil stattgefunden."

Und doch war dieses Jahr auch eine Zeit großer Unruhe und Enttäuschung für ihn gewesen, worüber ich jetzt reden muß. Ehe ich indes zu diesem Zweck zu seinen frühern Monaten zurückkehre, will ich einen Schritt in das neue Jahr tun, um eine Begebenheit zu erwähnen, die ihm dasselbe wichtig und bedeutend machte. Das Jahr 1844 war erst fünfzehn Tage alt, als ein dritter Sohn (sein fünftes Kind, welches den Namen seines Gevatters Francis Jeffrey erhielt) ihm geboren wurde, und hier ist die Antwort, die er zwei Tage später auf eine Einladung von Maclise, Stanfield und mir, mit uns in Richmond zu dinieren, ergehen ließ: „Devonshire Lodge, 17. Januar 1844. *Landsleute!* Die Aufforderung, durch welche Ihr mich geehrt habt, erweckt in meiner Brust Gefühle, die sich leichter empfinden als beschreiben lassen. Der Himmel segne Euch. Es wird mir zum Stolze gereichen, einem solchen Ersuchen Folge zu leisten. Ich hatte mich aus dem öffentlichen Leben zurückgezogen – auf immer, wie ich hoffte, – um den Abend meiner Tage hydropathischen Untersuchungen[11] und der Betrachtung der Tugend zu widmen. Zu diesem letzteren Zweck hatte ich mir einen Spiegel gekauft. – Aber, meine Freunde, persönliche Wünsche müssen immer dem ernsten Gefühl öffentlicher Pflichten weichen. Der Mensch geht in dem eingeladenen Gast unter, und ich willige ein. Ammen, nährende und nicht nährende, Apotheker, Schwiegermütter, Säuglinge, nebst all den süßen (und keuschen) Freuden des Privatlebens – es ist hart, meine Landsleute, sie zu verlassen. Aber Ihr habt mich gerufen, und ich will kommen. Landsleute, Euer Freund und gehorsamer Diener, *Charles Dickens.*"

---

[11] Die Wasserheilkunde betreffend.

Drittes Kapitel

Chuzzlewit-Enttäuschungen und das Weihnachtslied
1842–1844

Chuzzlewit war hinter allen in Bezug auf seinen Verkauf gehegten Erwartungen zurückgeblieben. Obgleich bei weitem das vorzüglichste von Dickens' bis dahin geschriebenen Werken, hatte das Publikum sich in weit geringerer Anzahl als um irgendeinen seiner Vorgänger darum geschart. Die ursprüngliche Ursache hiervon war höchst wahrscheinlich der Übergang zu wöchentlichen Heften bei der Veröffentlichung seiner beiden letzten Romane gewesen; denn bloße Gewohnheit übt auf alle Dinge dieser Welt einen stärkeren Einfluß aus als man denkt. Auch war die zeitweise Abwesenheit in Amerika einer unmittelbaren Wiederaufnahme der alten intimen Beziehungen mit seinen Lesern nicht günstig gewesen. Außerdem muß bemerkt werden, daß die Aufregung, durch welche ein nationaler Ruf auf der Fluthöhe erhalten wird, stets Abnahmen unterworfen bleibt, die zu launenhaft sind, um sich erklären zu lassen. Was jedoch auch die Ursachen sein mögen, die Tatsache einer ernstlichen Abnahme des Verkaufs seiner Werke, ohne eine entsprechende Abnahme ihrer Vortrefflichkeit oder des Rufes ihres Verfassers, war unleugbar. Sie war sehr vorübergehend, aber sie war da und mußte demgemäß berücksichtigt werden. Die 40–50 000 Käufer von *Pickwick* und *Nickleby*, die 60–70 000 der ersten Hefte des Unternehmens, das den *Raritätenladen* und *Barnaby Rudge* zu Tage förderte, waren auf wenig mehr als 20 000 herabgesunken. Sie stiegen etwas bei Martin's bedeutungsvoller Ankündigung am Ende des vierten Hefts: er wolle nach Amerika; aber obgleich man meinte, dieser Entschluß, den Dickens ebenso plötzlich faßte als sein Held, werde die Zahl seiner Leser vermehren, so beeinflußte ihn doch dieser Grund weniger als die Herausforderung, seine *Noten* zu bewahrheiten, die ihm jede Post von schonungslosen Kritikern jenseits des atlantischen Ozeans gebracht hatte. Die tatsächliche Wirkung der amerikanischen Episode auf den Verkauf war indes keineswegs groß. Ein paar Tausend neue Käufer wurden hinzugefügt, aber die höchste vor dem Schluß des Romans erreichte Zahl betrug zu keiner Zeit mehr als 20 000. Seitdem ist der Verkauf demjenigen von *Pickwick* und *Copperfield* am nächsten gekommen.

Jetzt aber sollte uns eine Wahrheit nahe gebracht werden, die wohl Wenigen, welche eine wirkliche oder mannigfache Erfahrung in solchen Dingen gehabt haben, nicht eingeprägt worden ist: daß nämlich die Verleger bitter schlechte Richter über einen Autor sind und daß es eine gewagte Sache ist, sie in Bezug auf das Schicksal oder das Los, welches ihn erwarten mag, zu Rate zu ziehen. Als ich den im September 1841 gemachten Kontrakt für dies Buch erwähnte, sprach ich von einer Klausel über die unwahrscheinliche Eventualität, daß der Ertrag für gewisse notwendige Rückzahlungen nicht ausreichen sollte. In diesem unwahrscheinlichen Falle, der nach dem Ertrag der fünf ersten Hefte erwogen werden sollte, sollten die Verleger Vollmacht haben, 50 Pfd. St. monatlich von den aus den Kosten eines jeden Heftes an den Verfasser zahlbaren 200 Pfd. für sich zu behalten. Aber obgleich diese Klausel mit meinem Wissen eingeschaltet war, wußte ich auch zu viel von den vorhergängigen Beziehungen der kontrahierenden Parteien, um mehr darin zu sehen, als eine bloße Form zur Zufriedenstellung der dabei beteiligten Advokaten. Das fünfte Heft, welches Martin und Mark in Amerika landete, und das sechste, welches ihre ersten Erfahrungen beschrieb, waren herausgekommen und am Vorabend des siebenten, in dem Mrs. Gamp zuerst auftreten sollte, hörte ich zu meinem unendlichen Bedauern, daß Mr. Hall, der jüngere Teilhaber der Firma, die sich durch *Pickwick* und *Nickleby* bereichert hatte, ein sehr freundlicher wohlwollender Mann, gegen den Verfasser jener Bücher eine unbedachte Andeutung habe fallen lassen, es möge wünschenswert sein, jene Klausel in Kraft zu setzen. Sie war ihm entfallen, ohne daß er daran dachte, was alles daran hänge. Gewiß ist, daß der ältere Teilhaber, wie weit seine ebenso unbedachte Einwilligung auch für den Augenblick gehen mochte, sie immer sehr bedauerte und sich bemühte, sein Bedauern zu zeigen; allein das Unheil war geschehen und für den Augenblick unabänderlich.

„Ich bin so gereizt," schrieb mir Dickens am 28. Juni, „so an dem zartesten Teil meines Augenlides mit Seesalz gerieben durch das, was ich Dir gestern erzählte, daß eine Art falsches Feuer mir im Kopfe brennt und ich nicht glaube, daß ich schreiben kann. Nichtsdestoweniger versuche ich es. Sollte es mir gelingen, und sollte ich heute Morgen nicht zu Dir kommen, wirst Du dann nach dem Essen im Club oder sonstwo zu treffen sein? Es ist mein fester Entschluß, das Geld zu bezahlen; und ehe ich die Sache mit irgendjemand bespreche, möchte ich, daß Du in meinem Namen die eine vorläufige Frage an Bradbury und Evans richtetest. Es ist jetzt mehr als anderthalb Jahre, seit Clowes in mich drang, ihm ein Gehör zu geben, falls ich je an eine

Änderung meiner Pläne denken sollte. Ein Drucker ist besser als ein Buchhändler, und es liegt ebenso sehr im Interesse eines solchen (wenn nicht mehrerer), sich mit mir zu verbinden. Wer oder was es aber auch sein mag, ich bin fest entschlossen, Chapman und Hall abzubezahlen. Und wenn das geschehen ist, werde ich Mr. Hall etwas von meiner Meinung sagen."

Was er unter der vorgeschlagenen Rückzahlung verstand, ergibt sich aus dem, was früher über seine Verträge mit diesen Herren bei dem Wiederankauf des Verlagsrechts seiner ersten Bücher gesagt wurde. Ohne durch diese Ankündigung überrascht zu sein, bewog ich ihn doch, seine Pläne bis zu seiner Rückkehr von Broadstairs im Oktober zu vertagen, und was ich ihm dann auseinandersetzte, führte zu denkwürdigen Entschlüssen. Die Mitteilung, welche ich seinem Wunsche gemäß an seine Drucker gemacht hatte, hatte diese zu sehr überrascht, als daß sie ein klares Urteil darüber bilden konnten und sie antworteten mit Vorschlägen, die in der Tat ein Geständnis jenes Mangels an Vertrauen zu sich selbst waren. Sie redeten von den großen Erfolgen, welche eine neue billige Ausgabe seiner Schriften haben würde; sie drangen stark auf ein solches Unternehmen und sie erboten sich, eine so große Summe als er wünschte, für die Herstellung eines von ihm herausgegebenen Magazins oder einer sonstigen Zeitschrift zu verwenden. Kurz, die möglichen Gefahren, denen sie sich aussetzten, wenn sie die Stellung sowohl von Verlegern als von Druckern neuer Werke aus seiner Feder übernahmen, schienen zuerst so viel größer als bei näherer Untersuchung der Fall war, daß sie sofort davor zurückschreckten, denselben zu begegnen. Und daher der bemerkenswerte Brief (vom 1. November 1843), den ich nur einschalte.

„Staune nicht über die Neuheit und den Umfang meiner Pläne. Beide machten zuerst mich selbst staunen; aber ich bin von ihrer Weisheit und Notwendigkeit überzeugt. Ich scheue mich gerade jetzt vor einem Magazin. Ich halte die Zeit nicht für geeignet, die Aussichten nicht für günstig. Ich mag mich nicht vor die Leute hinstellen als jemand, der nach Leibeskräften um's liebe Brot schreibt, halsüberkopf, gerade am Schlusse eines Buches, das mir soviel genommen hat, wie *Chuzzlewit*. Ich fürchte, ich könnte es nicht mit Gerechtigkeit gegen mich selbst tun. Ich weiß, daß, was wir auch zuerst sagen mögen, ein neues Magazin, oder ein neues Irgendetwas, so viel Hilfe erfordern würde, daß ich notgedrungen (gerade wie bei der *Wanduhr*) in der alten Weise daran würde teilnehmen müssen. Ich fürchte den Wunsch von Bradbury und Evans, die billige Ausgabe meiner Bücher, oder eines derselben, vorzeitig herbeizuzwingen. Ich bin überzeugt, daß eine solche, wenn sie schon jetzt stattfände, mir und meinem Eigentumsrecht daran ungeheuern Schaden zufügen würde. Es ist sehr natürlich, daß sie es wünschen; aber da sie es wünschen, glaube ich nicht, daß sie mich in irgendeinem andern Lichte betrachten, als sie irgendeinen andern Menschen bei einer Spekulation betrachten würden. Ich erkenne, daß dies in der Tat auch Deine Meinung ist und ich sehe nicht, was ich in diesem Falle gewinnen würde, wenn ich Chapman und Hall verlasse. Hätte ich einen guten Verdienst gehabt, so würde ich ohne Frage für ein Jahr vor dem Auge des Publikums verschwinden, und meinen Vorrat von Beschreibung und Beobachtung vergrößern, indem ich Länder sähe, die mir neu sind, Länder, die ich notwendigerweise sehen muß und die ich bei dem Anwachs meiner Familie kaum hoffen darf zu sehen, wenn ich sie nicht jetzt sehe. Schon seit einiger Zeit habe ich diese Hoffnung und Absicht gehegt, und obgleich ich noch kein Geld gemacht habe, finde ich oder bilde ich mir ein, daß ich in der Lage bin, sie zu verwirklichen. Und folgendes ist der Plan, den ich im Auge habe. Am Schlusse von *Chuzzlewit* (um welche Zeit meine Schuld bedeutend ermäßigt sein wird) beabsichtige ich, von Chapman und Hall meinen Anteil an dem Ertrage zu ziehen – Wechsel oder Geld, ist mir einerlei. Ich beabsichtige ihnen zu sagen, daß es nicht wahrscheinlich ist, daß ich auf Zeit eines Jahres etwas tun werde, daß ich inzwischen keine Verträge mit irgendjemand eingehe und daß unsre geschäftlichen Beziehungen in statu quo bleiben. Dasselbe an Bradbury und Evans. Ich werde mein Haus vermieten, wenn ich kann, wenn nicht, es zum Vermieten hinterlassen. Ich werde meine ganze Familie und zwei Domestiken – höchstens drei – nach einem Orte bringen, von dem ich im voraus weiß, daß er billig ist und ein schönes Klima hat, in der Normandie oder in der Bretagne, wohin ich zuerst gehen und ein Haus auf sechs oder acht Monate mieten will. Während dieser Zeit werde ich die Schweiz durchwandern, über die Alpen gehen, Italien und Frankreich bereisen, Kate vielleicht nach Rom und Venedig mitnehmen, aber nirgendwo sonst hin; und kurz, alles sehen was zu sehen ist. Ich werde Dir von Zeit zu Zeit meine Beschreibungen schicken, gerade wie ich's in Amerika tat, und Du wirst beurteilen können, ob sich auf dieser Grundlage ein neues und anziehendes Buch herstellen läßt, oder nicht. Zugleich werde ich die Geschichte durchdenken können, die ich im Sinne habe, und die vielleicht mit großem Vorteil zuerst in Paris erscheinen möchte – doch das ist eine andere Sache, die wir zusammen besprechen müssen. Und natürlich bin ich auch noch nicht entschieden, ob ein Buch über meine Reisen oder dieses das erste sein soll. ‚Alles schön genug', sagst Du, ‚wenn Du nur

Geld genug hättest'. Gut; aber wenn ich die Möglichkeit vor mir sehe, das Nötige zu bekommen, ohne mich in irgendwelcher Form an irgendetwas zu binden, ohne Zinsen zu bezahlen oder Sicherheit, Bürgschaft zu leisten, außer die meiner fünftausend Pfund Lebensversicherung, dann würdest Du diesen Einwand fallen lassen müssen. Und ich habe Verpflichtungen gegen keinen Buchhändler, Drucker, Geldverleiher, Bankier oder Patron irgendwelcher Art und befestige ganz entschieden meine Stellung bei meinen Lesern, statt sie tropfenweise zu schwächen, wie sonst geschehen muß. Ist das nicht so? Und ist das nicht der Weg, der klar vor mir liegt? Ich nehme an, daß Du selbst in Wahrheit denkst, daß das woran ich zuerst dachte, nicht der Weg ist. Ich habe Dir, wie ich vorhergesagt habe, meinen Plan sehr schlecht auseinandergesetzt. Ich sehe seine großen Vorzüge, gegenüber manchen entgegenstehenden Nachteilen – wie das Verlassen Englands, der Heimat, der Freunde, alles dessen, was ich liebe, – aber es scheint mir, in einer kritischen Zeit, der Schritt, der mir helfen muß. Gesegnet sei Mariotti, mein italienischer Lehrer, und sein Schüler! – Wenn Du noch etwas Atem übrig hast, sage Topping wie es Dir geht."

Ich hatte allerdings nicht viel Atem mehr übrig, nachdem ich diesen Brief gelesen, der inmitten der Zerstreuungen seiner Arbeit, während er sowohl das *Weihnachtslied* als *Chuzzlewit* in Händen hatte, geschrieben war; aber den ungenügenden Atem, der mir noch blieb, verwendete ich gegen seinen Plan und zu Gunsten einer viel sorgfältigeren Überlegung desselben, ehe er sich für irgendetwas entscheide. „Ich erwartete," schrieb er am folgenden Tage (2. November), „daß Du staunen würdest. Wenn ich selbst staunte, als mir dieser Plan zu Reisen im Auslande zuerst vor Monaten in den Kopf kam, wie viel mehr mußt Du es, dem der Gedanke ganz neu ist: für den er erst nach Stunden zählt! Doch mein Entschluß steht fest, sehr fest. Ich bin überzeugt, daß meine Ausgaben drüben nicht mehr als die Hälfte meiner Ausgaben hier betragen würden; der Einfluß eines Luftwechsels und der Natur auf mich, ist ungeheuer. Du weißt ebenso gut als ich, daß ich *Chuzzlewit* in hundert Beziehungen für bei weitem den besten meiner Romane halte; daß ich mein Talent jetzt mehr als je empfinde; daß ich größeres Zutrauen zu mir selbst habe, als ich je zuvor hatte, daß ich weiß, wenn meine Gesundheit nur fest bleibt, daß ich meine Stelle in den Geistern denkender Menschen behaupten kann, sollten morgen auch fünfzig neue Autoren auftauchen. Aber wieviele Leser denken dies nicht! Wieviele nehmen auf Treu und Glauben das Gerede von Schelmen und Idioten an: man schreibe zu schnell, schreibe oder hetze die Dinge zu Tode! Wie kalt nahm man eben dieses Buch

Monate lang auf, bis es die Gemüter mit Macht einnahm, ohne an Absatz zuzunehmen. Schriebe ich für vierzigtausend Forsters oder für vierzigtausend Leute, die wissen, daß ich schreibe weil ich nicht anders kann, so würde ich nicht nötig haben, den Schauplatz zu verlassen. Aber gerade dies Buch warnt mich, daß, wenn ich ihn überhaupt auf eine Zeit verlassen kann, es besser wäre, ich verließe ihn jetzt. Abgesehen davon fühle ich, daß mir nach dieser Arbeit ein längeres Ausruhen gut tun würde. Du sagst, zwei oder drei Monate, weil Du daran gewöhnt gewesen bist, mich acht Jahre lang nie aufhören zu sehen. Aber eine solche Ruhe würde nicht genügen. Es ist unmöglich, das Gehirn fortwährend in diesem Maße anzustrengen. Der Geist der Arbeit selbst läßt eine entsetzliche Niedergeschlagenheit zurück, wenn sie getan ist, und es muß nachteilig auf den Geist wirken, wenn sich das sobald erneuert, wenn er so selten in Ruhe gelassen wird. Was würde der arme Scott gegeben haben, hätte er als junger Mann, aus freiem Antrieb, in's Ausland reisen können, statt als ein Faselhans, in seinem kläglichen Verfall, dorthin zu kriechen! Ich sagte selbst in meinem Briefe an Dich, Deine Bemerkung darüber antizipierend, es sei eine Frage, womit ich zuerst wieder hervortreten solle. Das Reisebuch, wenn es überhaupt geschrieben werden soll, würde mir sehr wenig Mühe kosten und würde ganz gewiß einen bedeutenden Teil meiner Ausgaben decken, wenn es veröffentlicht würde. Wir haben über unser Baby gesprochen und daß wir es hier bei meiner Schwiegermutter lassen wollen. Daß die Kinder nach Frankreich gehen, kann ihnen in dem gewöhnlichen Lauf der Dinge nur gut tun. Und außerdem ist die Frage, was es demjenigen tun würde, wodurch sie leben, nicht, was es ihnen tun würde. Ich hatte den von Dir berührten Punkt in den Unterhandlungen mit Bradbury und Evans vergessen. Aber sie schlugen jedenfalls die sofortige Veröffentlichung einer neuen Ausgabe meiner Schriften, oder doch einiger derselben, vor und ich weiß natürlich, daß ich, wie Du andeutest, mich dadurch mit dem Notwendigen versehen könnte. Das heißt die Sache einfach als eine Geschäftsangelegenheit auffassen und sie als solche empfinden. Und würde ich, von diesem rein geschäftlichen Gesichtspunkte aus, sowohl ihnen, oder irgendwelchem andern Buchhändler, als dem Publikum gegenüber, nicht weit besser stehen – nach einem Jahre, wenn man weiß, daß ich in der Zwischenzeit so viel gesehen habe? Der Grund, welcher Dich auf diesen Plan mit Abneigung hinblicken läßt – Trennung auf so lange Zeit – wiegt gleich schwer bei mir. Außer dem natürlichen Verlangen, jene großen Szenen gesehen zu haben, sehe ich wenig Vergnügen darin; ich verspreche mir, während ich dort bin, keinen Genuß davon. Ich bin dahin gekommen, es als eine Sache der Politik und der Pflicht zu betrachten. Ich habe noch tausend andere Gründe, werde aber selbst bald bei Dir sein."

Es gab noch andere Schwierigkeiten, die ich ihm dringend vorstellte, um ihn wenigstens vorläufig von Schritten abzuhalten, welche seinen Entschluß unwiderruflich gemacht haben würden, und er gab ein wenig nach. Allein sein Drängen erneuerte sich bald nachher. „Ich habe" (schrieb er am 10. November) „den ganzen Tag in Chuzzlewit-Wehen zugebracht – nur empfangend. Morgen hoffe ich zu gebären. Willst Du um sechs Uhr hierher kommen? Ich möchte einige Worte mit Dir reden über den Umschlag des *Weihnachtsliedes* und die Annoncen, und Dich auch über einen schwierigen Punkt in der Erzählung um Rat fragen. Ich glaube, sie wird gut werden. Mac wird etwas später bei mir vorsprechen, und wir können dann alle drei zusammen zu Bulwer gehen. Und um Gottes Willen, mein lieber Mensch, überlege Dir die Angelegenheit mit Chapman und Hall, und betrachte meinen Plan als eine abgemachte Sache. Wenn Du nicht zu ihnen gehen magst, muß ich an sie schreiben." Mein Widerstreben in Bezug auf die seine alten Verleger betreffende Frage stand im Zusammenhang mit der kleinen Geschichte, die er inmitten aller Aufregungen und Mühen und Chuzzlewit-Wehen mit fester Hand ihrem Schlusse zuführte, und die ein glänzender Beweis dafür bleibt, wie vollkommen Recht er hatte mit seiner unmittelbar vorher gemachten Behauptung über das Gefühl von Kraft, dessen er sich bewußt sei und sein Vertrauen, daß seine Leistungsfähigkeit nie größer gewesen als zu der Zeit, wo seine Leser so von ihm abfielen. Er hatte die Veröffentlichung des *Carol* auf seine eigene Rechnung, unter den gewöhnlichen Kommissionsbedingungen, der Firma anvertraut, mit der er so lange in Verbindung gestanden hatte, und meiner Ansicht nach setzte er die Chancen des kleinen Buches einer nutzlosen Gefahr aus, wenn er in einem solchen Augenblick, ohne daß es absolut notwendig war, der Firma seine Absicht, mit ihr zu brechen, ankündete. Er gab diesen Gründen nach; aber der Erfolg war, wie sich zeigen wird, weniger günstig als ich gehofft hatte.

So sehr jedoch Enttäuschungen und Widerwärtigkeiten ihn bedrängen mochten, sobald er nur mit ganzer Seele bei der Arbeit war, war alles vergessen. Seine Stimmung färbte natürlich alles heiter oder trübe, und seine gegenwärtigen Aussichten wurden durch eingebildete Besorgnisse getrübt; aber es war unzweifelhaft, daß seine Arbeiten und Erfolge bis dahin andere mehr bereichert hatten als ihn selbst, und während er wußte, daß seine Lebensweise sich auf's strengste dem angepaßt hatte, was er für seine Mittel hielt, machte der erste Argwohn, daß diese letztern nicht ausreichend sein könnten, einer so geraden Natur eine Veränderung zur Notwendigkeit. Es war der Wendepunkt seiner Laufbahn und der Ausgang rechtfertigte ihn schließlich, obgleich nicht unmittelbar. Viel von seiner gegenwärtigen Rastlosigkeit schrieb ich selbst nur zu bereitwillig jener Liebe zur Veränderung zu, die immer aus seinem leidenschaftlichen Verlangen entsprang, seine Beobachtungen zu bereichern und auszudehnen; aber auch in Hinsicht hierauf bewies der Erfolg, daß er Recht hatte, wenn er glaubte, daß die bloße Wirkung solcher weiteren Reisen ihm zu entschiedenem geistigen Nutzen gereichen müsse. Hier sprach er freilich aus Erfahrung, denn schon aus Amerika war er mit einem erweiterten Gesichtskreise und größerer Reife des Geistes zurückgekehrt. Ebenso muß jetzt zugegeben werden, daß die Geldverlegenheiten, auf die er so dringend hinwies, unzweifelhaft waren. Außer seinen eignen notwendigerweise zunehmenden häuslichen Ausgaben, wurden viele nie befriedigte, beständig wiederkehrende Ansprüche aus dem Familienkreise an ihn gestellt, die sich darum nicht leichter vermeiden ließen, weil sie unvernünftig und ungerecht waren; und es war, nachdem er mir einen solchen Anspruch mit großer Bitterkeit beschrieben, wenige Tage nach dem zuletzt angeführten Briefe, daß er (19. November) meine darüber gemachten Bemerkungen folgendermaßen erwiderte: „Ich war eine Weile furchtbar verstimmt; denn ich war früh aufgestanden und voller Interesse für die vor mir liegende Arbeit. Aber nachdem ich meinem Herzen durch jenen Brief an Dich Luft gemacht, und einigemal im Zimmer auf- und abgegangen war, ging ich wieder an's Werk und wurde bald so interessiert, daß ich bis neun Uhr gestern Abend daran forthämmerte, nachdem ich nur eine Pause von zehn Minuten für das Essen gemacht hatte. Ich glaube, ich habe gestern acht Druckseiten von *Chuzzlewit* geschrieben. Die Folge ist, daß ich heute damit fertig werden könnte, aber ich mache mir's leicht, und bin äußerst vergnügt dabei." Unglücklicherweise stand ihm schon den Tag nachher eine Wiederholung ganz derselben Belästigung, in vergrößerter Gestalt, bevor, und mir eine frische Mahnung an Das, was allmählich zu einem festen Entschlusse wurde. „Ich spreche ganz ernst und nüchtern, wenn ich sage, daß ich ernstlich daran denke, meine ganze Menagerie auf drei Jahre nach Italien zu führen."

*

Ich muß jetzt einige Bemerkungen über das Buch machen, welches so verschiedene Gefühle erweckte und solche Glückswechsel veranlaßte, und im Einklang mit der bisher von mir befolgten Regel werden diese Bemerkungen nicht so sehr kritisch als biographisch sein. Er war nach Italien abgereist, ehe das Ende des Romans erschien, und der Empfang desselben entsprach eine Zeit lang genau dem, was sein eben zitierter Brief andeutet. Er hatte sich der öffentlichen Meinung in höherm Grade bemächtigt, ohne daß sein Verkauf zugenommen hatte. Man empfand allgemein, daß er einen Fortschritt gegen seine früheren Werke bezeichnete und Dickens' eigene Ansicht, daß dieser Roman in hundert Beziehungen bei weitem sein bester sei, (weniger auf der Oberfläche, als wenn man die tieferen Springfedern der Charaktere berücksichtigt) kann nicht in Frage gestellt werden. Auch würde es nicht schwer sein, mit einem einzigen Worte zu sagen, worin die Vortrefflichkeit bestand, welche ihm diesen Rang sicherte. Dickens hatte seine höchste Fähigkeit darin ins Spiel gebracht: über alle andern Eigenschaften hinaus hatte er seiner Phantasie ein freies Feld eröffnet, und er gab dem Unterschied zwischen seinen früheren und seinen späteren Büchern in dieser Beziehung zuerst Ausdruck. Auch ganz abgesehen hiervon, werden seine Briefe eine bereits gemachte Bemerkung über den Grad, in welchem seine Geisteskraft durch die Wirkungen des Besuches in Amerika vertieft und erweitert war, bestätigt haben.

In Anlage und Ausführung des Planes ist *Martin Chuzzlewit* mangelhaft; Charakteristik und Schilderung bilden seine Hauptstärke. Aber was er als Roman durch die amerikanische Episode verlor, gewann er nach der andern Seite, indem der junge Martin durch glückliche Benutzung einer bittern Erfahrung seinen Pfuhl von Selbstsucht in dem Giftsumpf Eden's abschüttelt. Dickens gestand übrigens oft, wie viele Schwierigkeiten diese Lücke in dem Hauptgang seiner Erzählung ihm verursacht habe, und ich will ein Beispiel aus einem Briefe anführen, den er mir schrieb, während er an dem Heft arbeitete, in welchem Jonas seine Frau in ihr elendes Haus führt. „Ich schreibe in Eile (28. Juli 1843), denn ich bin den ganzen Tag an der Arbeit gewesen und habe, da es mir gegen den Strich geht, nach Amerika zurückzukehren, während der Schwerpunkt meines Interesses an den andern Teilen der Geschichte liegt, nur langsame Fortschritte gemacht. Ich beabsichtige stark, Sydney's Liebling[12] auszuarbeiten und sehne mich, wieder bei ihm zu sein." Aber solche Hemmnisse entsprachen bei Dickens stets nur dem Grade der Fähigkeit und Erfindungsgabe womit

---

[12] Chuffey. Sydney Smith hatte bei dem Erscheinen des vierten Heftes, zu Anfang April, an Dickens geschrieben: „Chuffey ist vortrefflich ... Ich habe nie etwas schöner Geschriebenes gelesen: es ist tief pathetisch und ergreifend."

er sie überwand, und nie war seine Charakterentwicklung so meisterhaft gewesen als in *Chuzzlewit*. Die in seinen frühern Büchern geschilderten Persönlichkeiten waren angenehmer gewesen, aber nie so voll von Bedeutung, welche durch eine so umfassende, leichte und feste Behandlung entfaltet wurde. Sowohl hierin, als in der leidenschaftlichen Lebhaftigkeit seiner Schilderungen, macht die Kraft der Phantasie sich fühlbar. Die windige Herbstnacht mit der tollen Verzweiflung der wirbelnden Blätter und der prasselnden Heiterkeit der lodernden Dorfschmiede; der Markttag in Salisbury; der winterliche Spaziergang und die nächtliche Postfahrt nach London; die Seereise über den Atlantischen Ozean; die stürmische Mitternachtfahrt vor dem Morde, das verstohlene Unternehmen und die feige Rückkehr des Mörders – dies alles sind Beispiele von Schilderungen ersten Ranges, originell in der Anlage, phantasievoll in allen Einzelheiten und sehr vollständig in der Ausführung. Aber noch besser läßt die höhere Kraft, auf welche ich hier aufmerksam mache, sich in den Personen und dem Dialog erkennen. Ohne die geringste Abwesenheit oder Verminderung seiner scharf ausgeprägten realistischen Eigentümlichkeit, findet man mehr von jenen seinen Eigenschaften, welche die Reflexion befriedigen. Man hat in diesem Buche meist nicht nur Beobachtung, sondern das Ergebnis derselben, sowohl Erkenntnis als Tatsachen. Während man das unmittelbar verfließende Leben ebenso lebendig vorüberziehen sieht, wird man sich zugleich des darüber hinausliegenden dauernden Lebens bewußter. Dickens hatte daher noch nichts auch nur annähernd so Bedeutendes geschrieben. Er hatte ebenso wahr geforscht und ebenso scharf satirisiert; aber er hatte noch nie jene phantasievolle Einsicht gezeigt, mit welcher sein Humor und seine Kunst hier das Mark der Laster seiner Zeit durchdrangen.

Indem er mir am 15. August das zweite Kapitel seines achten Heftes schickte, gab er mir die letzten Nachrichten aus Amerika. „Ich entnehme einem Briefe, den ich heute Morgen erhielt, daß Martin die Leute drüben am andern Ufer in die tollste Wut des Wahnsinns versetzt hat. Ich möchte, daß Du Folgendes bedächtest. Glaubst Du nicht, es wäre an der Zeit für mich, zu erklären, daß die mir gewidmeten öffentlichen Festlichkeiten in den Vereinigten Staaten entweder schon angenommen waren, ehe ich meine Reise antrat, oder in der ersten Woche nach meiner Ankunft angenommen wurden; und daß ich, sobald ich einigermaßen mit dem Lande bekannt zu werden begann, jede öffentliche Anerkennung zurückwies, außer derjenigen, die mir zur Zerstörung meines Friedens und meiner Behaglichkeit aufgezwungen wurde, und daß ich aus meinen wirklichen Gefühlen kein Geheimnis machte?" Wir stimmten in diesem Punkte nicht überein und er gab seinen Gedanken auf, obgleich sein Korrespondent die Heftigkeit des Ausbruchs in den Vereinigten Staaten, als jene Kapitel über ihnen losplatzten, nicht übertrieben hatte. Aber die Amerikaner sind, wenngleich ein heftiges, doch ein gutmütiges und sehr versöhnliches Volk; und nachdem einige Zeit vergangen war, wurde das Gelächter über den staunenswürdigen Spaß und die Komik jener Szenen auf der andern Seite des Atlantischen Ozeans gerade so groß als unsere Heiterkeit auf dieser Seite. Nach einigem Nachdenken hatten die Amerikaner ohne Zweifel angefangen zu sehen, daß weder der Vorteil ganz bei uns lag, noch das Gelächter ganz gegen sie ging.

Jedenfalls hatten sie keinen Pecksniff. Erzeugt in einem giftigeren Sumpfe als ihrem Eden, von weit längerer Dauer und viel schwerer auszutrocknen, war Pecksniff ganz unser eigen. Das Geständnis ist kein erfreuliches für unsern Nationalstolz; aber dieser Charakter ist insofern echt englisch, daß, obgleich unsere Landsleute der Regel nach keineswegs Pecksniffs sind, es doch ihre vorherrschende Schwäche ist, die Rasse der Pecksniffs zu begünstigen und aufzumuntern. Wenn man den Charakter übertrieben nennt und behauptet, die Züge seien zu stark aufgetragen, um irgendjemand zu täuschen, so weigert man sich nur, ganz natürlicherweise, in einem Buche zu genehmigen, was man sein halbes Leben duldet, wenn nicht verehrt. Als Erläuterung seiner nie fehlenden Erfahrung, der gemäß er sich gezwungen fand, in seinen Büchern das was er als wirklich kannte, abzuschwächen aus Furcht, man möge es für unmöglich halten, hatte Dickens schon in seinem Vorwort zu *Nickleby* die Bemerkung gemacht, daß die Welt, die in Hinsicht auf das, was sich für wahr ausgibt, so leichtgläubig ist, ungläubig ist in Hinsicht auf das, was sich für erdichtet ausgibt. Man kommt überein, sich in etwas Wirklichem täuschen zu lassen und entschädigt sich dafür, indem man sich in einer Dichtung nicht täuschen lassen will. Daß sehr viele Leute, die als Modelle für Pecksniff hätten sitzen können, ihn wegen seiner grotesken Unmöglichkeit verurteilten, wie Dickens behauptete, war nicht mehr als sich erwarten ließ. Wichtiger ist seine Enthüllung einer größeren Gefahr, indem er auf die größere Zahl derer hinweist, die, mit dem Verlangen für besser gehalten zu werden als sie sind, eifrig Anmaßungen unterstützen, welche ihre eigenen befördern, und ohne Pecksniffs zu sein, die Pecksniffs möglich machen. Der Anblick aller Betrügereien würden etwas zu Verdächtiges und Abschreckendes haben, wären wir nicht bereit, ihnen auf halbem Wege entgegenzukommen.

Selbst von diesem Gesichtspunkt aus genießen wir jedoch einen Vorzug, auf den ein französischer Kritiker vor kurzem hingewiesen hat. Indem er uns benachrichtigt, daß es in Frankreich keine Pecksniffs gibt, erklärt Mr. Taine dies durch den Umstand, daß seine Landsleute aufgehört haben nach der Tugend zu streben, und sich nur zu Lastern bekennen; daß ein Scharlatan, der sich ein moralisches Ansehen gebe, auf keinerlei Anhänger rechnen dürfe; daß die Religion und die häuslichen Tugenden so vollständig in die Brüche gegangen, daß es nicht mehr der Mühe wert ist, sie als täuschendes Gewand anzulegen und daß, da es keine Grundsätze mehr gibt, mit denen man Staat machen könnte, dem neuern französischen Tartüffe weiter nichts übrig bleibt, als Schwächen einzugestehen und zu übertreiben. Hier scheinen wir eine Art von Vorzug zu genießen. Wir verlangen wenigstens, daß die respektable Huldigung, welche das Laster der Tugend darbringt, nicht unterbleibt. „Meine liebe Charity," sagt unser englischer Tartüffe, wenn man ihn geradeaus fragt, was er eigentlich ist, „wenn ich heute Abend beim zu Bett gehen mein Licht nehme, erinnere ich mich daran, daß ich mehr als gewöhnlich für Mr. Anthony Chuzzlewit bete, der mir ein Unrecht getan hat." Keine noch so große Nachsicht gegen sich selbst schwächt oder stimmt seinen frommen nachdenklichen Ton ab. „Das sind ihre Töchter," bemerkt er, indem er Mrs. Todgers im Andenken an seine verstorbene Frau sentimentale Eröffnungen macht. „Mercy und Charity, Charity und Mercy, keine unheiligen Namen, wie ich hoffe. Sie war schön. Sie hatte ein kleines Vermögen." Wenn sein Zustand so viel schlimmer als sentimental geworden ist, daß seine Freunde ihn zu Bett bringen müssen, haben sie noch nicht Zeit gehabt, die Treppe hinabzusteigen, als sie ihn oben an dem höchsten Treppenvorsprung ‚flattern' sehen, mit dem Wunsche, ihre Empfindungen über die Natur des Menschenlebens zu sammeln. „Laßt uns moralisch sein. Laßt uns über das Leben nachdenken." Er jagt seinen alten Schüler aus dem Hause, indem er eine Haltung annimmt, als segne er ihn, und wenn er diese gesellschaftliche Pflicht erfüllt hat, zieht er sich zurück, um seinen persönlichen Tribut einiger Tränen in dem Hintergarten zu vergießen. Keine denkbare Lage, Handlung oder Äußerung findet ihn ohne das Laster, von dem sein ganzes Wesen durchtränkt und gesättigt ist. Die Praxis desselben ist bei ihm von so vollendeter Konsequenz, daß er sie auch in seinem eigenen Hause seinen Töchtern gegenüber aufrecht erhält, und aus der bloßen Gewohnheit, auch sich selbst gegenüber den Schein aufrecht zu erhalten, in die ihm von Jonas gelegte Falle geht. Thackeray pflegte zu sagen, es gebe nichts Schöneres auf dem Gebiet des Schurkentums, als dieser Ruin Pecksniffs durch seinen Schwiegersohn, in demselben Augenblick wo der salbungsvolle Heuchler meint, er selber vollende sein Meisterstück der Verstellung über den gemeineren, rückhaltlosen Spitzbuben. „‚Jonas, rief Pecksniff mit tief gerührter Stimme. Ich bin kein Diplomat; mein Herz liegt offen in meiner Hand. Bei weitem der größte Teil der unbedeutenden Ersparnisse, die ich in dem Laufe eines, wie ich hoffe, nicht unehrenhaften oder nutzlosen Lebens angesammelt habe, ist bereits weggegeben, hinterlassen oder vermacht (verbessere mich, mein lieber Jonas, wenn ich nicht den richtigen technischen Ausdruck gebrauche), mit Ausdrücken des Vertrauens, die ich nicht wiederholen will und in Papieren, die es unnötig ist, zu erwähnen, an eine Person, die ich nicht nennen kann, nicht nennen will, nicht zu nennen brauche.' Hier drückte er die Hand seines Schwiegersohns mit Wärme, als hätte er hinzufügen wollen: ‚Gott segne Dich; gehe sorgfältig damit um, wenn Du es bekommst.'"

Sicher ist, daß Dickens bis jetzt nichts geschrieben hatte, worin das Detail mit so eingehendem und unvergleichlichem Geschick behandelt war, wie in diesem Roman; wo der Reichtum komischer Situationen mit solch überfließender Fülle auf einzelne Charakterfiguren ausgeströmt war, oder wo überhaupt in dem ganzen Verlauf der Darstellung die Schärfe seiner Beobachtung persönlicher Launen und Laster eine so reiche Mannigfaltigkeit phantasievoller Formen angenommen hatte. In der Tat war ihm alles in *Chuzzlewit* unter den Händen gewachsen, wie dies bei einem Menschen von Genie gewöhnlich der Fall ist; denn er weiß nie, wohin eine Konzeption, bei dem Reichtum der Entwicklung und der Umstände den sie selbst erschafft, ihn führen mag. „Die Art," schrieb er mir über die beiden hervorragendsten Gestalten des Romans, nachdem ihre ganze Entwicklungsfähigkeit ihm klar geworden war, „die Art, auf welche diese Charaktere sich entwickelt haben, ist für mich einer der überraschendsten geistigen Prozesse auf diesem Felde der Erfindung. Das, was man weiß als Tatsache gegeben, kommt das was man nicht weiß zum Vorschein; und ich bin so absolut davon überzeugt, daß auch dies wahr ist, wie von dem Gesetz der Schwere – ja, wäre das möglich, in noch höherem Grade." Diese Bemerkung zeigt genau, was bei allen seinen bedeutenden Charakteren der schöpferische Prozeß in ihm war.

Auch hatte er nicht bloß in der Behandlung seines gegenwärtigen Dichterwerkes Höheres geleistet als in seinen früheren Romanen, sondern ebenfalls in dessen Gegenstand und Anlage. Was er im Großen und Ganzen bezweckte, würde er, hätte ich ihm nicht davon abgeraten, auf dem Titelblatt ausgedrückt haben, indem er als Motto einen etwas abgeänderten Vers aus seinem früher erwähnten Prolog dorthin gesetzt hätte: „Eure Häuser sind hier die Szene; ihr selbst die Schauspieler." Schuldgefängnisse, das Bumbletum der Gemeindeverwaltung, die Schulen von Yorkshire waren nichtswürdig genug; aber etwas Pestbringenderes war jetzt das Ziel seiner Satire, und nie vorher hatte er gleiche Kraft, Kühnheit und Erkenntnis dessen gezeigt, was innerhalb des Bereiches seiner Kunst lag, als indem er eine Persönlichkeit wie Pecksniff zu der Zentralfigur einer Erzählung aus dem gegenwärtigen Leben machte. Indem man Pecksniff als einen Spiegel aufgestellt, durch den man die ihn umgebenden Gruppen betrachtet, wird man nicht weniger zu einer gründlichen Verachtung der gesellschaftlichen Laster, welche sie darstellen, und besonders der Selbstsucht in allen ihren Formen, bewegt, weil man klarer als je erkennt, daß es nur ein Laster gibt, welches ganz unheilbar ist. Die älteren Chuzzlewits sind schlecht genug, aber sie finden ihre selbstverhängten Strafen; die Jonas' und Tigg Montague's sind verabscheuungswürdig, aber das Gesetz hat seine Galgen und seine Zuchthäuser; die Mould und die Gamp haben einen verpesteten Atem, von dem die Gesundheitspflege uns reinigen kann; aber gegen den glatten, lächelnden, kriechenden Gräuel eines Pecksniff gibt es keine andere Hilfe als Selbsthilfe. Jedermanns Hand sollte wider ihn sein, denn seine Hand ist wider jedermann, und wie Taine uns weise ermahnt, sollten ganz besonders die Tugenden Sorge tragen, daß sie sich nicht zu Kupplerinnen seines Lasters machen. Es ist eine liebenswürdige Schwäche, aus allem das Beste zu machen, aber keine andere Schwäche ist gefährlicher. Nichts ist so gewöhnlich als der Irrtum von Tom Pinch, und nichts so selten als seine Entschuldigung.

Die Kunst, womit dieser ergötzliche Charakter am Anfang des Romans neben Pecksniff hingestellt wird, und der Beistand, den er leistet, um der Falschheit an die er glaubt, Glauben zu verschaffen, tragen das Ihrige zu einer vortrefflichen Durchführung dieses Teils des Planes bei; und derselbe verschwenderische Reichtum der Erfindung und der Verhältnisse, welcher dem Werke seinen höhern Phantasiestempel aufdrückt, erscheint gleich lebendig in den kleineren wie in den Hauptgestalten. Wunderbare Züge dieser Art finden sich in dem Haushalt Mould's, des Leichenbesorgers, und durch das lebensvolle Bild, welches uns durch eine von Mrs. Gamp's Erinnerungen vorgeführt wird, werden wir zu den Spielen seiner Kinder zurückversetzt. „Die süßen Geschöpfe! Wie sie im Laden Begräbnis spielen, und dem Bestellbuch in seine lange Heimat in der eisernen Kiste folgen!" Die amerikanischen Szenen selbst sind nicht voller von Leben und Humor und Frische, und tragen nicht mehr zu der allgemeinen Heiterkeit bei, als die Cockney-Gruppe bei Todgers, die als solche eine kleine Welt der Eigenschaften und Launen darstellt, welche das Interesse des Menschenlebens ausmachen, einerlei, ob es hoch oder niedrig, vulgär oder verfeinert ist, entworfen von der Hand eines Meisters. Hier werden, gewissermaßen nebenher, die besten Sachen aus den frühern Büchern den neuen und höheren Leistungen hinzugefügt, welche seine späteren Werke kennzeichnen. In der Tat ist die Ausführung keines Teiles dieses bemerkenswerten Romans von untergeordneter Art. Der junge Bailey und Sweedlepipes stehen in der ersten Reihe seiner humoristischen Schöpfungen; und die arme Mrs. Todgers, erschöpft aber nicht entartet durch die Sorgen um Bratensauce und die Leiden ihres Hausstandes, deren eines Auge von Berechnung glänzt, während aus dem andern noch Neigung und Gutmütigkeit strahlen, ist in ihrer Art ein ebenso vollkommenes Bild als selbst die schreckliche Mrs. Gamp, mit ihrer grimmigen Seltsamkeit, ihren schmutzigen Gewohnheiten und faulen Freuden, ihren dicken und feuchten, aber höchst erstaunlichen Äußerungen, ihren feuchten, klebrigen Funktionen, ihren Holzschuhen, ihrem Hut, ihrem Bündel und ihrem Regenschirm. Doch so außerordentliche Ansprüche verdienen eine besondere Erwähnung.

Diese weltberühmte Persönlichkeit ist übergegangen und eins geworden mit der Sprache, welche ihre eigene Sprachweise sicherlich nicht veredelt oder verfeinert hat. Selbst von Dickens' Charakteren hat kein anderer eine solche Popularität genossen, und sie wird unter den dauernden Triumphen der Dichtung, als ein prachtvolles Meisterstück des englischen Humors ihre Stelle behaupten. Was Mould in seiner Begeisterung von ihr sagt: daß sie die Sorte von Frau ist, die man umsonst begraben möchte, und es obendrein hübsch machen, empfindet jedermann als einen ihr gebührenden Tribut; und gerade dies ist es, was der Genius dem sie ihr Dasein verdankt, als er sie ins Leben rief, durch eine glückliche Eingebung mit dem häßlichen Originale tat, nach dem er sie darstellte. Das was seinem Werke dessen belustigendste Gestalt dauernd einprägte, hatte aus dem englischen Leben einen seiner Schandflecke auf immer ausgelöscht. Die sterbliche Mrs. Gamp wurde auf passende Weise in ihr Grab versenkt, und nur die unsterbliche Mrs. Gamp blieb am Leben. Die Zeit wird diese nicht verwittern lassen, noch die Gewohnheit ihre mannigfachen Reize abstumpfen. In der letzteren Beziehung genießt sie sogar über Pecksniff einen Vorzug. Sie hat eine Freundin, ein alter ego, deren eigentümliche Bedeutung für sie in ihrer ersten Äußerung in dem

Roman Ausdruck findet, und mit dieser ersten sie einführenden Äußerung können wir am füglichsten von ihr Abschied nehmen. „Mrs. Harris, sage ich, bei dem letzten Falle, mit dem ich zu tun hatte, was nur eine junge Person war; Mrs. Harris, sage ich, laßt die Flasche auf dem Kamin und verlangt nicht, daß ich nichts nehmen soll, sondern laßt mich die Lippen dran setzen, wenn ich Verlangen fühle. – ‚Mrs. Gamp‘, sagt sie zur Antwort, ‚wenn je ein nüchternes Geschöpf zu haben war, für achtzehn Pence den Tag für Arbeitsleute und drei Schillinge und sechs Pence für die Vornehmen – wobei Nachtwachen, sagte Mrs. Gamp mit Emphase, besonders bezahlt wird – so seid Ihr diese unschätzbare Person‘. Mrs. Harris, sage ich zu ihr, erwähnt die Bezahlung nicht; denn könnte ich alle meine Mitgeschöpfe umsonst zur Schau legen, ich würde es gern tun, so groß ist meine Liebe zu ihnen." Hierzu braucht nichts hinzugefügt zu werden, es sei denn, daß in der Person jener wunderbaren Freundin jede Phase des Humors und der Komik in dem Charakter der Mrs. Gamp unter neuen Bedingungen der Würdigung und des Genusses wiederholt wird. Die Überfülle komischer Erfindungsgabe, welche Pecksniff seine hervorragende Stellung anweist, kommt in demselben Maße Mrs. Gamp zu Gute; derselbe Reichtum lachenerregender Umstände, welcher jenen würdigen Mann umgibt, ist zum Überfließen auf sie gehäuft; aber über dies hinaus wird er durch die hinzukommende Erfindung der Mrs. Harris reproduziert, mit frischem Geiste erneuert und zu ihren Gunsten verdoppelt und vervierfacht. Dies ist wohl der glücklichste Griff der humoristischen Kunst in sämtlichen Dickens'schen Werken.

*

Aber ich schreibe hier ein Kapitel der Enttäuschungen und muß jetzt erwähnen, daß, wie der Erfolg *Martin Chuzzlewit's* ihm zuerst nur fern und problematisch scheinen sollte, so selbst der staunenswürdige augenblickliche Erfolg des *Christmas Carol* keine ungeteilte Befriedigung bot. Nie trat ein kleines Buch mit so glänzenden Verheißungen in die Welt. Nur wenige Tage vor Weihnachten veröffentlicht, wurde es von allen Seiten mit begeisterten Grüßen bewillkommnet. Die erste Auflage von 6 000 Exemplaren wurde an einem Tage verkauft, und am 3. Januar 1844 schrieb er mir, „Zweitausend von den für die zweite und dritte Auflage gedruckten Exemplaren sind bereits von den Buchhändlern bestellt." Aber nur wenige Wochen sollten vergehen, ehe die dunklere Seite des Bildes sich zeigte. „Was für eine Nacht ich verlebt habe!" schrieb er mir Sonnabendmorgen, den 10. Februar. „Ich glaubte wirklich, ich würde nicht wieder ausstehen, ehe ich alle

Schrecken eines Fiebers durchgemacht hätte. Die Rechnungen für den *Carol* erwarteten mich und sie waren die Ursache davon. Die ersten 6 000 Exemplare ergaben einen Profit von 230 Pfd.! Und die letzten 4 000 werden ebenso viel eintragen. Ich hatte aufs Festeste auf einen Reinertrag von 1 000 Pfd. gerechnet. Wie seltsam, daß ein so großer Erfolg mir eine so unerträgliche Angst und Enttäuschung verursachen muß! Meine noch unbezahlten Jahresrechnungen sind so furchtbar, daß es aller mir möglichen Energie und Entschlossenheit bedürfen wird, um vor meiner Abreise damit ins Reine zu kommen; und abreisen werde ich im nächsten Juni, wenn ich noch am Leben bin. Guter Gott! Hätte ich nur schon vor einem Jahre den Entschluß gefaßt! Bitte, komm bald! Ich sehne mich, mit Dir zu reden. Wir können nach Deiner Ankunft zu Mac herumschicken und ihm sagen, daß er uns in Hampstead oder sonstwo trifft. Ich war gestern Abend so vollständig zu Boden geworfen, daß ich heute Morgen ganz kühn an die Betrachtung aller dieser Dinge herantrat. Wenn ich mein Haus für diese Saison vermieten kann, will ich nach irgendeinem Orte an der See gehen, sobald ein Mieter sich findet. Ich fürchte mich nicht, wenn ich meine Ausgaben vermindere; wenn ich dies nicht tue, werde ich über alle sterbliche Hoffnung einer Erlösung hinaus ruiniert werden."

Das schließliche Resultat war, daß er andere Verleger annahm, und das unmittelbare Resultat, daß seine Abreise nach Italien eine abgemachte Sache wurde. Doch mag hier erst ein Wort über diese Carol-Rechnungen bemerkt werden, ehe wir seine neuen Verlagsanordnungen erwähnen.[13]

Christmas Carol

Erste Auflage, 6 000 Exemplare.

	£	s.	d.
Dezember 1843: Druck	74	2	9
Papier	89	2	–
Zeichnungen und Stahlstiche	49	18	–

---

[13] Es mag den Leser interessieren und eine Art literarischer Kuriosität sein, wenn ich die Kosten der ersten Auflage von 6 000 Exemplaren und der 7 000 weiteren Exemplare, welche die fünf folgenden Auflagen bildeten, nebst dem Ertrag der übrigen 2 000 Exemplare, welche den Gesamtverkauf von 15 000 vervollständigten, hier mitteile.

		£	s.	d.
	Zwei Stahlplatten	1	4	–
	Druckplatten	15	17	6
	Papier für do.	7	12	–
	Färbeplatten	120	–	–
	Einband	180	–	–
	Nebenausgaben und Annoncen	168	7	8
	Kommissionsgebühren	99	4	6
	£	805	8	5

2. bis 7. Auflage, zusammen 7 000 Exemplare.

		£	s.	d.
Januar 1844:	Druck	58	18	–
	Papier	103	19	–
	Druckplatten	17	10	–
	Papier	8	17	4
	Färbeplatten	140	–	–
	Einband	199	18	2
	Nebenausgaben und Annoncen.	83	5	8
	Kommissionsgebühren	107	18	10
	£	720	7	–

Zweitausend weitere Exemplare, durch das letzte Item in der nachstehenden Berechnung repräsentiert, wurden vor dem Ende des Jahres verkauft, worauf noch 70 Exemplare übrig blieben.

Mr. Dickens' Guthaben

	£	s.	d.
1843, Dezember.	186	16	7
1844, Januar bis April.	349	12	–

| 1844, Mai bis Dezember. | 189 | 11 | 5 |

Reinertrag des Werkes 726 – –

Man hatte einen Mangel an Urteil bewiesen, indem man die Kosten der Herstellung nicht zu dem Verkaufspreise in ein richtiges Verhältnis brachte; aber auch so empfing er, vor dem Ende des Jahres, von dem Verkauf von 15 000 Exemplaren einen Ertrag von 726 Pfd. St. und der Unterschied zwischen dieser Summe und derjenigen, welche durch dieselbe Verkaufsmenge des Nachfolgers des *"Carol"* realisiert wurde, rechtfertigte unzweifelhaft die Unzufriedenheit, welche er damals kundgab. Von jener zweiten Weihnachtsgeschichte, sowie von der dritten und vierten wurde sofort mehr als die doppelte Zahl des »Carol« verkauft, und man hörte natürlich keine Klage hinsichtlich des Erfolges. Allein die Wahrheit in Bezug auf alle in dieser Form veröffentlichten Weihnachtsgeschichten war im Grunde, daß der dafür angesetzte Preis für das Publikum, an das sie gerichtet waren, zu groß, und doch zu gering war, um die Kosten hinreichend zu lohnen; und als er in späteren Jahren ähnliche Weihnachtsphantasien zu einem Preise von einer geringeren Zahl von Pfennigen als diese Schillinge erforderten, herausgab, zählte er seine Käufer, mit einem entsprechenden Gewinn für sich selbst, nicht nach Zehntausenden sondern nach Hunderttausenden.[14]

Es war jetzt notwendig, die Unterhandlungen mit seinen Druckern wieder aufzunehmen; doch ehe er einen Schritt dazu tat, wurden Chapman und Hall von seiner Absicht, nach dem Abschluß von *Chuzzlewit* keine neuen Verlagsbeziehungen mit ihnen einzugehen, in Kenntnis gesetzt. Sodann folgten viele und ernste Beratschlagungen und Erörterungen, welche endlich in Form eines am 1. Juni 1844 unterzeichneten Kontraktes mit Bradbury und Evans ihr Ziel erreichten, wodurch er, in Anbetracht eines ihm gezahlten Vorschusses von 2 800 Pfd. St., jenen ein Viertel des Anteils an allem übertrug, was er während der nächsten acht Jahre schreiben würde, auf welchen Zeitraum der Vertrag streng begrenzt sein sollte. Es befanden sich die gewöhnlichen schützenden Klauseln darin; aber Dickens sollte keine Zinsen bezahlen, und ebensowenig waren ihm Verpflichtungen auferlegt in

---

[14] Im November 1865 schrieb er mir, daß der Verkauf seiner Weihnachtsphantasie für dieses Jahr („Dr. Marigold's Rezepte") während der ersten Woche auf 250 000 Exemplare gestiegen sei.

Bezug auf Werke die er schreiben sollte, oder auf die Form solcher Werke. Die einzige weitere Stipulation bezog sich auf den Fall, daß eine Zeitschrift begründet würde, von der Dickens nur teilweise Herausgeber oder Autor wäre; in diesem Falle sollte sein Eigentumsrecht an dem Verlag und dem Profit zwei Drittel, statt drei Viertel betragen. Man war, als dieser Kontrakt unterzeichnet wurde, darüber einig, daß zu Weihnachten 1844 der „Carol" einen Nachfolger haben solle; aber kein anderes Versprechen wurde verlangt oder gemacht, in Hinsicht auf irgendein anderes Buch. Auch war er noch nicht entschieden, welche Form er seinen Erlebnissen in Italien geben werde, sollte er schließlich den Plan fassen, dieselben überhaupt zu veröffentlichen.

Zwischen diesem Kontrakt und seiner Reise verflossen sechs Wochen, und in diese Zwischenzeit fielen mehre charakteristische Vorgänge; aber zunächst muß noch des ganz ungetrübten Erfolges gedacht werden, den sein kleines Buch errang, und der jede Spur von Zweifel oder Verdacht in freudiger Erregung auslöschte.

„Gesegnet sei Ihr gütiges Herz!" schrieb Jeffrey an den Verfasser des „Carol". „Sie sollten glücklich sein; denn Sie dürfen versichert sein, daß Sie durch dieses kleine Werk mehr Gutes getan, mehr menschenfreundliche Gefühle genährt und mehr wirkliche Handlungen der Wohltätigkeit befördert haben, als alle Kanzeln und Beichtstühle der Christenheit zusammen genommen, seit Weihnachten 1842." „Wer kann," rief Thackeray aus, „Einwendungen gegen ein Buch wie dieses Gehör schenken? Es scheint mir eine nationale Wohltat, und für jeden, der es liest, eine persönliche Gunst." Dies Lob drückte das aus, was Leute von Genie fühlten und sagten; aber das kleine Buch empfing auch andere Tribute, die weniger gewöhnlich und nicht minder echt waren. Sein Verfasser wurde während jener ganzen Weihnachtszeit mit Briefen von ihm völlig unbekannten Leuten überschwemmt, die ich, wie ich mich erinnere, mit staunendem Vergnügen las: Briefe durchaus nicht von literarischer, sondern von der einfachsten häuslichen Art, deren allgemeiner Refrain, neben vielen vertraulichen häuslichen Mitteilungen, darin bestand, ihm zu sagen, daß man den „Carol" im Familienkreise laut vorgelesen, und daß man ihm auf einem kleinen Bücherbrett eine Stelle für sich angewiesen habe, und daß er auf alle alle möglichen guten Wirkungen hervorbringen solle. Was etwa sonst noch darüber gesagt werden könnte, würde diesem nicht viel hinzufügen.

In der Tat gab es keinen, der nicht ein Interesse an der Botschaft des „Christmas Carol" hatte. Sie forderte die Selbstsüchtigen auf, sich von der Selbstsucht zu befreien, die Gerechten, großmütig zu sein und die Gutmütigen, den Kreis ihres Wohlwollens zu erweitern. Ihre durch die ganze Insel hintönende helle Stimme des Glaubens und der Hoffnung brachte allen ohne Ausnahme die frohe Mahnung, daß ohne die Beobachtung der Weihnachtspflichten die Beobachtung seiner äußern Gebräuche ohne wahren Nutzen sei; daß das Fest dem kalten Herde Licht und Wärme, und dem traurigen Herzen Trost bringen solle; daß es Güte sein müsse, Wohlwollen, Wohltun, Gnade und Geduld, oder sein Plumpudding werde sich in Galle verwandeln, und sein Roastbeef unverdaulich sein. Auch hätte niemand dies mit derselben Angemessenheit sagen können wie Dickens. Was ihn bis zuletzt auszeichnete, war jetzt offenbar. Er hatte sich mit den Weihnachtsphantasien identifiziert. Ihr Leben und ihre Geister, ihr ausgelassener, überströmender Humor gehörten ihm von Rechts wegen an. Sowohl ihre Poesie als ihre menschenfreundlichen Gedanken waren die seinen, und ihr Vorrecht, die armseligsten Orte mit einer Art von Behagen aufzuhellen, hatte er sich zu eigen gemacht. Der Weihnachtstag konnte nicht geselliger oder willkommener, der Neujahrstag nicht neuer, der Dreikönigstag nicht charakteristischer sein als er sie schilderte. Die Pflicht, Freude zu verbreiten, war nie von einem reicher begabten, heitereren, gedankenvolleren, immer zeitgemäßen Schriftsteller gelehrt worden.[15]

Auch über den Geist des Buches, und den der andern, welche ihm folgten, muß ein Wort gesagt werden, welches später zu machende besondere Andeutungen nicht antizipieren wird. Niemand konnte alte Kindergeschichten mehr lieben als Dickens, und es gewährte ihm eine geheime Freude, zu fühlen, daß er denselben hier nur eine höhere

---

[15] Ein charakteristischer Brief aus dieser Zeit, der sich selbst erklären wird, wurde mir freundlicherweise von dem Herrn mitgeteilt, an den er geschrieben war, Mr. James Verry Staples, in Bristol. „3. April, 1844. Es war mir eine große Freude, Ihren interessanten Brief zu erhalten und ich versichere Ihnen, daß es mir eine tiefgefühlte Genugtuung gewesen sein würde, an Ihrer Stelle zu sein, als Sie meinen kleinen „Carol" den Armen Ihrer Nachbarschaft vorlasen. Ich habe großes Vertrauen zu den Armen, nach bester Fähigkeit bemühe ich mich immer, sie den Reichen in einem günstigen Lichte darzustellen und ich hoffe, ich werde nie aufhören, so lange ich lebe, meine Stimme dafür zu erheben, daß sie so glücklich und so weise gemacht werden, als die höchstmögliche Verbesserung der Lage, in der sie sich befinden, zulässt. Ich erwähne dies, um Sie zweier Dinge zu versichern. Erstens, daß ich versuche, ihre Aufmerksamkeit zu verdienen; und zweitens, daß alle solche Zeichen ihrer Billigung und ihres Vertrauens, wie die von Ihnen angeführten, meinen Gefühlen sympathisch sind, und mir unmittelbar zu Herzen gehen."

Form gab. Die geselligen und männlichen Tugenden, die er zu lehren wünschte, waren für ihn nicht ohne den Reiz des Gespenstes, des Kobolds, und der Feenmärchen seiner Kindheit, so unvollkommen auch die Form gewesen sein mochte, die sie in jenen früheren Tagen annahmen. Was jetzt überwunden werden mußte, waren die furchtbaren Drachen und Riesen an unserm eignen Herde, und die dazu nötigen Waffen waren von feinerer Beschaffenheit als von der ‚Härte des Eisbachs'. In tüchtige und starke Schranken sollte das, was in uns selbst schlecht ist gebändigt, mit warmer und reiner Sympathie das, was in andern schlecht oder verdorben ist erlöst werden; die Schönheit sollte, wie in dem göttlichsten aller jener Märchen, das Tier umarmen; der Stern sollte, wie bei unserm geliebten Aschenbrödel, aus der Asche emporsteigen, und wir sollten mit unseren wilderen Brüdern Valentine spielen, und sie mit brüderlicher Sorge der Zivilisation und dem Glücke zurückgeben. Und wie mir scheint, tat er in jenem weitesten Sinne unzweifelhafte öffentliche und private Dienste, positives ernstes praktisches Gutes, durch die außerordentliche Popularität und den fast allgemeinen Beifall, welche diesen kleinen Festgaben zu Teil wurden. Sie brachten an zahllose Herde, zugleich mit einem neuen Genuß der Festzeit, eine bessere Vorstellung ihrer Ansprüche und Pflichten; sie mischten ernste mit frohen Gedanken, zum großen Vorteil beider; was fast zu fern zu liegen schien, um sich damit abzugeben, brachten sie in den Bereich der Liebe, und was nahe lag, weckten sie zu wärmerem Leben. Sie brachten dem Großmütigen Trost, dem Nichtswürdigen Vorwürfe; sie heilten die Torheit durch wohlgemeinten Spott und heitern Humor, und ihr Wort an ihre Leser: *So hast Du gehandelt, aber es wäre besser so,* mag für manchen die berühmte Erfahrung des Philosophen verwirklicht, und durch einen einzigen glücklichen Gedanken die ganze Bedeutung eines Lebens verändert haben. Die Kritik steht hier in zweiter Linie, und wir können dem Leser die Entdeckungen, welche sie etwa in Hinsicht auf den *„Christmas Carol"* gemacht hat, ersparen.

Viertes Kapitel

Das Jahr der Abreise nach Italien
1844

Und jetzt, ehe wir Dickens auf seiner italienischen Reise begleiten, sollen einige Vorgänge vor seiner Abreise durch seine Briefe erläutert werden. Ich habe oben ein gedankenvolles kleines Gedicht angeführt, das er während des vergangenen Sommers für Lady Blessington geschrieben hatte. Es mag mich daran erinnern, hier zusagen, welch' aufrichtige Achtung er für sie und für alle Bewohner von Gore-House empfand, wie ununterbrochen heiter und angenehm seine Beziehungen zu denselben waren, und welch' wertvollen Beistand sie ihm jetzt bei seinen Vorbereitungen für Italien leisteten. Das Gedicht wurde, wie wir sahen, geschrieben während eines Besuchs in Yorkshire bei Mr. Smithson, der schon als Geschäftsteilhaber von Dickens' Jugendkameraden Mitton genannt wurde, und diesen Besuch wiederholte er unter traurigeren Umständen während des gegenwärtigen Jahres, indem er (April 1844) an Smithson's Leichenbegängnis teilnahm. Mit den Mitgliedern und Verwandten der Familie dieses Freundes dauerte sein Verkehr noch lange fort.

Am 26. und 28. Februar dieses Jahres hatte er bei zwei großen Versammlungen den Vorsitz geführt; in Liverpool bei der des Handwerkervereins, und in Birmingham bei der des Polytechnischen Instituts, worauf er sich in einem Briefe vom 21. bezieht. Ich erwähne die Anspielung, weil sie schon so früh jene sensitive Rücksicht auf seine Stellung als Schriftsteller, und jene gewissenhafte Rücksicht auf die Gefühle wie auf die Interessen des Schriftstellerstandes beweist, die er sein ganzes Leben hindurch auf die mannigfachste, und oft höchst selbstverleugnende Art, offenbarte. „Rate mir in Bezug auf Folgendes. Und da ich noch diesen Abend schreiben muß, weil ich schon eine Post verloren habe, schicke mir Deinen Rat durch den Überbringer. Dieser Liverpooler Verein, der wohlhabend ist und eine hohe Lateinschule besitzt, deren Lehrer mehr als 2 000 Pfd. St. jährlich an Gehalten empfangen (in der Tat, sein Umfang verursacht mir Schrecken; ich arbeite mich eben jetzt durch seine Papiere hindurch), schreibt mir gestern durch seinen Sekretär einen Geschäftsbrief über die Tagesordnung am Montag; und er fängt folgendermaßen an: ‚Ich erlaube mir,

Ihnen einliegend mit den besten Empfehlungen unseres Komitees eine Bankanweisung für zwanzig Pfd. St. zu schicken, zur Deckung der durch Ihre Reise nach Liverpool veranlaßten Kosten.' – Und da ist denn nun diese Anweisung. Mein persönlicher Antrieb war und ist, sie zurückzuschicken. Zwanzig Pfund sind von keiner Bedeutung für mich, und jedes Opfer meiner Unabhängigkeit ist zwanzig mal zwanzig so viel für mich wert. Aber mich nagt der Zweifel, ob es passend sein würde und nicht (auf irgendeine unerklärliche Weise) großtuerisch, und ob ich als Schriftsteller ein Recht habe, mich auf einen Boden zu stellen, welchen die in anderer Gestalt mit dem Verein verknüpften Professoren der Literatur nicht einnehmen können. Begreifst Du das nicht? Aber natürlich begreifst Du es. Die Sache steht folgendermaßen. Das Manchester-Institut, das verschuldet ist, wendet sich an mich gewissermaßen in forma pauperis und bietet keine solche Entschädigung an. Das Institut in Birmingham, das gerade mit großer Mühe in's Leben tritt, wendet sich an mich unter derselben Voraussetzung. Aber die Leute in Leeds (die in blühendem Zustande sind), schreiben mir von den Kosten als von einer reinen Geschäftssache, und die in Liverpool sagen delikaterweise nichts darüber bis zum letzten Augenblick, und schicken dann das Geld. Nun, was in Gottes Namen soll ich tun? – Die Anweisung setzt mich in ebenso große Verlegenheit, als den Obersten Jack sein Gold. Hätte die Sache dadurch entschieden werden können, daß ich sie gestern in's Feuer steckte, würde ich es jedenfalls getan haben. Ich ersuche Dich um Deine Meinung. Ich glaube, ich habe Grund für eine sehr gute Rede in Brummagem;[16] aber in Bezug auf Liverpool fühle ich mich nicht so sicher; denn mir bangt vor zu großer Vornehmheit." Meine Meinung war ganz entschieden: er solle das Geld zurückschicken, was demgemäß geschah.

Beide Reden, zur festgesetzten Zeit an den genannten Orten vor begeisterten Zuhörern gehalten, waren gut und beide behandelten, unter angemessenen Variationen, dasselbe Thema. In Birmingham erklärte er seiner volkstümlichen Zuhörerschaft, daß das Prinzip ihres Instituts, umfassende und unparteiliche Erziehung, das allein sichere sei; denn keine Gesellschaft könne ohne Gefahr dabei beharren, die Menschen dafür zu strafen, daß sie das Laster der Tugend vorziehen, ohne ihnen die Mittel für die Erkenntnis zu bieten, was die Tugend sei. In Liverpool erinnerte er seine vornehmere Zuhörerschaft daran, daß, wenn sie

---

[16] Humoristische Verdrehung von Birmingham. – D. Übers.

glücklich genug gewesen, eine gute Erziehung zu erhalten, dies ein Grund mehr für sie sei, sich zu bemühen, dieselbe Wohltat auf alle auszudehnen, da, welche Vorzüge auch dem Range, dem Reichtum und dem Wissen gebühren möchten, es doch einen höheren Adel gebe als sie, der in den Versen des Dichters einen ungekünstelten Ausdruck gefunden, und den die Erziehung die Macht habe zu verleihen.

> Sei's wie es sei, auf meine Treu,
> Nur der ist adlig, welcher gut;
> Und höher gilt ein echtes Herz
> Als Kronen und Normannenblut.

Nach seiner Rückkehr stand er einige Leiden aus, die er sich hätte ersparen können. „Ich sah den ‚Carol' gestern Abend," schrieb er mir über eine dramatische Darstellung der kleinen Geschichte in dem Adelphi-Theater, „besser als gewöhnlich; und Wright scheint an Bob Cratchit Freude zu haben, aber herzbrechend für mich. O Himmel! hatte ich davon je eine Ahnung! Allein O. Smith war traurig besser als ich erwartete. Es ist eine große Annehmlichkeit, diese Sorte Fleisch halb gar zu bekommen, und sein Gesicht ist alles, was man wünschen kann." Ich habe mich enthalten, davon zu reden, was er durch diese mitleidslos an jedem Theater vervielfältigten Dramatisierungen seiner Bücher litt; aber es war bei ihm beständig ein Gegenstand der Klage, und wenn er auch mit einzelnen Aufführungen mehr oder weniger zufrieden war, wie mit Yates' Quilp oder Mantalini, und mit Mrs. Keeley's Smike oder Dot, so habe ich ihn doch nur von einer einzigen mit freundlichem Wohlgefallen sprechen hören: derjenigen von Barnaby Rudge durch die Miss Fortescue, die später Lady Gardner wurde. Bei den Dramatisierungen seines nächsten und anderer folgender Weihnachtsbücher half er allerdings selbst mit; aber selbst dann waren alle solche Bemühungen, besondere Aufführungen zu fördern, nichts als Versuche, das, was er nicht verhindern konnte, erträglicher zu machen, und mit wenigen seltenen Ausnahmen hatten sie nie einen wirklichen Erfolg. Ein anderes und ernsteres Unrecht widerfuhr ihm durch die an seinen Schriften geübte Räuberei; denn jede derselben wurde reproduziert, indem man an dem Titel, den Ereignissen und den Namen der Personen nur gerade so viel änderte, als man für hinreichend hielt, dem Gesetz zu entgehen und sie dem Geschmack von „Pennykäufern" anzupassen. Dies hatte sich seit den Tagen *Pickwick's* auf so schamlose, schmähliche Weise,[17] und mit so fast völliger Straflosigkeit fortgesetzt, daß er damals endlich ein wiederholt von Talfourd und mir selbst empfohlenes Verfahren gegen die Piraten des *Christmas Carol* und *Chuzzlewit's* einschlug, aber in einem Falle von so besonderer Flagranz, daß der Vizekanzler Dickens' Advokaten nicht einmal hören wollte; und was es unserem lieben Freunde Talfourd kostete, seine Rede zu unterdrücken, ging weit hinaus über die Arbeit und Mühe, womit er sie vorbereitet hatte. „Die Piraten," schrieb mir Dickens, nachdem er am 18. Januar den Gerichtshof verlassen, „sind vollständig geschlagen. Sie sind wund, blutig, zerschmettert, zerquetscht, zerdrückt und ganz und gar vernichtet. Der Richter wollte Talfourd nicht einmal hören, sondern gab sein Urteil unverzüglich ab. Er hatte Anderdon fortwährend unterbrochen, indem er ihn aufforderte, eine Stelle zu nennen, die nicht ein erweiterter oder ein zusammengezogener Gedanke aus meinem Buche wäre. Und bei einer Stelle nach der andern rief er aus: ‚Das ist zu Mr. Dickens' Gunsten. Suchen Sie eine andere!' Er sagte, es bestehe nicht der Schatten eines Zweifels über die Sache; es gebe keine Autorität, die den Behauptungen unsrer Gegner Gewicht verleihe; die Piraterie gehe über alle früher dagewesenen Fälle hinaus. Sie könnten, wenn sie wollten, die Sache nach Verlauf einer Woche noch einmal vorbringen, und ein formelles Urteil darüber empfangen; aber nach diesem entscheidenden Meinungsausdruck seinerseits, würden sie das vermutlich für unnötig halten. Ich werde natürlich an dem festhalten, worüber wir als die einzigen Bedingungen eines Vergleichs mit den Druckern übereingekommen sind. Ich bin fest entschlossen, daß sie mir für ihre gerichtlichen Aussagen Genugtuung geben sollen. Die andern mögen ihre Kosten bezahlen und die Sache erledigen, aber ich werde an meinem Freunde, dem Autor, festhalten." Zwei Tage später schrieb er: „Die weiteren zur Beschönigung vor den Gerichtshof gebrachten Aussagen der Druckerschurken sind ziemlich stark, und geben eine ganz gute Vorstellung davon, was das für Menschen sein müssen, die sich an die

---

[17] In einem nach Dickens' Rückkehr aus Amerika veröffentlichten Briefe über das Verlagsrecht von Thomas Hood, beschrieb dieser, was zwischen ihm und einem jener Piraten vorgegangen war, der ‚Master Humphrey's Wanduhr, herausgegeben von Bos', veröffentlicht hatte. „Sir," sagte der Mann zu Hood, „hätten Sie den Namen beachtet, es war Bos, nicht Boz, s, Sir, nicht z und außerdem würde es keine Piraterie gewesen sein, Sir, selbst mit dem z, weil Master Humphrey's Wanduhr, sehen Sie, Sir, nicht von Boz herausgegeben wurde, sondern von Charles Dickens."

Fersen der Literatur anklammern. O, der Schmerz Talfourd's, daß der Richter ihn nicht hören wollte! Er sagt, er sei bis 3 Uhr morgens aufgeblieben, um seine Rede vorzubereiten, und würde mit den Aussagen alles Mögliche gemacht haben. Es war allerdings ein glänzender Gegenstand. Wir haben von den Vagabunden noch keine Nachricht gehabt. Ich dachte einen Augenblick daran, die Aussagen ohne jeden Kommentar drucken und mit *Chuzzlewit* zusammennähen zu lassen. Talfourd ist entschieden abgeneigt, mit den Druckern zu irgendeinem Vergleiche zu kommen. In diesem Falle würde der Ertrag der Piraterie gerichtlich ermittelt werden, und auf Befehl des Richters an mich ausgezahlt werden müssen." Zuletzt mußte er sich darein ergeben, den beleidigenden Teil mit einer hinreichenden öffentlichen Entschuldigung und Bezahlung sämtlicher Kosten zu entlasten; allein das wirkliche Resultat war, daß, nach endlosem Verdruß und Mühen, er selbst alle in seinem Interesse gemachten Kosten bezahlen mußte; und als zwei Jahre später, bei der Erneuerung des Unrechts, das ihm in so grober Form zugefügt worden, Talfourd und andere wieder zu gerichtlichen Schritten rieten, beschrieb er mir in einem Briefe aus der Schweiz die Gemütsverfassung, in welche seine Erfahrungen ihn versetzt hatten. „Meine Ansicht über den ... ist, wie ich glaube, die gemeinsame Ansicht von drei Vierteln des denkenden Teils des Volkes in unserm glücklichsten aller möglichen Länder: daß es nämlich besser ist, ein großes Unrecht zu dulden, als Hilfe zu suchen bei dem noch größeren Unrecht des Gesetzes. Ich werde die Kosten und die Aufregung und die gräuliche Ungerechtigkeit bei dem Carol-Prozeß nicht leicht vergessen, wo ich das klarste aller Rechte auf Erden behauptete, und doch in der Tat behandelt wurde, als wäre ich der Räuber und nicht der Beraubte. Alles in allem möchte ich ganz gewiß lieber keinen Prozeß anhängig machen. Wie wäre es, wenn ich, weil man mir im Kanzleigerichtshof den Rechtsgrundsatz entgegengehalten hat, daß Schweigen gegenüber solchem Unrecht mich einer gerichtlichen Genugtuung beraube, einen ernsten Protest einlegte gegen das, was in diesem Falle geschehen ist, und gegen die ungeheure Masse von Piraterie, der ich täglich ausgesetzt bin, und wenn wir diesem Protest das Gutachten Talfourd's beifügten, zum Beweise, daß kein Rechtsgrundsatz uns von der weiteren Verfolgung des Prozesses abgehalten habe? Es nützt nichts, zu tun als wüßte ich nicht, daß ich eine krankhaft erbitterte Empfindlichkeit habe, für welche die Gemeinheit und Schlechtigkeit des Gesetzes in einer solchen Sache im höchsten Grade peinigend sein würde. Und ich weiß nicht, was für ein Resultat, selbst eines erfolgreichen Prozesses, den Verdruß und die Unruhe aufwiegen könnte, die er kosten würde."[18]

Einige Billete über Versuchungen, die ihm während seiner arbeitsamsten Tage an *Chuzzlewit* in den Weg traten, je eins aus jedem der vier ersten Monate des Jahres, als er mit den meisterhaften Schlußszenen des Romans beschäftigt war, werden in ergötzlicher Weise zugleich seine Widerstandskraft und seine Genußfähigkeit kundtun. „Ich hatte Dir (16. Januar) eine Zeile geschrieben, worin ich Jonas und Mrs. Gamp das Wort redete, aber dieser frostige Tag führt mich arg in Versuchung. Ich bin in peinlichem Rückstand; aber ich sehe den Himmel an, denke an Hampstead und fühle mich schmählich versucht. Komm Du nicht mit Mac, mich abzuholen. Ich könnte nicht widerstehen, wenn Ihr kämt." In dem nächsten Billet (18. Februar) ist er nicht

---

[18] Es mag den Leser belustigen, wenn ich in einer Anmerkung hinzufüge, was er über die Piraten jener früheren Tage sagte, als ernste Dinge ihn weniger ernst berührten. Am Vorabend des ersten Heftes von Nickleby hatte er eine Proklamation erlassen. „In Anbetracht, daß wir der einzige, wahre und rechtmäßige Boz sind. Und sintemalen es uns, die wir ein neues Werk anfangen, berichtet worden, daß etliche unehrliche Dummköpfe, die in den Gassen und Kellern dieser Stadt wohnen, die Unvorsichtigen und Leichtgläubigen betören, indem sie billige und elende Nachahmungen unserer ergötzlichen Werke veranstalten. Und sintemalen es uns bei dieser Kränkung nur geringen Trost gewährt, zu wissen, daß die vorbesagten unehrlichen Dummköpfe auf Grund ihrer geistigen Kleinheit unsern Fersen nicht folgen können, sondern gezwungen sind, auf schmutzigen und wenig besuchten Pfaden in achtungsvollster und demütigster Entfernung hinter uns daher zu kriechen. Und sintemalen, auf gleiche Weise wie etliches andere Ungeziefer um seines Aases willen nicht die Mühe des Totschlagens lohnt, so diese Gassenpiraten das Pulver und Blei des Gesetzes nicht wert sind, da sie, so viel Schaden sie auch zufügen mögen, nicht in der Lage sind, Ersatz zu zahlen. So tun wir kund und zu wissen, daß wir endlich eine Art der Hinrichtung für sie erdacht haben, so summarisch und schrecklich, daß, wenn irgendeine ihrer Banden es wagen sollte, einen Fetzen der Flagge des guten Schiffes Nickleby aufzuhissen, wir sie auf so hohe und dauernde Galgen aufhängen werden, daß ihre Reste ein Denkmal unserer Rache bleiben werden für alle kommenden Geschlechter, und es soll in der Macht keines Lord-Groß-Admirals auf Erden stehen, sie wieder herunter zu nehmen." Der letzte Paragraph der Proklamation benachrichtigte die Potentaten von Paternoster-Row, daß von dem nächstfolgenden Tage, dem 30. März an, bis auf Weiteres, „wir, wie zuvor, an dem vorletzten Abend jedes Monats, zwischen sieben und neun Uhr, in unserm Handelsministerium, Nummer 186 Strand, in London, unsere Levées halten werden, wo wir wieder um die Aufwartung ihrer beglaubigten Agenten und Gesandten (in großen Haufen) bitten. Die Herren müssen Knoten auf den Schultern tragen, und die patentierten Droschken mit den Türen nach dem großen Tore gerichtet vorfahren, um der Bequemlichkeit des Aufladens willen."

der in Versuchung Geführte, sondern der Versucher. „Stanfield und Mac sind gekommen und wir gehen zum Dîner nach Hampstead. Ich verlasse Betsy Prig, wie Du weißt, so fühle Du keine Gewissensbisse, Mrs. Harris zu verlassen. Wir werden langsam hinaufschlendern, um Dir Zeit zu geben, uns einzuholen und das Essen soll um vier Uhr in Jack Straws Castle auf dem Tische stehen ... für den sehr unwahrscheinlichen (gewiß unmöglichen) Fall, daß Du nicht kommen solltest, werden wir um Dreiviertel auf acht zu Dir kommen, um Dich in die Lumpenschule abzuholen." Das nächste Billet (5. März) zeigt ihn in nachgiebiger Stimmung, und wie er sich selbst wegen seiner schwachen Willfährigkeit bedauert. „Sir, ich will – hi – hi – hi – hi – hi – ich will nicht mit Dir essen, weder in Deinem Hause noch im Club. Aber es scheint ein heller Morgen und ein Spaziergang nach Hampstead würde mir ausnehmend gefallen. Wenn Du Dich an meinem Tore einfindest (und die Königlichen Akademiker mitbringst) wird es mich nicht überraschen. So denn für jetzt nichts weiter von Deinem armen Mr. Dickens." Aber noch einmal dreht sich das Blättchen, und er ist der Versucher in dem letzten Billet, welches an jenem Shakespearetage (23. April) geschrieben war, den wir immer als Festtag feierten, und eine Unterschrift trug, welche seine damalige Unfähigkeit ausdrückte, sich mit den praktischen Angelegenheiten des Lebens zu befassen, mit Einschluß des sehr dringenden Geschäftes, das ihn in diesem Augenblick in Anspruch genommen haben sollte, nämlich die Betreibung der lang aufgeschobenen Hochzeitsfeier von Miss Charity Pecksniff. „Novemberstürme? Es ist der wärmste, heiterste, allermildeste, entzückendste, elastischste, Sänger-des-Hainste, aus-der-Knospe-hervorbrechendste Tag, den es je gab. Um halb fünf werde ich Dich erwarten. Stets Dein *Moddle*."

Mit Moddle, dem von Miss Pecksniff gefangenen sentimentalen Einfaltspinsel, der an dem Hochzeitstage vor den ihm eröffneten schrecklichen Aussichten die Flucht ergreift, ist der Leser natürlich bekannt und vielleicht hat er ihn wegen seines letzten entscheidenden Ausbruchs von gesundem Menschenverstand bewundert. Moddle war für Dickens selbst ein Lieblingsstück seines Humors und ich freue mich, denken zu dürfen, daß er nie die Beschreibung gesehen hat, welche ein gebildeter und gewandter französischer Kritiker davon gab, der es vermochte, die ganze englische Literatur seinem Urteil zu unterwerfen, anscheinend ohne jedes Gefühl oder Verständnis für eins ihrer bedeutungsvollsten und reichsten Elemente. Wenn ein Mensch ohne Sinn für Humor die englische Prosa-Literatur beurteilt, kann er natürlich nur auf *eine* Weise zu Werke gehen. In Taine's absprechenden Urteilen über unsern letzten großen Humoristen, Urteilen welche von einem Grundsatz psychologischer Analyse ausgehen, den er (man muß ihm diese Gerechtigkeit widerfahren lassen) unparteiisch auf jedermann anwendet, werden demgemäß *Pickwick*, *Oliver Twist* und der *Raritätenladen* nicht einmal genannt oder angedeutet; Mrs. Gamp wird nur einmal erwähnt, als immer von Mrs. Harris sprechend, und Micawber auch nur einmal, als jemand, der immer dieselben emphatischen Redensarten anwendet. Die umfangreichsten Auszüge werden gerade aus denjenigen beiden Werken von Dickens gemacht, die, was den Humor angeht, am schwächsten sind, *Hard Times* und die *Chimes*. *Nickleby*, mit seinen vielen Gelächter erregenden Gestalten, wird mit anderthalb Zeilen abgefertigt; Toots, Capitän Cuttle, Susan Nipper, Toodles und die anderen finden keine Stelle in dem, was über *Dombey* gesagt wird; und, um mit dem zu schließen, was meine Abschweifung veranlaßt hat und entschuldigen muß, Mr. Augustus Moddle wird als ein finstrer Tollhäusler dargestellt, der uns lachen und schaudern macht, und als Wahnsinniger so wahr gezeichnet ist, daß er, obgleich auf den ersten Blick angenehm, in Wahrheit entsetzlich ist.[19]

Einen Monat vor dem Briefe, welchen Dickens in der ihm selbst glücklicherweise unbekannten Rolle dieses finstern Tollhäuslers unterzeichnete, hatte er mir inmitten des berühmten Kapitels geschrieben, worin das Blatt sich gegen Pecksniff wendet; aber hier schalte ich seinen Brief besonders wegen seiner bemerkenswerten Schlußworte ein. „Ich habe mit der Hibernia von Macready gehört. Ich habe regelmäßig fortgearbeitet, aber das Wetter ist einem raschen Fortschreiten ungünstig. Ich änderte den Wortfehler und substituierte für die Handlung, die Dir nicht gefiel, einige Worte welche die Eile des Vorganges

---

[19] Dies möchte kaum glaublich erscheinen, wenn ich die Stelle nicht wörtlich wiedergebe. Ich zitiere sie daher aus Mr. van Laun's sorgfältiger Übersetzung von Taine's Geschichte der englischen Literatur. „Jonas" (ebenfalls in Chuzzlewit) steht am Rande des Wahnsinns. Auch andere Charaktere sind ebenso toll. Dickens hat drei oder vier Porträts von Wahnsinnigen gezeichnet, die auf den ersten Blick sehr angenehm scheinen, aber so wahr sind, daß sie in Wahrheit entsetzlich sind. Es bedurfte einer regellosen, ausschweifenden, fixer Ideen fähigen Einbildungskraft wie der seinen, um die Störungen der Vernunft darzustellen. Besonders zwei dieser Charaktere machen uns zugleich lachen und schaudern. Augustus, der finstere Tollhäusler, der im Begriffe steht, Miss Pecksniff zu heiraten, und der arme, halb blödsinnige, halb tolle Dick, der mit Miss Trotwood lebt ... Das Spiel dieser zerstörten Geisteskräfte ist wie das Knarren einer Tür, die aus den Angeln gegangen ist, es macht krank, es zu hören." (Bd. II., S. 346). Das Original wurde vor Dickens' Tode veröffentlicht, aber so viel ich weiß, hat er es nie gesehen.

ausdrücken. Macready faßt seine Ansichten über die Sklaverei in New-Orleans in einem milden Zweifel über die Sache, einem ‚Aber' und Gedankenstrich zusammen. Ist es nicht in New-Orleans, wo der Mann zum Tode verurteilt ist, der, weil er die Furcht Gottes nicht vor Augen hatte, einen gefangenen Sklaven nicht der Folter überlieferte? Die größte Kanone in jenem Lande ist noch nicht geborsten, aber sie wird es. Der Himmel bewahre uns vor Explosionen, die uns selbst näher sind! Ich erkläre Dir, daß ich nie in das gehe, was man Gesellschaft nennt, ohne ihrer überdrüssig zu sein, sie zu verachten, zu hassen und zu verwerfen. Je mehr ich von ihrer außerordentlichen Eitelkeit und ihrer kolossalen Unwissenheit über das, was außerhalb ihrer Kreise vorgeht, sehe, umso fester werde ich überzeugt, daß sie sich der Epoche nähert, wo sie, außer Stande sich selbst zu bessern, sich darein wird ergeben müssen, daß andere sie von der Erde hinwegverbessern." Wir sehen so, daß die alten radikalen Neigungen wieder ziemlich stark in ihm waren und ich will hinzufügen, daß er sich damals gelegentlich Luft damit machte, indem er in das Morning Chronicle schrieb.

Da einige dieser Artikel Aufsehen verursacht hatten, erwogen die Eigentümer der Zeitung eifrig die Frage, was für ein Honorar Dickens für regelmäßige Beiträge fordern möchte, und er nannte die Summe von zehn Guineen für den Artikel. Der Redakteur, der Nachfolger von Dickens' altem Freunde Black, stellte ihm jedoch sehr verständigerweise vor, daß, obgleich eine so große Summe mitten im Feuer der so eben beigetragenen erfolgreichen Artikel nicht verweigert werden würde, man doch (ich zitiere seinen eigenen Bericht in einem Briefe vom 7. März 1844) auf die Dauer kaum so viel zahlen könne; und man traf darauf das Übereinkommen, daß Dickens als Volontär schreiben und die Bezahlung von den Resultaten abhängen lassen solle. „Dann sagte der Redakteur – und ich möchte, daß Du Dir dies ganz besonders in aller Muße überlegtest – angenommen, ich ginge in's Ausland, würde ich mich darauf einlassen, wöchentlich unter irgendeinem mir konvenierenden Namen einen Brief zu schreiben, mit Beschreibungen und Eindrücken, wie sie sich gerade darböten? Wenn ich dies überhaupt täte, ob ich es dann für das Chronicle tun wolle? Und wiederum, wenn ich dies tun wolle, wofür ich es tun wolle? Seiner Meinung nach würde der Besitzer für solche Beiträge jede Summe bezahlen. Ich sagte ihm, der Gedanke sei mir noch nie gekommen, aber ich fürchte, er wisse nicht, was der Wert solcher Beiträge sein würde. Er wiederholte, was er vorher gesagt hatte, und ich versprach ihm, zu überlegen, ob es mir überhaupt geeignet scheine, solche Briefe zu schreiben. Das

Für und das Gegen muß reiflich erwogen werden. Ich will Dir nicht sagen, auf welche Seite ich meinerseits neige, sollten wir aber verschiedener Meinung sein, oder hinsichtlich derselben Punkte schwanken, so wollen wir Bradbury und Evans zu Rate ziehen. Ich halte es für mehr als wahrscheinlich, daß wir genau derselben Ansicht sein werden, aber wünsche, daß Du im Besitz der Tatsachen bist, und schicke Dir daher dies Geschwätz." Das Geschwätz war nicht unwichtig; denn obgleich wir hinsichtlich der Weisheit, dem Chronicle mit Nein zu antworten, derselben Meinung waren, wurde der von ihm erwähnte ‚Rat' nichtsdestoweniger eingezogen, und in demselben lag der Keim eines andern Zeitungsunternehmens, an dem er zwölf Monate später seine Teilnahme zusagte, dem es aber ebenfalls weiser gewesen sein würde, ein Nein entgegenzusetzen.

Die Vorbereitungen für die Abreise waren jetzt in vollem Gange, und besonders beschäftigten ihn Nachfragen über zwei damit zusammenhängende wichtige Dinge: einen Kurier und einen Wagen. Was den letzteren angeht, so kam ihm der Gedanke, er könne vielleicht für „wenig Geld eine gute, alte, schäbige Teufelskutsche bekommen – eins jener gewaltigen Phaetone – die sich in einer Ecke des Pantechnikons[20] verstecken"; und ganz genau eine solche fand er dort und er selbst saß darin, ein vollständiger ‚Sentimentaler Reisender', während der Faktor ihm ihre Geschichte erzählte. „Was Bequemlichkeit anlangt, so ist sie – laß mich sehen – ungefähr von der Größe Deiner Bibliothek, mit Nachtlampen und Taglampen und Taschen und einem ledernen Keller und den außerordentlichsten Veranstaltungen. Scherz bei Seite, es ist eine wunderbare Maschine. Und wenn Du sie siehst (wenn Du sie wirklich siehst), wirst Du zuerst laut darüber lachen und dann erklären, daß sie ganz brillant ist, mein Lieber!" Der Preisansatz betrug 60 Pfd., er bekam sie für 45 Pfd., und meine eigenen Empfindungen darüber hatte er im Voraus ganz richtig geschildert. Mit dem Finden eines Kuriers hatte er noch größeres Glück, und diesen Erfolgen schloß sich scheinbar ein dritter vielversprechender aber schließlich weniger befriedigender an. Er vermietete sein Haus an nicht sehr sorgfältige Leute.

Da die Mieterin sich unerwartet, während der letzten zwei oder drei Wochen seines Aufenthalts in England, einstellte, mietete er selbst ein zeitweiliges Logis in Osnaburgh-Terrace und hier befiel ihn eine häusliche Bedrängnis, deren Erwähnung belustigend sein mag, nachdem

---

[20] Ein großes Londoner Möbel-Repositorium. – D. Übers.

ich eines Umstandes gedacht habe, der zu charakteristisch ist, um ausgelassen zu werden. Die Beamten der „Gesellschaft für die Unterdrückung der Bettelei" waren eines notorischen Bettelbriefschreibers habhaft geworden, hatten ihn als alten Sünder gegen Dickens identifiziert, wovon sie in seiner Tasche Beweise fanden, und hatten die nötigen Vorbereitungen für seine angemessene Bestrafung getroffen, als die Frau des elenden Geschöpfes, ehe der Fall vor den Polizeigerichtshof kam, auf eine Weise an Dickens appellierte, daß dieser in seinem Charakter als Ankläger zusammenbrach und da er fand, daß die Angaben über die Not, worin der Mensch sich damals befunden, wahr seien, im letzten Augenblick Gnade für Recht ergehen ließ. „Als die Beamten der Gesellschaft selbst mir sagten, der Mann sei in Not, drückte ich ihnen meinen Wunsch aus, daß sie verschweigen möchten, was sie über ihn wüßten, und ließ aus dem Papierbündel (auf dem Polizeiamt) seinen ersten Brief, der seine größten Lügen enthielt, fallen. Denn er sah elend aus, und seine Frau hatte den ganzen Morgen in der Straße gewartet, um mit mir zu sprechen. Nichtsdestoweniger war es ein äußerst böser Fall und die Betrügerei von Anfang bis zu Ende sehr groß. So daß ich, selbst als ich ihn sah, nichts zu seinen Gunsten sagen konnte. Dennoch tat es mir nicht leid, daß das Geschöpf ein Loch zum Entwischen fand. Die Beamten hatten ihn widerrechtlich, ohne Verhaftsbefehl, eingezogen, und in der Tat verdarben sie die ganze Sache auf's umständlichste."

Er selbst wird auch am besten über die kleine häusliche Schwierigkeit berichten, die ihn in seinem zeitweiligen Logis befiel, als er unerwarteterweise fand, daß dasselbe den Ansprüchen eines Dîners, wozu er gerade vor der plötzlichen Vermietung von Devonshire-Terrace Einladungen hatte ergehen lassen, nicht gewachsen sei. Der Brief ist auch in anderer Hinsicht charakteristisch, sonst würde ich mich hier schwerlich so tief auf häusliche Vorgänge eingelassen haben; und er setzt mich in den Stand, hinzuzufügen, daß er mit dem letzten auf der Liste seiner Gäste, Mr. Chapman, dem Präsidenten der Lloyd'schen Agentur, in sehr freundschaftlichem Verkehre stand, und daß selbst über Dickens wenige abgeschmacktere und unbegründetere Dinge erfunden worden sind, als dies, daß er einen Teil des Originals von Mr. Dombey in der Natur, der Erscheinung oder den Manieren dieses achtungswerten Herrn entdeckt habe. „Rate, rate (schrieb er, 9 Osnaburgh-Terrace, 28. Mai 1844), rate einem ratlosen Manne. Untersuchungen im untern Stock machen es, wie mein Vater sagen würde, jeder Person von gewöhnlicher Einsicht, wenn dieser Ausdruck erlaubt ist, klar, daß das Sonnabend-Dîner nicht mit Sicherheit hier stattfinden kann. Es würde eine Frage an's Schicksal sein, die gut für uns ausfallen könnte, aber mit dieser Sorte von Leuten würde es jedenfalls eine äußerst peinliche Sache werden ... Nun kommt es mir nicht geraten vor, das Dîner ganz fallen zu lassen, und ich fürchte in der Tat, dies könnte einen eigentümlich verdächtigen und sonderbaren Anschein haben. Da sagte ich nun heute Morgen beim Frühstück, ich will nach dem Clarendon-Hôtel schicken. Dann sagt Kate, laß es uns in Richmond haben. Dann sage ich, das könne den Leuten unbequem sein. Dann sagt sie, wie das möglich sei, wenn wir nur spät genug speisen. Dann fühle ich mich sehr beleidigt, ohne genau zu wissen weshalb, und gehe in einem Zustande hoffnungsloser Mystifikation hinauf ... Was ist Deine Meinung? Ellis würde ebenso teuer sein, als irgendein anderer, und wenn das Wetter nicht anders wird, lassen sich gegen den Ort Einwände erheben. Ich muß mich für eins von beiden entscheiden; denn wir werden heute Lord Denman beim Dîner treffen. Könnte man es mit Anstand fallen lassen? Das halte ich für sehr zweifelhaft. Könnte man es für ein Paar Guineen à Person im Clarendon-Hôtel haben? ... In einer Sache von größerer Bedeutung würde ich einen Entschluß fassen können. Aber in einer Sache von dieser Art quäle und verwirre ich mich und komme zu gar keinem Schluß. Rate, rate! ... Liste der eingeladenen Personen. Da ist Lord Normanby. Und da ist Lord Denman. Da ist Easthope nebst Frau und Schwester. Da ist Sydney Smith. Da bist Du und Mac. Da ist Babbage. Da ist eine Lady Osborne nebst Tochter. Da ist Southwood Smith. Und da ist Quin. Und da ist Thomas Chapman nebst Frau. So manche von diesen Leuten haben noch nie bei uns diniert, daß die Verlegenheit doppelt groß ist. Rate, rate!" Mein Rat lief darauf hinaus, die Gesellschaft ganz über Bord zu werfen; doch es fand sich ein Auskommen und das Dîner lief sehr heiter ab. Es war das letzte Mal, daß wir Sydney Smith sahen.

Noch über einen charakteristischen Vorfall schrieb er mir vor seiner Abreise und die sehr lesbare Inschrift um das Siegel seines Briefes: „Es wird ganz besonders gebeten, daß Sir James Graham, wenn er dies öffnen sollte, sich nicht die Mühe gibt, es wieder zuzusiegeln," bezeichnet sowohl das Datum, als die Ansicht des Schreibers über eine notorische Begebenheit dieser Zeit.[21] „Ich möchte" (28. Juni)

---

[21] Sir James Graham, Minister des Innern in Sir Robert Peel's Ministerium, benutzte 1844 aus Gefälligkeit gegen die österreichische Regierung ein altes Gesetz, um Briefe Mazzini's zu öffnen, wodurch die österreichische Regierung von dem Unternehmen der Brüder Bandiera Kunde erhielt. Dies Verfahren erregte den größten Unwillen in England. – D. Übers.

„daß Du Einliegendes läsest und es mir wieder gäbest, wenn wir uns heute bei Stanfield treffen. Newby hat mir geschrieben, er hoffe, Overs mehr Geld geben zu können, als ursprünglich verabredet war." Der Einschluß war der Korrekturbogen einer Vorrede, die er zu einer kleinen Sammlung von Erzählungen (*The Evenings of a working man*) eines armen Zimmermanns geschrieben hatte, der an der Schwindsucht starb und hoffte, durch Veröffentlichung derselben unter dem Schutze eines solchen Namens, seiner kranken Frau und seinen kleinen Kindern ein kleines Vermächtnis zu hinterlassen.[22] Das Buch war dem guten Arzte Dr. Elliotson gewidmet, dessen Name fast dreißig Jahre lang bei uns allen gleichbedeutend war mit unermüdeten, selbstaufopfernden, wohlwollenden Dienstleistungen an alle Notleidenden.

Die letzte Begebenheit vor Dickens' Abreise war ein ihm gegebenes Abschiedsmahl, welches zugleich die Gestalt einer Feier der Vollendung *Chuzzlewit's* annahm, oder, wie die Ballantynes es bei Scott zu nennen pflegten, eines Taufmahls. Lord Normanby führte den Vorsitz und ich entsinne mich, daß ich neben dem großen Maler Turner saß, der mit Stanfield gekommen war, und seine Kehle an jenem schwülen Sommertage in ein großes rotes Taschentuch eingewickelt hatte, das er sich steif und fest weigerte abzunehmen. Sonst war er nicht eben demonstrativ, sondern freute sich auf eine stille schweigende Art, weniger vielleicht über die Reden, als über die wechselnden Lichter auf dem Flusse. Carlyle kam nicht. Er bemerkte in seiner Antwort auf die Einladung, die ich ihm geschickt, er liebe Dickens aufrichtig, denn er habe in seinem innern Selbst eine wahrhafte Musik von der echten Art erkannt; aber er wolle dies lieber in einer andern Form bezeugen, als indem er während der Hundstage außer Hause speise.

---

[22] Dickens schrieb 17. Dezember 1844 von Marseille. „Als der arme Overs im Sterben lag, forderte er plötzlich Feder, Tinte und Papier und machte ein kleines Paket für mich zurecht, das er" (seine letzte bewußte Handlung) „an mich adressierte. Seine Frau sagte mir dies und gab es mir. Ich öffnete es gestern Abend. Es war ein Exemplar seines kleinen Buches, in das er meinen Namen geschrieben hatte, ‚Mit seiner Ergebenheit'. Mir schien das einfach und rührend von dem armen Menschen." In einem späteren Briefe bemerkt er: „Mrs. Overs sagt mir" (Monte Vacchi, 30. März 1845) „Miss Coutts habe ihr im Ganzen sechzehn Pfund Sterling geschenkt, ihren Kindern einen Arzt geschickt und eins ihrer Mädchen in der Waisenschule angebracht. Als ich ihr ein Wort zu Gunsten der armen Frau schrieb, antwortete sie mir, ich habe ihr selbst eine Freundlichkeit damit erzeigt, ‚denn was nutzen mir meine Mittel, wenn ich nicht versuche, etwas Gutes damit zu tun?'"

Fünftes Kapitel

Müßiggang in Albaro: Villa Bagnerello
1844

Die Reisegesellschaft kam Sonntagabend, den 14. Juli, in Marseille an. Da sie in Paris keine Vetturino-Pferde hatten bekommen können, waren sie mit Extrapost gereist, hatten für neun Pferde bezahlt, während sie nur vier bekamen, und dadurch einen Shilling per Meile an dem erspart, was die vier in England gekostet haben würden. Doch waren bis dahin die Reisekosten so groß gewesen, daß „bei der Entfernung, der Karawane, dem Sehen von Merkwürdigkeiten und allem" fast zweihundert Pfund Sterling aufgebraucht waren, ehe sie an ihrem Bestimmungsorte ankamen. Im übrigen war der Erfolg vollständig gewesen. Die Kinder hatten in ihren schlimmsten Nöten nicht geschrien, der Wagen war über abscheuliche Straßen leicht hinweggerollt und der Kurier hatte sich als ein wahrer Edelstein erwiesen. „Von fremdartigen und ganz neuen Verhältnissen umgeben", schrieb mir Dickens aus Marseille, „ist mir zu Mute als hätte ich einen neuen Kopf neben meinem alten."

Zu welchen scharfen und heitern Beobachtungen der alte ihm auf jeder Station seiner Reise verholfen hatte, zeigt seine veröffentlichte Reisebeschreibung und von allem diesen soll hier nichts gesagt werden; aber einige Erfahrungen im Beginn der Reise, wovon er mir später erzählte, sind charakteristisch genug, um hier eine Erwähnung zu verdienen.

Kurz vorher hatte der Kapitän eines der Boulogner Dampfschiffe, den man auf den Verdacht, daß er Geld gestohlen, verhaftet, dann aber nach einer öffentlich gegebenen Genugtuung wieder in seinen Posten eingesetzt hatte, ein allgemeines Interesse erregt, und Dickens hatte kaum das Schiff, welches sie hinüberbringen sollte, betreten, als er durch die Erscheinung des Kapitäns angezogen wurde und nach einer Unterhaltung von einigen Minuten entdeckte, daß er eben jener Mann sei. „Eine so ehrliche, einfache, gute Seele sah ich nie," sagte Dickens, indem er die schmucklose Sprache für mich nachahmte, in der seine vertraulichen Mitteilungen vorgetragen wurden. Die Leute in Boulogne, sagte er, hätten ihm ein Stück Silbergeschirr geschenkt, „aber Gott sei mir gnädig! ganz was andres als das war nötig, um ihn in seinem eignen Innern wieder in Ordnung zu bringen und lange, lange Wochen war ihm höchst kläglich zu Mute. Newgate, sehen Sie! Was für ein Ort für einen Seefahrer, der seinen Kopf vor den Besten hoch getragen, und mehr Freunde hatte, das ist meine Meinung und es ist die lautere Wahrheit, als irgendeiner auf dieser Station – ah! oder irgendeiner, es ist einerlei, wo!"

Seine erste Erfahrung mit einer fremden Sprache machte er gleich nach seiner Landung, als er wegen Geld auf die Bank ging, und, nachdem er mit mühsamer Deutlichkeit eine ziemlich lange französische Ansprache an den Kommis hinter dem Ladentisch gerichtet hatte, in Verlegenheit gesetzt wurde durch die ganz nach der heimischen Lombardstreet-Weise gestellte kühle Frage dieses Funktionärs: ‚Wie wollen Sie es nehmen, Sir?'[23] Er nahm es, wie jedermann muß, in Fünffrankenstücken, und fand diese Münze höchst unbequem; denn er bedurfte so viel davon, daß er sein Geld in ein paar kleinen Säcken mitschleppen mußte, und es ihn ‚fortwährend heiß überlief', wenn ihm der Gedanke kam, er könne diese verloren haben.

Dienstagabend, am 16. Juli, langte er in einer Villa in Albaro, der Vorstadt Genua's an, in der er, dem Rate unserer Freunde von Gore-House gemäß, beschlossen hatte, die Sommermonate zuzubringen, ehe er seinen Wohnort in der Stadt nahm. Es war sein Wunsch gewesen, Lord Byron's Haus dort zu mieten, doch man hatte dasselbe in Verfall geraten lassen, und es war ein Weinhaus dritten Ranges daraus geworden. Die Sache war hierauf an Angus Fletcher übertragen worden, der damals gerade in der Nähe von Genua wohnte, und für eine lächerlich hohe Summe[24] ein unmalerisches und uninteressantes Gebäu-

---

[23] Lombardstreet ist die große Bankier-Straße in London. Die typische Frage des Kommis bezieht sich auf die freistehende Wahl der Auszahlung eines Wechsels in Gold oder Banknoten. – D. Übers.

[24] Er bedauerte, daß sein exzentrischer Freund sich eine Wohnung hatte entgehen lassen, die er mir schilderte, kurz ehe er Italien verließ. „Ich sah gestern Abend einen alten Palast der Doria, anderthalb Stunden von hier, am Meere, den De la Rue dringend Fletcher empfahl, als dieser sein Auge auf jene gräuliche Villa Bagnerello geworfen hatte, eine Villa, welche die Genuesen seit undenklichen Zeiten für ein Viertel der Summe vermietet hatten, die ich dafür bezahlte, wie man ihm auch wiederholt erklärte, ehe er den Vertrag abschloß. Dies ist einer der merkwürdigsten alten Paläste in Italien, umgeben von schönen Wäldern mit großen Bäumen (eine unendliche Seltenheit hier), eine halbe Meile im Umfang, und auf der Terrasse steht ein hoher Turm, ehemals ein Gefängnis für Beleidiger der Familie und ein Schutz gegen die Seeräuber. Der gegenwärtige Doria vermietet den Palast, wie er da ist, für £ 40 jährlich ... Und die Anlagen verursachen keine

de gemietet hatte, dessen Ähnlichkeit mit einem Gefängnis seinem neuen Bewohner sofort auffiel. „Es ist," sagte er mir, „das vollkommen einsamste, rostigste, stagnierendste, verblüffendste alte Besitztum, das Du Dir denken kannst. Was würde ich geben, könntest Du Dich nur einmal auf dem Hofe umsehen! Ich blicke hinein, so oft ich an dieser Seite des Hauses bin; denn der Stall ist so voll von ‚Ungeziefer und Schwärmer' (verzeihe dieses Zitat von meinem unnachahmlichen Freunde), daß ich immer erwarte, den Wagen herauskommen zu sehen, bespannt mit Legionen emsiger Flöhe, die ihn auf eigne Faust herausziehen. Wir haben ein paar italienische Arbeiter in unserm Etablissement und einen oder den andern zu hören, wie er mit der äußersten Heftigkeit und Geläufigkeit Genuesisch mit unsern Dienstboten spricht, und wie unsere Dienstboten in äußerst fließendem Englisch darauf antworten (sehr laut: als wären die andern nur taub, nicht Italiener), ist eins der lächerlichsten Dinge, die man sich denken kann. Die Wirkung wird bedeutend vermehrt durch die genuesische Art und Weise, die höchst lebhaft und pantomimisch ist, so daß es, wenn zwei Freunde aus der niedern Volksklasse sich vergnügt in der Straße unterhalten, immer den Anschein hat, als wären sie drauf und dran, sich gegenseitig zu erdolchen. Und ein Fremder ist sehr überrascht, daß sie es nicht tun."

Die Hitze war ihm weniger lästig als er erwartet hatte, mit Ausnahme des Sirocco, der, nah an der See und grade im Striche des Windes, wie sie wohnten, alles viel heißer machte als wenn gar kein Wind wehte. „Man fühlt ihn am meisten, wenn man aufsteht. Dann ist es wirklich so drückend, daß ein starker Entschluß notwendig ist, um mit dem Ankleiden fortzufahren; man möchte am liebsten irgendwo hinfallen und dort liegen bleiben." Es schien ihn, sagte er, hinter dem Knie zu treffen, und machte seine Beine so zittern, daß er weder gehen noch stehen konnte. Unglücklicherweise hatte er bald nach seiner Ankunft ohne Unterbrechung eine ganze solche Sirocco-Woche; dann aber kam ein Gewitter und Wind von den Bergen, und die gewöhnliche Hitze konnte er sehr gut aushalten. Was zuerst eine häusliche Unbequemlichkeit gewesen war: die nackten Wände, die hohen De-

---

Kosten, denn sie werden stolz in Stand gehalten von diesem Doria, der das Mietgeld, wenn er es bekommt, zur Ausbesserung des Daches und der Fenster verwendet. Es ist ein wunderbares Haus, voll von den außerordentlichsten Gemälden und den unglaublichsten Möbeln. Jedes seiner Zimmer wie das seltsamste und phantasievollste von Cattermole's Bildern, und wie viele Zimmer, fürchte ich mich zu sagen." 2. Juni 1845.

cken, die eisigen Fußböden und die Gitterfenster, wurde bald angenehm. Nachmittags wehte regelmäßig ein erfrischender Seewind; im Hofe befand sich eine Quelle mit dem reinsten und kältesten Wasser. Frische Milch und Eier gab es eimerweise, und diese und andere Delikatessen gegen die Sommer-Insekten zu schützen, hatte man tausende frischer Weinblätter. Auch überzeugten ihn die Erlebnisse einiger Tage in der Stadt, daß er wohl getan hatte, zuerst in die Vorstadt am Meere zu kommen. Was ihn am meisten überraschte und enttäuschte, waren die häufigen trüben Tage.[25] Er fing seinen dritten Brief (3. August) damit an, mir zu sagen, es sei ein dicker Novembernebel, der Regen ströme unaufhörlich herab und er erinnere sich nicht, in seinem ganzen Leben um diese Jahreszeit ein so trübes Wetter gesehen zu haben, als unter dem italienischen Himmel.

„Wie man sagt, ist es besonders im Herbst und Winter, wenn andere Länder dunkel und nebelig sind, daß die Schönheit und Klarheit dieses Landes hervortreten. Ich hoffe, daß es so ist; denn ich habe es aufgegeben, die Berge, welche die Stadt umschließen, zu besteigen, oder irgendwelche Merkwürdigkeiten zu sehen, bis das Wetter günstiger wird.[26] Ich habe es noch nie längere Zeit an einem Tage so klar gesehen, wie an einem hellen, lerchensingenden, die französische Küste enthüllenden Tage in Broadstairs; auch habe ich noch nie einen so vollkommen schönen Sonnenuntergang gesehen, wie sie dort sehr häufig sind. Aber die Landschaft ist herrlich, und zu gewissen Zeiten,

---

[25] „Wir haben bis heute einen Londoner Himmel gehabt," schrieb er am 20. Juli, „so grau und trübe als möglich, aber am meisten haben mich wohl die Abende enttäuscht, die so äußerst alltäglich sind, denn es gibt kein Zwielicht, und was man von den Sternen sagt, daß sie hier heller leuchten als anderswo, ist Schwindel." Der Sommer von 1844 scheint jedoch ungewöhnlich stürmisch und feucht gewesen zu sein. Am 24. Oktober schrieb er mir, sie hätten bis dahin, seit ihrer Ankunft in Italien erst vier wirklich klare Tage gehabt.

[26] „Mein Glaube in Hinsicht auf diesen Punkt ist entschieden erschüttert und das erinnert mich daran, Dich zu fragen, ob Du je Simond's *Tour in Italy* gelesen hast. Es ist ein äußerst angenehmes Buch, und ganz besonders bemerkenswert durch seinen gesunden Menschenverstand und den Entschluß, sich keinen konventionellen Lügen zu ergeben." In einem späteren Briefe sagt er. „Keins von den vielen Büchern ist natürlich und wahr als das Simond's, das mir mehr und mehr gefällt, sowohl durch seine Kühnheit, als durch die offene Entfaltung jener so seltenen und trefflichen Eigenschaft, welche den Menschen befähigt, sich seine eigenen Ansichten zu bilden, ohne eine klägliche und sklavische Rücksicht auf die vorgeblichen Ansichten anderer Leute. Seine Bemerkungen über die Hauptgemälde entzücken mich. Sie sind so vollkommen gerecht und wahr, und so grillenhaft scharfsinnig." Rom, 9. März 1845.

abends und morgens, übertrifft das Blau des Mittelländischen Meeres jede Vorstellung und Beschreibung. Ich glaube, es ist die tiefste und wunderbarste Farbe in der ganzen Natur."

Sein zweiter Brief aus Albaro enthielt mehr über diesen Gegenstand, und einem besonders für Maclise bestimmten Ausbruch grillenhafter Begeisterung in demselben folgen einige vortreffliche Schilderungen. „Ich rede Dich, mein Freund," schrieb er, „mit etwas von dem stolzen Geiste eines Exilierten, eines verbannten Bürgers, einer Art Anglo-Polen an. Ich weiß nicht genau, was ich für mein Vaterland getan habe, indem ich es verließ; aber ich fühle, es ist etwas, etwas Großes, etwas Tugendhaftes und Heroisches. Stolze Gedanken steigen in mir auf, wenn ich sehe, wie die Sonne in das blaue Mittelmeer versinkt. Ich bin die Tellermuschel auf dem Felsen. Meines Vaters Name ist Turner und meine Stiefel sind grün.[27] ... Apropos von Blau. In einem gewissen, ‚Serenade' genannten Bilde, zu dem Browning in Lincoln's Inn jenen Vers schrieb,[28] maltest Du, o Mac, einen Himmel. Wenn Du je Gelegenheit hast, das Mittelmeer zu malen, so laß es von der Farbe sein. Es liegt jetzt ebenso tiefblau vor mir. Aber über mir ist keine solche Farbe. Weit davon entfernt. Im Süden von Frankreich, in Avignon, in Aix, in Marseille habe ich einen tiefblauen Himmel gesehen und auch in Amerika. Aber der Himmel über mir ist meinem Blicke vertraut. Ist es Ketzerei, zu sagen, daß ich seinen Zwillingsbruder durch das Fenster in Jack Straw's Castle habe scheinen sehen, – daß ich in Devonshire-Terrace einen besseren Himmel gesehen habe? Höchst wahrscheinlich; aber wie viele andere Ketzereien, ist es wahr. ... Aber solches Grün, Grün, Grün, wie in dem Weinberg unterhalb meines Fensters flattert, das habe ich nie gesehen; noch auch solches Lilas und solchen Purpur, wie zwischen mir und den fernen Hügeln schwebt, noch auch irgendwo in Bild, Buch oder vestalischer Langeweile, ein solch furchtbares, feierliches, undurchdringliches Blau, wie in diesem Meere. Es übt eine so absorbierende, stille, tiefe Wirkung

---

[27] Anspielung auf eins der wunderlichsten Farbenkunststücke des Malers Turner, das unter dem Titel „Der Verbannte und die Tellermuschel" in der Akademie von 1842 ausgestellt wurde. – D. Übers.

[28] I send my heart up to thee, all my heart,
    In this my singing!
For the stars help me and the sea bears part;
    The very night is clinging
Closer to Venice's streets, to leave one space
    Above me, whence thy face,
May light my joyous heart to thee its dwelling place.

aus, daß ich nicht umhin kann, zu denken, daß die Vorstellung des Lethe von ihm hergenommen wurde. Es sieht aus, als ob ein Trunk davon, nur grade so viel als man auf dem Strande in der hohlen Hand schöpfen kann, alles andere hinwegspülen, und den Geist in eine große blaue Leere verwandeln würde. ... Wenn die Sonne klar untergeht, dann, beim Himmel, ist es majestätisch. Aus jedem unserer elf Fenster, oder von einer mit Weintrauben überwachsenen Terrasse, kann man das weite Meer, Villen, Häuser, Berge, Festungswerke mit Rosenblättern überstreut sehen. Damit überstreut? Darein getaucht! Gefärbt, durch und durch und durch. Auf einen Augenblick. Nicht länger. Die Sonne ist ungeduldig und feurig (wie alles andere in diesen Ländern), und geht ungestüm unter. Lauf' hin, um Deinen Hut zu holen – und es ist Nacht geworden. Blinzle im rechten Moment finsterer Nacht mit den Augen – und es ist Morgen. Alles bewegt sich hier in Extremen. Es gibt hier ein Insekt, das den ganzen Tag zirpt. Das Zirpen ist sehr laut, mitunter wie das einer Brobdingnagischen Heuschrecke. Das Geschöpf ist dazu geboren, zu zirpen, im Zirpen Fortschritte zu machen, lauter, lauter, lauter zu zirpen, bis es ein gewaltiges Zirpen ertönen läßt und zerbirst. Das ist Leben und Tod. Mit allem andern ist es auf ähnliche Weise beschaffen. Der Tag wird heller, heller, heller, bis es Nacht wird. Der Sommer wird heißer, heißer, heißer, bis er explodiert. Das Obst wird reifer, reifer, reifer, bis es abfällt und verrottet ... Stelle einige Fragen über Freskos an mich – willst Du die Güte haben? Alle Häuser sind hierherum in Fresko gemalt (die Außenwände nämlich, vorn, hinten und an beiden Seiten), und alle Farben haben sich in feuchten, grauen Pflanzenschimmel verloren, und das Gemälde selbst hat sich in die Atome des Mörtels verflüchtigt. Hüte Dich vor Fresko! Zuweilen (aber nicht oft) kann ich eine Jungfrau mit einer schimmeligen Glorie um ihr Haupt erkennen, die mit unsichtbaren Armen nichts in einem unerkennbaren Schoße hält; und gelegentlich Bein oder Arm eines Cherub. Aber es ist äußerst melancholisch und trübe. Außerhalb meines eigenen Tores stehen zwei alte in Fresko gemalte Vasen, eine auf jeder Seite, und sie sind so undeutlich, daß ich sie gestern Abend zum erstenmale sah und auch dann nur, weil ich über die Mauer hinüber nach einer Eidechse blickte, die auf mich zugekommen war, während ich oben eine Zigarre rauchte, und auf ihrem Rückzuge über eine dieser Verschönerungen hinkroch."

Dieser Brief skizzierte für mich auch die Geschichte seiner Reise durch Frankreich, und ich will hier sofort sagen, daß ich auf ähnliche Art von Woche zu Woche den „ersten lebhaften Guß" aller in seinen *Bildern aus Italien* enthaltenen Beschreibungen von ihm empfing.

Aber die in Bezug auf die Amerikanischen Briefe beobachtete Regel muß hier noch strenger eingehalten werden, und nichts, was auch nur im Entferntesten an sein gedrucktes Buch erinnert, kann hier aufgenommen werden. Selbst so wird die Schwierigkeit des Ausscheidens nicht geringer für mich; denn da er tatsächlich bis ganz zuletzt nicht entschieden war, ob er seine damaligen Erfahrungen überhaupt veröffentlichen wolle, machte er von einer größeren Anzahl von Briefen keinen Gebrauch. Er hatte, wie bei jener frühern Veranlassung, keinen festen Plan.

Skizze der Villa Bagnerello

von Angus Fletcher

Seine angenehmste Bekanntschaft in Albaro war die mit dem französischen Generalkonsul, einem Manne, der mit der englischen Literatur bekannt war, Dickens' Bücher in einer der französischen Zeitschriften besprochen hatte, und mit seiner englischen Frau in der zunächst liegenden Villa wohnte, obgleich durch den Weinberg derselben so sonderbar abgeschlossen, daß es eine halbe Stunde nahm, um von dem einen Hause das andere zu erreichen.[29] Indem er in jenem Augustbriefe den ersten Besuch dieses auf so angenehme Weise selbstempfohlenen Freundes beschreibt, bedient er sich dieses Besuchs, um das Abbrechen einer scherzhaften Schilderung der französischen Wirtshäuser zu entschuldigen, und nach einem Bleistiftumriß von Fletcher eine Skizze dessen vorzuführen, was den imposanten Namen der Villa di Bella Vista trug, was er aber nach dem einfacheren Namen des Besitzers Villa Bagnerello nannte. „Diese Zeichnung, mein Freund, ist vollkommen naturgetreu. Erlaube mir, sie Dir zu erklären. Du stehst, Sir, in unserm Weinberge unter den Trauben und Feigen. Das Mittelländische Meer liegt hinter Dir, wenn Du das Haus betrachtest, von dessen vier Seiten zwei hier dargestellt sind. Das untere, durch die Weinranken beinah verdeckte Stockwerk, besteht aus der Halle, einem Weinkeller und einigen Vorratskammern. Die drei Fenster zur Linken des ersten Stocks gehören zu dem Saal, einem hohen geweißten Raume, der noch außerdem zwei Fenster um die Ecke herum hat. Das vierte Fenster gehörte zu dem Esszimmer, aber ich habe um der bessern Luft willen eine der Kinderstuben dorthin verlegt, und es gehört jetzt diesem Zweige unseres Etablissements an. Das fünfte und sechste, oder die zwei Fenster zur Rechten, Sir, lassen Licht in das Schlafzimmer des Unnachahmlichen (und seiner Gattin), dem, wie Du am Schatten merken wirst, auch das erste Fenster um die Ecke zur Rechten angehört. Das nächste im Schatten befindliche Fenster, junger Herr, ist das Gemach Miss Hogarth's. Das nächste ein Fenster der Kinderstube, welche wiederum noch zwei Fenster um die Ecke herum hat. Der laubenartige Raum, der sich zur Linken des Hauses hinzieht, ist die Terrasse, auf welche man aus einem Fenster des Gesellschaftszimmers hinaustritt, von dem man nichts sieht, und bildet eine Seite des Hofes. Die obern Fenster gehören zu einigen jener ungezählten Stuben oben; das vierte, länger als die andern, ist F's Schlafzimmer. Außerdem ist dort oben auch eine Küche und mein Ankleidezimmer, wovon Du von dieser Seite her nichts sehen kannst. Die von uns benutzten Küchen und Wirtschaftszimmer sind unten, unter demjenigen Teil des Hauses, wo das Dach am längsten ist. Zur Linken, jenseits des Golfs von Genua, etwa eine Stunde entfernt, erstrecken sich die Alpen bis fern an den Horizont; zur Rechten, etwa anderthalb Stunden entfernt, sind von Festungswerken gekrönte Berge. Der dazwischen

---

[29] „Ihr Haus liegt dem unsern zunächst, mit einem Weinberg dazwischen, aber die Anlage ist so sonderbar gemacht, daß man eine volle halbe Stunde gebraucht, um an ihre Tür zu kommen."

liegende Raum ist auf beiden Seiten mit Villen bedeckt, einige grün, einige rot, einige gelb, einige blau, einige (und darunter die unsere) blaßrot. Dir im Rücken, Sir, wie ich bereits bemerkte, ist das Meer, vor dem der schlanke italienische Turm der verfallenen Kirche St. Johann des Täufers hoch über wilden Felsenhaufen emporsteigt. Man geht durch den Hof und zum Tore hinaus und eine enge Gasse hinab zum Meere. Merke Dir, der Saal reicht gerade bis zum Giebel des Hauses hinauf; seine Decke ist von kegelförmiger Gestalt, und die kleinen Schlafzimmer sind um die Basis des Bogens herum gebaut. Du wirst sehen, daß wir keinen Anspruch auf prächtige Architektur machen, aber daß wir Überfluß an Raum haben. Und hier bin ich nun und sehe Tage lang nichts als Weinberge und das Meer ... Beim Himmel, wie ich wünsche, Du wolltest ein paar Wochen hierher kommen und den weißen Wein zu fünf Farthings die halbe Kanne versuchen! Er ist vortrefflich ..." Dann sieben Tage später: „Ich habe jetzt mein Papier und mein Tintenfaß und die Figuren (der Kasten aus Osnaburgh-Terrace kam erst vorigen Donnerstag an) und kann – ich habe jeden Morgen damit angefangen – mit Geschäftsmiene an das Weihnachtsbuch denken. Mein Papier ist geordnet und meine Federn sind ausgebreitet in der gewöhnlichen Weise. Ich glaube Du kennst diese Weise – nicht wahr? Meine Bücher haben das Zollhaus noch nicht passiert und ich zittere für einige Bände von Voltaire ... Ich schreibe in dem besten Schlafzimmer. Die Sonne geht etwas nach zwölf Uhr um das Eckfenster an der Seite des Hauses herum, und ich kann dann die Jalousien öffnen und von meinem Papier aufblicken nach dem Meere, den Bergen, den ausgewaschenen Villen, den Weinbergen, dem versengten weißglühenden Fort, auf dessen Zugbrücke eine Schildwache steht, in einem Stück Schatten, das nicht größer ist als ihre Muskete, – und nach dem Himmel, so oft es mir gefällt. Es ist eine sehr friedliche Aussicht und doch eine sehr heitere. So ruhig als irgend möglich."

Noch aber war die Zeit zum Schreiben nicht gekommen. Seine jüngste kleine Tochter, Kate, hatte einen scharfen Krankheitsanfall, der ihn sehr beunruhigte. Dann mußte er, nachdem er die italienische Grammatik für sich angefangen hatte, einen Lehrer zu Hilfe nehmen, und dies Erlernen der Sprache nahm viel Zeit in Anspruch. Aber er hatte Talent dafür, und nach einmonatlichen Studien schrieb er mir (24. August), er könne in Läden und Kaffeehäusern nach allem, was er haben wolle auf Italienisch fragen, und es ganz gut lesen. „Ich wollte, Du könntest mich" (16. September), „ohne daß ich es wüßte, sehen, wenn ich hier allein umherwandere. Ich bin jetzt in den Straßen kühn wie ein Löwe. Der Mut, mit dem man zu sprechen anfängt, wenn es nicht anders geht, ist ganz erstaunlich." Die vollständige Unmöglichkeit, anfangs seinen englischen Domestiken die italienischen Ausdrücke verständlich zu machen, beschrieb er mir äußerst humoristisch und sagte, der Zauber sei zuerst gebrochen durch die Köchin, „die wirklich eine gescheite Frau ist, und sich nicht in jenen wundersamen Stolz der Unwissenheit verschanzt, welcher die andern verleitet, sich dem Empfang jeder Unterweisung, woher sie auch kommen möge, zu widersetzen und der es A. nicht einmal der Mühe wert scheinen ließ, aus dem Fenster zu blicken, um den Niagarafall zu sehen." So daß er bald über den Vorteil berichten konnte, der ihnen allen aus der Tatsache erwachsen sei, daß diese unternehmende Frau sich so „mit den Namen aller möglichen Gemüse, Fleischarten, Suppen, Früchte und Küchenbedürfnisse" bekannt gemacht habe, daß sie im Stande war, alles Nötige von den Bauern, die den ganzen Tag bekorbt und barfuß aus- und eintrabten, zu bestellen. Ihr Beispiel wurde sofort ansteckend;[30] und vor dem Ende der zweiten Septemberwoche erreichte mich die Nachricht, „daß die Diener anfingen, italienische Brocken aufzulesen. Einige besuchen eine wöchentliche *Conversazione* der Domestiken des Gouverneurs jeden Sonnabend Abend, nachdem sie ihre Bestürzung über die häufige Einführung von Quadrillen bei diesen Zusammenkünften überwunden haben, und ich glaube, das ausländische Leben fängt an ihnen zu gefallen."

Bei den Kaufleuten, mit denen sie in Albaro handelten, fand er belustigende Charakterzüge. So eifrig sie hinter dem Gelde her waren, so löschte ihr Müßiggang doch selbst diese Neigung aus. Man bestellte zwei oder drei Pfund Tee zu sofortiger Übersendung, und der Tee-

---

[30] Glücklicherweise jedoch nicht in einer andern wichtigen Beziehung, denn am Vorabend ihrer Rückkehr nach England erklärte sie ihre Absicht, dort zu bleiben und einen Italiener zu heiraten. „Sie wird nach Florenz gehen (12. Mai 1845) und die Trauung in Lord Hollands Hause vornehmen lassen müssen, und selbst dann ist sie nur nach dem englischen Gesetz verheiratet, und erlangt dadurch weder in Frankreich noch in Italien legale Ansprüche. Der Mann ist vollständig mittellos. Wäre eine Aussicht auf die Anlage einer netten, reinlichen Restauration in Genua da – was, wie mir scheint, nicht der Fall ist, denn die Genuesen haben eine natürliche Freude an Schmutz, Knoblauch und Öl – so würde es doch noch ein gewagtes Unternehmen sein, da die Priester dem Manne jedenfalls Schaden zufügen werden wenn sie können, weil er eine Protestantin geheiratet hat. Allein das Äußerste, was ich tun kann ist, dafür zu sorgen, falls eine solche Krise eintritt, daß es ihr nicht an Mitteln fehlt, nach England zurückzukehren. Wie mein Vater sagen würde: sie hat gesät und muß ernten."

händler war auf's Höchste niedergeschlagen. „Hat es nicht bis morgen damit Zeit?" „Ich brauche es jetzt," war die Antwort, worauf er vielleicht erwiderte: „Nein, nein, es kann keine Eile haben." Er remonstrierte gegen die Grausamkeit. Aber überall war man zuvorkommend, gefällig, mehr als höflich. „In einem Café kostet ein kleines Bierglas voll Eis etwas mehr als drei Pence, und wenn Du dem Kellner außerdem noch gibst, was Du einem englischen Bettler nicht anbieten würdest, sage den dritten Teil eines Halfpenny, so ist er äußerst dankbar dafür." Die Aufmerksamkeiten, welche ihm von angesiedelten Engländern bewiesen wurden, nahmen kein Ende.[31] Zu Anfang seines Aufenthalts, in Augenblicken der Not, bemühten sie sich („große Kaufleute und ernste Männer"), als wären sie die bezahlten Lieferanten der Familie. Ganz besonders tat ein Herr namens Curry sich dabei hervor, dessen unermüdlicher Freundlichkeit Dickens sich noch lange erinnerte.

Seine leichte, lebhafte, bewegliche Gestalt wurde bald in den Straßen von Genua bekannt und er durchwanderte sie nie, ohne eine Seltsamkeit mit fortzunehmen. Ich hörte bald von der Strada Nuova und Strada Balbi, von denen die breiteste enger sei als Albany-Street, und die andere nicht so breit als Drury-Lane oder Wich-Street, aber beide voll von Palästen von edelm Stil und solchem Umfang, daß man in einem derselben ebenso viele Fenster zählen könne als Tage im Jahr, und auch dieser nehme noch keineswegs den größten Raum ein. Ich hörte auch von den andern Straßen, sämtlich ohne Trottoirs und sämtlich von verschiedenen Graden der Enge, aber meist wie Field-Lane in Holborn, mit wenig Raum zum Atmen wie St. Martins Court, und die breiteste nur stellenweise breit genug zum Umwenden eines mit zwei

---

[31] Ich will hier erwähnen, daß Dickens Empfehlungsbriefe an Ansässige in allen Teilen Italiens mitgenommen hatte, aber, so viel ich weiß, kaum einen davon abgab. Einige Monate ehe er Italien verließ, drückte er in einem Briefe an mich seine Genugtuung darüber aus. „Wir leben sehr still und ich freue mich jetzt mehr als je, daß ich mich den ‚empfangenden' Eingeborenen immer fern gehalten, und kaum einen meiner Empfehlungsbriefe abgegeben habe. Hätte ich es getan, so würde ich nichts gesehen und noch weniger kennen gelernt haben. Ich habe bemerkt, daß die Engländerinnen, die mit Ausländern verheiratet sind, ohne Ausnahme die Lizenz, die sie annehmen, am weitesten treiben. Denke Dir, daß eine an einen königlichen Kammerherrn (nicht hier) verheiratete Dame beim Essen zu dem Herrn des Hauses, wo ich dinierte, sagte: sie habe seinen Satirist wieder mitgebracht, finde aber, es sei nicht so viel ‚Spaß' darin als sonst. Ich sah mir das Blatt nachher an, und fand es vollgestopft von so gemeinen Zoten, daß mir die Haare zu Berge standen."

Pferden bespannten Wagens. „Stelle Dir vor, Du sähest eine Straße von Reform Clubs[32] hinunter, in dieser wunderlichen Weise zusammengepfercht, so daß die hohen Dächer sich in der Perspektive fast zu berühren scheinen." In den Kirchen fiel ihm nichts so sehr auf, als der Kontrast der darin angehäuften Masse von Plunder und Flittergold, mit dem wirklichen Glanz ihrer Ausschmückung. Nur eine, die der Kapuziner, strahlte von oben bis unten von Gold, Edelsteinen und unschätzbaren Gemälden; und hier bestand der Hauptgegensatz gegen ihren Glanz in dem Schmutz ihrer Herren, deren bloße Beine, strickumgürtete Lenden und grobe braune Kutte, unverändert bei Tag und bei Nacht, inmitten des Reichtums ihrer Genossenschaft ihr persönliches Gelübde der Armut verkündeten. Er fand ihren Anblick und die Begegnung mit ihnen weniger angenehm als die mit dem Landvolke der Vorstadt, an Festtagen, wenn sie die Indulgenzen, die ihnen das Recht gaben, lustig zu sein, wie Schlagbaumbillette an ihren Hüten trugen. Die Bauernmädchen schienen im allgemeinen nicht hübsch; obgleich sie sich anmutig hielten und außerordentlich gut gingen; aber die durch schwere Arbeit und eine brennende Sonne erzeugte Häßlichkeit der alten Weiber, mit hohen Wulsten von grobem, grauem Haar über ihren runzeligen, leichenhaften Gesichtern, schien ihm geradezu schreckenerregend. Er war nie in einer auch nur dreihundert Schritte langen Straße, ohne daß die Hexengestalten aus Macbeth ihm aufs Lebhafteste in's Gedächtnis gerufen wurden.

Mit den Theatern wurde er natürlich bald bekannt, und über das Puppentheater schrieb er mir immer wieder mit humoristischem Entzücken. „Es gibt noch andere Dinge," fügte er hinzu, nachdem er mir den Bericht gegeben hatte, der in seinem Buche abgedruckt ist, „zu feierlich überraschend, um dabei zu verweilen. Man muß sie sehen. Man muß sie sehen. Der Zauberer, der die Braut entführt, ist nicht größer als seine Diener, die feurige Fackeln schwingen und ihren brennenden Spiritus bei jeder Bewegung fallen lassen. Auch der Zauberer selbst, wenn er, abgehetzt und überwunden, in die wogende See springt und ein feuchtes Grab findet. Auch der zweite Komiker von etwa 55 Jahren und im Gesicht Georg III. ähnlich, wenn er die Vorstellung des nächsten Abends ankündet. Man muß es alles sehen – erzählen läßt es sich nicht. Völlig unmöglich." Die lebendigen Schauspieler hielt er nicht für so gut; in der Tat war ein Mangel an Vertrauen zu den italienischen Schauspielern immer eine Ketzerei bei ihm

---

[32] Einer der großen Londoner Clubs in der bekannten Clubstraße Pall-Mall. – D. Übers.

gewesen, und die beklagenswerte Länge des Dialogs, im Vergleich zu der unbedeutenden Handlung ihrer Stücke, machte sie für ihn äußerst ermüdend. Das erste was er in dem Haupttheater sah, war eine Bearbeitung von Balzac's *Père Goriot*. „Ich dachte zuerst der häusliche Lear würde vortrefflich werden. Aber er war zu kläglich – vielleicht würde die italienische Wirklichkeit grade so sein. Nichtsdestoweniger wurde er ungeheuer applaudiert." Später sah er eine Bearbeitung von Dumas' tollem Schauspiel ‚Kean', in dem die meisten Vertreter der englischen Bühne rote, spitze Hüte und sehr weite Blusen mit breiten Gürteln und Schnallen trugen. „Es war eine mysteriöse Person da, Prinz von Var-lees (Wales) geheißen, der jüngste und schlankste Mann der Truppe, dessen scherzhafte Reden in Kean's Ankleidezimmer unwiderstehlich waren; und der Ankleider trug Reitstiefeln, eine phrygische Mütze, eine schwarze Samtjacke und Lederhosen. Mehrere der Schauspieler sahen mich sehr scharf an, um zu entdecken, was diese englischen Eigentümlichkeiten für einen Eindruck auf mich hervorbrachten – besonders als Kean seine männlichen Freunde auf beide Backen küßte." Die innere Einrichtung des Theaters, das er für größer hielt als Drury-Lane, schien ihm vortrefflich. Statt eines Billets für die Privatloge, die er im ersten Rang genommen hatte, gab man ihm den gewöhnlichen Einlaßschlüssel, mit welchem er die Loge selbst öffnen konnte, als wohne er dort, und für das Ganze, „eine ebenso bequeme und private Loge wie in dem Londoner Opernhause," bezahlte er nach englischem Gelde nur acht Shillinge und vier Pence. Die Oper selbst bekam ihre regelmäßigen Spieler erst nach Weihnachten, aber im Sommer war eine gute komische Truppe da, und Dickens sah die *Scaramuccia* und den *Barbier von Sevilla* heiter und angenehm aufführen. Außerdem war ein Tagtheater da, das um halb fünf Uhr nachmittags anfing; aber abgesehen von der Neuheit des Betrachtens der überdachten Bühne, während er selbst in der frischen heitern Luft saß, fand er an der ihm vorgeführten Komödie Goldoni's nicht viel Gefallen. Später kam ein russischer Zircus, den die ungewöhnlichen Regengüsse jenes Sommers rasch auslöschten.

Über die religiösen Anstalten zog er frühe und zahlreiche Erkundigungen ein, und eine derselben hatte seine Neugier lange erregt und enttäuscht, ehe er entdeckte, was sie eigentlich war. Alles was von der Straße aus gesehen werden konnte, war eine große Mauer, anscheinend ganz allein stehend, nicht dicker als eine Scheidewand, mit vergitterten Fenstern, denen eiserne Läden ferneren Schutz verliehen. Zuerst dachte er, es sei ein Feuer dort gewesen; aber allmählich erfuhr er, daß auf der anderen Seite Galerien seien, eine über der andern, und daß Nonnen fortwährend darin auf- und abschritten. Nach außen wie die Wand eines Ballspielplatzes, war es im Innern ein großes Nonnenkloster, und so lange die armen Schwestern auch auf- und abschritten, weder sie noch die Vorübergehenden konnten etwas voneinander sehen. Es war nahe bei der Aqua Sola, einem kleinen Park, mit noch jungen, aber sehr hübschen Bäumen und frischen, frohen Springbrunnen, wo die Genuesen sonntags spazieren gehen, und unter welchem ein Bogengewölbe mit großen öffentlichen Wasserbehältern sich befand, wo, zu allen gewöhnlichen Zeiten, die Waschfrauen, dreißig oder vierzig an der Zahl, mit Waschen beschäftigt waren. In Albaro waren sie in Bezug hierauf schlechter versorgt: denn das Zeug wurde dort in einem Teich gewaschen, mit Kürbissen geschlagen und mit einem Kalkpräparat gebleicht, „so daß es," schrieb er mir am 24. August, „zwischen dem Schlagen und dem Brennen unversehens Löcher bekommt und meine weißen Hosen nach sechswöchentlichem Waschen sich sehr gut zu Fischernetzen eignen würden. Es ist solch ein ernstlicher Schaden, daß wir beabsichtigen, zu Hause zu waschen, wenn wir den Palazzo Peschiere beziehen."

Grade vierzehn Tage vor diesem Datum hatte er vom ersten Oktober an Zimmer in dem Palazzo Peschiere gemietet, und damit endete die Häuserjagd nach einer Winterwohnung, die ihn so oft in die Stadt geführt hatte. Der Palazzo Peschiere war der größte Palast in Genua, der vermietet wurde und hatte den Vorzug, auf einer Höhe abseits von der Stadt zu stehen, umgeben von seinen eigenen Gärten. Dickens' Zimmer darin waren vorher von einem englischen Oberst bewohnt gewesen, dessen noch nicht abgelaufener Miettermin ihm für 500 Franken monatlich überlassen wurde, und einige Tage später (20. August) beschrieb er mir einen künftigen Hausgenossen. „Ein spanischer Herzog hat die Zimmer unter mir in dem Palazzo Peschiere genommen. Die Herzogin war viele Jahre lang seine Maitresse und gebar ihm, glaube ich, sechs Töchter. Er versprach ihr immer, er wolle sie heiraten, wenn sie einen Sohn zur Welt bringe, und als endlich der Junge ankam, trat er in ihr Schlafzimmer mit den Worten: ‚Herzogin, ich freue mich, Sie zu begrüßen.' Und er heiratete sie in allem Ernst und legitimierte alle die andern Kinder, wie er nach spanischem Gesetz tun konnte." Die Schönheit der neuen Wohnung wird eine kleine Schilderung rechtfertigen, wenn er sein Quartier dort aufschlägt. Inzwischen mögen einige Zwischenfälle der Schlußwochen seines Aufenthalts in Albaro erzählt werden.

In der Mitte des August speiste er bei dem französischen General-Konsul, und es wird jetzt keine Unschicklichkeit mehr darin liegen, wenn seine angenehme Beschreibung des Dîners hier abgedruckt wird. „Außer anderen Genuesen war der Marquis di Nigra anwesend, ein sehr fetter und älterer Jerdan,[33] mit derselben Dicke der Sprache und Größe der Zunge. Er war ein Freund Byron's, hält hier offenes Haus, schreibt Verse, improvisiert und ist ein sehr guter alter Schafskopf, ganz die Sorte von Werkzeug, womit man einen artesischen Brunnen machen könnte, an jedem beliebigen Orte. Nun, Sir, brachte nach dem Essen der Konsul meine Gesundheit aus, mit einer kleinen französischen Idee, des Inhalts, daß ich nach Italien gekommen sei, um dessen liebliches Klima aus eigener Erfahrung kennen zu lernen, und daß diese Ähnlichkeit zwischen der italienischen Sonne und ihrem Besucher sei, daß die Sonne in die dunkelsten Orte hineinscheine und sie durch ihren segensreichen Einfluß erhelle und beglücke, und daß meine Bücher dasselbe getan hätten mit den Herzen der Menschen, – und so fort. Worauf der Schafskopf seinem blauen Rock mit blanken Knöpfen einen großen Schlag auf die Brust gibt, sein Fischauge aufschlägt, seinen Arm ausstreckt wie die lebendige Statue, die in Astley's Amphitheater dem Blitze trotzt, und mir zu Ehre vier Impromptu-Verse hersagt, worüber jedermann entzückt ist, und ich mehr als jedermann – vielleicht mit dem besten Grunde, denn ich verstand kein Wort davon. Dann nimmt der Konsul aus seiner Brust eine Papierrolle und sagt: ‚Ich will sie lesen.' Der Schafskopf sagt darauf: ‚Tun Sie es nicht!' Aber der Konsul tut es, und der Schafskopf schlägt auf dem Tische mit den Fingern Takt zu der Musik der Verse und lehnt sich beständig vorwärts, um um die Mütze einer Dame herum zu sehen, die zwischen ihm und mir sitzt, und zu beobachten, was ich davon denke. Ich zeige lebhafte Rührung. Die Verse sind in französischer Sprache – kurze Zeilen, über die Einnahme von Tanger durch den Prinzen von Joinville und werden mit großem Beifall empfangen, besonders von einem anwesenden Edelmann, der, wie es heißt, nicht schreiben und nicht lesen kann. Sie schließen, so weit ich mich entsinne (ich übersetze sie rasch in Prosa), wie folgt:

    Die Kanonen von Frankreich
    Erschüttern den Grund
    Des staunenden Meeres,
    Die Artillerie am Ufer
    Wird zum Schweigen gebracht.

---

[33] Ein zeitgenössischer englischer Schriftsteller und Bekannter von Dickens. – D. Übers.

Ehre Joinville
Und den Tapfern!
Die große Kunde
Wird getragen
Auf den Schwingen des Ruhms
Nach Paris.
Seine Bürger
Tauschen Liebkosungen aus
In den Straßen!
Die Tempel sind gedrängt voll
Von religiösen Patrioten,
Die dem Himmel
Dank darbringen.
Der König
Und die ganze königliche Familie
Sind gebadet
In Tränen.
Sie rufen den Namen
Joinville!
Auch Frankreich
Weint und hallt davon wieder.
Joinville ist gekrönt
Mit Unsterblichkeit;
Und Friede und Joinville,
Und der Ruhm Frankreichs
Verbreiten sich
Gemeinsam.

Wenn Du Dir die ausgewählte Abgeschmacktheit vorstellen kannst, so etwas in den Geist aufzunehmen, so wirst Du einen Begriff haben von der Mühe, die es mir kostete, den untern Teil meines Gesichtes grade zu halten und ein Auge wie mit bewundernder Aufmerksamkeit sanft emporzuschlagen. Ich muß jedoch hinzufügen, daß die Übersetzung ziemlich wörtlich ist, denn ich las die Verse nachher."

Es war dies auch das Jahr anderer unbequemer Ruhmestaten Frankreichs, gegen das Ende der Orleans'schen Dynastie, (darunter, wie Politiker sich erinnern mögen, die Affäre von Tahiti); und zu Anfang September wurden die Gerüchte über einen Krieg mit England so heiß, daß Dickens ernstlich daran dachte, sein Zelt abzubrechen. Einer seiner Briefe war voll von den kämpfenden Zweifeln, in denen sie fast vierzehn Tage lang lebten, während die Nachrichten jedes neuen Tages denen des vorhergehenden widersprachen, so daß man, wie er mir erzählte, heute einem Menschen in der Straße begegnete, der erklärte, es werde ganz gewiß in einer Woche Krieg geben, und begegnete man demselben Menschen morgen, so schwur er, er habe es immer gewußt, der Friede werde erhalten bleiben; und begegnete man ihm wieder den Tag darauf, so sagte er, alles hänge jetzt von etwas ganz Neuem und bisher Unerhörtem ab, was, wie irgend sonst jemand sagte, gerade zu der Kenntnis irgendeines Konsuls gekommen sei, in einer Depesche, die etwas über einen Telegraphen berichtete, der irgendwo beschäftigt gewesen sei, irgendwelche staunenswerten Nachrichten zu signalisieren. Doch alles ging harmlos vorüber und er konnte ungestört ein Vergnügen genießen, welches ihm aus dem Dîner des General-Konsuls erwuchs, indem er bei einem großen Empfang zugegen war, der kurz darauf im Hause des guten „alten Schafskopfs" auf Veranlassung des Geburtstags seiner Tochter stattfand.

Der Marquis hatte ein prächtiges Haus, aber Dickens fand die Gartenanlagen so in Grotten und phantastische Wege ausgeschnitzt, daß sie ihn an nichts mehr erinnerten als an das alte Whiteconduit-House,[34] ausgenommen, daß es ihm bei der gegenwärtigen Veranlassung sehr willkommen gewesen sein würde, einen Kellner zu entdecken der ausrief: ‚Machen Sie Ihre Bestellungen, meine Herren!' Denn es wurde ihm nie leicht, sich die ganze Nacht bloß mit Eis und bunten Lampen wachzuhalten. Aber eine Zeit lang war die Szene belustigend genug, und nicht am wenigsten durch das Entzücken des Marquis selbst, „der beständig aus dunkeln Ecken, zwischen dem Gitterwerk und den Blumentöpfen auftauchte, sich die Hände rieb und immer wieder mit lautem Lachen die Runde machte, in seiner gewaltigen Befriedigung über das Fest." Der Gedanke aber, daß noch vier Stunden mehr von einem solchen Feste zu viel seien, daß die Tore von Genua um Zwölf geschlossen würden und daß er, da sein Wagen erst für die Zeit bestellt war, wenn das Tanzen vorüber und die Tore wieder geöffnet sein würden, rasch die Flucht ergreifen müsse, wenn er Albaro noch erreichen wolle, erfüllte Dickens mit Schrecken. „Ich hatte kaum Zeit," schrieb er mir, „das Tor vor Mitternacht zu erreichen und lief so rasch, als ich laufen konnte, bergab, über unebenes Terrain, einer neuen, Strada Serra genannten Straße entlang, als ich an eine Stange kam, die fast brusthoch, ohne Licht oder Wächter, gerade über die Straße hingespannt war – ganz nach italienischer Weise. Ich

---

[34] Eine öffentliche Restauration in London. – D. Übers.

stürzte kopfüber mit solcher Gewalt darüber hin, daß ich mich in dem Staube ganz weiß rollte; aber obgleich ich meine Kleidung in Stücken riß, kam ich sonst fast ohne Schramme davon, mit Ausnahme einer Stelle am Knie. Ich hatte für den Augenblick keine Zeit, darüber nachzudenken, denn ich stand sofort auf und lief weiter, um noch durch das Tor zu kommen; als ich aber außerhalb der Stadtmauer war und sah, in welchem Zustande ich mich befand, staunte ich selbst, daß ich mir nicht den Hals gebrochen hatte. Hierauf machte ich's mir bequem und ging, auf höchst einsamen Wegen und ohne einer einzigen Seele zu begegnen, nach Hause. Aber man hat, wie ich glaube, von mitternächtlichen Spaziergängen in diesem Teile Italiens nichts zu fürchten. An andern Orten setzt man sich der Gefahr aus, aus Versehen totgestochen zu werden, während die Leute hier ruhig und gutmütig sind und sehr selten Gewalttätigkeiten begehen."

Solche Abenteuer bleiben jedoch selten ohne Folgen, und in diesem Falle folgte ein kurzer, aber scharfer Krankheitsanfall. Derselbe begann mit dem alten „unaussprechlichen und qualvollen Schmerz in der Seite," wogegen Bob Fagin in der alten Schuhwichselagerzeit die heißen Flaschen angewendet hatte, und wich schnell kräftigen Heilmitteln. Aber einige Tage lang mußte er sich mit den kleineren Sehenswürdigkeiten von Albaro begnügen. Er saß täglich im Schatten der verfallenen Kapelle am Meeresufer. Er sah grade hinein nach dem in der kleinen Landkirche stattfindenden Feste, das wesentlich aus einem Tenorsänger, einer Seraphine und vier Priestern bestand, die in einer Reihe an einer Seite des Altars gaffend dasaßen, „in geblümten Atlaskleidern und kleinen Tuchmützen, und grade wie die Musikbande bei einer Menagerie von wilden Tieren aussahen." Es interessierte ihn zu sehen, wie der Wein bereitet wurde, und wie die Landpächter ihre jährlichen Geschenke von Körben mit Trauben und andern hübsch mit Blumen gezierten Früchten für ihre Grundherren fertig machten. Die Jahreszeit der Trauben führte auch nach dem Dunkelwerden große Scharen von Ratten herbei, die kamen, um die Trauben zu essen, und so viele Jagdgesellschaften von Bauern, die sich dieser Räuber zu entledigen suchten, daß Dickens, als er zuerst den Lärm des Feuers und des Echos hörte, halb und halb meinte, Albaro befinde sich im Belagerungszustand. Auch die Fliegen kamen in Haufen und die Moskitos,[35] so daß er nachts unter einer Gazeumhüllung liegen mußte, wie kaltes Fleisch in einem Speiseschrank.

---

[35] Was sein armer kleiner Hund litt, sollte nicht unerwähnt bleiben bei den Leiden des Herrn, der ihn so liebte. „Wir haben Timber vollständig glatt geschoren wegen

Alle Nachrichten aus England, und besonders Besuche englischer in Italien reisender Freunde, machten ihm natürlich große Freude. Dies war das Jahr, in welchem O'Connell durch den Spruch des Appellationsgerichts des Oberhauses aus dem Gefängnis befreit wurde. „Ich glaube nicht, daß O'Connell die große Stellung einnehmen wird, die er jetzt einnehmen könnte, weil er immer von Eitelkeit umlagert ist. Über Denman freue ich mich sehr. Es freut mich, daß ich ihn immer so gern mochte. Ich bin überzeugt, wenn er einmal einen Irrtum begeht, so ist es ein Irrtum, und niemand ist von einem großartigeren und edleren Zorn gegen jede gemeine und feige Handlung erfüllt. Ich möchte, man könnte ihm ein öffentliches Zeugnis der Achtung darbringen ... O'Connell's Reden sind gerade wie immer: gereizt, prahlerisch, aufbrausend, bissig gegen die Stimmen in der Menge und so fort, aber ohne wahre Größe ... Was für eine Erlösung, sich dem edeln Briefe Carlyle's zuzuwenden" (der ein zeitgemäßes Zeugnis geliefert hatte für die Wahrhaftigkeit und Ehrenhaftigkeit Mazzini's), „welcher mir über alles Lob erhaben scheint. Grüße ihn herzlich von mir." Unter seinen englischen Besuchern befand sich Mr. Tagart's Familie, auf ihrer Rückkehr von einem wissenschaftlichen Kongreß in Mailand, und Peter (jetzt Lord) Robertson, auf der Rückreise von Rom, über dessen Mitteilungen Dickens sehr angenehm erzählte. Während des Sommers hatte man den Söhnen von Burns in Edinburgh eine Feier bereitet, die man Burnsfest nannte, worüber ich ihm durch Jerrold, der zugegen war, keinen sehr günstigen Bericht geschickt hatte; und dieser Bericht wurde nun bestätigt durch Robertson, dessen Briefe ihm eine „schreckhafte" Erzählung von Wilson's Rede und der ganzen Sache gegeben hatten. „Es war ein Mann da, der ungefähr eine Viertelstunde an dem Trinkspruch auf die Flotte sprach und nichts weiter herausbringen konnte als ‚die – Britische – Flotte – würdigt immer' –, welchen bemerkenswerten Gefühlsausdruck er während der angegebenen Zeit fortwährend wiederholte und sich dann setzte. Robertson erzählte mir auch, daß Wilson's Anspielung, oder ich sollte vielmehr

---

der Flöhe, und er sieht aus wie das Gespenst eines ertränkten Hundes, der nach einer Woche oder so wieder aus dem Teiche hervorkommt. Es ist schreckenerregend, ihn in ein Zimmer hineinleiten zu sehen. Er weiß es, wie verwandelt er ist, und dreht sich fortwährend um, um sich nach sich selbst umzusehen. Ich glaube, er wird vor Kummer sterben." Drei Wochen später: „Timber's Haar wächst wieder, so daß man dunkel erkennt, daß er ein Hund ist. Die Flöhe halten jetzt nur noch drei seiner Beine vom Boden fern und zuweilen geht er aus eigenem Antrieb nach einem Orte, wohin sie nicht gehen wollen." Seine Besserung nach dieser Zeit war langsam, aber beständig.

sagen Auslassung, über die ‚Laster' von Burns, ein Gefühl des Unwillens und des Ekels erregte und fügte sehr vernünftig hinzu: Bei Gott! ich möchte wissen, was Burns getan hat! Ich habe nie gehört, daß er etwas getan hat, was dem Professor seltsam oder unerklärlich zu scheinen brauchte. Ich glaube, er muß es mit dem Namen versehen und sich eingebildet haben, es sei ein Festmahl für die *Söhne Burkes'* – womit er natürlich den Mörder meinte. Kurz, er bestätigte Jerrold in jeder Beziehung." Derselbe Brief erzählte mir auch etwas von seiner Lektüre. Jerrold's *Story of a Feather* hatte ihm ausnehmend gefallen. „Gauntwolf's Krankheit und die Geschichte der Schnupftabaksdose sind meisterhaft. Ich bin in Reisebeschreibungen und in Defoe vertieft gewesen. Auch Tennyson habe ich immer wieder gelesen. Was für ein großer Mensch er ist! … Wie steht es mit Deinem ‚Goldsmith?' Apropos, ich bin voller Begier, eine Erzählung von ungefähr derselben Länge zu schreiben wie jene entzückendste aller Erzählungen, *der Landprediger von Wakefield*."

In der zweiten Septemberwoche holte er seinen Bruder Frederick von Marseille ab, und reiste mit ihm über die Riviera nach Genua zurück, wo jener vierzehn Ferientage zu verleben gedachte. Seine Beschreibung des ersten Wirtshauses in den Alpen, wo sie schliefen, ist zu gut, um verloren zu gehen. „Wir lagen gestern Abend," schrieb er am 9. September, „an dem ersten Halteplatz auf dieser Reise, in einem Gasthause, das nicht, wie es sollte, die Inschrift trägt: ‚Absteigequartier für Flöhe und Ungeziefer im Allgemeinen,' sondern: ‚Großes Hotel zur Post.' Ich weiß kaum, womit ich es vergleichen soll. Es kam mir ungefähr vor wie ein Haus in Somers-Town,[36] das ursprünglich für Weingewölbe gebaut und niemals fertig gemacht, aber sehr alt geworden war. Es war nichts zu essen und nichts zu trinken darin. Man hatte den Teetopf verloren und als man ihn fand, wußte man nicht, was aus dem Deckel geworden war, der, als er endlich entdeckt und auf dem Teetopf befestigt wurde, nicht wieder losging, als noch mehr heißes Wasser hineingegossen werden sollte. Flöhe von elephantinischem Umfang sprangen kühn in den schmutzigen Betten herum; – und die Moskitos! Doch hier laß mich die Gardinen vorziehen (wie ich getan haben würde, wären welche da gewesen). Wir kamen kaum zum Schlafen, und standen mit kaum menschlichen Händen und Armen auf."

In vier Tagen kamen sie nach Albaro, und am Morgen nach ihrer Ankunft erlebte Dickens die furchtbare Erschütterung, seinen Bruder

---

[36] Eine abgelegene Londoner Vorstadt. – D. Übers.

beinahe in dem Golf ertrinken zu sehen.[37] Er schwamm in eine zu starke Strömung hinaus und wurde nur mit Mühe durch den Umstand gerettet, daß ein Fischerboot gerade im Begriff war den Hafen zu verlassen. „Es war eine Welt von Schrecken und Angst," schrieb mir Dickens, „hineingedrängt in vier oder fünf Minuten schrecklicher Aufregung, und um den Schrecken zu vervollständigen, waren Georgina, Charlotte" (das Kindermädchen) „und die Kinder auf einem Felsen, wo sie alles sehen konnten und schrien, wie Du Dir denken kannst, als ob sie toll wären." Er selbst badete von dem Felsen aus und zwar, wie er mir schon erzählt hatte, auf die primitivste Art. Er ging hinein, wo es ihm gefiel, schlug, wenn er mit dem Kopf voran hineinsprang, mit dem Kopf gegen scharfe Steine, platschte herum bis er über und über braun und blau war, und klomm und taumelte dann wieder hinaus. „Jedermann trägt ein Badekleid. Meines ist äußerst theatralisch: Masaniello wie er leibt und lebt; soll für Deine Beschauung in Devonshire-Terrace aufgehoben werden." Ich will noch einen andern, ebenfalls Masaniello-artigen persönlichen Zug hinzufügen, der den Beginn einer Veränderung bezeichnet, welche, obgleich vorläufig auf seinen Aufenthalt im Auslande beschränkt, und als er nach England kam beseitigt, doch etwas später wieder erneuert wurde, und innerhalb weniger Jahre das Aussehen seines Gesichtes vollkommen veränderte. „Der Schnurrbart ist glorreich, glorreich. Ich habe ihn kürzer geschnitten und an den Enden etwas zugestutzt, um seine Form zu verbessern. Er ist reizend, reizend. Ohne ihn würde das Leben öde und leer sein."

---

[37] Über die Gefahren des Golfs hatte er mir schon früher geschrieben (10. August). „Ein Mönch ertrank hier am Sonnabend Abend. Er badete mit zwei andern Mönchen, die sich eiligst davon machten als er ausrief, er versinke – vermutlich weil es so gewiß war, daß er in den Himmel kam."

Sechstes Kapitel

Arbeit in Genua: Palazzo Peschiere
1844

In der letzten Septemberwoche zogen sie von Albaro nach Genua, inmitten eines heftigen Gewitters, unter lautem Donnergetöse, unaufhörlichen Blitzen und in dicken Wolken herabströmenden Regens. Aber der schlimmste Teil des Gewitters war vorüber, als sie den Palazzo Peschiere erreichten. Indem sie über die stattlichen alten Terrassen, die auf beiden Seiten mit antiken Statuen besetzt waren, hineinzogen, spielten sämtliche sieben Springbrunnen in dem Garten und die Sonne schien hell auf seine Kamelienhaine und Orangenbäume.

Zeichnung des Palazzo Peschiere (Genua)

von Batson

Es war ein wunderbares Gebäude und ich wurde bald vertraut mit den Räumen, welche für den Rest ihres Aufenthalts in Italien ihre Heimat bilden sollten. In der Mitte war die große Sala, fünfzig Fuß hoch, von größerem Flächeninhalt als „der Speisesaal der Kunstakademie," und an Wänden und Decke mit dreihundert Jahre alten Freskobildern bemalt, „die noch ebenso frisch waren, als wären die Farben gestern aufgetragen." In demselben Stockwerk wie diese große Halle befanden sich ein Gesellschaftszimmer und ein Esszimmer, beide ebenfalls mit heitern Fresken bedeckt, und beide von so schönen Verhältnissen, daß ihre Größe den Eindruck von Behaglichkeit hervorbrachte.[38] Aus diesen öffneten sich drei andere Räume, die in Schlafzimmer und Kinderstuben verwandelt wurden. An den Saal, links und rechts, stießen die beiden besten Schlafzimmer; „an Größe und Gestalt wie die in Windsor-Castle, aber bedeutend höher;" beide hatten Altäre, eine Reihe von drei Fenstern mit steinernen Balkonen, Fußböden mit gewürfeltem Muster aus schwarzen und weißen Steinen und von oben bis unten bemalte Wände: links Nymphen von Satyrn verfolgt, „in Lebensgröße und Leichtfertigkeit"; rechts Phaeton, „über Lebensgröße, mit Pferden größer als unsere Londoner Brauerpferde, niederfallend in das beste Bett". In dem Zimmer zur Rechten schlief er mit seiner Frau, das zur Linken machte er zu seinem Arbeitszimmer. Er schrieb dort hinter einem großen Schirme, den er hineingeschleppt und an eins der Fenster gestellt hatte, von wo er, wenn er schrieb, die Stadt bis an den Leuchtturm im Hafen überblicken konnte. Etwa eine halbe Stunde entfernt wie ein Vogel fliegt, fünfmal in vier Minuten Licht versendend und in dunkeln Nächten wie durch Zauberei bei seinem jedesmaligen Aufflammen die ganze Vorderseite des Palastes erleuchtend, war dieser Leuchtturm eins der Wunder von Genua.

---

[38] „Sehr groß, wirst Du sagen und sehr öde; aber in Wahrheit ist es nicht so. Die Gemälde sind so frisch und die Verhältnisse so gefällig, daß sie nicht bloß einen heitern, sondern einen gemütlichen Eindruck hervorbringen ... Wir werden etwas belästigt durch Gesuche von Fremden, die das Innere besichtigen wollen. Die Gemälde wurden von Michel Angelo entworfen und sind sehr berühmt ... Einige dieser Fresken zählte Wilson in seinem Bericht an die Kommission für die schönen Künste den besten in Italien zu ... Ich gab gestern einer Gesellschaft von Priestern Erlaubnis, die große Halle zu sehen. Sie befindet sich im besten Zustande und die Türen schließen beinahe – eine wunderbare Tatsache. Ich wollte, Du könntest sie sehen, mein lieber F. Guter Gott! Wenn Du nur mit mir zurückkommen könntest, würde ich nicht bald vor Deinem erstaunten Auge auftauchen?" (6. Oktober).

Als alles ihm vertraut geworden war, sprach er sich gern über seine Schönheit aus, und sogar der öde Klang des Singens bei benachbarten Messen, der überall durch die offenen Fenster hineinzog und ihm zuerst höchst lästig gewesen war, bekam allmählich seinen Reiz. Ich entsinne mich einer lebhaften Schilderung, die er mir von einem großen Fest auf dem Hügel hinter dem Hause machte, wo die Leute abwechselnd unter Zelten im Freien tanzten, und in eine von rot und blau und gold und silber glänzende anstoßende Kirche stürzten, um ein paar Gebete zu sagen, so viele Minuten für den Tanz und so viele für das Gebet, in regelmäßiger Abwechslung. Aber die Aussicht nach Genua hinüber, an hellen klaren Tagen, war ein immer neuer Genuß. Die ganze Stadt lag dann, ohne ein Rauchstäubchen und mit den mannigfaltigsten Türmen und Kirchen zum Himmel emporweisend, unter seinen Fenstern ausgebreitet. Rechts und links waren hohe Berge, jede Furche ihrer schroffen Abhänge deutlich erkennbar, und auf einer Seite des Hafens erstreckte sich weit in die dämmernde Ferne die ganze Riviera, deren erster höchster Bergzug von Schnee glänzte. An einem Frühlingstage schrieb er mir über das Meer und den Garten wie folgt: „Jenseits der Stadt liegt die weite Fläche des Mittelländischen Meeres, in diesem Augenblicke so blau wie das reinste und lebhafteste Ultramarin auf Mac's Palette, wenn es frisch aufgelegt ist, und am Horizont ein Hauch von rot, den man nirgends sieht wie hier. Unmittelbar unter den Fenstern liegt der Garten des Hauses, wo die Goldfische in den Springbrunnen schwimmen und untertauchen, und weiter unten, am Fuße eines steilen Abhangs, der öffentliche Garten und Fahrweg, wo die Wege durch Hecken von roten Rosen angedeutet sind, die durch die grünen Bäume und Weinreben bis dicht an die Balkone dieser Fenster herüberleuchten. Die Schönheit des Anblicks kann durch keine Gewohnheit verringert, durch keine Schilderung gesteigert werden."

Aber alle diese und andere Pracht und Schönheit ergriff ihn nicht mit einemmale. Sie bedeutete wenig für ihn, als er zuerst ernsthaft zu schreiben anfing. „Nie vorher bin ich so auf einer Schwelle gestolpert. Mir ist, als hätte ich mich aus meinem heimischen Boden gerissen, indem ich Devonshire-Terrace verließ, und als könne ich nicht wieder Wurzel schlagen, ehe ich dorthin zurückkehre ... Habe ich Dir gesagt, wie viele Springbrunnen wir hier haben? Es ist einerlei. Wenn sie Nektar ausströmten, würden sie mir nicht halb so gut gefallen als die West Middlesex-Wasserleitung in Devonshire-Terrace." Den Gegenstand für seine neue Weihnachtsgeschichte hatte er gewählt, aber er hatte noch keinen Titel dafür gefunden und keine Maschinerie womit er arbeiten konnte, als, in dem Augenblick wo er in größter Bedrängnis schien, beides ihm zu Teil wurde. Eines Morgens hatte er sich hingesetzt, zur Arbeit entschlossen, obschon gegen seine Neigung, denn alles lud zum Müßiggange ein, als ein solches Läuten von Glocken sich aus der Stadt erhob, daß es ihn fast „toll machte". Ganz Genua lag unter ihm, und daraus hervor, mit einem plötzlichen Luftzuge, kam ihm in einem furchtbaren Tone das Klingen und Schallen aller seiner Kirchtürme in die Ohren geströmt, immer wieder, mit einer melodielosen, widrigen, mißtönigen, ruckweisen, häßlichen Erschütterung, die „seine Gedanken im Kreise um und um trieb, bis sie sich in einem Wirbel von Verdruß und Schwindel verloren und tot niederfielen". Nie vorher hatte er so gelitten und nie litt er wieder so; dies aber war die Beschreibung, die er mir am folgenden Tage davon machte und seine Entschuldigung, daß er sein Versprechen, mir seinen Titel zu schicken, nicht erfüllte. Aber nur zwei Tage später kam ein Brief, worin nichts geschrieben war als: „Wir haben um Mitternacht *das Glockenspiel* gehört, Master Shallow!" und ich wußte, daß er gefunden hatte, was er suchte.

Noch andere Schwierigkeiten mußten überwunden werden. Er sehnte sich nach den Londoner Straßen. Er entbehrte seine gewohnten langen nächtlichen Spaziergänge, ehe er etwas anfing, so sehr, daß es ihm, wie er sagte, schien, als sei er mit Schweigen geschlagen. „Ich kann nicht umhin, an den Jungen in der Schule zu denken, dem Walter Scott und seine Freunde den Knopf abschnitten. Stelle mich um acht Uhr abends auf Waterloo Bridge hin, mit der Erlaubnis umherzuschweifen so lange ich will, und ich würde, wie Du weißt, voll von Ungeduld weiter zu schreiben, nach Hause kommen. Jetzt ist mir traurig seltsam zu Mute, und ich kann die rechte Stimmung nicht finden. Du wirst eine Menge hastig hingeworfene Billette von mir bekommen, während ich an der Arbeit bin; aber Du kennst Deinen Mann, und was mir in den Sinn kommt, werde ich gerade so gegen Dich loslassen, als wäre ich in Devonshire-Terrace. Es ist eine große Sache, daß ich meinen Titel habe und weiß, wie ich die Glocken in Anwendung bringen werde. Sie mögen mir jetzt von allen Kirchen und Klöstern in Genua entgegentönen – ich sehe nichts als den alten Londoner Glockenturm, in den ich sie hineingesetzt habe. In meines Geistes Auge, Horatio. Mein Gedanke, in diesem kleinen Buche einen großen Schlag für die Armen zu führen, gefällt mir mehr und mehr. Etwas Kraftvolles kann ich, glaube ich, tun; aber ich muß auch zart sein und heiter, in dieser Beziehung dem Carol so ähnlich als möglich, und doch wieder so unähnlich als möglich. Die Dauer der Handlung wird etwas daran erinnern, aber ich denke die Neuheit des Gegenstandes wird das vergessen lassen, und wenn mein Plan überhaupt etwas ist, so packt er die Zeit recht eigentlich an der Kehle." (8. Oktober).

Während er so seiner Arbeit zugewandt war, für die er nie in ernsterer Stimmung gewesen, störte ihn die Kunde, daß er dem Levée des Gouverneurs beiwohnen müsse, der unerwartet in der Stadt angekommen war und, wie Dickens' exzentrischer Freund Fletcher erklärte, es als eine Beleidigung betrachten würde, wenn er ihm nicht sofort diesen Beweis von Höflichkeit gebe. „Es war der Morgen, an welchem ich anfangen wollte; ich schrieb daher an unsern Konsul" – natürlich mit der Bitte, ihn bei dem Gouverneur zu entschuldigen. Beunruhigen Sie sich, erwiderte dieser verständige Beamte, um keinen Konsul oder Gouverneur in der Welt, sondern schließen Sie sich unter allen Umständen ein. „So," fährt Dickens in seiner Erzählung an mich fort, „ging er am folgenden Morgen in großem Staat und voller Amtskleidung hin, um zwei englische Herren vorzustellen. ,Wo ist der große Dichter?' sagte der Gouverneur. ,Ich will den großen Dichter sehen.' – ,Der große Dichter, Exzellenz,' sagte der Konsul, ,arbeitet eben an einem Buche und bat mich, ihn zu entschuldigen.' – ,Entschuldigen!' sagte der Gouverneur. ,Ich möchte ihn um keinen Preis in einer solchen Arbeit stören. Sagen Sie ihm gefälligst, daß mein Haus der Ehre seiner Gegenwart offen steht, wenn es ihm vollkommen genehm ist, aber sonst nicht. Und niemand,' sagte der Gouverneur, indem er sein Gefolge mit majestätischem Blick musterte, ,statte dem Signor Dickens einen Besuch ab, ehe man weiß, daß er unbeschäftigt ist.' Und am folgenden Tage schickte er jemand mit seinen eigenen Karten. Das nenne ich im Ernste wirkliche Höflichkeit und angenehme Rücksicht – nicht ganz amerikanisch, aber doch Gentleman-artig und gebildet. Derselbe Geist durchdringt die unteren Departements; und man hat nicht von mir verlangt, daß ich die gewöhnlichen Polizeiregulationen beobachte oder mich in Hinsicht auf irgendetwas belästige." (18. Oktober).

Dem Bilde, das ihn jetzt an der Arbeit zeigen soll, müssen einige Worte vorangeschickt werden, die über den Entwurf, woran er arbeitete, einiges Licht verbreiten mögen. Es war ein großer Gegenstand für ein so kleines Werkzeug, und das Mißverhältnis war ebenso charakteristisch für den Menschen, als es die Wehen des Leidens und der Leidenschaft waren, die er nun um Resultate ertragen sollte, worüber manche lächeln würden. Es war, wie er sagt, seine Absicht, einen Schlag für die Armen zu führen. Die Armen waren immer seine Klienten gewesen, sie waren in keinem seiner Bücher vergessen, aber hier sollte man an nichts anderes denken. Kurz, es war ihm mit der Sache schrecklich ernst geworden. Mehrere Monate ehe er England verließ, hatte ich an ihm die Gewohnheit bemerkt, manche Dinge, über die er vorher leicht hinweggegangen war, ernster zu betrachten. Die Hoffnungslosigkeit einer wahrhaften Lösung der sozialen oder politischen Probleme durch die hergebrachten Methoden von Downingstreet, war ihm durch Carlyle's Schriften furchtbar offenbar geworden, und von dem parlamentarischen Gerede jener Zeit erwartete er die Beseitigung eines ernsten Übels ebenso wenig, als von dem Geschwätz eines damals notorischen City-Alderman die Beseitigung des Selbstmords. Dieses Geschwätz hatte gerade ehe er nach Italien ging seinen Unwillen auf's tiefste erregt, und die vermehrte Gelegenheit zu einsamem Nachdenken hatte denselben seitdem vertieft und erweitert. Als er daher an seine neue Erzählung für die Weihnachtszeit zu denken anfing, beschloß er sie zu einer Schutzschrift für die Armen zu machen. Er wollte nicht, daß sie an den „Carol" erinnere, aber dieselbe Art von Moral lag ihm im Sinne. Er wollte versuchen, die Gesellschaft zu bekehren, wie er Scrooge bekehrt hatte, indem er zeigte, daß ihr Glück auf denselben Grundlagen ruhe wie das Glück des Einzelnen, Grundlagen, welche ebenso sehr Barmherzigkeit und Menschenfreundlichkeit sind als Gerechtigkeit. Ob er mit dieser Voraussetzung Recht hatte, brauchen wir hier, wo nur Tatsachen angeführt werden, um das was folgt verständlich zu machen, nicht zu untersuchen. Er hatte die Politik nie zum Gegenstand des Studiums gemacht, und sie blieb für ihn immer mehr ein Instinkt als eine Wissenschaft. Aber der Instinkt war gesund und richtig, und die Aufhetzung einer Klasse gegen die andere hörte nie auf, ihm ebenso verhaßt zu sein, als er es zu allen Zeiten für recht hielt, der einen zu einem bessern Verständnis der andern zu verhelfen. Und so sollte nun hier in Italien, in der großartigen Umgebung des Palazzo Peschiere, der Held seiner Einbildungskraft ein armer alter Sklave von einem Londoner Zettelträger werden, der in seiner Angst, den Reichen nicht zu mißtrauen oder schlecht von ihnen zu denken, in das entgegengesetzte Extrem geraten ist, den Armen zu mißtrauen. Sie vor solchem Mißtrauen zu schützen, ist der Zweck der Erzählung, und für den Verfasser wurde die Erzählung selbst von geringerer Wichtigkeit als das, was er dadurch einschärfen wollte. Weit über die bloße Eitelkeit des Schriftstellertums hinaus ging der leidenschaftliche Eifer, womit er diese Aufgabe begann und das Frohlocken, womit er sie beendete. Als wir uns nach ihrem Abschluß sahen, kam er gerade von Venedig, das den Eindruck eines „neuen Weltwunders" auf ihn hervorgebracht hatte; aber ich erinnere mich noch sehr wohl, wie hoch die Hoffnung welche ihn erfüllte über dies alles emporstieg. „Ach!" sagte er zu mir, „als ich jene Orte sah, wie fühlte ich da, daß ein Mensch, der seine Hand, mit einem zarten Druck für die Masse des arbeitenden Volkes, den nichts auslöschen könnte, dauernd auf der Zeit ließe, sich über den Staub aller in ihren Gräbern ruhenden Dogen erheben, und auf einer Riesentreppe stehen würde, die Simson nicht über den Haufen werfen könnte." In verschiedenen Formen ging dieser Ehrgeiz durch sein ganzes Leben hindurch.

Ein anderer Vorgang aus dieser Zeit offenbart Gefühle von ernsterer Bedeutung, welche nicht minder einen Teil seines Wesens ausmachten. Es war mehr Tiefe der Empfindung als Klarheit der Erkenntnis, welche den Glauben auf dem sie ruhten, gegen jeden Zweifel und jede Infragestellung seiner Heiligkeit sicherte, und von Jahr zu Jahr mehr in ihm befestigte. Er sagte mir dies in seinem zweiten aus dem Palast Peschiere geschriebenen Briefe, nachdem der erste mir einige Aufträge in Bezug auf die Familie seiner Frau gegeben hatte, dergleichen seine freundliche Sorge für alle ihm Nahestehenden ihn oft zu geben veranlaßte. „Laß mich Dir," schrieb er am 30. September, „von einem merkwürdigen Traume erzählen, den ich in der letzten Montagnacht hatte, und von den mir erinnerlichen Bruchstücken von Wirklichkeit, die dazu mithalfen. Ich habe wieder einen Anfall von Rheumatismus im Rücken gehabt, der sich auch um die Taille herumzog, wie ein Gürtel von Schmerz; und ich hatte fast jene ganze Nacht unter diesen Leiden wach gelegen, als ich einschlief und diesen Traum träumte. Du mußt wissen, daß ich während der ganzen Zeit so wirklich, lebendig und voll von Leidenschaft war wie Macready (Gott segne ihn!) in der letzten Szene von *Macbeth*. An einem undeutlichen Orte, der in seiner Undeutlichkeit ganz erhaben war, wurde ich von einem Geiste besucht. Ich konnte das Gesicht nicht erkennen, erinnere mich auch nicht, daß ich den Wunsch danach hatte. Er trug ein blaues Gewand, wie etwa die Madonna in einem Gemälde Raphaels, und hatte Ähnlichkeit mit niemandem den ich kenne, ausgenommen in der Gestalt. Ich glaube (ich bin nicht gewiß), daß ich die Stimme erkannte. Wie dem aber auch sei, ich wußte, daß es der Geist der armen Mary war. Ich fürchtete mich gar nicht, sondern war so voll Freude, daß ich heftig weinte und, meine Arme ausstreckend, ihn mit ‚Geliebte!' anredete. Hierbei schien er zurückzuweichen und ich fühlte sofort, daß ich ihn nicht so vertraut hätte anreden sollen, da er nicht aus meinem eignen groben Stoffe war. ‚Vergib mir,' sagte ich. ‚Wir armen lebendigen Geschöpfe können uns nur durch Worte und Blicke ausdrücken. Ich habe das unsern Gefühlen entsprechendste Wort gebraucht und Du kennst mein Herz.' Er war so voll Mitleiden und Kummer um mich, – was ich auf geistige Art erkannte, denn, wie ich schon sagte, ich erkannte seine Empfindungen nicht aus seinem Gesichte – daß es mir ins Herz schnitt und ich seufzend sagte: ‚O, gib mir ein Zeichen, daß Du mich wirklich besucht hast!' – ‚Sprich einen Wunsch aus,' sagte er. Ich dachte nach und sagte zu mir selbst: ‚Wenn ich einen selbstsüchtigen Wunsch ausspreche, wird er verschwinden.' Ich entschlug mich daher schnell aller eigenen Hoffnungen und Besorgnisse, die mir in den Sinn kamen und sagte: ‚Mrs. Hogarth befindet sich in großer Not' – bedenke, ich dachte nie daran, zu sagen: ‚Deine Mutter,' wie zu einem sterblichen Wesen – ‚willst Du sie daraus befreien?' – ‚Ja.' – ‚Und ihre Befreiung daraus soll eine Gewißheit für mich sein, daß dies wirklich geschehen ist?' – ‚Ja.' – ‚Aber beantworte mir noch eine Frage!' sagte ich mit qualvollem Flehen, ob er mich nicht verlassen möge. ‚Was ist die wahre Religion?' Da er einen Augenblick innehielt, ohne mir zu erwidern, sagte ich – großer Gott, mit welch qualvoller Hast, damit er sich nicht etwa entfernte! – ‚Glaubst Du wie ich, daß nicht so viel auf die Form der Religion ankommt, wenn wir nur versuchen, Gutes zu tun?' – ‚Oder,' sagte ich, da ich bemerkte, daß er noch zögerte und von dem größten Mitleiden für mich bewegt war, ‚ist vielleicht die römisch-katholische Religion die beste? Läßt sie die Menschen öfter an Gott denken und fester an ihn glauben?' – ‚Für Dich,' sagte der Geist, voll von solch' himmlischer Zärtlichkeit für mich, daß mir war, als würde mein Herz brechen, ‚für Dich ist es die beste.' Dann wachte ich auf, während die Tränen mein Gesicht herabliefen und ich selbst ganz in meinem Traumzustande war. Der Tag begann gerade zu dämmern. Ich weckte Kate und wiederholte es drei- oder viermal nacheinander, damit ich es später nicht ohne mein Wissen deutlicher oder stärker machen möchte. Es war ganz genau so, frei von aller Übereilung, Täuschung oder Verwirrung. Der dahin führenden, nur faßbaren Fäden waren drei. Den ersten kennst Du, nach dem Hauptgegenstand meines letzten Briefes. Der zweite war, daß in unserm Schlafzimmer ein großer Altar steht, an welchem eine Familie, die vor uns diesen Palast bewohnte, in alten Zeiten Messe halten ließ, und ich hatte, ehe ich zu Bette ging, bei mir selbst bemerkt, daß über dem Heiligtum in der Wand ein Zeichen war, wo ein religiöses Bild gehängt hatte und ich hatte mich gefragt, was der Gegenstand dieses Bildes gewesen sein, und wie das Gesicht ausgesehen haben möchte. Drittens, ich hatte den Klosterglocken zugehört (die in gewissen Pausen während der Nacht läuten), und hatte daher unzweifelhaft an den römisch-katholischen Gottesdienst gedacht. Und doch, bei alledem, setze den Fall, daß jener Wunsch durch irgendeine Einwirkung erfüllt würde, an der ich keinen Anteil hatte; und ich möchte wissen, ob ich es als einen Traum, oder als eine wirkliche Vision betrachten soll." Es war vielleicht natürlich, daß er in den durch den Traum veranlaßten Betrachtungen die allererste vergaß, welche jedem Geiste, der den seinen genau kannte, aufgestoßen sein müßte – daß nämlich ein Beweis, neben vielen andern in seinem Leben, dadurch geliefert wurde, daß er jenen Prüfungsregionen des Geistes nicht entgangen war, durch welche die meisten denkenden Menschen und alle Menschen von Genie hindurch müssen. Ich will hinzufügen, daß das Buch, welches ihm während der nächstfolgenden Jahre am meisten bei solchen störenden Phantasien half, das *Leben Arnold's* war.[39] „Ich achte und ehre sein Gedächtnis," schrieb er mir Mitte Oktober zur Antwort auf eine Erwähnung dessen, was mich selbst am meisten darin angezogen hatte, „über alle Worte hinaus. Ich muß das Buch haben. Jeder Satz den Du daraus anführst, ist ein Text meines Glaubens."

Er hielt sein Versprechen, mir Nachricht von sich zu geben, während er an dem Buche schrieb und ich empfing, als er mit der Arbeit im Zuge war, häufige Briefe von ihm. „Nun ich tüchtig im Zuge bin, ist es mir eine große Entbehrung, so weit von Dir entfernt zu sein, und daher niemanden zu haben (Kate und Georgina immer ausgenommen), mit dem ich die Arbeit jedes Tages besprechen kann. Und mir fehlt eine menschenbelebte Straße, in die ich mich nachts hineinstürzen kann. Und ich möchte sozusagen ‚an Ort und Stelle' sein. Aber hiervon abgesehen, ist das Leben, das ich führe, der Arbeit günstig."
In seinem nächsten Briefe: „Ich befinde mich in der gehörigen wilden Aufregung mit dem *Glockenspiel;* stehe um sieben Uhr auf, nehme vor dem Frühstück ein kaltes Bad und stürme, zornig und rotglühend, bis etwa drei Uhr vorwärts; dann höre ich meist (außer wenn es regnet) für den Tag auf … Ich lechze danach, in einem Geiste zu schließen, welcher dem Geiste der Barmherzigkeit und Menschenliebe verwandt ist, und die Grausamen und Scheinheiligen zu beschämen. Ich habe meinen Katechismus nicht vergessen. ‚Ja, fürwahr, mit Gottes Hilfe, das will ich.'"

---

[39] Thomas Arnold, in England berühmt als aufgeklärter Theologe, klassischer Gelehrter und Historiker, vor allem aber durch seine vorzügliche Amtsführung als Direktor der Schule von Rugby. Er starb, erst 47jährig, am 12. Juni 1842. Seine Lebensbeschreibung gab der ihm sinnverwandte Dekan der Westminster-Abtei, Dr. Stanley, heraus. – D. Übers.

Binnen einer Woche hatte er seinen ersten Teil, oder ein Viertel, vollendet. „Ich schicke Dir heute" (18. Oktober) „mit der Post die erste und längste der vier Abteilungen. Das ist etwas Großes für die erste Woche, die gewöhnlich bergauf geht. Um gegen Unfälle gesichert zu sein, habe ich eine stenographische Abschrift davon genommen. Ich hoffe, Dir jeden Montag ein Paket schicken zu können, bis alles fertig ist. Ich möchte Dich nicht beeinflussen; aber ich muß sagen, daß diese Arbeit mich packt und auf verschiedene Weise tief, mächtig ergreift. Um Dich besser in den Stand zu setzen, darüber zu urteilen, will ich Dir den allgemeinen Gedankengang skizzieren; aber lies dies, bitte, nicht eher als bis Du den ersten Teil des Manuskripts gelesen hast." Ich teile die Skizze hier mit. Sie gibt eine gute Erläuterung seines Verfahrens bei allen seinen Schriften. Sein Gedanke ist so vollkommen darin ausgedrückt, daß ein Vergleich mit der gedruckten Erzählung die Gewalt seiner Herrschaft über den ersten Plan erkennen läßt. So beherrschte seine Phantasie ihn immer, einerlei, ob seine Erzählung in einem oder in zwanzig Heften geschrieben werden sollte. So oft er es auch versuchte, führte er doch nie, in keinem seiner Werke, ganz das aus, was er zuerst gewollt hatte. Überhaupt haben wenige Menschen von Genie dies getan. Sobald die Phantasie von jener heiligen Glut ergriffen wird, welche Regionen eröffnet, die über den gewöhnlichen Gesichtskreis hinausliegen, hat sie ihre eigenen Gesetze, und wenn die Charaktere so wirklich sind, daß sie als Existenzen behandelt werden, kann ihr Schöpfer selbst nicht umhin, ihnen ihren eigenen Willen zu lassen. Fern, der Tagelöhner, ist nicht hier, noch auch seine Nichte, die kleine Lilian (zuerst Jessie genannt), die der Erzählung ihre tragischste Szene geben soll; und am Schluß meiner Skizze finden sich Andeutungen poetischer Phantasien, die in der veröffentlichten Geschichte fehlen. Alles in allem ist der Vergleich merkwürdig.

„Der allgemeine Gedankengang ist folgender. Was dem armen Trotty im ersten Teile geschieht, und was ihm im zweiten Teile geschehen wird (wenn er den Brief zu einem pünktlichen und großen Geschäftsmanne hinträgt, der seine Bücher vergleicht und seine Rechnungen in Ordnung bringt, und sich über die Notwendigkeit ausläßt, jede Schuld und jede Verpflichtung abzutragen, und ein neues Blatt umzuschlagen, und mit dem neuen Jahre einen frischen Anfang zu machen), entmutigt ihn, der dies nicht tun kann, so, daß er zu dem Schlusse kommt, daß sein Stand und seine Klasse keinen Anspruch auf ein neues Jahr haben und in Wahrheit ‚Eindringlinge' sind. Und obgleich er für eine Stunde oder so, bei der Taufe (glaube ich) des

Kindes eines Nachbars an jenem Abend wieder Muh faßt, so kommen ihm doch, wenn er nach Hause geht, Mr. Filer's Vorschriften in's Gedächtnis, und er sagt zu sich selbst: ‚wir sind längst über die angemessene Durchschnittszahl von Kindern hinaus, und es hat kein Recht geboren zu werden' – und fühlt sich wieder elend. Und wenn er nach Hause kommt und dort allein sitzt, nimmt er die Zeitung aus der Tasche und liest von den Verbrechen und Vergehen der Armen, besonders von denen, die Alderman Cute unterdrücken will, und wird dadurch ganz bestärkt in seiner bösen Ahnung, daß sie schlecht sind, unverbesserlich schlecht. In diesem Gemütszustand bildet er sich ein, daß die Glocken ihn rufen und sagt zu sich selbst: ‚Gott helfe mir. Ich will zu ihnen hinaufgehen. Mir ist, als sollte ich vor Verzweiflung sterben – an gebrochenem Herzen; ich will unter den Glocken sterben, die immer ein Trost für mich gewesen sind.' – Dann tappt er seinen Weg in den Turm hinauf, und fällt in einer Art von Ohnmacht zwischen ihnen nieder. Nun wird das dritte Viertel, oder in andern Worten der Anfang der zweiten Hälfte des Buches, mit dem Koboldteil der Geschichte eröffnet; die Glocken läuten und zahllose Geister (ihr Klang oder ihre Vibration) huschen und jagen aus dem Kirchturm hinaus und wieder herein, und tragen alle möglichen Botschaften und Aufträge, und Ermahnungen und Vorwürfe, und behagliche Erinnerungen und was alles sonst, an alle möglichen Leute und Orte. Einige tragen Geißeln und andere Blumen, und Vögel, und Musik, und andere freundliche Gesichter in Spiegeln, und andere häßliche, denn die Glocken spuken bei den Menschen in der Nacht (besonders der letzten des alten Jahres) je nach ihren Taten. Und die Glocken selbst, die inmitten ihrer eigenen Gestalten eine Koboldähnlichkeit mit der Menschheit haben, und in ihrem eigenen Lichte leuchten, sagen dann (wobei die große Glocke ihr Hauptsprecher ist): Wer ist das, der, selbst zu den Armen gehörend, das Recht der Armen auf die Erbschaft welche die Zeit ihnen aufbewahrt, bezweifelt und einen sinnlosen Ruf gegen seine Genossen wiederholt? Toby, voller Schrecken, sagt, daß er es ist und warum er es ist. Dann tragen die Geister der Glocken ihn durch die Luft zu verschiedenen Szenen, mit dem Auftrage betraut: daß sie ihm zeigen, wie die Armen und Elenden, selbst im schlimmsten Falle – ja, selbst inmitten der Verbrechen, welche die Aldermen unterdrücken und die ihm so entsetzlich erschienen sind, – entstellte und verwachsene Güte bewahren, und wie sie ihr Recht haben und ihren Anteil an der Zeit. Die Geschichte Meg's fortsetzend, zeigen die Glocken, wie sie, nach dem Abbrechen des Verlöbnisses, dem Tode aller ihrer Freunde, mit einem Säugling in so tiefes Elend versinkt, daß sie endlich dazu gebracht wird, nachts umherzuwandern. Und vor Toby's, ihres Vaters Augen, beschließt sie, sich und das Kind zusammen zu ertränken. Aber ehe sie an's Wasser hinuntergeht, sieht Toby, wie sie das Kind mit einem Teile ihres eigenen zerlumpten Kleides bedeckt und die Lumpen so anordnet, daß es in seinem Schlafe schön aussieht, und wie sie darüber hängt und seine kleinen Glieder streichelt, und es liebt mit der zärtlichsten Liebe, die Gott je menschlichen Wesen gab; und wenn sie zum Wasser hinunterläuft, ruft Toby: ‚O verschont sie! Glocken, erbarmt euch ihrer. Haltet sie auf!' – und die Glocken sagen: ‚Warum sie aufhalten? Sie ist im Herzen schlecht – laß die Schlechten sterben.' Und Toby bittet und fleht auf den Knien um Barmherzigkeit; und endlich halten die Glocken sie mit ihren Stimmen gerade zu rechter Zeit auf. Toby sieht auch, was für große Dinge der pünktliche Mann am Schluß des alten Jahres ungetan gelassen, und was für Rechnungen er unberichtigt gelassen hat, so pünktlich er auch ist. Und er sieht sehr vieles von Richard, der einmal so nahe daran war, sein Schwiegersohn zu werden, und von sehr vielen Leuten. Und die Moral von allem ist, daß er ebenso gut wie jeder andere Mensch seinen Anteil am neuen Jahre hat, und daß es keiner geringen Mißhandlung bedarf, ehe die menschliche Gestalt in den Armen zerstört wird, daß selbst inmitten ihrer wilden Schlechtigkeit sich noch etwas Gutes triumphierend in ihren Herzen behaupten kann, wenn auch alle Aldermen in der Welt ‚Nein' sagen, wie er durch das Leiden seines eigenen Kindes erfahren hat; und daß die Wahrheit Vertrauen zu ihnen ist, nicht Zweifel, oder Unterdrückung, oder Abpolierung. Und wenn zuletzt eine große See emporschwillt, und diese See der Zeit heranwogt, und den Alderman und solche Erdwürmer ins Nichts dahinreißt, und sie in ihrer Wut zu Stücken schlägt – erklimmt Toby einen Felsen, hört, wie die Glocken (die jetzt seinen Augen entschwunden sind) über die Wasser hintönen. Und wie er sie hört und sich nach Hilfe umschaut, erwacht er und findet sich mit der Zeitung zu seinen Füßen, und Meg sitzt ihm gegenüber am Tische, mit der Anordnung der Bänder für ihre morgige Hochzeit beschäftigt, und das Fenster steht offen, damit der Klang der Glocken die das alte Jahr aus- und das neue einläuten, hereindringen kann. Sie haben gerade in frohen Tönen begonnen und Richard stürzt herein, um Meg in Toby's Gegenwart zu küssen und sich den ersten Kuß des neuen Jahres zu holen (den er auch bekommt), und die Nachbarn drängen sich mit Glückwünschen umher, und eine Musikbande stimmt eine heitere Melodie an (Toby ist persönlich befreundet mit einem Paukenschläger), und die veränderte Lage der Dinge, und das Läuten der Glocken, und die lustige Musik entzücken den alten Menschen so, daß er sofort einen Contretanz ausführt, mit einer ganz neuen Bewegung, die aus seinem alten bekannten Trabe besteht. Dann fragt der Unnachahmliche: War dies am Ende doch nur ein Traum Toby's? Oder ist Toby nur ein Traum? und Meg ein Traum? und alles ein Traum? In Hinsicht worauf und auf die Realitäten, aus welchen Träume geboren werden, der Unnachahmliche dann weiser sein wird als jetzt, da er für sein liebes Leben schreibt, indes die Post gerade abgehen will und der wackere C. gestiefelt dasteht ... O, wie ich mich selbst hasse, mein lieber Mensch, wegen dieses lahmen und unvollständigen Umrisses der Vision, die ich im Sinne habe. Aber er muß hin zu Dir ... Du wirst sagen, was am besten für das Titelblatt paßt."

Mit dem zweiten Teil oder Viertel kam eine Woche später die Ankündigung einer Erweiterung seines Planes, wodurch er den Zweck der Erzählung besser auszuführen, und für den folgenden Teil einen Effekt für seine Heldin zu gewinnen hoffte, der das tragische Interesse vermehren würde. „Ich bin noch voll frohen Mutes über meine Erzählung. Ich glaube, es ist ein zeitgemäßer und guter Gedanke und da Du weißt, daß ich dies zu keinem andern sagen würde, so spreche ich es offen gegen Dich aus. Es nimmt mich jeden Augenblick des Tages mächtig in Anspruch, und reißt mich fort wohin es will ... Hättest Du nur alles auf einmal lesen können! – Aber Du würdest das so wie so nie getan haben; denn ich würde nie vermocht haben, es für mich zu behalten; das ist daher Unsinn. Ich hoffe, es wird Dir gefallen. Ich würde hundert Pfund geben (und es für billig halten), es Dich lesen zu sehen ... Laß Dir das nicht leid tun."

Dies war die erste Andeutung eines Vorhabens, von dem ich bald mehr hören sollte; doch inzwischen, nach Verlauf noch einer Woche, kam der dritte Teil mit der Szene, von der er so viel erwartete und einer Bemerkung über das, was das Schreiben derselben ihm gekostet hatte. „Dieses Buch hat (ob in Hadschi Baba's Sinn, kann ich nicht sagen, aber jedenfalls im wörtlichen Sinn) mein Gesicht in einem fremden Lande gebleicht. Meine Wangen, die anfingen sich auszufüllen, sind wieder eingefallen; meine Augen sind unermeßlich groß geworden; mein Haar ist sehr dünn; und der Kopf unter dem Haare ist heiß und schwindlig. Lies die Szene am Ende des dritten Teils zweimal. Ich möchte sie nicht zweimal schreiben ... Du wirst sehen, daß ich den Namen Lilian für Jessie substituiert habe. Er klingt besser und paßt besser für meine Musik. Ich erwähne dies, damit Du Dich nicht wunderst, wen und was ich mit diesem Namen meine. Morgen werde ich von neuem anfangen (eine große Grimace eröffnet den neusten

Teil, und er endet voll Heiterkeit und Glück) und spätestens nächsten Montag hoffe ich fertig zu sein. Vielleicht am Sonnabend. Ich hoffe das kleine Buch wird Dir gefallen. Seit ich, am Ende des zweiten Teiles, das ausdachte, was im dritten geschehen muß, habe ich so viel Kummer und Gemütsbewegung ausgestanden, als wäre die Sache etwas Wirkliches, und bin bei Nacht davon aufgewacht. Ich mußte mich einschließen, als ich gestern damit fertig war, denn mein Gesicht war zu dem Doppelten seiner gewöhnlichen Größe angeschwollen und gewaltig lächerlich." ... Sein Brief schloß abrupt. „Ich will einen langen Spaziergang machen, um mir den Kopf zu klären. Ich fühle mich äußerst angegriffen von der Arbeit, und werfe die Feder für heute hin. Da! (Das ist die Stelle wohin sie fiel)." Ein gewaltiger Klecks stellte dieselbe dar und der Rest, wie Hamlet sagt, war Schweigen.

Zwei Tage später, in einer Antwort auf einen Brief von mir, der ihn inzwischen erreicht hatte, gab er frischere Nachrichten über sich selbst, und beschrieb eine angenehme Veränderung des Wetters. Bis zu dieser Zeit, beteuerte er, hätten sie nicht mehr als vier oder fünf klare Tage gehabt. Die ganze Zeit während er geschrieben hatte, war es wild und stürmisch gewesen. „Wind, Regen, Hagel, Donner und Blitz." Heute, gerade ehe er mir sein letztes Manuskript geschickt hatte, „wurde der November langsam gebacken, da der Sirocco zurückgekehrt war, und heute Abend weht ein furchtbarer Sturm." – „Das Wetter ist schlechter," schrieb er drei Montage später, „als irgendein englisches Novemberwetter, das ich je gesehen habe, oder als irgendein Wetter, das mir irgendwo sonst vorgekommen ist. Heute war es so entsetzlich, daß alle Kraft aus mir heraus geregnet und gedunkelt ist. Gestern bin ich, bloß mit dem Entschluß, mich darüber hinwegzusetzen, drittehalb Meilen weit im Bergregen spazieren gegangen. Du hast es nie regnen sehen. Schottland und Amerika sind nichts dagegen." Aber jetzt war alles dies vorüber. „Das Wetter änderte sich am Sonnabend Abend und ist seitdem glorreich gewesen. Ich fürchte mehr zu seinen Gunsten zu sagen, damit es sich nicht etwa wieder ändert." Es änderte sich nicht und so viel ich mich entsinne, klagte er nicht mehr darüber. Ich hörte jetzt von Herbsttagen mit ganz unbeschreiblich köstlicher, erquickender Bergluft. Ich hörte von schönen, frischen Wanderungen in den Bergen, hinter dem Palazzo Peschiere, wo er, den Betten trockner Flüsse und Waldströme entlang, in jeder ihm bequemen Kleidung umherstürmen konnte, ohne einer menschlichen Seele, außer den Landleuten, zu begegnen. Ich hörte, daß er eines Tages, nachdem er seine Arbeit beendet, für eine Wanderung „von mehr als drei Meilen zum Dîner aufbrach – o meine Sterne!

in solch' einem Gasthause!" – an einem andern Tage von einem Dîner bei ihrem angenehmen kleinen Bankier in Quinto, mehr als eine Meile entfernt, zu dem er, während die Damen fuhren, „mitten am Tage im Sonnenschein hinauswandern und abends wieder hineinwandern konnte." An einem andern Tage wurde ein Ausflug auf Mauleseln in die Berge unternommen. Und wieder an einem andern war er bei einem denkwürdigen Wirtshausdîner seines kaufmännischen Freundes Mr. Curry, wo es eine solche Folge von überraschenden Gerichten echt einheimischer Kochkunst gab, daß das Auftragen zwei Stunden dauerte, ohne daß er sich von den Bestandteilen eines dieser Gerichte die mindeste Vorstellung machen konnte. Das Wirtshaus lag an der Stadtmauer; sein italienischer Name klang sehr romantisch und bedeutete die „Pfeife", und er bewahrte die Speisekarte auf für ein Experiment, zu dem er, ehe ein neuer Monat vergangen war, meine Kochkunst in Lincolns-Inn kühnlich herausforderte.

Ein Besuch von ihm in London war fast unmittelbar zu erwarten. Daß bei der rastlosen Aufregung, welche seine Arbeit in ihm erweckt hatte, alle Einwendungen nutzlos sein würden, wußte ich. Es war nicht bloß der ganz natürliche Wunsch, die letzten Korrekturbögen und die Holzschnitte am Tage vor der Veröffentlichung zu sehen, was er auf keine andere Weise konnte, sondern es war der stärkere und noch lebhaftere Wunsch, ein lebhafteres Gefühl dessen zu haben, was er getan hatte, als die Buchstaben ihm geben konnten. „Wenn ich komme, werde ich in dem Piazza-Hotel in Coventgarden einkehren, damit ich Dir recht nahe bin. Sage niemandem, außer unsern intimen Freunden, daß ich komme. Dann wird man mich nicht belästigen. Sollte meine gegenwärtige, wilde Schreibstimmung fortdauern, so ist es ganz möglich, daß ich Venedig, Bologna und Ferrara besuche, ehe ich mein Gedicht Lincolns-Inn-Fields zuwende, und über Mailand und Turin nach England komme. Aber das hängt natürlich großenteils von Deiner Antwort ab." Meine Antwort, die bei der Anstrengung und den Kosten der Reise verweilte, fand die Aufnahme, die ich vorhergesehen hatte. „Trotz allem, was Du sagst, bin ich noch ganz entschlossen, nach London zu kommen. Nicht, weil die Korrekturbögen mich irgendwie kümmern (ich würde ein Esel und ein undankbarer Vagabund sein, wenn sie das täten), sondern wegen jenes ruhelosen unaussprechlichen Etwas, das es mir ebenso unmöglich machen würde, hier zu bleiben und die Sache nicht vollständig zu sehen, als es für einen vollen sich selbst überlassenen Ballon sein würde, nicht in die Luft zu steigen. Ich beabsichtige nicht, von hier aus zu kommen, sondern über Mailand und Turin (nachdem ich vorher in Venedig gewesen bin) und dann, über den wildesten Alpenpaß der eben offen ist, nach Straßburg ... Da der jung-englische Herr Dir mißfällt, so werde ich ihn entfernen und durch einen Mann ersetzen (ich kann ihn auf Deinem Zimmer in einer Stunde hineinbringen), der in nichts anderm Tugend sieht, als in den guten alten Zeiten und papageiengleich von diesen spricht, wovon auch immer die Rede sein mag. Ein wirklicher guter alter City-Tory, in blauem Frack und blanken Knöpfen, und weißer Halsbinde, und mit der Neigung zu Blutandrang nach dem Kopfe. Feile an Feiler so viel Du willst; aber erinnere Dich, daß die Westminster Review Scrooge's Geschenk eines Truthahns an Bob Cratchit für kraß unvereinbar mit den Regeln der Nationalökonomie erklärte. An dem Kegelspiel liegt mir gar nichts." Es waren dies Dinge, gegen die ich Einwände erhoben hatte.

Aber der Schluß seines Briefes enthüllte mehr als der Anfang über die nicht sogleich offen eingestandene Ursache der langen Winterreise, welche er antreten wollte. Und sollte man der Meinung sein, daß ich mir durch die Mitteilung der betreffenden Stelle eine Freiheit mit meinem Freunde nehme, so wird man finden, daß eine gleiche Freiheit genommen wird mit mir selbst, den diese Stelle gutmütig karikiert; so daß der Leser über einen von uns oder über beide lachen kann, wenn es ihm so gefällt. „Soll ich Dir gestehen, daß ich ganz besonders wünsche, Carlyle möchte es zu allererst sehen, wenn es fertig ist, und ich möchte ihm und dem lieben alten wackern Macready die kleine Geschichte mit meinen eigenen Lippen vortragen, und Stanny[40] und den andern Mac[41] dabei sitzen haben. Wärst Du nun ein wirklicher Gentleman, so würdest Du, wenn ich in die Stadt komme, an einem regnichten Abend eine kleine Gesellschaft für mich zusammenbringen und sagen: ‚Mein lieber Junge (Sir, willst Du so gut sein, die Bücher nicht anzurühren und hinunter zu gehen? – Was zum Henker machst Du da! Und bedenke Sir, daß ich niemanden sehen kann – verstehst Du? Niemanden. Ich habe dringende Geschäfte mit einem Herrn aus Asien.) – Mein lieber Junge, würdest Du uns wohl das kleine Weihnachtsbuch vorlesen (ein kleines Weihnachtsbuch von Dickens, Macready, von dem ich wünsche, daß Du es hörtest), und sei so gut, Dickens, nichts zu überschlagen und es nicht zu schnell zu lesen!' – Wärst Du ein wirklicher Gentleman, sage ich, so könnte etwas derartiges sich ereignen. Ich werde alles für die Abreise rüsten, sobald ich fertig bin. Und ich werde (so Gott will) genau an dem Tage, den Du

---

[40] Abkürzung von Stanfield. – D. Übers.
[41] Maclife. – D. Übers.

nennst, in London zum Vorschein kommen. In einer Woche, auf die Stunde."

Dem Wunsche wurde natürlich gewillfahrt, und jener Abend in Lincolns-Inn-Fields führte zu ganz denkwürdigen Resultaten. Sein nächster Brief benachrichtigte mich, daß die kleine Erzählung vollendet sei. „3. November 1844. Halb zwei Uhr nachmittags. Gott sei Dank, ich habe *die Sylvester-Glocken* beendet. In diesem Augenblick. Ich nehme die Feder heute nur wieder zur Hand, um dies zu sagen und hinzuzufügen, daß ich das gehabt habe, was die Frauen ‚ein tüchtiges Ausweinen' nennen." Äußerst unmittelbar dies alles, wie kaum gesagt zu werden braucht. Das so vollendete kleine Buch war nicht einer seiner größten Erfolge und es erweckte ihm einige Widersacher. Aber es war etwas darin, was die Leiden, welche das Schreiben ihm gekostet hatte, und die dadurch hervorgerufenen Feindschaften mehr als aufwog, und in seinem eigenen Herzen nahm es bis zuletzt eine Lieblingsstelle ein. Seine Leidenschaft schien ihm immer das am besten zur Darstellung zu bringen, um dessentwillen er auf das längste Andenken hoffte, und sein Freund Jeffrey drückte gerade das, was er in Hinsicht hierauf empfand, mit Wärme aus. „Das ganze Geschlecht der Selbstsucht und der Feigheit und der Scheinheiligkeit wird Sie von Herzen hassen und bemäkeln. Wo es kann, wird es Sie böswilliger Übertreibung und der Aufreizung zur Unzufriedenheit, und was man auf gefällige Weise Mißvergnügen nennt, anklagen! Aber kümmern Sie sich nicht darum. Die Guten und die Tapfern stehen auf Ihrer Seite und die Wahrheit auch!"

Er setzte seinen Brief am vierten November fort. „Hier ist der wackere Kurier und mißt Stücke der Landkarte mit einer Bratengabel, und steigt die Berge auf einem Teelöffel hinauf. Er und ich reisen am Mittwoch nach Parma, Modena, Bologna, Venedig, Verona, Brescia und Mailand ab. Da Mailand nicht allzuweit von hier entfernt ist, werden Kate und Georgy[42] mich dort treffen, wenn ich auf meinem Wege nach England dort ankomme, und mir alle Briefe von Dir bringen. Ich werde am 18. dort sein. ... Du kennst meine Pünktlichkeit. Frost, Eis, geschwollene Flüsse, Dampfschiffe, Pferde, Pässe und Zollhäuser mögen dieselbe schädigen. Aber meine Absicht ist, Sonntag, den 1. Dezember, zu rechter Zeit für das Mittagsessen in das Kaffeezimmer des Piazza-Hotels einzutreten. Ich werde Dich am andern Ende des Tisches bei dem Feuer, wo wir gewöhnlich sitzen, aufsuchen. ... Aber

---

[42] Abkürzung von Georgina, dem Namen der Schwester seiner Frau. – D. Übers.

die Gesellschaft für den Abend darauf? Ich weiß, Du hast in die Gesellschaft gewilligt. Laß mich sehen! Lade niemand für diesen Abend zum Dîner ein, sondern schicke eine Einladung zu dem speziellen Zweck, auf halb sieben. Carlyle ist unerläßlich, und seine Frau möchte ich vor allen andern da sehen; ihr Urteil würde unschätzbar sein. Du wirst Mac bitten, und warum nicht auch seine Schwester? Stanny und Jerrold wünsche ich besonders; Edwin Landseer, Blanchard, vielleicht Harneß, und was sagst Du zu Fonblanque und Fox? Ich überlasse es Dir. Du weißt, was für eine Wirkung ich erproben möchte. ... Nimm *die Sylvester-Glocken* für einen Brief an, mein lieber Mensch, und vergib diesen. Ich werde nicht verfehlen, Dir auf der Reise zu schreiben. Höchst wahrscheinlich von Venedig. Und wenn ich Dich wiedersehe (in bester Gesundheit, hoffe ich), o Himmel! was für eine Woche soll das werden."

Siebentes Kapitel

Reisen in Italien
1844

So geschah es demnach. Er nahm, wie er mir in seinem ersten Briefe aus Ferrara sagte, Mittwoch, 6. November, Abschied von seiner untröstlichen Frau; ließ sie in ihrem Palaste eingeschlossen wie die Dame eines Barons in den Zeiten der Kreuzzüge, und machte seine ersten wirklichen Erfahrungen über die Wunder Italiens. Er sah Parma, Modena, Bologna, Ferrara, Venedig, Verona und Mantua. Die Eindrücke darüber, die er zuerst in seinen Briefen an mich niederlegte, sind mehr oder weniger in den gedruckten *Bildern aus Italien* wiedergegeben. Sie sind äußerst anziehend. Da ist die Skizze eines Cicerone in Bologna, die in seinen Büchern ihren Platz behaupten wird, als einer der vielen entzückenden Beweise seines wahren und liebevollen Verständnisses für jede schöne, himmlische, zarte Seele, unter welcher konventionellen Hülle sie immer auf der Erde wandert – ob als Waise in einem Armenhause, als Schreiber bei einem Advokaten, als Zögling eines Architekten in Salisbury, oder als heiterer kleiner Führer nach den Gräbern in Bologna. Und da ist eine andere denkwürdige Schilderung, die in Form eines Traumes vorgeführte Rembrandt'sche Skizze von den schweigenden, unirdischen Meereswundern Venedigs. Diese letztere wurde erst geschrieben nachdem er von seinem Besuche in London zurückkehrte, war aber in dem, was er sofort an Ort und Stelle schrieb, so lebendig vorgebildet, daß diese Stellen aus seinem Briefe[43]

---

[43] „Ich begann diesen Brief, mein lieber Freund" (er schrieb ihn aus Venedig, Dienstagabend, 12. November), „mit der Absicht, Dir den ganzen Verlauf meiner Reise zu beschreiben. Aber ich habe so viel gesehen und bin so schnell gereist (ich habe selten diniert und war fast immer vor Tagesanbruch auf), daß ich meine Skizzen für die größere Muße des Palazzo Peschiere aufsparen muss, nachdem wir uns gesehen haben, und ich wieder dorthin zurückgekehrt bin. Sobald ich mir das Bild eines Ortes eingeprägt habe, eile ich hinweg – zu so wunderbaren Zeiten und mit so unerwarteten Wendungen, daß der brave C. immer wieder starrt. Allein auf diese Weise und indem ich darauf bestehe, daß alles, unter allen Umständen, einerlei ob es der gewöhnlichen Ordnung widerspricht oder nicht, mir gezeigt wird, komme ich wunderbar vorwärts." Zwei Tage früher hatte er mir, nach der wunderhübschen Schilderung der Weinberge zwischen Piacenza und Parma, die man in den Bildern aus Italien finden wird, aus Ferrara geschrieben. „Solltest Du

noch mit ganz unvermindertem Interesse gelesen werden können. „Ich muß," sagte er, „mir selbst nicht vorgreifen. Aber, mein Lieber, nichts in der Welt, was Du je über Venedig gehört hast, kommt der prachtvollen und überwältigenden Wirklichkeit gleich. Die wildesten Visionen aus Tausend und eine Nacht sind nichts im Vergleich mit dem Markusplatz und dem ersten Eindruck des Innern der Kirche. Die glänzende und wunderbare Wirklichkeit Venedigs geht über die Einbildungskraft des wildesten Träumers hinaus. Opium könnte einen solchen Ort nicht bauen, und Zauberei könnte ihn nicht in einer Vision vor die Seele führen. Alles was ich darüber gehört, was ich in Wahrheit oder Dichtung davon gelesen oder mir vorgestellt habe, bleibt Tausende von Malen dahinter zurück. Du weißt, daß ich in solchen Dingen leicht Gefahr laufe, wegen zu großer Erwartungen enttäuscht zu werden, aber Venedig geht über alles, was die menschliche Phantasie sich vorstellen kann, weit hinaus. Es ist nie hinreichend gewürdigt worden. Es ist etwas, bei dessen Anblick Du Tränen vergießen würdest. Als ich gestern Abend hier an Bord kam (nach einer zweistündigen Fahrt in einer Gondel, worauf ich aus irgendwelchem Grunde durchaus nicht vorbereitet war), als ich, nachdem ich die Stadt wie ein Licht, auf dem fernen Wasser gleich einem Schiffe hatte ruhen sehen, durch die stillen und verlassenen Straßen plätscherte, war mir, als seien die Häuser Wirklichkeit, das Wasser Fieberwahnsinn. Aber als ich an dem hellen, kalten, erfrischenden Tage heute Morgen auf dem Markusplatz stand, beim Himmel, da war der Glanz des Ortes unerträglich! Und indem ich von dort in sein Laster und seine Dunkelheit, in seine tief unter dem Wasserspiegel liegenden Gefängnisse, seine Gerichtssäle, seine geheimen Türen und tödlichen Winkel hinabtauchte, wo die Fackeln, die man mitnimmt, blinzeln als könnten sie die Luft nicht ertragen, wo diese furchtbaren Szenen aufgeführt wurden; und indem ich wieder in den strahlenden, wesenlosen Zauber der Stadt hinaufstieg, und wieder untertauchte in gewaltige Kirchen und alte Gräber, kam eine neue Empfindung, ein neues Gedächtnis, ein neuer Geist über mich. Venedig ist von dieser Zeit an ein Stück meines Ge-

---

etwa ein Gegengift hierzu brauchen, so kann ich Dir sagen, daß ich in diesem Augenblick aufstand, um das Fenster zu schließen; und die Straße sah einer Nebengasse in Whitechapel, oder – ich sehe wieder hin – Wych Street, bei dem kleinen Barbierladen hinunter, auf derselben Seite des Weges wie Holywell Street, oder – ich sehe wieder hin – Holywell Street selbst – so ähnlich, als je eine Straße in dieser Welt der andern ähnlich war oder sein wird." [Die genannten Londoner Straßen sind bekannt wegen ihrer Enge und ihres ärmlichen Aussehens. – D. Übers.

hirns. Mein lieber Forster, könntest Du mein Entzücken teilen (wie Du tun würdest, wenn Du hier wärest), was wollte ich nicht dafür geben! Ich komme mir grausam vor, Kate und Georgy nicht mitgenommen zu haben, geradezu grausam und schlecht. Canaletti und Stanny sind wunderbar in ihrer Wahrheit. Turner ist sehr edel. Aber die Wirklichkeit geht über jede Darstellung hinaus. Ich habe noch nie etwas gesehen, zu dessen Beschreibung mir der Mut fehlte. Aber zu sagen, was Venedig ist, empfinde ich als eine Unmöglichkeit. Und hier sitze ich allein und schreibe dies, ohne daß irgendetwas mich drängt oder anregt, mir die Vorstellung zu bilden, die ich mir bilden würde, könnte ich zu einem geliebten Wesen darüber sprechen und seine Antwort darauf vernehmen. In der nüchternen Einsamkeit eines berühmten Gasthauses, wo die große Glocke der Markuskirche mir ihr Zwölf unmittelbar in die Ohren schlägt. Drei Bogenfenster in meinem Zimmer (zwei Stock hoch) sehen hinaus auf den großen Kanal und darüber hinaus, bis dahin wo die Sonne heute Abend in Gluten unterging. Und indem ich wieder an jene schweigenden redenden Gesichter Titian's und Tintoretto's zurückdenke, schwöre ich (unabgekühlt durch irgendwelchen Humbug, den ich gesehen), daß Venedig das Wunder und die neue Sensation der Welt ist. Könnte man, ohne je davon gehört zu haben, plötzlich hineingestellt werden, so würde es dasselbe sein. Mit Deinem Fuß auf seinen Steinen, seine Gemälde vor Deinen Augen und seine Geschichte in Deinem Geiste ist es etwas, was über alles Schreiben oder Sprechen, ja fast über alles Denken hinausgeht. Du könntest nicht mit mir in diesem Zimmer reden, oder ich mit Dir, ohne daß wir uns die Hände drückten und sagten: ‚Guter Gott, daß wir dies noch zusammen erlebt haben!'"

Fünf Tage später, Sonntag, den 17., war er in Lodi, von wo er mir schrieb, er sei wie Liegh Hunt's Schwein „durch alle möglichen Straßen" gewandert, seit er seinen Palast verlassen; mit einer Ausnahme habe er in keiner Nacht mehr als fünf Stunden dem Schlafe gewidmet; alle Tage, zwei ausgenommen, sei das Wetter schlecht gewesen („die beiden letzten so nebelig wie die Blackfriarsbrücke an dem Lord-Mayorstage"), und die Kälte niederdrückend. Aber was für helle, scharfe, beobachtende Augen er überall mit hinnahm, und durch welch' ein zartes Spiel der Einbildungskraft die Vollständigkeit und Genauigkeit seiner gewöhnlichen Anschauung, inmitten der neuen und ungewohnten Szenen, auf welche kein vorhergängiges Studium ihn vorbereitet hatte, erhöht und verfeinert wurde, zeigen, wie mir scheint, die wenigen ungekünstelten Stellen, die ich aus diesen freundschaftlichen Briefen aufbewahre, auf schlagende Weise. Er sah alles auf eigene Faust, und die Intuition seines Genies bewahrte ihn dabei in den meisten Fällen vor den falschen Urteilen, vor welchen alle Gelehrsamkeit der Welt gewöhnliche Menschen nicht bewahren kann. Er hat daher kaum irgendeine Äußerung über dies vielbetretene und zum Überdruß besuchte, aber ewig schöne und interessante Land getan, die sich nicht des Anhörens verlohnt.

„Ich bin schon zum Überfließen voll von Gerede über Gemälde und werde Dich, so ausführlich als Du wünschen magst, über die verschiedenen Schulen belehren. Es scheint mir, daß die abgeschmackte Übertreibung, worin unsere Landsleute in Beziehung auf Italien Gefallen finden, sich kaum auf das wirklich Gute erstreckt.[44] Viel liegt es in

---

[44] Vier Monate später, nachdem er die Galerien in Rom und anderen großen Städten gesehen hatte, schickte er mir eine Bemerkung, die seitdem durch Kritiker von unleugbarer Autorität eine beredte Bestätigung erfahren hat. „Die berühmtesten Ölgemälde im Vatikan kennst Du durch die schönsten Stahlstiche der Welt und ich glaube beinahe, hättest Du einige derselben mit mir gesehen, Du würdest der Ansicht sein, daß Du wenig verloren hättest, indem Du sie bisher nur in jener Übertragung gekannt. Wo die Zeichnung schwach und dünn, oder durch die Zeit beschädigt ist, und das ist sie und muß sie oft sein, obgleich es unzweifelhaft eine Ketzerei ist, so etwas anzudeuten – stellt der Stahlstich die Formen und die Idee in einer einfachen Majestät dar, welche solche Mängel verringern. Wo dies nicht der Fall und alles stattlich und harmonisch ist, liegt es doch irgendwie in dem Wesen und der Eigentümlichkeit eines schönen Stahlstichs (wie mir scheint), Dir die äußerste dem Original angehörende Zartheit, Vollendung und Kunst anzudeuten. Wenn daher das Gemälde Dich in diesem letzteren Falle auch sehr anzieht und interessiert, so überrascht es Dich doch nicht. Du bist schon im Voraus auf die größte Vortrefflichkeit, deren es fähig ist, vollkommen vorbereitet." In demselben Briefe schrieb er über etwas, was ihm noch in der Erinnerung immer eine Freude blieb: den Reiz der Privatsammlungen. Er fand prachtvolle Porträts und Gemälde in den Privatpalästen, wo sie, seiner Meinung nach, einen besseren Eindruck machten als in den öffentlichen Galerien, weil sie nicht durch so große Zahl das Auge verwirrten. „Da sind unzählige Porträts von Titian, Rubens, Rembrandt und Van Dyk, Köpfe von Guido, und Domenichino, und Carlo Dolce; Gemälde von Raphael, und Correggio, und Murillo, und Paul Veronese, und Salvator, die es schwer sein würde, zu hoch oder hinreichend zu rühmen. Es macht mich froh, zu denken, daß sie von den tiefen Kennern, die nach der längsten vorhergängigen Ankündigung und unter den unvernünftigsten Verhältnissen darüber in Krämpfe fallen, nicht empfunden werden können wie sie empfunden werden sollten. Von einigen wohlerinnerten Stellen an den Wänden dieser Galerien glänzt eine Zartheit und Anmut, eine edle Größe, Reinheit und Schönheit auf mich nieder, die mein gequältes Gedächtnis von Legionen winselnder Mönche und wächserner heiliger Familien befreit. Ich verzeihe vom Grunde meiner Seele ganzen Orchestern irdischer Engel und ganzen Hainen Heil. Sebastians, die nach dem Muster so voll von Pfeilen stecken wie das Nadelkissen einer Wöchnerin von Nadeln. Und

ihrem Wesen, daß sie da hinter der Wahrheit zurückbleibt. Ich habe nie ein Lob von Titian's großem Gemälde der Transfiguration der Jungfrau in Venedig gesehen, das sich halb so hoch erhebt als die schöne und staunenswerte Wirklichkeit. Es ist vollkommen. Auch Tintoretto's Gemälde von der Versammlung der Seligen, ebenfalls in Venedig, das mit allen seinen Linien (es ist von gewaltiger Größe und die Figuren zahllos) majestätisch und pflichtgemäß zu dem allmächtigen Gott in der Mitte emporstrebt, ist höchst großartig und edel. Außerdem sind mehrere wunderbare Porträts dort; und einige verworrene und hastige und mörderische Schlachtszenen, in denen man mit Vergnügen bei der überraschenden Kunst verweilt, welche die Generale so vor die Augen bringt, daß es fast unmöglich ist, sie nicht zu sehen, obgleich sie sich mitten im Gewühl des Kampfes befinden. Ich habe einige entzückende Gemälde gesehen, und einige (in Verona und Mantua), die wirklich zu abgeschmackt und lächerlich sind, als daß man auch nur darüber lachen könnte. Hampton Court ist im Vergleich mit ihnen töricht – und o, es gibt dort einige äußerst seltsame Bilder, mein Freund. Einige äußerst seltsame. ... Zwei Dinge sind mir schon klar. Das eine ist, daß die Regeln der Kunst viel zu sklavisch befolgt werden, so daß es geradezu peinlich für Dich wird, wenn Du einen Tag nach dem andern in die Galerien gehst, so genau zu wissen, wo diese Figur sich umwenden und jene Figur sich niederlegen, und jene andere sich eine gewaltige Masse von Gewandung umschlagen wird und so fort. Man bekommt förmliches Alpdrücken davon. Das zweite ist, daß diese großen Männer, die notwendigerweise sehr in den Händen von Mönchen und Priestern waren, viel zu oft Mönche und Priester malten. Ich sehe fortwährend in Bildern von gewaltiger Kraft Köpfe, die völlig unter dem Gegenstande und unter dem Maler stehen, und ich bemerke ohne Ausnahme, daß diese Köpfe den Klosterstempel tragen und ihren vollständigen Widerpart in den gegenwärtigen Insassen der Klöster haben. Ich sehe die Porträts von Mönchen, die ich in Genua kenne, in allen lahmen Teilen starker Gemälde; ich bin daher ein für allemal zu der Ansicht gekommen, daß in solchen Fällen die Lahmheit nicht die Schuld des Malers war, sondern die der Eitelkeit und Unwissenheit seiner Arbeitgeber, die unter allen Umständen Apostel auf der Leinwand sein wollten."

---

ich bin nicht einmal in der Stimmung, jene priesterliche Verblendung oder priesterliche Zähigkeit zu bekämpfen, die darauf besteht, jedem Mysterium der Religion eine buchstäbliche Darstellung auf der Leinwand zu geben, welche der Vernunft wie der Empfindung jedes denkenden Menschen zuwiderläuft."

In demselben Briefe beschrieb er die Gasthäuser. „Es ist bei englischen Reisenden ein Hauptpunkt – etwas ganz Selbstverständliches – die italienischen Gasthäuser herunter zu machen. Natürlich findet man keine Bequemlichkeiten, an die man in England gewöhnt ist, und wenn man allein reist, speist man immer in seinem Schlafzimmer, was gegen unsere Gewohnheiten ist. Aber sie sind unvergleichlich viel besser als man denken sollte. Die Kellner sind sehr schnell, sehr pünktlich und wenn man freundlich mit ihnen spricht, so gefällig, daß man eine Bestie sein müßte, wollte man nicht vergnügt aussehen und alles heiter nehmen. Ich schreibe dies in einem Zimmer wie ein Vorderzimmer im zweiten Stock eines unfertigen Hauses in Eaton-Square; die Wände selbst geben mir ein Gefühl, als wäre ich ein Maurer, dem Cubitt[45] die Gunst erwiesen, das Haus zur Bewachung zu übergeben. Die Fenster lassen sich nicht öffnen und die Türen nicht schließen, und diese letzteren (eine Katze könnte zwischen ihnen und dem Fußboden hereinkommen) sind dem Luftzuge einer Säulenhalle ausgesetzt, welche in der Nacht offen steht, so daß mir die Pantoffeln tatsächlich von den Füßen geweht werden und kleine Kreise im Zimmer beschreiben – wie Blätter. Ein sehr aschiges Holzfeuer brennt auf einem ungeheuern Herde ohne Gatter (welche es in Italien überhaupt nicht gibt); und dieser kennt nur zwei Extreme: eine qualvolle Hitze, wenn man Holz auflegt und eine qualvolle Kälte, wenn es zwei Minuten darauf gelegen hat. Es befindet sich auch ein ungemütlicher Fleck an der Wand, wo die fünfte Tür (die nicht streng unentbehrlich war) vor einigen Jahren zugemauert und nie übergemalt wurde. Aber das Bett ist rein und ich habe ein vortreffliches Dîner gehabt; und ohne unterwürfig oder knechtisch zu sein, was durchaus kein Charakterzug des Volkes von Norditalien ist, sind die Kellner so liebenswürdig geneigt, kleine Aufmerksamkeiten zu erfinden, die sie für englisch halten, und so heiter und gutgelaunt, daß es ein Vergnügen ist, mit ihnen zu tun zu haben. So ist es aber mit dem ganzen Volke. Das Vetturino-Reisen macht in der Mitte des Tages ein Anhalten von zwei Stunden nötig, um die Pferde zu füttern. Um diese Zeit gehe ich immer zu Fuße weiter. Wenn die Straße viele Biegungen macht, muß ich mich natürlich sehr oft nach dem Wege erkundigen, und die Männer sind solche Gentlemen und die Frauen solche Ladies, daß es ein förmlicher Austausch von Höflichkeitsbezeigungen ist."

---

[45] Ein bekannter Londoner Bauunternehmer. – D. Übers.

Von den Bequemlichkeiten, die er seinem Kurier verdankte, brachte mir fast jeder Brief launige Proben; aber der Kurier erscheint zu oft in dem veröffentlichten Buche, um hier solcher Anerkennung zu bedürfen. Er ist jedoch eine wesentliche Figur in zwei kleinen Szenen, welche Dickens in Lodi für mich skizzierte und ich will denselben die Bemerkung voranschicken, daß Louis Roche aus Avignon bis zuletzt die hohe Meinung, welche sein Herr von ihm hatte, rechtfertigte. Er wurde später noch einmal fast ein Jahr lang in der Schweiz in Dienst genommen und bald nachher fiel der arme Mensch, obgleich von einer jovialen Rüstigkeit des Aussehens und einer Breite der Brust, die ein ungewöhnlich langes Leben verhieß, einer Herzkrankheit zum Opfer.

„Der wackere C.[46] fährt fort, sich als Wunder zu erweisen. Er packt meine Kleidungsstücke in jedem Gasthofe aus, als wollte ich zwölf Monate dort bleiben, ruft mich jeden Morgen auf den Augenblick, steckt das Feuer an ehe ich aufstehe, bemächtigt sich gebratener Hühner und holt sie im Wagen in hungrigen Momenten hervor, wenn wir aller andern Aushilfe fern sind und ist unschätzbar für mich. Zudem ist er ein so guter Kerl, daß kleine Belohnungen ihn nicht verderben. Ich gebe ihm immer, nachdem ich gespeist habe, ein großes Glas Sauterne oder Hermitage, oder was ich sonst habe; zuweilen (wie gestern), wenn wir um elf Uhr sehr kalt in ein Wirtshaus kommen, nachdem wir vor Tagesanbruch abgereist sind und nichts zu uns genommen haben, lasse ich ihm mit mir zusammen Frühstück geben und dies macht ihn nur eifriger als je zuvor, mir durch Verdoppelung seiner Aufmerksamkeit zu zeigen, daß er denkt, er habe einen guten Herrn. … Ich habe Dir noch nicht erzählt, daß wir den Tag vor meiner Abreise von Genua ein Dîner gaben – unser englischer Konsul und seine Frau, der Bankier, Sir George Crawford und seine Frau, die De la Rues, Mr. Curry und einige andere, vierzehn im Ganzen. Um etwa neun Uhr Morgens fragten zwei Männer in gewaltigen Papiermützen nach dem braven C., der sie sofort im Triumph als die Köche des Gouverneurs einführte, seine persönlichen Freunde, die gekommen seien, um das Dîner zu bereiten. Jane wollte sich dies jedoch nicht gefallen lassen und so mußten wir ablehnen. Dann kamen, in Zwischenräumen von einer halben Stunde, sechs Herren, die wie englische Geistliche aussahen, andere persönliche Freunde, die gekommen waren, um aufzuwarten. … Wir nahmen ihre Dienste an, und nie habe ich eine so hübsche und ruhige Bedienung gesehen. Er hatte es sich

---

[46] Abkürzung für Courier. – D. Übers.

als besondere Auszeichnung erbeten, die oberste Kontrolle über den Nachtisch zu haben, und hatte Eis in Form von Früchten machen lassen, hatte Porzellangeschirr oberst zu unterst gekehrt, so daß es aussah wie anderes Porzellangeschirr, das in diesem Teile von Europa nicht existiert, und trug einen Kasten mit Zahnstochern in der Tasche. Dann war es seine Freude, sich hinter Kate an einem Ende des Tisches hinzustellen, mich am andern anzusehen und zu Georgy, so oft er ihr etwas reichte, mit leiser Stimme zu sagen: ‚Was denkt der Herr von dieser Anordnung. Ist er zufrieden?' Könntest Du sehen was diese Kuriere sind, wenn ihre Familien sich nicht auf der Reise befinden, so würdest Du fühlen, was für ein Schatz er ist. Ich kann es nicht herausbringen, ob er je ein Schmuggler gewesen ist; aber nichts kann ihn dahin bringen, den Zollhausbeamten etwas zu geben: in Folge wovon mein Reisekoffer unnötigerweise zwanzigmal geöffnet wird. Zwei solche Beamte kommen gewöhnlich bei dem Tore der Stadt an die Wagentür: ‚Sind verbotene Waren in diesem Wagen, Signor?' – ‚Nein, nein. Es sind keine da. Ich bin ein Engländer und dies ist mein Diener.' – ‚Eine buona mano, Signor?' – ‚Roche' (sage ich auf englisch), ‚gib ihm etwas, damit wir ihn los werden.' – Er sitzt unbeweglich. ‚Eine buona mano. Signor?' – ‚Macht, daß ihr fortkommt!' sagt der wackere C. – ‚Signor, ich bin Zollbeamter!' – ‚Nun, dann solltet ihr euch umso mehr schämen!' antwortet er immer. Und dann wendet er sich zu mir und sagt auf englisch, während das Bild des Zollhausbeamten ein in das Wagenfenster eingerahmtes Bild der Angst ist, erfüllt von dem lebhaften Verlangen zu wissen, was zu seinem Nachteil gesagt wird: ‚Dieser Span,' ihm mit der Faust drohend, ‚ist der größte Dieb – und Du weißt es, Du Schurke – wie mich nie einer so in Wut gesetzt hat, daß ich mich kaum halten kann.' Mit Span meint er vermutlich Kerl, allein er mag sich auch auf den Vater des Zollbeamten beziehen, und damit irgendwie auf den alten Block anspielen."[47]

Er schloß seinen Brief aus Lodi Tags darauf in Mailand, wohin seine Frau und deren Schwester von Genua eine Fahrt von siebenzehn

---

[47] Die betreffenden Wörter des englischen Originals sind
chip (Span) und
chap (Kerl). Die Verwechselung derselben in der schlechten englischen Aussprache des Couriers, und das aus diese Verwechselung gegründete Wort- und Gedankenspiel, läßt sich in der Übersetzung nur teilweise wiedergeben. ‚Block' bezieht sich auf den sprichwörtlich englischen Ausdruck: ‚He is a chip from the old block', was ungefähr dem deutschen ‚Der Apfel fällt nicht weit vom Stamme,' entspricht. – D. Übers.

Meilen gemacht hatten, um ein paar Tage in Prospero's altem Herzogtum mit ihm zuzubringen, ehe er nach London abreiste. „Wir werden am Donnerstagmorgen unserer Wege gehen und ich beabsichtige noch, am Sonntag, den 1. Dezember, in dem Piazza-Hotel zu erscheinen, als käme ich geradeswegs von Devonshire-Terrace. Inzwischen werde ich Dir nicht wieder schreiben ... um die Freude unseres Wiedersehens zu vermehren, wenn diese Freude durch irgendetwas vermehrt werden kann. ... Ich öffne meine Arme so weit!" Ich empfing nichtsdestoweniger noch einen Brief aus Straßburg, vom Montagabend (25. November), um mich zu benachrichtigen, daß ich ihn einen Tag früher erwarten könne; so rasch war er weitergereist. Er war, seit er Mailand verlassen, nur einmal, in Freiburg, zwei oder drei Stunden im Bette gewesen, und war auf der Höhe des Simplons in gewaltiger Kälte mitten durch den Schnee gefahren. „Ich sitze hier in einem Holzfeuer und trinke brennendheißen Brandy mit Wasser, in der schwachen Hoffnung, später einmal dadurch warm zu werden. Das Gesicht klingt mir noch von Frost und Wind, so wie etwa die Cymbeln klingen mögen, wenn jener beturbante Türke, der dem Musikcorps der Leibgarde attachiert ist, sie eben im St. James-Park zusammengeschlagen hat. Ich hege die Hoffnung, daß dies das Leiden ist, welches der Wiederbelebung vorangeht."

Jedenfalls fehlte es nicht an Lebendigkeit als wir uns wiedersahen. Ich brauche nur die Worte zu schreiben, um mich an die lebensvolle Erscheinung zu erinnern, wie sie an jenem winterlichen Sonnabend Abend so plötzlich vor mir auftauchte, daß ich den Druck seiner Hand fühlte, fast ehe ich mir seiner Gegenwart bewußt war. Das ist beinahe alles, dessen ich mich von dem kurzen freudigen Zusammensein erinnern kann. Kaum schien er gekommen zu sein, als er auch schon wieder fort war. Aber alles was er mit seinem Besuche bezweckte, erreichte er. Er sah sein kleines Buch in dessen schließlicher Gestalt vor der Veröffentlichung und hatte Gelegenheit, es einigen Auserwählten, die sich am Montag, 2. Dezember, in meinem Hause zusammenfanden, vorzulesen. Eine ganz denkwürdige Begebenheit, in welcher der Keim jener Vorlesungen vor größeren Zuhörerschaften lag, wodurch die Welt ihn in seinem späteren Leben ebenso sehr kennen lernte als durch seine Bücher, übrigens aber eine Begebenheit, von der mir keine Details im Gedächtnis geblieben sind; und alle die dabei waren, sind jetzt tot, außer Carlyle und ich selbst. Unter denen, die so dahin gegangen sind, war jedoch einer, unser vortrefflicher Maclise, der, den Rat Capitän Cuttle's antizipierend, sich „eine Aufzeichnung" in Bleistift davon gemacht hatte, die ich hier mitteilen kann. Sie wird dem

Leser alles sagen, was er etwa wissen möchte. Er wird die Personen sehen, aus denen die Gesellschaft bestand und darf versichert sein, daß (abgesehen von einem Zuge von Karikatur, als deren Hauptopfer ich selbst mich betrachten darf) in der ernsten Aufmerksamkeit Carlyle's, in dem eifrigen Interesse Stanfield's und Maclise's, in dem scharfen Blick Laman Blanchard's, in Fox's begeisterter Feierlichkeit, in Jerrold's himmelwärts gerichtetem Auge und in den Tränen von Harneß und Dyce, die charakteristischen Züge der Szene hinreichend wiedergegeben sind.[48] Jede andere Erinnerung daran ist dahin geschwunden; aber daß wenigstens die Hauptperson froh und dankbar darüber war, erhellt noch aus andern hinreichenden Zeugnissen. Der Bericht über das Vorgefallene war derart, daß gleich nachher, auf die dringende Bitte unseres Freundes Thomas Ingoldsby (Mr. Barham), eine zweite Vorlesung stattfand, welcher durch die Gegenwart und die Freude Fonblanque's[49] ein erhöhter Genuß verliehen wurde; und als ich Dickens, nachdem er uns verlassen, mein Bedauern ausdrückte, daß er um einer so kurzen Freude willen eine so stürmische Reise gehabt habe, erwiderte er, der Besuch sei ein Glück und ein Genuß für ihn gewesen. „Nicht ein Zoll des Weges zu oder von Dir würde mich gereuen, wäre er auch noch zwanzigmal so lang und zwanzigmal so winterlich gewesen. Es war jede Reise, jede Anstrengung wert. Mit dem Staub der Landstraße tief im Gesicht, schwöre ich, ich möchte jene Woche, jene erste Nacht unseres Wiedersehens, jenen einen Abend der Vorlesung in Deiner Wohnung, ja und die zweite Vorlesung auch, aus keinem leicht auseinandergesetzten oder begreiflichen Grunde entbehrt haben."

---

[48] Carlyle ist der öfter in diesen Bänden erwähnte berühmte Verfasser der Geschichte Friedrichs des Großen; Laman Blanchard ein ausgezeichneter Journalist, der 1845 durch Selbstmord endete; Fox (William Johnson) einflußreicher Quäker und radikales Parlamentsmitglied; Douglas Jerrold der geistreiche Humorist und Dramatist; Harneß und Dyce literarische Geistliche, letzterer besonders durch seine Shakespeare-Studien und Sammlungen bekannt. – D. Übers.
[49] Richard Harris Barham, als Autor bekannt unter dem Namen Thomas Ingoldsby und als Verfasser der *Ingoldsby Legends*; Albany Fonblanque hervorragender Journalist, zuletzt Herausgeber der Zeitschrift *The Examiner*. – D. Übers.

In Nr. 58 Lincolns-Inn-Fields, Montag, 2. Dezember 1842.

Nach einer Zeichnung von Daniel Maclise, gestochen von C. H. Jeens

Er schrieb aus Paris, wo er auf der Rückreise angehalten hatte, um Macready zu sehen, den eine Verpflichtung mit Mitchells englischer Truppe dort zu spielen, verhindert hatte, an unserer Zusammenkunft in Lincolns-Inn-Fields teilzunehmen. Seit 1829 hatte man keinen solchen Frost und Schnee gehabt, und er gab einen traurigen Bericht über die Stadt. Zwei Tage vorher war er mit Macready im Odeontheater gewesen, um Alexander Dumas' *Christine* von Madame St. George spielen zu sehen, „ehemals Maitresse Napoleons, jetzt von ungeheurem Umfang, vermutlich durch Wassersucht, und mit kleinen schwachen Beinen, auf denen sie nicht stehen kann. Dazu etwa 80 oder 90 Jahre alt. Nie in meinem Leben habe ich so etwas gesehen. Jede Bühnenmanier, die sie sich je zu eigen gemacht hat (und sie hat sie alle), hat auch die Wassersucht bekommen und ist häßlich geschwollen und aufgedunsen. Die andern Schauspieler sahen sich nie an, sondern richteten alle ihre Reden an das Parterre, und zwar auf eine so unerhört unnatürliche und alberne Weise, daß ich in Zweifel blieb, ob ich es für einen Spaß oder eine Beleidigung nehmen sollte." Und dann folgte eine Anspielung auf einen Plan, den wir am Abend der Vorlesung gemacht hatten, daß wir nämlich nach seiner Rückkehr von Italien eine Amateurvorstellung veranstalten wollten. „Du und ich, Sir, werden alles dies reformieren." Er brauchte indes nur einen Tag zu warten, um alles in der italienischen Oper reformiert zu sehen, wo Grisi in Il Pirato sang, und „die Leidenschaft einer Szene zwischen ihr und Mario und Fornassari so gut und groß war, als eine Opernszene überhaupt sein kann. Sie zogen ihre Schwerter gegeneinander, die beiden Männer – nicht wie Bühnenspieler, sondern wie Macready selbst; und sie, zwischen sie stürzend, jetzt an diesem hängend, jetzt an jenem, jetzt ihre Arme zu einer Scheide für ihre nackten Schwerter machend, jetzt ihr Haar in Verzweiflung zerraufend, wenn sie sich von ihr losrissen und wieder aufeinander eindrangen, war wunderbar." Dies war das Theater, auf welchem Macready spielen sollte, und wo Dickens ihn am folgenden Tage in der Probe der Szene vor dem Dogen und dem Staatsrat in *Othello* sah, „nicht wie gewöhnlich mit dem Gesicht dem Schiff zugewandt, sondern an einer Seite arrangiert," was ihm den Eindruck der Wirklichkeit der Szene zu erhöhen schien.

Er verließ Paris am Abend des 13. mit der Post, die Marseille erst fünfzehn Stunden nach der festgesetzten Zeit, nach einer Fahrt von drei Tagen und drei Nächten über entsetzliche Straßen, erreichte. Dann hielt er, in einer Verwirrung zwischen den zwei rivalen Paketbooten nach Genua, eins derselben gegen seinen Willen mehr als eine Stunde lang bei der Abfahrt auf, und erreichte dasselbe endlich nur noch als es den Hafen gerade verließ. Indem er an der Seite emporstieg, bemerkte er eine auffallende Bewegung unter den zornigen Reisenden, die er so lange aufgehalten hatte, hörte eine Stimme ausrufen: ‚Der Henker hole mich, wenn das nicht Dickens ist!' und stand inmitten einer Gruppe von fünf Amerikanern! Aber das angenehmste bei der Sache war, daß alle ohne Ausnahme sich freuten, ihn zu sehen, daß ihr Hauptmann oder Führer, der ihn in New-York getroffen, ihm sofort alle mit der Bemerkung vorstellte: „Persönlich unsere Landsleute und Sie, Sir, werden es freundlich aufnehmen, hoffe ich," und daß sie, während der stürmischen Reise nach Genua, welche folgte, die besten Freunde waren. Allerdings mußte Dickens während des größeren Teiles der Zeit seine Koje hüten; aber es gelang ihm nichtsdestoweniger, sich an ihnen zu belustigen. Das Mitglied der Gesellschaft, welches das Reisewörterbuch hatte, wollte es nicht herausgeben, obgleich er todseekrank in der Koje neben derjenigen meines Freundes lag, und in kurzen Zwischenräumen war Dickens sich bewußt, daß seine Mitreisenden zu ihm herunterkamen und in den verschiedensten Tönen angstvoller Verlegenheit ausriefen: „Bitte, was ist das Französische für Kopfkissen?" „Gibt es ein italienisches Wort für ein Stück Zucker? Sehen Sie doch einmal nach." „Was zum Henker bedeutet echo? Der ‚Garsong' sagt zu allem echo." Sie waren auch äußerst begierig, die Einwohnerzahl, die ganze Statistik jeder kleinen Stadt an der Riviera zu erfahren, „wohl die allerletzten Gegenstände innerhalb der Grenzen des menschlichen Verstandes," bemerkt Dickens, „die sich dem Geiste eines italienischen Schiff-Proviantmeisters darbieten würden. Er war ein äußerst willfähriger Mensch, unser Proviantmeister; und da er eine unbestimmte Vorstellung hatte, daß eine große Zahl ihnen gefallen würde, sagte er auf Geratewohl fünfzigtausend, neunzigtausend, vierhunderttausend, wenn sie ihn nach der Bevölkerung eines Ortes fragten, der nicht größer ist als Lincolns-Inn-Fields. Und wenn sie sagten Non possible! (was des Führers regelmäßige Antwort war), verdoppelte oder verdreifachte er die Summe, um ihren vermeintlichen Ansichten entgegenzukommen und sie ganz zufrieden zu stellen."

Achtes Kapitel

Die letzten Monate in Italien
1845

Am 22. Dezember hatte er sein gewöhnliches Leben in Genua wieder angefangen, und schrieb über einen Brief Jeffrey's, dem er sein kleines Buch gewidmet hatte, als „höchst energisch und enthusiastisch. Filer bleibt ihm etwas in der Kehle stecken, aber alle andern zucken in seinem Herzen. Die Behandlung von Lilian's Geschichte hat ihm einen großen Eindruck gemacht, und er kann nicht umhin sich darüber auszulassen, schreibt überhaupt mit der Frische und dem Feuer der Jugend und nicht wie ein Mann, dessen Blau und Gelb grau geworden ist."[50] Einige Bemerkungen aus Jeffrey's Briefe wurden schon mitgeteilt. „Miss Coutts hat an Charley, mit dem besten aller Briefe an mich, einen prachtvoll dekorierten Dreikönigskuchen geschickt, der neunzig Pfund wiegt, und stelle Dir nur vor, daß die Charakterfiguren, Fairburns Dreikönigs-Charakterfiguren, zur Untersuchung durch die Jesuiten im Zollhause zurückbehalten sind! Aber diese Menschen sind – nun! es ist einerlei. Du hast wohl die Geschichte vom holländischen Minister in Turin gelesen und von dem Abfangen seiner Tochter durch die Jesuiten? Es ist alles wahr, obschon, wie die Geschichte von dem Dienstmädchen unseres Freundes, beinahe unglaublich.[51] Aber ihre Teufelei ist so groß, daß unser Konsul mir versichert, sollten wir, indes wir im Süden sind, unsere Kinder mit Dienstboten ausgehen lassen, denen wir nicht vollständig vertrauen könnten, so würden diese heiligen Männer selbst ihre kleinen Füße in die Kirche treiben, im Hinblick auf ihre schließliche Bekehrung. Es ist schon furchtbar, sie nur in den Straßen zu sehen, oder wenn sie um unsern Garten herum-

---

[50] Anspielung auf Jeffrey's frühere Tätigkeit als Herausgeber der Edinburgh Review, die in den Whigfarben eines gelb und blauen Umschlages erscheint. – D. Übers.

[51] In einem frühern Briefe hatte er mir diese Geschichte erzählt. „In Bezug auf Domestiken muß ich Dir von einer kindergebärenden Magd eines unserer Freunde erzählen, einem wahren Musterstück, die sich zur Sühnung ihrer Sünden neulich in den Schoß der unfehlbaren Kirche aufnehmen ließ. Sie hatte zwei Marquisen zu Taufzeugen, und wird in den genuesischen Zeitungen angekündet als Miss B. – eine englische Dame, die ihre Sünden bereut und ihre Seele gerettet hat."

schleichen." Von seiner Absicht, um die Mitte des Januars nach Süditalien aufzubrechen und seine Frau dorthin mitzunehmen, benachrichtigte mich sein Brief aus der folgenden Woche, in dem er auch bei alledem verweilte, was er bei jenem ersten italienischen Weihnachten von unsern alten englischen Festfreuden vermißt hatte, und dessen angenehmes Geplauder er mit einem Postscript um Mitternacht schloß. „1. Januar 1845. Viele, viele, viele Glückwünsche zum neuen Jahre! Ein Leben voll glücklicher Jahre! Das Knäblein ist in Donner, Blitz, Regen und Wind gekleidet. Seine Geburt ist hier höchst schrecklich."

Es war für mich von übler Vorbedeutung; denn eines seiner frühsten Ereignisse war der Tod meines einzigen Bruders; aber Dickens hatte die helfende Sympathie eines wahren Freundes im Schmerze, und einen Teil dessen, was er mir damals schrieb, erlaube ich mir, in einer Anmerkung mitzuteilen,[52] weil es auf seine eigenen traurigen Erfahrungen und ernsten Überzeugungen und Hoffnungen Bezug nimmt. Die Reise nach Süden begann am 20. Januar und fünf Tage später erhielt ich von ihm einen Brief aus La Scala, geschrieben in einem kleinen Wirtshause, das „wie ein britischer Heuschober auf

---

[52] „Ich empfinde jetzt fürwahr die Entfernung zwischen uns. Beim Himmel, mein liebster Freund, ich möchte, daß ich auf eine lebendigere und liebevollere Art als es auf diesem toten Blatte Papier möglich ist, Dich daran erinnern könnte, daß Dir noch ein Bruder geblieben ist. Einer, der an Dich gefesselt ist durch so starke Bande als die Natur je schmiedete. Durch Bande die auf keine Weise zerrissen, geschwächt, verändert, sondern nur fester geschlungen werden können, bis dasselbe Ende für sie kommt wie für diese. Ein Ende, das, wie ich glaube, nur der helle Beginn einer glücklicheren Vereinigung ist. Und nie habe ich fester und wärmer daran geglaubt (und o Forster! mit was für einem wunden Herzen habe ich Gott dafür gedankt!) als damals, wo jener Schatten auf meinen eigenen Herd fiel und ihn ebenso plötzlich kalt und dunkel machte, wie in dem Hause des armen Mädchens, von dem Du mir erzählst ... Wenn Du mir wieder schreibst, wird dieser Schmerz vergangen sein. Kein Trost kann so sicher und so dauernd für Dich sein als jener besänftigte männliche Schmerz, welcher aus der Erinnerung an die Toten entspringt. Ich lese in diesem Augenblick Dein Herz so leicht, als hielte ich's in der Hand. Und ich weiß, – ich weiß, lieber Freund – daß, ehe die Erde über ihm grün geworden ist, Du es zufrieden sein wirst, daß dasjenige was an ihm des Todes fähig war dort ruht ... Es freut mich, zu denken, daß es so leicht war und so friedenvoll. Was können wir mehr hoffen, wenn unsere eigene Zeit kommt. – Der Tag, an dem er uns in unserm alten Hause besuchte, ist mir noch so frisch, als wäre es gestern gewesen. Ich erinnere mich seiner ebenso lebhaft als ich mich Deiner erinnere ... Ich habe noch vieles zu sagen, kann es aber nicht jetzt sagen. Dein treuer und liebender Freund für's Leben und, ich hoffe, weit darüber hinaus. C. D." (8. Januar 1845)

niedrigen Bögen von Ziegelsteinen ruhte"; das Bett in ihrem Zimmer „wie eine Krippe", die Decke ohne Latten und ohne Mörtel, nicht zu reden von Bequemlichkeit und Anstand; und nichts Besonderes zu essen und zu trinken. „Aber trotz alledem fühle ich eine Zuneigung für dies Land und werde das überall offen sagen." Sie hatten an jenem Morgen Pisa und den Tag vorher Carrara verlassen, an welchem letzteren Orte ihn eine Ovation erwartete, die Folge des Eifers unsers exzentrischen Freundes Fletcher, der sich gerade bei Mr. Walton, einem englischen Marmorhändler, dort aufhielt.[53] „Es ist ein schönes kleines Theater dort, aus Marmor gebaut, und man hatte dasselbe an jenem Abend mir zu Ehren illuminiert. Man gab wirklich eine ganz hübsche Oper; aber es ist sonderbar, daß der Chor immer, seit unvordenklichen Zeiten, aus den Arbeitern in den Marmorbrüchen gebildet worden ist, die keine Note Musik verstehen und ganz nach dem Gehör singen. Es war übermäßig voll und ich hatte einen großen Empfang. Eine Deputation wartete uns in der Loge auf, und nachher machte das gesamte Orchester sich auf und brachte bei Mr. Walton ein Ständchen." Zwischen dort und Rom hatten sie eine ziemlich wilde Reise,[54] und ehe sie Radicofani erreichten, verbreiteten sich störende Gerüchte über Banditen und selbst ungemütliches Flüstern über ihr Nachtquartier. „Ich fing wirklich an zu denken, wir könnten ein Abenteuer haben, und da ich (wie ein Esel) einen Sack Napoleons von Genua mit-

---

[53] Ein Eingeborner von Yorkshire, der Yorkshire'sches Italienisch mit dem komischsten und angenehmsten Effekt spricht, ein jovialer, gastfreier, vortrefflicher Mensch, eine so seltsame und doch freundliche Mischung von Scharfblick und Einfalt, wie mir je vorgekommen ist. Er ist der einzige Engländer in diesem Lande, der es vermocht hat, einen englischen Haushalt aus italienischen Domestiken zu bilden, aber er hat es auf bewundernswerte Weise getan. Bei uns würde sein Haus für einen famosen Landsitz gelten und man lebt darin ‚erste Klasse'. (Ich finde, daß ich ohne es zu wollen, Tom Thumb zitiere.) Er ist ein Mensch von außerordentlicher Herzensgüte, und hat eine mitleidsvolle Achtung für Fletcher, dem sein Haus als Heimat offen steht, was halb rührend, halb lächerlich ist. Neulich bezahlte er hundert Pfund für ihn, obgleich er weiß, daß er nie einen Pfennig davon wieder sehen wird." Dickens an Forster (25. Januar 1845).

[54] „Denkst Du," schrieb Dickens aus Ronciglione, am 29. Januar, „in Deinem Salon, wenn der Nebel Deine weißen Rouleaux gelb färbt und der Wind in dem Golf von Ziegeln und Mörtel, hinter der Perspektive jenes Platzes, mit seiner mittleren Entfernung von zwei hohen Leitern und seinem Hintergrund von Drury-Lane-Himmel, heult – wenn, sage ich, der Wind heult, als wäre sein ältester in Lincolns-Inn-Fields geborener Bruder zur See gegangen, und machte sein Glück auf dem Atlantischen Ozean, – denkst Du zu solchen Zeiten je an Deinen heimatlosen Dick?"

geschleppt hatte, rief ich mir alle möglichen theatralischen Manieren beim Abfeuern von Pistolen vor die Seele, und war umso geneigter sie abzuschießen, weil ich keine hatte." Es endete jedoch mit keinem schlimmeren Abenteuer, als einem etwas aufregenden Dialog mit einem alten professionellen Bettler in Radicofani selbst, bei dem er, wie er gestehen mußte, den Kürzeren zog. Die Szene fand statt in einem am Abhange eines Hügels gelegenen Städtchen, dessen Einwohner sämtlich Bettler waren und die Gewohnheit hatten, wie ebenso viele Raubvögel auf jeden herankommenden Wagen niederzuschießen.

„Kannst Du Dir" (er nannte hier einen zudringlichen Schwätzer, für dessen Namen ich substituieren werde) „M. F. G. in einem sehr muffigen braunen Rock vorstellen, der seine ganze Gestalt verbirgt, und mit sehr weißem Haar und einem sehr weißen Barte, wie er, einen langen Stab in der Hand, aus diesem Orte hervorstürzt und bettelt? Da war er, ob Du ihn Dir nun vorstellen kannst oder nicht, außer Atem durch die Schnelligkeit seines Rennens und alle Jungen von Radicofani mit seinem Stabe zurückhaltend, damit er es mit mir allein ausfechten könne. Es war sehr naß und auch ich war sehr naß, denn ich hatte, meiner Gewohnheit gemäß, meinen Sitz auf dem Bocke behalten. Der Wind wehte so heftig, daß ich kaum stehen konnte, und überdies befand sich an derselben Stelle ein Zollhaus. Abgesehen von diesem allen hatte ich kein kleines Geld und der brave E. hat nie welches, wenn ich es für einen Bettler brauche. Nachdem ich mich mehreremale entschuldigt hatte, richtete er sich plötzlich hoch auf und sagte mit dem Blick eines Zauberers (stelle Dir M. F. G., um ihm die Krone aufzusetzen, noch als Zauberer vor!): ‚Wissen Sie, was Sie tun, Mylord? Wollen Sie wirklich heute noch weiterfahren?' – ‚Ja, sagte ich, allerdings.' – ‚Mylord, sagte er, wissen Sie, daß Ihr Vetturino mit dieser Gegend unbekannt ist; daß ein Sturm auf dem Berge wütet, der Sie hinunterfegen wird; daß der Kurier, der Wagen und alle Passagiere voriges Jahr von der Straße hinuntergeweht wurden, und daß die Gefahr groß und fast gewiß ist?' – ‚Nein, sagte ich, ich weiß das nicht.' – ‚Mylord, ich glaube, Sie verstehen mich nicht?' – ‚Zum Teufel ja, ich verstehe Dich', sage ich gereizt (nicht wahr Du kannst Dir's denken?). ‚Sprich mit meinem Diener. Es ist seine Sache, nicht meine,' – denn er war M. F. G. wirklich zu ähnlich, als daß ich Geduld mit ihm hätte haben können. Hättest Du ihn da gesehen! – ‚Santa Maria, diese englischen Lords! Es ist nicht ihre Sache wenn sie getötet werden! Sie überlassen es ihren Dienern!' – Damit zog er die Knaben zurück, flüsterte ihnen zu, sich dem Ketzer fern zu halten und lief wieder den Hügel hinauf, fast so schnell als er herunter gekommen war. Als wir weiterfuhren, stand er in einer kleinen Entfernung still und schrie, mit seinem langen Stabe auf Roche weisend, hinter mir her: ‚Also es ist *seine* Sache, wenn Sie getötet werden, Mylord? Ha, ha, ha! Wessen Sache ist es, wenn die englischen Lords geboren werden? Ha, ha, ha!' Die Jungen stimmten mit schrillem Gellen ein, und ich ließ es an diesem Punkte mit dem Spaße und mit ihnen sein Bewenden haben. Aber ich muß gestehen, daß er meiner Meinung nach den Vorteil über mich davontrug. Und er hatte auch insofern Recht mit dem, was er sagte, daß, als wir auf den Bergpaß kamen, der Wind so entsetzlich wurde, daß wir Kate aus dem Wagen heben mußten, um zu verhindern, daß sie nicht mit dem Wagen und allem hinübergeweht wurde, und uns selbst auf der Windseite an den Wagen hängen mußten, damit er nicht, der Himmel weiß wohin, ginge!"

Der erste Eindruck von Rom war enttäuschend. Es war am Abend des 30. Januar, und auf wolkenbedeckten Himmel, traurigen kalten Regen und kotige Trottoirs war er vorbereitet; aber er war nicht vorbereitet auf die langen Straßen voll alltäglicher Häuser, wie in Paris oder irgendeiner andern Hauptstadt, auf das geschäftige Volk, die Equipagen, die gewöhnlichen Spaziergänger. „Es war ebensowenig mein Rom, das entwürdigte und gefallene, das in der Sonne unter Trümmerhaufen schlafend daliegt, als Lincolns-Inn-Fields es ist. So ging ich wirklich in sehr lauer Stimmung zu Bette." Daß dies alles späteren und würdigeren Eindrücken Platz machte, brauche ich kaum zu sagen. Nie in seinem Leben, wie er mir später erzählte, hatte etwas ihn so erschüttert und überwältigt wie der Anblick des Kolosseums, „außer vielleicht die erste Betrachtung des Niagarafalls". Für die Zwischenzeit vor der heiligen Woche ging er nach Neapel, und in seinem ersten von dort geschriebenen Briefe erklärte er, er habe vor seiner Abreise die wunderbaren Seiten Roms gefunden, und an Einsamkeit und Großartigkeit der Zerstörung könne nichts die Südseite der Campagna übertreffen. Aber weiter und weiter nach Süden war das Wetter schlechter geworden; und eine ganze Woche vor seinem Briefe (11. Februar) hatte er nur einmal heitern Himmel gesehen, als bei Terracina die Sonne über dem Meere aufstieg. „Von diesem Orte, der sehr schön ist, kannst Du Dir einen sehr guten Begriff machen, wenn Du Dir etwas der Szenerie in Fra Diavolo so vollkommen Unähnliches als möglich vorstellst." Der Golf von Neapel machte ihm keinen so großen Eindruck als der von Genua, dessen Formen er vollkommener fand in ihrer Schönheit und dessen geringerer Umfang den Beschauer in den Stand setze, alles auf einmal zu sehen und es mehr als ein entzückendes Bild zu empfinden. Gegen die Stadt faßte er die größte

Abneigung.[55] „Der Zustand des gemeinen Volkes hier ist verworfen und schauderhaft. Ich fürchte, die hergebrachte Vorstellung des Malerischen ist mit so viel Elend und Entartung verknüpft, daß ein neues Malerisches hergestellt werden muß, wenn die Welt fortschreitet. Mit Ausnahme von Fondi habe ich nichts auf Erden gesehen, was so schmutzig ist wie Neapel. Ich weiß nicht, womit ich die Straßen vergleichen soll, wo die Masse der Lazzaroni wohnt. Erinnerst Du Dich meines Lieblings-Schweinestalls in Broadstairs? Es sind hier mehr Straßen von solchen Räumlichkeiten, Stockwerk auf Stockwerk gehäuft und Häuser auf Häuser gestürzt, als irgendetwas anderes woran ich in diesem Augenblick denken kann." In einem spätern Briefe war er noch weniger tolerant. „Was gäbe ich nicht, könntest Du die Lazzaroni sehen, wie sie wirklich sind – nichts als schmutzige, verworfene, elende Tiere, auf denen Ungeziefer sich mästet; träge, schleichende, häßliche, schäbige, gassenkehrende Vogelscheuchen! Und o! das Gesindel von Grafen und die mehr als zweifelhaften Gräfinnen, die Ein-

---

[55] Er tut in seinem Buche des Begräbnisplatzes für die Armen von Neapel nicht Erwähnung, spricht aber in seinen Briefen in Ausdrücken davon die der Aufbewahrung wert sind. „In Neapel besteht der Begräbnisplatz der armen Leute in einem gepflasterten Hofe, mit dreihundert und fünfundsechzig Gruben darin, deren jede von einem darüber befestigten viereckigen Steine bedeckt ist. Eine dieser Gruben wird jeden Abend im Jahre geöffnet, die Körper der gestorbenen Armen werden in der Stadt gesammelt, in einem Karren (dem ähnlich, von dem ich Dir in Rom erzählte) hinausgebracht und uneingesargt hineingeworfen. Dann gießt man etwas Kalk in die Grube und hält sie verschlossen bis ein Jahr vorüber ist, und sie wieder an die Reihe kommt. Jeden Abend wird so eine Grube geöffnet, und jeden Abend wird dieselbe Grube wieder auf zwölf Monate verschlossen. An dem Karren ist eine rote Lampe befestigt und ungefähr um 10 Uhr Abends sieht man ihn durch die Straßen von Neapel schimmern, an den Türen der Hospitäler, der Gefängnisse und ähnlicher Orte anhalten, um seine Last zu vermehren und dann wieder weiter zu rasseln. Mit dem neuen Kirchhofe (einem sehr schönen und gut gehaltenen, in jeder Hinsicht unendlich viel besser als der Père Lachaise), ist ein anderer ähnlicher Hof verbunden, aber nicht so groß" … Im Zusammenhang mit demselben Gegenstande fügt er hinzu: „In der Umgegend von Neapel trägt man die Toten unbedeckt durch die Straße, auf einer offenen Bahre, die mitunter auf eine Art Palanquin gehoben wird, der mit einem rot und goldenen Tuche bedeckt ist. Dies Ausstellen der Toten ist jenem Teile Italiens nicht eigentümlich, denn ungefähr in der Mitte des Weges zwischen Rom und Genua begegneten wir einem Leichenzuge, welcher der Leiche einer Frau folgte, bei dem der Körper sich in seiner gewöhnlichen Kleidung darstellte, wie es mir (der von dem hohen Sitz auf dem Bocke eines Reisewagens herabblickte) vorkam, fast als wäre er lebendig und auf einem Bett ruhend. Ein begleitender Priester sang lustig darauf los – und so schlecht wie die Priester es ohne Ausnahme tun. Ihr Lärm ist entsetzlich."

faltspinsel und die Spitzbuben, die gute Gesellschaft! Und o! die Meilen kläglicher Straßen und elender Bewohner[56] (im Vergleich mit welchen Saffron-Hill und die Boroughmünze eine Art kleiner Gentilität ist), die von englischen Lords und Ladies so malerisch gefunden werden, denen das geheim gelassene Elend das niedrigste der niedrigen, und das schmählichste der schmählichen, und das gemeinste aller gemeinen Dinge ist. Nun, nun! Ich habe oft gedacht, daß eine der besten Aussichten auf Unsterblichkeit für einen Schriftsteller in dem Tode seiner Sprache liegt; denn dann wird er sofort gute Gesellschaft, und oft denke ich hier: Was würden Sie zu diesen Leuten sagen, Mylady und Mylord, wenn sie aus dem heimischen Wörterbuch Ihrer eigenen ‚niederen Volksklassen' sprächen?"

Sonntag, den zweiten März, war er wieder in Rom. Traurige Nachrichten von mir, in Bezug auf einen gemeinsamen und sehr teuern Freund, erwarteten ihn dort. Aber dies ist ein Gegenstand, bei dem ich nicht weiter verweilen kann, als indem ich noch sage, daß vieles daraus hervorging, was selbst einen solchen Kummer lindern mußte; und ich kann dies nicht besser andeuten, als durch die nachstehenden weisen und zarten Worte von Dickens. „Keine Philosophie wird diese furchtbaren Dinge ertragen, oder ihnen auch nur einen Augenblick die Spitze bieten, außer die praktische, daß wir in Gedanken und Handlungen alles Gute tun, was wir tun können. Während wir, Gott helfe uns! selbst so leicht von uns selbst abfallen, und ringsum so schreckliche Leiden die Welt in der wir leben bedrängen, wird nichts anderes uns hindurchhelfen. ... Welch' ein Trost, an das zu denken, was Du mir sagst. Bulwer Lytton's Benehmen ist das eines hochherzigen und edeldenkenden Menschen, wofür ich ihn immer gehalten habe. Auch unser lieber guter Procter! Und Thackeray, – wie haben sie alle es ernst gemeint! Es freut mich sehr, zu finden, daß Du Charles Lever besonders erwähnst. Jeder Name den Du nennst, freut mich. Es spricht etwas für unsern Beruf, bei allen seinen kläglichen Streitigkeiten und Eifersüchteleien, daß, in einem Falle wie dem gegenwärtigen, der gemeinsame Impuls aller seiner Jünger über jeden Zweifel hinaus von der edelsten Art ist."

---

[56] „Thackeray rühmt an dem italienischen Volke, daß es freundlich mit den Tieren umgehe. Es gibt wohl kein Land in der Welt, wo die Tiere mit so entsetzlicher Grausamkeit behandelt werden. Das ist allgemein." (Neapel, 2. Februar 1845.) Eine emphatische Bestätigung dieses Urteils gab noch vor kurzem der Neapolitanische Korrespondent der *Times* in einem Briefe vom Februar 1872.

Nach den Zeremonien der heiligen Woche, deren an mich gesandte Schilderungen in sein Buch aufgenommen wurden, ging er nach Florenz, das später neben Venedig und neben Genua in seiner Erinnerung lebte. Er hielt diese Städte für die drei großen Städte Italiens. „Es gibt einige Orte hier[57] – o Himmel, wie schön! Ich wollte Du könntest den Turm des Palazzo Vecchio sehen, wie er in diesem Augenblick am jenseitigen Ufer des Arno vor mir liegt. Aber ich werde Dir mehr darüber erzählen und über ganz Florenz, wenn ich in meinem schattigen Armstuhl droben unter den Orangen des Palazzo Peschiere sitze. Es wird mir nicht leid tun, wenn ich mich wieder hineinsetze. ... Der arme Hood, der arme Hood! Ich sehe seinem Tode entgegen und er leidet noch weiter. Und Sydney Smith's Bruder nach dem armen lieben Sydney selbst dahin gegangen! Maltby wird verwittern wenn er es liest, und der arme alte Rogers wird drei Wochen lang jeden Tag einem jungen Manne beim Dîner widersprechen."

Ehe er Florenz verließ (4. April), hörte ich von einem „sehr angenehmen und sehr lustigen" Tage bei Lord Holland, und ich hätte erwähnen sollen, wie befriedigt er in Neapel durch die Aufmerksamkeiten des dortigen englischen Gesandten, Mr. Temple, Lord Palmers-

---

[57] Von seinem Besuch in Fiesole habe ich in meinem „Leben Landor's" gesprochen. „Zehn Jahre, nachdem Landor seine Heimat verloren hatte, besuchte ein in Italien reisender Engländer, sein Freund und meiner, die Nachbarschaft um seinetwillen, fuhr von Florenz nach Fiesole hinaus, und fragte seinen Kutscher, welches die Villa sei, in der die Familie Landor wohne. ‚Er war ein Dummkopf und zeigte auf Boccaccio's Villa. Ich glaubte ihm nicht. Er war so verteufelt rasch bei der Hand, daß ich wußte, er log. Ich ging nach dem Kloster hinaus, das auf der Höhe steht, lehnte mich über eine niedrige Mauer, und sonnte mich in der herrlichen Aussicht über eine weite Hügel- und Tallandschaft, als ein kleines Bauernmädchen herbeikam und anfing, mir die Örtlichkeiten zu erklären. Ecco la ville Landora! war einer von dem ersten Halbdutzend Sätzen die sie sprach. Mein Herz schwoll, wie Landor's Herz getan haben würde, als ich darauf hinblickte, wie sie von Olivenbäumen und Weingärten umgeben dalag, ihre oberen Fenster (es sind fünf über der Tür) dem Sonnenuntergang zugekehrt. Über der Mitte dieser Fenster erhebt sich noch ein Stockwerk, das wie ein Turm oben auf das Haus gestellt ist, und ganz Italien, mit Ausnahme seines Meeres, ist zusammengedrängt in die glänzende Landschaft, die sich dort ausbreitet. Ich pflückte, indem ich hinblickte, ein Efeublatt aus dem Klostergarten, und hier ist es – für Landor. Mit meinem Freundesgruß.' – So schrieb Dickens mir aus Florenz, am 2. April 1845, und als ich in demselben Monat, nach einer Zwischenzeit von genau zwanzig Jahren, Landor's Papiere durchblätterte, fand ich das Efeublatt, sorgfältig eingeschlossen in dem Briefe, worin ich es geschickt hatte." Dickens hatte Landor vor seiner Abreise gefragt, was er am liebsten zum Andenken an Italien haben möchte. „Ein Efeublatt aus Fiesole," sagte Landor.

ton's Bruder, war, den er als einen äußerst angenehmen Mann schilderte, von dem feinsten Takt und von jenem wahrhaftesten gentlemännischen Benehmen, das seine Wurzel in einer gütigen und edeldenkenden Natur hat. Den Palazzo Peschiere erreichte er Mittwoch, den 9. April. Hier fuhr er fort, mir jede Woche zu schreiben, so lange er dort blieb, über alles was er sah, vorläufig ohne bestimmten Zweck, außer dem Vergnügen, mit mir seine Eindrücke und Empfindungen auszutauschen. „Im Ernst," schrieb er mir am 13. April, „es ist mir eine große Freude zu finden, daß diese Schatten im Wasser Dir wirklich gefallen, und daß Du es für der Mühe wert hältst, sie zu betrachten. Da ich an solchen seltsamen Orten und zu so seltsamen Zeiten schrieb, bin ich sehr oft wütend über mich selbst gewesen, daß ich es nicht besser machte. Aber d'Orsay, von dem ich vor drei Tagen einen allerliebsten Brief bekam, scheint über das, was Du ihm davon gezeigt hast, zu denken wie Du selbst und sagt, es erinnert ihn lebhaft an den wirklichen Anblick dieser Szenen. ... Nun, wenn wir, nachdem wir zu Rate gesessen haben, zu dem Schlusse kommen, daß von den darin enthaltenen Erfahrungen Gebrauch zu machen ist, wollen wir Bradbury und Evans zu ihrem Anteil und ihrer Meinung in der Sache zuziehen." Kurz vor seiner Abreise (7. Juni) bezog er sich noch einmal auf diesen Gegenstand. „Ich bin ebenso unentschieden wie Du über die Briefe mit diesen italienischen Erlebnissen, die ich an Dich geschrieben habe. Mit dem besten Willen kann ich keinen Plan ersinnen, sie zu meiner eigenen Befriedigung zu benutzen und bin doch wieder ganz Deiner Meinung, daß ich sie in irgendeiner Form benutzen sollte." Umstände welche damals nicht in Betracht gezogen wurden, entschieden die Form welche sie schließlich annahmen.

Noch zwei Monate fehlten an der Vollendung seiner italienischen Ferien und ich glaube nicht, daß er irgendeinen Teil derselben so sehr genoß als ihren Schluß. Er hatte in Genua eine wirkliche Freundschaft geschlossen, hing sehr an dem geselligen Kreise, den er dort um sich versammelt hatte, und erfreute sich der Ruhe nach seinen Reisen umso mehr wegen der kleinen Aufregung die er empfand, indem er ihre Tätigkeit Woche auf Woche in jenen Briefen an mich noch einmal durchlebte. Und so hörte ich aus „seinem schattigen Armstuhl droben unter den Orangen des Palazzo Peschiere" in regelmäßigen Zwischenräumen das, was er sein Wandergespräch nannte, bereiste mit ihm von neuem alle Straßen auf denen er gefahren war, und empfing von den bedeutenderen Szenen und Städten, wie Venedig, Rom und Neapel, eine so reiche Ausfüllung der zuerst geschickten Umrisse, daß der schließlich dafür gewählte Titel: *Bilder* ganz gerechtfertigt war. Auch das Wetter war diese ganze Zeit über ohne Mängel gewesen. „Seit unserer Rückkehr," schrieb er am 27. April, „haben wir reizende Frühlingstage gehabt. Der Garten ist ein Rosenhain; wir haben aufgehört zu heizen, und wir frühstücken und dinieren wieder in der großen Halle, bei offenen Fenstern. Heute regnet es, aber man gebrauchte etwas Regen, und so fühlt niemand sich dadurch verstimmt. So weit ich bis jetzt Gelegenheit gehabt habe, mir ein Urteil zu bilden, ist der Frühling die schönste Jahreszeit in diesem Lande. Aber trotz alledem sehe ich mit Verlangen dem 10. Juni entgegen, voller Ungeduld, unsere schönen alten Spaziergänge und alten Gespräche in der lieben alten Heimat zu erneuern."

Besondere Vorfälle gab es während dieser Schlußwochen nur wenige; aber diejenigen die er erwähnte, enthielten humoristische oder charakteristische Eigentümlichkeiten, welche noch immer bemerkenswert sind. Zwei Männer wurden in der Stadt gehängt und zwei vornehme Damen verabredeten sich, wie er mir erzählte, eine Zeit lang so unablässig für die Seelen dieser beiden elenden Geschöpfe zu beten, daß der Himmel keinen Augenblick in Ruhe gelassen werde, zu welchem Zwecke „sie einander auf solche Weise ablösten", daß während der ganzen zwischen ihnen verabredeten Zeit eine von ihnen immer in der Kathedralkirche von San Lorenzo auf den Knien lag. Er schloß hieraus, daß „eine krankhafte Sympathie für Verbrecher sich nicht völlig auf England beschränkt, obgleich sie dort vielleicht mehr Menschen affiziert als irgendwo sonst".

Über die italienischen Totengebräuche sind einige Bemerkungen aus seinen Briefen mitgeteilt worden, und vor seiner Abreise erlebte er noch ein Beispiel von der Art und Weise, wie englische Ansiedler dadurch berührt wurden. Ein mit seinem Freunde Fletcher bekannter Herr, der eine Meile von Genua wohnte, hatte das Unglück seine Frau zu verlieren, und da außerhalb der Stadttore kein Totengefolge, ja selbst kein anständiges Fuhrwerk zu erlangen war, Fletcher aber dem Trauernden nichtsdestoweniger die traurige Genugtuung eines englischen Leichenbegängnisses versprochen und sich inzwischen insgeheim die größte Mühe gegeben hatte, mit einem Genuesischen Leichenbesorger das Nötige anzuordnen, erschien an dem festgesetzten Morgen eine sehr gelbe Kutsche mit zwei Pferden, und einem Kutscher in noch helleren scharlachroten Hosen und Weste, der den Mann und die Leiche zusammen hineinsetzen wollte. „Sie waren gezwungen, eine der Kutschentüren offenzulassen, um auch nur für den Sarg den nötigen Raum zu finden; der Witwer begleitete den Wagen zu Fuß nach dem protestantischen Kirchhof, und Fletcher ritt auf einem großen Schimmel hinterher."

Scharlachrote Hosen erscheinen, nicht weniger charakteristisch, von neuem in dem Bericht seines nächsten Briefes über ein paar englische Reisende, die um diese Zeit (24. Mai) von einem Teil des Parterres im Palazzo Peschiere Besitz nahmen. Sie hatten einen sanftmütigen englischen Bedienten bei sich, der Dickens' Domestiken sofort, neben andern persönlichen Beschwerden, anvertraute, daß er alles, sogar das Kochen, in scharlachroten Kniehosen tun müsse, was ihn, wie er beteuerte, „in einem heißen Klima zu Grunde richte". „Er ist ein armer sanfter Mensch vom Lande, und sein Herr sperrt ihn nachts in einem Zimmer im Erdgeschoß ein, dessen Fenster mit Eisenstangen verwahrt ist. Zwischen letzteren schieben unsere Diener um Mitternacht Wein hinein. Sein Herr und seine Herrin kaufen alte Kasten in den Raritätenbuden und bringen ihr Leben damit hin, dieselben mit Stücken von buntem Sammet zu füttern. Eine wunderliche Existenz, nicht wahr? Wir sind glücklich gewesen, daß wir bis jetzt den Palast für uns allein hatten; aber er ist so groß, daß wir nie etwas von diesen Leuten sehen oder hören und ich würde nicht einmal gewußt haben, daß ein anderer Teil des Parterres an Freunde der alten Lady Holland vermietet ist, hätten diese uns nicht einen Besuch gemacht – mir ist als sähe ich die alte Dame wieder, wie sie um den lieben Sydney Smith weint, hinter jenem grünen Schirm, wo wir sie zuletzt zusammen sahen."[58]

Dann folgte ein anderer, ebenfalls charakteristischer kleiner Zwischenfall. Ein englisches Kriegsschiff, ‚The Phantom', erschien im Hafen, und unter andern Aufmerksamkeiten welche der Kapitän, Sir Henry Nicholson ihm erwies, erhielt Dickens eine Einladung zu einem Gabelfrühstück an Bord, für sich und seine Frau, für welche zur festgesetzten Zeit ein Boot an den Ponte Reale geschickt werden sollte. Da aber kein Boot dort erschien, schickte Dickens seinen Diener in einem andern Boot nach dem Schiffe, um zu sagen, er fürchte es sei ein Mißverständnis vorgefallen. „Während wir in seiner Abwesenheit eine benachbarte Piazza auf- und abwanderten, kommt ein prächtiger Kerl in dunkelblauem Hemd, mit weißem Saum um den Kragen herum, den richtigen Korkzieherlocken und einem Gesicht braun wie eine Beere, auf mich zu und sagt: ‚Bitte um Vergebung, Sir, – Mr. Dickens?' – ‚Ja.' – ‚Bitte um Vergebung, Sir, aber ich bin einer von der

---

[58] Sydney Smith starb am 22. Februar 1845, in seinem 77sten Jahre.

Schiffsmannschaft des ‚Phantom', Sir, Bootführer des Kapitänboots, Sir, es liegt dort an der Ecke, Sir, ist eine halbe Stunde da gewesen.' – ‚Aber mein guter Freund', sagte ich, ‚Ihr seid an der falschen Stelle.' – ‚Bitte um Vergebung, Sir, ich fürchtete, es wäre die falsche Stelle, Sir, aber ich habe diese Genuesen hier zwanzigmal gefragt, Sir, ob es Port Real wäre, und sie wissen nicht mehr davon wie ein toter Esel.' – Ist es nicht köstlich, daß er einen regulären Portsmouth-Namen daraus machte?"

Dies stand in seinem Briefe vom 1. Juni, den er damit anfing, daß er mir sagte, er habe ihn zweimal angefangen und zweimal in den Papierkorb geworfen, so groß sei seine Abneigung zu schreiben, da die Zeit zur Abreise herankomme – und der folgendermaßen schloß. „Die Leuchtwürmer sind jetzt des Nachts wunderbar glänzend, sie machen ein anderes Firmament zwischen den Felsen am Meeresufer und in den Weinbergen auf dem Lande. Sie kommen in die Schlafzimmer und fliegen die ganze Nacht wie schöne kleine Lampen umher.[59] ... Ich habe, wie Du weißt, viel aufgegeben, worauf ich mein Herz gesetzt hatte, indem ich zugestand, daß Du Grund hättest, nicht zu uns hierher zu kommen. Aber ich halte fest an der Hoffnung, daß Du und Mac uns bis Brüssel entgegenkommt, da es sich so leicht tun läßt. Einige Tage dort und in Antwerpen würden sehr glücklich für uns sein, und wir könnten doch am Tage unserer Ankunft in Lincolns-Inn-Fields dinieren." Ich war außerstande gewesen, mich ihm in Genua anzuschließen, so dringend er dies auch gewünscht hatte; aber was hier gesagt ist, geschah, und Jerrold vermehrte unsere Gesellschaft.

Sein letzter Brief aus Genua wurde am 7. Juni geschrieben, nicht in dem Peschiere, sondern in einem benachbarten Palast, dem *Brignole Rosso*, in den er vor den Leiden des Ausziehens geflohen war. „Oben

---

[59] Eine Bemerkung hierüber in meiner Antwort veranlaßte ihn zu folgenden Äußerungen, in einem auf der Heimreise geschriebenen Briefe. „Äußerst seltsam jene Bemerkung von Dir. Ich hatte mich in Rom gewundert, daß Juvenal (den ich immer, bei allen Gelegenheiten, aus meiner Reisetasche hervorgezogen habe) die Leuchtwürmer nie als ein poetisches Bild gebraucht. Aber selbst jetzt sieht man sie nur teilweise und nirgends, glaube ich, in so ungeheurer Menge wie an der mittelländischen Küstenstraße zwischen Genua und Spezzia. Ich will der Kuriosität halber herauszufinden suchen, ob um diese Zeit welche in Rom sind, oder zwischen Rom und dem Landhause des Maecenas – auf dem Grund und Boden von Horazens Fahrten. Ich weiß, daß auf der französischen Seite von Genua ein Ort ist, wo sie an einer bestimmten Grenzlinie anfangen, und nie darüber hinaus gesehen werden ... Ich bin ganz wild danach, Dich in Brüssel zu sehen. Was für ein Wiedersehen werden wir haben, so Gott will!"

in dem Peschiere ist alles in der größten Unordnung, wie Du Dir denken kannst; und Roche befindet sich in einem Zustand gewaltiger Aufregung, denn er ist beschäftigt, das Inventarium mit dem Hausagenten zu regeln, der mir soeben gesagt hat, Roche sei der Teufel selbst. Der Agent hatte an mich appelliert, und ich hatte mich mit diesem Meinungsausdruck begnügt: ‚Signor Noli, Sie sind ein alter Betrüger.' – ‚Illustrissimo', erwiderte hierauf Signor Noli, ‚Ihr Diener ist der Teufel selbst, auf die Erde gesandt, um mich zu quälen.' Ich blicke gelegentlich nach dem Peschiere hinüber (er ist von diesem Zimmer aus sichtbar) in der Erwartung, einen von ihnen aus dem Fenster fliegen zu sehen. Eine andere große Ursache der Aufregung ist, daß man seit unserer Rückkehr von Rom mit dem Pflastern der Straße beschäftigt gewesen ist, die nach dem Hause führt. In Folge davon haben wir seitdem den Wagen nicht hinauf bekommen können, und wenn man nicht heute Abend fertig wird, wird er nicht im Garten bepackt werden können, sondern die Sachen werden in Körben, bunt durcheinander, hinuntergebracht und in der Straße gepackt werden müssen. Um diese unbequeme Notwendigkeit zu vermeiden, machte der Brave den Pflasterern gestern Abend Vorschläge zur Bestechung und bewog sie, zu versprechen, daß der Wagen heute Abend um sieben Uhr heraufkommen solle. Die Art, wie man hier diese Pflasterarbeit tut, besteht darin, mit einer Hacke zwei oder drei Schläge zu tun, und sich dann auf eine Stunde zum Schlafen hinzulegen. Als ich hinkam, hatte der Brave sich herausgemacht, um das Terrain zu untersuchen, und stand allein in der Sonne, unter einem Haufen liegender Gestalten. In seinem Gesichte malte sich eine große Verzweiflung, die es schwer sein würde zu übertreffen. Es war wie ein Gemälde – ‚Nach der Schlacht' – Napoleon von dem Braven – die Leichen von den Pflasterern dargestellt."

Er kehrte heim über den großen St. Gotthard, und wurde ganz hingerissen durch das, was er in der Schweiz sah. Das Land war so göttlich, daß er sich wahrlich gewundert haben würde, wären dessen Söhne und Töchter je etwas anderes gewesen als ein patriotisches Volk. Aber so unendlich viel höher er die Schweiz in dem Glanze ihrer Natur über das Land stellte das er verlassen, so hatte er doch etwas Bezauberndes verloren, indem er Italien verließ, und er gab dieser Empfindung einen schönen Ausdruck in dem Brief aus Luzern (14. Juni), welcher die Darstellung seines italienischen Lebens beschließt.

„Wir kamen über den St. Gotthard, der erst acht Tage offen gewesen ist. Der Fahrweg ist durch Schnee gehauen, und der Wagen windet sich über einen engen Pfad dahin, zwischen zwei massiven Schneewällen von zwanzig oder mehr Fuß Höhe. Über der Straße, die selbst siebentausend Fuß über dem Meere liegt, ziehen sich gewaltige Schneeflächen die Bergabhänge hinauf und furchtbare Wasserfälle, die sich in den weiten Schneemassen Bahnen aushöhlen, donnern hier und dort und überall von den steilen Höhen in tiefe Klüfte hinunter, und das blaue Wasser stürzt durch den weißen Schnee mit einer Schönheit welche höchst erhaben ist. Der Paß selbst, der bloße Paß über den Gipfel, ist meiner Meinung nach nicht so schön als der Simplon, und es befindet sich keine Ebene auf der Höhe, denn sobald man dieselbe erreicht hat, beginnt auch die Fahrt bergab. So daß die Einsamkeit und Wildheit des Simplon dort nicht erreicht wird. Aber da der Paß weit höher ist, erstreckt die Auffahrt und die Niederfahrt sich über einen viel größeren Raum Landes, und auf beiden Seiten sind Stellen von einer furchtbaren Großartigkeit, die, wie ich glaube, in der ganzen Welt nicht übertroffen werden kann. Die Teufelsbrücke, schreckenerregend! Die ganze Stelle zwischen Andermatt (wo wir Freitagnacht schliefen) und Altdorf, Wilhelm Tell's Stadt, die wir gestern Nachmittag passierten, ist die höchste Vollendung von allem, was man sich von schweizerischer Szenerie vorstellen kann. O Gott! was für ein schönes Land es ist! Wie arm und zusammengeschrumpft ist daneben Italien, in seiner glänzendsten Gestalt!"

„Ich betrachte die Niederfahrt von dem großen St. Gotthard, mit einem Wagen und vier Pferden und einem Postillon, als das gefährlichste Ding, was ein Wagen und Pferde unternehmen können. Wir hatten zwei große hölzerne Blöcke als Hemmschuhe, und beide brachen wie Schwefelhölzchen entzwei. Die Straße ist wie eine Wendeltreppe, unter der furchtbare Abgründe liegen, und bei jeder Wendung ist es, oder scheint es eine Frage zu sein, ob die Vorderpferde herum oder hinübergehen werden. Die Sicherheit der ganzen Gesellschaft kann von einem Riemen an dem Kutschgeschirr abhängen, und wenn wir unser verrottetes Geschirr gestern einmal brachen, so brachen wir es wenigstens ein halbes Dutzendmal. Die Schwierigkeit die Pferde in dem beständigen und steilen Zirkel zusammenzuhalten, ist ungeheuer. Sie gleiten aus und glitschen, und kommen mit ihren Beinen über die Riemen, und werden gegen die Felsen hingezogen – Wagen, Pferde, Kutschgeschirr, Alles in einem verworrenen Haufen. Der Brave und ich und der Postillon waren fortwährend beschäftigt, das Ganze wie einen Strang Zwirn zu entwirren. Bei alledem zerbrachen uns zwei dicke eiserne Ketten und ein Räderkasten, und der Wagen wird jetzt unter unserm Fenster, am Rande des Sees, ausgebessert, wobei eine Frau in kurzen Unterröcken, einem Brusttuch und zwei gewaltig langen schwarzen Zöpfen, die fast bis auf ihre Fersen an ihrem Rücken hinabhängen, zusieht – anscheinend für ein Melodrama gekleidet, aber in Wahrheit die Kellnerin in diesem Gasthause."

„Wenn die Schweizer Dörfer mir im Winter schön schienen, so ist ihr sommerlicher Anblick höchst reizend, höchst bezaubernd, höchst entzückend. Eingeschlossen von hohen, mit ewigem Schnee bedeckten Bergen, und auf einen reichen Teppich des weichsten Rasens hingestellt, scheinen sie ebenso viele Häfen der Zuflucht aus der Unruhe und dem Elend der großen Städte. Die Reinlichkeit der kleinen Kinderhäuschen von Gasthöfen ist wunderbar für die, welche aus Italien kommen. Aber die schönen italienischen Manieren, die süße Sprache, das rasche Erkennen eines freundlichen Blicks oder eines heiteren Wortes, der gewinnende Ausdruck eines Wunsches in allem gefällig zu sein, bleiben hinter den Alpen zurück. Wenn ich mich daran erinnere, so seufze ich wieder nach dem Schmutz, den Fußböden von Ziegelsteinen, den kahlen Wänden, den ungetünchten Decken und zerbrochenen Fenstern."

Wir trafen uns in Brüssel; Maclise, Jerrold, ich selbst und die Reisenden verlebten zusammen eine schöne Woche in Flandern und waren zu Ende Juni in England.

Neuntes Kapitel

Wieder in England
1845–1846

Sein erster Brief nach seinem Wiedereinzuge in Devonshire-Terrace frischte von neuem einen Gegenstand an, über den wir während seiner Abwesenheit von Zeit zu Zeit unsere Gedanken ausgetauscht hatten, und hinsichtlich dessen in dem vor seiner Abreise geschlossenen Kontrakt eine Anspielung enthalten war. Sein Wunsch, eine Zeitschrift zu gründen, war noch ebenso lebhaft als um die Zeit, wo er *Master Humphrey's Wanduhr* herauszugeben anfing. Er hoffte dadurch seiner eigenen Feder eine größere Muße zu schaffen, indem er sich der Mitarbeit anderer Schriftsteller bediente, während der Zeitschrift doch immer die Popularität seines Namens zu gute kam. „Ich glaube wirklich, ich habe einen Plan, und keinen schlechten, für eine Zeitschrift. Ich habe während der letzten zwei Jahre viel darüber nachgedacht und glaube, er ist wirklich gut. Ich bin noch zu einer Wochenschrift geneigt; Preis anderthalb Pence, wo möglich; teils originale, teils ausgewählte Arbeiten; Bücheranzeigen, Theateranzeigen, Anzeigen von allen guten Dingen, Anzeigen von allen schlechten; Philosophie des Christmas Carol, heitere Ansichten, scharfe Anatomie des Humbugs; joviale gute Laune; die Beiträge immer zeitgemäß und gerade passend für die Jahreszeit; und in allem eine Ader lebenswarmer, herzlicher, großmütiger, heiterer, strahlender Beziehung auf Haus und Heimat. Und, Sir, ich möchte es nennen –

Das Heimchen.

Ein heiteres Wesen, das auf dem Herde zirpt.

Naturgeschichte.

„Nun entscheide Du nicht vorschnell, ehe Du gehört hast, was ich tun will. Ich würde, Sir, einen Prospektus über ‚Das Heimchen' veröffentlichen, der alle Welt in gute Laune versetzen, und solch einen Sturm auf die Feuerhalter und Armstühle der Leute machen sollte, wie man ihn manchen langen Tag nicht erlebt hat. Ich könnte mich ihnen unter diesem Namen auf eine andere, und zwar eine gewinnendere und unmittelbarere Weise nähern, als unter irgendeinem andern. Ich würde mich sofort ganz dicht bei ihnen niederlassen, und eine persönliche und vertrauliche Stellung einnehmen, die mich sofort von allen andern Zeitschriften unterscheiden, und einen klaren und hinreichenden Grund für meinen Eintritt in's Leben abgeben würde. Und ich würde in jeder Nummer zirpen, zirpen, zirpen, bis ich sie hinauszirpen würde, zu – nun, Du sollst sagen wie vielen Hunderttausenden. ... Ganz im Ernst, ich fühle in diesem Namen und dieser Idee eine Macht, welche einen greifbaren Ausgangspunkt zu geben scheint und eine wirkliche, klare, kräftige und anmutende Richtung und Zweck. Mir ist zu Mut, als sei dies ein Zweck und ein Name, den man gern und in gefälliger Weise mit mir verknüpfen würde, und daß wir sofort eine gute und deutliche Bahn vor uns haben würden, statt anfangs nach Taubenart Kreise zu ziehen. Ich glaube, die allgemeine Anerkennung würde diesem Unternehmen entgegeneilen, und über die hilfreichen Verbindungen, die sich gleich anfangs herstellen ließen, und über den heitern Ton, dessen die Ausführung des Planes fähig ist, habe ich nicht den mindesten Zweifel. ... Aber Du sollst darüber entscheiden. Was denkst Du davon? und was sagst Du? Vermutlich wird es Dir entweder sofort gefallen oder gar nicht gefallen. Welches von beiden ist es, mein Lieber? Du weißt, ich bin nicht bigott in Bezug auf die ersten Anregungen meiner Phantasie; aber Du weißt auch ganz genau, wie ich einen solchen Hebel gebrauchen, und wie viel Kraft ich darin finden würde. Was ist Deine Meinung? Was sagst Du dazu? – Ich selbst habe nicht halb genug gesagt. In der Tat, ich habe so gut wie nichts gesagt; aber wie der Papagei in der Negergeschichte ‚denke ich ein verflucht Teil‘."

Mein Einwand, der mehr oder weniger auf alle solche Pläne Anwendung erleidet, war, daß er Gefahr laufe, die allgemeinen Vorteile des Planes zu verlieren, indem er denselben zu speziell von persönlichen Charakterzügen abhängig mache. Dennoch ließ sich viel zu Gunsten des Unternehmens sagen, und in den Erörterungen, welche folgten, war der Plan schon insofern abgeändert worden, daß eine weniger vollständige persönliche Identifikation mit Dickens dadurch bedingt war, als Erörterung, Projekt, alles hinweggefegt wurde durch einen größeren Plan, der in seinem Umfang und seiner Gefahr mit den wilden und waghalsigen Unternehmungen jenes außerordentlichen Jahres voll Aufregung und Unglück (1845) in besserem Einklange stand.[60] In dieses, schon früher angedeutete größere Wagnis wurden wir alle verwickelt, und das Zirpen des Heimchens, in Folge davon bis Weihnachten verzögert, wurde dann unter ganz andern Umständen gehört, als denen, welche zuerst beabsichtigt waren. Die Änderung kündigte er mir folgendermaßen um die Mitte des Sommers an, in demselben Briefe, worin er mir von dem Erfolg der freundlichen Bemühungen D'Orsay's[61] erzählte, für seinen Kurier Roche eine neue Anstellung zu finden.[62] „Was denkst Du von einer Idee, die mir im Zusammenhang mit unserer aufgegebenen kleinen Wochenschrift gekommen ist? Es würde ein zarter und schöner Gedanke für ein Weihnachtsbuch sein, das Heimchen zu einem kleinen Hausgott zu machen – der schweigt bei dem Unrecht und dem Schmerz der Geschichte und wieder laut wird, wenn alles gut und glücklich abläuft." Ich brauche dem Leser wohl kaum zu sagen, daß auf diese Weise die Erzählung von dem „*Heimchen auf dem Herde, ein Haus-Märchen*" entstand, das sich in den Weihnachtstagen von 1845 einer großen Popularität erfreute. Sein erster Verkauf betrug das Doppelte seiner beiden Vorgänger.

---

[60] Es war das Jahr des Ausbruchs der irischen Hungersnot, und zugleich ein Jahr kommerzieller Überspekulation, auf welche der gewöhnliche panische Schrecken und zahlreiche Bankrotte folgten. – D. Übers.

[61] Graf Alfred D'Orsay, von Geburt ein Franzose, der 1822 seiner Heimat und seiner militärischen Laufbahn entsagte, um das Vergnügen der Gesellschaft Lord und Lady Blessington's zu genießen. Nach dem Tode des Lords im Jahre 1829, lebte er mit Lady Blessington in London, wo beide der Mittelpunkt eines höchst angesehenen fashionabeln Kreises wurden. Der Graf entwickelte später auch künstlerische Talente und Louis Napoleon, dem er während seines Exils Freundlichkeiten erwiesen, ernannte ihn nach dem Staatsstreich, 1852, zum *Directeur des Beaux Arts*. D'Orsay starb indes noch in demselben Jahre. – D. Übers.

[62] Graf D'Orsay's Billet über Roche, eine Antwort auf Dickens' Empfehlung bei seiner Rückkehr, enthält Züge von dem Scherz, dem Witz und der Gutmütigkeit, welche dem Schreiber einen so wunderbaren Reiz verliehen. „Gore House, 6. Juli 1845. *Mon cher Dickens - Nous sommes enchantés de votre retour. Voici, Dank Gott, Devonshire Place ressuscité;. Venez luncheoner demain à 1 heure, et amenez notre brave ami Forster. J'attends la perle fine des couriers. Vous l'immortalisez par ce certificat - la difficulté sera de trouver un maître digne de lui. J'essayerai de tout mon coeur. La Reine devrait le prendre pour aller en Saxe-Gotha, car je suis convaincu qu'il est assez intelligent pour pouvoir découvrir ce Royaume. Gore House vous envoie un cargo d'amitiés des plus sincères. Donnez de ma part 100 000 freundliche Grüße à Madame Dickens. Toujours votre affectionné Ce. D'Orsay. J'ai vu le Courier, c'est le tableau de l'honnêteté et de la bonne humeur.* Vergessen Sie nicht, morgen um ein Uhr mit Forster hierher zu kommen."

Aber das größere Unternehmen war noch nicht bekannt geworden, und die Zwischenzeit wurde ausgefüllt durch die Amateur-Aufführung, wozu der Gedanke uns bei seinem Besuch im Dezember gekommen war, und die jetzt nicht besser eingeleitet werden kann, als durch eine Stelle aus Dickens' Selbstbiographie. Diese Stelle gehört seinem früheren Leben an; aber ich übersah sie, als ich mit jenem Teile seiner Lebensbeschreibung beschäftigt war, und der Zufall weist ihr jetzt einen angemesseneren Platz an. Denn obgleich die mitgeteilten Tatsachen der in dem Kapitel über seine Schultage und seinen Eintritt in's Leben beschriebenen Zwischenzeit angehören, als er fast zwei Jahre lang als Berichterstatter in einem der Büros in Doctors' Commons beschäftigt war, so fanden doch die Einflüsse und der Charakter, den sie erläutert, ihren stärksten Ausdruck in dieser späteren Zeit. Ich hatte Dickens nach seiner Rückkehr von Genua gefragt, ob er noch daran denke, daß die Aufführung stattfinden solle; und dies war seine Antwort. Sie wird den Leser in Erstaunen setzen und interessieren, und ich muß gestehen, daß sie für mich selbst eine Überraschung war; denn ich kannte damals die Geschichte seiner Knabenjahre noch nicht und es kam mir sonderbar vor, daß er so viel vor mir hatte verbergen können.

„Sollen wir die Aufführung veranstalten??? Habe ich, seit meiner Rückkehr nach London, als von einer abgemachten Sache davon gesprochen? Ich weiß nicht, ob ich's Dir je im Ernst gesagt habe, aber ich habe es oft gedacht, daß ich jedenfalls auf den Brettern ebenso erfolgreich gewesen sein würde als zwischen den Deckeln. Ich versichere Dir, daß ich, als ich in Montreal auf der Bühne stand (nachdem ich Jahre lang nicht gespielt), ebenso erstaunt war über die Realität und die Leichtigkeit dessen, was ich tat, als wäre ich ein anderer Mensch gewesen. Wie seltsam die Dinge gehen! Als ich ungefähr zwanzig Jahre alt war, und drei oder vier Jahre von *Mathews At Homes* durch Anhören im Parterre kannte,[63] schrieb ich an Bartley, den Bühnendirektor des Coventgarden-Theaters, und sagte ihm, wie jung ich sei und ganz genau, was ich meiner Meinung nach tun könne und daß ich glaube, ich besitze eine lebhafte Auffassung für Charaktere und Sonderbarkeiten und ein natürliches Talent, in meiner eigenen Person zu reproduzieren, was ich an andern beobachtet. Es muß etwas in dem Briefe gewesen sein, was der Bühnenverwaltung einen Ein-

---

[63] Charles Mathews, der berühmte englische Komiker und Charakterdarsteller, gab sechzehn Jahre hindurch unter dem Titel *Mathew at Home* Vorstellungen, die in ihrer Zeit eines hohen Rufes genossen. – D. Übers.

druck machte; denn Bartley schrieb mir fast unmittelbar, sie seien gerade damit beschäftigt ‚*den Buckligen*' in Szene zu setzen (und das war so!), aber daß sie in vierzehn Tagen wieder an mich schreiben wollten. Pünktlich um diese Zeit kam ein anderer Brief, mit der Aufforderung, irgendeine der Mathews'schen Rollen, welche ich wollte, vor ihm und Charles Kemble an einem gewissen Tage in dem Theater aufzuführen. Meine Schwester Fanny war im Geheimnis und sollte mich begleiten, um die Lieder zu spielen. Als der Tag herankam, wurde ich durch eine furchtbare Erkältung und Entzündung im Gesicht an's Bett gefesselt, beiläufig gesagt der Anfang jener Beschwerden im einen Ohre, denen ich noch jetzt ausgesetzt bin. Ich machte briefliche Meldung hiervon und fügte hinzu, ich wolle meine Bitte in der nächsten Saison erneuern. Bald nachher machte ich einen großen Sprung in der Galerie der Berichterstatter; das ‚Chronicle' öffnete sich mir; ich erfuhr eine Auszeichnung in der kleinen Welt dieser Zeitung, die mir Gefallen daran einflößte; ich fing an zu schreiben; es fehlte mir nicht an Geld; ich hatte an die Bühne nur gedacht als an ein Mittel, welches zu bekommen, wendete meine Gedanken allmählich von dieser Richtung ab, und nahm seitdem die Idee nie wieder auf. Habe ich Dir das nie erzählt? Du kannst daran sehen, wie nahe ich einer andern Art von Leben gestanden habe."

„Dies war um die Zeit, als ich in Doktors Commons als Stenograph für die geistlichen Anwälte arbeitete. Und entsinne mich, daß ich den Brief in einem kleinen Büro schrieb, das ich dort hatte, wohin auch die Antwort kam. Es war kein sehr gutes Auskommen (obgleich auch kein sehr schlechtes), und es war quälend unsicher; ein Umstand, der mich ganz geschäftsmäßig an's Theater denken ließ. Ich ging wenigstens drei Jahre lang, mit sehr wenigen Ausnahmen, jeden Abend in irgendein Theater, indem ich zuerst die Theaterzettel wirklich studierte und dann dahin ging, wo am besten gespielt wurde und Mathews immer sah, so oft er spielte. Ich übte mich ungeheuer (selbst solche Dinge wie Hereinkommen und Hinausgehen und sich auf einen Stuhl setzen), – oft vier, fünf, sechs Stunden täglich, entweder in meiner Stube eingeschlossen, oder in den Feldern umherspazierend. Ich schrieb mir auch eine Art Hamiltonsches System vor, die Rollen auswendig zu lernen und lernte eine große Anzahl. Ich habe auch jetzt die Gewohnheit noch nicht verloren, denn ich wußte meine Rollen in Kanada sofort, obgleich sie mir neu waren. Ich muß ein gutes Teil darin getan haben; denn gerade als Macready mir auf die Spur kam, pflegten sie mich auch bei Braham herauszufordern, und Yates, der in diesen Dingen gut genug Bescheid wußte, ließ sich nicht hinter's Licht führen.[64] Es war ganz dasselbe wie an jenem Tage bei Keeley, als sie im vorigen Juni den *Chuzzlewit* in Szene setzten.

„Wenn Du denkst, daß diese seltsame Kunde aus dem Süden für Macready von Interesse ist, so teile sie ihm mit. Stelle Dir Bartley oder Charles Kemble jetzt vor! Und wie wenig sie mich beargwöhnen." In dem späteren, auf der Heimreise geschriebenen Briefe aus Luzern, fügt er hinzu: Habe ich Dir die Details meiner theatralischen Pläne je erzählt? Sonderbar, daß ich es ganz vergessen habe. Es kam mir beinahe vor, als ich die unglückliche kleine Posse im Conventgarden-Theater las, daß Bartley aussah, als ob eine ungewisse Erinnerung an ehemalige Vorgänge sich in ihm rege – aber vielleicht waren es bloß seine Zweifel über diese humoristische Komposition." Die letzte Anspielung bezieht sich auf die Posse „*Der Lampenwärter*", die er in dem Schauspielerzimmer in Coventgarden vorlas, und die schon erwähnt wurde, als von seinem Wunsche, Macready bei dessen theatralischem Unternehmen zu helfen, die Rede war.

Was hätte sein können, ist eine Geschichte, die sich für keinen der Mühe des Schreibens verlohnt, und in diesem Falle fühlt man sich nicht einmal berufen, zu bedauern, was für ein großer Schauspieler an Dickens verloren wurde. Er ergriff einen höheren Beruf, doch derselbe schloß den niedrigeren ein. Er schuf keinen Charakter, den er nicht mit einem Leben und einer Realität erfüllte, welche das Geschriebene seinen Lesern als etwas wirklich Geschehenes erscheinen ließen, einerlei, ob die vom Zauberer angelegte Form der Verkleidung Mrs. Gamp, Tom Pinch, Mr. Saucers, oder Fagin der Jude war. Er besaß jene Kraft, sich in die Gestalten und Ideen seiner Phantasie hineinzuleben, welche eins der Wunder der schöpferischen Einbildungskraft ist, und er wurde das, was er ausdrücken wollte. Die Voraussetzungen des Theaters beruhen auf derselben Methode, aber in einem geringeren Grade, der sehr von persönlichen Zufälligkeiten abhängt; doch diese Zufälligkeiten begünstigten Dickens ebenso sehr als sein Genie, und die Schöpfungen eines andern erfuhren in seiner Darstellung den Prozeß, den er beim Schreiben auf seine eigenen anwandte. In beide warf er sich mit der leidenschaftlichen Fülle seiner Natur, und obgleich das Theater Schranken für ihn hatte, die wir später andeuten wollen, und er immer größer war in der Schnelligkeit der Auffassung

---

[64] John Braham und Frederick Henry Yates, bekannte Londoner Schauspieler und Theaterdirektoren. Jener starb 1856, dieser 1842. – D. Übers.

als in der Festigkeit der Zeichnung, so gab es doch keine Grenzen für seine Freude und seinen Genuß an den Abenteuern unserer theatralischen Ferien.

In weniger als drei Wochen nach seiner Rückkehr hatten wir unser Stück ausgewählt, unsere Rollen verteilt und unser Theater so gut als engagiert, wie aus einem Billet meines Freundes vom 22. Juli hervorgeht, dessen gutmütiges Lachen jetzt niemanden mehr beleidigen kann, da alle, die einen Einwand dagegen erhoben haben könnten, von uns geschieden sind. Fanny Kelly, die Freundin Charles Lamb's und eine echte Nachfolgerin der alten Schule der Schauspielerinnen, in welcher Mrs. Orgers und Miss Popes gebildet waren, war nicht weniger hinreißend auf der Bühne als unlenksam außerhalb derselben, und das kleine Theater in Dean-Street, zu dessen Bau die Freigiebigkeit des Herzogs von Devonshire sie in den Stand gesetzt hatte, und das unter einer einigermaßen verständigen Leitung seinen doppelten Zweck, als Privatschule für junge Schauspielerinnen und als öffentlicher Vergnügungsort, leicht hätte verwirklichen können, wurde lediglich durch ihre Grillen und Launen nutzlos für beide. „Himmel! Was für eine Szene ich hier heute Morgen mit Miss Kelly gehabt habe! Sie wollte, daß wir unsere Aufführung verschöben, bis das Theater etwas gereinigt und in Stand gesetzt wäre, und sie wollte und wollte nicht, denn sie wünscht sehr, uns zu haben und erschrickt, wenn sie an uns denkt. Beim Fuße Pharao's! es war eine große Szene. Besonders als ihr die Stimme versagte und sie sich ein Glas Wasser bringen ließ. Sie übertreibt die Bedeutung unseres Unternehmens, fürchtet das geringste Vorurteil gegen ihr Etablissement in den Gemütern der Mitglieder unserer Gesellschaft, sagt, das Theater habe sie schon ganz zu Grunde gerichtet, und beteuert mit Tränen in den Augen, daß jeder neue gedruckte Scherz auf ihre Kosten sie zur Verzweiflung bringen werde. Beim Körper Cäsars, die Szene war unglaublich. Sie scheint wie ein toller Traum." Etwas über unser Spiel wird enthüllt durch die Eidschwüre à la Bobadil, und etwas über unsere Schauspieler durch die ‚Scherze', vor welchen die arme Miss Kelly sich fürchtete. Wir hatten Ben Jonson's *Every Man his Humour* gewählt, mit besonderer Rücksicht auf die Originalität und Individualität der darin dargestellten Charaktereigentümlichkeiten, und unsere Gesellschaft schloß die Herausgeber eines Journals ein, das damals noch in seinen ersten Jahren stand, aber bereits als der erfolgreichste in England bekannte Scherzer von Scherzen ebenso berühmt war, als wegen jener ausschließlichen Anwendung seines Gelächters und seiner Satire zu den höchsten wie zu den harmlosesten Zwecken, die es noch immer für Heiterkeit liebende, wohlgesinnte Menschen zu einem so angenehmen Gefährten macht.[65] Maclise nahm lebhaft an unserm Unternehmen teil und hatte auch mitspielen sollen, wurde aber am Vorabend der Proben abtrünnig; und Stanfield, der so weit ging, Downright zweimal zu probieren, wurde dann bange und lief auch weg;[66] aber Jerrold, der Master Stephens spielte, führte uns Lemon zu, welcher die Rolle Brainworm's übernahm; Leech, dem Master Matthew gegeben wurde; A'Beckett, der sich zu der kleinen Rolle von William herabließ, und Leigh, der Oliver Cob spielte. Ich spielte Kitely, und Bobadil fiel an Dickens, der die Rolle des furchtbaren Kapitäns schon lange in Szene setzte, ehe er in seinem Kostüm auf der Bühne erschien, und indem er Bobadil sprach und Bobadil schrieb, einen so vollständigen Eindruck dieses Charakters hervorbrachte, daß auch die langweiligsten Mitglieder unserer Gesellschaft allmählich von einem Teil seiner eigenen Genußfähigkeit bewegt und ergriffen wurden. Einige Andeutungen hierüber wurden bereits gegeben, und ich will nur noch eine Verweigerung meines Wunsches, er möge einer speziellen Aufführung des ‚Gamester' beiwohnen, hinzufügen. „Der Mann des Hauses. Gamester! beim Fuße Pharao's, ich will den ‚Gamester' nicht sehen. In die Gegenwart des ‚Gamester' soll dieses arme gentlemännische Gerippe von keinem Menschen gezwungen, von keinem Pferde geschleppt werden. Ich habe es gesagt. ... Der Schauspieler Mac hat mir geheißen, heute Abend mit ihm, mit Dir und mit dem kurzhalsigen Fox zu essen und gleichfalls zu trinken. Und wenn ich nicht hingehe, bin ich ein Schwein und kein Soldat. Aber wenn Du nicht hingehst. – Nimm Dich in Acht, Bürger! Bedenke es wohl. ... Es geschehe Dir nach Deinem Verdienste. *Bobadil* (Kapitän). An Master Kitely. Diese Botschaft."

Das Stück wurde am 21. September mit einem Erfolge aufgeführt, der die höchsten Erwartungen übertraf und unser kleines Unternehmen

---

[65] Die Zeitschrift, auf welche hier angespielt wird, ist das 1841 gegründete bekannte Witzblatt Punch. – D. Übers.

[66] „Siehe da! Eingeschlossen sind zwei Pakete – ein großes und ein kleines. Das kleine lies erst. Es enthält Stanny's Resignation als Schauspieler!!! Als ich es heute (22. August) um die Essenszeit erhielt, schüttelte ich mein Gehirn und dachte an George Cruickshank. Nach vielem Schütteln machte ich ein großes Paket fertig, worin ich die Sache auf's Schlauste dargestellt habe. L–l–l–lies es! wie ein gewisser Kapitän sagt, den Du kennst." Der große Künstler konnte damals nicht gewonnen werden, weil er außerhalb Londons zu tun hatte und Dudley Castello wurde substituiert, während Stanfield seine Desertion als Schauspieler gut machte, indem er uns bei der Anordnung und Stenerie wertvolle Dienste leistete.

zu einem der Ereignisse des Tages machte. Der Beifall des Theaters fand ein so lautes Echo in der Presse, daß für den Augenblick in Privatkreisen von nichts anderm die Rede war, und nach einigen Wochen mußten wir (was uns nicht schwer wurde) dem lebhaften Verlangen nach einer öffentlicheren Aufführung in einem größeren Theater nachgeben, wodurch eine nützliche wohltätige Anstalt eine bedeutende Unterstützung empfing, für welche der Verwaltungsrat derselben uns einige Monate später seine Dankbarkeit bewies durch ein Festmahl im Clarendon-Hotel, bei dem Lord Lansdowne den Vorsitz führte. Es fand auch vor dem Schlusse des Jahres noch eine andere Aufführung, eines Stückes von Beaumont und Fletcher, durch uns statt. Von dem Genuß, welcher den Erfolg begleitete und der ersten Serie unserer Aufführung immer einen besonders heitern Platz in der Erinnerung gab, darf ich hier nicht weiter reden.

In Hinsicht auf die Sache selbst muß ich jedoch bemerken, daß in allen solchen Dingen ein geringes Maaß von Verdienst ziemlich weit reicht und daß es jetzt nicht geraten sein würde, anzunehmen, unsere Versuche hätten sich weit über das Durchschnittsmaß von Amateur-Aufführungen im allgemeinen erhoben. Lemon hatte jedenfalls das meiste Zeug zum eigentlichen Schauspieler in sich, in konventioneller wie in sonstiger Beziehung, allein sein Talent war nicht von hoher Art; und obgleich Dickens darauf Anspruch machen konnte, ein geborener Komiker zu sein, da die Neigung dazu im Innersten seines Wesens lag, so lag seine Kraft doch mehr in der Lebhaftigkeit und Mannigfaltigkeit seiner Darstellungen, als in der Vollständigkeit, der Vollendung und der Idealität, die er irgendeinem Teile derselben zu verleihen vermochte. Sie sind ganz genau bezeichnet durch das, was er über seine jugendliche Vorliebe für die Darstellungen des älteren Mathews sagt. Bei alledem war dies Talent in sich selbst so vollkommen naturwüchsig und genußreich, und so voll rascher und scharfer Einsicht, daß es einzig in seiner Art war; und er wurde dadurch in den Stand gesetzt, in Bobadil, nach einem farbenreichen Bilde bombastischer Extravaganz und komischer Exaltation in den frühern Szenen, einen Kontrast tragischer Demut und Erniedrigung in den späteren vorzuführen, der eine erstaunliche Wirkung hervorbrachte. Allein so viel sein Spiel zu dem Erfolge des Abends beitrug, so war dies doch nichts gegen die Dienste, die er als Regisseur geleistet hatte. Es würde schwer sein, dieselben zu beschreiben. Er war das Leben und die Seele des ganzen Unternehmens. Mir war, als lernte ich seine Geschäftsfähigkeiten erst damals eigentlich kennen. Er nahm alles auf sich und tat alles ohne Anstrengung. Er war Bühnendirektor, sehr oft Bühnenzimmermann, Anordner der Szenen, Garderobier, Souffleur und Musikdirektor. Ohne irgendeinen zu beleidigen, hielt er alle in Ordnung. Für alle hatte er nützliche Ratschläge, und der dümmste Ton wurde unter seinen Töpferhänden in kleine Stücke Porzellan verwandelt. Er ordnete die Szenen an, half den Zimmerleuten, erfand Kostüme, entwarf die Theaterzettel, und erfüllte in seiner eigenen Person alle die Ansprüche, die er an andere stellte. Was für ein Chaos von Schmutz, Verwirrung und Lärm war das kleine Theater an dem Tage, als wir es zuerst betraten, und was für einen Kosmos von Reinlichkeit, Ordnung und Stille hatte er daraus gemacht, ehe die Proben vorüber waren. Nur zwei Dinge ließen wir, wie wir sie fanden, zwei Stücke von Menschheit, die von Anfang an als zu den niet- und nagelfesten Gegenständen des Ortes gehörig betrachtet wurden: ein großer Mann in einem Strohhut, der auf äußerst unverständliche Weise aus- und einging und von dem wir nie herausbringen konnten, ob er auf Wache stand oder das Theater hütete, oder was er war; und ein einsames kleines Mädchen, die so schweigsam unter unsern Schauspielern und Schauspielerinnen umherhuschte, daß man sie für taubstumm hätte halten können, hätten die um sie her vorgehenden Wunder ihr nicht mitunter plötzliche kleine Schreie und Sprünge entlockt, wodurch sie sich den Namen „Feuerwerkchen" erwarb. Es finden sich so humoristische Anspielungen auf beide in einem Briefe von Dickens, den er ein Jahr später schrieb, als das strohhutbedeckte Geheimnis sich als ein für die tragische Bühne studierender Gentleman enthüllte, daß dieselben unsere Amateur-Aufführungen vorläufig in angenehmer Weise beschließen mögen.

„*Unser strohhutbedeckter Freund* bei Miss Kelly! O, meine Sterne! Die ganze Zeit hindurch an ihn zu denken – als an einen verkleideten Macbeth, einen grade gewordenen Richard den Dritten, einen Hamlet, wie er auf seiner Meerfahrt nach England aussah! Was für ein schlauer Schurke muß er sein, nie ein Zeichen von dem Melodrama gegeben zu haben, das in ihm war. Was für ein bösgesinnter und hartherziger Jago, Dich Abend auf Abend den Kitely spielen zu sehen, indes er danach trachtete, Dich zu morden und sich der Rolle zu bemächtigen. O, stelle Dir Miss Kelly vor, wie sie ihm den Macbeth einstudiert. Großer Gott! was für eine Masse von Absurdität muß zuweilen in die Mauern jenes kleinen Theaters in Dean-Street eingeschlossen sein! *Feuerwerkchen* wird, verlaß Dich darauf, in kurzem in stummen Rollen auftreten, und ihre Geschichte in völlig unverständlichen Bewegungen erzählen, die von einem grauköpfigen Vater und einem Landmann mit roter Perücke, seinem Sohne, in lange und verwickelte Beschreibungen übersetzt werden. Erinnerst Du Dich der schlauen Manier, wie ein Stummer sein Entrinnen aus der Gefangenschaft erzählt? Umspannen des linken Handgelenks mit der rechten Hand, und des rechten Handgelenks mit der linken Hand – abwechselnd, um die Ketten auszudrücken – und dann sehr schnell rings um die Bühne gehen und Hand über Hand ein imaginäres Seil hinunter-klimmen, und dann am Ende ein Schlag auf die Trommel und ein Knien vor dem Kronleuchter? Wenn *Feuerwerkchen* das nicht tun kann – und irgendwo tun wird – bin ich ein Holländer."

Ernstere Dinge fordern jetzt unsere Berücksichtigung, die übrigens ihrem Ernste nicht zu entsprechen braucht, weil sie, obgleich sie einen unmittelbaren Einfluß auf Dickens' Verhältnisse ausübten, doch sonst keinen Teil seiner Lebensgeschichte bilden. Zunächst will ich jedoch sagen, daß er im Herbste drei Wochen in Broadstairs war,[67] daß die Privatdarstellung unseres Theaterstücks nach seiner Rückkehr stattfand, und daß einen Monat später, am 28. Oktober, ein sechstes Kind

---

[67] Charakteristische Einblicke in diese Ferienwochen von Broadstairs gewährt ein Brief vom 19. August 1845. „Es ist vielleicht eine gute Probe von den wunderlichen Abenteuern, welche dem Unnachahmlichen zustoßen, daß die Schäfte der Droschke, worin die Kinder und das Gepäck sich befanden (ich und meine weiblichen Begleiter waren in der andern), vorigen Freitag Morgen in der City zerbrachen, indem das Pferd auf dem platten Pflaster stolperte, und daß sie an die Werfte (die etwa eine halbe Stunde weit entfernt war) gezogen wurde von einem starken Manne, unter so entsetzlichem Heulen und spöttischem Gelächter des wütenden Pöbels, wie ich nie vorher gehört habe. Stelle Dir den Mann vor zwischen den zerbrochenen Schäften, mit dem Rücken gegen die Droschke, alle Kinder aus den Fenstern sehend, und die kotigen Koffer (die sämtlich umgeworfen wurden als das Pferd fiel) auf dem Bocke schwankend und nickend. Das Beste dabei war, daß unser Kutscher, der ein genauer Freund des verletzten Kutschers war, darauf bestand, ihm Gesellschaft zu leisten und im feierlichen Schritt vor der Prozession herzog, wodurch er mir einen reichlichen Anteil an der Neugier und den Glückwünschen des Volkes sicherte. ... Hier in Broadstairs ist alles beim Alten. Ich habe seit ich hierher kam einen Spaziergang von fünf Meilen gemacht, und Sonnabend Abend ging ich nach einem Zirkus in Ramsgate, wo Mazeppa in drei langen Akten gespielt wurde, ohne ein H darin, als hätte man darauf gewettet. 'immel, 'ände und 'äupter kamen so reichlich darin vor wie Brombeeren, aber der Buchstabe H wurde weder in 'immel geflüstert, noch in 'ölle gemurmelt, noch auch in irgendeiner Gestalt an den Schranken der Hobelspäne zugelassen." Hiermit will ich ein anderes theatralisches Erlebnis dieser Ferien verknüpfen, als er sah, wie ein Dorfkomödiant mit wahrhaft Gargantuesker Vortrefflichkeit einen Riesen spielte, und meiner Bewunderung ganz besonders die schöne Art und Weise empfahl, wie der Riese sich zu einem heißen Abendessen (von Kindern) mit der statt des Tischgebets gemachten, selbstlobenden, erhebenden Bemerkung niedersetzte. „Wie schön ist ein ruhiges Gewissen und ein zufriedenes Gemüt."

und vierter Sohn, nach seinen Gevattern D'Orsay und Tennyson *Alfred Tennyson* genannt, in Devonshire-Terrace geboren wurde. Es folgte ein Todesfall in der Familie, da der ältere und begabtere von Dickens' Raben demselben unerlaubten Geschmack an Kitt und Malerfarben gefröhnt hatte, der für seinen Vorgänger verhängnisvoll geworden war. Gefräßigkeit tötete ihn, wie sie den Raben Scott's tötete. Er starb unerwartet vor dem Küchenfeuer. „Er hielt sein Auge bis zuletzt auf das Stück Fleisch geheftet, das am Feuer briet, und fiel plötzlich mit einem leichenhaften Schrei: *Kuckuck!* auf den Rücken."

Der Brief, welcher mir dies erzählte (31. Oktober), meldete mir auch, daß Dickens mit seiner Weihnachtsgeschichte nicht vom Fleck rücke. „Ich bin krank, ärgerlich und niedergeschlagen. Visionen von Brighton kommen über mich und ich habe große Lust, zur Beendigung meines zweiten Teiles dorthin zu gehen, oder nach Hampstead. Ich hege einen verzweifelten Gedanken an Jack Straw's Castle. Nie in meinem Leben bin ich in so schlechter Stimmung zum Schreiben gewesen als diese Woche." Der Grund dafür brauchte nicht weit gesucht zu werden. Denn er nahm damals tätigen Anteil an den bereits angedeuteten Vorbereitungen für die Herausgabe einer neuen Zeitung, und hatte schon beinahe seine Einwilligung zu der Nennung seines Namens gegeben.

Ich empfand um diese Zeit aus mehr als einem gewichtigen Grunde die ernstesten Bedenken in Bezug auf seinen Anteil an diesem Unternehmen. Es wurde erst später vollkommen klar, unter welchen schwierigen Bedingungen, physischen sowohl als geistigen, Dickens von seinem dichterischen Leben Besitz hatte; aber ich wußte schon genug, um die Weisheit dessen zu bezweifeln, was er damals unternahm. In aller geistigen Arbeit übte sein Wille einen so überwiegenden Einfluß aus, wenn er ihn einmal auf einen Gegenstand des Wunsches geheftet hatte, daß er dasjenige, was seine Erfüllung sonst noch erforderte, nie gehörig abmaß, und dies führte zu einer häufigen Anspannung und einer unbewußten Verschwendung dessen, was niemand weniger als er zu entbehren vermochte. Der durch seine Schöpfungen erfreuten Welt mochte ihre Produktion immer so leicht erscheinen als ihr Genuß; aber man darf es bezweifeln, ob je eines Mannes geistige Anstrengung ihm mehr kostete. Seine Lebensweise war kräftig, aber nicht seine Gesundheit. Dies Geheimnis wurde mir enthüllt ehe er nach Amerika ging, und bis zuletzt weigerte er sich beständig, den ungeheuren Preis einzugestehen, den er für seine Triumphe und Erfolge bezahlt hatte. Am Morgen nach seinem letzten Briefe hörte ich wieder von ihm. „Ich habe heute Morgen an Schwindel und

Kopfweh und Belästigungen jeder Art so gelitten, daß ich erst um Mittag aufstand und Fleetstreet (wo das Büro für die neue Zeitung sich befand) vermeidend, mache ich mich jetzt zu einem Spaziergang auf's Land auf, auf welchem Du mich finden wirst, wenn Du Lust hast, Dich in den Wagen zu setzen, der Dir dies bringt. Er soll ein Stück des ersten Teils des ‚*Heimchen*' abholen und wird Dich, wenn Du willst, über Hampstead zu mir und später zum Dîner fahren. Ich habe viel mit Dir zu besprechen, wenn Du es so einrichten könntest. Wahrscheinlich ist es der Verlust meiner Spaziergänge; aber ich bin so schwindlig, als wäre ich betrunken, und kann kaum sehen." Ich maß zu jener Zeit den häufig wiederholten Klagen dieser Art, sowie der fast regelmäßigen periodischen Wiederkehr jener Krämpfe in der Seite, wovon er ein Beispiel in seinen Kindheitserinnerungen aufbewahrt hat, und von denen er einen Anfall in Genua hatte, viel zu wenig Bedeutung bei; allein obgleich ich mir dessen nicht in vollem Umfange bewußt war, nahm diese Erwägung doch eine Stelle unter denjenigen ein, die mich in meinem Entschluß beeinflußten, ihn womöglich von einem Unternehmen abzubringen, welches für äußerst gefahrvoll gelten mußte. Seine Gesundheit wurde indes in meinem Briefe nicht eigentlich hervorgehoben, und es ist jetzt eine bemerkenswerte Tatsache, daß sie als Argument in seiner Antwort auftritt. Ich hatte ihm ganz einfach, in der stärksten Form, alle auf sein Genie und seinen Ruhm gegründeten Erwägungen vorgelegt, die ihn von der Arbeit und der Verantwortlichkeit für eine Zeitung, sowie von den damit verknüpften Partei- und politischen Verwicklungen zurückschrecken sollten, und der wesentliche Teil seiner Antwort darauf war dieser: „Vielen Dank für Deinen liebevollen Brief, der voll hochherziger Wahrheit ist. Diese Erwägungen fallen bei mir schwer in's Gewicht, aber ich glaube, ich entdecke in dieser Zeit größere Anregungen zu einer solchen Bemühung, größere Aussichten auf ihre gerechte Anerkennung, größere Mittel, unverletzt durch irgendeine Waffe an der einem etwas liegt, darin zu beharren oder sich davon zurückzuziehen, als zu irgendeiner andern Epoche. Und mehr als dies alles, ich habe zuweilen jene Möglichkeit mangelnder Gesundheit und schwindender Popularität vor mir, die mir zu einem solchen Wagnis rät, wenn es in mein Bereich kommt. Im schlimmsten Falle habe ich mit geringem Nutzen geschrieben, wenn ich mich nicht in einem Falle wie diesem in dem Geist der Leute *in Ordnung schreiben* kann."

Und so ging die Sache vorwärts. Aber es liegt nicht innerhalb meines Planes, mehr zu schildern als den Ausgang, der wenigstens insofern für glücklich gelten durfte, als dadurch eine Zeitung begründet wurde, welche mit Konsequenz Verbesserungen in der Lage aller Klassen, der Reichen wie der Armen, befürwortet hat und während der jüngsten bedeutungsvollen Ereignisse im Stande gewesen ist, ihrem Einfluß durch ihren Unternehmungsgeist und ihre Freigiebigkeit ein weiteres Feld zu eröffnen. Zu diesem Resultat konnte der große Schriftsteller, dessen Name der ‚Daily News' zuerst ihre Anziehung verlieh, nicht viel beitragen; aber jedenfalls empfing sie von ihm den ersten Eindruck der Ansichten, welche sie seitdem konsequent vertreten hat. Ihr Prospektus liegt vor mir in seiner Handschrift, und der Charakter seiner Hand und seines Geistes ist hinreichend darin ausgeprägt. Die Zeitung, heißt es darin, solle frei bleiben von persönlichem Einfluß und von Parteirücksichten, und sich der Vertretung aller vernünftigen und ehrlichen Mittel widmen, durch welche das Unrecht gut gemacht, alle wahren Rechte behauptet, und das Glück und die Wohlfahrt der Gesellschaft befördert werden könne.

Der für das Erscheinen der ersten Nummer bestimmte Tag war derjenige, welcher der Rede Peel's für die Abschaffung der Korngesetze folgen sollte; aber so kurz meine Erwähnung der Sache auch ist, darf ich doch nicht unterlassen zu bemerken, daß selbst ehe dieser Tag kam schon Unterbrechungen, und zwar zu einer Zeit sehr ernste, in der vorbereitenden Arbeit stattfanden, welche Dickens' persönlichen Beziehungen zu dem Unternehmen so viel Verdruß beimischten, daß sein Vertrauen und seine Freude daran ernstlichen Abbruch erlitt. Ein Meinungsausdruck darüber, wer die größte Schuld dabei hatte, ist unnötig und es würde nutzlos sein, jetzt den Anteil zu bestimmen, der ihm möglicherweise selbst dabei zufiel; aber aus dieser Ursache begann seine Arbeit als Redakteur mit so sehr vermindertem Eifer, daß die Kürze ihrer Dauer vorauszusehen war. Ein um sechs Uhr morgens, Mittwoch, den 21. Januar 1846, „vor dem Nachhausegehen" geschriebenes Briefchen, in dem er mir mitteilte, „sie seien seit dreiviertel Stunden beim Druck und das Blatt sei vor der ‚Times' herausgekommen," bezeichnet den Anfang; und ein in der Montagnacht vom 9. Februar geschriebener Brief, „todmüde und völlig erschöpft," worin er mir mitteilte, er habe soeben seinen Posten als Redakteur niedergelegt, beschreibt das Ende. Eine Woche vorher (Freitag, 30. Januar) hatte er mir geschrieben: „Ich muß eine lange Unterredung mit Dir haben. Ich war gezwungen, in größter Eile hierher zu kommen, um einen Reisebrief abzuliefern, den ich gestern Abend hatte abliefern wollen, und konnte Dich nicht besuchen. Willst Du morgen pünktlich sechs Uhr bei uns dinieren? Ich habe heute Morgen Pläne in meinem Geiste umhergewälzt, die Zeitung zu verlassen und wieder in's Ausland zu gehen, und ein neues Buch in Schillingsheften zu schreiben. Sollen wir morgen über acht Tage (meinem Geburtstage) nach Rochester gehen, wenn das Wetter besser ist, wie es sicher sein muß?" Nach Rochester waren wir demnach gegangen, er, Mrs. Dickens und deren Schwester, Maclise, Jerrold und ich; hatten am Sonnabend das alte Schloß, Watt's Wohltätigkeitsanstalt und die Festungswerke von Chatham besucht, den Sonntag in der Kirche und dem Park von Cobham zugebracht, an beiden Tagen unser Quartier in dem durch *Pickwick* berühmt gewordenen Bull-Inn gehabt und so, durch Erfüllung des Wunsches, welcher immer am stärksten in ihm war, seinen neuen Lebensplan mit jenen frühsten Szenen seiner Jugend in Verbindung gesetzt. In Hinsicht auf einen Punkt waren unsere Gefühle in völligem Einklang gewesen. Wenn ein langes Ausdauern bei der Zeitung nicht sehr wahrscheinlich war, so war die früheste Trennung von derselben wünschenswert. Aber da seine italienischen Reisebriefe (die später zu den *Bildern ans Italien* wurden) mit der ersten Nummer angefangen hatten, konnte sein Name nicht auf einmal zurückgezogen werden, und so lange die Briefe noch erscheinen sollten, willigte er ein, auch andere gelegentliche Artikel über wichtige soziale Fragen beizutragen. Öffentliche Hinrichtungen und Lumpenschulen waren unter den von ihm gewählten Gegenständen, und alle wurden mit glänzendem Talent behandelt. Aber die Zwischenzeit, welche sie ausfüllten, war kurz.

Die oberste Leitung, der er entsagt hatte, übernahm ich selbst und behielt sie sehr widerstrebend während des größeren Teils jenes trüben, aufregenden, arbeitsvollen Jahres; aber nach wenig mehr als vier Monaten von dem Tage, an welchem die Zeitung zu erscheinen anfing, hatte jede Verbindung Dickens' mit der ‚*Daily News*', selbst diejenige, Briefe mit seiner Unterschrift dazu beizutragen, aufgehört. Wie er in dem Vorwort zu den wiederveröffentlichten *Bildern aus Italien* sagte, war es ein Versehen gewesen, die alten Beziehungen zwischen ihm und seinen Lesern zu stören, indem er sich so aus seinem alten Berufskreise entfernt habe. Es war jedoch „ein kurzes Versehen" gewesen, die Entfernung hatte nur „auf einen Augenblick" stattgefunden, und jetzt sollte jener alte Beruf in der Schweiz froh wieder aufgenommen werden. In Hinsicht auf den letzteren Punkt hatten wir viele Erörterungen; aber er war entschlossen, sich wieder aus London zu entfernen, und sein Blick in die Schweizer Berge bei seiner Rückkehr aus Italien hatte ihn mit dem leidenschaftlichen Wunsche erfüllt, sie wieder zu sehen. „Ich glaube nicht," schrieb er mir, „ich könnte den Gedanken an die Zeitung hier hinreichend ausschließen, um gut zu schreiben. Nein – ich will mein Buch in Lausanne und Genua schreiben und wo möglich alles andere vergessen; und dadurch, daß ich im Sommer in der Schweiz und im Winter in Italien oder Frankreich lebe, werde ich Geld sparen, während ich schreibe." So wurde es daher schließlich festgesetzt.

Vor seiner Abreise ereignete sich nichts besonders Erwähnenswertes. Die erste Konzeption eines neuen Buches war immer eine rastlose Zeit, und andre Gegenstände als die Charaktere welche in seinem Geiste wuchsen, drängten sich beharrlich in seine Nachtwanderungen ein. Mit einigem Erstaunen hörte ich zum Beispiel später von ihm, daß er eine Korrespondenz mit einem hervorragenden Mitgliede der Regierung gehabt hatte, um sich zu vergewissern, welche Aussichten etwa für seine Anstellung als besoldeter Londoner Stadtrichter (nachdem er sich für diesen Posten befähigt erwiesen) vorhanden sei, worauf er eine Antwort erhalten, die ihn nicht ermutigte, diesen Plan weiter zu verfolgen. Es war natürlich nur ein Ausbruch augenblicklicher Unzufriedenheit, und wäre die Antwort so hoffnungsvoll ausgefallen, wie man, viel mehr um andrer als um seiner selbst willen, hätte wünschen können, das Resultat würde dasselbe geblieben sein. Ich will hinzufügen, daß er grade am Vorabend seiner Abreise ein lebhaftes Interesse bewies für die Gründung des Allgemeinen Theaterfonds, dessen Verwaltungsrate er bis zu seinem Tode angehörte. Dies Institut ging aus dem Umstande hervor, daß die Fonds der beiden großen Theater, welche damals nicht für theatralische Aufführungen benutzt wurden, den gewöhnlichen Mitgliedern des Schauspielerstandes nicht zu gute kamen; und bei Gelegenheit des ersten Zweckessens im April bemerkte er sehr treffend, daß jetzt die Statue Shakespeare's vor der Türe des Drury-Lane-Theaters ebenso emphatisch als seine Büste in der Kirche von Stratford-on-Avon auf sein Grab hinweise. Ich fühle mich auch versucht, ein glückliches Wort zu erwähnen, das er bei einem der vielen Privatdîners aussprach, welche in jenen Abschiedstagen veranstaltet wurden, um ihm das freundschaftlichste Lebewohl zu bieten. „Nichts ist je so gut, als man denkt", sagte Lord Melbourne. „Und nichts so schlecht", unterbrach ihn Dickens.

Die letzten Begebenheiten waren, daß er Roche wieder zum Reisediener nahm und daß er sein Haus in Devonshire Terrace auf zwölf Monate, die ganze beabsichtigte Zeit seiner Abwesenheit, vermietete. Am 30. Mai dinierten sie alle bei mir, und am folgenden Tage verließen sie England.

Zehntes Kapitel

Eine Heimat in der Schweiz
1846

Nur in Ostende, Verviers, Coblenz und Mannheim anhaltend, erreichten sie Straßburg am 7. Juni, und die Schönheit des Wetters zeigte ihnen den Rhein in seinem vollen Glanze. In Mainz war ein Deutscher an Bord ihres Schiffes gekommen, der bald nachher Mrs. Dickens auf dem Verdeck in vortrefflichem Englisch anredete: „Ihr Landsmann, Mr. Dickens, reist, wie unsre Zeitungen sagen, grade dieses Weges. Kennen Sie ihn, oder sind Sie ihm irgendwo begegnet?" Weitere Erklärungen folgten, und durch einen jener wunderlichen Zufälle, für welche mein Freund sich immer auserwählt glaubte, ergab sich, daß er einen Empfehlungsbrief an den Bruder dieses Herrn hatte, der dann über die Popularität seiner Werke in Deutschland sprach, und wie viele Personen er dieselben auf seinen Dampfbootfahrten habe lesen sehen. Als Dickens bemerkte, wie groß sein eigner Verdruß sei, selbst kein Wort Deutsch sprechen zu können, erwiderte der andre: „O, das braucht Sie nicht zu bekümmern; denn selbst in einer so kleinen Stadt als der unsern, wo nur meist einfache Leute sind und nur wenige Reisen machen, könnte ich eine Gesellschaft von mindestens vierzig Personen zusammenbringen, die das Englische ebenso gut verstehen und sprechen als ich, und von mindestens doppelt so vielen, die Sie im Original lesen könnten." Seine Geburtsstadt war Worms, welches Dickens später sah, ... „eine schöne alte Stadt, obgleich in Bezug auf Bevölkerung sehr zusammengeschrumpft und verfallen, mit einer malerischen alten Kathedrale am Ufer des Rheines und einigen wackern alten Kirchen, die so von Weinbergen eingeengt und überwachsen sind, daß sie aussehen, als wollten sie sich in Blätter und Trauben verwandeln."

Er hatte sonst kein Abenteuer am Rheine. Aber auf demselben Dampfboot grüßte ihn ein nicht unbekanntes Charakterbild in den notorischen, moralischen und physischen Zügen zweier reisenden Engländer, die eine ungeheure Kutsche mit sich an Bord hatten, ohne jeden Plan, wohin sie in derselben gehen wollten. Einer von ihnen wollte diese Kutsche bei allen kleinen Städten und Dörfern, wo man anlegte, an's Ufer bringen lassen. Der andre war entschlossen, „es zu

Ende zu sehen", wie er sagte – womit er nach Dickens' Ansicht den Fluß meinte, obgleich keiner von beiden das geringste Interesse dafür zu haben schien. »Der Bewegliche würde auch ohne die Kutsche an's Land gestiegen und froh gewesen sein, die Kutsche los zu werden, aber sie hatten einen gemeinsamen Kurier, und keiner wollte von diesem auch nur einen Augenblick lassen; so fuhren sie brummend und murrend zusammen weiter, und schienen an weiter nichts Gefallen zu finden, als daß sie nach Speisen fragten, die man unmöglich an Bord haben konnte, und dann an den Entschuldigungen des Proviantmeisters ein grimmiges Vergnügen hatten."

Von Straßburg gingen sie am 8. Juni mit der Eisenbahn nach Basel, von wo sie am folgenden Tage nach Lausanne abreisten. Sie fuhren in drei zweispännigen Wagen und brauchten drei Tage für die Reise, deren einziger erheiternder Zwischenfall ein Zank zwischen einem Wirte und einem der Kutscher war, welcher sich gegen die Gastwirtschaft vergangen hatte, indem er über die Kost klagte. „Nach verschiedenen heftigen Bemerkungen auf beiden Seiten sagte der Wirt: ‚Scélérat! Méchant! Je vous boaxerai!' worauf der Kutscher erwiderte: ‚Aha! Comment dites-vous? Voulez-vous boaxer? Eh? Voulez-vous! Ah! Boaxez-moi donc, Boaxez-moi!' – Worte, die er mit Bewegungen von leidenschaftlicher Bedeutsamkeit begleitete, welche bewiesen, daß dieses neue aktive Zeitwort auf das wohlbekannte englische Zeitwort to box gegründet war. Wenn sie es einmal gebrauchten, so gebrauchten sie es mindestens hundertmal und stachelten sich damit fortwährend bis zur Tollheit an." Die Reisenden erreichten das Hotel Gibbon in Lausanne am Donnerstagabend, den 11. Juni, nachdem sie durch einen entzückenden Blick auf Neuchâtel versucht gewesen waren, eine kleine Strecke davor zu ruhen. „Nach reiflicher Überlegung hielt ich es jedoch für das Beste, hierher zu kommen, für den Fall, daß ich, wenn ich mit dem Schreiben angefangen habe, zuweilen das Bedürfnis nach Straßen empfinden sollte. In welchem Falle Genf (das hoffentlich diesem Zwecke entspricht) nur fünf Meilen entfernt ist."

Er begann sofort die Häuserjagd und war zwei mühevolle Tage damit beschäftigt. Er fand die meisten der an Engländer vermieteten Häuser den kleinen Villas im Regents-Park ähnlich, mit Verandas, mit Glastüren, die sich auf Rasenflächen zu öffnen, und Alkoven mit der Aussicht auf See und Berge. Eins lag lockend weiter den Hügel hinauf, „schwebte über der Stadt, wie ein Schiff auf einer hohen Welle;" aber die mögliche Wut seiner Winterwinde schreckte ihn ab. Noch größer war für ihn die Versuchung des „Elysée," mehr ein Palast als eine Villa, mit herrlichen den See überblickenden Gärten, und in seinen Korridoren und Treppen wie in seiner Möblierung einem altmodischen englischen Landhause in England ähnlich, das er auf zwölf Monate für £ 160 hätte bekommen können. „Aber als ich seine Größe bedachte, entmutigte mich die Aussicht auf windige Herbstnächte, ohne jemanden im Hause, es aufzuheitern." Und so kam er wieder zurück auf das allererste Haus, das er gesehen: *Rosemont*, ein wahres Puppenhaus, mit zwei hübschen kleinen Salons, einem Esszimmer, einer Eingangshalle und Küche im Parterre, und mit einer hinreichenden Zahl von Schlafzimmern für die Familie, um noch eine Fremdenstube übrig zu lassen. „Es ist schön gelegen auf dem Hügel, der vom See her aufsteigt; zehn Minuten Weges von diesem Hotel; obgleich nur spärlich möbliert, wie alle Häuser hier, doch besser als andre, mit Ausnahme des ‚Elysée', weil es von dem Besitzer und der Besitzerin zu ihrem eignen Gebrauch gebaut und eingerichtet wurde (die kleinen Salons nach Pariser Art). Sie wohnen jetzt in einem kleineren Hause, einer Art Portierwohnung, grade innerhalb des Tores. Ein Teil des umgebenden Grund und Bodens ist von einem Farmer gepachtet, und dieser wohnt nahebei, so daß es, obgleich abgeschlossen, doch keineswegs einsam ist." Die Miete sollte auf ein halbes Jahr zehn Pfund monatlich betragen, für die zweite Hälfte des Jahres sollte sie, wenn er so lange bliebe, auf acht Pfund ermäßigt werden; und ich sollte eine Beschreibung der Zimmer und der Möbeln erhalten, die mich, wie gewöhnlich, ganz heimisch dort machen sollte, sobald, ebenfalls einer wohlbekannten Gewohnheit gemäß, seine eigene erfinderische Anordnung und Verbesserung der Stühle und der Tische vollendet wäre. „Ich will daher vorläufig nur bemerken, daß meine kleine Arbeitsstube oben ist und aus zwei Fenstern, die sich auf einen Balkon öffnen, die Aussicht auf See und Berge hat, und daß Rosen genug da sind, um das ganze Etablissement der ‚Daily News' darin zu begraben. Außerdem ist ein Pavillon im Garten, mit zwei Zimmern. In einem von diesem wirst Du, denke ich, Deine Arbeiten machen, wenn Du kommst. Lauben zum Lesen und Rauchen sind so viele im Garten verstreut, als im Teegarten bei Chalk-Farm. Aber die Lauben von Rosemont sind wirklich schön. Willst Du in die Lauben kommen?"

Sehr angenehm waren die frühsten Eindrücke von der Schweiz, mit welchen sein erster Brief schloß. „Das Land ist wunderbar schön; so belaubt, grün und schattig wie England – voll von tiefen Schluchten und baumbedachten Stellen, und glänzend von einem Überfluß der mannigfaltigsten Blumen. Überdies ist es reich an Singvögeln – sehr angenehm nach Italien – und das Mondlicht auf dem See ist herrlich. Mächtige Berge erheben sich an dem gegenüberliegenden Ufer (er ist an dieser Stelle anderthalb bis zwei Meilen breit), und der Simplon, der St. Gotthard, der Montblanc und alle Alpenwunder sind dort in gewaltiger Größe aufgetürmt. Der Anbau ist ungemein reich und weit verbreitet. Man findet alle möglichen Spaziergänge, Weinberge, grüne Landwege, Kornfelder und Wiesen voll Heu. Die allgemeine Reinlichkeit ist ebenso bemerkenswert als in England. Man sieht keine Priester oder Mönche in den Straßen, und das Volk scheint fleißig und wohlhabend. Französisch (und ein sehr verständliches und angenehmes Französisch) scheint die allgemeine Sprache. Ich habe nie so viele Buchhändlerläden in demselben Raume zusammengedrängt gesehen, wie in den steilen, hügeligen Straßen von Lausanne."

Von der kleinen Stadt bemerkte er in seinem nächsten Briefe, ihre natürliche Langeweile werde vermehrt durch den Umstand, daß die Straßen steil und abrupt bergauf und bergab liefen, wie die Straßen in einem Traume, und wegen der daraus entspringenden Schwierigkeit, sich darin umher zu bewegen. „Es sind einige unterdrückte Kirchen da, die man jetzt als Warenhäuser für Auflader benutzt, wo Krahne und Winden aus den Türmen hervorwachsen; kleine Türen, aus welchen die Waren niedergelassen werden, in verrammelten gotischen Fenstern angebracht sind, und Zugpferde ihre Ställe in den Krypten haben. Auch diese tragen dazu bei, der Stadt ein verödetes und unbenutztes Ansehen zu geben. Da sie jedoch andererseits vollkommen frei ist, ohne Verbote und Hemmungen irgendwelcher Art, so findet man alle möglichen neuen französischen Bücher und Zeitschriften darin, und alle möglichen frischen Nachrichten aus der jenseits des Jura liegenden Welt. Sie enthält nur eine römisch-katholische Kirche, hauptsächlich zum Gebrauch der Savoyarden und Piemontesen, die des Handels wegen über die Alpen kommen. Was das Land angeht, so kann man ihm kein zu hohes Lob erteilen, oder seine Schönheit zu sehr rühmen. Es sind keine großen Wasserfälle oder Wege durch Bergschluchten ganz in der Nähe, wie in andern Teilen der Schweiz, aber man hat eine reizende Mannigfaltigkeit bezaubernder Szenerie. Da ist das Ufer des Sees, wo man, wenn es einem gefällt, beim Spazierengehen die Füße in das tiefblaue Wasser tauchen kann. Da sind die Hügel, die zu den großen Höhen oberhalb der Stadt hinaufführen, oder an deren Abhängen man zum See hinunterschlendern kann. Da ist jede mögliche Art von tiefgrünen Landwegen, Weinbergen, Kornfeldern, Wiesengründen und Wäldern. Da sind vortreffliche Fahrstraßen, wie in Kent und Devonshire, und alle Überblicke und Aussichten werden geschlossen durch eine ewig wechselnde Kette gewaltiger Berge – zuweilen rot, zuweilen grau, zuweilen purpurn, zuweilen schwarz, zuweilen weiß von Schnee, zuweilen ganz in der Nähe und zuweilen wahre Gespenster in Wolken und Nebel."

Inmitten dieser Umgebung sollte er nun wenigstens sechs Monate leben und arbeiten, und da die Liebe zur Natur in den Zwischenzeiten der Muße bei ihm ebenso sehr eine Leidenschaft war, als, wenn er mit den Geschöpfen seiner Phantasie beschäftigt war, das Verlangen nach Menschengedränge und Straßen, so konnte niemand besser befähigt sein, das zu genießen, was ihm so auf seinem kleinen Landhause geboten wurde.

Rosemont bei Lausanne

Nach einer Zeichnung von Mrs. Watson

Die Aussicht hatte auf jeder Seite einen verschiedenen Charakter, und von der einen bot sie den lebhaftesten Anblick Lausanne's selbst, ganz in der Nähe und dem Anschein nach, wie er sagte, immer mit seinen Kirchen und Türmen den Hügel hinunter kommend, außerstande sich aufzuhalten. „Von einem schönen, langen, breiten Balkon, auf den die Fenster meines kleinen Studierzimmers im ersten Stock (wo ich jetzt schreibe) sich öffnen, hat man eine herrliche Aussicht über den See, bis dahin, wo er sich allmählich in die ernste Bergschlucht verliert, welche zum Simplonpaß hinaufführt. Unter dem Balkon befindet sich eine steinerne Säulenhalle, nach der die sechs Fenster des Salons sich öffnen, und eine Masse von Pflanzen gruppieren sich sehr hübsch um die Säulen und die Sitze. Eins der Salonszimmer ist, wie ein französisches Hotel, in grünem Samt und das andere in rotem möbliert. In beiden sind zahlreiche Spiegel und nette weiße Mousselin-Vorhänge, und für das größere ist in kaltem Wetter ein Teppich da; jetzt sind die Fußböden ohne Teppiche, aber mit verschiedenfarbigem Holz parkettiert." Seine Beschreibung schloß nicht, ehe er mich in allen von den verschiedenen Familien bewohnten Ecken und Winkeln heimisch gemacht hatte; aber hier will ich nur noch den Schlußsatz hinzufügen. „Indem ich während des Schreibens auf den Balkon hinaustrete, werde ich durch den Anblick des Schlosses von Chillon, das im Sonnenlicht auf dem See glitzert, plötzlich daran erinnert, daß ich diesen Gegenstand in meinem Katalog der Schönheiten von Rosemont zu erwähnen vergaß. Sei so gut, es auf einer Zeile für sich einzuschalten."

In demselben Briefe (22. Juni) erzählte er auch von dem Beginn regelmäßiger abendlicher Spaziergänge von anderthalb bis zwei Meilen,[68] und Gedanken an seine Bücher rührten sich schon in ihm. „Eine wunderliche, schattenhafte, unbestimmte Idee arbeitet in mir, daß ich ein großes Schlachtfeld irgendwie mit meiner kleinen Weihnachtsgeschichte in Verbindung bringen könnte. Gestaltlose Visionen der Ruhe und des Friedens, welche in spätern Zeiten darüber walten, wenn das Korn und Gras über den Erschlagenen wächst und die Leute am Pfluge singen, schweben so beständig vor mir, daß ich nicht umhin kann zu denken, es möge etwas Gutes darin zum Vorschein kommen, wenn ich sie deutlicher sehe. ... Ich beabsichtige, vier Hefte des in Monatsheften erscheinenden Buches und das Weihnachtsbuch hier fertig zu machen. Wenn alles gut geht und nichts sich verändert, und ich dies bis zu Ende November ausführen kann, werde ich mit leichtem Herzen auf einige Tage zu Dir nach England hinübereilen und es Roche überlassen, die Karawane inzwischen nach Paris zu führen. Es wird gerade an dem Punkte der Erzählung sein, wo das Leben und das

---

[68] Diesen setzte die Hitze gelegentliche Schwierigkeiten entgegen. „Als ich gestern Abend (5. Juli) um sechs Uhr, meiner Gewohnheit gemäß, zu einem langen Spaziergang aufbrach, fühlte ich mich wirklich ganz erschöpft, nachdem ich den Gipfel eines langen steilen Berges erreicht hatte, der aus der Stadt hinausführt – denselben, über den wir hineinfuhren. Ich glaube übrigens, die große Hitze dauert selten länger als eine Woche hintereinander. Das Zwielicht ist immer sehr lang und die Abende köstlich und jetzt, da der Mond scheint, sind die Nächte wundervoll. Der Frieden und die Großartigkeit der Berge und des Sees sind unbeschreiblich. Auch kommt mit der Morgenluft eine Flut süßer Düfte, welche diesem Lande ganz eigentümlich ist."

Gewühl dieser außerordentlichen Stadt mir beim Schreiben von lebendigem Nutzen sein wird." Das war sein Plan, und obgleich später unvorhergesehene Schwierigkeiten auftauchten, deren Überwindung ihm einen harten Kampf kostete, so gelang es ihm doch, denselben durchzuführen. Sein Brief schloß mit dem Versprechen, mir in dem nächsten von der kleinen englischen Kolonie zu erzählen, die bereit schien, ihm noch mehr als das gewöhnliche Willkommen zu bieten. Schon damals hatte er zwei Besuche empfangen von Mr. Haldimand, ehemaligem Mitgliede des englischen Parlaments, einem sehr gebildeten Manne, der mit seiner Schwester, Mrs. Marcet (der wohlbekannten Schriftstellerin), schon längst seinen Wohnsitz in Lausanne aufgeschlagen hatte. Er hatte einen sehr schönen Landsitz gerade unterhalb Rosemonts, und sein Charakter und sein Rang hatten ihn gewissermaßen zu dem kleinen Fürsten des Ortes gemacht. „Er hat hier alle möglichen Hospitäler und Institute gegründet und ausgestattet, und er gibt morgen ein Dîner, um unsere Nachbarn, wer dieselben auch sein mögen, bei uns einzuführen."

Glücklicherweise fand er, daß es Leute waren, die jene offene und herzliche Gastfreiheit, welche der Reiz seines persönlichen Verkehrs ihm von allen Seiten entgegenbrachte, in jeder Hinsicht angenehm machten. Dem Dîner bei Mr. Haldimand folgten Dîners bei den Gästen, die er dort getroffen; bei einer Mrs. Cerjat, einer an einen Schweizer verheirateten englischen Dame; beide mehr als gewöhnlich gebildet und angenehm; bei Mrs. Cerjat's Schwester, Mrs. Goff und deren Manne, einem Engländer, und bei Mr. und Mrs. Watson, von Rockingham-Castle in Northamptonshire, die das Elysée genommen hatten als Dickens es aufgab und mit denen, sowie mit Mr. Haldimand, er noch lange nachdem er Lausanne verlassen, sehr freundschaftliche Beziehungen unterhielt. Auf seiner Fahrt zu Mr. Cerjat's Dîner stellte eine wunderliche Schwierigkeit sich ihm in den Weg. Er hatte für seine Frau und Kinder einen kuriosen kleinen Einspänner angeschafft, der so eingerichtet war, daß drei Personen seitwärts darin saßen, wodurch der Wind, der fortwährend in dem Tal auf- und abwehte, vermieden werden sollte, und er fand, daß diese Einrichtung eins der komischsten Resultate zur Folge hatte. „Der Wagen läßt sich nicht leicht wenden, und da man mit dem Gesicht seitwärts sitzt, bedarf es aller möglichen Evolutionen, um einen der Breite nach vor die Tür des Hauses zu bringen, wohin man geht. Die Landhäuser (und dieses ganz besonders) sind hier denen an der Themse zwischen Richmond und Kingston sehr ähnlich, mit Anlagen rings herum. Bei Mr. Cerjat mußten wir uns, wie in dem Kinderrätsel, rings um das Haus fahren lassen, ohne das Haus zu berühren, und drei in einer Reihe wurden wir auf die beunruhigendste Weise zuerst den Leuten in der Küche vorgeführt, dann der Gouvernante, die sich in ihrem Schlafzimmer ankleidete, dann dem Salon, wo die Gesellschaft uns erwartete, dann dem Esszimmer, wo man den Tisch deckte, und endlich der Eingangshalle, wo es uns gelang auszusteigen, nachdem wir die Fenster eines jeden Zimmers im Vorbeifahren geschabt hatten, während wir langsam hineinstarrten."

Natürlich folgte ein Dîner bei ihm selbst; – und ein trauriger Vorfall, wovon er und seine Gäste nichts wußten, bezeichnete den Abend (15. Juli). „Während wir bei Tische saßen, ertrank eines der hübschesten Mädchen in Lausanne im See – in dem friedlichsten Wasser, das die steilen Berge wiederspiegelte und im Rot der sinkenden Sonne glühte. Sie badete an einem der für die Frauen bestimmten Orte, und scheint ihre Füße irgendwie in die Falten ihres Kleides verwickelt zu haben. Sie war eine gute Schwimmerin, wie viele Mädchen hier, und wurde plötzlich aus nur fünf Fuß Wasser fortgetrieben. Drei oder vier Freundinnen, die bei ihr waren, liefen mit Geschrei fort. Die Gouvernante unserer Kinder war gerade mit Dr. Verdeil (meinem Gefängnisarzt) und seiner Familie in einem Boot auf dem See. Sie fuhren unverzüglich dem Ufer zu; der Körper wurde schnell herausgezogen, und M. Verdeil mit drei oder vier anderen Doktoren bemühten sich mehrere Stunden, sie in's Leben zurückzurufen, aber sie seufzte nur einmal. So mußte man sie denn endlich steif und starr nach ihres Vaters Hause tragen. Sie war sein einziges Kind und erst siebzehn Jahre alt. Er ist seitdem halb tot gewesen, und ganz Lausanne war voll von der Geschichte. Ich ging gestern Abend zum See an die Stelle hinab, und ein Bootsmann führte mir die ganze Szene auf, wobei er sich schließlich selbst auf einen Steinhaufen niederlegte, um die Leiche darzustellen."

Mit Dr. Verdeil, dem Gefängnisarzt und Vizepräsidenten des Gesundheitsamts, der ihm von Haldimand vorgestellt wurde, hatte er schon viel verkehrt und ich könnte nichts erzählen, was für Dickens charakteristischer wäre, als seine Mitteilungen über diesen und andere ähnliche Gegenstände, an denen er während der ersten Wochen seines Aufenthalts in Lausanne ein lebhaftes Interesse nahm.

„Als man vor einigen Jahren eine Reform des Gefängniswesens in Lausanne vornahm, wendete man, wie von dem Einklang republikanischer Empfindungen getrieben, seine Aufmerksamkeit nach Amerika und führte das System von Philadelphia ein, dessen Vortrefflichkeit man als ausgemacht ansah. Schreckliche Zufälle, neue Phasen geistiger Krankheiten und entsetzlicher Wahnsinn unter den Gefangenen waren sehr bald die Folge und stiegen zu einer so beunruhigenden Höhe, daß Verdeil in seiner öffentlichen Stellung gegen das System zu berichten anfing und seine Berichte und Bemühungen dagegen fortsetzte, bis er eine Partei bildete, die entschlossen war, es nicht zu beizubehalten und seine Abschaffung veranlaßte – ausgenommen in Fällen, wo die Gefangenschaft im Ganzen nicht länger dauert als zehn Monate. Es ist merkwürdig, daß in seinen Bemerkungen über die verschiedenen Fälle ganz dieselben Wirkungen erwähnt werden, die ich selbst in Philadelphia beobachtete, ja sogar bis auf die von mir gegebene Beschreibung des Mannes, der dreizehn Jahre dort gewesen war, und seine Hände so viel zupfte, wenn er sprach. Er hat, wie er sagt, ‚die Amerikanischen Noten' erst ganz kürzlich gelesen; aber die angedeutete vollständige Koinzidenz hat ihm einen so großen Eindruck gemacht, daß er beabsichtigt, einige Auszüge aus seinen eigenen Bemerkungen, Seite bei Seite mit diesen Stellen aus meinen in französischer Übersetzung, wieder zu veröffentlichen. Ich durchwanderte neulich das Gefängnis mit ihm. Es ist für ein kontinentales Gefängnis wunderbar gut angelegt und in vollkommener Ordnung. Einige der Verurteilungen sind jedoch schrecklich. Ich sah einen Mann, der wegen Mord unter mildernden Umständen auf dreißig Jahre hingeschickt war. Die ganze Zeit nach dem schweigenden geselligen System! Die Gefangenen weben und flechten Stroh und machen Schuhe, kleine Drechslerwaren und Zimmerarbeit und kleine gewöhnliche Holzuhren. Aber die Verurteilungen sind zu lang für dies einförmige und hoffnungslose Leben, und obgleich sie gut genährt und verpflegt werden, brechen sie doch gewöhnlich nach zwei oder drei Jahren vollständig zusammen. Eine Täuschung scheint unter drei Vierteln der Gefangenen nach einer gewissen Zeit der Haft allgemein zu werden. In dem Glauben, daß man ihrer Speise etwas Zerstörendes beimischt, pour les guérir du crime (sagt Verdeil), weigern sie sich zu essen."

Am tiefsten wurde übrigens Dickens' Teilnahme durch die Anstalt für Blinde erregt, deren Präsident und großer Wohltäter Mr. Haldimand war, und ganz besonders waren es zwei Fälle, deren Einzelheiten noch jetzt mit demselben Interesse gelesen werden mögen, als zu der Zeit, wo die Briefe meines Freundes geschrieben wurden, und in Bezug auf welche seine Bemerkungen noch immer überraschende Gedanken erwecken. Der erste war der eines achtzehnjährigen jungen Mannes, taubstumm geboren und durch einen Unfall erblindet, als er etwa fünf Jahre alt war. Der Direktor der Anstalt ist ein junger Deutscher, von großen Fähigkeiten und ungewöhnlich einnehmendem Äußeren. Er erklärte den wissenschaftlichen Körperschaften von Genf vor einem Jahre (als dieser junge Mann in der Anstalt erzogen wurde) die Möglichkeit, ihn sprechen zu lehren – in andern Worten, mit seiner Zunge auf seinen Zähnen und seinem Gaumen zu spielen wie auf einem Instrument, und gewisse Verrichtungen mit besondern, ihm in der Fingersprache deutlich gemachten Worten, zu verbinden. Sie kamen einstimmig zu dem Schluß, daß dies vollständig unmöglich sei. Der Deutsche ging an die Arbeit, und der junge Mann spricht jetzt ganz klar und deutlich, natürlich ohne jede Modulation, aber mit verhältnismäßig geringer Unsicherheit, indem er die Worte laut ausspricht, wie sie, so zu sagen, auf seine Finger geklopft werden, und dabei die lebhafteste und wunderbarste Freude bezeigt. Bei den Taubstummen, die durch das Auge lernen, ist dies, wie Du weißt, gewöhnlich, aber bei einem tauben, stummen und blinden Individuum ist ein solches Resultat noch nie erzielt worden. Er ist ein äußerst lebhafter, intelligenter und gutmütiger Mensch, ein vortrefflicher Zimmermann, ein ausgezeichneter Drechsler und läuft mit einer Sicherheit und einem Vertrauen in dem Gebäude umher, welches die bloß blinden Zöglinge nie erlangen. Er hat viele Gedanken und eine instinktive Furcht vor dem Tode. Er weiß von Gott, wie von einem irgendwo thronenden Gedanken, und sagte einmal auf Antrieb seiner Natur (des Teufels natürlich) eine Lüge. Er saß beim Essen und der Direktor fragte ihn, ob er etwas zu trinken gehabt habe, worauf er sofort erwiderte: ‚Nein!' um noch etwas mehr zu bekommen, obgleich man ihm vorher das seinige gereicht hatte. Es wurde ihm erklärt, dies sei unrecht, und man könne ihm dergleichen nicht hingehen lassen, und man werde ihn dafür in ein Zimmer einsperren – was auch geschah. Bald nachher träumte ihm, er werde durch ein fremdes Tier in die Schulter gebissen. Da dies ihm einen großen Eindruck hinterließ, sagte er dem Direktor, er habe in der Nacht wieder eine Lüge gesagt. Zum Beweise dafür erzählte er seinen Traum und fügte hinzu: ‚Es muß ja eine Lüge sein, weil kein fremdes Tier hier ist und ich nie gebissen bin.' Als man ihm bemerkte, diese Art von Lüge sei harmlos und heiße ein Traum, fragte er, ob tote Leute je träumten, während sie in der Erde lägen. Er ist einer der merkwürdigsten und interessantesten Gegenstände des Studiums, die man sich denken kann."

Der zweite Fall war an demselben Tage vorgekommen, an welchem Dickens die Anstalt besuchte. „Als ich dort war (8. Juli), war morgens ein Mädchen von zehn Jahren angelangt, taub und stumm und blind geboren und so unvollkommen unterrichtet, daß sie noch nicht einmal die geringste Kontrolle über die Verrichtung der gewöhnlichen natürlichen Funktionen besitzt. ... Und dennoch lacht sie zuweilen (guter

Gott! stelle Dir vor worüber!) und ist furchtbar sensitiv von Kopf zu Fuß, und auf's Höchste beängstigt einige Stunden vor dem Ausbruch eines Gewitters. Mr. Haldimand hat lange versucht, ihre Eltern zu bewegen, sie in die Anstalt zu schicken. Endlich haben sie eingewilligt, und als ich sie sah, versuchten einige der blinden Mädchen, sich mit ihr zu befreunden und sie leise umherzuführen. Sie war, wegen der Notwendigkeit, ihre Kleider oft zu wechseln, in weiter nichts als in ein loses Gewand gekleidet, war aber in einem Bade gewesen und hatte sich die Nägel schneiden lassen (die vorher sehr lang und schmutzig gewesen waren), und sah gar nicht schlecht aus – ganz im Gegenteil; ihr kleiner Mund war auffallend gut und hübsch, aber ihr Kopf natürlich niedrig und unentwickelt. Ich wurde als auf etwas sehr Eigentümliches darauf aufmerksam gemacht, daß sie, sowie man sie sich selbst überläßt, oder (was für sie dasselbe ist) sie nicht anrührt, sich sofort niederkauert, mit an die Ohren hinaufgezogenen Händen, ganz genau in der Haltung eines Kindes vor seiner Geburt; und so bleibt sie. Dies schien mir ein so seltsames Zusammentreffen mit dem vollständigen Mangel an Entwicklung ihres moralischen Wesens, daß es einen großen Eindruck auf mich machte, und indem ich wieder und wieder darüber nachgrübelte, fing ich an zu denken, daß dies gewiß auch das Verfahren der Wilden ist, und daß ich es sehr oft in Reisebeschreibungen geschildert gesehen habe. Da ich keine von diesen bei mir hatte, nahm ich *Robinson Crusoe* zur Hand und ich finde, daß Defoe da, wo er die Wilden beschreibt, die auf die Insel kamen, nachdem Will Atkins angefangen sich zu bessern und unter dem ernsten Spanier für die gemeinsame Verteidigung tätig war, bemerkt: ‚ihre Haltung bestand gewöhnlich darin, daß sie auf der Erde saßen, die Knie an den Mund hinaufgezogen und den Kopf zwischen beiden Händen auf die Knie herabgeneigt' – ganz dieselbe Haltung." In seinem Briefe aus der folgenden Woche berichtete er weiter: „Ich bin noch nicht wieder in der Blinden-Anstalt gewesen; aber wie ich höre, verbessert das Gesicht des taubstummen und blinden Kindes sich augenscheinlich; und sie bezeigt große Freude bei der ersten Bemühung des Direktors, sich mit einer Beschäftigung ihrer Zeit in Verbindung zu bringen. Er gibt ihr täglich zwei glatte runde Steine, die sie zwischen beiden Händen hin- und herrollt. Sie scheint zu denken, daß dies zu etwas führen soll, erkennt deutlich die Hand, welche ihr die Steine gibt, als eine freundliche und schützende, und sitzt Stunden lang ganz geschäftig da."

Gegen einen Teil seiner geistvollen Vermutung erhob ich Einwände und schrieb das, was er für die Äußerung eines unentwickelten oder embryonischen Zustandes hielt, welcher auch die Abwesenheit der empfindenden und moralischen Natur erklärte, bei ihr, als einer Wilden, einem bloßen Verlangen nach Wärme zu. Hierauf erwiderte er am 25. Juli: „Ich glaube nicht, daß Grund zu der Annahme vorhanden ist, daß die Haltung der Wilden aus einem Verlangen nach Wärme hervorgeht, weil alle nackten Wilden heiße Klimate bewohnen; und ihre instinktive Haltung würde, wenn sie auf Hitze oder Kälte Bezug hätte, vermutlich die möglichst kühle sein, wie ihre Lust am Wasser und am Schwimmen beweist. Ich glaube nicht, daß es eine noch so niedrig entwickelte, kalte Klimate bewohnende Rasse von Wilden gibt, die nicht Tiere töten und deren Felle tragen. Das Mädchen bessert sich im Gesicht ganz entschieden und, wenn man das Wort auf sie anwenden kann, auch in ihren Manieren. Durch die Tastsprache ist noch keine Verbindung mit ihr hergestellt worden; aber dafür ist die Zeit noch nicht lang genug." In einem späteren Briefe (24. August) erzählt er mir: „Das taubstumme und blinde Mädchen hat sich entschieden gebessert, und für diese kurze Zeit sehr verbessert. Eine Verbindung mit ihr ist noch nicht hergestellt, aber das läßt sich auch nicht erwarten. Man hat ihr jene seltsame kauernde Haltung abgewöhnt, sie nett angezogen und Vergnügen an Geselligkeit in ihr erweckt. Sie lacht häufig und klatscht auch in die Hände und springt, was ihr, Gott weiß wie, innere Befriedigung gewährt. Ich habe nie in meinem Leben etwas in seiner Art Ergreifenderes gesehen, als da man sie neulich in die Mitte einer Gruppe blinder Kinder stellte, die zu Klavierbegleitung im Chore sangen, und ihre Hand mit dem Instrument in Zusammenhang setzte und hielt. Ein Schauer durchdrang ihr ganzes Wesen, ihr Atem wurde schneller, ihr Gesicht rötete sich – und ich kann es mit nichts anderm vergleichen, als mit der Wiederbelebung eines beinahe toten Menschen. Es war wahrhaft erschütternd zu sehen, wie die Empfindung der Musik die in ihr verschlossene Seele erregte und aufscheuchte." Derselbe Brief sprach auch wieder von dem Jüngling: „Der männliche Zögling ist wohl und so vergnügt als möglich. Er raucht sehr gern. Ich habe Anordnungen getroffen, daß er während unseres Aufenthalts hier mit Zigarren versorgt wird. So besteht denn zwischen ihm und mir eine erstaunliche Sympathie. Ich weiß nicht ob er denkt, daß ich die Zigarren wachsen lasse, oder sie mache, oder sie durch einen Wink hervorbringe, oder was. Aber es gibt ihm eine Vorstellung, als ob die Welt im Allgemeinen mir gehöre." ... Ehe sein gütiger Freund Lausanne verließ, hatte man den armen Menschen gelehrt zu sagen: ‚Monsieur Dickens m'a donné les cigares' und beim Abschiede drückte er seine Dankbarkeit aus, indem er diese Worte eine halbe Stunde lang unaufhörlich wiederholte.

Gewiß verdiente niemand mehr als Dickens die ausdauernde Dankbarkeit aller derer, welche die Natur oder die Welt rauh oder unfreundlich behandelt hatte. Nicht denjenigen allein, die durch Armut oder durch die von derselben unzertrennlichen Versuchungen unglücklich geworden, sondern auch denen, welche durch natürliche Mängel oder Gebrechen ihren Mitmenschen gegenüber in Nachteil gesetzt waren, widmete er seine erste Rücksicht, half ihnen persönlich wo er konnte, sympathisierte und trauerte mit ihnen unter allen Umständen, und bemühte sich vor allem um die Entdeckung der Linderung oder Heilung, welche Philosophie oder Wissenschaft im Stande sein möchten, auf ihre Lage anzuwenden. Dies Verlangen war so lebhaft bei ihm, daß man es eigentlich eine der Leidenschaften seines Lebens nennen sollte, die bis zu seiner letzten Stunde erkennbar blieb.

Nur ein paar auch an sich nicht müßige Wochen waren in Rosemont über ihm dahin gegangen, als er einen raschen Versuch zum Anfang seiner wirklichen Arbeit machte, wovon er in der Tat nur durch das Ausbleiben einer, schon vor seiner Abreise aus London abgeschickten, Kiste so lange abgehalten war, welche nicht nur seine Schreibmaterialien enthielt, sondern auch gewisse originelle kleine Bronzefiguren, die schon damals auf seinem Schreibpult standen, und für den leichten Fluß seines Schreibens ebenso notwendig waren, als blaue Tinte und Gänsefedern. „Ich bin" (schrieb er am 28. Juni) nicht müßig gewesen seit ich hier bin, obgleich mir, wie Du weißt, die große Kiste zuerst fehlte. Ich hatte für Lord John Russell ein Gutteil über die Lumpenschulen zu schreiben. Ich machte mich an die Arbeit und habe das getan. Ein Gutteil für Miss Coutts, in Bezug auf ihre wohltätigen Pläne. Ich machte mich an die Arbeit und habe das getan. Die Hälfte des Neuen Testament für die Kinder zu schreiben, oder ungefähr so viel.[69] Ich machte mich an die Arbeit und habe das getan. Hierauf entledigte ich mich des größeren Teils der Korrespondenz, zu der ich mich vorschnell verpflichtet hatte, und dann ...

fing ich Dombey an!

---

[69] Es war dies ein Auszug der Erzählung der vier Evangelien, in einfacher Sprache, für den Gebrauch seiner Kinder. Kurz nach seinem Tode wurde auf das Vorhandensein eines solchen Manuskripts hingewiesen und der Wunsch ausgesprochen, dasselbe möge veröffentlicht werden; aber nichts würde bei ihm selbst größeren Anstoß haben erregen können, als ein solcher Vorschlag. Das kleine Stück war von eigentümlich privater Natur, für seine Kinder und ausschließlich und streng nur für ihren Gebrauch geschrieben.

Ich verrichtete diese Tat gestern, – schrieb nicht mehr als das erste Blatt – aber da ist es, und es ist ein Sprung mitten in die Geschichte hinein. ... Außer allem Diesen habe ich mich wirklich mit großem Eifer an das Französische gemacht, wobei mir das Italienische sehr hilft; und bin zwei Arten geistiger Zufälle in Bezug auf das Weihnachtsbuch unterworfen: einem, der plötzlichsten und wildesten Begeisterung; einem andern, einsamer und sorgsamer Erwägung. ... Beiläufig gesagt, als ich die große Kiste auspackte, bekam ich ein Buch zu fassen und sagte: Nun, die Stelle auf der mein Daumen gerade zu liegen kommt, soll zu meiner Arbeit in Beziehung gesetzt werden. Es war *Tristram Shandy* und die mir bezeichneten Worte waren: ‚Was für ein Werk mag es wohl werden! Wir wollen damit anfangen!'" Derselbe Brief benachrichtigte mich, daß er für sein Weihnachtsbuch noch stark zu der „Schlachtfeld-Idee" hinneige, aber noch keinen Fortschritt damit gemacht habe, da er zunächst neugierig sei, zu hören, was ich von der Lebensfähigkeit dieser Idee denke. Mein einziger Einwand war gegen das gleichzeitige Unternehmen zweier Werke gerichtet, dessen volle Gefahr er noch nicht erkannte. Aber vorläufig wurde die Weihnachtsphantasie bei Seite gelegt und, außer in gelegentlichen Anspielungen, nicht wieder aufgenommen vor Ende August, als die ersten beiden Hefte von *Dombey* fertig waren. Die Zwischenzeit brachte frische interessante Beschreibungen seines neuen Lebens in seiner neuen Heimat; und da ich gezeigt habe, was für ein angenehmer geselliger Kreis, „wunderbar freundschaftlich und gastfrei"[70] bis zuletzt, sich schon in Lausanne um ihn gebildet hatte, und wie voll hörens- und wissenswürdiger Dinge er solche Anstalten, wie das Gefängnis und die Blindenschule, fand, werden dem Bilde anziehende Züge hinzugefügt werden, wenn ich seinen während dieser Eröffnung *Dombey's* geschriebenen Briefen einige fernere Bemerkungen über den allgemeinen Fortschritt seiner Arbeit, sowie über dasjenige entnehme, was ihn damals besonders interessierte und erheiterte, und über die Eindrücke, welche Land und Leute auf ihn hervorbrachten. In allen diesen Mitteilungen wird sein Charakter sich scharf abzeichnen.

---

[70] So schilderte er ihn. „Ich glaube nicht," fügt er hinzu, „wir hätten bessere Gesellschaft finden können. Es ist allerdings ein kleiner Kreis, aber ganz groß genug. Die Watsons gewinnen sehr bei näherer Bekanntschaft. Alle sind wohlunterrichtet und wir sind alle so gesellig und freundschaftlich wie möglich, und sehr heiter. Wir spielen zuweilen Whist, mit großer Würde und großem Ernst, die nur durch gelegentliche Scherze des Unnachahmlichen unterbrochen werden."

Elftes Kapitel

Schweizer Volk und Land
1846

Was ihm sofort als der wunderbarste Charakterzug der Berglandschaft aufgefallen war, war ihr ewig wechselnder und doch unveränderlicher Anblick. Sie erschien ihm nie zweimal als ganz dieselbe. Fünfzigmal täglich anders und neu, vorrückend und zurückweichend, war sie unverändert nur in ihrer Großartigkeit. Auch der See hatte jede Art wechselnder Schönheit für ihn. Bei Mondschein war er unbeschreiblich feierlich, und beim Herannahen eines Gewitters zeigte er, während der Himmel noch klar und der Abend hell blieb, eine seltsame Unruhe, die einen besonders geheimnisvollen und ergreifenden Eindruck machte. Ein solches Gewitter war unter seinen frühesten und freudigsten Erlebnissen, denn ein Grad von Hitze, schlimmer als in Italien selbst,[71] hatte ihn gleich anfangs zu jeder Anstrengung unfähig gemacht, bis Blitz, Donner und Regen erschienen. Der Brief, worin er mir hiervon erzählte (5. Juli), beschrieb das Obst in der kleinen Farm als so reichlich, daß die Bäume des Obstgartens vor seinem Hause sich unter der Last beugten, sprach von einem an dem Seitenfenster seines Esszimmers sich hinziehenden Weizenfelde als schon gemäht und eingeheimst und bemerkte, daß die von dem Regensturm entblätterten Rosen schöner und in größerer Zahl zurückkehrten als je.

Über das Schweizer Volk im Allgemeinen hatte er von Anfang an eine hohe Meinung gefaßt, die durch alles, was er während seines Aufenthalts sah, bestätigt wurde. Es schien ihm die größte Ungerechtigkeit, sie „die Amerikaner des Kontinents" zu nennen. In seinen ersten Briefen sagte er von den Bauern in der Umgegend von Lausanne, sie seien so angenehme Leute als nur möglich. Er begegnete nie einem Manne, einer Frau oder einem Kinde, ohne daß man ihn grüßte,

---

[71] Außerdem litt er auch, obgleich keine Moskitos dort waren, wie in Genua, zuerst durch eine Fliegenplage, die noch unerträglicher war als in Albaro. „Sie bedecken alles Eßbare, fallen in alles Trinkbare, taumeln in die nasse Tinte frisch geschriebener Worte und hinterlassen ihre Spuren auf dem Schreibpapier, stecken ihre Beine in den Seifenschaum an Deinem Kinn, während Du Dich morgens rasierst, und treiben Dich zur Verzweiflung, so oft Du einmal bei Tageslicht einschläfst."

und Grobheit oder Unfreundlichkeit bemerkte er bei ihnen nie. „Sie haben," fuhr er fort, „nicht die Milde und Anmut der Italiener oder die angenehmen Manieren der besseren Sorte der französischen Bauern, aber sie sind vortrefflich erzogen (die Schulen dieses Kantons sind außerordentlich gut, auch in dem kleinsten Dorfe) und immer bereit, eine höfliche und gefällige Antwort zu geben. Es gibt kein größeres Mißverständnis. Ich sprach neulich mit meinem Hausherrn[72] darüber und er sagte, er könne nicht begreifen, wie es entstanden sei; aber nach seiner Rückkehr aus einem achtzehnjährigen Dienst in der englischen Flotte habe er das Volk vermieden und kein Interesse dafür gefühlt, bis es allmählich seinen wirklichen Charakter seiner Beachtung aufgezwungen. Wir haben hier einen Kutscher und eine Köchin, die wir auf gut Glück aus der Stadt hernahmen, und ich habe nie gefälligere Diener oder Leute, die ihre Arbeit mit so aufrichtigem Ernst taten, gesehen. Und in Bezug auf Reinlichkeit, Ordnung und Pünktlichkeit auf den Augenblick sind sie unvergleichlich. ..."

Die erste große Versammlung der Schweizer Bauern sah er in der dritten Woche nach seiner Ankunft bei einem ländlichen Fest, das an einem ‚Das Signal' genannten Orte stattfand, einem tief grünen Walde, an den Abhängen und auf dem Gipfel eines hohen Berges, welcher die Stadt und die ganze Umgegend beherrschte, und er gab mir eine sehr hübsche Beschreibung davon. „Es waren verschiedene Buden mit Speisen und Getränken und für den Verkauf von Schmucksachen und Süßigkeiten da; und an einem Platze wurde ein großer Kreis offengehalten, worin die gewöhnlichen Leute ohne Aufhören zur Begleitung einer Musikbande walzten und polkaten. Es war ein großes Karussell für Kinder da (o meine Sterne! was für eine Familie war Eigentümerin desselben! Ein sonnverbrannter Vater und Mutter, ein buckeliger Junge, ein großer Pudel, der alle möglichen Künste verstand und ein junger Mörder von siebenzehn Jahren, der die Maschine drehte); und man hatte Spiele des Zufalls und der Geschicklichkeit unter den Bäumen.

---

[72] Sein vorhergehender Brief hatte mir seinen Hausherrn skizziert. „Neulich abends fand bei dem Signal ein Jahresfest für Kinder statt, das von der Stadt gegeben wurde. Es war schön, etwa hundert Paare Kinder in einem gewaltigen Kreise in einem grünen Walde tanzen zu sehen. Unsere drei ältesten waren dabei, unter dem Schutze meines Hausherrn, der 18 Jahre in der englischen Flotte gedient hat und jetzt Unterpräfekt der Stadt ist – ein sehr guter Mensch, ganz ein Engländer. Unsere Hausherrin, die doppelt so alt ist als er, hielt früher das Gasthaus (ein berühmtes) in Zürich, und nachdem sie £ 50 000 damit gemacht hatte, stattete sie einen jungen Gemahl damit aus. Sie hätte etwas Schlechteres tun können."

Es war sehr hübsch. In einigen der Trinkbuden sangen Gesellschaften deutscher Bauern, zu je zwanzig oder so, nationale Trinklieder und machten einen äußerst erheiternden und musikalischen Chorus, indem sie ihre Becher und Gläser nach einer regelmäßigen Melodie auf dem Tische klirren ließen und einander zutranken. Du kennst das als ein Bühnenspiel, aber in der Wirklichkeit macht es sich vortrefflich. Weiter bergab hielten andere Bauern ein Preisschießen mit Büchsen, nach Scheiben, die zwei- bis dreihundert Schritte entfernt, an der gegenüberliegenden Seite einer tiefen Schlucht aufgestellt waren. Es war erstaunlich, die wunderbare Genauigkeit zu sehen, womit sie zielten und wie, jedesmal wenn eine Büchse den zehntausendfachen Wiederhall der grünen Waldschlucht erweckt hatte, Leute, die sich hinter einer kleinen Mauer unmittelbar vor den Scheiben verborgen hielten, hervorsprangen und große Zahlen in den Händen emporhielten, um anzudeuten, wo die Kugeln das Zentrum getroffen hatten, und dann in einem Augenblick wieder verschwanden. In einem Kreise in der Nähe dieser Schützen stand eine andere Gesellschaft von Deutschen, die vierstimmig höchst melodische Jagdlieder sangen. Und unten in der Ferne lag Lausanne und hob sich mit allen möglichen gespenstisch aussehenden Türmen gegen das glatte Wasser des Sees und einen ganz roten, und goldenen und hellgrünen Abendhimmel ab. Als es ganz finster wurde, wurden sämtliche Buden erleuchtet, und das Flimmern der Lampen durch die Bäume des Waldes war schön." Diesem hübschen Bilde fügte ein Brief von etwas späterem Datum, der eine Hochzeit auf der Farm schilderte, einige komische Illustrationen der Neigung der Schweizer zum Scheibenschießen und auch sonst allerlei launische Charakterzüge hinzu. „Eins von den Familienmitgliedern des Farmers, – eine Schwester glaube ich – verheiratete sich hier neulich. Es ist wunderbar zu sehen, wie selbst die kleinsten Mädchen von Natur für Heiraten Interesse haben. Katey und Mamey waren in solcher Aufregung, als wären sie achtzehn. Die Liebe der Schweizer zum Schießpulver bei interessanten Gelegenheiten ist eine der komischsten Tatsachen. Schon drei Tage vorher stürzte sich der Farmer selbst, inmitten seiner verschiedenen ländlichen Arbeiten, etwa einmal jede Stunde aus einer kleinen Tür bei meinen Fenstern heraus, und feuerte eine Büchse ab. Ich glaubte, er schösse Ratten, die die Weinstöcke verdürben; aber wie es schien, machte er nur seinen Gedanken hinsichtlich der herannahenden Hochzeit Luft. Die ganze darauf folgende Nacht feuerten er und ein kleiner Kreis von Freunden fortwährend Büchsen ab unter den Fenstern des Brautgemachs. Eine Braut kleidet sich hier immer in schwarze Seide; aber diese Braut trug Merino von dieser Farbe, und bemerkte, als sie es kaufte, gegen ihre Mutter (die alte Dame ist 82 Jahre alt und arbeitet auf der Farm): ‚Du weißt, Mutter, ich werde gewiß bald Trauer für Dich tragen müssen, und dann wird dasselbe Kleid dafür gut sein.'"

Inzwischen rückte er Tag auf Tag beständig mit seinem ersten Hefte weiter. Zuweilen empfand er den Mangel an Straßen in einer außerordentlichen nervösen Aufregung, die es kaum möglich ist, zu beschreiben und die ihn überkam, nachdem er den ganzen Tag geschrieben hatte; aber zu allen Zeiten fand er die Stille des Ortes dem Fleiße sehr günstig. „Ich schreibe zuerst natürlich langsam" (5. Juli), „aber ich hoffe, binnen zwei Wochen spätestens wird das erste Heft beendet sein. Das erste Kapitel ist fertig und das zweite habe ich angefangen. Von dem Verdienst der Arbeit bis hierher sage ich nichts, auch von dem allgemeinen Plane nichts, als was Du schon weißt, weil ich lieber möchte, daß Du es so unvorbereitet als möglich läsest. Ich werde am Ende des vierten Heftes jedenfalls eine große Überraschung für die Leute haben, und wie mir scheint, ist eine neue und eigentümliche Art von Interesse darin, welche eine zarte Behandlung notwendig macht, worüber ich Dir später einmal meine Gedanken mitteilen werde. Wenn ich mit diesem Hefte fertig bin, mache ich vielleicht einen Ausflug nach Chamounix. ... Meine Aufmerksamkeit ist natürlich von dem Weihnachtsbuch abgelenkt worden. Wenn ich mit dem ersten *Dombey* fertig bin, werde ich mich wohl daran machen, sobald die Idee mir lebendig vor die Seele tritt. Ich halte noch fest an der Schlachtphantasie, obgleich es bis jetzt nichts als eine Phantasie ist." Eine Woche später schrieb er mir, er hoffe das erste Heft in etwa einer Woche zu beendigen und werde sich dann nach seinem Weihnachtsbuch in den Gletschern von Chamounix umsehen. Sein Fortschritt bis zu diesem Punkte hatte ihm gefallen. „Ich glaube, *Dombey* ist ein sehr dankbarer Gegenstand, – der Grundgedanke einer großen Entwicklung fähig, eine Menge Charaktere, die wahrscheinlich Eindruck machen werden und etwas ausgelassener Humor, nicht zu reden von Pathos. Doch ich hoffe, Du wirst bald selbst darüber urteilen können und ich weiß, Du wirst sagen, was Du denkst. Ich bin sehr fleißig bei der Arbeit gewesen."[73] Sechs Tage später hörte ich, er habe noch acht Seiten zu schreiben und habe Chamounix eine Woche aufgeschoben.

---

[73] Der Schluß dieses Briefes schickte Familiengrüße in charakteristischer Form. „Kate, Georgy, Mamey, Katey, Charley, Walley, Chickenstalker und Sampson Braß empfehlen sich Euer Gnaden liebendem Andenken." Der vorletzte, der jenen

Aber obgleich das vierte Kapitel noch unvollständig war, konnte er doch den Wunsch, mir zu schreiben was er arbeitete, nicht länger unterdrücken (18. Juli). „Ich glaube, der Grundgedanke von *Dombey* ist interessant und neu, und enthält einen großen Stoff. Aber ich mag nicht mit Dir darüber reden, ehe Du das erste Heft gelesen hast, aus Furcht, die Wirkung könnte dadurch verdorben werden. Wenn es fertig ist – hoffentlich Mittwoch oder Donnerstag – will ich es in zwei Posttagen schicken, sieben Briefe jeden Tag. Wenn Du es sogleich drucken läßt (ich fürchte, Du würdest es nicht anders als gedruckt lesen können), wirst Du, ich weiß es, von Bradbury und Evans die strengste Verschwiegenheit fordern. Auch das bloße Bekanntwerden des Namens würde verderblich sein. Die Illustrationen und die dabei nötige, ungeheure Sorgfalt verursachen mir viel Unruhe. Der Mann für *Dombey*, wenn Browne[74] ihn sehen könnte, der Repräsentant seiner Klasse bis auf ein Härchen, ist Sir A. E. von D's. Große Sorgfalt wird bei Miss Tox notwendig sein. Die Familie Toodle muß nicht zu sehr karikiert werden, wegen Polly. Ich möchte, daß Browne über Susan Nipper nachdächte, die in dem ersten Hefte noch nicht vorkommen wird. Nach dem zweiten Hefte werden alle neun oder zehn Jahre älter sein, aber das wird keine große Veränderung in den Charakteren bedingen, mit Ausnahme der Kinder und Miss Nipper's. Wie herrlich, daß ich Dir alle diese Namen so vertraulich nenne, während Du noch nichts über sie weißt. Es ist ein wahrer Genuß für mich. Beiläufig gesagt, ich hoffe, die Einführung Salomon Gills'[75] wird Dir gefallen. Ich glaube er wohnt in einem ganz guten Hause. ... Noch ein Wort. Was denkst Du, wenn ich als Titel für das Weihnachtsbuch wählte: *Der Kampf des Lebens?* Es ist kein Titel, über den ich viel nachgedacht habe, aber er kam mir grade in Verbindung mit jener nebelhaften Idee in den Sinn. Wenn ich klar darüber sehe, werde ich es wohl zuerst vornehmen und damit aufräumen. Wüßtest Du, wie es mir im Sinne liegt, so würdest Du gewiß derselben Meinung sein. Es würde eine gewaltige Erleichterung sein, wäre ich damit fertig und stände dann dem Fortschritt *Dombey's* weiter nichts im Wege."

Namen lange fortführte, war Frank, der letzte, der, wie man sehen wird, bald einen andern bekam, war Alfred.

[74] Harold Browne, der schon mehrfach erwähnte Illustrator von Dickens' Werken. – D. Übers.

[75] Der Verfertiger mathematischer Instrumente, den Taine als Trödelwarenhändler beschreibt.

Binnen der angegebenen Zeit wurde das erste Heft fertig; aber zwei kleine Zwischenfälle gingen dem Ausflug nach Chamounix noch voraus. Der erste war ein Besuch Hallam's[76] bei Mr. Haldimand. „Himmel! wie Hallam gestern redete! Ich glaube nicht, daß ich ihn je so furchtbar gesehen habe. Sehr gutmütig und angenehm, auf seine Weise, aber, o Himmel! wie er redete! Jener berühmte Tag, dessen Du und ich uns erinnern, war nichts dagegen. Sein Sohn war bei ihm und seine Tochter (die eine schwere Zunge hat, als wäre die Natur entschlossen, diese Fähigkeit in der Familie im Gleichgewicht zu erhalten) und seine Nichte, eine hübsche Frau, die Frau eines Geistlichen, und eine Freundin Thackeray's. Ich glaube beinah, sie muß ‚die kleine Frau' sein, zu der er uns einmal zum Tee führen wollte, in Golden-Square. Erinnerst Du Dich nicht? Sein großer Liebling? Jedenfalls ist sie eine allerliebste Person." Ich hoffe, man wird mir verzeihen, wenn ich eine Meinung aufbewahre, welche durch spätere nähere Bekanntschaft bestätigt wurde, und die der Dame, in Bezug auf welche sie ausgedrückt wird, jetzt wohl kaum etwas anderes gewähren kann als Vergnügen. Auf den zweiten Zwischenfall spielt er noch kürzer an. „Da Mr. Haldimand und Mrs. Marcet und die Cerjats aus morgen eine kleine Bergtour für uns veranstaltet hatten, möchte ich Chamounix nicht im Wege stehen lassen. Wir gehen daher zuerst mit ihnen und brechen am Dienstag auf eigene Hand auf. Unser Verkehr mit diesen Leuten ist äußerst angenehm." Der Schluß desselben Briefes (25. Juli) deutet unter Erwähnung zweier Lokalneuigkeiten auf die Gefahren hin, die von allen Schweizerreisen unzertrennlich sind, und auf die besondern Vorsichtsmaßregeln, welche für die Ferien, die er sich jetzt in den Bergen machen wollte, notwendig waren. „Meine erste Neuigkeit ist, daß ein Krokodil aus dem zoologischen Garten in Genf entwischt sein, und jetzt an dem See ‚herumzickzacken' soll. Aber ich vermag nicht zu entdecken, ob dies eine große Tatsache ist oder ein frommer Betrug, um zu vieles Baden und viele Unfälle zu verhindern. Die andere Neuigkeit ist von ernsterer Art. Eine englische Familie, deren Namen ich nicht kenne, bestehend aus Vater, Mutter und Tochter, kam hier vorigen Montag im Hotel Gibbon an und brach in einem der hiesigen Landwägen zu einer Tour in die Berge auf. Die Straße war nichts als ein Leinpfad und hätte nur mit Mauleseln bereist werden sollen; aber der Engländer bestand darauf (wie Engländer tun), in dem Wagen weiter zu fahren, und als Antwort auf die Vorstellungen

---

[76] Henry Hallam, der berühmte Verfasser der *Constitutional History of England*. – D. Übers.

des Kutschers, daß kein Wagen je dort hinaufgefahren sei, bemerkte er, er brauche nicht zu fürchten, daß man ihm nicht dafür bezahlen werde und so fort. Der Kutscher stieg demnach ab und ging zu Fuß neben den Pferden her. Es war glühend heiß und nach vielem Zerren und Bäumen, fingen die Pferde an zurückzuweichen und fielen, wie sie da waren, mit Wagen und allem in eine tiefe Schlucht hinab. Die Mutter wurde auf der Stelle getötet, Vater und Tochter liegen in einem benachbarten Hause und man zweifelt an ihrem Aufkommen."

Sein nächster Brief (geschrieben am 2. August) schilderte seine eigenen ersten wirklichen Erfahrungen im Bergreisen. „Ich fange meinen Brief heute Abend an, aber ich fange ihn auch nur an, denn wir sind soeben zu rechter Zeit für das Dîner von Chamounix zurückgekehrt und einigermaßen erschöpft. Wir gingen über einen Bergpaß, der von Damen nicht oft überschritten wird, den Col de Balme, wo Deine Einbildungskraft sich Kate und Georgy zehn Stunden lang in einem Zuge auf Mauleseln vorstellen muß, an den schrecklichsten Abgründen auf- und niederreitend. Wir kehrten zurück über den Paß der Tête Noire, den Talfourd kennt und der von anderer Art, aber auch erstaunlich schön ist. Mont Blanc und das Tal von Chamounix, und das Mer de Glace, und alle Wunder dieser wunderbaren Gegend gehen weit über die wildesten Erwartungen hinaus. Ich kann mir in der Natur nichts Großartigeres und Erhabeneres vorstellen. Müßte ich jetzt etwas darüber schreiben, ich würde ganz toll dabei werden – so mächtige Eindrücke regen sich in mir. ... Du wirst Dir denken können, daß das Reisen mit Mauleseln ziemlich naturwüchsiger Art ist. Jede Person führt einen an den Maulesel angeschnallten Reisesack vor oder hinter sich, und das ist alles Gepäck, das man mitnehmen kann. Ein Führer, ein echter Mann der Berge, geht den ganzen Weg zu Fuße und führt den Maulesel der Dame, ich sage der Dame par excellence, als Kompliment für Kate; und alle andern arbeiten sich vorwärts so gut sie eben können. Die Kavalkade[77] hält in der Mitte des Tages bei einer einsamen Hütte an und macht von allem was sie bekommen kann ein glänzendes Gabelfrühstück. Über jenen Col de Balme-Paß zurückkehrend, klimmt man aufwärts, aufwärts, aufwärts, fünf Stunden lang und mehr, und blickt – von einem ungeschützten bloßen Saume von Pfad, an der Seite des Abgrunds – in solche furchtbare Täler, daß man endlich fest wird in dem Glauben, man sei über alles in der Welt emporgestiegen, und nichts Irdisches könne mehr zu Häupten sein. Gerade

---

[77] Prachtvoller Reiteraufzug.

wenn man zu diesem Schlusse gekommen ist, weht einem eine andere (und o Himmel! was für eine freie und wunderbare) Luft ins Gesicht; man überschreitet eine Schneekette und vor Einem liegt (bis dahin ganz ungesehen), sich in den fernen Himmel auftürmend, der gewaltige Bergzug des Mont Blanc, mit daneben liegenden Bergen, die, durch seine majestätische Größe zu bloßen Zwergen verkleinert, sich in zahllose schroffe, gotische Zinnen zuspitzen; Wüsten von Eis und Schnee; Tannenwälder an den Abhängen der Berge, ganz unscheinbar in der ungeheuern Szene; Dörfer tief in den Schluchten, die man mit einem Finger bedecken kann; Wasserfälle, Lavinen, Pyramiden und Türme von Eis, Waldströme, Brücken, Berg auf Berg, bis der Himmel selbst ausgeschlossen wird und man zu Häupten blicken muß, um ihn zu sehen. Großer Gott, was für ein Land ist die Schweiz! und was für eine Konzentration dieses Landes kann man von jener Stelle aus schauen! Und (stelle Dir das in Whitefriars und Lincolns-Inn vor!) am Mittag des zweiten Tages von hier (und der erste Tag ist beiläufig bemerkt nur ein halber und voll der seltensten Schönheit) lagerst Du Dich auf jener Schneekette und siehst das alles! ... Ich glaube, ich muß wieder hin (einerlei, ob Du kommst oder nicht!) und es noch einmal sehen, ehe das schlechte Wetter eintritt. Wir haben Sonnenschein gehabt, Mondschein, eine vollkommen durchsichtige Atmosphäre ohne eine Wolke, und das große Plateau auf dem Gipfel des Mont Blanc selbst so klar bei Tag und Nacht, daß es schwer war, an die dazwischen liegenden Klüfte und Abgründe zu glauben und fast unmöglich, dem Gedanken zu widerstehen, daß man hinauseilen und leicht emporklimmen könne. Ich ging an alle möglichen Orte, bewaffnet mit einer Sprungstangen-ähnlichen großen Stange mit eiserner Spitze, und Eisenspitzen an meine Schuhe geschnallt, und ich fühle mich gründlich abgemattet. Ich wünschte sehr, den Ausflug nach einem Punkte zu machen, welcher „der Garten" heißt: ein grüner, blumenbedeckter Fleck, der sich durch das Mer de Glace und zwischen den furchtbarsten Bergen hinzieht; aber ich konnte in den Hotels keinen Engländer finden, welcher ein gleiches Verlangen fühlte, und der Brave wollte nicht gehen. Nein, Sir! Er erklärte sich rund heraus dagegen (eine Kletterpartie am Tage vorher hatte ihn schrecklich mitgenommen) und es gehe über seine Kräfte. Er ist ohne Frage für eine solche Arbeit zu schwer.[78] In allen andern Beziehungen hat er sich, wie mir scheint, auf dieser Reise selbst übertroffen, und hättest Du ihn

---

[78] Der arme Mensch. Er hatte eine versteckte Herzkrankheit, die sich nach Dickens' Rückkehr nach England rasch entwickelte.

sehen können, wie er auf einem sehr kleinen Maulesel einen Weg, gerade wie die zerbrochenen Treppen von Rochester-Castle, hinaufritt, eine Branntweinflasche über die Schulter geschlungen, eine kleine Pastete in seinem Hute, ein gebratenes Huhn aus seiner Tasche heraussehend, und einen Bergstecken von sechs Fuß Länge quer über dem Sattel vor ihm – Du würdest dasselbe gesagt haben. Er war (nächst mir) die Bewunderung von Chamounix, aber auf der Reise löschte er mich völlig aus."

Auf dem Rückwege, einen Tag ehe dieser Brief geschrieben wurde, hatte ein kleines Abenteuer stattgefunden. Dickens klingelte langsam den Tête Noir-Paß hinauf (sein Maulesel hatte siebenunddreißig Glocken um den Kopf) und ritt gerade ganz allein, „als ein Engländer aus einem kleinen Châlet an einer äußerst unzugänglichen und außerordentlichen Stelle hervorstürzte und sehr vergnüglich sagte: ‚Es hat hier ein Unfall stattgefunden, Sir!' Ich hatte an irgendetwas ganz anderes gedacht und da ich keinen Grund hatte, ihn, abgesehen von seiner Sprache, die in der Verwirrung nicht mitzählte, für einen Engländer zu halten, stammelte ich eine Antwort auf Französisch und starrte ihn in sehr feuchtem Hemd und Hosen an, während er mich in einem ähnlichen Kostüm anstarrte. Als er die Ankündigung wiederholte, begann eine Ahnung von gesundem Menschenverstand in mir aufzudämmern und so gelangte ich zu einer Erkenntnis der Tatsache, daß nicht weit davon eine deutsche Dame von ihrem Maultier abgeworfen worden, ein Bein gebrochen und in großen Schmerzen ihren Weg nach jener Hütte gefunden habe, wo gleich darauf der Engländer, ein Preuße und ein Franzose sich eingefunden hatten, und daß der Franzose, merkwürdig genug, glücklicherweise ein Wundarzt war. Sie kamen alle von Chamounix, und die drei letzteren reisten zusammen. Es war äußerst erfreulich zu sehen, wie aufmerksam sie waren. Die Dame kam von Lausanne, wohin sie von Frankfurt gekommen war, um mit ihren zwei Knaben, die hier in der Schule sind, während der Ferien Ausflüge zu machen. Sie hatte sonst keinen Begleiter und die Jungen weinten und ängstigten sich. Der Engländer war voller Freude, daß er eben ein weißes Kleid, zwei Hemden und drei Taschentücher zu Bandagen zerschnitten hatte; der Franzose hatte das Bein geschickt eingesetzt; der Preuße hatte einen benachbarten Wald nach Leuten durchsucht, die sie weiter tragen könnten und alle waren hinter der Hütte beschäftigt, eine Art Handkarren zu machen, um sie darauf fortzuschaffen. Als der Karren fertig war, wurde sie darauf gelegt; man bedeckte ihren armen Kopf mit einem Taschentuche und trug sie weg, und wir alle leisteten ihnen Gesellschaft: Kate und Georgy trösteten die Leidende, die sehr mutig war, aber ihren Mann erst vor einem Jahre verloren hatte." Mit derselben köstlichen Beobachtungsgabe, und ohne Auslassung irgendeines freundlichen Charakterzugs, der jeder der handelnden Personen ihre Stelle in der kleinen Szene anweisen konnte, wird beschrieben, was weiter folgte; doch es ist nicht nötig, mehr hinzuzufügen. Man hoffte, die arme Dame durch frische Leute aus Martigny am kühleren Abend noch vier Meilen weiter, bis an die Seespitze tragen und sie von dort auf das Dampfboot bringen zu können; aber sie war zu erschöpft, um weiter als bis zum Gasthofe getragen zu werden und dort mußte sie bleiben, bis Verwandte aus Frankfurt zu ihr kamen.

Nach seiner Rückkehr gönnte er sich einige Ruhetage, ehe er das zweite Heft von *Dombey* anfing und ehe dies letztere vollendet und die Weihnachtsgeschichte in Angriff genommen ist, weihe ich den Leser nicht in das volle Geheimnis seiner schriftstellerischen Arbeit ein. Aber es gab andere Dinge, die ihn bis zu jenem Zeitpunkt unterhielten und beschäftigten, sowohl wenn er müßig, als wenn er an der Arbeit war, und diesen ist in seinen Briefen ein so charakteristischer Ausdruck gegeben, daß sie hier passend eine Stelle finden.

Zwischen dem zweiten und dem neunten August ging er eines Abends, fünf Minuten nach Sonnenuntergang, als der Himmel mit finstern schwarzen Wolken bedeckt war, die sich im Wasser spiegelten, an den See hinab und sah das Schloß Chillon. Seiner Meinung nach war dies von allen Orten, die er gesehen, derjenige, dessen Ruhm am wenigsten übertrieben war, und der ihn am meisten verdiente. „Die unerträgliche Einsamkeit und Öde der weißen Mauern und Türme, der träge Graben und die träge Zugbrücke und die einsamen Wälle – ich habe nie etwas Ähnliches gesehen. Aber im Innern ist ein Hof, von Gefängnissen, Oublietten[79] und alten Folterkammern umgeben, so schrecklich traurig, daß der Tod selbst nicht trauriger sein kann. Und o! eines bösen alten Herzogs Schlafzimmer oben im Turme, von wo eine geheime Treppe in die Kapelle führt, wo die Fledermäuse umherschwirren; und Bonnivard's Kerker; und eine entsetzliche Falltür, von wo die Gefangenen in den See hinabgeworfen wurden; und ein Marterpfahl, ganz verbrannt und zerspalten, der noch in dem Folter-Vorzimmer zu dem Hofe der Gerechtigkeit (!) steht – was für furchtbare Orte! Guter Gott, das größte Mysterium auf der ganzen Erde ist für mich, wie oder warum die Welt während der guten alten Zeiten von ihrem Schöpfer geduldet, und nicht in Trümmer zerschellt wurde."

---

[79] Eine Art Burgverlies.

Am neunten August schrieb er mir, es solle an diesem Tage in Lausanne ein großartiges Fest stattfinden, zu Ehren des ersten Jahrestages der Proklamation der Neuen Verfassung:[80] „Es fängt an bei Sonnenaufgang mit dem Abfeuern der großen Kanonen, und zweimal zweitausend Flintenschüssen durch zweitausend Mann; sodann folgen um elf Uhr feierlicher Gottesdienst und Reden in der Kirche; und endlich abends ein großer Ball in der öffentlichen Promenade und eine allgemeine Erleuchtung der Stadt." Die Behörden hatten ihn auf einen Ehrenplatz bei der Zeremonie eingeladen und obgleich er nicht hinging („da ich bis drei Uhr Morgens auf gewesen war und zu der festgesetzten Zeit in tiefem Schlafe lag"), drückte die Antwort, worin er sich bedankte, seine Sympathie aus. Er war hierzu umso bereiter, als er bei der „alten oder gentlemännischen" Partei des Ortes („natürlich mit Einschluß der anwesenden Engländer, die immer Tories sind, hol' sie der Henker!") eine so wunderbar gereizte Stimmung gegen die so gefeierte Revolution entdeckt hatte, daß die Mehrzahl, um das Fest zu vermeiden, den Tag vorher mit dem Dampfschiff fortgegangen war, und die Zurückbleibenden Angriffe auf die unerleuchteten Häuser und andere Exzesse weissagten. Dickens hatte keinen Glauben an solche Vorhersagungen. „Das Volk ist immer so vollkommen gut gelaunt und ruhig, wie ein Volk sein kann. Ich weiß nicht, wie die letzte Regierung gewesen sein mag, aber sie scheinen mir unter der gegenwärtigen sehr gut vorwärts zu kommen und vernünftig und billig behandelt zu werden. Wollte man glauben, was die Unzufriedenen behaupten, so könnte man an keinen einzigen Mann und an keine einzige Frau mit einem Korn von Güte und Höflichkeit glauben. Ich finde nichts als Höflichkeit; und ich durchwandere alle möglichen abgelegenen Orte, wo die Leute in einsamen Hütten ein hinreichend rauhes Leben führen." Von dem Resultat erzählte er in zwei Nachschriften zu seinem Briefe und dasselbe zeigte, daß er so weit recht hatte. „P. S. 6 Uhr nachmittags. Das Fest geht unter starker Beteiligung weiter. Nicht einer von ‚der alten Partei' ist zu sehen. Ich ging vor dem Dîner mit einem Mitgliede derselben nach dem Festlokal, aber nichts konnte ihn bewegen, mich

---

[80] Aus der mit den öffentlichen Festlichkeiten verknüpften Aufregung entstanden einige häusliche Unbequemlichkeiten. Ich will eine derselben erwähnen. „Fanchette, die Köchin, verwirrt durch das herannahende Fest, weigerte sich auf's Äußerste, gestern eine Ente zu kaufen, wie der Brave ihr befohlen, und ein Kampf auf Leben und Tod zwischen jenen beiden Mächten war die Folge. Die Ansicht des Braven ist, daß ‚diese Frau verrückt geworden sei'. Aber heute scheint sie ruhig und wird, glaube ich, die Familie nicht vergiften"

durch die Barrieren zu begleiten. Und doch war das, was man eine Revolution nennt, nichts als eine Veränderung der Regierung. Sechsunddreißigtausend Leute in diesem kleinen Kanton petitionierten gegen die Jesuiten – Gott weiß, mit gutem Grunde. Die Regierung hielt es für passend sie als ‚Pöbel' zu bezeichnen. Um daher zu beweisen, daß sie kein Pöbel seien, zwangen sie die Regierung abzutreten. Ich ehre sie dafür. Sie sind ein tüchtiges Volk, diese Schweizer. Es ist besserer Stoff in ihnen, als in allen Sternen und Streifen der schwülstigen Banner der sogenannten und fälschlich so genannten Vereinigten Staaten. Sie sind ein Dorn im Fleische der europäischen Despoten und ein gutes, gesundes Volk, und es ist gut daß sie, neben Jesuitengeplagten Königen auf der sonnigeren Seite der Berge, wohnen." P. P. S. 10. August. ... Das Fest lief so ruhig ab, als ich erwartet hatte und man tanzte die ganze Nacht."

Diese Ansichten fanden eine bemerkenswerte Erläuterung in einem späteren Briefe, wo er eine ähnliche Revolution schildert, die sich in Genf zutrug, ehe er die Schweiz verließ, und nichts könnte besser seinen praktischen Scharfblick in solchen Dingen beweisen. Die Schilderung soll weiter unten mitgeteilt werden. Inzwischen setze ich eine nicht minder bemerkenswerte Äußerung von ihm über meine Antwort auf seinen Bericht über das antijesuitische Fest in Lausanne hierher: „Ich weiß nicht, ob ich schon erwähnt habe, daß man in dem nahegelegenen Tale des Simplon, da, wo bei der Brücke von St. Moritz über die Rhone dieser protestantische Kanton endet und ein katholischer Kanton anfängt, zwei völlig verschiedene und getrennte Zustände der Menschheit von einander absondern könnte, indem man mit dem Stock eine Linie durch den staubigen Boden zieht. Auf der protestantischen Seite: Reinlichkeit, Heiterkeit, Fleiß, Erziehung, beständiges Streben wenigstens nach besseren Dingen. Auf der katholischen Seite: Schmutz, Krankheit, Unwissenheit, Armut und Elend. Ich habe dies so regelmäßig beobachtet, seit ich zuerst das Ausland bereiste, daß eine trübe Ahnung mich füllt, daß die Religion Irlands ebenso tief an der Wurzel alles seines Elends liegt, als selbst die englische Mißregierung und die toryistische Schurkerei." Fast das gerade Seitenstück zu dieser Bemerkung findet sich in einer der späteren Schriften Macaulay's.

Zwölftes Kapitel

Skizzen, besonders persönlicher Art
1846

Einige Skizzen nach dem Leben in Dickens' angenehmster Manier müssen jetzt aus derselben Reihe von Briefen mitgeteilt werden, und ich will einige weniger wichtige Notizen, ebenfalls meist persönlicher Art, voranschicken, welche charakteristische Bemerkungen über seine Ansichten enthalten.

Die innere englische Politik kritisierte er in einem Briefe vom 24. August so ziemlich in dem Sinne seiner letzten vortrefflichen Bemerkung über die protestantischen und katholischen Kantone; denn er fühlte keine Sympathie für das Verfahren der Whigs gegen Irland, nachdem diese Sir Robert Peel bei seiner Zwangsbill geschlagen und dann die Regierung wieder übernommen hatten. „Ich bin vollständig entsetzt über das Schwanken und die Feigheit der Whigs. Ihre Waffenbill dem Parlament vorzulegen, die Wucht des Angriffs dagegen auszuhalten, die mißliebigen Klauseln daraus zu entfernen, doch an der Bill festzuhalten und sie dann schließlich zurückzuziehen, scheint mir die erbärmlichste Politik, die man sich denken kann. Ich kann nicht an die Whigs glauben. Lord John Russell muß hilflos unter ihnen sein. Sie scheinen aus irgendwelchem Grunde nie zu wissen, was für Karten sie in der Hand halten und sie mit verbundenen Augen auszuspielen. Der Kontrast mit Peel (wie er zuletzt war) ist, ich stimme darin mit Dir überein, nicht günstig. Ich glaube jetzt nicht, daß sie die Korngesetze je abgeschafft haben würden, auch wenn sie es gekonnt hätten." In demselben Briefe[81] spricht er von dem Widerstreben der

---

[81] Er macht dort auch eine Bemerkung über eine Klasse von Verbrechern, welche noch immer ungenügend bestraft werden. „Ich hoffe, Du wirst Deinen Gedanken über den mangelhaften Zustand der Gesetze in Hinsicht auf die Frauen einige Bemerkungen über die ungenügende Bestrafung jenes Schurken nachfolgen lassen, den die Pennyskribenten leichtfertig den Heiratsspekulanten en gros nennen. Meine Meinung ist, daß er bei wohlgeordneten gesellschaftlichen Zuständen und einem vorgeschrittenen Geist der sozialen Jurisprudenz mehr als einmal (privatim) geprügelt, und jedenfalls zur Transportation auf keine geringere Zeit, als den Rest seines Lebens verurteilt werden würde. Der Mann, der die Frau aus dem Fenster warf, war jedenfalls nicht schlechter, wenn so schlecht."

öffentlichen Männer aller Parteien, Auswanderungsplänen den nötigen Beistand zu gewähren, und schreibt dasselbe einem geheimen Glauben an „den gentilen national-ökonomischen Grundsatz zu, daß ein Überschuß der Bevölkerung darben müsse und solle" – einen Grundsatz, worin er selbst nie etwas anderes sehen konnte, als Unglück für alle, die darauf bauten. „Ich bin überzeugt, daß diese Philosophen jede, selbst die gerechteste Regierung, Sache, Lehre zu Grunde richten würden. Es lebt ein gesundes Gefühl und eine Menschlichkeit in der Masse des Volkes, vor der sie auf die Dauer nicht standhalten können; und sie werden ihre Freunde immer scheitern lassen, wie sie sie bei der Durchführung der Armengesetze scheitern ließen. Nicht alle Zahlen, die Babbage's Rechenmaschine in zwanzig Generationen hervorbringen könnte, würden auf die Dauer gegen das allgemeine Gefühl Stich halten."[82]

Unter andern in seinen Briefen berührten Gegenständen besitzen einige die vermehrte Anziehungskraft, welche Charakterzügen von persönlichem Interesse eigen ist, wenn dieselben mit Schicklichkeit gedruckt werden können. So spricht er über einen Roman von Hood. „Ich habe des armen Hood ‚Tylney Hall' gelesen: das außerordentlichste Gemisch von unmöglichen Exzentrizitäten und ungewöhnlichem Geist, das mir je vorgekommen. Der nach dem Leben gezeichnete Charakter des vom Nachdruck lebenden Buchhändlers ist wunderbar gut und seine Empfehlung an einen heruntergekommenen Universitätsmann, aus dem Nichts emporzusteigen, wie er, der Nachdrucker, es getan, und in den Kirchen herumzugehen und sich zu erkundigen, ob nicht eine Stelle dort frei sei und nötigenfalls als Pedell anzufangen, ist in ihrer Art eine der besten Sachen, die ich je gelesen." Derselbe Brief enthält einen zarten kleinen Zug über den großen Herzog, rührend in seiner Einfachheit und wert, aufbewahrt zu werden. „Ich bekam gestern einen Brief von Tagart, der eine merkwürdige kleine Anekdote über den Herzog von Wellington enthielt. Sie hatten ein kleines Landhaus in Walmer und eines Tages – erst ganz vor kurzem – begegnete der alte Mann ihrer kleinen Tochter Lucy, einem Kinde von Mamey's Alter, am Garten, und nachdem er sie geküßt und nach ihrem Namen gefragt hatte, und wer und was ihre Eltern wären, band er ihr eine kleine silberne Medaille mit einem roten Band um den Hals und bat das Kind, dieselbe zum Andenken an ihn zu behalten. Es

---

[82] Diese Bemerkungen sind speziell gegen die Malthus'sche Lehre von der Bevölkerung gerichtet. Babbage ist der vor kurzem gestorbene, angesehene englische Mathematiker, der unter anderm eine Rechnenmaschine erfand. – D. Übers.

ist etwas Gutes und Altes und Seltsames darin – meinst Du nicht auch?"

Eine andere persönliche Bemerkung bezog sich auf Lord Grey, gegen dessen Redeweise und Charakter im Allgemeinen er immer eine stark ausgesprochene Abneigung fühlte, eine Abneigung, welche, nicht ganz unparteiisch und gerecht, aus den Tagen der Reaktion hervorging, die den Reformdebatten folgten, als die am wenigsten anziehenden Eigentümlichkeiten des Führers der Whigs sich dem jungen Berichterstatter darstellten. „Es ist ein sehr intelligenter angenehmer Mensch, der besagte Watson" (er spricht von dem Mitgliede seines Lausanner Kreises, zu dem er später in die freundschaftlichsten Beziehungen trat); „er war Parlamentsmitglied für Northamptonshire zur Zeit der Reformbill und ist Obersheriff für seine Grafschaft, aber dabei ohne jeden Humbug und ein wirklich aufrichtiger Liberaler. Er hat eine allerliebste Frau, die gut zeichnet und für uns eine Skizze von Rosemont macht, welche in Paris Dein werden soll." (Sie gehört schon, mit Erlaubnis des gegenwärtigen Besitzers, dem Leser und allen, die für das kleine Puppenhaus in Lausanne, welches einen so berühmten Einwohner hatte, ein Interesse empfinden mögen.) „Er teilte mir neulich abends, als wir Rackett spielten, einige gute Reminiszenzen über Lord Grey (den alten Lord Grey) mit und über die konstitutionelle Unmöglichkeit, welche ihn und Lord Lansdowne und alle andern hinderte, während der ganzen Aufregung jener aufgeregten Zeit auch nur einen einzigen jungen Mann an die Parteiführer zu fesseln. Es war mir, indem ich ihm zuhörte, ein wahrer Genuß, mich an meine eigene Abneigung gegen seine Redeweise, seine fischartige Kälte, seine unsympathische Höflichkeit und sein unerträgliches, obschon äußerst gentlemännisches gekünsteltes Wesen zu erinnern. Die Form seines Kopfes (ich sehe sie jetzt vor mir) war Elend für mich, und lastete drückend auf meiner Jugend. ..."

Die zweite Augustwoche hatte damals angefangen, und ehe er schließlich an das zweite Heft von *Dombey* ging, warf er wieder einen zögernden Blick nach seinem Weihnachtsbuch. „Es würde eine solche Erleichterung für mich sein, diese kleine Geschichte aus dem Wege geräumt zu haben." Er war jedoch wieder weise genug, davon abzustehen und setzte *Dombey* weiter fort. Nachdem er einige Zeit daran gearbeitet, schilderte er mir (am 24. August) einen Besuch zweier englischen Reisenden, von deren einem er mit leicht hingeworfenen Zügen ein sprechendes Bild entwarf.[83]

„Da ich Deinen Brief nicht wie gewöhnlich empfing, setzte ich mich gestern hin, um Dir auf Spekulation zu schreiben, verfiel aber in meiner Ungewißheit auf *Dombey* und arbeitete daran den ganzen Tag. Es regnete, wie schon seit vorigen Dienstagmorgen, ein unaufhörlicher regelmäßiger Bergregen. Nach dem Dîner, etwas nach sieben Uhr, ging ich unter der kleinen Kolonnade im Garten auf und ab, und folterte mein Gehirn mit *Dombeys* und *Kämpfen des Lebens*, als zwei reisebeschmutzt aussehende Männer sich näherten, deren einer, in einem sehr hohen und melancholischen Strohhut, sich fortwährend tief vor mir verneigte, indem er den Gang heraufkam. Ich hatte keine Idee, wer sie waren und erst als ich ihnen ganz nahe war, erkannte ich A. und (in dem Strohhut) N. Sie waren mit dem Dampfschiff von Genf gekommen und hatten an Bord diniert so gut es eben ging. Ich gab ihnen schonen Rheinwein und unzählige Zigarren. A. war in guter Laune und ganz wie zu Hause. N. war geziert, aber bei alledem vergnügt und gutmütig. A. hatte eine Fünfpfundnote in der Tasche, die durch sorgloses Umhertragen bis auf zwei Drittel ihrer ursprünglichen Größe verkleinert und so zerlumpt war, daß die Fetzen auf dem Tische umherflogen als er sie hervorzog. ‚O Himmel, wissen Sie – wahrhaftig – ganz wie Goldsmith, wissen Sie, – oder einer jener großen Männer!' sagte N., mit eben den Stößen der Stimme und Ausbrüchen der Rede, die Leigh Hunt an Cloten erinnerten. … Die Wolken lagen, wie sie hier in solchem Wetter tun, auf der Erde, und unsere Freunde sahen nicht mehr vom Lemansee als vom Battersee. Allem Anschein nach

---

[83] Zehn Tage vorher hatte er einen Besuch von Ainsworth und dessen Töchtern gehabt, die auf dem Wege nach Genf waren. „Ich frühstückte mit ihm am folgenden Morgen im Hotel Gibbon und sie dinierten später bei uns, und wir wanderten den ganzen Tag umher und redeten von unsern alten Tagen in Kensal-Lodge." Derselbe Brief erzählte: „Wir hatten neulich in Ouchy eine Regatta, zu der hauptsächlich die Handvoll der hiesigen Engländer beigesteuert hatte. Sie schloß mit einer Ruderwettfahrt von Frauen, die sehr spaßhaft war. Ich wollte, Du hättest Roche auf dem See sehen können, wie er in einem gewaltigen Boote die Köchin, Anne, zwei Dienstmädchen, Katey, Mamey, Walley, Chickenstalker und Baby umherruderte, ohne Bootsleute oder andern entwürdigenden Beistand, und inmitten aller möglichen um ihn her plätschernden Schweizerkähne. … Versuche nicht, Dich von Deinem Versprechen, nach Paris zu kommen, loszumachen, sondern sorge dafür, daß wir wirklich einige glückliche Stunden dort genießen. Kate, Georgy, Mamey, Katey, Charley, Walley, Chickenstalker und Baby grüßen Dich. … Ich bin voll fieberhafter Unruhe, zu wissen, wie Dombey vom Stapel laufen wird."

hatten sie auch auf ihrem Wege hierher nicht mehr von dem Mer de Glace gesehen; wenigstens glich ihr Gerede darüber sehr demjenigen des Mannes, der nach dem Niagarafall gewesen war und sagte, es wäre nichts als Wasser."

Sein nächster Brief schilderte einen Ausflug der Cerjats, Watsons und Haldimands in die benachbarten Berge, woran er, gegen seine Gewohnheit, wenn er bei der Arbeit war, teilgenommen hatte, weil er der Versuchung nicht widerstehen konnte. Sie gingen nach einem drittehalb Meilen entfernten Bergsee, dinierten in dem Wirtshause am See und kehrten zurück über Vevey, wo sie zum Tee blieben und wo eine angenehme Unterhaltung mit Mr. Cerjat zu Anekdoten über einen vortrefflichen, früher in Lausanne ansässigen Freund von uns führte, mit denen der Brief schloß. Unser Freund war ein ausgezeichneter Schriftsteller und ein Mensch von wahrhaft schöner Begabung, hatte aber die Gewohnheit, sich gelegentlich in einer rohen Redeweise gehen zu lassen, die, obgleich sein früheres Leben es ihm ebenso leicht gemacht hatte, dieselbe anzunehmen, als schwer, sich ihrer zu entschlagen, einer sehr männlichen, ehrenhaften und weichen Natur immer weniger als Gerechtigkeit widerfahren ließ. Er hatte ebenso viel wahrhaft trefflichen Stoff in sich, als ein Lieblingsheld Smollett's oder Fielding's, und mir ist nie ein Mensch vorgekommen, der mich so sehr an jene Charaktere erinnerte. „Nach Cerjat's Erzählung scheint es, daß er während seines Aufenthalts hier in seinem allgemeinen Unterhaltungstone noch unendlich viel schlimmer war als jetzt, so daß Cerjat immer unsägliche Angst ausstand, wenn er bei ihm zu Tische war, daß er sich nicht etwa vergessen (oder, wie ich bemerkte, sich seiner selbst erinnern) und in Gegenwart der Damen ausbrechen möchte. Nun lebte hier um jene Zeit ein stattlicher englischer Baronet und seine Frau, die zwei weibische Söhne hatten, hinsichtlich deren sie den Gedanken hegten, ihre Erziehung bis ins Mannesalter unter der Fortdauer so vollkommener Reinheit und Unschuld zu vollenden, daß sie kaum ihr eigenes Geschlecht kennen sollten. Sie wurden demnach in keine Schule und auf keine Universität geschickt, sondern hatten alle möglichen Lehrer zu Hause, und erreichten so etwa das neunzehnte Jahr in einem Zustande, den Falstaff eine Art männliche Grün-Krankheit nennt. In dieser Krise ihrer unschuldigen Existenz traf unser werwölfischer Freund diese Lämmer nebst ihrem Vater in Cerjat's Hause bei Tische und, als wäre er vom Teufel besessen, erging er sich in so entsetzlichen und haarsträubenden Unschicklichkeiten, – in dem ganzen Umkreis aller möglichen verbotenen Gegenstände, verbotenen Worte und skandalöser Anekdoten – daß Jahre der Erziehung in Newgate nichts gewesen sein würden im Vergleich mit den Erfahrungen jenes einen Nachmittags. Der Baronet, der immer blasser und immer steiniger geworden war, erhob sich endlich mit einem halbunterdrückten Schrei und floh. Aber die Söhne – von dem Werwolf festgebannt, blieben dort, statt ihrem Vater zu folgen, und sollen von dieser Stunde an dem Verderben geweiht gewesen sein. Ist das nicht eine gute Geschichte? Ich sehe unsern Freund und seine Schüler vor mir. ... Armer Mensch! Er scheint mir mit seiner Frau viel ausgestanden zu haben. Sie hatte nicht das geringste Interesse für ihre Kinder und war eine solche Furie, daß sie zuweilen, wenn sie sich angekleidet hatte um zum Dîner auszugehen, ohne jeden andern Vorwand als daß eine Nadel oder so derartiges nicht am rechten Platze war, über ihre kleine Kammerjungfer herfiel, sie so lange schlug bis sie nicht mehr stehen konnte, dann in hysterische Krämpfe fiel und sich zu Bette tragen ließ. Er wurde zum Märtyrer an ihr und scheint bei alledem in seiner gutmütigen leichtlebigen Art und Weise gerade so gewesen zu sein, wie wir ihn jetzt kennen."

Es kamen um diese Zeit einige neue reisende Engländer außerhalb des kleinen Dickens'schen Kreises in Lausanne an, und unter ihnen spielte ein anderer Baronet und seine Familie eine belustigende Rolle. „Wir haben noch eine englische Familie hier, einen Sir Joseph, nebst seiner Lady und zehn Kindern. Sir Joseph, ein großer Baronet in dem Grahamschen Styl, mit einer kleinen, geschwätzigen, plattköpfigen, abgelebt aussehenden, alten jungen Frau. Sie lieben die Gesellschaft und könnten nicht gut weniger haben. Sie freuen sich an schönen Aussichten und wohnen in einer engen Straße in Ouchy, unten, zwischen betrunkenen Fischern und Lastwagen und Omnibussen, wo durchaus nichts zu sehen ist, als die im Hemmschuh gehaltenen Räder von Wagen, welche das unebene, steile Steinpflaster hinabscharren. Der Baronet spielt den ganzen Tag doppelten Strohmann mit einem unglücklichen Schweizer, den er zu diesem Zweck eingefangen hat; die Lady des Baronets macht Besuche und die Töchter des Baronets spielen ein Lausanner Piano, das man hören muß, um es zu würdigen ..."

Eine andere Skizze in demselben Briefe berührt wenig mehr als die Exzentrizitäten (aber alles in gutem Geschmack und guter Laune) eines Mannes, dessen die englischen Bewohner Italiens wegen seiner gelehrten Freigiebigkeit und wegen der dadurch der italienischen Literatur geleisteten Dienste noch immer dankbar gedenken. „Ein andrer merkwürdiger Mann geht hier ab und zu– ein Lord Vernon[84] – wohlunterrichtet, ein großer Kenner Dante's und ein sehr gutmütiger Herr, der aber in die seltsame Betörung verfallen ist, jedem in der Schweiz stattfindenden Schützenschießen beizuwohnen, und zwar in Begleitung zweier Männer, die nacheinander die Büchsen für ihn laden, welche er häufig, zwei in der Minute, vierzehn Stunden lang in einem Zuge abgefeuert hat, ohne seine Stellung zu verändern oder den Schützenstand zu verlassen. Er gewinnt alle möglichen Preise: goldne Uhren, Flaggen, Teelöffel, Teebretter und so fort, und reist mit denselben fortwährend von Ort zu Ort umher, in einem wunderbaren Wagen, wo man eine Springfeder berührt und es fliegt ein Stuhl heraus; man berührt eine andere Springfeder und es erscheint ein Bett; man berührt wieder eine andere und es öffnet sich ein Kabinett mit Pickles, man berührt noch eine andere Springfeder und es enthüllt sich eine Speisekammer. Inzwischen übersteigt Lady Vernon (die schön und sehr gebildet sein soll) beständig in der Nacht bald diesen bald jenen Alpenpaß, um ihn auf seinen Ausflügen für einige Minuten auf dem Wege zu treffen, denn das sind die einzigen Gelegenheiten, wo sie ihn abfangen kann. Zuletzt sah er sie vor fünf bis sechs Monaten, als sie sich auf dem St. Gotthard trafen und dort zusammen soupierten! Bei ihm ist es natürlich eine Monomanie. Er ist ein ganz bemerkenswerter Mann, unterstützte eine von Lord Melbonrne's Thronadressen und hatte £ 20 000 jährliche Einkünfte, die jetzt auf £ 10 000 reduziert sind, aber sich jeden Tag verbessern. Er war vorigen Montag bei uns und kommt am nächsten Freitag aus irgendeinem abgelegenen Orte zurück, um sich einem kleinen Picknick anzuschließen. Wie ich schon sagte, ist er die Gutmütigkeit und Heiterkeit selbst, aber man kann nicht umhin, melancholisch zu werden, wenn man einen Menschen sein Leben an einen so seltsamen Wahn vergeuden sieht. Ist es nicht sonderbar? Er kennt meine Bücher sehr gut und scheint für alles darauf Bezügliche interessiert, wie er denn überhaupt sehr belesen und vielen eleganten Neigungen ergeben ist."

Der angenehmsten Erweiterung ihres eigenen Kreises gedachte er jedoch in seinem ersten Septemberbriefe, grade als er mit dem zweiten Hefte von *Dombey* zum Abschluß gelangte. „Es sind zwei nette Mädchen hier, die Ladies Taylor, Töchter Lord Headfort's. Ihre Mutter war, glaube ich, eine Tochter Sir John Stephenson's und Moore widmete ihr einen Teil der ‚Irischen Melodien'. Sie haben den musikali-

---

[84] Dies war der vierte Lord Vernon, der 1829 den Titel erlangte und sieben Jahre nach Dickens' Beschreibung in seinem 74sten Jahre starb.

schen Geschmack geerbt und singen sehr gut. Es ist ein Plan im Werke, daß wir alle (16 stark) am Dienstag nach dem Gipfel des St. Bernhard aufbrechen. Aber es scheint, als wäre das schöne Wetter vorbei und als hätten die Herbstregen begonnen, was, wie ich sehnlich hoffe, den Ausflug verhindern wird. Derselbe würde grade jetzt ein ernstliches Hindernis für mich sein; aber ich habe voreilig zugesagt. Kennst Du den jungen Romilly? Er kommt von Genf herüber wenn ‚die Vorlesung' stattfindet und ist, wie es heißt, ein tüchtiger Mensch. Es ist hier ein nicht übles kleines Theater und es würde mir ganz gewiß gelungen sein, es mit einer Gesellschaft von Amateurs zu eröffnen, wären unser nicht so wenige, daß alles, was uns fehlt die Zuhörer sind." ... Die von ihm erwähnte ‚Vorlesung' bezog sich auf das erste Heft von *Dombey*. Sie sollte stattfinden, sobald ich ihm die Korrekturbögen schicken konnte, doch die noch nötigen später zu erwähnenden Abänderungen verzögerten sie. Der Ausflug nach dem St. Bernhard, welchen Dickens, angesichts der Arbeit an seinem Weihnachtsbuch, gern über Bord geworfen hätte, wurde verabredetermaßen ausgeführt, zum Glück für den Leser, der sonst eine seiner hübschesten Schilderungen würde verloren haben. Ehe ich dieselbe jedoch mitteile, mag noch eine kleine Charakterskizze eingeschaltet werden, welche an Zartheit der Ausführung keiner andern in seinen Werken nachsteht. In den Umrissen findet man Steele's Beobachtungsgabe, in der Färbung den Humor von Charles Lamb.

„Es leben hier zwei alte Damen (Engländerinnen), die mir für einige Zeilen Klatsch dienen mögen, – wie sie schon längst hätten tun sollen, hätte ich es nicht immer wieder vergessen. Es waren ursprünglich vier alte Damen, Schwestern, aber zwei davon sind im Verlaufe von achtzehn Jahren verblichen und an John Kemble's Seite auf dem Kirchhof verwittert. Sie sind sehr klein und sehr mager, und beide tragen eine Reihe falscher Locken, wie kleine Rollhölzer, so tief auf die Stirne nieder, daß gar kein Vorderkopf da ist, nichts über den Augenbrauen als eine tiefe horizontale Falte und dann die Locken. Sie leben von einer kleinen Leibrente. Dreizehn Jahre lang haben sie sehr gewünscht, nach Italien zu gehen, da die älteste alte Dame sagt, daß das Klima dieses Teils der Schweiz ihr nicht zusagt und niederdrückend auf ihre Stimmung wirkt; aber sie haben nie fortgehen können, wegen der Schwierigkeit der Fortschaffung ‚der Bücher'. Diese ungeheure Bibliothek gehörte einmal dem Vater der alten Damen und umfaßt etwa fünfzig Bände. Ich habe nie sehen können, was für Bücher es sind, weil eine der alten Damen immer davor sitzt; aber von außen sehen sie aus, wie sehr alte Tricktrack-Bretter. Die zwei verstorbenen Schwestern starben in der festen Überzeugung, daß dieser kostbare Besitz sich nicht über den Simplon schaffen lassen werde, ohne eine riesenhafte Anstrengung, welcher die ganze Familie nicht gewachsen sei. Die zwei hinterbliebenen Schwestern leben in demselben Glauben und werden auch darin sterben. Ich begegnete der ältesten gestern (offenbar in hinfälligem Zustande) und empfahl ihr, Genua zu versuchen. Sie blickte bedeutungsvoll nach dem Schnee hinüber, der grade jetzt die Aussicht in die Berge schließt und sagte, wenn der Frühling in Blüte stehe und die Lawinen gefallen und die Pässe ganz offen seien, werde sie jenen Ort jedenfalls versuchen, falls sie im Laufe des Winters ein Mittel ausfindig machen könne, ‚die Bücher' fortzuschaffen. Die ganze Bibliothek wird hier, wenn sie beide tot sind, für etwa einen Napoleon meistbietend versteigert werden und eine junge Frau wird sie in zwei Gängen in einem Korbe nach Hause tragen."

Sein letzter Brief an mich, ehe er an seine selbstgestellte Weihnachts-Aufgabe ging, enthielt eine köstliche Schilderung des Ausfluges nach dem Großen St. Bernhard. Er war vom sechsten September datiert.

„Da das Wetter sich hartnäckig aufklärte, brachen wir vorigen Dienstag nach dem Großen St. Bernhard auf, von wo wir am Freitagnachmittag zurückkehrten. Die Gesellschaft bestand aus elf Personen und zwei Dienern: Haldimand, Mr. und Mrs. Cerjat und eine Tochter, Mr. und Mrs. Watson, die beiden Ladies Taylor, Kate, Georgy und ich. Wir waren wunderbar einstimmig und heiter, fuhren von hier mit dem Dampfschiff ab, fanden an dessen Bestimmungsorte einen ganzen von dem Braven (der uns überall vorausreiste) bereit gehaltenen Omnibus, fuhren in demselben nach Bex, fanden dort zwei große Wagen in Bereitschaft, die uns nach Martigny brachten, schliefen dort und ritten den folgenden Tag mit Maultieren den Berg hinauf. Obgleich das Kloster auf dem St. Bernhard, wie Du wissen wirst, mit einer einzigen Ausnahme der höchste bewohnte Ort in der Welt ist, ist die Ersteigung äußerst allmählich und ungewöhnlich leicht; in der Tat, sie bietet gar keine Schwierigkeiten dar, bis auf die letzte halbe Meile, wo die Steigung eine ‚Tal der Einöde' genannte Strecke hinaufgeht, die höchst schrecklich und furchtbar ist, und verstreute Felsen und schmelzender Schnee die Straße beschwerlich machen. Das Kloster ist ein außerordentliches Gebäude, voll großer gewölbter Gänge, welche durch eiserne Gitter voneinander getrennt sind und eine Reihe der erstaunlichsten kleinen Schlafzimmer enthalten, wo die Fenster so klein sind (wegen der Kälte und des Schnees), daß man nur mit Mühe den Kopf hinausstecken kann. Hier schliefen wir, nachdem wir, dreißig an der Zahl, in einem zu diesem Zweck bestimmten weitläufigen Zimmer, worin ein großes Holzfeuer brannte, zu Abend gegessen hatten, wobei ein finstrer Mönch mit einem hohen schwarzen spitzzulaufenden Hut, dessen Deckel einen Knopf trug, die Speisen vorlegte. Um fünf Uhr morgens läutete die Glocke der Kapelle auf die trübseligste Weise zur Frühmesse und ich, der dicht neben der Kapelle schlief, und durch die feierliche Orgel und das Singen aufgeweckt wurde, glaubte einen Augenblick, ich sei in der Nacht gestorben und in die unbekannte Welt hinübergegangen.

„Ich wollte, Du könntest den Ort sehen. Eine große Vertiefung auf dem Gipfel einer Kette gewaltiger Berge, umgeben von zerklüfteten Felsen jeder Gestalt und Farbe, und in der Mitte ein schwarzer See, über den beständig gespenstische Wolken dahinziehen. Berggipfel und Spitzen und Ebenen ewigen Eises und Schnees begrenzen die Aussicht und schließen die Welt auf allen Seiten aus; der See spiegelt nichts ab und keine menschliche Gestalt belebt die Landschaft! Die Luft ist so dünn, daß es schwer ist zu atmen, ohne sich außer Atem zu fühlen, und die Kälte so ausgesucht scharf, daß sie sich nicht beschreiben läßt. In dem ganzen Bilde nichts Lebendiges oder von lebendigem Interesse, als die grauen öden Mauern des Klosters. Keine Vegetation irgendwelcher Art. Nichts wächst, nichts regt sich, alles ist felsenumgürtet und eingefroren. Neben dem Kloster, in einem kleinen Außengebäude mit eiserner Gittertür, befinden sich die Leichen von im Schnee gefundenen und nicht identifizierten Menschen und wesen dahin – nicht hingelegt oder ausgestreckt, sondern aufrechtstehend in Ecken und an den Wänden: einige aufrecht und entsetzlich menschlich, mit deutlichem Ausdruck in den Zügen, andere auf die Knie niedergesunken, andere auf die Seite gefallen, noch andere völlig zusammengebrochen zu einem Haufen von Schädeln und faserigem Staub. Es gibt in dieser Atmosphäre keinen andern Verfall und dort bleiben sie während der kurzen Tage und der langen Nächte, die einzige menschliche Gesellschaft im Freien, langsam verwesend und in gräßlichem Besitze des Berges, auf dem sie gestorben sind.

„Es ist der eigentümlichste und individuellste Ort, den ich gesehen habe, selbst in diesem wunderbaren Lande. Was jedoch die heiligen Väter vom St. Bernhard und das Kloster angeht, so bedaure ich, daß sie ein so großes Stück schieren Humbugs sind, als es uns je in unsern jungen Jahren gelehrt wurde. Elende französische Sentimentalität und die Hunde (von denen beiläufig gesagt nur noch drei übrig sind) sind Schuld daran. Sie sind ein faules Volk, nicht sehr geneigt, selbst auszugehen; lassen die Straße, die als Paß seit hundert Jahren nicht wichtig gewesen oder viel benutzt worden ist, durch Diener offen halten; sind reich und machen ein gutes Geschäft als Wirtsleute; denn das Kloster ist, abgesehen von dem Schilde, in allem andern nichts, als eine gewöhnliche Schenke. Allerdings fordern sie für ihre Gastfreiheit keine Bezahlung; aber man wird an einen Kasten in der Kapelle gewiesen, in den jeder mehr hineintut, als mit dem leisesten Anschein von Berechtigung für die Bewirtung verlangt werden könnte und hieraus zieht die Anstalt ein gutes Einkommen. Was die Selbstverleugnung des Lebens da oben betrifft, so müssen sie freilich jung hinaufgehen, um sich an das Klima zu gewöhnen; allein andererseits führen sie ein unendlich viel anregenderes und abwechselnderes Leben, als irgendein anderes Kloster es bieten kann, mit beständiger Veränderung und Gesellschaft während des ganzen Sommers, mit einem Hospital für Kranke unten im Tale, was eine andre Abwechslung gewährt, und mit einer jährlichen Bettelreise nach Genf und Lausanne und allen umliegenden Orten, für einen oder den andern Bruder, was eine weitere Abwechslung bietet. Der Bruder, welcher bei unserm Abendessen vorlegte, konnte etwas englisch sprechen und hatte grade *Pickwick* zum Geschenk bekommen! – Für was für einen Humbug wird er mich halten, wenn er versucht, ihn zu verstehen! Hätte ich ein anderes Buch von mir bei mir gehabt, würde ich es ihm gegeben haben, um wenigstens einige Aussicht zu haben, daß ich verstanden würde ..."

Dreizehntes Kapitel

Schriftstellerische Arbeiten in Lausanne
1846

Wir müssen jetzt etwas von der Kehrseite des Bildes zeigen. Seine Briefe setzen uns in den Stand, ihn ebenso klar inmitten der Mühen und Bedrängnisse seiner schriftstellerischen Tätigkeit zu sehen, als in seiner Muße und seinen Genüssen, und wenn der so gegebenen Schilderung seines häuslichen Lebens in der Schweiz ein Bericht über die unterdessen durchlaufenen Wechselfälle der literarischen Arbeit hinzugefügt wird, so wird damit eine so vollständige Darstellung des Menschen geboten werden, als dieselbe in irgendeiner Periode seiner Laufbahn möglich ist. In der Tat ist sein Leben in Lausanne ein vollkommener Mikrokosmos des größeren Lebens, von dem es ein Teil ist; nichts fehlt darin, als die Londoner Straßen. Das war, wie wir bald sehen werden, damals seine Hauptentbehrung; aber vorläufig empfindet der Leser dies noch nicht und er sieht sonst den großen Beobachter und Humoristen in jeder Beziehung im besten Lichte: interessiert für alles, was sich einer durch und durch ernsten und eifrig forschenden Natur empfahl, von unbegrenzter Popularität bei allen, die mit ihm verkehrten, nichts übersehend, mit einem Einblick, der ebenso wohlwollend als scharf war und, selbst wenn er anscheinend am müßigsten war, nie müßig im Sinne seiner Kunst, sondern Tag auf Tag die Erfahrungen vermehrend, welche den Umkreis derselben erweiterten und einer Phantasie, welche immer geschäftig an der Arbeit, lebhaft und in außerordentlichem Grade tätig war und ganz unermüdlich schien, einen freieren und gesunderen Spielraum eröffneten. Eine echte Liebe zur Natur erfüllte sein Herz zu allen Zeiten, und so seltsam es scheinen mag, diese mit denjenigen Formen humoristischer Charakterzeichnung in Zusammenhang zu bringen, welche mit seinem Genie am meisten identifiziert sind, so ist es doch wörtlich wahr, daß die Eindrücke dieser großartigen Schweizer Szenerie ihm bei der Arbeit vieler späteren Jahre gegenwärtig waren, als ein wirklicher, fühlbarer, obschon vielleicht selten als ein unmittelbar bewußter Einfluß. Als er nachher sagte, er habe, während er das Buch schrieb, das ihn damals beschäftigte, jede Stufe der Leiter des hölzernen Seekadetten, jeden Sitz der Kirche, in welcher die Trauung von Florence stattfand, jedes

Bett in dem Schlafzimmer von Dr. Blimber's Schule nicht minder klar gesehen, weil er sich selbst um jene Zeit an dem Genfer See befand, hätte er mit ebenso viel Wahrheit sagen können, daß er sie grade dieses Umstandes wegen umso klarer sah. Er entwickelte seinen Humor zu dessen größten Leistungen durch die Freiheit und Kraft seiner Phantasie, und während die kleinsten und gewöhnlichsten Gegenstände um ihn her der einen Nahrung boten, hätte der andere ohne darüber hinausgehende höhere Anregung verschmachten oder zu Grunde gehen können. Dickens hatte wenig Liebe für Wordsworth, aber er selbst war ein Beispiel der Wahrheit, welche dieser große Dichter nie müde wurde einzuschärfen: daß die Natur wirksamen Beistand hat für alle, denen es gestattet ist, in ihre Wunder und Geheimnisse einzudringen.

Noch eine andere Eigenschaft tritt in diesen Briefen, wie in vielen schon früher angeführten, hervor; denn in der Tat bieten sie alle eine wunderbar treue Reproduktion seiner Natur. Er nahm seine Arbeit nicht leicht und die Arbeit, welche ihn gerade beschäftigte, nahm ihn für den Augenblick ganz hin. Aber die Vorstellung, welche er, mit Recht oder mit Unrecht, über die Bedeutung dessen hegte, was er zu tun hatte, über den Grad, in welchem auch andere durch die erfolgreiche Übung des Einflusses, den er besaß, berührt wurden und über das Urteil, welches er sich über das wahre Maß seines Wertes oder seiner Größe bilden durfte, schloß nicht notwendigerweise Anmaßung oder Selbstüberschätzung ein. Wenige Menschen haben von beiden weniger gehabt als er. Es war ein Teil der stark ausgeprägten Individualität, durch die ihm so viel gelang, daß er im Allgemeinen auch demjenigen was er auszuführen strebte, einen so hohen Wert beimaß. Er hätte sonst nicht die Hälfte der Arbeit bemeistern können, die er sich vorsetzte, und wir sind im Stande, uns eine Ansicht über das Gewicht und die Wahrheit solcher Selbstbeurteilung zu bilden, welche jetzt für uns gerechter ist, als sie uns damals von andern hätte scheinen mögen. Die laute Anmaßung kleiner Menschen in großen Wirkungskreisen und das entschlossene Selbstvertrauen großer Männer in kleinen Wirkungskreisen sind wesentlich verschiedene Dinge. Respice finem. Die genaue relative Bedeutung aller unsrer Bestrebungen wird durch feinere Berichtigungen der Gegenwart und der Zukunft festgestellt als durch solche, die dem zeitgenössischen Urteil möglich sind; und seit Dickens' Tode hat es nicht an Anzeichen gefehlt, welche den Glauben befestigen, daß der Wert, welchen er sich für berechtigt hielt, den Arbeiten beizumessen, denen sein Leben gewidmet war, durch die Zeit vermehrt, nicht verringert werden wird.

Wie man sich erinnern wird, hatte Dickens die Absicht, in Lausanne nicht nur die vier ersten Hefte seines größeren Buches zu schreiben, sondern auch das Weihnachtsbuch, zu welchem seine Phantasie über ein Schlachtfeld ihm den Gedanken gab; und während ich das, was über *Dombey* zu sagen ist, für ein späteres Kapitel aufspare, soll in diesem und dem folgenden nur die Rede sein von dem, was er in der Schweiz begann und beendete. Man wird daraus erkennen, um welchen Preis er auch nur so viel neben seinen andern und umfangreicheren Verpflichtungen zur Ausführung brachte.

Er hatte unruhige Phantasien und Besorgnisse, ehe er an seinem ersten Gedanken festhielt. „Ich habe während der letzten Tage gedacht," schrieb er am 25. Juli, „daß gute Weihnachtscharaktere sich aus der Vorstellung eines Mannes entwickeln ließen, der zehn oder fünfzehn Jahre im Gefängnis gesessen hat, wobei seine Gefangenschaft die Lücke bildet zwischen den Personen und Verhältnissen des ersten Teiles und den veränderten Personen und Verhältnissen des zweiten und seinem eigenen veränderten Geiste. Obgleich ich wahrscheinlich mit der Schlachtidee fortfahren werde, möchte ich doch wissen, was Du von dieser denkst." Sie wurde später in einer modifizierten Form für die „*Geschichte zweier Städte*" benutzt. „Ich werde die kleine Geschichte unverzüglich anfangen," schrieb er einige Wochen später; „aber es ist mir dunkel eine äußerst gespenstische und wilde Idee aufgestiegen, die ich nun wahrscheinlich für das nächste Weihnachtsbuch aufsparen muß. Nous verrons. Sie wird nachts in den Straßen von Paris und in denen von London reifen." Schließlich nahm sie die Gestalt des ‚*Haunted Man*' an, der erst im Winter des Jahres 1848 geschrieben wurde. Endlich erfuhr ich, daß das erste Blatt fertig war und daß selbst seine eifrige geschäftige Phantasie ihn nicht mehr davon abbringen werde.

Aber andere unbefriedigte Wünsche und Begierden waren inzwischen in ihm hervorgebrochen, worüber ich gegen das Ende des zweiten Heftes von *Dombey* hörte. Das erste Heft hatte er zu Ende Juli beendet und an dem zweiten, das er am 8. August anfing, war er noch in der ersten Septemberwoche beschäftigt, als diese merkwürdige Ankündigung mich erreichte. Es war sein erstes eingehendes Geständnis dessen, was er so beständig, und im Fortschritt der Jahre womöglich noch stärker, fühlte, daß keine Stelle seiner Briefe einen solchen Strom aufhellenden Lichtes über diejenigen Teile seines Lebens verbreitet, welche immer das größte Interesse erregen werden. Sehr viel von dem Folgenden muß in diesem Lichte gelesen werden. „Du kannst Dir kaum vorstellen," schrieb er am 30. August, „welch' unendliche Mühe ich mir gebe und wie unendlich schwer ich es finde, schnell vorwärts zu kommen. Die Erfindung scheint, Gott sei Dank, die leichteste Sache von der Welt; und der Sinn für das Lächerliche ist nach dieser langen Ruhe" (es waren seit der Beendigung von *Chuzzlewit* jetzt zwei Jahre verflossen) „so ausgelassen lebhaft in mir, daß ich mich fortwährend zusammennehmen muß, um mich nicht von der Höhe des Genusses in Extravaganzen hineinzustürzen! Aber die Schwierigkeit mit dem, was ich einen schnellen Schritt nenne, vorzurücken, ist ungeheuer, es ist beinah eine Unmöglichkeit. Vermutlich ist dies teilweise die Wirkung von zwei Jahren des Ausruhens und teilweise der Abwesenheit der Straßen und vieler Menschengestalten. Ich kann Dir nicht beschreiben, wie sehr ich diese entbehre. Es scheint, als gäben sie meinem Gehirn eine Nahrung, die es, wenn es an der Arbeit ist, nicht entbehren kann. Eine oder zwei Wochen kann ich an einem einsamen Orte (wie in Broadstairs) wunderbar schreiben, und ein Tag in London erfrischt mich und bringt mich wieder in Gang. Aber die Mühe und Arbeit, Tag auf Tag ohne diese Laterna magica zu schreiben, ist unermeßlich!! Ich sage dies keineswegs in niedergeschlagener Stimmung, denn wir fühlen uns hier vollkommen behaglich und der Ort gefällt mir sehr, und die Leute sind noch freundlicher und mögen mich noch lieber leiden als in Genua. Ich erwähne es nur als eine merkwürdige Tatsache, zu deren Entdeckung sich mir bis jetzt nie eine Gelegenheit geboten hat. Meine Gestalten scheinen geneigt still zu stehen wenn kein Menschengewühl sie umwogt. Ich schrieb in Genua sehr wenig (nur die *Sylvesterglocken*) und es kam mir vor, als empfände ich dort einen derartigen Einfluß – aber o Himmel! ich hatte doch wenigstens eine halbe Meile von allnächtlich erleuchteten Straßen zum Umherwandern und ein großes Theater, wo jeden Abend gespielt wurde." Am Schlusse des Briefes bemerkte er, der allgemeine Gedanke des Weihnachtsbuchs sei in ihm so ziemlich zur Reife gediehen und er brenne, an die Arbeit zu gehen. Er meinte, es werde zur Abwechslung am besten sein, keine Feen oder Geister darin zu haben, sondern eine einfache häusliche Erzählung daraus zu machen.[85]

---

[85] Sein Brief wurde am Sonntage geschrieben und er sagte. „Ich hoffe, das zweite Heft morgen zu vollenden und mit der Post am Dienstag abzuschicken. Am Mittwoch beabsichtige ich den Kampf des Lebens anzufangen. Ich werde daran fortarbeiten, ohne mich wieder Dombey zuzuwenden, und wenn ich es nur in einem Monat fertig bringen kann." Ich mußte ihn, als ich von diesen Plänen erfuhr, warnen, daß er zu viel versuche.

In weniger als einer Woche nach diesem Datum war sein zweites Heft fertig, sein erstes Blatt des kleinen Buches geschrieben und sein Vertrauen größer. Sie hatten wunderbares Wetter gehabt, so klar, daß er von der Straße nach Neuchâtel den ganzen anderthalb Meilen entfernten Mont Blanc so deutlich sehen konnte, als stände er dicht darunter in dem Hofe des kleinen Gasthauses in Chamounix, und obgleich es wieder regnete, als er schrieb,[86] lagen seine „nagelbeschlagenen Schuhe" und sein „großer wasserdichter Rock" neben ihm, als Ausrüstung zu einem „Spaziergang von drei Meilen" vor dem Dîner. Dann, drei Tage später, kam eine Art Nachtrag zu dem vorher gemachten Bekenntnis, den man mit demselben Interesse lesen wird. „Die Abwesenheit zugänglicher Straßen ist mir jetzt, da ich so viel zu tun habe, noch immer in eigentümlicher Weise lästig. Es ist wirklich ein geistiges Phänomen. Vermutlich würde ich, wären Straßen hier, dieselben nicht bei Tage durchwandern, aber nachts fehlen sie mir unbeschreiblich. Es scheint, als könne ich meine Gespenster nicht anders los werden, als indem ich sie im Menschengewühl verliere. Aber, wie Du sagst, es gibt Straßen in Paris, und zwar gute gedankenerweckende Straßen, und Ausflüge nach London werden dann sehr leicht sein. Wenn ich mit dem Weihnachtsbuch fertig bin, werde ich auf einige Tage nach Genf hinüberfliegen, ehe ich *Dombey* wieder aufnehme. Dieser Ort gefällt mir immer besser und ich habe, glaube ich, nie angenehmere Leute gesehen, als diejenigen, aus welchen unser kleiner Kreis besteht. Er ist so klein, daß man nicht im Mindesten belästigt wird, und das Interesse an dem Unnachahmlichen scheint täglich zu wachsen. Ich las ihnen gestern Abend vor acht Tagen das erste Heft vor, mit unerzählbarem Erfolge, und die alte Mrs. Marcet, die verteufelt scharfsinnig ist, erriet sogleich (aber ich sagte ihr nicht,

---

[86] Der früher von ihm erwähnte Regensturm hatte sich nicht wiederholt, aber das Wetter war unbeständig geworden, und er äußerte sich folgendermaßen über einen Regenfall, der jenen Sommer in England so unglücksvoll machte. „Was für ein Sturm muß das in London gewesen sein! Ich wollte, wir könnten hier so etwas haben. ... Es donnert, während ich schreibe, aber ich fürchte, es sieht nicht schwarz genug aus, um sich aufzuklären. Der Wiederhall in den Bergen ist von so erstaunlicher Art, daß ein fünf oder zehn Minuten fortgesetztes Rollen des Donners hier zu den gewöhnlichsten Vorkommnissen gehört. ..." Das war zu Anfang August und am Ende des Monats schrieb er. „Ich vergaß, Dir zu erzählen, daß wir gestern vor acht Tagen, um halb acht Uhr morgens, einen kräftigen Erdstoß hatten, der vielleicht eine Viertelminute dauerte. Ich wurde dadurch im Bette aufgeweckt. Die Empfindung war so seltsam und anders als alle andern, daß ich mit lauter Stimme ausrief, es müsse ein Erdbeben sein."

daß sie Recht habe), daß Paul sterben würde. Sie zeigten alle eine so lebhafte Teilnahme, daß es ein großes Vergnügen war, ihnen vorzulesen, und wenn alles gut geht, werde ich von hier Abschied nehmen in einem durch die versprochene Vorlesung des Weihnachtsbuchs ihnen entlockten glänzenden Funkenschauer." Wenig ahnten wir beiden damals, wohin diese Vorlesungen führen würden, aber schon damals nahmen sie in seinen Gedanken die Form eines Scherzes an, den die geringste geistige Veranlassung hätte in Ernst verwandeln können. Schon in seinem nächsten Briefe schrieb er mir: „Ich dachte neulich, daß in diesen Tagen der Vorträge und der Vorlesungen sich möglicherweise sehr viel Geld machen ließe (wäre es nicht infra dignitatem), wenn man Vorlesungen aus seinen eigenen Büchern veranstaltete. Es würde ein wunderliches Unternehmen sein. Ich glaube, es würde ungeheuer ziehen. Was denkst Du davon? Willst Du nach Dean-Street gehen und Dich erkundigen, wie es mit Miss Kelly's Engagementsbuch (es muß ein gewaltiger Band sein) steht? Oder soll ich das St. James-Theater nehmen?" Meine Antwort läßt sich aus seiner Erwiderung schließen; aber selbst damals, als er seinen Scherz erhöhte und weiter trieb, argwöhnte ich ernstere Wünsche bei ihm, als er eingestehen wollte; und nach einem Dutzend Jahren sollte die Zeit kommen, wo ich, mit einem dem seinigen gleichen Ernste, aus Gründen, welche an Ort und Stelle erwähnt werden sollen, fortfuhr dem entgegenzutreten, worauf er sein Herz zu entschieden gesetzt hatte, um es aufzugeben und wovon ich noch immer nur wünschen kann, er hätte ihm, nebst allem, was sein ungeheurer Gewinn schien, entsagt. „Ich glaube, Du hast nicht Deinen gewöhnlichen Scharfsinn gezeigt, indem Du Covent Garden für mich mietetest. Ich fürchte, es ist zu groß für meinen Zweck. Nichtsdestoweniger nehme ich alles an, was Du den Eigentümern vorschlagen magst."

Bald traten jene Wechsel von Unruhe und Verdruß ein, die ich nur zu gewiß vorausgesehen hatte. „Du besinnst Dich," schrieb er, „auf Deinen Einwand gegen die zwei Geschichten. Ich habe denselben zu leicht genommen. Ich hätte bedenken sollen, daß ich in Wahrheit nie vorher die Eröffnung zweier zusammen versucht habe – da die eine immer schon ziemlich weit vorgeschritten war, wenn ich mit einem Paare fuhr. Jetzt ist mir alles klar. Die anscheinende Unmöglichkeit, einer jeden ihre Stelle anzuweisen, verbunden mit jenem Verlangen nach Straßen, verschlug mich so vollständig aus meiner Bahn, daß ich bis zum vorigen Mittwoch oder Donnerstag wirklich zuweilen das völlige Aufgeben des Weihnachtsbuches für dies Jahr, und die Beschränkung meiner Arbeiten auf *Dombey und Sohn* ins Auge faßte.

Ich strich den Anfang einer ersten Szene aus – was ich noch nie vorher getan habe, und schweifte, mit einem Gedanken im Kopfe, wild um denselben her, ohne ihn in eine natürliche Form bringen zu können. Endlich gelang es mir gottlob mit einem Male, und nachdem ich bis gestern erfreuliche Fortschritte gemacht und gestern von halb zehn bis sechs gearbeitet hatte, befand ich mich gestern Abend in einem solchen Zustande der Begeisterung darüber, daß ich glaube, ich war einen oder zwei Zoll größer geworden. Heute bin ich etwas kühler und habe obendrein Kopfweh; aber ich fange wirklich an zu hoffen, daß Du es für eine hübsche Geschichte halten wirst, in der einige zarte Gedanken in angenehmer Form zur Darstellung kommen, mit einer guten menschlichen Weihnachtsgrundlage. Mir ist, als sähe ich einen großen häuslichen Effekt in dem letzten Teile."

Dies wurde am 20. September geschrieben, aber sechs Tage später änderte sich das Bild und überraschte mich nicht wenig. Ich würde einem der am wenigsten bedeutenden von Dickens' Büchern den Raum mißgönnen, der ihm hier gegeben wird, ginge nicht die Erläuterung weiter als die kleine Erzählung, auf welche sie sich bezieht, insofern sie ein Abbild seiner Stimmungen beim Schreiben, mit ihrer Schwäche wie mit ihrer Stärke darbietet, das vollkommen wahrheitsgetreu und auf alle Epochen seines Lebens anwendbar ist. Bewegung und Veränderung, während er arbeitete, waren, wie wir gesehen haben, bei ihm nicht bloße Rastlosigkeit; es war keine Unlust zur Arbeit und keine Vergnügungssucht, die zu solchen Zeiten sein eifriges Verlangen nach frischem Menschengewühl und nach Gesichtern, in denen er die Geschöpfe seiner Phantasie verlieren oder finden konnte, veranlaßten; und wenn man sich hieran erinnert, wird man in Bezug auf die sensitiven Zustände, unter welchen er sonst diese Anstrengungen seines Gehirns durchführte, vieles begreifen, was ohne dies keineswegs klar sein würde. »Ich „muß Dir" (20. September) „eine sehr überraschende Nachricht geben. Ich fürchte, es wird diesmal kein *Weihnachtsbuch* erscheinen. Ich würde alles darum geben, Dir dies persönlich sagen zu können. In der Tat habe ich einen Augenblick daran gedacht, heute Abend nach London abzureisen. Ich habe beinahe ein Drittel des Buches fertig. Es verspricht hübsch zu werden; es ist, hoffe ich, ein ganz neuer Gedanke in der Geschichte, aber denselben ohne die übernatürlichen Mächte durchzuführen, die sich jetzt nicht mehr hineinbringen lassen, und sich doch auf natürliche Weise in dem erforderlichen Raume zu bewegen, oder innerhalb engerer Grenzen, als derjenigen eines Vicar of Wakefield, stellt sich mir, wenn ich die vorangegangene Arbeit an *Dombey* in Rechnung ziehe, als eine so verwirrende Schwierigkeit dar, daß ich besorge, meine Kraft zu erschöpfen, wenn ich damit fortfahre und zu dem größeren Werke nicht mit der nötigen Geistesfrische zurückkehre. Hätte ich weiter nichts als das Weihnachtsbuch zu tun, so würde ich es tun; aber die Aussicht, ermattet zu sein, wenn ich das andere wieder aufnehme und ein bloßes Rennen gegen die Zeit daraus zu machen, entsetzt und quält mich unbeschreiblich. Ich habe den ersten Teil fertig; ich weiß das Ende und das Resultat des zweiten und den ganzen dritten Teil (es sind im Ganzen nur drei Teile). Ich kenne die Bedeutung aller Charaktere und den Gedanken, den ein jeder zur Darstellung bringen soll, und ich habe die Haupteffekte auf dem Papier skizziert. Es kann nicht ganz glücklich enden, aber es wird heiter und angenehm enden. Allein der Mut sinkt mir vor dem Anfange des zweiten Teiles – des längsten – und vor der Einführung des Nebengedankens. (Der Hauptgedanke ist schon voll entwickelt.) Ich weiß nicht, wie es kommt. Vielleicht ist es, daß ich an diesem ruhigen Orte beständig an der Arbeit gewesen bin, und die Furcht vor *Dombey*, und die Unmöglichkeit, mich derselben in Lärm und Aufregung zu entledigen. Überdies ist auch der gleichzeitige Anfang zweier Bücher ohne Zweifel eine furchtbare Quelle der Verlegenheit, denn ich bin jetzt sicher, daß ich das *Weihnachtslied* nicht am Anfang von *Chuzzlewit* hätte erfinden, oder vor den *Sylvesterglocken* an ein neues Buch hätte gehen können. Aber gewiß ist, daß ich krank, schwindelig und launenhaft zaghaft bin. Ich habe schlechte Nächte, bin voller Unruhe und Angst und beständig quält mich der Gedanke, daß ich das Mark des größeren Buches vergeude und mir Ruhe gönnen sollte. Einen Brief, den ich Dir vor diesem geschrieben, habe ich zerrissen. Das Weihnachtsbuch war darin für dieses Jahr vollständig aufgegeben; aber jetzt bin ich entschlossen, noch einen Versuch zu machen. Ich will morgen nach Genf gehen und am Montag und Dienstag versuchen, ob ich in der veränderten Umgebung wacker vom Fleck kommen kann. Wenn es mir nicht gelingt, bin ich überzeugt, daß es das Beste ist, sofort aufzuhören und nicht, während ich jenes lange Buch vor habe, meinen Mut und meine Hoffnung zu vergeuden. Du magst Dir vorstellen, daß es eine sehr ernste Sache ist, wenn ich so beinahe etwas aufgebe, woran ich ein tiefes Interesse nehme, und wovon vierzehn oder fünfzehn enggeschriebene Seiten Manuskript, die mich haben lachen und weinen machen, in meinem Pult liegen. Daß ich diesen Brief überhaupt schreibe, läßt mich fürchten, daß der Brief, den ich Dir am Dienstagabend schreiben werde, die Sache nicht bessern wird. Betrachte es um des Himmels willen als ein äußerst ernstes Ding und nicht als eine Laune des Augenblicks. Vorigen

Sonnabend, nach der Arbeit eines langen Tages, und vorigen Mittwoch, nach Beendigung des ersten Teils, war ich voll Eifer und Freude. Sonst habe ich, seit ich anfing, immer wieder über dem Gedanken gebrütet, daß es töricht war, je daran zu denken und daß ich mir für *Dombey* Ruhe gönnen sollte."

Der versprochene Brief, der aber am Mittwoch, nicht am Dienstagabend geschrieben wurde, kam an und ließ die Frage noch unerledigt. „Als ich hierher kam" (Genf, 30. September) „hatte ich ein blutunterlaufenes Auge und solches Kopfweh mit einem Schmerz über der Stirne, daß ich dachte, ich müßte mich schröpfen lassen. Ich bin jedoch bedeutend besser geworden und fühle mich heute wieder ganz wohl. ... Ich bin noch nicht entschieden, was ich mit dem Weihnachtsbuch tun kann. Ich würde alles geben, könnte ich mich mit Dir darüber beraten. Ich habe heute Morgen den zweiten Teil angefangen und eine gute Morgenarbeit daran getan; aber ich fühle mich des Stoffes innerhalb des notwendigen Raumes und der Abteilungen nicht Herr, und die Aussicht mit der andern Arbeit, die von so überwiegender Bedeutung ist, in Rückstand zu geraten, beunruhigt mich sehr. Ich bin ganz gewiß, wenn (bei gutem Gesundheits- und Gemütszustande) das Weihnachtsbuch mir selbst nicht gefällt, es viel besser sein wird, nicht damit fortzufahren, sondern meine Kraft für *Dombey* zu reservieren und ein Heft im Voraus fertig zu behalten. Andererseits bin ich furchtbar abgeneigt, es aufzugeben und schwanke so heftig zwischen beiden Gedanken auf und ab, daß ich nicht weiß, was ich tun soll. Mein Verlangen, mich mit Dir beraten zu können, kann ich Dir nicht beschreiben. Nachdem ich den zweiten Teil einmal angefangen habe, will ich ihn morgen und am Freitag hier fortsetzen (am Sonnabend kommen die Talfourds zu uns nach Lausanne, um am Montag wieder abzureisen), wenn ich inzwischen nicht neue Gründe sehe, es aufzugeben. Dabei soll es bleiben – daß mein Brief vom nächsten Montag die Sache endgültig entscheiden soll. Aber wenn Du mit Bradbury und Evans noch nicht über meinen letzten Brief gesprochen hast, so glaube ich, würde es besser sein, dies jetzt zu tun. ... Da ich die größere Geschichte gerade angefangen habe, und diese *Kampf des Lebens*-Geschichte (deren Grundgedanken ich wirklich für sehr hübsch halte) zu künftigem Gebrauch daliegt, suche ich mich über diese Nichtveröffentlichung eines Weihnachtsbuchs (wenn es sein muß) leicht hinwegzusetzen. Aber ich möchte, daß Du Dir, für den Fall, daß ich nicht weiterschreibe, überlegtest, wie ich durch eine zeitgemäße Ankündigung in dem November- oder Dezemberheft von *Dombey* mir meine Stellung am besten prospektiv sichern könnte. ... Der Himmel schicke mir Befreiung aus der Not! Wenn ich die Sache nicht durchführe, so wird es das erste Mal sein, daß ich ein begonnenes Unternehmen aufgebe und ich werde es nicht aufgeben ohne einen sehr verzweifelten Kampf. Wäre es nicht wegen *Dombey's*, so könnte ich es ebenso leicht tun als voriges oder vorvoriges Jahr. Aber ich kann nicht umhin, beständig darauf zurückzukommen, und dies, verbunden mit den eigentümlichen Schwierigkeiten, welche der Gegenstand für ein Weihnachtsbuch darbietet, sowie mein schlechtes Befinden, entmutigt mich sehr. ... Kate ist hier und läßt Dich bestens grüßen." Am folgenden Tage fügte er eine Nachschrift hinzu. „Georgy ist von Lausanne herübergekommen und läßt Dich gleichfalls bestens grüßen. Mein Kopf ist noch immer viel besser als vorher. Mein Auge gewinnt seine alte Farbe von schönem Weiß, gefärbt mit himmlischem Blau, zurück. Wäre ich nicht hierher gekommen, ich glaube, ich würde ein schlimmes schleichendes Fieber bekommen haben. Der Anblick der rauschenden Rhone schien mein Blut wieder in Bewegung zu setzen. Ich glaube nicht, daß es für diesmal nötig sein wird, mich schröpfen zu lassen; aber eine Zeit lang stand es schlechter mit mir, als ich Dir eingestanden habe. Sollte ich einen Rückfall haben, so werde ich es sofort tun lassen."

Er blieb zwei Tage länger in Genf, das ihm einen guten Eindruck machte, erzählte auf unterhaltende Weise, wie der erste Anblick des Gases dort ihn ganz bange gemacht und wie er gezittert habe bei dem Lärm der Straßen, den er für ebenso groß erklärte, als den Aufruhr der Straßen von Richmond in Surrey,[87] wie aber sowohl seine Gesundheit als seine Schriftstellerei doch dadurch gewonnen habe. Insofern hatte sein Ausflug den gewünschten Erfolg, obgleich er den Ort schnell verlassen mußte, um seine englischen Besucher in Rosemont zu empfangen.

Ein sehr neues gesellschaftliches Erlebnis hatte er jedoch in seinem Hotel an dem Abend ehe er fortging, und wir wollen dasselbe hier erwähnen, ehe er nach Lausanne zurückeilt; denn es kann jetzt kaum noch irgendjemanden beleidigen, auch wenn die Namen genannt würden. „Und nun, Sir, will ich Dir bescheiden, zahm, wörtlich den Besuch in dem kleinen auserwählten Kreise beschreiben, der Dir meinem Versprechen gemäß das Haar zu Berge stehen machen sollte. In unserm Hotel waren Lady A. und Lady B., Mutter und Tochter, die in den Palazzo Peschiere einzogen, kurz ehe wir denselben verließen,

---

[87] Die bekannte, oberhalb Londons an der Themse gelegene kleine Landstadt. – D. Übers.

und die eine tiefe Bewunderung haben für Deinen gehorsamen Diener, den unnachahmlichen B. Sie sind beide sehr gescheit. Lady B., außerordentlich bewandert in lebenden und toten Sprachen, Büchern und gesellschaftlichen Vorgängen, sehr hübsch, Mutter zweier Kinder und noch nicht fünfundzwanzig Jahre alt. Lady A., fett, frisch und rosig, matronenhaft, aber voller Lebhaftigkeit und von gutem Aussehen. Sie war mit nichts anderm zufrieden zu stellen, als daß wir bei ihnen dinierten, und am Freitag um sechs begaben wir uns demnach in ihr Zimmer hinunter. Ich wußte, daß sie ihre Sonderbarkeiten hatten. So z. B. war es mir bekannt, daß Lady A. in voller Abendtoilette allein, zu Fuß, durch die Straßen von Genua, die schmutzigen italienischen Nebenstraßen, nach der Soirée des Gouverneurs gegangen war und sich in dem Staatspalast angekündigt hatte, indem sie an die Tür klopfte. Ich bin auch Lady B. in voller Abendtoilette begegnet, als sie ohne Mütze oder Hut, mit allem möglichen klingelnden Geschmeide geschmückt, eine halbe Stunde weit neben der Sänfte her, in welcher ihre Frau Mama thronte, in die Oper ging. Ich wurde daher nicht überrascht durch solche kleine Funken in der Konversation (der jungen Dame) wie: ‚O Gott, was für eine Predigt hatten wir hier vorigen Sonntag! Und haben Sie je solch infernalischen Bettel gelesen wie Mrs. Gore's?' – und dergleichen mehr. Und wäre es nicht um Kate und Georgy gewesen (die, wie wir später übereinkamen, entschieden im Wege waren), würde ich alles für sehr spaßhaft gehalten haben. Auch warf ich nichtsdestoweniger den Ball zurück, ließ mich gewaltig gehen, machte einige ziemlich derbe Späße und fand den größten Beifall. ‚Sie rauchen, nicht wahr?' sagte die junge Dame während einer Pause in dieser Sorte von Unterhaltung. ‚Ja,' sagte ich, ‚ich rauche gewöhnlich eine Zigarre nach dem Essen, wenn ich allein bin.' – ‚Ich will Ihnen eine gute geben,' sagte sie, ‚wenn wir hinausgehen.' Nun, Sir, wir gingen zu rechter Zeit hinaus und trafen dort eine amerikanische Dame, die in demselben Hotel wohnte, und aussah wie das, was wir in Altengland ‚eine reguläre Bettelhure' nennen: – aufgedunsenes Gesicht (geschminkt), beträchtlich entwickelte Figur, ein betrunkenes Auge, ein blaues, tiefausgeschnittenes Atlaskleid mit kurzen Ärmeln und Schuhen von demselben Stoff. Auch eine Tochter, gleichfalls mit aufgedunsenem Gesicht, gleichfalls mit stark entwickelter Figur, gleichfalls mit tiefausgeschnittenem Kleide mit kurzen Ärmeln und Schuhen von demselben Stoff, und einem noch nicht tatsächlich betrunkenen Auge, aber auf dem Wege dazu. Die amerikanische Dame verheiratete sich mit sechzehn Jahren; die Tochter ist jetzt sechzehn Jahre alt, sie werden oft für Schwestern gehalten &c. Als dies vorüber war, holte Lady B. eine Zigarrenkiste hervor und gab mir eine, wie sie sagte, aus dem stärksten Tabak gemachte Zigarre, die nach sechs Zügen einen Elefanten über den Haufen werfen würde. Die Kiste war voll von Zigaretten, tüchtig großen, aus ziemlich starkem Tabak; ich rauche sie hier immer und pflegte sie in Genua zu rauchen und kannte sie wohl. Als ich meine Zigarre ansteckte, steckte Lady B. ihre an meiner an, lehnte sich in Unterhaltung mit mir an den Kamin, streckte ihren Leib vor, faltete die Arme und lachte und sprach und rauchte, indem sie ihr hübsches Gesicht seitwärts in die Höhe warf, und wie eine Manchester Baumwollmühle an ihrer Zigarette dampfte, auf die gentlemännischste Weise, die mir je vorgekommen ist. Auch Lady A. steckte sich eine Zigarre an; die amerikanische Dame steckte die ihre an, und in fünf Minuten war das Zimmer eine Rauchwolke, in deren Mitte wir wacker qualmten, während die amerikanische Dame Geschichten von ihrer ‚Hookah' oben erzählte und verschiedene Arten von Pfeifen beschrieb. Aber selbst dies war nicht alles. Denn sofort kamen zwei Franzosen herein, mit denen und mit der amerikanischen Dame Lady B. sich zum Whist hinsetzte. Die Franzosen rauchten natürlich (sie waren wirklich bescheidene Herren und schienen in Verlegenheit) und Lady B. fuhr während der nächsten zwei Stunden fort zu spielen, fortwährend mit einer Zigarre im Munde. Sie rauchte gewiß sechs oder acht. Lady A. gab es bald auf – ich glaube, sie tat es bloß aus Eitelkeit. Die amerikanische Dame hatte den ganzen Morgen geraucht. Ich nahm keine zweite Zigarre, und Lady B. und die Franzosen behielten das Feld für sich."

„Stelle Dir dies vor in einem großen Hotel, wo nicht bloß ihre eigenen Domestiken, sondern ein halbes Dutzend Kellner beständig aus und ein gingen! Ich zeigte keine Spur von Überraschung; aber ich bin nie in meinem Leben so überrascht, so lächerlich außer Fassung gebracht gewesen. Denn unter allen ‚Damen', mit denen ich je in Berührung kam, hatte ich nie eine Frau – kein Hökerweib und keine Zigeunerin – rauchen sehen." Größere und weitergehende Erlebnisse waren ihm vorbehalten; aber es war genug in der hier geschilderten Szene, was ihn ebensowohl in Staunen setzen als belustigen konnte.

Doch jetzt ist der Sonnabend gekommen; er ist zurückgeeilt, um die Freunde zu begrüßen, die sich auf dem Wege nach seinem Landhause befinden, und nach seiner Ankunft, noch ehe sie erschienen waren, schreibt er mir, um mir bessere Nachricht zu geben über sich selbst und seine Arbeit.

„In der atemlosen Zwischenzeit" (Rosemont, 3. Oktober) zwischen unserer Rückkehr von Genf und der Ankunft der Talfourds (die wir binnen einiger Stunden erwarten), kann ich nichts besseres tun, als Dir zu schreiben. Denn ich glaube, es wird Dir ganz recht sein, wenn ich mein Versprechen, und damit zugleich den Montag, antizipiere. Ich habe mich in Genf viel wohler gefühlt, obgleich gelegentlicher Schwindel und Kopfweh, die, ich habe nicht den geringsten Zweifel darüber, der Abwesenheit von Straßen zuzuschreiben sind, mich noch beunruhigen. Es herrscht hier auch eine Ansicht, daß die Leute mitunter verzagt und träge werden durch diese große Masse stillen Wassers, den Lemansee. Jedenfalls habe ich mich sehr unbehaglich gefühlt, jedenfalls bin ich jetzt, wie ich hoffe, viel besser und endlich hoffe und vertraue ich jetzt, daß das Weihnachtsbuch zu rechter Zeit kommen wird!! Ich habe in Genf drei sehr gute Arbeitstage gehabt und denke, ich werde den zweiten Teil (der dritte ist der kürzeste) heute über acht Tage beenden können. Sobald ich damit fertig bin, werde ich Dir die beiden ersten zusammen schicken. Ich glaube nicht, daß man mit den Illustrationen anfangen kann, ehe der dritte ankommt; denn es ist eine ganz eigentümliche Geschichte und ein Künstler sollte das Ende wissen, was er schwerlich wird, wenn er es nicht liest." Dann, nach einem Bericht über die übermenschlichen Anstrengungen, die er machte, um seine Besucher in seinem Puppenhause einzuquartieren („Ich konnte mich nicht mit dem Gedanken versöhnen, sie nachts fortzuschicken. Es ist auf diesen Landwegen und in diesen Wäldchen so finster, wenn der Mond nicht scheint"), skizzierte er mir das, was er auszuführen hoffte und wirklich ausführte. Er wollte durch große Bemühungen das kleine Buch am 20. beenden; wollte auf eine Woche nach Genf gehen, um etwas an *Dombey* zu arbeiten, wenn er sich einigermaßen kräftig fühlte; und jedenfalls wollte er sein drittes Heft bis zum 10. November abschließen, und dann an diesem Tage nach Paris aufbrechen: „so daß ich, statt ohne Nutzen hier zu bleiben, meine Zwischenzeit der Muße benutzen werde, die Reise zu machen und in ein neues Haus zu kommen und so im Voraus eine Prise Salz auf den Schwanz des laufenden Heftes zu streuen hoffe. ... Ich erschrecke bei dem Gedanken, daß ich wieder in Mißmut verfallen und blutunterlaufene Augen bekommen könnte." Obgleich ich damals nicht wußte, wie ernstlich krank er gewesen war, beeilte ich mich doch, ihn zu erinnern, daß es schlechte Ökonomie sei, aus der Ruhe selbst ein Geschäft zu machen; doch ich erhielt pünktliche Nachricht, daß alles eintreffe, wie er wünschte. Die Talfourds blieben zwei Tage „und ich glaube, sie waren sehr glücklich. Er zeigte sich im günstigsten Lichte, in seiner uns so wohl bekannten Weise, die nicht weniger liebenswert ist, weil sie so komisch ist, und hättest Du ihn sehen können, wie er rund um die Kutsche herumging, in der sie hierher gekommen waren, als Vorspiel zu der Bezahlung des Kutschers, mit dem er nicht sprechen konnte, in einer Münze, die er nicht verstand, Du würdest es nie vergessen." Seine Freunde verließen Lausanne am 5., und fünf Tage später schickte er mir zwei Drittel des Manuskripts seines Weihnachtsbuches.

Vierzehntes Kapitel

Revolution in Genf, das Weihnachtsbuch und die letzten Tage in der Schweiz
1846

Ich schicke Dir in zwölf Briefen, von denen dieser für einen zählt, die beiden ersten Teile (fünf und dreißig Blätter) des Weihnachtsbuchs. Ich habe in Bezug darauf jetzt zwei Besorgnisse. Erstens, zu wissen, daß Du es richtig erhalten hast und zweitens, zu wissen, wie es Dir gefällt. Du mußt jedenfalls den ersten und zweiten Teil auf einmal lesen ... Mir scheint es von Interesse zu sein und einen hübschen Grundgedanken zu haben, und es ist nicht wie die andern ... Einige kleinere Punkte erfordern noch Berücksichtigung, wie die Notwendigkeit, in einigen der Reden des Doktors im ersten Teile etwas abzuändern, und ob es ‚Der Kampf des Lebens, eine Liebesgeschichte', heißen soll – um sowohl eine Liebesgeschichte in dem gewöhnlichen Sinne des Wortes zu bezeichnen, als auch eine Geschichte der Liebe und noch einige andere ähnliche Dinge. Wir können dieselben allmälig in Anregung bringen. Ich hatte gestern einen ungeheuern Arbeitstag und war entsetzlich aufgeregt; ich will daher so rasch hinauseilen, als ich kann; denn ich fühle mich etwas erschöpft und krank. Aber nur nie den Mut verloren! Ich habe mein Auge eben im Spiegel betrachtet. Es sieht ganz hell aus."

Ich machte es am folgenden Tage noch heller, als ich ihm sagte, daß der Absatz des ersten Heftes von *Dombey* den des ersten Heftes von *Chuzzlewit* um mehr als zwölftausend Exemplare übertroffen habe; und sein nächster Brief, in welchem er den Schluß der kleinen Erzählung schickte, zeigte, daß er die Aufheiterung, welche meine angenehme Nachricht ihm verschafft hatte, bedurfte. „Ich weiß wirklich nicht, was diese Geschichte wert ist. Ich bin so zu Boden geworfen, aus Mangel an Schlaf, und nachdem mein Kopf während des ganzen verflossenen Monats nie von dem Gedanken daran frei gewesen ist. Ich glaube, in diesem letzten Teile sind einige Stellen, die ich in den Korrekturbögen verbessern kann, und wo die Hinzufügung einiger Züge von Nutzen sein wird, besonders in der Szene zwischen Craggs und Michael Warden, wo, wie sie jetzt dasteht, das Interesse antizipiert scheint; doch ich werde den Beistand Deiner Vorschläge haben und den meines eigenen, dann hoffentlich kühleren Kopfes, und ich werde mit den Korrekturbögen sehr vorsichtig sein und sie so lange hier behalten als möglich ... Mr. Britain muß also einen andern Vornamen haben? ‚Tante Martha' ist die Sally, von welcher der Doktor im ersten Teile spricht. Martha ist ein besserer Name. Was denkst Du über den Schlußparagraphen? Würdest Du ihn um des Glückes willen beibehalten? Er ist bloß experimental ... Ich fliege morgen früh nach Genf hinüber." (Das war am 18. Oktober und am 20. schrieb er von Genf.) „Wir kamen gestern hierher und werden wahrscheinlich bis zu Kate's Geburtstage, der Donnerstag über acht Tage ist, hier bleiben. Ich werde an das dritte Heft von *Dombey* Hand anlegen, sobald ich irgend kann. Gegenwärtig fühle ich mich stark von der Arbeit angegriffen, aber doch bei weitem nicht so, wie ich vorigen Sonntag erwartete. Ich hatte eine Zeit lang nicht schlafen können und morgens, mittags und nachts daran fortgehammert. Eine Flasche Rheinwein am Montag, als Elliotson bei uns dinierte (er brach gestern Morgen zur Rückkehr in die Heimat auf), tat mir unendlich gut. Die Veränderung kam gerade im rechten Moment und ich fühle mich schon in der Dombey'schen Stimmung.. Allein mein Kopf hat doch etwas gelitten und tut gelegentlich sehr weh, wie auch jetzt gerade, obgleich ich noch nicht geschröpft bin. Ich träumte die vorige Woche, daß *der Kampf des Lebens* eine Reihe von Zimmern wäre, die sich nicht in Ordnung bringen ließen, und aus denen nicht herauszukommen sei und die ich die ganze Nacht trübselig durchwanderte. In der Sonnabend-Nacht habe ich, glaube ich, nicht eine Stunde geschlafen. Ich schweifte beständig durch die Geschichte hin und bemühte mich, die Revolution hier mit dem Plane im Einklang zu bringen. Die geistige Qual dabei war ganz entsetzlich."

Über die ‚Revolution' hatte er mir eine Woche vorher aus Lausanne geschrieben, wo die Nachricht ihn gerade erreicht hatte, daß in Folge des Dekrets des Bundesrats, welches die Vertreibung der Jesuiten anbefahl, die römisch-katholischen Kantone gegen das Dekret aufgestanden seien, worauf die Protestanten den Großen Rat abgesetzt und eine provisorische Regierung gebildet hatten, welche die katholische Liga auflöste. Sein Interesse an diesen Vorgängen und seine rasche Erkenntnis dessen, was wirklich bei diesem Konflikt in Frage kam, ist in jeder Beziehung charakteristisch für Dickens. „Du wirst," schrieb er am 11. Oktober aus Lausanne, „lange ehe dieser Brief Dich erreicht, alles über die Revolution in Genf wissen. Man erzählte sich von Anschlägen gegen die Regierung, als ich dort war; aber ich glaubte nicht daran; denn alle möglichen Lügen über die Radikalen sind fortwährend im Umlauf, und überall wo ein Konsul einer katholischen Macht ist, werden beständig die monströsesten Erdichtungen gegen sie verbreitet – wie auch hier, wo der sardinische Konsul neulich im Ernst zu verstehen gab, es habe sich eine Gesellschaft gebildet, welche den Namen der Totschläger führe, der der Präsident des Staatsrats, der O'Connel der Schweiz und ein gescheiter Mensch, als Mitglied angehöre; die auf Schädel und Totenknochen schwöre, alle Besitzenden auszurotten und so fort. An dem Tage, als in Genf gekämpft wurde, herrschte hier große Aufregung. Wir hörten die Kanonen (sie erschütterten das Haus) den ganzen Tag; und siebenhundert Mann marschierten aus Lausanne, um den Radikalen beizustehen – kamen aber erst in Genf an, als alles vorüber war. Ohne Zweifel hatten sie geheimen Beistand von hier empfangen, denn ein Pulverfaß, mit den darauf gemalten Worten Canton de Vaud, wurde von dem Genfer Volke gefunden und als Fahne auf einer Stange durch die Straßen getragen, um zu zeigen, daß es ihnen außerhalb der Stadt nicht an sympathisierenden Freunden fehle. Wie Lord Vernon mir erzählte, der zugegen war und uns gestern Abend besuchte, war der Kampf eine ziemlich klägliche Affäre. Die Regierung fürchtete sich, traute vermutlich ihren Soldaten nicht und die Kanonen wurden überall hin abgefeuert, außer auf die Gegenpartei, die (ich meine die Revolutionisten) eine Brücke nur mit einem Omnibus verbarrikadiert hatten und jedenfalls im Anfang mit Leichtigkeit hätten geworfen werden können. Die Geschicklichkeit der gemeinen Leute mit der Flinte zeigte sich besonders an einem Häufchen von fünf, die auf den Wällen an einem der Stadttore warteten, um einen Trupp Soldaten abzuweisen, welcher der Regierung zu Hilfe eilte. Sie suchten sich die Offiziere aus und schossen dieselben nieder, sowie der Trupp erschien. Es waren ihrer im Ganzen drei oder vier – worauf die Soldaten ernsthaft kehrt machten und abmarschierten. Ich glaube, es sind nicht fünfzig Leute in diesem Orte, die nicht Deine Visitenkarte von einer Scheibe auf mindestens hundertundfünfzig Schritt Entfernung herunterschießen würden. Ich habe sie zahllose Male über eine große Schlucht, die so breit ist, als der Garten im St. James-Park, hinfeuern und nie das Zentrum verfehlen sehen.

„Es ist hier entsetzlich ungentil, es zu sagen, obgleich ich es ohne jede Zurückhaltung sage, – aber meine Sympathien sind ganz auf Seiten der Radikalen. Ich kenne nichts, in Bezug worauf dies unbezähmbare Volk ein so gutes Recht hat, leidenschaftlich zu fühlen, als den Katholizismus – wenn nicht als Religion, so doch als Mittel sozialer Entartung. Sie wissen, was er ist. Sie haben ihn ganz in der Nähe. Sie haben Italien jenseits der Berge. Sie können die Erfolge der zwei

Systeme zu jeder Zeit in ihren eigenen Tälern miteinander vergleichen; und ihre Furcht davor, ihr Entsetzen vor der Einführung katholischer Priester und Emissäre in ihre Städte, scheint mir das vernünftigste Gefühl in der Welt. Auch ganz abgesehen hiervon, hast Du keine Vorstellung von der abgeschmackten, unverschämten kleinen Aristokratie von Genf: die lächerlichste Karikatur der englischen, die man sich denken kann. Ich sprach vor nicht langer Zeit mit zwei berühmten, sehr intelligenten Männern der Stadt, die herüberkamen, um mich zu einer Art von Empfang dort einzuladen, den ich ablehnte. Wahrlich, ihre Reden über ‚das Volk' und ‚die Massen' und die Notwendigkeit, in welche sie demnächst versetzt werden würden, einige daraus zur Warnung für die andern zu erschießen, war eine Ungeheuerlichkeit, wie man sie in Genua hätte hören können. Auch die trotzige Unverschämtheit und Verachtung gegen das Volk in ihren Zeitungen ist ganz absurd. Es ist schwer zu glauben, daß verständige Leute in politischer Hinsicht solche Esel sein können. Es war genau ein solcher Stand der Dinge, der hier den Regierungswechsel veranlaßte. Eine höchst achtungsvoll gehaltene Bittschrift in Bezug auf die Jesuitenfrage, unterzeichnet von Zehntausenden kleiner Pächter, den ansässigen Bauern des Kantons, sämmtlich Leuten, die in öffentlichen Schulen vortrefflich unterrichtet werden und sowohl in intellektueller, als in physischer Hinsicht eine äußerst bemerkenswerte Klasse von Arbeitern bilden, wurde eingereicht. Dies Dokument wird von der gentilen Partei mit der erhabensten Verachtung behandelt, und die Unterschriften als Unterschriften ‚des Pöbels' bezeichnet. Worauf ein jeder Mann von dem Pöbel seine Büchse auf die Schulter nimmt, und an einem vorher verabredeten Tage nach Lausanne hineinmarschiert und die gentile Partei hinausmarschiert, ohne einen Schlag zu führen."

Die Spuren der Revolution, die er noch bei seinem damaligen Besuch in Genf vorfand, beschrieb er mir in einem Briefe aus dem Hotel de L'Ecu vom 20. Oktober. „Nach dem Aussehen dieser Stadt würde man nie denken, es habe eine Revolution stattgefunden. Über dem Fenster meines alten Schlafzimmers hat eine Kanonenkugel in der Fronte des Hauses ein großes Loch gemacht, und zwei von den Brücken werden ausgebessert. Aber das sind kleine Anzeichen, die auf irgendeine andere Weise hätten hervorgebracht werden können. Die Leute sind alle an der Arbeit. Die kleinen Straßen sind voll von allen Bildern und Tönen der Industrie; der Ort ist um zehn Uhr abends so ruhig wie Lincolns-Inn-Fields, und das einzige äußere und sichtbare Zeichen des öffentlichen Interesses an politischen Begebenheiten ist eine kleine Gruppe an jeder Straßenecke, die eine öffentliche Ankündigung der neuen Regierung über die bevorstehende Wahl der Staatsbeamten liest, welche das Volk an ihre Wichtigkeit als republikanische Einrichtung erinnert und den Wunsch ausdrückt, daß es in seinem ganzen Benehmen seiner Würde eingedenk sein möge. Nichts sehr Gewaltsames oder Schlechtes kann in einem Gemeinwesen stattfinden, das so gut erzogen ist wie dieses. Es ist das beste denkbare Gegengift gegen amerikanische Erlebnisse. Was das unsinnige Gerede der ‚gentilen Partei' angeht: Opposition gegen das Eigentum und so fort, so gab es nie eine größere moralische Abgeschmacktheit. Einer der Hauptführer der jüngsten Bewegung besitzt hier ein Uhren- und Juwelenlager von ungeheurem Wert, und besaß es während der Unruhen – ohne jeden Schutz. James Fazy hat ein reiches Haus und eine wertvolle Gemäldesammlung und, ich bin ganz gewiß, zweimal mehr zu verlieren, als die Hälfte der konservativen Raisonneure zusammengenommen. Dieses Haus, das liberale, ist eins der am reichsten möblirten und luxuriösesten auf dem Festlande. Und wäre ich ein Schweizer mit Hunderttausend Pfd. Sterling, ich würde ebenso standhaft gegen die katholischen Kantone und die Ausbreitung des Jesuitismus ankämpfen, als irgendeiner ihrer Radikalen, denn ich halte die Verbreitung des Katholizismus für das schrecklichste Mittel politischer und gesellschaftlicher Erniedrigung, das es gegenwärtig in der Welt gibt. Was diese Leute, da sie gründlich erzogen sind, vollkommen wissen … Die Jungen von Genf machten sich sehr nützlich durch das Herbeischaffen von Materialien für den Bau der Barrikaden auf den Brücken, und das beiliegende Lied wird Dich amüsieren. Man singt es zu einer Melodie, die sich aus der großen französischen Revolution herschreibt – einer sehr guten."

Aber auch Revolutionen können, ebenso wie ihre Helden, klein sein und während er mir so seinen Gamin de Genève schickte, schickte ich ihm Nachricht von einer plötzlichen Veränderung in Whitefriars,[88] welche ein ebenso lebhaftes Interesse für ihn besaß. Zuerst konnte nicht viel erzählt werden, aber seine Neugier stieg sogleich zur Fieberhöhe. „In Bezug auf jene Daily News Revolution," schrieb er am 26. von Genf, „bin ich den ganzen Tag durch ein vollständiges Labyrinth dunkler Vermutungen auf und ab gewandert. Hoffentlich klärst Du mich am Mittwoch ganz auf, oder das dritte Heft wird darunter leiden." Als er zwei Tage später seine Rückreise nach Lausanne antrat, nahm er den Gegenstand von Neuem auf. „Ich befinde mich in

---

[88] Die Straße, wo damals die Expedition der Daily News sich befand. – D. Übers.

der größten Aufregung durch Deine Nachrichten und wünsche ganz verzweifelt, alles darüber zu erfahren. Ich werde unsäglich enttäuscht sein, wenn ein Brief von Dir mich nicht erwartet. Gott weiß, wir haben beide von den neun Monaten mit der Daily News wenig Freude gehabt." Es gab damals nicht viel und es gibt jetzt noch weniger darüber zu erzählen; aber der unbehagliche Zustand erreichte endlich für uns beide ein Ende, da ich mich nicht mit einem längeren Verbleiben in dem Dienste versöhnen konnte, den ich in Whitefriars geleistet hatte, seit Dickens denselben verließ. Seine Bemerkungen in seinem ersten Briefe, nach der Rückkehr nach Rosemont, mögen hier zum Abschluß der Sache einen Platz finden. „Ich freue mich jedenfalls sehr über den Ausgang der Angelegenheit mit der Daily News, obgleich meine Freude getrübt wird durch den melancholischen Gedanken, daß Du Dich dort so lange mit so geringem Erfolge abgemüht hast. Ich kam leichter davon. Allein, das alles ist jetzt vergangen ... Die unzweifelhafte Notwendigkeit Deiner Handlungsweise erleidet für mich nicht die mindeste Frage. Daß Dir, wie Du bist, nur ein Weg offen stand und daß Du ihn eingeschlagen hast, ist für mich ebenso klar, als daß Old Bailey nicht Westminster-Abbey ist. Du mußtest fortgehen mit der vollen Summe des Wertes, auf den Du selbst Dich schätzest; und nun Du gegangen bist, wirst Du nach Paris kommen und dort und auch in der Heimat werden wir, so Gott will, wieder die alten Abende und das alte Leben genießen, wie es war, ehe jene täglichen Schlingen uns an den Beinen packten und uns gelegentlich zu Boden warfen. Mache ein Gelübde (wie ich getan), nie wieder jene Passage mit dem kleinen Zeitungsladen an der Ecke hinunter zu gehen, und laß uns wie in alten Zeiten bei Jack Straw[89] schwören ... Ich fange an, meinen Kummer über Deine Nächte hoch oben in Whitefriars zu überwinden, und nichts als Freude zu fühlen im Gedanken an Deine Befreiung. Gott segne Dich!"

Das Ende seines Aufenthalts in Lausanne rückte jetzt heran; aber ehe meine Skizzen über sein dortiges angenehmes Leben zum Abschluß kommen, mag die kleine Geschichte seines Weihnachtsbuchs noch durch einige Auszüge aus Briefen vervollständigt werden, welche unmittelbar auf die Abreise der Talfourds folgten. Ohne Kommentar werden dieselben den Abschluß des Buches, sein eigenes Bewußtsein der Schwierigkeit, die Erzählung in Grenzen auszuführen, welche zu enge waren, um ihre Entwicklung nicht unvollständig zu machen

---

[89] Jack Straw's Castle, das oft erwähnte Lieblingswirtshaus Dickens', auf dem Hügel von Hampstead. – D. Übers.

und den richtigen Takt erklären, mit dem er von außen kommenden Einwänden und Vorschlägen begegnete. Sein Zustand während der Zeit, als er das Buch schrieb, erlaubte mir nicht, auf Dingen zu bestehen, die ich sonst für nötig gehalten haben würde; aber wie die kleine Geschichte endlich seine Hand verließ, enthielt sie manches, was seiner nicht unwürdig war, und ein Umriß ihres Planes wird die Bruchstücke aus seinen Briefen verständlicher machen. Ich las sie vor kurzem mit der Empfindung, daß der hindurch gehende Ton ruhiger Schönheit das Lob wohl verdiente, welches Jeffrey ihr in jenen Tagen erteilt hatte. „Ich mag und bewundere den *Kampf* außerordentlich," sagte er in einem bei der Veröffentlichung geschriebenen Briefe, den Dickens mir schickte, und der nicht in Lord Cockburn's „Leben Jeffrey's" enthalten ist. „Es ist besser geschrieben als irgendein anderer lebender Mensch hätte schreiben können und enthält Stellen, die so schön sind, als irgendetwas was der Mensch selbst geschrieben hat. Der Tanz der Schwestern in jenem herbstlichen Baumgarten ist allein ein Dutzend unbedeutendere Erzählungen wert, und ihre Wiedervereinigung am Schluß und in der Tat alle ernsteren Teile sind schön, einige Züge von Clemency reizend."

Dennoch verhielt es sich hier wohl wie mit den *Sylvesterglocken*, daß nämlich die ernsteren Teile zu tief mit der Erzählung verwebt waren, um den Gegenstand für die alte Heiterkeit bringende Jahreszeit ganz angemessen zu machen; doch hatte dies auch seine Vorteile. Die Geschichte erzählt von zwei Schwestern, von denen die jüngere, Marion, ihre eigene Neigung opfert, um die ältere, Grace, glücklich zu machen. Aber Grace hatte bereits dieser jüngeren Schwester dasselbe Opfer gebracht; der erste und härteste Kampf des Lebens war von ihr gewonnen worden, ehe die Geschichte anfängt, und als sie zuerst auftritt, ist sie beschäftigt, die Heirat ihrer Schwester mit Alfred Heathfield zu Stande zu bringen, den sie selbst geliebt und den sie, durch eine stille Veränderung in ihrem Benehmen gegen ihn, völlig unbewußt erhalten hat über das, was sein eigenes, noch ungebundenes Herz gewiß nicht zurückgewiesen haben würde. Marion jedoch hatte dies früher entdeckt, obgleich Alfred erst nach ihrem Siege über sich selbst davon hört; und inzwischen ist er ihr Verlobter geworden. Wie die Schwestern so am Anfang erscheinen: die eine im Glauben, daß ihre Liebe unentdeckt ist und die andere um jener Liebe willen entschlossen, ihre eigene aufzugeben, jede ihre Gefühle vor der andern verbergend und beide selbstlos wahr, bieten sie ein hübsches und zartes Bild. Der zweite Teil soll der Flucht Marion's den Anschein eines Entlaufens mit einem Liebhaber geben und die Schwierigkeit des Verfassers bestand darin, dies so darzustellen, daß sie während der ganzen Zeit unverändert erscheint gegen den Mann, dem sie ihr Wort gegeben hat und vor dem sie doch flieht. Ein gewisser Michael Warden ist der *deus ex machina*, durch welchen sie gelöst wird, wenngleich wohl kaum mit dem gewöhnlichen Geschick; allein es ist viel Kunst in der Art, wie seine Ansprüche auf die Hand Marion's, deren Mann er nach einer Reihe von Jahren wird, als die Ursache dargestellt werden, welche ihm jede Hoffnung auf Erfolg verschließt, und zwar in derselben Stunde, wo ihre eigene Handlung ihm denselben anscheinend verheißt. Während der Zwischenzeit wird Grace, die glaubt, Marion sei mit Warden fort, Alfred's Frau und erst bei der Wiedervereinigung, nach einer Abwesenheit von sechs Jahren, wird die Wahrheit ihr ganz bekannt. Der Kampf ist für sie alle von Schmerz erfüllt und durch Schmerz geheiligt; aber endlich kehrt die Freude zurück. Keine Herzen werden durch die auferlegten Pflichten gebrochen; auch wird das Leben nicht als ein so vergänglicher Feiertag dargestellt, daß es unter edelm Schmerz und großmütiger Selbstverleugnung seine Fähigkeit zum Glück verlieren muß. Die Erzählung rechtfertigt so ihren Platz in der Weihnachtsserie. Auch was Jeffrey über Clemency sagt, verdient hier ein Wort. Die Geschichte würde nicht von Dickens sein, könnten wir darin nicht das ihm eigentümliche Talent finden, die gewöhnlichsten Dinge mit Frische und Schönheit darzustellen, in den alltäglichsten Formen des Lebens viel von seiner seltensten Lieblichkeit zu enthüllen und sich mit Leichtigkeit aus der unmittelbarsten Wirklichkeit in das Gebiet phantasievoller Gedanken zu erheben. Dieser glücklichsten Richtung seiner Kunst zahlen Clemency und ihr Mann einen neuen Tribut, und in ihr ganz besonders erkennen wir einmal wieder eine jener wahren Seelen, die einen so großen Raum in seinen Schriften ausfüllen, Seelen, für welche gewöhnlich die niedrigsten Sitze am Mahl des Lebens aufbewahrt werden, die er aber zu einem passenderen Platz unter die Geschätzten und Geehrten an den oberen Tischen emporhebt und willkommen heißt.

*

„Ich möchte wissen, ob Du das Ende des Weihnachtsbuchs vorhergesehen hast! An einigen Stellen kann ich es, glaube ich, durch kleine Abänderungen hübscher machen ... Ich hoffe, es wird Dir gefallen. Was für eine rührende Geschichte hätte ich in einem Oktavbande daraus machen können. O, der Gedanke, daß die Drucker meinen freundlich zynischen alten Vater in Doktor Taddler verwandelt haben!" (28. Oktober.)

„Hältst Du es für die Illustrationen der Mühe wert, den Zeitraum, um gewisser Vorzüge des Kostüms willen, weiter zurück zu verlegen? Die Geschichte kann sich zu irgendeiner Zeit innerhalb der letzten hundert Jahre zugetragen haben. Ist es der Mühe wert, Röcke und Mäntel aus der Zeit des lieben alten Goldsmith, oder daherum, in Anwendung zu bringen? Ich weiß wirklich nicht, was ich dazu sagen soll. Wenn Du oder die Künstler nicht daran gedacht haben, verdient es vermutlich keine Berücksichtigung, aber ich befreie mich von dem Gedanken, indem ich ihn Dir vorlege. Es mag schon zu spät sein, oder Du magst Deine Gründe haben, ‚bei den Leisten' zu bleiben, und an den Frühlings- und Wintermoden der Damen und Herren unserer Zeit festzuhalten. Was Du für das Beste hältst, in diesen wie in allen andern Dingen, wird jedenfalls das beste sein … Ich möchte, daß bei den Illustrationen die Schönheit so sehr als möglich zu ihrem Rechte käme, und daß jeder Teil am Anfang eine allgemeine Illustration hätte, die den Gang der Ereignisse andeutet, ungefähr in derselben Art, wie Browne es auf den Umschlägen zu *Dombey* gemacht hat. Weiter möchte ich Deine Diskretion in der Sache nicht beschränken. Je besser es illustriert wird, umso besser wird es mir natürlich gefallen." (29. Oktober.)

*

»Ich schreibe nur, um zu sagen, daß es nichts nützt, wenn ich Dir einen langen Brief schreibe, ehe ich von Dir gehört habe und, daß ich warten will, bis ich Deine versprochene Mitteilung (wie mein Vater es nennen würde) morgen gelesen habe. Ich habe die Korrekturbögen des dritten Teiles durchgesehen und wundere mich wirklich nicht, daß die Heirat Grace's und Alfred's Dir unbefriedigend scheint, da einige der außerordentlichsten Druckfehler in Clemency's Bericht an Warden vorkommen. Was in Bezug hierauf geschieht, muß in den leichtesten Zügen ausgeführt werden, denn etwas muß der Leser als selbstverständlich annehmen; aber ich halte es beinahe für unmöglich, ohne der Wirkung furchtbar zu schaden, eine Szene zwischen Marion und Michael einzuschalten. Die Einführung muß in der Szene zwischen den Schwestern stattfinden und vorzugsweise in den Mund von Grace gelegt werden. Du kannst Dich darauf verlassen, etwas anderes ist im Einklang mit dem Geist der Erzählung unmöglich. Mit dieser Verbesserung, und hier und da einem Zuge im letzten Teil (ich weiß ganz genau, wo sie am besten kommen) wird, glaube ich, das Ganze hübsch und rührend und auch gemütlich werden …" (31. Oktober.)

*

„Ich hoffe das Weihnachtsbuch durchzugehen, sobald ich Deine Ansicht darüber höre. Ohne das würde ich es nicht tun. Es ist mir eine große Freude, von dem edeln alten Stanny zu hören. Grüße ihn herzlich und sage ihm, ich denke daran, katholisch zu werden. Ich finde (Du magst es vielleicht auch gefunden haben), daß eine andere gute Stelle, einige Zeilen Dialog einzuschalten, am Anfang der Szene zwischen Grace und ihrem Manne ist, wo er von dem Boten am Tore redet." (4. November.)

*

„Ehe ich auf Deine Fragen antworte, möchte ich im Allgemeinen über den dritten Teil bemerken, daß alle Leidenschaft, die, wenigstens nach meiner Auslegung, hineingebracht werden kann, darin ist. Ich weiß das daran, was er mich gekostet hat und als eine Frage der Kunst und des Interesses betrachtet, scheint es mir in dem Wesen der Geschichte selbst begründet, daß sie mit schnellem Schritt fortschreitet, nachdem die Schwestern einander wieder im Arme halten. Alles andere nach diesem würde und müßte schwer anhängen wie Blei. ... Nun zu Deinen Fragen. Ich glaube nicht, daß eine kleine Szene mit Marion und sonst jemand den Weg für den letzten Paragraphen der Erzählung bahnen könnte: ich glaube nicht, daß irgendetwas als ein Strich zwischen diesen Paragraphen und Warden's Rede paßt. Ein geringerer Zeitraum als zehn Jahre? Ja. Ich sehe keinen Einwand gegen sechs. Ich zweifle nicht, daß Du Recht hast. Ein Wort von Alfred in seinem Elend? Unmöglich: Du könntest ebenso gut versuchen, Dich mit jemandem in einem Schnellzuge zu unterhalten. Die Vorbereitung für seinen veränderten Zustand findet sich im ersten Teile, und in jener Szene der Rückkehr kniet er neben ihr. Er wird gleichsam mit ihr in der Welt allein gelassen. Ich bin ganz sicher, daß es völlig unmöglich für mich ist, das zu ändern ... Aber (behalte mich im Auge) als Marion fortging, hinterließ sie einen Brief für Grace, worin sie dieselbe bat, die Liebe, welche Alfred zu ihr fassen würde, zu begünstigen und ihr vorhersagte, daß Jahre vergehen würden, ehe sie sich wieder sähen &c. Es wird, hoffe ich, einen gewaltigen Unterschied machen, wenn dies in der Szene zwischen den Schwestern herauskommt, und wenn etwas Ähnliches im Beginn der kleinen Szene zwischen Grace und ihrem Manne vor dem Boten am Tore ausgedrückt wird; und ich werde versuchen, etwas von Tante Martha und dem Doktor hereinzubringen, was die Erzählung deutlicher und unmißverstehbarer zu dem Schlachtfelde zurückführen wird. Ich hoffe, diese Änderungen in der nächsten Woche zu machen und Dir den dritten Teil zurückzuschicken, ehe ich von hier fortgehe. Wenn Du auch dann noch denkst, daß das Buch der Verbesserung fähig ist, so sage mir's in Paris und ich will noch einmal daran gehen. Ich möchte nicht, daß es hinkte, wenn es fliegen kann. Ich sage Dir nichts über viel anderes hierher Gehöriges, was schon in der anfänglichen Bemerkung enthalten ist, weil Dein zartes Verständnis alles das schon weiß. Bemerke für die Künstler: Grace wird jetzt nur ein Kind haben – die kleine Marion." ... (Am Abend desselben Tages) ... „Du erinnerst Dich, daß ich Dich bat, das Ganze auf einmal zu lesen, weil ich wußte, daß ich darauf hinarbeitete. Aber ich sehe keinen Zweifel über Deine Zweifel und will tun, was ich gesagt habe. ... Ich hatte daran gedacht, die Zeit in der kleinen Geschichte festzustellen und will dies tun. ... Denke noch einmal über die Zwischenzeit zwischen dem ersten und dem dritten Teile nach. Ich will dasselbe tun." (7. November.)

*

„Ich hoffe, Du wirst den dritten Teil (wenn Du ihn mit diesen Abänderungen im Druck liesest) sehr verbessert finden. Meiner Meinung nach ist er es. Solltest Du noch etwas daran auszusetzen haben, so sage es mir, bitte, in Paris. Ich bin entschlossen, alles in Ordnung zu bringen, wenn ich kann. ... Wenn Du beim Durchlesen der Korrekturbögen die Tendenz zu fünffüßigen Jamben zu stark findest (ich kann dieselbe nicht hindern, wenn ich es sehr ernst meine), schlage einem Worte hie und da das Gehirn aus." (13. November. Bei Zurücksendung der Korrekturbögen.)

*

„Deine Nachrichten über die Illustrationen zum Weihnachtsbuch machen mich vor Freude springen. Ich werde Dir morgen ausführlich schreiben. Ich möchte folgende Widmung haben: Dies Weihnachtsbuch ist meinen englischen Freunden in der Schweiz freundlichst gewidmet. Gerade diese zwei Reihen und weiter nichts. Wenn ich die Korrekturbögen zurückbekomme, werden, glaube ich, noch einige andere Bemerkungen über das Schlachtfeld sich mit Nutzen hinzufügen lassen. Es freut mich, daß die Abänderungen Dir gefallen. Mir ist zu Mut, als ob sie das Buch vollständig machten und, daß es ohne Deine Winke unvollständig gewesen sein würde." (21. November. Aus Paris.)

Es war mir, zu freudiger Überraschung für ihn, gelungen, sowohl Stanfield als Maclise für die Illustration des Weihnachtsbuchs zu gewinnen, außer den vorzüglichen Künstlern, welche die Verleger dafür engagiert hatten: Leech und Richard Doyle; und unter den von Stanfield beigetragenen Blättern sind drei Stücke englischer Landschaft, welche damals einen eigentümlichen Reiz für Dickens hatten und mir noch jetzt in ihrer Art ganz tadellos erscheinen. Ich will eine merkwürdige Tatsache hinzufügen, die bisher noch nie erwähnt worden ist. In der Illustration, welche den zweiten Teil der Erzählung beschließt, wo die Festlichkeiten zur Bewillkommnung des Bräutigams auf dem obern Teil der Seite mit der auf dem untern dargestellten Flucht der Braut kontrastieren, machte Leech das Versehen, zu denken, daß Michael Warden an der Flucht teilgenommen, und setzte seine Gestalt mit der Marion's hinein. Wir entdeckten dies erst, als es zur Abhilfe zu spät war, da man die Veröffentlichung um dieser Zeichnungen willen bis zum letzten Moment verzögert hatte; und es ist äußerst charakteristisch für Dickens und für die wahrhafte Achtung, die er für diesen ausgezeichneten Künstler hegte, daß er, wohl wissend, welchen Schmerz sein Einwand oder seine Klage unter den Umständen verursachen müsse, es vorzog, darüber zu schweigen. Niemand machte eine Bemerkung darüber und die Illustration ist geblieben wie sie war; aber wer die Erzählung aufmerksam liest, wird sofort sehen, welche Verwüstung an einer ihrer zartesten Wendungen dadurch hervorgebracht wird.

„Als ich sie zuerst sah, befiel mich ein unbeschreiblicher Schrecken und Schmerz. Natürlich brauche ich Dir, mein Lieber, nicht erst zu sagen, daß Warden an der Fluchtszene keinen Anteil hat. Er war nicht dabei! In dem ersten heißen Schweiß der Überraschung und des Erstaunens wollte ich darum flehen, daß man mit dem Druck dieses Blattes einhalte und die Figur aus dem Block herausnehme. Als ich aber an den Schmerz dachte, welchen dies unserm lieben Leech bereiten werde und, daß das was für mich eine so ungeheuerliche Absonderlichkeit war, weil es mir nie in den Sinn gekommen, sich andern nicht so darstellen möge, wurde ich gefaßter, obgleich die Tatsache wunderbar für mich bleibt. Ohne Zweifel wird um die Zeit, wenn dies Dich erreicht, schon eine große Anzahl von Exemplaren gedruckt sein und ich werde daher annehmen, daß die Illustration bleibt wie sie ist. Sonst hat Leech es sehr gut gemacht und überhaupt sind die Illustrationen bei weitem die besten, die für eins der Weihnachtsbücher gemacht sind. Du weißt, wie ich in meinem Geist Tempel aufbaue, die nicht von Menschenhänden gemacht (noch auch, fürchte ich, durch Feder und Tinte ausdrückbar) sind, und wie leicht ich in diesen Dingen enttäuscht werde. Aber diesmal bin ich wirklich nicht enttäuscht. Ruhe und Schönheit sind durchweg aufrecht erhalten. Sage alles an

Mac und Stanny, mehr als alles! Es ist eine wahre Freude, diese kleinen Landschaften des lieben alten Jungen anzusehen. Wie zart und elegant, und doch wie männlich und kräftig sind sie! Ich habe eine ungetrübte Freude daran."

Von den wenigen noch übrig bleibenden Tagen seines Lebens in Lausanne, ehe er nach Paris reiste, ist nicht viel zu sagen. Seine Arbeit hatte ihn während des ganzen Monats vor seiner Abreise so vollständig in Anspruch genommen, daß für wenig anderes Zeit blieb und selbst gelegentliche Briefe an teure Freunde in der Heimat fortfielen. Hier ist ein Beispiel unter vielen. „Ich will an Landor schreiben, sobald ich Zeit finden kann; aber ich bin wirklich notgedrungen so viel an meinem Pulte und habe, einerlei ob ich dort oder sonstwo bin, mit dem Weihnachtsbuch und mit *Dombey* so viel zu tun, daß es die schwierigste Sache in der Welt ist, mich zu entschließen, an irgendeinen andern zu schreiben, als an Dich. Ich hätte an Macready schreiben sollen. Ich wollte, Du sagtest ihm, mit meinen herzlichen Grüßen, in welcher Lage ich mich in Bezug auf Tinte, Federn und Papier befinde. Eine der Lausanner Zeitungen, die über den Freihandel schreibt, hat in jüngster Zeit sehr häufig von *Lord Gobden* gesprochen.[90] Das ist eine Tatsache und es scheint mir ein guter Name." Dann, als die unvermeidliche Zeit herannahte, brachte er sich die Annehmlichkeiten, welche die kommende Veränderung bringen könne, als Gegengewicht gegen ihren Schmerz zum Bewußtsein und fing an, an Paris „mit einer weniger romantischen und mehr häuslichen Ansicht des Bildes," als an etwas nicht ganz Unerfreuliches zu denken. „Ich zweifle auch nicht, daß beständige Abwechslung mir unentbehrlich ist, wenn ich an der Arbeit bin, und zuweilen drängt sich mir mehr als ein Zweifel auf, ob nicht etwas in einem Schweizer Tale ist, was mir nicht bekommt. Wenn ich noch einmal wieder in der Schweiz wohne, soll es jedenfalls auf der Spitze eines Hügels sein. Etwas von dem *goître*- und *cretin*-Einfluß scheint an den tiefer gelegenen Orten zuweilen meinen Geist zu ergreifen.[91] Wie leid, ach ja! wie leid wird es mir nichtsdestoweni-

---

[90] Verdrehung des Namens von Richard Cobden, der bekanntlich nie ein Lord war. – D. Übers.

[91] „Ich kann es Dir jetzt sagen," schrieb er mir zu Ende November aus Paris, „nun es alles vorüber ist. Ich weiß nicht, ob es der heiße Sommer oder die Aufregung mit den beiden Büchern nebst den Erinnerungen und Mahnungen an die Daily News war, – aber mein Zustand in der Schweiz, als ich mich so schlecht befand, war derart, daß ich mich in ernstlicher Gefahr fühlte. Doch hatte ich wenig Schmerzen in der Seite. Ausgenommen jene Zeit in Genua habe ich überhaupt

ger tun, die kleine Gesellschaft zu verlassen! Wir haben uns durchweg auf's beste miteinander vertragen, und ich werde immer in ein Hurrah für die Schweizer und die Schweiz einstimmen."

Mehrere Engländer, die über Lausanne kamen, hatten ihn inzwischen auf ihrer Rückreise in die Heimat begrüßt, und einige ihm von Elliotson gewidmete Tage waren eine ungeteilte Freude für ihn gewesen. Es war jetzt Spätherbst geworden, heftige Winde durchstürmten das Tal und sein vorletzter Brief schilderte mir die Veränderung, welche das Herannahen des Winters in der Landschaft hervorbrachte. „Wir haben in Lausanne mehrere furchtbare Orkane gehabt. Es ist jetzt in Bezug auf Wind ein außerordentlicher Ort, da es eigentümlich zwischen Bergen liegt – zwischen den Ketten des Jura und des Simplon, des St. Gotthard, des St. Bernhard und des Mont Blanc, und nachts, wenn man zu Bette liegt, möchte man schwören, man befände sich auf dem Meere. Man kann sich nicht denken, daß der Wind so über das Land hinbläst. Es ist sehr schön zu hören. Im Allgemeinen ist das Wetter jedoch vortrefflich gewesen. Es liegt Schnee auf fast allen Berggipfeln, aber im Tale ist keiner gefallen. An hellen Tagen ist es zwischen elf und halb drei ganz heiß. Die Nächte und die Morgen sind kalt. Während der letzten zwei oder drei Tage ist es nebliges Wetter gewesen und ich kann jetzt von der Stelle, wo ich schreibe, ebenso wenig vom Mont Blanc sehen, als wäre ich in Devonshire-Terrace, obgleich er vorige Woche sämtliche Spaziergänge in Lausanne begrenzte. Ich würde viel dafür geben, könntest Du an einem hellen kalten Tage mit mir in der Umgegend von Lausanne einen Spaziergang machen. Es ist unmöglich, sich etwas Edleres und Schöneres zu denken als diese Landschaft, und die Herbstfarben des Laubes sind jetzt glänzender und lebhafter, als irgendeine Beschreibung sie schildern kann. Ich führte Elliotson während seines Aufenthalts hier eine Schlucht von achthundert oder tausend Fuß hinauf, die ich in den Bergen entdeckt hatte. Ihre steilen Abhänge waren durch das sich wandelnde Laub hochgelb und tiefrot gefärbt; ein Bergstrom stürzte brausend in die Tiefe nieder; der Genfer See lag uns zu Füßen; an dem obern Ende erhob sich eine gewaltige Masse und ein Chaos von Bäumen, und Berg auf Berg stieg in der Ferne zum Himmel empor. Die Majestät und der Glanz machten ihn völlig verstummen."

---

kaum an diesen Schmerzen gelitten seit die arme Mary starb, als sie so schlimm wurden – und ich bin regelmäßig jeden Tag in schnellem Tempo meine drei Meilen zu Fuße gegangen."

Er hatte sein drittes Heft von *Dombey* am 26. Oktober angefangen; am 4. des folgenden Monats hatte er es halb fertig, am 7. befand er sich in „den Wehen" seines letzten Kapitels und am 9., einen Tag vor dem Tage, den er für seine Vollendung festgesetzt hatte, war das Ganze getan. Dies war nach allem andern, was er durchgemacht hatte, ein merkwürdig schnelles Arbeiten; doch binnen einer Woche (Montag, der 16., war für die Abreise festgesetzt) sollten sie ihre Zelte streichen, und unruhig und traurig waren die ihm so zur Vorbereitung und zum Lebewohl gelassenen Tage. In sein Abschiednehmen schloß er seine taubstummen und blinden Freunde ein und noch tiefer ergriff ihn der Abschied von seinen hörenden, sprechenden und sehenden Freunden. „Hoffentlich werde ich Dich bald wiedersehen und das söhnt mich mit allem aus. Aber ich glaube nicht, daß es viele Punkte auf der Erdkarte gibt, wo wir ein so warmes Andenken zurücklassen, als in Lausanne. Es war uns gestern Abend ganz kläglich zu Mute, als wir von Haldimands Abschied genommen hatten."

Er selbst soll beschreiben, wie sie zu Wagen nach Paris reisten, eine Fahrt, welche fünf Tage beanspruchte. „Wir sind über die Reise vortrefflich hinweggekommen, obgleich nicht ganz so schnell, als wir hofften. Die Kinder waren so gut wie gewöhnlich und selbst Skittles vergnügt bis zuletzt. (Dieser Name ist, beiläufig gesagt, schon längst an die Stelle von Sampson Braß getreten. Ich nenne ihn so wegen etwas Kegelschieberischen und Schenkwirtlichen in seinem Aussehen.) Wir standen jeden Morgen um fünf Uhr auf und waren vor sieben unterwegs. Wir hatten drei Wagen: eine Art Lastwagen mit angefügtem Cabriolet für das Gepäck; eine schauerliche alte Schaukel auf Rädern (in Genf gemietet) für die Kinder; und für uns jenen Reisewagen – den ich die Güte hatte, zum Verkauf hierher zu bringen. Es war sehr kalt, als wir über den Jura fuhren – nichts als Nebel und Frost; aber nachdem wir die Schweiz verlassen und die französische Grenze überschritten hatten, wurde es wärmer und blieb so. Wir hielten jeden Abend zwischen sechs und sieben Uhr an, kamen nach zwei ziemlich wunderlichen Gasthäusern, wilden französischen Land-Gasthäusern – aber die übrigen waren gut. Es dauerte viertehalb Stunden, daß unser Gepäck an dem Grenzzollhause visitiert wurde, auf dem Gipfel eines Berges, in hartem und beißendem Frost. Ich kann Dir versichern, daß Anne und Roche dort in Atem gehalten wurden und der Letztere bestand darauf, aus freien Stücken die erstaunlichsten und unnötigsten Lügen über meine Bücher vorzubringen, lediglich wegen des Vergnügens, die Beamten zu betrügen. Nachdem wir das Bergland hinter uns hatten, ging es rasch weiter; aber wir kamen doch einen Tag zu spät hier an."

Sie waren in Paris, als dies geschrieben wurde, im Hotel Brighton, das sie Freitagabend, den 20. November, erreicht hatten.

Fünfzehntes Kapitel

Drei Monate in Paris
1846–1847

Niemand konnte einen kurzen Aufenthalt in einem Hotel mehr genießen als Dickens; aber „einige Tonnen Gepäck, andere Tonnen von Domestiken und noch andere Tonnen von Kindern", sind keine wünschenswerten Zugaben zu dieser Lebensweise; und sein erster Tag in Paris ging nicht zu Ende, ehe er sich nach einer passenden Wohnung umgesehen hatte. An jenem selben Abend machte er einen „kolossalen" Spaziergang durch die Stadt, deren Glanz und Helle ihn beinah erschreckten, und unter andern Dingen, die seine Aufmerksamkeit fesselten, befand sich „ein ganz gutes Buch, das in dem Fenster eines Buchhändlers als *Les Mystères de Londres par Sir Trollopp* angekündigt wurde. Kennst Du ihn?" Ein mir besser bekannter Landsmann hatte ihn schon vorher begrüßt. „Der erste, der mich in der Straße gleich an der Tür zu fassen bekam, war Lord Brougham, in seinen karierten Hosen und ohne die gehörige Knopfzahl an seinem Hemde. Er sagte mir, er gehe heute Morgen fort, komme aber in zwei Monaten zurück und wir wollten dann zusammen dinieren – an einem Orte, welcher ihm und der Fama bekannt ist."

Am folgenden Tage machte er wieder einen langen Spaziergang durch die Straßen und verirrte sich fünfzigmal. Dies war ein Sonntag und er wußte kaum, was er darüber, wie er ihn dort und damals beobachten sah, sagen sollte. Gegen die bittere Beobachtung dieses Tages erklärte er sich immer mit Schärfe, denn er glaubte, etwas verständiges Vergnügen sei weder der Ruhe noch der Religion zuwider; aber hier kam etwas anderes zum Vorschein. „Die schmutzigen Kirchen, und das Rasseln der Karren und Wagen, und die offenen Läden (ich glaube nicht, daß ich während meines ganzen Hin- und Herwanderns an mehr als fünfzig vorbeikam, die geschlossen waren), und die Werktagskleider und die alltägliche Plackerei sind nicht behaglich. An offene Theater und so fort bin ich jetzt natürlich lange gewöhnt; aber so viel Mühe und Schweiß an einem Tage, den man, ganz abgesehen von religiösen Observanzen, gern zu einem vernünftigen Feiertage machen möchte, ist schmerzlich."

Dieser Brief war vom 22. November datiert und hatte drei Nachschriften. Die erste, vom Montagnachmittag, benachrichtigte mich, daß er ein Haus gemietet habe; daß, falls der Kontrakt nicht durch eine unvorhergesehene Prügelei zwischen Roche und der Agentin („einer französischen Mrs. Gamp") gebrochen werde, ich meine Briefe an ihn Nr. 48 Rue de Courcelles, Faubourg St. Honoré adressieren solle und daß er über die Wohnung jetzt weiter nichts sagen wolle, als daß sie seiner Meinung nach „die lächerlichste, außerordentlichste, unerhörteste und abgeschmackteste" in der ganzen Welt sei, etwas zwischen einem Puppenhaus, einem Weinkeller, einem verwunschenen Schloß und einer tollen Art von Uhr. „Sie gehört einem Marquis Castellan und Du wirst vor Lachen sterben, wenn Du hindurch wanderst." Das zweite P. S. erklärte, seine Lippen sollten versiegelt bleiben, bis ich die Wohnung selbst sähe. „Beim Himmel, der Geist des Menschen kann sich so etwas nicht vorstellen!" Das dritte P. S. beschloß den Brief. „Ein Zimmer ist ein Zelt. Ein anderes Zimmer ist ein Hain. Ein anderes Zimmer ist eine Szene in dem Victoria-Theater. Die Zimmer im oberen Stock sind wie die halbrunden Fenster über Haustüren. Die Kinderzimmer – doch nein, nein, nein, nichts weiter! ..."

Sein folgender Brief brachte nichtsdestoweniger Weiteres, sogar in Form einer wiederholten Versicherung, daß das Haus nicht beschrieben werden solle, ehe ich ihn sähe. „Ich will nur bemerken, daß es fünfzig Ellen lang und achtzehn hoch ist, und daß die Schlafzimmer ganz genau wie Opernlogen sind. Es hat seinen kleinen Hof und Garten, und seine Portierswohnung, und den Strick zum Öffnen der Tür und so fort, und ist ein Pariser Palast im Kleinen. Im Salon ist etwas aufglimmende Vernunft. Da es das Haus eines Gentleman und nicht zum Vermieten möbliert ist, sind einige sehr merkwürdige Sachen darin, einige der wunderlichsten Sachen, die Du je in Deinem Leben gesehen, und eine Unendlichkeit von Armstühlen und Sofas ... – Schlechtes Wetter. Es schneit stark. Es gibt hier keine Tür und kein Fenster – doch das will nichts sagen! es gibt keine Tür und kein Fenster in ganz Paris, – die ordentlich schließen; nicht eine Spalte unter den Billionen und Trillionen von Spalten in der Stadt, die verstopft werden kann, um den Luftzug zu vermeiden. Und die Kälte! – Doch Du sollst für Dich selbst urteilen. Und auch dieses abgeschmackte Esszimmer, die Erfindung Henry Bulwers, der, nachdem er sie zur Ausführung gebracht hatte (er wohnte hier längere Zeit) über das was er getan erschrak, wie er wohl mochte, und fortging. ... Der Brave rief mich am Sonnabend-Abend bei Seite und zeigte mir eine Verbesserung, die er in Bezug auf Dekoration angebracht hatte. ‚Was', sagte er,

‚Mis'r Fors'er sehr überraschen wird, wenn er kommt.' – Du sollst zu dem Glauben verführt werden, daß eine Perspektive von Zimmern, von zwanzig Meilen Länge, sich aus dem Salon öffnet."

Für meinen Besuch war indes die Zeit noch nicht gekommen und zunächst mag das erzählt werden, was ihn inzwischen beschäftigte oder interessierte. Er war erst zwei Tage in Paris gewesen, als ein Brief seines Vaters ihn über die Gesundheit seiner ältesten Schwester sehr besorgt machte. „Ich wollte in's Theater gehen (ein Melodrama in acht Akten, fünf Stunden lang), aber hatte nach dem Brief meines Vaters nicht den Mut, das Haus zu verlassen, und schickte Georgy und Kate allein hin," schrieb er am 20. November. „Es scheint kein Zweifel darüber, daß Fanny an der Schwindsucht leidet." Sie war bei dem Versuch, in einer Gesellschaft in Manchester zu singen, zusammengebrochen und eine spätere Untersuchung durch den Sohn Sir Charles Bell's, der zugegen war und sich sehr für sie interessierte, brachte eine nur zu traurige Enthüllung der Ursache. „Er riet, weder ihr noch Burnett" (ihrem Manne) „die Wahrheit mitzuteilen und mein Vater hat dieselbe nicht entdeckt. In äußerer Beziehung leben sie sehr behaglich und genießen eine hohe Achtung. Sie scheinen zusammen glücklich zu sein und Burnett hat als Lehrer viel zu tun. Du erinnerst Dich meiner Besorgnisse ihretwegen, als sie zu Alfred's Hochzeit in London war und daß ich sagte, sie sähe aus, als habe sie die Auszehrung. Kate brachte sie zu Elliotson, der sagte, ihre Lungen seien augenblicklich jedenfalls nicht affiziert. Und sie weinte vor Freude. Glaubst Du nicht, es würde besser für sie sein, wenn sie womöglich nach London käme, um Elliotson noch einmal zu sehen? Ich bin sehr, sehr traurig darüber." Dieser Vorschlag kam zur Ausführung, und eine Zeit lang schien Raum zur Hoffnung da; doch das Ende wird sich zeigen. In demselben Briefe hörte ich, daß der arme Charles Sheridan, den wir beide gut kannten, an derselben schrecklichen Krankheit sterbe. Sheridan's Chef, Lord Normanby,[92] dessen vielfache Beweise der Sympathie und Freundlichkeit Dickens eine aufrichtige Achtung eingeflößt hatten, hatte er schon „so formlos und gutmütig wie je, aber nicht so heiter wie gewöhnlich gefunden, mit einer besorgten und müden Art und Weise, die den Eindruck hervorbringe, als seien seine Verantwortlichkeiten größer als er erwartet." Auch hatte Dickens nicht weit nach Gründen hierfür zu suchen, als einige Muße ihn in den Stand setzte, etwas von dem zu sehen, was während jenes letzten Jahres von

---

[92] Damaliger englischer Gesandter in Paris. – D. Übers.

Louis Philipp's Regierung in Paris vorging. Was zuerst einen ungünstigen Eindruck auf ihn hervorbrachte, war ein flüchtiges Sehen des Königs in den Champs Elysées, als er vom Lande nach Paris kam. „Es waren zwei Wagen da. Er war von Garden zu Pferde umgeben. Man fuhr sehr schnell und er lehnte sich, Du kannst mir's glauben, sehr tief in die Wagenecke zurück. Es war für einen Engländer seltsam, zu sehen, wie der Chef der Polizei mehrere hundert Schritt vor dem Zuge herritt, den Kopf beständig von einer Seite zur andern drehte, wie eine Figur in einer holländischen Uhr, und jeden und alles forschend ansah, als beargwöhne er alle Zweige an allen Bäumen der langen Allee."

Aber diese und andere politische Anzeichen waren nur, wie gewöhnlich der Fall ist, die äußeren Symptome tiefer liegender Krankheiten. Er sah fast überall Zeichen des Krebses, der sich in das Herz des Volkes selbst hineinfraß. „Es ist ein böser und abscheulicher Ort, trotz aller seiner Anziehungskraft, und es gibt am Ende keine bessere Bezeichnung dafür, als Hogarth's unerwähnbare Phrase." Er schickte mir keinen Brief ohne neue, charakteristische Bemerkungen und Beobachtungen. Zuerst ging er ziemlich oft nach der *Morgue*, bis etwas so Widerwärtiges ihn entsetzte, daß er lange nicht den Mut hatte, zurückzukehren; und bei eben dieser Veranlassung hatte er bemerkt, daß der Wärter am Fenster eine kurze Pfeife rauchte „und einem Hänfling in seinem Käfig etwas frisches Gras gab". Über den Zustand der Straßen im Allgemeinen gab er unbefriedigende Berichte; die Kais am andern Ufer der Seine seien nach dem Dunkelwerden nicht sicher; und Folgendes war sein eigenes nächtliches Erlebnis in einem der besten Quartiere der Stadt. „Ich ging vorgestern Abend mit Georgy aus, um ihr das Palais Royal in Erleuchtung zu zeigen; und auf dem Boulevard, einer Straße, die so hell ist, als der hellste Teil des Strand oder Regentstreets, sahen wir, dicht vor uns, einen Mann über den andern herfallen und versuchen, ihm den Mantel abzureißen. Es war in einer kleinen dunkeln Ecke bei der *Porte St. Denis*, die mitten in die Straße hinausragt. Nach einem kurzen Kampfe floh der Dieb (Tausende von Leuten wanderten dort umher) und wurde gerade an der andern Seite der Straße gefangen."

Ein Vorfall dieser Art konnte viel oder wenig bedeuten; aber was er weiter über die gewöhnlichen Pariser Arbeiter und die kleineren Kaufleute bemerkte, war von ernsterer Art, und mag vielleicht noch jetzt eine nicht unwichtige Illustration zu der Geschichte des Vierteljahrhunderts liefern, welches seitdem verflossen ist, ja selbst zu den furchtbaren Ereignissen der letzten zwei Jahre desselben. „Es ist außerordentlich, was für einen Unsinn die Engländer über fremde Länder reden, schreiben und glauben. Die so viel verschrienen Schweizer sind zu allen Gefälligkeiten bereit, wenn man nur offen und höflich gegen sie ist, sie sind aufmerksam und pünktlich in allen ihren Geschäften, und man kann sich ebenso fest auf sie verlassen, als auf die Engländer. Die Pariser Arbeiter und die kleineren Kaufleute sind den Amerikanern ähnlicher (und unähnlicher), als ich für möglich gehalten hätte. Mit der amerikanischen Gleichgültigkeit und Sorglosigkeit verbinden sie einen Geist des Aufschubs und einen Mangel an der geringsten Achtsamkeit, ihr Versprechen zu halten, die jedenfalls in Neapel nicht übertroffen werden. Sie haben auch die amerikanische, halb sentimentale Unabhängigkeit und nichts von der amerikanischen Energie und Entschiedenheit. Wenn man in Frankreich je den Freihandel einführt (wie vermutlich eines Tages geschehen wird), müssen diese Teile der Bevölkerung auf Jahre hinaus ruiniert werden. In Konkurrenz mit den englischen Arbeitern würden sie die Mittel zum Lebensunterhalt nicht finden können. Ihre geringere Geschicklichkeit mit der Hand, ihre trägen Gewohnheiten, ihre völlige Unzuverlässigkeit und angewohnte Insubordination würden sie in einem solchen Wettstreite sofort zu Grunde richten. Sie taugen zu nichts, als zum Soldatenhandwerk – und insofern haben, wie ich glaube, die Anhänger der Politik Deines Freundes Napoleon die Vernunft auf ihrer Seite. *Eh bien, mon ami, quand vous venez à Paris, nous nous mettrons à quatre épingles, et nous verrons tous les merveilles de la cité, et vous en jugerez.* Beim Himmel, ich bitte Dich um Verzeihung! Es kommt mir so natürlich."

Am 30. schrieb er mir, er habe seine Papiere in Ordnung gebracht und hoffe an jenem Tage zu beginnen. Aber derselbe Brief benachrichtigte mich auch von der schon damals eingetretenen Abänderung seiner halbgefaßten Pariser Pläne. Drei Monate eher, als er ursprünglich beabsichtigt, werde er aus Familiengründen nach London zurückkehren, werde sich auf einen viermonatlichen Aufenthalt im Auslande beschränken müssen, und da sein eigenes Haus erst im Juli frei werde, genötigt sein, von Ende März an eins zu mieten. „Unter diesen Umständen werde ich Charley nach Weihnachten wahrscheinlich nach King's College schicken.[93] Es tut mir leid, daß er dadurch so viel Französisch verlieren wird. Aber glaubst Du nicht, es wäre schade, noch einmal ein Schulhalbjahr zu unterbrechen? Aus freien Stücken würde ich ihn gar nicht nach King's College schicken, sondern an-

---

[93] Eine große öffentliche Schule in London. – D. Übers.

derswohin. Doch ich glaube Miss Coutts weiß es am besten. Wir werden dies alles besprechen, wenn ich nach London komme." Die Anerbietung, die Erziehung seines ältesten Sohnes zu übernehmen, war Dickens durch jene wahrhafte Freundin aufgenötigt worden, auf deren zarte und edle Teilnahme für ihn es mir kaum anstehen würde, hier eine andere Anspielung zu machen. So großmütig jedoch diese Freundlichkeit war, so bildete sie doch nur den kleinsten Teil der Verbindlichkeiten, welche Dickens dieser Dame verdankte, deren hochherzigen Plänen für die vernachlässigten und unversorgten Klassen der Bevölkerung, Plänen, mit welchen er auf's tiefste sympathisierte, er viele Jahre hindurch mit einer ebenso selbstlosen Aufopferung als ihrer eigenen, den unbeschränkten Dienst seiner Zeit und seiner Arbeit widmete. Sein in diesem Briefe erwähnter Plan zu einem baldigen Besuche in London hatte den Zweck, der Probe seiner von Albert Smith für Mr. und Mrs. Keeley dramatisierten Weihnachtsgeschichte im Lyceum-Theater beizuwohnen, und mein beabsichtigter Besuch in Paris sollte Mitte Januar stattfinden. „Es wird dann die Höhe der Saison sein und eine gute Zeit, die unbegreifliche französische Eitelkeit auf die Probe zu stellen, die wirklich meint, es gäbe keine Nebel hier, sondern sie seien alle in London."[94]

Der Anfang seines nächsten Briefes, der vom 6. Dezember datiert war, und dessen amüsante Fortsetzung, werden hinreichend für sich selbst sprechen. „Die Kälte ist schneidend. Das Wasser in den Wasserkrügen in unserm Schlafzimmer friert zu festen Massen von oben bis unten, zersprengt die Krüge mit kanonenartigem Knall und rollt hart wie Granit auf die Waschtische. Ich halte an meinem Schauerbade fest, bin aber in hoffnungslos schlechter Laune gewesen – Schreibelaune nämlich. Konnte an dem fremden Orte nicht anfangen; faßte eine leidenschaftliche Abneigung gegen mein Studierzimmer und ging in den Salon hinunter, konnte keine Ecke finden, die mir paßte, verfiel in düstere Betrachtungen über den dahin schwindenden Monat, saß

---

[94] Einige kleinere Items von Familiennachrichten befanden sich in demselben Briefe. „Mamey und Katey haben Pariser Kleider bekommen und sehen sehr stattlich aus. Sie sind nicht stolz und lassen bestens grüßen. Skittles bekommt Zähne und wird gegen Abend verdrießlich. Frankey ist kleiner als je und Walter sehr groß. Charley in statu quo. Alles ist ungeheuer teuer. Brennmaterialien ganz erschrecklich. Nur beim Auslüften des Hauses verbrannten wir in einer Woche für fünf Pfund Sterl. Holz. Wir mischen das Holz jetzt mit Kohlen, wie wir es in Italien taten und finden diese Sorte Feuer viel wärmer. Um das Haus vollständig zu erwärmen, erfordert diese eigentümliche Wohnung Feuer im untersten Stockwerk. Wir brennen drei …"

sechs Stunden ununterbrochen da und schrieb ebenso viele Zeilen &c. ... Sodann weißt Du, was für Anordnungen mit den Stühlen und Tischen notwendig sind und dann, was für Korrespondenz es zu erledigen galt und dann, wie ich versuchte, an meinem Pult zur Ruhe zu kommen und darum herumging, und mir von allen Seiten daran zu tun machte, wie ein Vogel an einem Stück Zucker. Kurz, ich habe gerade angefangen; etwa fünf Druckseiten sind fertig; und ich hoffe, daß ich diese Woche mit einer bessern Stimmung gesegnet werde, oder ich werde in Rückstand geraten. Ich werde versuchen, tüchtig weiter zu kommen. Ich kann nicht mehr tun. ... In dieser Straße wohnt ein ganz bemerkenswerter Mann und ich habe eine Korrespondenz mit ihm gehabt, die für Deine Durchsicht aufbewahrt wird. Sein Name ist Barthélemy. Er trägt einen gewaltigen spanischen Mantel, einen breitkrämpigen Filzhut, einen ungeheuern Bart und langes schwarzes Haar. Er machte mir neulich einen Besuch und ließ seine Karte zurück. Erlaube mir, die Karte beizulegen, da sie Originalität und Verdienst hat.

„Roche sagte, ich wäre nicht zu Hause. Gestern schrieb er mir, auch er sei ein *Littérateur* – er sei gekommen, aus Anerkennung meines ausgezeichneten Rufes – ‚*qu'il n'avait pas été reçu - qu'il n'était pas habitué à cette sorte de procédé - et qu'il pria Monsieur Dickens d'oublier son nom, sa mémoire, sa care, et sa visite, et de considérer qu'elle n'avait pas été rendu!*' Ich schickte ihm sofort eine sehr höfliche Antwort, indem ich ihm gutgelaunt bemerkte, er irre sich vollständig und es seien immer zwei Wochen am Anfang jedes Monats, wo M. Dickens *ne pouvait rendre visite à personne*. Er erwiderte, er sei mehr als zufriedengestellt, es sei gerade so mit ihm am Ende jedes

Monats und könne, wenn er selbst beschäftigt sei, nicht bloß keine Besuche empfangen oder machen, sondern ‚*tombe, généralement, aussi, dans des humeurs noires qui s'approchent de l'anthropophagie!!!*' Das ist wirklich ganz hübsch."

Er hielt sich acht Tage in London auf, vom 15. bis 23. Dezember, und zu den Beschäftigungen seines Besuchs gehörte (abgesehen davon, daß er seine kleine Geschichte auf der Bühne vom Stapel ließ) die Entscheidung über die Form einer billigen Ausgabe seiner Schriften, welche im folgenden Jahre begann. Dieselbe sollte in Doppelspalten gedruckt und wöchentlich in Heften zu anderthalb Pence ausgegeben werden, sie sollte neue Vorreden haben, aber keine Illustrationen, und für jedes Buch sollte etwas weniger als ein Viertel des ursprünglichen Preises angesetzt werden. Der Erfolg war sehr befriedigend, kam aber demjenigen der späteren Ausgaben seiner Werke bei weitem nicht gleich. Seine eigene Empfindung in Hinsicht auf diesen Punkt war, obgleich jedes Mißlingen ihn für den Augenblick aus andern Gründen affizierte, stets ein ruhiges Vertrauen und er hatte diesem Vertrauen in einer beabsichtigten Widmung eben dieser Ausgabe Ausdruck gegeben, welche schließlich aus andern Ursachen bei Seite gelegt wurde. Hier verdient sie aufbewahrt zu werden. „Diese billige Ausgabe meiner Bücher ist dem englischen Volke gewidmet, in dessen Billigung die Bücher leben werden, wenn sie wahr sind, und aus dessen Andenken sie sehr bald aussterben werden, wenn sie falsch sind."

Nach seiner Rückkehr nach Paris erhielt ich häufige Berichte über den Fortschritt seines berühmten fünften Heftes, nach dessen Vollendung ich ihn besuchen sollte. Der Tag schien zu einer Zeit zweifelhaft. „Es würde kläglich sein, müßte ich arbeiten, wenn Du hier bist. Doch ich mache so plötzliche ruckweise Fortschritte und bin so erfüllt von dem, was ich tun will, daß die Furcht sich als ganz grundlos erweisen mag, und sollte eine Abänderung Dir unbequem sein, so wollen wir unter allen Umständen an dem 13. festhalten." Die von ihm geschilderte Kälte war so durchdringend und der Preis der Feuerung so ungeheuer, daß, obgleich das Haus nicht halb erwärmt war („Du wirst dasselbe sagen, wenn Du es fühlst"), es ihn fast ein Pfund Sterl. per Tag kostete. Bettelbriefschreiber hatten „*Monsieur Dickens, le romancier célèbre*" entdeckt und lauerten ihm an der Tür und in der Straße ebenso zahlreich auf als in London; doch ihre auszeichnende Eigentümlichkeit bestand darin, daß sie fast alle *Chevaliers de la Garde Impériale de sa Majesté Napoléon le Grand* waren, und daß ihre Briefe ungeheure Siegel mit Wappen von der Größe von Fünf-Schillings-Stücken trugen. Seine Freunde, die Watsons, verlebten den Neujahrstag mit ihm auf ihrem Wege von Lausanne nach Rockingham und erklärten, obgleich die Schweiz von Schnee bedeckt sei und der Nordwind wütig darüber hinwehe, sei die Kälte doch nichts im Vergleich mit der von Paris. An dem Tage, welcher das alte Jahr beschloß, war Dickens in die Morgue gegangen und hatte einen alten Mann mit grauen Haaren dort liegen sehen. „Es schien das seltsamste Ding von der Welt, daß es irgendwelche Mühe gekostet haben konnte, ein so schwaches, abgezehrtes, erschöpftes Stück Leben zu enden. Es wurde gerade dunkel, als ich hineinging; der Ort war leer und er lag da ganz allein, wie eine Personifikation des winterlichen Achtzehnhundertsechsundvierzig. ... Ich finde, ich werde unnachahmlich, höre daher auf."

Als die Zeit für meine Reise herankam, empfing ich erfreuliche Beweise der in's Kleinste gehenden rücksichtsvollen Fürsorge, welche in allen Dingen für ihn charakteristisch war. Mein Dîner war auf die Sekunde in Boulogne bestellt, mein Platz in der Post genommen, und diese und andere Dienste wurden mir in einem Briefe angekündigt, welcher auch seinen Anteil an dem freundschaftlichen Werk der Vorbereitung hatte, indem er in Französisch ausbrach. Dickens sprach das Französische nie sehr gut, sein Akzent war mangelhaft, aber durch Übung kam er dahin, es mit bemerkenswerter Leichtigkeit und Geläufigkeit zu schreiben. „Ich habe an das *Hôtel des Bains* in Boulogne geschrieben, daß man nach Calais schicken und für Dich einen Platz in der Post nehmen soll. ... Du weißt natürlich, daß Du am Landungsplatz von allen Hotel-Agenten in Boulogne mit furchtbarem Schreien empfangen werden wirst und natürlich wirst Du durch sie hindurchgehen, wie die Prinzessin, die dem redenden Vogel den Berg hinauf folgte; aber vergiß nicht, Dir ruhig den Kommissionär des *Hôtel des Bains* auszusuchen. Die folgenden Umstände werden sich dann zutragen. Meine Erfahrung ist frischer als die Deinige und ich will sie in eine dramatische Form kleiden. Man läßt Dich in das kleine Büro hineinsickern, wo einige Soldaten sind und ein Herr mit einem schwarzen Bart und Feder und Tinte hinter einem Ladentisch sitzt. *Barbe Noir* (zu dem Lord von J. F.) *Monsieur, votre passeport. Monsieur. Le voici! Barbe Noir. Où allez vous Monsieur? Monsieur. Monsieur, je vais à Paris. Barbe Noir. Quand allez-vous partir, Monsieur? Monsieur. Monsieur, je vais partir aujourd'hui. Avec la malle-poste. Barbe Noir. C'est bien.* (Zum Gensdarmen). *Laissez sortir monsieur! Gensdarme. Par ici, monsieur, s'il vous plaît. – Le gensdarme ouvert une très petite porte. Monsieur se trouve subitement entouré de tous les gamins, agents, commissionnaires, porteurs et polissons en géné-*

ral de Boulogne, qui s'élancent sur lui, en poussant des cris épouvantables. Monsieur est, pour le moment, tout-à-fait effrayé et bouleversé. Mais monsieur re prend ses forces et dit, de haute voix: ›Le Commissionnaire de l'Hôtel des Bains!‹ Un petit homme (s'avançant rapidement, et en souriant doucement). Me voici, monsieur. Monsieur Fors-Tair n'est-ce pas? ... Alors ... Alors monsieur se promène à l'Hôtel des Bains, où monsieur trouvera qu'un petit salon particulier, en haut, est déjà préparé pour sa réception, et que son dîner est déjà commandé, aux soins du brave Courier, à midi et demi ... Monsieur manger son dîner près du feu, avec beaucoup de plaisir, et il boira de vin rouge à la santé de Monsieur de Boze, et sa famille intéressante et aimable. La malle-poste arrivera au bureau de la poste aux lettres à deux heures ou peut-être un peu plus tard. Mais monsieur chargera le commissionnaire de l'y accompagner de bonne heure, car c'est beaucoup mieux de l'attendre que de la perdre. La malle-poste arrivée, monsieur s'assiera, aussi comfortablement qu'il le peut, et y restera jusqu'à son arrivé au bureau de la poste aux lettres à Paris. Parceque, le convoi n'est pas l'affaire de monsieur, qui continuera s'asseoir dans la malle-poste, sur le chemin de fer, jusqu'il se trouve à la basse-cour du bureau de la poste aux lettres à Paris, où il trouvera une voiture qui a été dépêché de la rue de Courcelle, quarante-huit. Mais monsieur aura la bonté d'observer: Si le convoi arriverait à Amiens après le départ du convoi à minuit, il faudra y rester, jusqu'à l'arrivé d'un autre convoi à trois heures moins un quart. En attendant, monsieur peut rester au buffet, où l'on peut toujours trouver un bon feu et du café chaud, et de très bonnes choses à boire et à manger, pendant toute la nuit. - Est-ce que monsieur comprend parfaitement toutes ces règles pour sa guidance? - Vive le Roi des Français! Roi de la nation la plus grande, et la plus noble et la plus extraordinairement merveilleuse, du monde! A bas les Anglais!"

„*Charles Dickens,
Français naturalisé et Citoyen de Paris.*"

Wir verlebten vierzehn Tage zusammen und drängten so viel in dieselben hinein, wie bei einem so kurzen Zeitraum fast unmöglich scheinen möchte. Mit furchtbarer Unersättlichkeit machten wir die verschiedenartigsten Sehenswürdigkeiten durch: Gefängnisse, Paläste, Theater, Hospitäler, die Morgue und St. Lazare, sowie den Louvre, Versailles, St. Cloud und sämtliche Stätten, welche die erste Revolution denkwürdig gemacht hat. Der ausgezeichnete Komiker Regnier, den wir durch Macready kannten und der uns durch manche Freundlichkeiten lieb wurde, ein Mann von unvergleichlicher Kenntnis der Stadt und unermüdlich in freundschaftlichen Dienstleistungen, verschaffte uns Zutritt zu dem Foyer der Schauspieler des Théâtre Français, wo wir, am Geburtstage Molière's, dessen ‚Don Juan' wieder auf die Bühne gebracht sahen. In dem Konservatorium waren wir Zeugen des meisterhaften Unterrichts Samson's; sahen im Odéon ein neues, mittelmäßig aufgeführtes Stück Ponsard's; in den Variétés ‚Gentil-Bernard', mit vier Grisetten, die aus einem Gemälde von Watteau hervorgetreten schienen; im Gymnase ‚Clarisse Harlowe', mit einer Sterbeszene Rose Cheri's, die mir, durch die Ferne der Zeit, als die vortrefflichste Leistung eines reinen und edeln Bühnenpathos, deren ich mich erinnere, ins Gedächtnis zurückkehrt; in der Porte St. Martin ‚Lucretia Borgia' von Hugo; im Cirque Szenen aus der großen Revolution und alle Schlachten Napoleons; in der Opéra Comique ‚Gibby'; und im Palais-Royal das übliche Neujahrsstück, in welchem Alexander Dumas in seinem Studierzimmer neben einem fünf Fuß hohen Haufen von Quartbänden erschien, was sich als das erste Tableau des ersten Aktes des ersten Stückes herausstellte, welches an dem ersten Abend seines neuen Theaters gespielt werden sollte. Wir sahen auch dies neue Theater, das Historique, einer sehr kurzlebigen Vollständigkeit zueilen, und wir soupierten mit Dumas selbst und mit Eugène Sue und begegneten Théophile Gautier und Alphonse Karr. Auch Lamartine sahen wir und hatten viel freundschaftlichen Verkehr mit Scribe und mit dem freundlichen, wohlwollenden Amadée Pichot. Eines Tages besuchten wir in der Rue du Bac den kranken, leidenden Chateaubriand, bei dem wir eine Ähnlichkeit mit Basil Montagu[95] fanden; gelangten zu dem entgegengesetzten Extrem der Ansichten in dem Atelier David D'Angers' und beschlossen jenen Tag im Hause Victor Hugo's, von welchem Dickens mit unendlicher Höflichkeit und Grazie aufgenommen wurde. Der berühmte Schriftsteller bewohnte damals ein Stockwerk in einem stattlichen Eckhaus der Place Royale, dem alten Quartier Ninon L'Enclos und der Leute der Regentschaft, an welche die prächtigen Tapeten, die gemalten Decken, die wunderbaren Schnitzarbeiten und die alten vergoldeten Möbeln, unter denen ein Thronhimmel aus irgendeinem Palast des Mittel-alters sich befand, uns seltsam und großartig gemahnten. Er

---

[95] Der gelehrte Herausgeber der Werke Lord Bacon's, auch bekannt als Freund von Coleridge und Mitarbeiter Romilly's und Mackintosh' an der Reform des Kriminalrechts. Er starb 81jährig in Boulogne, 1851. – D. Übers.

selbst war jedoch das Beste, was wir sahen und ich finde es schwer, die Attitüden und die Erscheinung, in welcher die Welt ihn vor kurzem angestaunt hat, mit der ruhigen Anmut und dem besonnenen, ruhigen Ernst jenes Abends vor fünfundzwanzig Jahren zu vereinigen. Louis Philippe hatte ihn gerade damals geadelt, aber seinen wahren Adelsbrief hatte er von der Natur empfangen. Etwas unter Mittelgröße, von fester, strammer Gestalt, das reiche schwarze Haar frei über das ganz abrasierte Gesicht niederfallend, sah ich in so geistvollen Zügen nie eine so milde und gewinnende Anmut, und nie habe ich die französische Sprache mit der malerischen Deutlichkeit sprechen hören, welche Victor Hugo ihr verlieh. Er sprach von seiner Kindheit in Spanien, und daß sein Vater zur Zeit der Napoleonischen Kriege Gouverneur des Tajo gewesen; äußerte sich mit Wärme über das englische Volk und seine Literatur, erklärte, daß er der Melodie und der Einfachheit in der Musik vor dem damals am Konservatorium herrschenden Geschmack den Vorzug gebe, redete freundlich über Pousard, lachte über die Schauspieler, die seine Tragödie im Odéon gemordet hatten, und drückte seine Sympathie für Dumas' dramatisches Unternehmen aus. An Dickens richtete er allerliebste Schmeicheleien im besten Geschmack, und mein Freund erinnerte sich lange an jenen genußreichen Abend.

Es bleibt wenig über unsere Ferien in Paris hinzuzufügen, wenn überhaupt nicht schon zu viel darüber gesagt ist. Wir hatten ein Abenteuer mit einem betrunkenen Kutscher, dessen Folgen wenigstens die Energie und Entschiedenheit der Polizei in Bezug auf Mietwagen[96]

---

[96] Dickens' erster Brief nach meiner Rückkehr beschrieb mir dieselben. „Erinnerst Du Dich, daß ich einen Brief über jenen Kutscher an den Polizeipräfekten schrieb? Ich hörte nichts darüber bis auf den heutigen Tag" (12. Februar), „wo, in demselben Augenblick, als Dein Brief ankam, Roche den Kopf in die Tür hereinsteckte (ich war gerade in dem freiherrlichen Salon mit Schreiben beschäftigt) und sagte: ‚Hier ist dieser Cocher!' – Sir, er war die ganze Zeit im Gefängnis gewesen und wurde nach seiner Freilassung heute Morgen von der Polizei zu mir geschickt, um die anderthalb Franken zurückzuzahlen und um Verzeihung zu bitten, und eine Bescheinigung zu bringen, daß er dies getan, weil er sonst sein Geschäft nicht wieder anfangen konnte. Ist das nicht bewunderungswürdig? Aber der Höhepunkt der Geschichte (es hätte bei niemandem vorkommen können außer bei mir) ist, daß er betrunken war als er kam! Nicht sehr, allein sein Auge starrte und er schwankte in seinen Stiefeln und roch nach Wein, und bemerkte in unzusammenhängender Weise gegen Roche, er würde es nicht getan haben (nämlich sich gegen mich vergangen), hätte das Volk ihn nicht dazu angetrieben. Er schien verwirrt durch eine phantastische Vorstellung, als habe ganz Paris sich an jenem Abend in der Rue St. Honoré um uns versammelt und ihn mit wildem Geschrei

während jener letzten Tage der Orleans'schen Monarchie erkennen ließen. In der Bibliothèque Royale interessirte es uns sehr, unter vielen andern Schätzen Gutenberg's Typen, Racine's Anmerkungen zu seinem Exemplar des Sophokles, Rousseau's Noten und Voltaire's Bemerkungen zu dem Briefe Friedrichs von Preußen zu sehen. Ich darf auch nicht vergessen zu erwähnen, daß in demjenigen, was Dickens selbst mir damals über seine geringen Erfahrungen hinsichtlich der sozialen Zustände von Paris erzählte, ganz dieselbe Krankheit erschien, welche später durch das zweite Kaiserreich wütete. Nicht viele Tage nach meiner Abreise drängte ganz Paris sich zu der Versteigerung der Hinterlassenschaft einer Dame der Demi-Monde, Marie DuPlessis, die das glänzendste und verworfenste Leben geführt, und die feinsten Möbeln und die üppigsten und prachtvollsten Bijouterien hinterlassen hatte. Dickens hatte einmal die Absicht, die Moral dieses Lebens und Todes, über welche in Paris viel gesprochen wurde, während wir dort zusammen waren, darzustellen. Die Krankheit der Sättigung, die nur weniger oft als Hunger für ein gebrochenes Herz gilt, hatte sie getötet. „Was wünschen Sie?" fragte der berühmteste der Pariser Ärzte, außerstande, sich ihr eigentliches Leiden zu erklären. Endlich antwortete sie: „Meine Mutter zu sehen." Man ließ dieselbe holen und es kam eine einfache bretagnische Bauerfrau, in dem eigentümlichen Kostüm ihrer Provinz, die an ihrem Bett betete, bis sie starb. Staunenswert war die allgemeine Bewunderung und Sympathie und sie erreichte ihren Höhenpunkt, als Eugène Sue bei der Auktion ihr Gebetbuch kaufte. Unsere letzte Unterredung vor meiner Abreise von Paris, nach einem Dîner in dem Gesandtschaftshotel, bezog sich auf die Gefahren, welche diesem allen zu Grunde lagen und auf die ebenfalls überall sichtbaren Zeichen des Napoleon-Kultus, den die Orleanisten selbst am meisten begünstigt hatten. Der Zufall brachte Dickens vierzehn Tage später nach England; und wir trafen damals in Gore-House wieder den verschlossenen, schweigsamen Mann, dessen

---

aufgehetzt … Schnee, Frost und Kälte … Der Herzog von Bordeaux befindet sich sehr wohl und diniert morgen in den Tuilerieen … Wenn ich fertig bin, werde ich Dir einen glänzenden Brief schreiben ... Herzliche Grüße von allen ... Dein blau und goldenes Bett sieht verödet aus." – Die Anspielung auf den Herzog von Bordeaux sollte mich an ein hübsches Versehen erinnern, das er selbst während unserer Unterredung mit Chateaubriand gemacht hatte, indem er, in Verlegenheit dem alten Royalisten etwas Interessantes zu sagen, auf den Gedanken kam, sich mit Sympathie zu erkundigen, wann Chateaubriand den Repräsentanten der älteren Linie der Bourbons zuletzt gesehen habe, – als hätte derselbe damals in Paris gewohnt.

zweifelhafte Erbschaft ihm so zu raschem Anheimfallen zubereitet wurde.

Der ‚Zufall' bestand darin, daß Dickens zwei Seiten zu wenig für sein Heft von *Dombey* geschrieben hatte und daß keine Zeit dazu war, dieselben nachzuholen, außer, wenn er nach London kam und sie dort schrieb.[97] Dies geschah demnach; aber eine neue Unruhe folgte. Er war kaum nach Paris zurückgekehrt, als sein ältester Sohn, den ich mit nach England genommen und zu Dr. Major, dem damaligen Prinzipal der Kings-College-Schule in's Haus gebracht hatte, am Scharlachfieber krank wurde. Dies brachte Dickens' Aufenthalt in Paris vorzeitig zum Abschluß. ... Aber obgleich er und seine Frau sofort herüberkamen und die Kinder und deren Tante einige Tage später nachfolgten, konnte die Absperrung des kleinen Kranken doch nicht sobald durchbrochen werden. Sein Vater sah ihn endlich, fast einen Monat vor den andern, in einem Logis in Albany-Street, wo seine Großmutter, Mrs. Hogarth, sich seiner Pflege gewidmet hatte; und ein Vorfall bei diesem Besuche, der uns alle sehr belustigte, wird nicht unpassend den Gegenstand einleiten, der mich in meinem nächsten Kapitel erwartet.

Eine in dem Logis beschäftigte alte Scheuerfrau hatte bei der Familiennot so viel Sympathie bewiesen, daß Mrs. Hogarth ihr besonders von dem bevorstehenden Besuch erzählte, und wer es sei, der in das Krankenzimmer komme. ‚O Gott, Madam', sagte sie. ‚Ist der junge Herr oben der Sohn des Mannes, der *Dombey* zusammengesetzt hat?' In Bezug auf diesen Punkt beruhigt, erklärte sie ihre Frage, indem sie bemerkte, sie habe nie gedacht, es gebe einen Mann, der *Dombey* hätte zusammensetzen können. Als man sie weiter befragte, was denn ihre Ansicht über dies Dombey-Mysterium sei (denn man wußte, daß sie nicht lesen konnte), ergab es sich, daß sie in dem Hause eines Tabakshändlers, Namens Douglas, wohne, wo noch andere Mietwohner seien, und daß am ersten Montag jedes Monats ein Tee stattfinde und daß der Wirt das Monatsheft von *Dombey* vorlese, wobei nur diejenigen Mietwohner, die für den Tee subskribierten, diesen Luxusartikel ge-

---

[97] „Ich bin entsetzt zu finden, daß das erste Kapitel mindestens zwei Seiten weniger ausmacht als ich gedacht hatte, und ich habe eine schreckliche Ahnung, daß nicht genug Manuskript für das Heft da sein wird! Da nun das Heft keinesfalls zu kurz ausgegeben werden darf und da es ebenso unmöglich ist, daß man mich ersucht, in diesem kurzen Monat zu ersetzen was etwa fehlt, so bin ich – nachdem der erste Ausbruch von Aufregung vorüber ist – entschlossen, diesem Brief morgen früh mit der Diligence zu folgen. Die Briefpost ist für eine Reihe von Tagen besetzt. Ich hoffe im Laufe des Freitags bei Dir zu sein." Dickens an Forster. Paris, Mittwoch, 17. Februar 1847.

nössen, aber alle an dem Vergnügen der Vorlesung teilnehmen dürften; und der auf die alte Scheuerfrau hervorgebrachte Eindruck enthüllte sich in der Bemerkung, mit welcher sie ihren Bericht schloß. ‚Bei Gott, Madam! Ich glaubte, drei oder vier Männer müßten *Dombey* zusammengesetzt haben!'

Nach Dickens' Meinung lag darin eine Art von Kompliment und er war nicht undankbar.

Sechzehntes Kapitel

Dombey und Sohn
1846–1848

Obgleich sein beabsichtigtes neues „Buch in Schillingsheften" schon drei Monate vor seiner Abreise aus England gegen mich erwähnt wurde, wußte er selbst damals und bis zu seiner Abreise wenig davon, ausgenommen die ebenfalls um jene Zeit erwähnte Tatsache: daß es mit dem Stolze tun solle, was sein Vorgänger mit der Selbstsucht getan habe. Aber diese Schranke überschritt er bald und die Aufeinanderfolge unabhängiger, durch die Mannigfaltigkeit ihrer Gestalten und ihrer Behandlung überraschender Charaktergruppen, durch welche er seinen Plan erweiterte und bereicherte, ging weit hinaus über das Gebiet der Leidenschaft Mr. Dombey's und Mr. Dombey's zweiter Frau.

Augenfällige Ursachen haben bedenkliche Unterschätzungen dieses Romans veranlaßt. Seine ersten fünf Hefte spannten das Interesse und die Erwartung so hoch, daß das andere notwendigerweise dahinter zurückblieb; aber es ist deshalb nicht wahr von dem allgemeinen Gedanken zu sagen: der Wein sei damit abgezogen worden und nur die Hefe zurückgeblieben. In der Behandlung anerkannter Meisterwerke der Literatur geschieht es nicht selten, daß das Genie und die Kunst des Meisters nicht bis zum Schlusse zusammen gearbeitet haben; aber wenn ein Werk der Einbildungskraft sein höheres Lob einbüßen soll, weil sein anfänglicher Schritt nicht regelmäßig eingehalten wird, so würde es manchen Büchern von unleugbarer Größe schlimm ergehen. Unter andern scharfen Bemerkungen der Kritik wurde hier gesagt: Paul sei am Anfange aus keiner Notwendigkeit der Geschichte gestorben, sondern nur, um die Leser etwas mehr zu interessieren, und Dombey werde am Ende aus ganz demselben Grunde milder. Was jetzt erzählt werden soll, wird beweisen, wie wenig Grund für beide Vorwürfe vorhanden war. Die sogenannte „gewaltsame Umwandlung" in dem Helden, wurde noch vor kurzem in den Bemerkungen Taine's wieder aufgefrischt, der davon sagte: *sie verderbe einen schönen Roman*. Man wird jedoch sehen, daß die scheinbare Umwandlung keine unnatürliche Umwandlung war, und jedenfalls war ihre Annahme kein der „öffentlichen Moral" dargebrachtes Opfer. Während alle andern Teile der Erzählung sich derjenigen Mannigfaltigkeit der Entwicklung fügen mußten, welche die Charaktere selbst mit sich brachten, war der auf Paul und seinen Vater bezügliche Plan von Anfang an gefaßt worden und wurde ohne Abänderung bis zum Schlusse durchgeführt. Und ein bemerkenswerter Beweis für die vollkommene Ehrlichkeit, mit welcher Dickens selbst Beschuldigungen, wie die von mir nur erwähnten zurückwies, als er die Vorrede zu seiner Gesamtausgabe schrieb, erscheint in dem an mich gerichteten Briefe, welcher das Manuskript seines beabsichtigten ersten Heftes begleitete. Keine andere Zeile des Romans war um diese Zeit geschrieben.

Als nichts als das erste Kapitel fertig war und dann wieder, als alles bis auf acht Seiten beendet war, hatte er mir Briefe geschickt, die oben mitgeteilt wurden. Nachstehendes kam mit dem Manuskript der vier ersten Kapitel am 25. Juli. „Ich will Dir jetzt einen Umriß meiner gegenwärtigen Pläne in Bezug auf *Dombey* geben. Ich beabsichtige zu zeigen, wie jene eine Vorstellung des *Sohnes* sich Dombey's mehr und mehr bemächtigt, und seinen Stolz in erstaunlichem Umfange schwellt und aufbläht. Indem der Knabe heranwächst, werde ich zeigen, wie Dombey ganz ungeduldig wird in Bezug auf seine Fortschritte, und wie er in die Lehrer dringt, ihm große Aufgaben zu geben und dergleichen mehr. Aber die natürliche Neigung des Knaben wird sich der verschmähten Schwester zuwenden und ich will zeigen, wie sie alles Mögliche aus freiem Entschlusse lernt, um ihm bei seinen Stunden zu helfen und wie sie ihm in allem hilft. Wenn der Knabe etwa zehn Jahre alt ist (im vierten Heft), wird er krank werden und sterben; und wenn er krank ist und im Sterben liegt, soll er sich noch immer um Trost und Beistand an die Schwester wenden, und sich die ernste strenge Liebe des Vaters fern halten. So wird Mr. Dombey – trotz aller seiner Größe und trotz aller seiner Hingabe an das Kind – sich selbst dann eines Armes Länge von ihm entfernt finden und sehen, daß die ganze Liebe und das ganze Vertrauen des Knaben seiner Schwester zu Teil werden, die Dombey – und auch der Knabe in gewisser Weise – als eine bequeme Handhabe für seine Zwecke benutzt hat. Der Tod des Knaben versetzt natürlich allen Plänen und langgehegten Hoffnungen des Vaters den Todesstoß; und ‚Dombey und Sohn' ist, wie Miss Tox am Ende des Heftes sagen wird, ‚schließlich doch eine Tochter'.... Von dieser Zeit an beabsichtige ich sein Gefühl der Gleichgültigkeit und Unbehaglichkeit gegen seine Tochter in positiven Haß zu verwandeln. Denn er erinnert sich immer daran, wie der Knabe, als er starb, ihren Hals mit seinen Armen umschlungen hielt und ihr zuflüsterte und nur von ihrer Hand etwas nehmen wollte und an ihn nie dachte. ... Zugleich werde ich ihre Empfindung gegen ihn in ein lebhafteres Verlangen, ihn zu lieben und von ihm geliebt zu werden, verwandeln, ein Verlangen, welches aus ihrem Mitleid für seinen Verlust und ihre Liebe zu dem toten Knaben, den er auf seine Weise so sehr liebte, entspringt. So beabsichtige ich, die Geschichte durch alle sich ergebenden Verzweigungen und Windungen fortzuführen und durch den Verfall und den Sturz des Hauses und den Bankrott und alles andere. Und sein einziger Stab und Schatz und sein unbekannter guter Genius wird immer diese verstoßene Tochter sein, die sich endlich als besser erweisen wird als irgendein Sohn, und deren Liebe für ihn, wenn er sie entdeckt und erkennt, sein bitterster Vorwurf sein wird. Denn der innere Kampf, welcher in allen solchen hartnäckigen Naturen vor sich geht, wird dann beendet sein und das Gefühl seiner Ungerechtigkeit, das ihn, Du kannst dessen sicher sein, nie verlassen hat, wird endlich ein milderes Amt ausüben als dasjenige, ihn nur noch härter ungerecht zu machen. Ich rechne sehr darauf, daß Susan Nipper, wenn sie groß geworden ist und teils als Florence's Kammerjungfer, teils als eine Art Gesellschafterin für sie beschäftigt ist, durch den ganzen Roman hindurch ein wirkungsvoller Charakter sein wird. Ich rechne auch auf die Toodles und Polly, bei der Mr. Dombey, gerade wie bei allen andern, finden wird, daß sie zu seiner Tochter übergegangen und ihr ergeben ist. Dies ist das, was die Köche ‚den Stamm der Suppe' nennen. Alle möglichen Dinge werden natürlich hinzugefügt werden." Die hierin gegebene Erläuterung seiner Arbeitsmethode ist vortrefflich und der dadurch gelieferte Beweis für das echte Gefühl seiner Kunst, womit er dies Buch begann, von dem größten Interesse.

Der Schluß des Briefes warf eine wichtige Frage auf, welche eine Hauptperson der Erzählung in ernster Weise beeinflußte. „Was den Knaben angeht, der in dem letzten Kapitel des ersten Heftes auftritt, so glaube ich, daß es gut sein wird, alle Erwartungen, welche dies Kapitel hinsichtlich seiner glücklichen Verbindung mit der Geschichte und der Heldin erweckt, zu enttäuschen und zu zeigen, wie er allmählich und natürlich von jener Liebe zum Abenteuer und von seiner knabenhaften Leichtherzigkeit in Nachlässigkeit, Müßiggang, Ausschweifung, Unehrlichkeit und Verderben hinüberschweift. Kurz, jene gemeine, alltägliche, klägliche Abweichung darzustellen, von der wir in unserm gewöhnlichen Leben so viel erfahren, etwas von der Philosophie derselben an großen Versuchungen und einer leichten Natur zu entwickeln und zu zeigen, wie das Gute sich stufenweise in das Schlechte verwandelt. Wenn ich eine kleine Vorstellung von Florence dabei immer im Hintergrunde hielte, so glaube ich, es könnte sehr wirkungsvoll und sehr nützlich werden. Was denkst Du davon? Glaubst Du, daß es sich tun läßt, ohne daß die Leute böse darüber werden. Ich könnte Salomon Gills und Capitän Cuttle durch eine solche Geschichte gut zur Darstellung bringen, und jedenfalls erkenne ich darin eine Veranlassung für gute Szenen zwischen Capitän Cuttle und Miss Tox. Diese Frage in Bezug auf den Knaben ist sehr wichtig. ... Laß mich alles hören, was Du darüber denkst. *Hören!* Ich wollte ich könnte es!" ...

Aus Gründen, bei welchen ich hier nicht zu verweilen brauche, aber denen Dickens schließlich beistimmte, wurde Walter für eine glücklichere Zukunft aufgespart und der angedeutete Gedanke gewann später Gestalt unter Umständen, die besser für seine vorzügliche Entwicklungsfähigkeit geeignet waren: in dem bemerkenswerten Charakter Richard Carstanes in dem Romane ‚Bleak House'. Aber ein anderer Punkt forderte inzwischen Erledigung, welche keinen Aufschub litt. In dem ersten Genuß des Schreibens nach seinem langen Ausruhen, wovon in einem früher mitgeteilten Briefe die Rede war, hatte er sein Heft fast um ein Fünftel zu lang gemacht und gegen seinen Vorschlag, das vierte Kapitel in sein zweites Heft hinüberzunehmen und es durch ein anderes von geringerer Seitenzahl zu ersetzen, hatte ich einzuwenden, daß dies seinem Interesse am Anfang Schaden tun könnte. So schrieb er am 7. August: „Ich habe Deinen Brief heute mit dem größten Vergnügen erhalten und bin höchst erfreut zu finden, daß das Heft Dir so wohl gefällt. Es gefiel mir selbst wohl und schien mir ein großer Sprung in eine Geschichte; aber ich wußte nicht, inwieweit meine väterliche Liebe dies Urteil beeinflußte. Was würdest Du, in Bezug auf die Illustrationen, zu einem Bilde mit der Unterschrift ‚Miss Tox stellt die Gesellschaft vor', und ‚Mr. Dombey und Familie', d. h. Polly Toodle, das Baby, Mr. Dombey und die kleine Florence, sagen? Ich glaube; es würde gut sein, sie zu haben. Walter, dessen Onkel und Capitän Cuttle könnten vorläufig fortbleiben. Ich überlege mir's jetzt ernstlich, ob es nicht besser wäre, das vierte Kapitel vollständig herauszunehmen und es zum letzten Kapitel des zweiten Heftes zu machen, zum Schluß für das erste Heft aber ein anderes neues Kapitel zu schreiben. Mir scheint, es würde unmöglich sein, ohne große Qual sechs Seiten herauszunehmen. Glaubst Du, daß ein Verfahren wie das eben angedeutete das erste Heft sehr schwächen würde? Ich möchte, daß Du mir sobald als möglich nach dem Empfang dieses Briefes Deine Meinung über diesen Punkt mitteiltest. Solltest Du der Ansicht sein, daß es das erste Heft über der aufwiegenden Vorteil der Stärkung des zweiten Heftes hinaus schwächte, so würde ich das Kapitel irgendwie abkürzen und es gehen lassen. Ich verlange sehr, Deine Ansicht darüber zu hören. Inzwischen will ich mit dem zweiten Hefte fortfahren, das ich gerade begonnen habe. Wegen der großen Hitze bin ich, seit wir von Chamounix zurückgekehrt sind, nicht ganz ich selber gewesen." Zwei Tage später: „Ich habe ein kleines Kapitel angefangen, welches das erste Heft abschließen soll und bin entschieden dafür, daß die zehn Seiten über Wally und Co. ungeteilt für das zweite Heft aufbewahrt werden. Aber ich mache dies doch noch von Deinem Urteil abhängig, auf das ich sehr gespannt bin. Ich bin während der ganzen Woche nicht in der Stimmung gewesen zu schreiben, aber das Wetter machte die Arbeit auch beinahe unmöglich." Vier Tage später: „Ich schicke Dir mit diesem Briefe (für den Fall, daß Du dieser Ansicht der Sache geneigt sein solltest) ein kleines Kapitel zum Abschluß des ersten Heftes, anstatt des Salomon Gills'schen. Ich habe die ganze Woche dem Müßiggang gefröhnt und nichts zu Stande gebracht, als diesen unbedeutenden Eindringling, hoffe aber, am Montag wieder anzufangen – Ding Dong ... Das Tintenfaß soll heute Abend gereinigt und wieder gefüllt werden, als Vorbereitung für die Arbeit. Ich hoffe, ich werde während der nächsten vierzehn Tage ein gut Teil Tinte vergießen." Dann, am folgenden Tage, nach der Ankunft meines Briefes, unterwarf er sich einer harten Notwendigkeit. „Ich erhielt Deinen Brief heute. Ein entschiedener Schlag in's Gesicht für mich. Ich hatte, ach, mit der Gier eines Geizhalses auf die gewonnenen zehn Seiten gerechnet ... Es tut nichts. Ich zweifle nicht, daß Du recht hast, und daß Stärke alles ist. Die Hinzufügung von zwei Reihen zu jeder Seite, oder etwas weniger, nebst den beigefügten Ausschnitten, wird alles in's Gleiche bringen. Falls noch mehr Ausschnitte nötig sein sollten, muß ich Dich bitten, Deine Hand daran zu versuchen. Ich werde in alles willigen, was Du vorschlägst." So unbedingt notwendig diese Ausschnitte sein mochten, so waren sie doch nicht ohne großen Nachteil, und unter andern mußte dabei eine Stelle geopfert werden, welche seine schließlichen Pläne in Bezug auf Dombey andeutete. Dieselbe würde schon so früh etwas von dem Kampfe mit sich selbst gezeigt haben, den ein solcher Stolz immer durchmachen muß und verdient es, wie mir scheint, in einer Anmerkung aufbewahrt zu werden.[98]

---

[98] „Er hatte schon die Hand an den Glockenzug gelegt, um Richards wie gewöhnlich zu sich zu bescheiden, als sein Auge auf ein Schreibepult fiel, das seiner verstorbenen Frau gehört hatte und nebst andern Sachen aus einem Schranke in ihrer Stube genommen war. Es war nicht das erste Mal, daß sein Auge dasselbe berührte. Er hatte den Schlüssel dazu in der Tasche und er trug es auf seinen Tisch

„Aus einem Haufen zerrissener und durchstrichener Papierstücke zog er einen Brief hervor, der ganz geblieben war. Unwillkürlich den Atem anhaltend, indem er dies Dokument öffnete und bei dieser verstohlenen Handlung etwas von seinem anmaßenden Wesen verlierend, setzte er sich nieder, stützte die Hand auf den Kopf und las den Brief durch."

„Er las ihn langsam und aufmerksam und mit besonderer Beachtung jeder Silbe. Abgesehen davon, daß seine große Überlegung unnatürlich und vielleicht das Resultat einer gleich großen Anstrengung schien, ließ er kein Zeichen der Erregung blicken. Nachdem er ihn durchgelesen hatte, faltete und faltete er ihn langsam mehreremale und riß ihn sorgfältig in Stücke. Im Begriff, diese wegzuwerfen, tat er seiner Hand Einhalt, steckte sie in die Tasche, als wollte er sie nicht einmal der Möglichkeit wieder zusammengesetzt und entziffert zu werden, anvertrauen und statt wie gewöhnlich für den kleinen Paul zu schellen, saß er den ganzen Abend einsam in seinem öden Zimmer."
Aus dem Original-Manuskript von *Dombey und Sohn*.

Mehrere Briefe drückten nun seine Aufregung und Sorge hinsichtlich der Illustrationen aus. Eine nervöse Furcht vor der Karikierung des Gesichts seines kaufmännischen Helden hatte ihn veranlaßt, durch eine lebende Person denjenigen Typus eines City-Gentleman anzudeuten, welchen der Künstler seinem Wunsche gemäß darstellen sollte und das war es, was er mit seiner wiederholten dringenden Bitte meinte: ‚Ich möchte, er könnte A. einmal sehen, denn das ist der wahre Dombey.' Aber da A. nicht zu sehen war, wurde beschlossen, Skizzen anderer Buchstaben des Alphabets, teils wirkliche, teils Phantasieköpfe, an Dickens zur Auswahl zu schicken und das Blatt voll, das ich ihm schickte und das er zurückschickte, nachdem er eine Auswahl getroffen, teile ich umstehend im Faksimile mit. Amüsant an sich, erfüllt es jetzt zugleich den wichtigen Zweck, ein für allemal in Bezug auf Dickens' Verkehr mit den Künstlern zu zeigen, daß sie es keineswegs leicht bei ihm hatten, daß seine Anforderungen, mehr als gewöhnlich zwischen Autor und Illustrator der Fall ist, beträchtlich waren, daß er, wie er selbst gesagt hat, geneigt war, Tempel in seinem Geiste aufzubauen, die sich nicht immer mit Händen errichten ließen, daß die Resultate selten etwas anderes für ihn waren als Enttäuschungen, und daß nichts absurder sein kann, als sich eine Vorstellung von ihm zu machen, welche diese Beziehungen geradezu umkehrt und ihn

---

und öffnete es nun – nachdem er vorher die Zimmertür verschlossen – mit wohl gewöhnter Hand."

darstellt, als habe er von irgendeinem Künstler die Begeisterung empfangen, die er sich immer vergeblich bemühte mitzuteilen. Schon in meinem ersten Bande habe ich einer Behauptung dieser Art widersprochen; aber dieselbe ist seitdem so ausdrücklich wiederholt worden, daß, um jede mögliche Mißdeutung eines Schweigens zu vermeiden, bei welchem ich gern beharrt hätte, der unerfreuliche Gegenstand noch einmal widerstrebend berührt werden muß.

Künstlerphantasien für Mr. Dombey

von Hablot Browne

Die Behauptung wurde zuerst vorgebracht von einem literarischen Freunde des vortrefflichen Künstlers, der *Oliver Twist* von Monat zu Monat, während der ersten Zeit der monatlichen Herausgabe, illustrierte. Dieser Herr erklärte in einem in Amerika geschriebenen und veröffentlichten Artikel, Cruickshank habe, indem er die Radierungen ausgeführt, ehe er Gelegenheit gehabt, den Text zu sehen, dem Autor die schönsten Effekte seiner Geschichte eingegeben; und hierauf war es meine Pflicht zu erwidern, daß meine deutliche Erinnerung der ganzen Zeit, als der Roman im Fortschritt begriffen war, dieser Behauptung zuwiderlaufe, und daß die angebliche Tatsache meiner eigenen persönlichen Kenntnis nach nicht wahr sei. „Dickens," soll der Künstler zu seinem Bewunderer gesagt haben, „suchte sich jenes Bündel Zeichnungen heraus und als er an das Blatt kam, das Fagin in der Mörderzelle darstellt, studierte er es schweigend eine halbe Stunde lang und sagte mir, er fühle sich versucht, die ganze Anlage seines Romans zu ändern. Ich gab meine Einwilligung, daß er nach meinen Plänen schreiben könne, und auf diese Weise entstanden Fagin, Sikes und Nancy." Glücklicherweise war ich imstande, die vollständige Widerlegung dieser Torheit beizubringen, indem ich einen damals von Dickens geschriebenen Brief mitteilte, welcher unwiderleglich bewies, daß die letzten Illustrationen, mit Einschluß der beiden besonders zur Unterstützung der albernen Anklage erwähnten (Sikes und sein Hund und Fagin in der Zelle), nicht einmal von Dickens gesehen waren, bis sein beendetes Buch am Vorabend der Veröffentlichung stand. Da aber der ausgezeichnete Künstler, trotz der Auffrischung seines Gedächtnisses durch diesen Brief, sich noch einmal erlaubt hat, die Behauptung seines Freundes zu bestätigen, so kann ich nur wieder auf derselben Seite, welche die von ihm gebrauchte sonderbare Sprache enthält, die Worte abdrucken lassen, mit welchen Dickens selbst ihren Vorwurf gegen sein Andenken zurückweist. Für Einige mag es befriedigender sein, wenn ich den Brief in Faksimile mitteile und so auf immer eine Anklage beseitige, die an sich so unglaublich ist, daß nichts eine weitere Anspielung darauf gerechtfertigt haben würde, als die Kenntnis der alten und wahren Achtung meines Freundes für Cruickshank (von der man demnächst Beweise sehen wird) und meine eigene Achtung vor einem selbstständigen Genie, das sehr wohl durch sich selbst bestehen kann, ohne zu nehmen, was anderen gehört.

My dear Cruikshank.

I returned suddenly to town yesterday afternoon to look at the ~~last~~ latter pages of Oliver Twist before it was delivered to the booksellers, when I saw the majority of the plates in the last volume for the first time.

With reference to the last one — Rose Maylie and Oliver. Without entering into the question of great haste or ~~advice~~ any other causes which may have led to its being what it is — I am quite sure there can be little difference of opinion between us with ~~ref~~ respect to the result — my ~~task~~ I ask you whether you will object to ~~doing~~ designing this plate afresh, and doing so at once in order that as few impressions as possible of the present one may go forth?

I feel confident ~~I am quite entitled~~ you know me too well to feel hurt by this enquiry, and with equal confidence in you I have lost no time in preferring it.

Charles Dickens an George Cruickshank. Faksimile eines 1839 geschriebenen Briefes über die letzten Illustrationen zu Oliver Twist

„Ich will jetzt erklären, daß ‚Oliver Twist,' der – der – &c." (Bücher von andern Autoren werden hier genannt) „auf eine ganz andere Art entstanden ist, als man gewöhnlich denkt, denn *ich, der Künstler, schlug den Autoren jener Werke die ursprüngliche Idee oder den Gegenstand vor*, den sie ausführen sollten – und lieferte ihnen zugleich *die Hauptcharaktere und Szenen*. Und dann, da die Erzählung in Monatsheften veröffentlicht wurde, mußten der *Schriftsteller oder Autor* und der Künstler sich jeden Monat darüber verständigen, welche Szenen oder Gegenstände und Charaktere vorgeführt werden sollten und der Autor mußte diejenigen Szenen, die ich darzustellen wünschte, *hineinweben*." – The Artist and the Autor, von George Cruickshank, p. 15. (London, 1872.) Die kursivgedruckten Stellen sind von Cruickshank selbst unterstrichen.

Indem ich die Briefe über *Dombey* wieder aufnehme, finde ich Dickens am 30. August in besserer Stimmung über seinen Illustrator. „Ich werde in alle Veränderungen oder Auslassungen, die Du noch sonst vorschlagen magst, gern einwilligen. Browne scheint gute Fortschritte zu machen ... Er wird an Paul's Taufe einen dankbaren Gegenstand haben. Chick ist wie D., was Du vielleicht gelegentlich erwähnen kannst. Das kleine Kapitel über Miss Tox und den Major, das Du leider! (aber sehr weise) aus dem ersten Heft zurückgewiesen hast, habe ich zum letzten Kapitel des zweiten abgeändert. Ich habe das mittlere Kapitel noch nicht ganz beendet, habe, ich denke, noch drei gute Tage daran zu arbeiten; aber ich hoffe, das ganze wird ein würdiger Nachfolger von Nummer Eins werden. Ich will es schicken, sobald es fertig ist." Dann, etwas später: „Browne interessiert sich jedenfalls und gibt sich Mühe. Der Umschlag ist sehr gut, vielleicht etwas zu voll, doch das ist ein undankbarer Einwand." Die zweite Septemberwoche brachte mir das fertige Manuskript des zweiten Heftes, und sein Brief vom 3. Oktober, der auf Einwendungen meinerseits Bezug nimmt, fügt diesem Bilde von ihm, während er an der Arbeit ist, einige neue Züge hinzu. Der Gegenstand, mit dem er beschäftigt war, ist eins seiner Meisterstücke. In allen seinen Schriften findet sich nichts, was seine besten Eigenschaften in vollendeterer Weise offenbart, als das Leben und der Tod Paul Dombey's. Die Komik ist bewunderungswürdig; nichts übertrieben, alles frisch und gesund in Gelächter und Scherz; alle zur Heiterkeit beitragenden Personen, Dr. Blimber und seine Schüler, Mr. Toots, die Chick und die Toodle, Miss Tox und der Major, Paul und Mrs. Pipchin, in seinem besten Stil; und die ernsten Szenen nicht weniger vortrefflich, von dem Tode der Mutter Paul's im ersten Hefte, bis zu dem Tode Paul's selbst im fünften – der, wie ein Schriftsteller von Genie fast ohne Übertreibung sagte, ein ganzes Volk in Trauer versetzte. Aber man bemerke, wie eifrig dieser große Schriftsteller jeden Rat berücksichtigt, wie wenig Selbstschätzung und Selbstzufriedenheit in ihm ist, mit welchem Bewußtsein von der Tendenz seines Humors zum Übermaß er das aufgibt, was nötig ist, ihn zu beschränken und von welch' geringer Bedeutung für ihn jedes besondere Stück Arbeit ist in seiner Sorgfalt und Rücksicht auf den allgemeinen Plan. Ich denke dabei an Ben Jonson's Wort über den größten aller Schriftsteller. „Er war fürwahr ehrlich und von offenem und freiem Wesen, hatte eine vorzügliche Phantasie, tüchtige Ideen und edle Ausdrücke, in denen er sich mit solcher Leichtigkeit ergoß, daß es zuweilen nötig war, ihm Einhalt zu tun." Wer ihm Einhalt tat, und wie leicht es war, dies zu tun, darüber wird niemand in Zweifel sein. Worum es sich allein handelt ist die Frage, ob es nicht besser gewesen sein würde, ihn sowohl als den Schriftsteller einer späteren Zeit sich selbst zu überlassen.

Der Brief vom 3. Oktober lautete folgendermaßen: „Miss Tox's Kolonie will ich in Stücke schlagen. Walter's Anspielung auf Carker (willst Du sie ganz ausfallen lassen?) soll vernichtet werden. Du verstehst natürlich, was für ein Mensch er ist? Ich habe mir jene Rede vielfach überlegt; aber es schien mir natürlich, daß ein Knabe unter den Umständen, wenn die Sache sich ihm auf solche Weise darstellt, weiter darüber spricht ... Ich dachte, man könnte möglicherweise eine boshafte Anspielung auf den Glauben an die Taufe entdecken und legte mir beim Weiterschreiben den Hemmschuh an. Wo möchtest Du die Einschaltung machen und in welcher Weise? Auch das soll geschehen. Ich möchte, daß Du dies Heft für durch und durch würdig hieltest dem ersten zu folgen. Eben fällt mir ein, ob nicht Dein Zweifel hinsichtlich der Taufe ein Grund sein möchte, die Zeremonie nicht zum Gegenstand einer Illustration zu machen? Sei so gut, Dir dies zu überlegen. Sodann: wenn es sich tun ließe (ich werde Muße haben, die Möglichkeit zu bedenken, ehe ich anfange), glaubst Du, es würde geraten sein, das dritte Heft zu einer Art Halbwegestation zwischen Paul's Kindheit und seinem neunten oder zehnten Jahre zu machen? – In diesem Falle würde ich ihn vermutlich nicht eher töten als im fünften Hefte. Hältst Du es für wahrscheinlich, daß Florence und Walter den Leuten hinlänglich gefallen werden, um an einem neuen Hefte über sie in ihrem gegenwärtigen Lebensalter Geschmack zu finden? Sonst wird Walter geradesweges zwei- oder dreiundzwanzig werden.

Ich möchte, daß Du hierüber nachdächtest. ... Mit der Taufe hast Du gewiß Recht! Es soll geschickt und leicht verbessert werden. ... Eh?"

Inzwischen war, zwei Tage vor diesem Briefe, sein erstes Heft vom Stapel gelassen; mit einem Erfolge, der seine Hoffnungen übertraf und die Tage ‚*Nickleby's*' zurückführte. „Der Erfolg *Dombey's* ist glänzend!" schrieb er mir am 11. „Ich hatte mir den Verkauf von dreißigtausend Exemplaren als die äußerste Grenze des Erfolges gedacht und gesagt, wenn diese Zahl erreicht würde, würde ich mehr als zufrieden und mehr als glücklich sein; Du kannst daher urteilen, wie glücklich ich bin! Ich las das zweite Heft hier gestern unter dem erstaunlichsten und ausgelassensten Beifall unseres Kreises vor. Ich habe nie Leute so lachen sehen und hören. Du wirst mir erlauben zu bemerken, daß mein Vortrag des Majors verdienstlich ist." Welch' ein Tal des Schattens er gerade auf seiner Fahrt durch das Weihnachtsbuch durchzogen hatte, wurde oben erzählt; aber immer, und nur mit zu großer Lebhaftigkeit, schnellte er unter jedem Druck empor. „Eine Woche vollständigen Müßigganges," schrieb er mir am 26., „hat mich wieder hergestellt – eines so einrostenden und verschlingenden, so vollständigen und ununterbrochenen Müßigganges, daß ich ganz froh bin, heute die Überschrift des ersten Kapitels des dritten Heftes zu schreiben. Es wird, wie ich fürchte, wegen jener Abänderung des Planes zuerst langsam gehen. Aber ich gestatte mir für dieses Heft fast drei Wochen, da ich meiner gegenwärtigen Absicht gemäß am 16. November nach Paris abreisen werde. Näheres in späteren Briefen. Ich bin gerade beim Zu-Bette-gehen. Ich glaube, ich kann durch die Empfindung, welche durch die Hinzufügung eines neuen Heftes vor Paul's Tode hervorgerufen wird, eine gute Wirkung auf den folgenden Teil der Geschichte erzielen." ... Fünf weitere Tage bestärkten ihn in dieser Hoffnung. „Ich arbeite, Gott sei Dank, an *Dombey*, mit erfreulicher Schnelligkeit. Alles wohl hier. Das Land kolossal schön. Die Berge mit Schnee bedeckt. Herrliches frisches Wetter." Ein Rückschlag erwartete ihn. Das zweite Heft wurde ihm zugeschickt und er fand die Illustrationen so ‚furchtbar schlecht', daß ‚die Beine sich ihm dabei in die Höhe drehten'. Sie machten ihn auch mehr als gewöhnlich besorgt in Hinsicht auf eine besondere Illustration, der er für den Teil, mit welchem er eben beschäftigt war, einen besonderen Wert beimaß.

Das erste Kapitel dieses Heftes wurde mir schon vier Tage später (es umfaßte fast die Hälfte des ganzen Teiles, so frisch strömte und überströmte seine Phantasie jetzt) mit Andeutungen für den Künstler geschickt. „Der beste Gegenstand für Browne wird Mrs. Pipchin sein und wenn er ein originelles Stück Stillleben machen möchte, würden

Paul, Mrs. Pipchin und die Katze am Feuer für die Geschichte sehr gut wirken. Ich hege die ernste Hoffnung, daß er es einer besondern Sorgfalt würdig achten wird. Den zweiten Gegenstand (falls er nicht aus demselben Kapitel einen zweiten Gegenstand hernehmen sollte) werde ich beschreiben sobald ich ihn klar vor mir habe, morgen oder den Tag darauf, und werde ihn Dir durch die Post schicken." Das Resultat war nicht befriedigend; aber da der Künstler es in dem späteren Verlauf der Erzählung mehr als gut machte, und die gegenwärtige Enttäuschung der Hauptantrieb zu jenem späteren Erfolge war, wird die Erwähnung des Mißlingens hier entschuldigt werden wegen des Beitrages, den sie zu Dickens' eigener Charakteristik liefert. „Ich bin wirklich unglücklich über die Illustration von Mrs. Pipchin und Paul. Sie bleibt so entsetzlich und wild unter dem Niveau dessen, was sie sein sollte. Guter Gott! Nach der gewöhnlichsten und wörtlichsten Auslegung des Textes ist alles falsch. Sie wird als eine alte Dame geschildert, und Paul's ‚Miniatur-Lehnstuhl' wird mehr als einmal erwähnt. Er sollte in einem kleinen Armstuhl unten in der Ecke am Kamin sitzen und zu ihr emporstarren. Ich kann nicht sagen, was für ein Schmerz und Verdruß es ist, so gründlich falsch dargestellt zu werden. Ich würde mit Freuden hundert Pfund Sterling hingegeben haben, um diese Illustration aus dem Buche zu entfernen. Er hätte sich nie eine solche Vorstellung von Mrs. Pipchin machen können, hätte er sich an den Text gehalten. In der Tat, ich glaube, er macht es besser ohne den Text; denn dann wird der Gedanke ihm durch eine kurze Schilderung leicht gemacht, und er kann nicht umhin, sich ihn anzueignen."

Dickens fühlte die Enttäuschung umso schärfer, weil die Charakterfigur der finstern alten Kosthaushälterin seine Gedanken in das Elend seiner eigenen Kindheit zurückversetzt und sie, wie es ihr Urbild in der Tat war, zu einem Teile der schrecklichen Wirklichkeit gemacht hatte.[99] Ich hatte vergessen, bis ich den nachstehenden Brief vom 3. November 1846 wiederlas, daß er schon damals beabsichtigte, mir die Geschichte der Leiden seiner Kindheit zu erzählen, welche eine Frage, die ich einige Monate später an ihn richtete, so vollständig hervorlockte. Er eilte jetzt dem Schlusse des dritten Heftes entgegen, um für seine Abreise nach Paris bereit zu sein.

---

[99] Ich entnehme seinem Notizenblatt für dieses Heft die verschiedenen, mit demjenigen ihres wirklichen Urbildes anfangenden Namen, aus denen der gewählte Name ihm endlich kam. „Mrs. Roylance ... Haus an der See. Mrs. Wrychin. Mrs. Tipchin. Mrs. Alching. Mrs. Somching. Mrs. Pipchin."

„Ich hoffe das Heft bis zu nächstem Dienstag oder Mittwoch zu beenden. Es schreibt sich schwer unter diesen Wandervogel-Verhältnissen, doch Gott weiß, ich habe keine Ursache mich zu beklagen, da ich noch an keinen Knoten gekommen bin ... Ich hoffe, Mrs. Pipchin's Etablissement wird Dir gefallen. Es ist nach dem Leben und ich war darin – ich glaube, ich war noch nicht acht Jahre alt; aber ich besinne mich noch gerade so gut darauf und verstand es jedenfalls ebenso gut als jetzt. Wir sollten verteufelt vorsichtig sein in dem, was wir mit Kindern tun. Ich dachte an jene Episode meines kleinen Lebens, als ich in Genf war. *Soll ich Dir meine Lebensbeschreibung im Manuskript hinterlassen, wenn ich sterbe? Es sind einige Dinge darin, die Dich sehr rühren würden, und sie könnte auf dasselbe Bücherbrett mit dem ersten Bande von Holcroft's Lebensbeschreibung[100] kommen.*"

Eine Woche später reiste er von Lausanne nach Paris ab, und mein erster dorthin an ihn gerichteter Brief meldete ihm, daß er drei Seiten zu viel für sein Heft geschrieben habe. „Ich habe etwa drittehalb Seiten herausgenommen," antwortete er umgehend aus dem Hotel Brighton, „und das Übrige muß ich Dich bitten herauszunehmen, mit der Versicherung, daß mir alles recht sein wird, was Du tust. Der Verkauf ist wirklich staunenswert! Ich bin sehr dankbar." Am folgenden Tage schrieb er mir in Bezug auf Walter. „Ich sehe, es wird am besten sein, Deinem Rate zu folgen und diesen Gedanken aufzugeben; in der Tat glaube ich nicht, daß es vernünftig sein würde, ihn jetzt zur Ausführung zu bringen. Ich bin durchaus nicht sicher, ob es sich auf angemessene Weise tun ließe, nachdem er schon so viel Interesse erweckt hat. Aber wenn ich mit Paul (armer Junge!) fertig bin, werde ich mir die Sache weiter überlegen." Der Plan wurde nicht wieder aufgenommen. Er arbeitete an dem Anfang seines vorzüglichen vierten Heftes, als er mir, am 6. Dezember, aus der *Rue de Courcelles* schrieb: „Da sitze ich, schreibe Briefe und spreche politisch-ökonomische und sonstige Ansichten aus, als gäbe es kein unfertiges Heft und keinen unfertigen Dick! Nun, *cosi va il mondo* (Guter Gott! Italienisch! Ich bitte um Verzeihung) – und man muß sich, selbst unter dem Druck von *Dombey*, wo möglich die gute Laune bewahren. Paul werde ich am Ende des fünften Heftes abschlachten. Seine Schule

---

[100] Thomas Holcroft, der Sohn eines Londoner Schuhmachers, errang sich einen Ruf als Dramatiker, Novellist und Journalist. In der letzteren Tätigkeit wurde er wegen seiner eifrigen Befürwortung der französischen Revolution des Hochverrats angeklagt (1794). Er hinterließ eine Selbstbiographie, die 1846 durch Hazlitt herausgegeben wurde. – D. Übers.

sollte ganz gut werden, aber ich habe noch nicht zu einer frischen Darstellung derselben kommen können. Ich habe aber bis jetzt unnötige Unterredungen vermieden, um das Zuvielschreiben zu vermeiden und alles, was ich geschrieben habe, hat Zweck und Ziel."

Und so mit „Zweck und Ziel" ging es weiter bis zum Schluß. Der reiche Humor des Gemäldes von Dr. Blimber und seinen Zöglingen wechselte ab mit dem eigentümlichen Pathos des Gemäldes vom kleinen Paul: das erstere eine wohlwollende Bloßstellung des Treibhaussystems und seiner Früchte, die in ihrer Weise ebenso nützlich war, als die ernstere Enthüllung der Schändlichkeiten Mr. Squeers' in *Nickleby;* und das letztere sogar weniger anziehend durch die sanfte Trauer, mit welcher der kommende Tod eines Kindes angedeutet wird, als wegen jener seltsamen Bilder einer vagen tiefen Nachdenklichkeit, eines scharfen unbewußten Verstandes, geheimnißvoller kleiner Philosophien und Nachforschungen, wodurch ein Lichtglanz über das junge altkluge kleine Wesen verbreitet wird, indem es dahinschwindet. Sie war wunderbar originell, diese Behandlung des Teiles, welcher dem Schluß von Paul's kleinem Leben voranging und dessen erste Konzeption, wie ich gezeigt habe, ein Nachgedanke war. Er hob den Tod selbst ganz aus der Region der Gemeinplätze empor und verlieh ihm das gehörige Verhältnis zu dem Kummer der kleinen Schwester, die ihn überlebt. Es ist eine feenhafte Vision zu einem Stück wirklichen Leidens, ein Kummer, der von himmlischen Farben verklärt ist zu einem Kummer voll aller Bitterkeit der Erde.

Das Heft war beendet, er hatte seinen Besuch in London gemacht und war wieder in der *Rue de Courcelles*, als er mir am Weihnachtstage die alten herzlichen Weihnachtsgrüße schickte und einen Brief Jeffrey's über den neuen Roman, dessen beide ersten Teile ihn erreicht hatten. „Viele frohe Weihnachten, viele glückliche neue Jahre, ununterbrochene Freundschaft, große Anhäufung heiterer Erinnerungen, Liebe auf Erden und zuletzt der Himmel! ... Ist es nicht ein merkwürdiges Beispiel von dem Risiko des Schreibens in Heften, daß ein Mann wie Jeffrey sich seine Ansicht von Dombey und Miss Tox nach einer dreimonatlichen Bekanntschaft bildet? Ich habe dieselbe Frage an ihn gestellt und ihm geraten, beide im Auge zu behalten, indem die Zeit weiter eilt. Im Grunde lege ich jedoch nicht viel Gewicht auf seine Meinung, obgleich man natürlich stolz ist, ein so aufrichtiges Interesse in der Brust eines alten Mannes zu entdecken, der das Blau und Gelb[101] so lange getragen hat. ... Mit seinen früheren Kritiken, ganz besonders über Crabbe, hat er jedenfalls Gutes gewirkt. Und obgleich ich Crabbe nicht mehr so hoch stelle, als ich früher tat (denn ich fühle einen bedrückenden Mangel an Phantasie in seinen Gedichten), so glaube ich doch, daß er die mühsame und gewissenhafte Nachspürung verdiente, mit der Jeffrey ihm folgte." ... Sechs Tage später schilderte er sich selbst, wie er sich zu der Ausführung einer seiner größten Leistungen, seinem fünften Hefte, hinsetzte, als ‚schauderhaft mißlaunig und stupide'. „Ich habe nur ein Blatt geschrieben, aber ich hoffe morgen in gutem Ernst an die Arbeit zu gehen. Bei näherer Erwägung fiel es mir ein, daß das erste Kapitel über Paul und Florence handeln und einen angenehmen Eindruck von dem Glück des kleinen Menschen hinterlassen muß, ehe der Leser aufgefordert wird, ihn sterben zu sehen. Ich beabsichtige daher eine heitere Abschiedsfeierlichkeit in Dr. Blimber's Schule beim Anfang der Sommerferien, und werde ihn in einem ruhigen kleinen Lichte zeigen (das jetzt durch die Spalten meines Geistes dämmert), was, wie ich hoffe, einen angenehmen Eindruck hervorbringen wird." Dann, zwei Tage später: „Ich arbeite sehr langsam. Du wirst in den ersten zwei oder drei Reihen des beiliegenden ersten Stückes sehen, mit was für einem Gedanken ich mir den Weg bahne. Es ist schwer; aber, wie mir scheint, eine neue Auffassungsweise und wird wahrscheinlich hübsch werden."

Und dann, wieder nach drei Tagen solchen Fortarbeitens, wurde seinem guten Mut eine Art Dämpfer aufgesetzt. Er sah eine öffentliche Anspielung auf eine in der *Times* erschienene Kritik über sein Weihnachtsbuch, welche das, was er mit Recht seine krankhafte Empfindlichkeit nannte, zu augenblicklicher Erbitterung reizte. „Wie ich sehe, ist die ‚gute alte Times' wieder im Streit mit dem unnachahmlichen B. Eine neue Berührung von B's Nervensystem mit einem stumpfen Rasiermesser. – Freitagmorgen. Der Unnachahmliche sehr schimmelig und mißlaunig. Kaum imstande zu arbeiten. Träumte die ganze Nacht von Times'sen. Geneigt nach Neuseeland zu gehen und dort ein Magazin zu gründen." Aber bald schnellte er wie gewöhnlich unter dem Druck des Augenblicks nur höher empor und nach nicht vielen Tagen hörte ich, daß das Heft so gut als fertig sei. Sein Brief war sehr kurz und benachrichtigte mich, er habe den Tag vorher (Dienstag, 12. Januar) so scharf gearbeitet und so unaufhörlich, abends sowohl als morgens, daß er bis Mittag im Bette gelegen und

---

[101] Die Farben des Umschlags der Edinburgh Review, deren Redakteur Jeffrey gewesen war. – D. Übers.

darin gefrühstückt habe. „Ich hoffe, ich bin sehr erfolgreich gewesen."
Es blieb nur noch ein kleines Kapitel zu schreiben, in welchem er und
sein kleiner Freund auf immer voneinander Abschied nehmen sollten;
und den größeren Teil der Nacht des Tages, an welchem es geschrieben wurde (Donnerstag, den 14.), wanderte er einsam und traurig in
den Straßen von Paris umher. Ich kam am folgenden Morgen zu meinem Besuche dort an und fand ihn, als ich etwas vor acht Uhr aus dem
Postwagen stieg, am Tore des Postamts auf mich warten.

Ich verließ ihn am 2. Februar, bereit das sechste Heft anzufangen;
aber am 4. schrieb er mir, indem er Gegenstände zu Illustrationen
übersandte, er sei noch nicht unterwegs, könne nicht anfangen. Dann,
am 7., seinem Geburtstage, schrieb er, er fürchte, er werde in Rückstand geraten. „Konnte nicht vor vorigem Donnerstag anfangen und
finde es sehr schwer, in die neue Ader der Geschichte hineinzukommen. Ich darf nicht hoffen, eher fertig zu werden als bis zum 16., in
welchem Falle für diesen kurzen Monat doppelte Spannkraft notwendig werden wird. Aber ich kann nichts dafür. Vielleicht kommt mir
ein Strom der Begeisterung. ... Ich werde die Kapitel schicken, sowie
ich sie schreibe und Du mußt natürlich nicht darauf warten, daß ich
das Ende im Druck sehe. Alles frühere Interesse sofort auf Florence zu
übertragen, ist es, wonach ich strebe. Um dieses Zweckes willen müssen alle möglichen andern Punkte in diesem Heft bei Seite geworfen
werden. ... Wir werden heute auf der Gesandtschaft dinieren – mit
großem Widerstreben meinerseits. Alle sind wohl. Wenn ich wieder
schreibe, hoffe ich sagen zu können, daß ich in besserer Schreibestimmung bin. Ich habe einen gewaltigen Herzenserguß von Jeffrey
über den letzten Teil erhalten, der seiner Meinung nach von allem
‚Vergangenen, Gegenwärtigen und Zukünftigen der beste ist'."[102] Drei

---

[102] „Edinburgh, 31. Januar 1847. O mein lieber, lieber Dickens! Was für ein
Heft 5 haben Sie uns jetzt gegeben! Ich habe gestern Abend und wieder heute
Morgen so dabei geweint und geschluchzt, und mein Herz durch diese Tränen so
geläutert gefühlt und Sie gesegnet und geliebt, daß Sie mich dieselben vergießen
ließen, und ich kann Sie nie genug segnen und lieben. Seit die göttliche Nelly auf
ihrem bescheidenen Lager unter dem Schnee und dem Efeu tot gefunden wurde,
ist nichts da gewesen wie das Sterben dieses süßen Paul, in dem Sommersonnenschein jenes hohen Zimmers. Und die lange Vista, die uns so sanft und traurig,
und doch so anmutig und gewinnend dem deutlichen Ende zuführt! Jeder Zug so
wahr und so rührend – und doch aufgehellt durch die furchtlose Unschuld, die
spielend an den Rand des Grabes tritt, und jene reine Liebe, die den unbefleckten
Geist auf ihren mildglänzenden Strahlen seiner Quelle in der Ewigkeit entgegenträgt." ... In demselben Briefe sagte er ihm, er habe auch den *Kampf des Lebens*

Tage später empfing ich das Manuskript des vollendeten Kapitels, fast die Hälfte des Heftes. „Ich habe mir die ungeheuerste Mühe dabei gegeben; denn die Schwierigkeit unmittelbar nach Paul's Tode ist sehr groß. Möge es Dir gefallen. Mein Kopf tut mir jetzt dabei weh (ich schreibe um ein Uhr morgens) und es ist mir fremd geworden. ... Dombey's zweite Frau und den Anfang dieser Affäre in seinem gegenwärtigen Gemütszustande werde ich, wie ich glaube, sehr natürlich und gut handhaben. ... Paul's Tod hat Paris in Staunen gesetzt. Alle möglichen Leute sind mundoffen vor Bewunderung. ... Wenn ich fertig bin, will ich Dir solch einen Brief schreiben. Du mußt mich aber gerade jetzt nicht mit Briefen kurz halten, weil ich scharf arbeite ... Ich werde es wieder gut machen ... Schnee – Schnee – Schnee – einen Fuß tief." Den Tag darauf kam ein neues Kapitel und dann am 16., den er als die Grenze der Vollendung festgesetzt hatte, erreichte mich der Schluß. Aber inzwischen hatte ich ihm genug von den Korrekturbögen geschickt, um ihn zu überzeugen, daß er mindestens zwei Seiten zu wenig für dies Heft geschrieben habe, was ihn bestimmte, nach London zu kommen. Der Vorfall, welcher bald nachher seinem Aufenthalt in Paris ein Ende machte, wurde bereits erzählt und den Rest seines Romans schrieb er in England.

Ich will im Einzelnen nicht weiter dabei verweilen. Die Arbeit erstreckte sich über das ganze Jahr und das Interesse und die Leidenschaft, welche in ihm selbst dadurch erregt wurden, als beide sich für ihn in Florence und Edith Dombey konzentrierten, ergriffen ihn, beherrschten ihn gewaltiger, als bei irgendeiner seiner früheren Schriften der Fall gewesen war, vielleicht den Schluß des *Raritätenladens* ausgenommen. Jeffrey verglich Florence mit der kleinen Nell; aber die Verschiedenheiten sind von Anfang an sehr stark ausgeprägt und das Ziel, das er im Auge hat, scheint mehr in demjenigen erkennbar was sie trennt und scheidet. Wenn die eine, inmitten vieler sie umgebenden seltsamen und grotesken Gewaltsamkeiten, die unschuldige Bewußtlosigkeit der Kindheit gegen dies rauhe Weltwesen ausdrückt und wie Una unversehrt ihrer darüber hinausliegenden Heimat zuwandert, so zeigt die andere denselben Charakter in Tätigkeit und Widerstand, ein tapferes, entschlossenes, junges Herz, das nicht erdrückt werden will, und weder sinkt noch weicht, sondern durch die schwersten irdischen Prüfungen ihre Erlösung schon hier erringt. Über Edith urteilte Jeffrey von Anfang an richtiger und drückte, als der Roman fast halb fertig

---

wieder gelesen und sei entzückt von seiner schönen Darstellung und seinen hochherzigen Gefühlen.

war, seine Ansicht über sie und über das Buch selbst in Worten aus, welche Dickens ganz besonders willkommen waren, weil damals dieser Teil des Buches vielen weit hinter dem Glanze seines Anfangs zurückgeblieben zu sein schien. Jeffrey sagte jedoch vollkommen wahr, indem er den Anspruch machte, als Dickens' „gekrönter Kritiker" mit Autorität zu reden, daß es von allen seinen Schriften in Ansehung des Stils wohl das vollendetste sei, und daß es den besten gleichstehe in der Zartheit und Feinheit der Charakterschilderung, „während es sich zu höhern und tiefern Leidenschaften erhebt, die nicht wie die meisten früheren bei süßer Gedankenfülle und erschütternder und anziehender Zärtlichkeit stehen bleiben, sondern kühn alle erhabenen und schrecklichen Elemente der Tragödie in's Spiel bringen und die furchtbaren Kämpfe eines stolzen, trotzigen und reumütigen Geistes vor die Seele rufen." Nicht, daß sie gerade dies war. Edith's schlechteste Eigenschaften sind nur die Verkehrung dessen, was ihre besten hätten sein sollen. Eine falsche Erziehung und die tyrannische Leidenschaft ihres Gemahls machen sie zu etwas anderem als die Natur beabsichtigte und beide zeigen, wie das Leben gegen die höheren Fügungen seinen schlechten Lauf nehmen kann.

Indem die Katastrophe herankam, erhob sich eine schwierige Frage in Bezug auf die Entwicklung ihres Charakters und ihres Schicksals. Ich zitiere aus einem Briefe vom 19. November, als er mit seinem vierzehnten Hefte beschäftigt war. „Natürlich haßt sie Carker auf's tödlichste. Ich habe das jetzt nicht weiter ausgearbeitet, weil ich (wie ich Browne neulich erklärte) sehr darauf rechne bei der Wirkung, welche ihr Tod hervorbringen soll. Aber ich zweifle nicht, daß das, was Du vorschlägst, eine Verbesserung sein wird. Mit dem größten Effekt würde es am Schlusse des Kapitels eine Stelle finden, welches diesem letzten unmittelbar vorhergeht. Ich möchte die beiden ersten Kapitel so leicht machen als ich kann, aber an jener Stelle will ich versuchen, es mit feierlichem Ernst zu tun." Dann kam die Wirkung dieses vierzehnten Heftes auf Jeffrey und es entstand die Frage, ob das Ende nicht durch andere Mittel als durch ihren Tod kommen, und ihrem Zerstörer dadurch eine bitterere Demütigung bereitet werden könne. Während er an dem fünfzehnten Heft arbeitete, schrieb Dickens mir (21. Dezember) wie folgt: „Es freut mich außerordentlich, daß das, was ich schickte, Dir gefällt. Ich lege Zeichnungen bei. Der Schattenriß ist armselig. Aber Mr. Dombey scheint mir vortrefflich. Eins der hübschesten Stücke des Buches sollte am Ende des Kapitels sein, woran ich jetzt schreibe. Ich sehe jedoch eine glänzende Gelegenheit in Florence's Heirat und in ihrer späteren Rückkehr zu ihrem

Vater. ... Heute Morgen ein Billet von Jeffrey, der nicht glauben will (sich positiv weigert), daß Edith Carker's Maitresse ist. Was denkst Du über eine umgekehrte Jungfrau-Tragödie und eine furchtbare Szene, worin sie Carker über seinen Irrtum aufklärt und ihm zu wissen tut, daß sie das nie beabsichtigte?" Dies geschah, und als er mir das Kapitel schickte, in welchem Edith Florence Lebewohl sagt, konnte ich nur mein Lob und meine Freude darüber ausdrücken. „Ich brauche nicht zu sagen," antwortete er, „ich kann es nicht, wie von ganzem Herzen ich mich freue über das, was Du darüber sagst und denkst. Ich beabsichtige, Dombey noch zweimal vorzuführen und ihn endlich gerade so zu lassen, wie Du es beschreibst." Das Ende kam und im letzten Augenblicke, als Korrekturen noch möglich waren, erhielt ich folgendes Billet. „Ich erinnere mich plötzlich, daß ich Diogenes vergessen habe. Willst Du ihn in das letzte kleine Kapitel hineinsetzen? Nach dem Wort ‚Liebling‘ in Bezug aus Miss Tox, kannst Du hinzufügen: ‚außer bei Diogenes, der alt und launisch wird‘. Oder auf der letzten Seite nach ‚und mit ihnen zwei Kinder: ein Knabe und ein Mädchen‘ (ich zitiere aus dem Gedächtnis) könntest Du sagen: ‚und ein alter Hund befindet sich gewöhnlich in ihrer Gesellschaft‘, oder etwas der Art. Tu' was Du für das Beste hältst."

Das war am Sonnabend, den 25. März 1848; und dies mag meine letzte Bezugnahme auf *Dombey* sein, bis das Buch, an seiner Stelle mit den andern, noch einmal erwähnt wird, wenn ich zum Schlusse komme. Da aber die in diesem Kapitel enthüllten vertraulichen Mitteilungen lediglich die Hauptströme des Interesses berührt haben, ist hier noch Raum für ein Wort über die Nebenpersonen des Romans, über die ich andere sogenannte vertrauliche Mitteilungen gesehen habe, hinsichtlich deren es nur recht ist zu erklären, daß sie in Wahrheit keine Autorität haben. Und zunächst muß ich darauf hinweisen, welch' unzweifelhafte Beweise diese Charaktere von der unverminderten Frische, dem Reichtum, der Mannigfaltigkeit und der Naturwahrheit von Dickens' Erfindungsgabe um diese Zeit geben. Der glorreiche Kapitän Cuttle, der seinen Kopf dem Winde entgegenkehrt und sich durch alles hindurchkämpft; sein Freund Jack Bunsby, mit einem Kopfe, der zu gewichtig ist, um dem Winde standzuhalten und der so der hartnäckigen Mac Stinger zum Opfer fällt; der gutherzige, bescheidene, rücksichtsvolle Toots, dessen Gehirn rasch dahinschwindet, während sein Schnurrbart wächst, der aber doch auf seine schlenkernde Weise aus der Berührung mit der Welt einige Fragmente des gesunden Menschenverstandes zurückgewinnt, der von den Blimbers aus ihm herausgepumpt war; die atemlose Susan Nipper, die strahlende Polly Toodle, die klagende Wickham und die furchtbare Pipchin, deren jeder ihr Amt in dem steifen Dombey'schen Haushalt mit solcher Genauigkeit zugewiesen ist, daß sie nur dafür geboren scheinen; der einfache, nachdenkliche, alte Gills und sein frischer junger Bursch von einem Neffen; Mr. Toodle und seine Kinder, nebst dem Verfall und Untergang des menschenfreundlichen Schleifers; Miss Tox, die willfährige Schmeichlerin aus weiter nichts als aus Gutmütigkeit; die bebrillte und analytische, aber nicht unfreundliche Miss Blimber; und der gute, dröhnende, langweilige, wohlwollende, alte Doktor selbst, der sogar die Früchte seines reich besetzten Esstisches durch sein: *Es ist bemerkenswert, Mr. Feeder, daß die Römer* – verwelken macht, „bei Erwähnung welches schrecklichen Volkes, ihrer unversöhnlichen Feinde, jeder junge Herr seinen Blick mit einem angenommenen Ausdruck des tiefsten Interesses auf den Doktor heftete." So lebendig und nach dem Leben gezeichnet waren alle diese Leute, bis auf die allerjüngsten der jungen Herren, daß es natürlich war, sich nach wirklichen Urbildern für sie umzusehen; aber ich glaube, ich kann mit einiger Zuversicht von allen sagen, daß, was für einzelne Züge auch von ihm bekannten Persönlichkeiten entlehnt sein mochten (eine Gewohnheit aller Schriftsteller und ganz besonders Dickens'), nur zwei lebende Originale hatten. Seine eigenen Erlebnisse mit Mrs. Pipchin wurden schon erzählt; ich selbst hatte einige Bekanntschaft mit Miss Blimber und der kleine hölzerne Midshipman nahm faktisch (nimmt vielleicht noch) seinen Observationsposten in Leadenhall-Street ein. Die Namen, welche, ohne Zweifel in vollkommen gutem Glauben, mit Sol Gills, Perch dem Boten, und Kapitän Cuttle in Verbindung gesetzt sind, haben jedenfalls keine bessere Begründung, als die Phantasie eines höflichen Korrespondenten, der gegen mich äußert: der gefürchtete Kapitän habe Charles Lamb's renommierendem, lautredendem, krummhändigem Mr. Mingay für sein Porträt sitzen müssen. Was den liebenswürdigen und vortrefflichen City-Kaufmann angeht, dessen Namen Mr. Dombey beigelegt worden ist, so hätte man mit ganz derselben Gerechtigkeit oder Wahrscheinlichkeit von ihm annehmen können, daß er *Coriolan* oder *Timon von Athen* hervorgerufen habe.

Siebzehntes Kapitel

Glänzendes Umherschweifen
1847–1852

Da Dickens' Haus in Devonshire Terrace noch von Sir James Duke bewohnt wurde, mietete er ein Haus in Chester-Place, Regents-Park, wo am 18. April sein fünfter Sohn, dem er den Namen Sydney Smith Haldimand gab, geboren wurde.[103] Genau einen Monat vorher hatten wir zusammen in Highgate an dem Leichenbegängnis seines Verlegers William Hall teilgenommen, für den er, trotz der augenblicklich über ihrem Verhältnis ruhenden Wolke, noch immer seine alte Achtung bewahrt hatte und mit dem ihn sowohl das Andenken an seinen ersten Erfolg, als an einen langen, in dieser trüben Zeit nicht vergessenen freundschaftlichen Verkehr, verband. Den größten Teil der folgenden Sommermonate brachte er in Brighton oder Broadstairs zu und die Hauptbeschäftigung seiner Muße in den Zwischenräumen von *Dombey* war die Leitung eines Unternehmens, welches in dem Erfolg unserer Privatvorstellung auf dem Theater in Dean-Street seinen Ursprung hatte und dessen Zweck war, einem großen Schriftsteller zu nützen.

Der Zweck und der Name waren kaum angekündigt worden, als Lord John Russell mit jener staatsmännischen Rücksicht auf die Literatur und deren Jünger, die ihn unter den englischen Politikern ausgezeichnet haben, *Leigh Hunt* eine Pension von zweihundert Pfund Sterl.

---

[103] Er trat in die Königliche Marine und überlebte seinen Vater nur ein Jahr und elf Monate. Zur Zeit seines Todes, der durch einen scharfen Anfall von Bronchitis herbeigeführt wurde, war er Lieutenant, und befand sich auf einer Urlaubsreise in die Heimat, auf dem der Peninsular- and Oriental-Dampfschiffsgesellschaft gehörigen Schiff ‚Malta'. Er wurde am 2. Mai 1872 auf dem Meere begraben. Armer Junge! Er war der kleinste von Dickens' Kindern, auch im Mannesalter nur wenig größer als fünf Fuß, und hieß während seiner ganzen Kindheit nie anders als das „Seegespenst", nach einem kleinen seltsamen geisterhaften, aber doch sehr anziehenden Ausdruck in seinen großen staunenden Augen, der in einer Ölskizze von Frank Stone, welche im September 1849 in Bonchurch gemacht wurde und jetzt im Besitze seiner Tante ist, sehr glücklich wiedergegeben wurde. „Stone," schrieb mir Dickens damals, „hat das Seegespenst gemalt und ein sehr hübsches kleines Bild von ihm gemacht." Es war ein seltsamer Zufall, welcher den Vater veranlaßte, diesen scherzhaften Namen für einen zu erfinden, den die See in der Tat am Ende zu sich nahm.

aus der Zivilliste bewilligte; allein, obgleich dies unsern Plan insofern abänderte, daß wir die in London beabsichtigten Vorstellungen fallen ließen, so wurde doch noch so viel für nötig gehalten, als erforderlich war, frühere Schulden zu tilgen und einen der vortrefflichsten Schriftsteller in den Stand zu setzen, die leichtere Zukunft, welche sich ihm endlich eröffnet hatte, froher zu genießen. Während der Ertrag über eine gewisse Summe hinaus für den talentvollen Dramatiker John Poole, der ebenfalls des Beistandes dringend bedurfte, reserviert wurde, beschlossen wir zum Besten Leigh Hunt's zwei Vorstellungen von Ben Jonson's Komödie zu geben, die eine in Manchester, und die andere in Liverpool, und an jedem dieser Orte durch verschiedene Possen für Abwechslung zu sorgen. Außerdem sollte Talfourd einen Prolog schreiben, den Dickens in Manchester vortragen sollte, während eine andere ähnliche Ansprache von Sir Edward Bulwer Lytton in Liverpool mir übertragen wurde. Unter den Künstlern und Schriftstellern, welche an diesem Unternehmen teilnahmen, befanden sich Frank Stone, Augustus Egg, John Leech und George Cruickshank, Douglas Jerrold, Mark Lemon, Dudley Costello und George Henry Lewes, während die Hauptleitung und die oberste Kontrolle in Dickens' Händen lag.

Hervorragende Männer in beiden Städten trugen freigiebig zu der Ausführung des Planes bei, und einige Briefe, die mir vor kurzem durch meinen Freund Alexander Ireland in Manchester mitgeteilt wurden, sind ebenso charakteristisch für Dickens' Energie, als für den Eifer aller, an die er sich gewandt hatte, nach Kräften zu helfen. In einem jener Briefe erwähnt er seiner Genossen bei dem Unternehmen, und schildert die Truppe als ‚die am leichtesten zu regierende Schauspielergesellschaft auf der Erde'; und ohne Frage war er es, der sie dahin gebracht hatte, obschon keineswegs sehr leicht. Einige seiner Mühen als Theaterdirektor bei den Proben sind in Briefen an mich selbst aufbewahrt, und mögen noch immer zur Belustigung dienen. Er bezieht sich sowohl auf die Komödie als auf die Possen, aber die Possen waren die schlimmste Plage. „Großer Gott! Ich finde, daß A. keine zwölf Worte zu sagen hat und bin in stündlicher Erwartung einer Rebellion." – „Du hattest recht mit dem grünen Zeug, daß es die Stimmen abdämpfen würde, und einige unserer Schauspieler haben im besten Falle nicht zu viel von diesem Artikel." – „B. entsetzte mich neulich abends so durch eine unruhige Bewegung seiner Hände in der ersten Szene, die er mit Dir spielt, daß ich ihn gestern Morgen eine Stunde vornahm, und seine Nerven hoffentlich etwas beruhigte." – „Ich habe eine verzweifelte Anstrengung gemacht, C. zum Aufgeben seiner Rolle zu bewegen. Aber trotz aller Mühe, die er mir verursacht, tut er mir leid; er leidet so offenbar durch sein eigenes Bewußtsein davon, daß er schlecht spielt. Nichtsdestoweniger hielt er zäh an der Rolle fest und dreimal schleppten wir uns gestern Abend auf klägliche Weise hindurch." – „Der infernalische E. vergißt alles." – „Ich sehe deutlich, daß F., wenn er in Aufregung gerät (und das wird er jedenfalls), sein Gedächtnis verliert. Überdies sind seine ‚zur Seite' gesprochenen Worte unhörbar, selbst in Miss Kelly's Theater, und jedesmal, wenn ich ihm Einhalt tue, damit er sie noch einmal sagt, ruft er mit qualdurchwühltem Gesichte aus: ‚er werde am Abend der Aufführung laut sprechen,' als täte jemand das, wenn er es nicht immer tut." – „G. hat nicht das geringste Talent und ist, ich fürchte es sehr, von Natur zu eingebildet, um es gut zu machen. Gestern Abend schien er etwas besser, aber ich würde ebenso leicht über ein Störeisen in der Küche lachen, als über ihn." – „Stelle Dir vor, daß H., zehn Tage nach der Verteilung der Rollen, F's Rolle für sich fordert, obgleich er selbst schon einen vortrefflichen alten Mann darin spielt und in der andern Posse eine bewunderungswürdige Rolle hat." – Hiernach wird man sich vorstellen können, daß das Amt meines Freundes keine Sinecure war und daß es ihm, wie den meisten Direktoren von Amateur-Theatern, nicht an den Erfahrungen von Peter Quince fehlte. Und sehr wenige haben sich wohl mit so vollkommenem Erfolg hindurch gearbeitet; denn die Gesellschaft, welche schließlich zustande kam, würde jedem Unternehmen Ehre gemacht haben. Sie verdiente die Benennung, die Maclise auf sie anwendete: es waren ‚glänzende wandernde Schauspieler'.

Montag, den 26. Juli, spielten wir in Manchester und Mittwoch, den 28., in Liverpool und die Einnahmen betrugen am ersten Abend £. 440, 12 s. und am zweiten £. 463, 8 s, 6 d. Aber obgleich die verheirateten Mitglieder der Gesellschaft, die ihre Frauen mitgenommen hatten, diesen Teil ihrer Ausgaben selbst bestritten, und obgleich jeder der Mitspielenden £. 3, 10 s für seine Hotelkosten in die allgemeine Kasse zahlte, waren die unvermeidlichen Ausgaben doch so groß, daß der Reinertrag auf 400 Guineen vermindert wurde; und so anständig dies an sich war, so hatte man doch auf 500 Pfund gerechnet. Dies war daher eine kleine Enttäuschung; und kurz nach unserer Rückkehr und nachdem Dickens wieder nach Broadstairs gegangen war, wurde ich durch einen Brief von ihm überrascht. Am 3. August hatte er geschrieben: „Alles wohl. Die Kinder" (die eben den Keuchhusten gehabt hatten) „viel besser. Die aus dem jüngsten Triumph entspringende Arbeit schlimmer als je." Dann folgte die überraschende Mitteilung am Tage darauf. Als wäre seine Arbeit nicht schon groß genug, war ihm der Gedanke gekommen, er könnte die vielgewünschten hundert Pfund zu dem Fonds hinzufügen durch ein kleines *jeu d'esprit* in Form einer mit Illustrationen der dabei beteiligten Künstler veröffentlichten Erzählung unseres Ausfluges; und sein Plan war, dieselbe in dem Charakter von Mrs. Gamp zu schreiben. Es sollte, in der Phraseologie dieser notorischen Frau, ein neuer ‚*Piljeans Projiß*‘[104] werden, und sollte auf dem Titelblatt beschrieben werden als ein: Bericht über eine jüngst stattgehabte Expedition in den Norden, zu einer Amateur-Benefiz-Vorstellung, geschrieben von Mrs. Gamp (als Augenzeugin), gewidmet an Mrs. Harris, herausgegeben von Charles Dickens und veröffentlicht, mit Illustrationen von So und So, zum Besten des Benefizfonds. „Was meinst Du zu dem folgenden Plane? Der Grundgedanke würde sein, daß Mrs. Gamp, am Vorabend eines Ausfluges nach Margate, wo sie sich von ihren professionellen Anstrengungen zu erholen denkt, von der beabsichtigten Exkursion unserer Gesellschaft hört; erfährt, daß mehrere der dabei beteiligten Damen in interessanten Umständen sind und sich entschließt, die Gesellschaft, ohne deren Mitwissen, in einem Waggon zweiter Klasse zu begleiten – ‚für den Fall, daß‘ –. An der Eisenbahnstation trifft sie einen Herrn aus dem Strand, in kariertem Anzug, „der mit den Perücken hingeht" – der bei diesen Veranlassungen beschäftigte Theaterfriseur, ein Mr. Wilson, hatte exzentrische Eigenheiten, welche Dickens Anlaß zu unendlicher Belustigung boten – „und seiner Höflichkeit hat Mrs. Gamp für viel Unterstützung und Beistand bei der Exkursion zu danken. Sie soll das Ganze auf ihre Weise beschreiben. Bei jeder Aufführung sitzt sie im Orchester neben dem Herrn, der die Pauke spielt. Sie gibt ihre kritische Ansicht über Ben Jonson als Schriftsteller ab und schildert, im Laufe ihrer Beschreibung des Ausfluges, die verschiedenen Mitglieder der Gesellschaft, wobei sie immer eine unbezwingliche Abneigung gegen Jerrold blicken läßt, wegen Caudle's. Sie richtet sich meist an Mrs. Harris, der das Buch gewidmet ist – macht aber auch ihre eignen Abschweifungen. Umfang der Erzählung: ein halber Bogen von *Dombey*; vielleicht eine Seite oder so mehr, aber nicht weniger." Ach, sie erreichte nie selbst diesen kleinen Umfang, sondern ging, wie ich gefürchtet hatte, vorzeitig zugrunde, weil die Künstler es versäumten, ihr die nötige Nahrung angedeihen zu lassen. Allein konnte sie natürlich nicht bestehen. Ohne angemessene Illustrationen hätte sie ihre Pointe und ihren Witz verlieren müssen. „Mac will eine

---

[104] Mrs. Gamp'sche Korrumpierung von ‚Pilgrims Progreß‘, dem bekannten Werke John Bunyan's. – D. Übers.

kleine Girlande von den Damen für das Titelblatt machen. Egg und Stone wollen selbst Phantasiestücke erfinden und mit Cruickshank und Leech will ich die Sache in Ordnung bringen. Ich zweifle nicht, daß das kleine Ding lustig und anziehend werden wird." Und das würde es gewiß geworden sein, wären die Thane der Kunst ihm nicht abtrünnig geworden; aber nach ihrem Abfall mußte er es aufgeben, nachdem die ersten paar Seiten geschrieben waren. Dieselben wurden mir damals zur Verfügung gestellt, und obgleich der kleine Scherz jetzt viel von seinem Aroma verloren hat, kann ich es doch nicht über mich gewinnen, ihn hier auszulassen. Es gibt so viele Freunde Mrs. Gamp's, die sich über diesen unerwarteten Besuch von ihr freuen werden!

„*I. Mrs. Gamp's Bericht über ihre Verbindung mit dieser Angelegenheit.*"

„Wobei Mrs. Harris' eigene Worte an mich diese waren: ‚Sairey[105] Gamp,' sagt sie, ‚warum nicht nach Margate gehen? Krabben,'[106] sagt das liebe Geschöpf, ‚sind, was Ihr gern mögt, Sairey; warum nicht auf eine Woche nach Margate gehen, Eure Konstitution mit Krabben herstellen und dann blühend zu den liebenden Herzen zurückkehren, wo Euch kennen und wertschätzen? Sairey,' sagt Mrs. Harris, ‚Ihr befindet Euch nur schlecht. Leugnet es nicht, Mrs. Gamp; denn Bücher stehen in Euern Blicken. Ihr müßt Ruhe haben. Euer Geist,' sagt sie, ‚ist zu stark für Euch. Er wirft Euch zu Boden und tritt Euch mit Füßen, Sairey. Es nützt nichts, die Wahrheit zu verbergen – die Klinge nutzt die Scheide ab.' – „Mrs. Harris," sage ich zu ihr, „ich kann nicht sagen, und ich will Euch nicht täuschen, daß ich die Frau bin, die ich sein möchte. Die unruhige Zeit, die ich mit Mrs. Colliber hatte, der Bäckerfrau, die zuerst in ihrem Geist so schlecht war, daß sie eine Flasche Bockbier nicht mal ansehen mochte und den ganzen Monat nichts als Hafersuppe aß, hat mich gealtert, Mrs. Harris. Aber, liebe Frau," sage ich zu ihr, „redet nicht von Margate, denn wenn ich irgendwohin gehe, so ist es anderswo und nicht da." – ‚Sairey,' sagt Mrs. Harris feierlich, ‚woher dies Geheimnis? Wenn ich je die fleißigste, nüchternste und beste der Frauen beleidigt habe, deren Name wohlbekannt ist: S. Gamp, Hebamme, Kingsgate Street, High Holborn, so erwähnt es. Wenn nicht,' sagt Mrs. Harris, mit Tränen in den Augen, ‚enthüllet Eure Absichten.' – „Ja, Mrs. Harris," sage ich, „das

---

[105] Die aus *Martin Chuzzlewit* bekannte Korrumpierung von ‚Sarah'. – D. Übers.
[106] Die Küste bei Margate ist berühmt wegen ihrer reichlichen Krabbenfischerei. – D. Übers.

will ich. Ich kenne Euch, Mrs. Harris; Ihr kennt mich; wir beide wissen, was unser gegenseitiger Charakter ist. Nun, Mrs. Harris," sage ich, „ich habe gehört, daß eine Expedition nach Manchester und Liverpool geht, zu schauspielern. Wenn ich irgendwo anders hingehe, so gehe ich mit der." – Mrs. Harris schlägt die Hände zusammen und fällt in einen Stuhl, als wäre ihre Zeit gekommen – was ich wußte, konnte noch nicht mit rechten Dingen zugehen, denn es fehlten noch mehr als sechs Wochen. ‚Und muß ich erleben,' sagt sie, ‚daß ich von Sairey Gamp höre, die sich immer respektabel gehalten hat, in Gesellschaft mit Schauspielern?' – „Mrs. Harris," sage ich zu ihr, „erschreckt nicht – nicht ordentliche Schauspieler – Hammerteurs."[107] – ‚Gott sei Dank!' sagt Mrs. Harris und bricht in einen Tränenstrom aus.

„Als das süße Geschöpf sich gesammelt hatte (was ein Schluck Brandy mit warmem Wasser und angenehmem Zucker, und etwas Muskatnuß dazu, tat), fahre ich mit diesen Worten fort. „Mrs. Harris, ich höre, diese Hammerteurs sind literarisch und künstlerisch." – ‚Sairey,' sagte diese beste der Frauen mit einem Schauder und kleinen Rückfall, ‚fahre fort, es könnte schlimmer sein.' – „Ich höre ebenfalls," sage ich zu ihr, „sie wollen zum Besten von zwei literarischen Männern schauspielern; einen, dem lange Unrecht geschehen ist und der endlich sein Recht bekommen hat, und einen, der zu seiner Zeit viele lustig gemacht hat, aber selbst traurig und krank und einsam ist." – ‚Sairey,' sagt Mrs. Harris, ‚Ihr seid eine Engländerin und das geht Euch nichts an.'

„Nein, Mrs. Harris," sage ich, „das ist ganz wahr; ich hoffe, ich kenne meine Pflicht und mein Vaterland. Aber," sage ich, „wie ich höre, sind Damen bei dieser Gesellschaft, und ein halbes Dutzend von diesen, wenn nicht mehr, findet sich in verschiedenen Stadien eines interessanten Zustandes. Mrs. Harris, Ihr und ich wissen wohl, was Lokomotiven oft tun. Wenn ich diese Expedition unbekannt und zweiter Klasse begleite, kann ich nicht meinen Beruf mit Luftveränderung verbinden, und mich meinen Mitgeschöpfen hilfreich erweisen?" ‚Sairey,' war Mrs. Harris Antwort, ‚Ihr wurdet dazu geboren, ein Segen für Euer Geschlecht zu sein und sie hindurchzubringen. Alle guten Wünsche für Euch! Aber haltet Euch in einer angemessenen Entfernung, bis Ihr gerufen werdet, Gott segne Euch, Mrs. Gamp; denn man kennt die Leute an der Gesellschaft, worin sie sind, und litterrerische und künstlerische Gesellschaft könnte Euren Ruf verderben, ehe

---

[107] Amateurs.

Ihr es wüßtet, bei Euern besten Kunden, Kranken und Wöchnerinnen, wenn sie was auf sich halten.'"

„II. Mrs. Gamp beschreibt ihre Reise."

„Die Nummer des Cabs hatte eine sieben, wie ich glaube, und eine Null ganz gewiß – und sollte er dies zu lesen bekommen (es war ein schwarzes, neu angefrischtes Auge, womit er sah; das andere war verbunden), so warne ich ihn hiermit, daß er den Regenschirm und den Holzschuh lieber nach dem Cab-Büro trägt, ehe er es bereut. Er war ein junger Mann mit einer Weste, mit Ärmeln dazu und Bändern hinten, und braucht sich nicht mit dem Glauben zu schmeicheln, daß er davon kommt, da ich der Polizei diese Beschreibung von ihm in demselben Augenblicke machte, als ich fand, er war mit meinem Eigentum weggefahren; und wenn er denkt, es gibt nicht Gesetze genug, so irrt er sich – das sage ich ihm.

„Ich versichere Euch, Mrs. Harris, als ich an dem Morgen in der Eisenbahnstation stand, mit meinem Bündel auf dem Arm und einem Holzschuh in der Hand, hättet Ihr mich mit einer Feder zu Boden stoßen können, weit mehr die Schweinehändler, die gegen mich stießen, fortwährend und heftig ringsum. Ich wurde herumgestoßen, wie ein unvernünftiges Tier und fiel beinahe in Krämpfe, als ein Herr mit einem großen Hemdkragen und einer krummen Nase und einem Auge, wie einer von Mr. Sweedlepipes' Habichten, und langen Haarlocken und mit einem Bart, von dem ich nicht möchte, daß eine Dame, bei der ich bestellt bin, ihm begegnete, wenn er plötzlich um die Ecke kommt, um keinen Preis, den jemand mir bieten könnte, – lachend sagt: ‚Holla, Mrs. Gamp, was haben Sie vor!' Ich wußte nicht, ob es ein Mann war (außer an seinen Kleidern); aber ich sage mit matter Stimme: Wenn Ihr ein Christenmensch seid, zeigt mir, wo ich ein Billet zweiter Klasse nach Manchester bekommen kann und laßt mich in einen Wagen bringen, oder ich werde hinfallen. Was er freundlich tat, mit einer vergnügten Art, wobei er herumhüpfte auf die sonderbarste Weise, die mir je vorgekommen ist, und alle möglichen Bewegungen machte und mich unter dem Rande seines Hutes her (der sehr weit zurückgekrämpt war) ansah und mir zuwinkte, in solchem Grade, daß ich gedacht hätte, er meinte was, wäre ich nicht in solcher Aufregung gewesen, daß ich gar keine Gedanken hatte, bis ich in ein Waggon gesetzt wurde, zusammen mit einem Individen – dem höflichsten das ich je sah – in einem karierten Anzuge, mit einer großen goldenen

Uhrkette, die ihm um den Hals hing, und seine Hand zitterte vor Aufregung, schlimmer als ein Espenblatt.

‚Es freut mich sehr, Madame,' sagt er – die höflichste Stimme, die ich je hörte – ‚mit einer Dame zu reisen, die zu unserer Gesellschaft gehört!'

Unsere Gesellschaft, Sir! sagte ich.

‚Ja, Madame,' sagt er, ‚ich bin Mr. Wilson. Ich fahre mit den Perücken hin.'

Mrs. Harris, als er sagte, er führe mit den Perücken hin, war mein Zustand von Verwirrung und Unruhe so groß, daß ich dachte, er müßte irgendwie mit der Regierung in Zusammenhang stehen, aber in demselben Augenblick erklärt er sich, denn er sagt:

‚Es gibt in London kein der Rede wertes Theater, bei dem ich nicht pünktlich aufwarte. Da sind fünfundzwanzig Perücken in diesen Kästen, Madame,' sagt er und zeigt auf einen Haufen Gepäck, ‚die bei dem Maskenball der Königin getragen wurden. Da ist eine schwarze Perücke, Madame,' sagt er, ‚die Garrick getragen hat; da ist eine rote, Madame,' sagt er, ‚die Kean getragen hat; da ist eine gelbe, Madame,' sagt er, ‚die für Cook gemacht wurde; da ist eine graue, Madame,' sagt er, ‚für die ich selbst bei Mr. Young Maß nahm und da ist eine weiße, Madame, worin Macready verrückt wurde. Da ist eine flächserne, die ganz besonders für Jenny Lind zurecht gemacht wurde, den Abend, als sie zuerst in der italienischen Oper auftrat. Sie wurde tüchtig applaudiert, diese Perücke, Madame, den ganzen Abend. Sie hatte einen großen Empfang. Das Publikum brach aus, sowie es sie sah.'

Sind Sie in Mr. Sweedlepipe's Linie, Sir? sage ich.

‚Was ist das Madame?' sagt er – die sanfteste, gentilste Stimme, die ich je gehört habe, wahrhaftig Mrs. Harris!

Friseur, sage ich.

‚Ja, Madame,' antwortet er. ‚Ich habe die Ehre. Sehen Sie dies, Madame?' sagt er, seine rechte Hand in die Höhe haltend.

Ich habe nie solch ein Zittern gesehen, sage ich zu ihm. Und wirklich habe ich es nie.

‚Alles von dem Maskenball Ihrer Majestät, Madame,' sagt er. ‚Die Aufregung hat es getan. Zweihundertundsiebenundfünfzig Damen, vom ersten Rang und Mode, ließen sich bei dieser Gelegenheit ihre Köpfe von dieser Hand und von meiner andern zurecht machen. Ich hatte achtundvierzig Stunden daran zu tun, Madame, immer auf den Füßen, ohne Ruhe. Es war ein Puder-Ball, Madame. Wir haben ein Puder-Stück in Liverpool. Habe ich nicht das Vergnügen,' sagt er, indem er mich neugierig ansieht, ‚mit Mrs. Gamp zu sprechen?'

Gamp bin ich, Sir, antwortete ich. Von Namen und von Natur. ‚Möchten Sie den Schnurrbart und den Backenbart Ihres Biographen sehen, Madame?' sagt er. ‚Ich habe sie in diesem Kasten.'

Zum Henker mit meinem Biographen, Sir! sage ich; er hat mir keinen Grund gegeben, daß ich wünschen sollte, was von ihm zu wissen.

‚O, Misses Gamp, ich bitte um Verzeihung,' – nie hab' ich einen so höflichen Mann gesehen, Mrs. Harris! ‚Vielleicht,' sagt er, ‚wenn Sie nicht zu der Gesellschaft gehören, wissen Sie nicht, wer es war, der Ihnen in diesen Waggon half!'

Nein, Sir, sage ich, das weiß ich nicht.

‚Nun, Madame,' sagt er flüsternd, ‚das war George, Madame.'

Welcher George, Sir? Ich kenne keinen George, sage ich.

‚Der große George, Madame,' sagt er. ‚Der Cruickshank.'

Wenn Ihr mir glauben wollt, Mrs. Harris, ich wende den Kopf und sehe ganz denselben Mann Bilder von mir machen, auf seinem Daumnagel, am Fenster; während ein anderer – ein großer, schlanker, melancholischer Herr, mit dunkelm Haar und einer Baßstimme – über seine Schulter sieht, den Kopf auf eine Seite gelehnt, als verstände er die Sache und ganz ruhig sagt: ‚Ich habe sie mehrere Mal gezeichnet – in *Punch*,' sagt er noch dazu! Der unverschämte Mensch![108]

Den ich nie anrühre, Mr. Wilson, bemerke ich ganz laut – ich hätte es nicht lassen können, Mrs. Harris, hätte es mein Leben gekostet! – den ich nie anrühre, Mr. Wilson, von wegen der Zitrone.

‚Still!' sagt Mr. Wilson, ‚da ist er.'

Ich sehe nur einen fetten Herrn, mit lockigem schwarzen Haar und einem vergnügten Gesicht, der auf der Plattform steht und seine beiden Hände übereinander reibt, als wüsche er sie, und Kopf und Schultern sehr schüttelt.[109] Und ich war sehr neugierig, was Mr. Wilson meinte, als er sagte: ‚Da ist Dougladge,[110] Mrs. Gamp!' sagt er. ‚Das ist der, der Mrs. Caudle's Leben geschrieben hat!'

---

[108] Die hier geschilderte Persönlichkeit ist John Leech, einer der ausgezeichnetsten Illustratoren des Witzblattes Punch. – D. Übers.

[109] Die charakteristische Verwechslung des Witzblattes und des Getränkes und die Hindeutung auf die beim ‚Punch' gebrauchte Zitrone, hat Bezug auf den vieljährigen Hauptredakteur des Punch, Mark Lemon (zu deutsch Zitrone), den oben erwähnten ‚fetten Herrn'. – D. Übers.

[110] ‚Dougladge' ist Mrs. Gamp'sche Korrumpierung für ‚Douglas' Jerrold. Die wiederholten Anspielungen auf ‚Mrs. Caudle' beziehen sich auf eins der bekanntesten und vielgelesensten humoristischen Werke Jerrold's: ‚Mrs. Caudle's curtain Lectures'. – D. Übers.

Mrs. Harris, als ich diesen kleinen Bösewicht körperlich vor mir sehe, versetzt es mich in solche Aufregung, daß ich über und über zitterte. Hätte ich meinen Regenschirm nicht in dem Cab verloren, ich hätte ihm ein Leid damit antun müssen. O, der ausverschämte kleine Verräter, mitten unter den Damen, Mrs. Harris, mit seinem bösesten und betrügerischsten Ausdruck in den Augen, während er mit ihnen sprach, und über seine eigenen Witze so laut lachte, als es Euch beliebt; den Hut in der einen Hand, um sich zu kühlen und mit der andern seinen eisengrauen Scheuerlappen von Haupthaar zurückstreichend, als wären es ebenso viele Hobelspäne – da, Mrs. Harris, sehe ich ihn, wie die hübschen betrogenen Geschöpfe ihm schmeicheln, die nie jene sanfte Heilige, Mrs. Caudle, kannten, wie ich sie kannte, und wie sie ihn mit so viel Vertrauen behandeln, als hätte er nie keine häuslichen Bande verletzt und nie nichts dem Spotte preisgegeben. O! der Ärger über diesen Dougladge! Mrs. Harris, hätte ich nicht Mr. Wilson um Verzeihung gebeten und eine kleine Flasche an die Lippen gesetzt, die für die Reise in meiner Tasche war und die ich sonst sehr selten bei mir habe, ich hätte seinen Anblick nicht ertragen können – nein, Mrs. Harris, ich hätte nicht – ich hätte ihn zerreißen müssen, oder die Besinnung verloren haben und ohnmächtig geworden sein.

Während die Glocke geschellt und das Gepäck der Hammerteurs in großer Verwirrung hereingebracht wurde, benimmt Mr. Wilson sich höflicher als je. ‚Das,' sagt er, ‚Mrs. Gamp,' indem er auf einen wie 'n Offizier aussehenden Herrn deutet, den eine Dame mit einem kleinen Korbe unter ihrer Obhut hatte, ‚ist ein anderer von unserer Gesellschaft. Er ist auch ein Autor,[111] – geht beständig das Tal der Musen hinauf, Mrs. Gamp. Da,' sagt er, auf einen schön aussehenden stattlichen Herrn anspielend, mit einem Gesicht, wie ein liebenswürdiger Vollmond,[112] und auf einen kleinen milden Herrn mit einem angenehmen Lächeln,[113] ‚da sind noch zwei von unsern Künstlern, wohlbekannt in der Königlichen Akademie, so gewiß Steine Steine und Eier Eier sind. Dieser entschlossene Herr,' sagt er, ‚der herankommt, als wollte er die Eisenbahnen mit Sturm nehmen – der mit den strammen Beinen und die Weste fest zugeknöpft und mit offen fliegendem Rock und der der Plattform seine Hacken zu fühlen gibt, ist ein Kriti-

---

[111] Dudley Costello.
[112] Frank Stone.
[113] Augustus Egg.

ker und Biograph und unser Haupttragiker.'[114] Aber wer, sage ich, als die Glocke aufgehört hat zu schellen und der Zug angefangen hat zu gehen, wer, Mr. Wilson, ist der wilde Herr in der Perspiration, der diese ganze Zeit mit einem großen Kasten voll Papiere unter dem Arm auf und ab gerannt ist und mit jedermann sehr undeutlich gesprochen hat und sich so furchtbar aufregt?[115] – ‚Warum?' sagt Mr. Wilson, mit einem Lächeln. Weil, Sir, sage ich, weil er nicht mehr mitkommt. ‚Guter Gott!' schreit Mr. Wilson und wird blaß und steckt den Kopf aus dem Fenster, ‚das ist Ihr Biograph – der Direktor – und er hat das Geld, Mrs. Gamp!' Aber irgendwie schob jemand ihn doch in den Zug und wir fuhren ab. Beim ersten Schrei der Dampfpfeife, Mrs. Harris, wurde ich weiß, denn ich hatte mir einige der lieben Geschöpfe angesehen, was die Ursache war, daß ich bei der Gesellschaft war, und ich kannte die Gefahr, die – aber Mr. Wilson, was ein verheirateter Mann ist, legt seine Hand in meine und sagt: ‚Mrs. Gamp, beruhigen Sie sich, es ist bloß die Lokomotive.'"

Von denjenigen Mitgliedern der Gesellschaft, mit welchen er sich diese humoristischen Freiheiten nahm, sind jetzt nur noch zwei am Leben, die sich über ihren freundschaftlichen Karikaturisten beklagen könnten, und Cruickshank wird ihm wohl, ebenso wie ich selbst, eine freimütige Verzeihung gewähren, eine Verzeihung, die nicht minder herzlich sein wird wegen der freundlichen Worte über ihn, welche mich, nicht viele Tage nach Mrs. Gamp, aus Broadstairs erreichten. „In Canterbury kaufte ich gestern George Cruickshank's ‚*Flasche*'. Ich halte dies Werk für sehr bedeutend; die zwei letzten Radierungen sind bewunderungswürdig, ausgenommen, daß der Knabe und das Mädchen in dem allerletzten zu jung sind und das Mädchen mehr wie ein Zirkus-Phänomen aussieht, als wie das Nicht-Phänomen, welches sie darstellen soll. Ich bezweifle jedoch, ob irgendein anderer lebender Künstler es so gut gemacht haben könnte. In dem vorletzten Bilde ist eine Frau, die, mit einem Kinde im Arme, über den Mord schwatzt, so gut als Hogarth. Auch der Mann, der sich bückt und die Leiche betrachtet. Die Philosophie des Werkes, als eine große Lehre, halte ich für ganz falsch, weil bei einer schlagenden und originellen Behandlung das Trinken im Schmerz, oder in Armut, oder in Unwissenheit hätte anfangen müssen – den drei Dingen, mit denen es, sofern es

---

[114] John Forster.
[115] Charles Dickens.

etwas Furchtbares ist, tatsächlich beginnt. Der Plan würde dann ein zweischneidiges Schwert gewesen sein – aber vermutlich zu ‚radikal' für den guten alten George."

Derselbe Brief erwähnte andere Gegenstände von Interesse. Dickens' Einnahme für das erste halbe Jahr von Dombey übertraf seine Erwartungen von den mit seinen Verlegern getroffenen neuen Anordnungen so weit, daß von dieser Zeit an alle seine Geldverlegenheiten aufhörten. Sein künftiges Einkommen war natürlich verschieden, je nach der Verschiedenheit des Verkaufs seiner Bücher; aber es reichte immer aus und Ersparnisse sollten jetzt beginnen. „Der Reinertrag des halben Jahres ist glänzend. Nach Abzug der monatlich sechsmal gezahlten hundert Pfund, habe ich noch zweitausend zweihundert und zwanzig Pfund einzukassieren, was mir ganz nett scheint. Dir nicht auch? ... Stone ist noch hier und ich habe ihn vorgestern lahm gemacht, indem ich einen Spaziergang von sieben Stunden mit ihm machte; übrigens aber floriert er ... Warum bringst Du nicht einen Reisesack voll Bücher hierher und nimmst den ganzen Morgen vom Drawing-Room Besitz? Meine Meinung ist, daß Goldsmith am Meeresufer leichter sterben würde. Charley und Walley sind heute Morgen in bester Stimmung in die Schule geschickt, und werden bei London Bridge die Umarmung Blimber's empfangen. Die Regierung steht im Begriff, eine Gesundheitskommission zu ernennen und es freut mich sehr, Dir sagen zu können, daß Lord John Russell Henry Austin zum Sekretär derselben ernannt hat." Austin, der auch später nach der Einführung der Gesundheitsakte dasselbe Amt bekleidete, hatte Dickens' jüngste Schwester Laetitia geheiratet; und ich will hier hinzufügen, daß einer von seinen beiden jüngsten Brüdern, Alfred, Gesundheits-Inspektor wurde, während der andere, Augustus, damals durch Thomas Chapman in ein Geschäft in der City kam, das er bald darauf aufgab, um dann seinen Weg nach Amerika zu finden.

Der nächste Brief aus Broadstairs (vom 5. September) beschäftigte sich wieder mit Goldsmith, dessen Lebensbeschreibung ich damals zum Abschluß brachte. „Gesetzt, daß Dein *Goldsmith* einen allgemeinen Eindruck hervorbrächte, was denkst Du über die Veranstaltung einer billigen Ausgabe seiner Werke? Meiner Meinung nach könnten wir einige derartige Unternehmungen mit beträchtlichem Effekt ausführen. Es gibt in Wahrheit keine Ausgabe der großen britischen Novellisten in bequemer netter Form; und würde es nicht zweckmäßig sein, eine solche zu veranstalten, mit gewissen anziehenden Eigentümlichkeiten, die ihr von den gewöhnlichen Buchhändlern nicht verliehen werden können? Angenommen, einer schriebe zum Beispiel einen

Essay über Fielding und ein anderer einen Essay über Smollet und noch ein anderer einen über Sterne, wobei man sich erinnerte, wie man sie als Kind gelesen (niemand hat sie, glaube ich, jünger gelesen als ich) und wie man sich allmählich zu einer verschiedenen Bekanntschaft mit ihnen entwickelt habe, und so fort – würde das nicht für viele Leute von Interesse sein? Ich möchte wissen, was Du hierüber denkst. Es ist einer der dunkeln Pläne, die in mir auf und ab wogen ... Der wahrhaftig wackere Reinertrag (von *Dombey*) beläuft sich auf vierhundert Pfd. St. mehr als das höchste, was ich erwartete ... Ich habe ganz dieselben Empfindungen gehabt in Bezug aus die Praslin'sche Geschichte. Es ist mir unzweifelhaft klar, daß die Herzogin eine der unbequemsten Frauen in der Welt war, und daß es für jeden schwer gewesen sein würde, sich mit ihr zu vertragen. Es macht einen seltsamen Eindruck, in dem ganzen Melodrama einen blutigen Reflex unserer Freunde Eugène Sue und Dumas zu erkennen. Findest Du das nicht auch – wenn Du Dich an das erinnerst, was wir oft von dem Krebsschaden sagten, woran dies ganze Pariser Leben bis an die Wurzel leidet? Ich hatte die ganze letzte Nacht wilde Träume von Dir ... Es ist hier ein Seenebel, der mich verhindert, den niedrigen Wasserstand zu sehen. Auf der Klippe zur Rechten ist ein Zirkus und natürlich habe ich für heute Abend eine Loge! Tiefe Langsamkeit in dem Gehirn des Unnachahmlichen. Vorigen Sonntag ein Schiffbruch an der Goodwin's-Sandbank, den Wally mit seinem Habichtsauge klar erkannte, eine Behauptung, welche später bestätigt und bewiesen, für die er aber zur Zeit schrecklich mißhandelt wurde."

Inzwischen hatte der Mieter das Haus in Devonshire-Terrace verlassen und als Dickens froh in die Stadt kam, um wieder davon Besitz zu nehmen, brachte er zur Vollendung in seiner alten Heimat ein wichtiges Kapitel von *Dombey* mit. Unterwegs verlor er seinen Reisesack, aber „Gott sei Dank! war das Manuskript des Kapitels nicht darin. So oft ich reise und etwas von dieser wertvollen Ware bei mir führe, trage ich es immer in der Tasche." Er hatte um diese Zeit angefangen bei dem Schreiben in Broadstairs Schwierigkeiten zu spüren, von denen er mir bei seiner Rückkehr erzählte. „Straßenmusik steigt hier zu einer solchen Höhe und es ist so unmöglich, ihr zu entrinnen, daß ich fürchte, Broadstairs und ich müssen uns für die Zukunft voneinander trennen. Wenn der Regen nicht hinuntergießt, kann ich nicht eine halbe Stunde schreiben, ohne die quälendsten Orgeln, Violinen, Glocken oder Bänkelsänger. Eben jetzt ist eine Violine von der folterndsten Sorte unter dem Fenster (Zeit: zehn Uhr morgens) und ein italienischer Musikkasten auf der Treppe – beide in vollem Schwunge." Er schloß mit einer Erwähnung der Verbesserungen, welche seit seinem letzten denkwürdigen Besuch in dem Theater in Margate stattgefunden hatten. Während der letzten zwei Jahre hatte es unter der Direktion eines Sohnes des großen Komikers Dowton gestanden, mit dessen Namen ich diese Bemerkungen gern verknüpfe. „Wir gingen am Mittwoch (10. September) in die Benefizvorstellung des Direktors – Shakespeare's ‚Wie Ihr wollt‘, wirklich vortrefflich gespielt und in einem vortrefflichen Hause. Dowton hielt bei dieser Gelegenheit eine verständige und bescheidene Rede, worin er seine Überzeugung aussprach, daß ein Mittel der Belehrung und der Unterhaltung, welches eine solche Literatur besitze wie die englische Bühne, nicht verschwinden könne; und daß dasjenige, was vor zweitausend Jahren und dann wieder zu Shakespeare's Zeit große Geister begeistert und große Menschen erfreut habe, ein Lebensprinzip in sich tragen müsse, das über die Laune und die Mode des Augenblicks hinausliege. Und damit und unter Cheers trat er ab. Er scheint wirklich ein sehr anständiger Mensch und hat dies Kehrichtfaß von einem Theater zu einem einigermaßen respektabeln Aussehen gebracht."

Dickens wollte am Ende des Monats nach London kommen; aber inzwischen erhielt ich von ihm seine Vorrede zu seinem ersten vollständigen Werke in der Volksausgabe (‚Pickwick‘ wurde damals, mit einer Illustration von Leslie, in dieser Gestalt veröffentlicht); und als er mir kurz darauf (12. September) die ersten Blätter der Erzählung ‚Der Besessene‘ (The Haunted Man) schickte, welche sein nächstes Weihnachtsbuch bilden sollte, bemerkte er, er müsse es in weniger als einem Monat beenden, wenn er es überhaupt schreiben wolle, weil die Arbeit an *Dombey* jetzt sehr dringend geworden sei. Dies bereitete mich auf einen Brief vor, den ich eine Woche später erhielt. „Bin den ganzen Tag an der Arbeit gewesen und daher abgespannt. *Dombey* erfordert so viele Zeit und Sorgfalt, daß ich wirklich zu zweifeln anfange, ob es weise sein wird, mit dem Weihnachtsbuch weiter fortzufahren. Dein freundlicher Beistand wird hiermit angerufen. Was denkst Du darüber? Würde es irgendeine entschieden schlechte Folge haben, wenn ich diesen Gedanken für zwölf Monate ruhen ließe? Bis zum November gar nichts sagte und dann in *Dombey* ankündigte, daß die Arbeit daran meine ganze Zeit in Anspruch nehme, und so die Fortsetzung der Weihnachtsbücher bis zum nächsten Jahre verhindere, wo ich die Absicht habe, dieselbe wieder aufzunehmen? Darin kann wohl kaum etwas anderes liegen, als die Möglichkeit eines Extra-Interesses für das kleine Buch, wenn es erschiene – meinst Du nicht auch? Auf der andern Seite ist es mir sehr unangenehm, das Geld zu verlieren. Und mehr noch, eine Lücke an Weihnachtsherden zu lassen, die ich ausfüllen sollte. Kurz, ich bin in der größten Verlegenheit, was zu tun. Hätte ich keinen *Dombey*, so könnte ich die Geschichte mit dem Blütenstaube darauf fertig schreiben – aber ‚da liegt der Knoten' ... Welches unbekannte Shakespeare'sche Zitat mich an eine Shakespeare'sche Spekulation von mir erinnert. Glaubst Du nicht auch, daß das „*Waffen ergreifen* gegen eine See von Leiden" ursprünglich geschrieben war „*Arme machen*", was die Aktion des Schwimmens ausdrückt?[116] Man würde dadurch eine entsetzliche Unangemessenheit in dem Bilde los, das auf diese Weise klar und passend wird. Ich denke daran, auf Grund dieser Hypothese einen Anspruch auf zinsfreie Wohnung in dem Hause in Stratford zu erheben. Du mußt nicht glauben, daß ich heute irgendetwas anderes bin als verwirrt, in der Aufregung meiner Seele in Bezug auf Weihnachten. Aber ich habe während dieser beiden Tage, gerade wie Dombey, selbst so lange über *Dombey* gebrütet, daß ich wirklich nicht mehr in der Lage bin, niedergeschlagen sein zu dürfen." Auf seine Shakespeare'sche Hypothese erwiderte ich, daß dieselbe ihn schwerlich zu dem Anspruch berechtigen werde, den er zu erheben dachte; denn durch die Leiden hindurch *schwimmen*, würde kein ‚Widerstand'[117] gegen dieselben sein. Und in Bezug auf den andern Punkt hatte ich keinen Zweifel über die Weisheit des Aufschubs. Die Folge davon war, daß die Weihnachtsgeschichte bis zum nächsten Jahre bei Seite gelegt wurde.

Die Schlußbegebenheiten dieses Jahres waren sein Vorsitz bei der Versammlung des Arbeiterbildungsvereins am 1. Dezember und seine Eröffnung des ‚Athenäums' in Glasgow am 28.; wo er vor sehr zahlreichen Zuhörerschaften die Hartnäckigkeit und Grausamkeit der Macht der Unwissenheit mit der Gelehrigkeit und Milde der Macht der Erkenntnis verglich, auf den Nutzen volkstümlicher Institute hinwies, welche das, was man zuerst im Leben lernt, durch die spätere Erziehung für seine Arbeit und die Ausrüstung für seine häuslichen Pflichten und Tugenden ergänzen, deren die Erwachsenen von Tage zu Tage ebenso sehr bedürfen, als die Kinder ihres Lesens und Schreibens; und er schloß in Glasgow mit einer Anspielung auf einen durch

---

[116] Die englischen Worte des Verses aus Hamlet's berühmtem Monologe sind: *to take up arms against a sea of troubles*; die von Dickens vorgeschlagene Emendation *to make arms*. – D. Übers.

[117] Anspielung auf den, in dem folgenden Verse gebrauchten Ausdruck: *and by opposing, end them*. – D. Übers.

die Damen der Stadt unter dem Patronat der Königin eröffneten Bazar, dessen Ertrag für die Erweiterung der Bibliothek des ‚Athenäums' bestimmt war. „Wir werden der Freundschaften, die wir mit Büchern schließen, nie müde," sagte er, „und hier wird ihr Reiz erhöht durch die Ideenverbindung mit ihren Geberinnen. Eine benachbarte Glasgower Witwe wird für jene entferntere Witwe gehalten werden, welche Sir Roger de Coverley nicht vergessen konnte; ein anderer als Tom Jones wird Sophien's Muff sehen und lieben, wenn er an einem Wintertage die Hochstraße hinabwandert; und die dankbaren Leser einer auf solche Weise angefüllten Bibliothek werden in Bezug auf die Schönen, welche geholfen haben, sie zu füllen, geneigt sein, sie in ihren Gedanken in Verbindung zu setzen mit den ‚Grundsätzen der Bevölkerung' und ‚Zusätzen zu der Geschichte Europa's', von einem Autor von älterem Datum als Sheriff Alison."[118] Worüber niemand herzlicher lachte als der Sheriff selbst, der Dickens auf's freundlichste als Gast aufgenommen hatte und mit ihm auf der Plattform stand.

An dem vorletzten Tage des alten Jahres schrieb er mir aus Edinburgh. „Wir kamen heute Nachmittag hier an, nachdem wir Glasgow um ein Uhr verlassen hatten. Alison lebt stattlich in einem schönen Landhause außerhalb Glasgow's und ist ein vortrefflicher Mensch, mit einer angenehmen Frau, einer hübschen kleinen Tochter, einer heitern Nichte – alles in seinem Haushalt angenehm. Ich besuchte gestern mit ihm das Gefängnis und das Irrenhaus; nahm bei dem Lord Provost mit dem Stadtrate ein prächtiges Gabelfrühstück ein und war abends bei einem großen Dîner der gefeierte Gast. Unbegrenzte Gastfreiheit und Begeisterung ist die Tagesordnung und man hat mich nie irgendwo herzlicher aufgenommen, noch hat es mir je irgendwo von Grund aus besser gefallen als hier. Der große Chemiker Gregory, der bei dem Meeting eine Rede hielt, kehrte heute mit uns nach Edinburgh zurück und gab mir unterwegs viele neue Aufschlüsse über die außerordentliche Mühe, welche Macaulay sich Jahre lang gegeben zu haben scheint, sich hier unangenehm und unbeliebt zu machen. Keiner der liberalen Kandidaten würde hier sonst im entferntesten Gefahr gelaufen sein, bei den letzten Parlamentswahlen seinen Sitz zu verlieren; und obgleich Gregory für Macaulay gestimmt hatte, kam es mir doch vor, als ob es ihm ebenso angenehm sei, daß er nicht wieder gewählt ist ... Es tut mir leid, sagen zu müssen, daß das Scott-Denkmal miß-

---

[118] Sir Archibald Alison, der bekannte Verfasser der *History of Europe from the commencement of the French Revolution*, war Sheriff von Lanarkshire. – D. Übers.

lungen ist. Es sieht aus, als hätte man den Turm von einer gotischen Kirche abgenommen und ihn in die Erde gesteckt." Am ersten Tage des Jahres 1848 schrieb er wieder aus Edinburgh: „Jeffrey, der gezwungen ist während der Gerichtsferien eine Art Morgensitzung in seinem Studierzimmer zu halten, kam gestern in großer Bestürzung zu mir, um mir zu sagen, es sei eben jemand bei ihm gewesen, um eine Bankrotterklärung zu machen und zu unterzeichnen; und als er nach der Unterschrift gesehen, habe er gefunden, daß es James Sheridan Knowles sei. Er ließ ihn sogleich zurückrufen und sprach mit ihm, und von dem, was zwischen beiden vorging, verlangt mich sehr mit Dir zu reden." Diese Unterredung wird uns zu dem Hauptgegenstand dieses Kapitels zurückbringen, von dem eine andere Art von ‚Umherschweifen' mich abgelenkt hat; denn ihr Resultat waren neue Amateur-Aufführungen, deren Zweck es war, Knowles zu helfen.

Es war dies das Jahr, in welchem ein Komitee sich gebildet hatte für den Ankauf und die Erhaltung von Shakespeare's Haus in Stratford, und die in Rede stehenden Aufführungen nahmen die Form von Beiträgen zu der Stiftung einer Kuratorstelle an, welche dem Verfasser des ‚Virginius' und des ‚Hunchback'[119] übertragen werden sollte. Der Gedanke an diese Stiftung wurde aufgegeben, als die Stadt und der Stadtrat von Stratford schließlich (und ganz angemessener Weise) das Haus unter ihre Obhut nahmen; aber die erzielte Geldsumme wurde ihrem ursprünglichen Zweck nicht entfremdet, und einem der ausgezeichnetsten Dramatiker wurde dadurch ein noch größerer Nutzen gewährleistet, als Leigh Hunt durch jenes frühere Unternehmen. Ich muß hier auch daran erinnern, daß Knowles bald nachher durch Lord John Russell dieselbe liberale Pension erhielt wie Leigh Hunt vor ihm, und daß auch die geringeren Ansprüche Mr. Poole's nicht vergessen wurden, der durch denselben Minister und Freund der Literatur eine Pension von 100 Pfund Sterl. aus der Zivilliste erhielt.

Dickens warf sich mit seiner ganzen alten Energie in das neue Unternehmen, und es mag hier die Schwierigkeit erwähnt werden, welche die Auswahl eines passenden Stücks uns verursachte, das mit unserm alten Ben Jonson abwechseln sollte. Wir versuchten den ‚Beggar's Bush' von Beaumont und Fletcher, den ‚Goodnatured Man' von Goldsmith, Jerrold's charakteristisches Drama ‚The Rent Day' und Bulwer's meisterhaftes Lustspiel ‚Money'. Die Wahl fiel endlich auf Shakespeare's ‚Lustige Weiber von Windsor', in denen Lemon den

---

[119] Sheridan Knowles. – D. Übers.

Falstaff spielte, ich wieder, wie in Jonson's Stück, den eifersüchtigen Ehemann machte und Dickens den Richter Shallow darstellte. Hinzugefügt wurde die Farce *Love, Law and Physick*, worin Dickens die Rolle übernahm, die er schon einmal, lange vorher, vor seinen Schriftstellertagen, gespielt hatte. Überdies hatten wir außer den Schauspielerinnen von Profession, welche zu diesem Zweck herangezogen wurden, als Dame Quickly die Dame, welcher die Welt das bei weitem beste Konkordanzbuch zu Shakespeare verdankt, das je veröffentlicht worden ist: Mrs. Cowden Clarke. Der Erfolg war ohne Frage sehr groß. In Manchester, Liverpool und Edinburgh wurden einzelne Aufführungen veranstaltet; aber Birmingham und Glasgow hatten je zwei Abende, und zwei Vorstellungen wurden in dem Haymarket-Theater in London gegeben; bei deren einer die Königin und Prinz Albert zugegen waren. Der Brutto-Ertrag der neun Vorstellungen, ehe die notwendigen beträchtlichen Abzüge für London und andere lokale Ausgaben gemacht waren, belief sich auf 2 551 Pfd. St. und acht Pence. Die erste Darstellung fand in London am 15. April statt, die letzte in Glasgow am 20. Juli und überall war Dickens die Hauptfigur. In dem Genuß wie in der Arbeit war er der erste. Seine unermüdliche und alles beherrschende Lebensfrische bildeten die Anziehungskraft, morgens bei den Proben und abends auf der Bühne. Bei dem ruhigen frühen Dîner und bei dem lustigeren zwanglosen Souper, wo die ganze Gesellschaft sich täglich versammelte, war sein Gesicht das hellste, sein Schritt der leichteste, sein Wort das heiterste. Seine wunderbare Lebenskraft schien keiner Ruhe zu bedürfen.

Meine Anspielung auf das letzte Unternehmen dieses glänzenden wandernden Schauspielerlebens zum Besten dessen, was wir für die Interessen des Schriftstellerstandes hielten, soll so kurz als möglich sein. Zwei Winter nach dem eben erwähnten, zu Ende November 1850, fanden in der großen Halle von Lord Lytton's altem Familiensitz, Knebworth-Park, drei Privataufführungen der ursprünglichen Darsteller von Ben Jonson's *Every Man in His Humour* statt. Alle Umstände und die ganze Umgebung waren äußerst glänzend; einige Herren der Grafschaft spielten sowohl in dem Lustspiel als in den Possen mit; unser hochherziger Wirt war verschwenderisch mit jeder edeln Aufmunterung, und in der allgemeinen Heiterkeit und Aufregung schwangen die Hoffnungen sich hoch empor. Die jüngste Erfahrung hatte gezeigt, welche Preise das öffentliche Interesse an dieser Art von Vergnügungen denjenigen bieten konnte, die sie veranstalteten, und man kam darauf, die Möglichkeit zu erörtern, der Hilfe, welche schriftstellerischen Genossen geleistet worden war, eine dauernde

Grundlage zu geben durch eine Stiftung, welche nicht bloß Wohltätigkeit sein, sondern ein Mittelding bilden sollte zwischen der Pensionsliste und einem Professorat, ohne die Nachteile beider. Man bedachte dabei nicht hinreichend, daß Pläne zur Selbsthilfe, um erfolgreich zu sein, von denen, welchen sie nützen sollen, nicht bloß eine allgemeine Anerkennung ihrer Wünschenswürdigkeit, sondern auch eine eifrige und tätige Mitwirkung erfordern. Ohne jedoch hier weiter zu untersuchen, was später angeführt werden muß, genügt es zu sagen, daß das Unternehmen in's Werk gesetzt und die *„Gilde der Literatur und Kunst"* in Knebworth begründet wurde. Es sollte von Bulwer Lytton ein Lustspiel in fünf Akten geschrieben, und, nachdem durch öffentliche Aufführungen desselben eine bestimmte Geldsumme erlangt wäre, die Details eines Planes aufgesetzt und ein Aufruf an diejenigen gerichtet werden, die es ganz besonders anging. In wenigen Monaten war alles fertig, mit Ausnahme einer Posse, welche Dickens geschrieben haben sollte, von der aber unerwartete Beschwerden bei der allgemeinen Direktion und Vorbereitung ihn absolviren mußten. Es waren auch noch andere Gründe da. „Ich habe," schrieb er mir am 23. März 1851, „die erste Szene geschrieben und es sind drollige Sachen darin, possenhaftere Dinge, als man gewöhnlich in Possen findet, in der Tat bessere. Dennoch bemühe ich mich, um meines Rufes willen, beständig, einen Sinn hineinzubringen, der in einer Posse unmöglich ist, denke daher fortwährend gegen den Strich und bin fortwährend von der Überzeugung durchdrungen, daß ich selbst nie mit jener wilden Ungebundenheit spielen könnte, die allein den Erfolg einer Posse sichert. Weshalben ich bei Bulwer Lytton gebeichtet und um Absolution gebeten habe." Eine neue Posse Lemon's wurde substituiert; aber Dickens trug bald so viele eigene Scherze und Gamp'sche und andere Späße dazu bei, daß sie in Wahrheit ein gemeinsames Produkt beider Schriftsteller wurde; und die Rolle Gabblewig's, die Dickens selbst übernahm, war eine jener, fünf oder sechs Veränderungen des Gesichts, der Stimme und des Ganges erfordernden, Charakterfiguren, aus denen er, wie wir sahen, jenen ganzen frühen theatralischen Ehrgeiz herleitete, den der ältere Mathews in ihm erweckt hatte. „Du hast keine Vorstellung," fuhr er fort, „von der kolossalen, sich immer mehrenden Arbeit; denn der Herzog bürdet uns sogar die ganze Sorge für die Zuhörerschaft auf, da er sonst (wie er sagt) in alle möglichen Verlegenheiten geraten würde." Der Herzog von Devonshire hatte sein Haus in Piccadilly für die ersten Vorstellungen angeboten und bezahlte auf seine fürstliche Weise alle damit verknüpften Ausgaben. Ein tragbares Theater wurde erbaut und in dem großen Drawing-

Room aufgestellt, während die Bibliothek in ein Ankleidezimmer für die Schauspieler verwandelt wurde.

Not so bad as we seem[120] wurde zum ersten Male gespielt am 27. Mai 1851, in Devonshire-House, vor der Königin und dem Prinzen Albert und einer so großen Zuhörerschaft, als Raum finden konnte; der Titel der Posse war *Mrs. Nightingale's Diary*. Der Erfolg erfüllte reichlich die gehegten Erwartungen und nach vielen Darstellungen in den Hanover-Square Rooms in London, begann das Umherziehen im Lande und wurde in Zwischenräumen während beträchtlicher Perioden dieses und des folgenden Jahres fortgesetzt. Teils Krankheit, teils Beschäftigung anderer Art verhinderten mich oft, dabei mitzuwirken und es mußten dann Substitute gefunden werden; aber diesem Umstande verdanke ich es, daß ich jetzt mit einem charakteristischen Bilde von dem Verlauf des Spiels und von Dickens, inmitten der Vorfälle und Unfälle, denen seine theatralische Laufbahn ihn aussetzte, schließen kann. Ich muß bemerken, daß die Gesellschaft das für Devonshire-House gebaute Theater, sowie die vortrefflichen Dekorationen, welche Stanfield, David Roberts, Thomas Grieve, Absolon und Louis Haghe, als ihre hochherzige freie Gabe für die Komödie gemalt hatten, mit sich umherführte, so daß die Vorstellungen von Theatern und Theaterdirektoren unabhängig gemacht wurden und in den großen Hallen oder Konzertsälen der verschiedenen Städte stattfinden konnten.

„Die in meinem letzten Brief vergessene Beilage" (Dickens schreibt von Sunderland, am 29. August 1852) „war eine kleine gedruckte Ankündigung, welche ich überall, wohin wir kommen, an den Türen verteilen lasse und wodurch das Stück *Two O'Clock in the Morning* auf den Theaterzetteln ausgemerzt wird. So komisch es gewöhnlich war, so ließ sich doch nichts mehr damit anfangen nach dem Schrei von *Mrs. Nightingale's Diary*. Das Lustspiel ist durch Abkürzungen, zu welchen Deine Abwesenheit und andere Ursachen uns gezwungen haben, insofern verbessert, als es jetzt alles in allem, Zwischenakte eingeschlossen, nur zwei Stunden und fünfundzwanzig Minuten dauert und wie ein Lauffeuer geht. Wir haben erstaunliche Zuhörerschaften gehabt, obgleich kleinere Räume, als ich gehofft hatte. Der Herzog war in Derby und außer ihm zahllose kleinere Lichter. In den Saal in Newcastle (wo, beiläufig bemerkt, Lord Carlisle anwesend war), drängte man in einen Raum, der eigentlich nur dreihundert Leute fassen konnte, sechshundert hinein, das Billet zwölf Shilling und sechs

---

[120] Die von Bulwer für diese Aufführungen geschriebene Komödie. – D. Übers.

Pence. Gestern Abend hatten wir in einer wie ein Theater gebauten Halle, mit Parterre, Logen und Galerie, etwa zwölfhundert Zuhörer – vielleicht mehr. Sie fingen an mit lautem Beifall, als die weiße Weste unseres Kapellmeisters im Orchester erschien und schlossen am Ende der Posse mit drei betäubenden Cheers. Mir sind nie so gute Leute vorgekommen. Stanny ist ihr Mitbürger, wurde hier geboren und sie beklatschten seine Szenerie, als wäre er es selbst. Aber was ich durch eine furchtbare Angst ausgestanden habe, welche während der ganzen Zeit über mir schwebte, kann ich nicht beschreiben. Als wir mittags hier ankamen, fand sich, daß die Halle vollständig neu war, und daß man das Dach erst während der vorhergehenden Nacht bei Fackellicht mit Ziegeln gedeckt hatte. Ferner, daß die Eigentümer eines andern öffentlichen Lokals das Gebäude für unsicher erklärt hatten, und daß in der Stadt ein panischer Schrecken darüber herrschte, so daß Leute kamen, um ihr Geld zurück zu fordern und andere unschlüssig waren, ob sie kommen sollten oder nicht; und alle möglichen sonstigen Schrecken. Ich wußte nicht, was tun. Die furchtbare Verantwortlichkeit, einen Unfall so schrecklicher Art zu riskieren, schien ganz auf mir zu ruhen; denn ich brauchte nur zu sagen, daß wir nicht spielen wollten und es konnte von Gefahr keine Rede sein. Ich fürchtete, Sloman zu Rate zu ziehen, damit der panische Schrecken nicht vielleicht auch unsere Leute ergriffe. Ich fragte W., was er darüber denke und er machte die tröstliche Bemerkung: seine Verdauung sei so schlecht, daß der Tod keine Schrecken für ihn habe! Ich ging und sah mir das Lokal an, prüfte die Balken, die Wände, die Säulen und so fort und quälte mich in den Glauben hinein, daß sie wirklich unzuverlässig wären. Um allem die Krone aufzusetzen, war ein bogenförmiges eisernes Dach da, ohne Klammern und Säulen, nach einem neuen Prinzip! Mein einziger Trost war, daß ich endlich den Baumeister traf und in ihm einen einfachen, praktischen Nordländer fand, mit dem Winkelmaß in der Tasche. Ich nahm ihn bei Seite und fragte ihn, ob wir oder ob er irgendeinen schwachen Teil des Gebäudes stützen sollten, besonders die Ankleidezimmer, die sich unter unserer Bühne befanden, deren Gewicht auf einem neuen Fußboden und triefend nassen Mauern schwer lasten mußte. Er versicherte mir, es gebe kein stärkeres Gebäude in der Welt und daß sie, um die Besorgnisse zu beschwichtigen, es am Donnerstagabend für Tausende von Arbeitern geöffnet und dieselben veranlaßt hätten, zu singen und mit den Füßen zu trampeln und jeden möglichen Versuch zu machen in Bezug auf Vibration. Es blieb demnach weiter nichts übrig, als den Dingen ihren Lauf zu lassen. Nichtsdestoweniger war meine Furcht, es möge ein falscher Alarm unter der Zuhörerschaft entstehen und ein Gedränge nach den Türen hervorrufen, so groß, daß ich Kate und Georgina von den Vordersitzen fern hielt. Als der Vorhang aufging und ich das weite Meer von Gesichtern nach dem Dache emporwogen sah, blickte ich hierhin und dorthin und meinte, ich sähe die Galerie aus ihrer senkrechten Richtung gebracht und bildete mir ein, die Lichter an der Decke seien nicht gerade. Lauter Beifall verursachte mir die größte Qual, da ich dessen Wirkung auf das Gebäude fürchtete. Ich war den ganzen Abend bereit, im Falle eines Alarms – ein falscher Alarm war meine Hauptfurcht – hervorzustürzen und die Leute um Gottes Willen anzuflehen, daß sie still sitzen möchten. Ich ließ unsere große Possen-Glocke schellen, um Sir Geoffrey zu erschrecken, statt ein Stück Holz hinzuwerfen, was eine plötzliche Befürchtung hätte erwecken können. Mein Herz klopfte laut, wenn einer unserer Leute eine Treppe hinauf- oder hinabstolperte. Ich bin gewiß, daß ich nie besser gespielt habe, aber die Angst war so intensiv und die Herzenserleichterung endlich so groß, daß ich heute halb tot bin und noch nicht imstande gewesen bin, etwas zu essen oder zu trinken, oder mein Zimmer zu verlassen. Ich werde es nie vergessen. Über die kurze Zeit, in der wir das Theater aufstellen mußten; über das Umstürzen eines der Wagen, der an der Eisenbahnstation in Newcastle mit allen unsern Dekorationen von einem Paar scheu gewordener Pferde umgeworfen wurde; über die Anstrengungen unserer Zimmerleute, die jetzt vier Nächte auf gewesen sind und die gestern Abend im tiefsten Schlaf an den Eingängen lagen, sage ich nach dem andern riesigen Alpdrücken nichts; außer daß Sloman's glänzende Kenntnis seines Geschäfts und die gute Laune und Heiterkeit aller Arbeiter ausgezeichnet sind. Ich beabsichtige, ihnen in Liverpool ein Abendessen zu geben und ihnen dabei eine nette und angemessene Rede zu halten. Wir dinieren heute um zwei (es ist jetzt eins) und gehen um vier nach Sheffield, wo wir etwa um zehn ankommen. Ich war frisch gewesen wie eine Maßliebe, ging zu Fuße von Nottingham nach Derby und von Newcastle hierher, scheine mir aber gestern Abend meine Nerven verdorben zu haben und habe ein qualvolles Kopfweh. Das ist für heute alles. Ich werde den Geruch von frischem Tannenholz und frischem Mörtel nie wieder ertragen können, so lange ich lebe."

Manchester und Liverpool beschlossen den Ausflug, mit ungeheuerm Erfolg an beiden Orten, und Sir Edward Lytton war bei einem in der ersteren Stadt gegebenen öffentlichen Festessen, das Dickens kurz beschrieb, gerade ehe er in den Zug stieg, welcher ihn nach London bringen sollte. „Bulwer hielt eine glänzende Rede bei dem Bankett in

Manchester und sein Ernst und seine Entschiedenheit, in Bezug auf die Gilde, brachten einen tiefen Eindruck hervor. Alle wurden dadurch hingerissen. Man ist jetzt mit der Sammlung von Jahresbeiträgen beschäftigt und wir werden mit einem beträchtlichen Einkommen anfangen können. Bei Gott, dies Volk ist das größte in der Welt. In Liverpool ließ ich, nachdem das Spiel vorüber war, ein Rundschreiben auf der Bühne herumgehen; für Deine Unterschrift ist ein Platz darauf freigeblieben und da ich es einrahmen lassen will, soll es Dir nach Lincoln's Inn geschickt werden. Du kannst Dir nicht vorstellen wie gut Tenniel, Topham und Collins ihre Sache gemacht haben."

Diese in Kunst und Literatur ausgezeichneten Namen bezeichnen eine Erweiterung der Gesellschaft, die sich ursprünglich zu dem Unternehmen verbunden hatte und der letzte, Wilkie Collins, wurde für den ganzen Rest von Dickens' Leben einer seiner liebsten und geschätztesten Freunde.

Achtzehntes Kapitel

Ferientage am Meere
1848–1851

Der Abschnitt von Dickens' Leben, welcher sein wanderndes Schauspielerleben umfaßte, war auch in anderer Beziehung nicht ohne Interesse; und dies Kapitel wird von einigen seiner Ferienzeiten am Meere berichten, ehe ich zu der Veröffentlichung der Geschichte ‚Der Besessene' (1848) und der Gründung der Zeitschrift (1850) übergehe, welche schon ein halbes Dutzend Jahre vorher seine Gedanken beschäftigt hatte und fast ebenso häufig in diesen Blättern angedeutet worden ist.

Unter den Vorgängen des Jahres 1848, ehe die Ferienzeit herankam, befand sich die Entthronung Louis Philippe's und die Geburt der zweiten französischen Republik, bei welcher Gelegenheit ich vorauszusagen wagte, daß einer unserer Freunde in Gore-House und sein Freund[121] binnen drei Tagen auf dem Schauplatz der Ereignisse sein würde. Die drei Tage gingen vorüber und ich erhielt folgenden Brief: „*Mardi, Février 29. 1848. Mon Cher. Vous êtes homme de la plus grande pénétration! Ah mon Dieu, que vous êtes absolument magnifique! Vous prévoyez presque toutes les choses qui vont arriver; et aux choses qui viennent d'arriver vous êtes merveilleusement au-fait. Ah cher enfant, qu'elle idée sublime vous vous aviez à la tête, quand vous prévîtes si clairement que Monsieur le Comte Alfred D'Orsay se rendrait au pays de sa naissance! Quel magicien! Mais - c'est tout égal, mais - il n'est pas parti. Il reste à Gore-house, où, avant-hier, il y avait un grand dîner à tout le monde. Mais quel homme, quel ange, néanmoins! Mon ami, je trouve que j'aime tant la République, qu'il me faut renoncer ma langue et écrire seulement le langage de la République de France - langage des Dieux et des Anges - langage, en un mot, des Français! Hier au soir je rencontrai à l'Athenaeum Monsieur Mac Leese, qui me dit que MM, les Commissionnaires des Beaux-Arts lui avaient écrit, par leur secrétaire, un billet de remercîments à propos de son tableau dans la Chambre des Députés et qu'ils l'avaient prié de faire l'autre tableau en fresque, dont on y a besoin. Ce qu'il a promis. Voici des nouvelles pour les champs de Lincoln's Inn! Vive la*

---

[121] Graf d'Orsay und Louis Napoleon. – D. Übers.

gloire de France! Vive la République! Vive le peuple! Plus de Royauté! Plus des Bourbons! Plus de Guizot! Mort aux traîtres! Faisons couler le sang pour la liberté, la justice, la cause populaire! Jusqu'à cinq heures et demie, adieu, mon brave! Recevez l'assurance de ma considération distinguée, et croyez-moi, concitoyen! Votre tout dévoué, Citoyen Charles Dickens." Es zeigte sich, daß ich trotz alledem nicht so ganz unrecht hatte, als mein Freund meinte.

Etwas früher als gewöhnlich besuchte er in diesem Sommer, am Schluß der Shakespeare-Vorstellungen, Broadstairs noch einmal, da er keine wichtige schriftstellerische Arbeit in Händen hatte; aber während der kurzen Zwischenzeit vor seiner Abreise sah er ein in jenen Tagen berühmtes Ding: die Chinesische Dschunke; und ich erhielt eine so gute Beschreibung davon, daß ich damals der Versuchung nicht widerstehen konnte, von einigen Teilen derselben Gebrauch zu machen. „Fahre nach der Blackwall-Eisenbahn," schrieb er mir, „und für achtzehn Pence wirst Du in kürzester Zeit in das chinesische Reich kommen. In zehn Minuten schwinden die Ziegel und Schornsteine, die Rückseiten schmutziger Häuser, die muffigen Stücke wüstliegenden Bodens, die engen Höfe und Straßen, die Sümpfe, die Gräben, die Masten der Schiffe, die Gärten von Dockgras und die ungesunden Lauben von roten Bohnen wie ein Traum dahin und es bleibt nichts übrig als China. Wie das Blumenland je in diese Breiten- und Längengrade kam, ist das erste wonach man fragt; und gewiß ist es nicht das geringste der Wunder. Wie Aladdin's Palast durch das Reiben einer Lampe hierhin und dorthin getragen wurde, so waren die chinesischen Matrosen tief durchdrungen von dem Glauben, daß ihr gutes Schiff ganz sicher in dem gewünschten Hafen ankommen werde, wenn sie nur genug rote Lumpen an Mast, Steuerruder und Kabel befestigten. Irgendwie gelang es ihnen nicht. Vielleicht kamen sie mit ihren Lumpen zu kurz; jedenfalls hatten sie nicht genug an Bord, um sie über Wasser zu halten und unzweifelhaft würden sie zugrunde gegangen sein ohne das Geschick und die Entschlossenheit eines Dutzend englischer Matrosen, die sie in Sicherheit über das Meer hinüberbrachten. Nun, wenn es irgendetwas in der Welt gibt, dem dieses außerordentliche Fahrzeug nicht gleicht, so ist das ein Schiff irgendwelcher Art. So eng, so lang, so grotesk, so niedrig in der Mitte, so hoch an jedem Ende, wie ein chinesisches Federbrett, ohne Tauwerk, ohne Vorkehrungen hinaufzusteigen, statt Segel Matten, statt Masten große gebogene Zigarren, bunte Drachen und See-Ungetüme, die sich vom Vorsteven bis zum Hintersteven herumtummeln und auf dem Hintersteven ein riesenhafter Hahn von unmöglichem Aussehen, der (wie er wohl mag) die Welt herausfordert, seinesgleichen zu produzieren – würde dies Schiff heimischer scheinen auf dem Dache eines öffentlichen Gebäudes, oder auf dem Gipfel eines Berges, oder in einer Allee von Bäumen, oder unten in einem Bergwerk, als wie es auf dem Wasser schwimmt. Was die auf dem Verdeck herumlungernden Chinesen betrifft, so würde die ausschweifendste Phantasie nie wagen, sie für Seeleute zu halten. Stelle Dir die Bemannung eines Schiffes vor ohne ein einziges Profil, in Schürzen von Gaze und mit geflochtenen Haaren, an den Fußsohlen steife Klötze, einen Viertelfuß dick, und nachts in kleinen parfümierten Kasten liegend, wie Tricktrackstücke oder Schachfiguren, oder Perlmutter-Marken! Aber bei Gott! selbst das ist nichts gegen Deine Überraschung, wenn Du in die Kajüte hinuntergehst. Da gerätst Du in eine wahre Folterkammer der Verlegenheit. Wie z. B.: was wurde aus allen diesen an der Decke hängenden Laternen, als die Dschunke auf dem Meere war? Baumelten sie da herum und stießen und schlugen sie gegeneinander, wie ebenso viel Narrentand? Oder fiel das Götzenbild Chin Tee mit den achtzehn Armen, das in einer Art himmlischem Puppentheater an dem Ehrenplatz aufgestellt ist, je in stürmischem Wetter heraus? Oder brannten der Weihrauch und die Kerze noch mit einem leisen Duft und einem kleinen Rauchfaden vor dem Bilde weiter, als die mächtigen Wogen rings umher brüllten? Oder stand jener außerordentliche Regenschirm von Seidenpapier immer aufgespannt in der Ecke, als ein bequemes maritimes Möbel, zum Umherwandern auf dem Verdeck im Sturme? Oder glitten alle die kühlen und glänzenden kleinen Tische und Stühle beständig umher und stießen sich aneinander? Und wenn nicht, warum nicht? Oder las irgendjemand während der Reise jene zwei Bücher, die in Vogelbauer- und Fliegenfallen-ähnlichen Schriftzeichen gedruckt sind? Oder fing der Mandarin-Passagier, He Sing, der nie vorher in seinem Leben zwei Meilen von Hause entfernt gewesen war, und wie krank auf einem Bambuslager in seinem eigenen Privatstübchen von Porzellan daliegt (wo er beständig mit dem Schreiben von Autographen für neugierige Barbaren beschäftigt ist), fing er je an der Macht der Göttin der See zu zweifeln an, deren Konterfei, wie eine blumige Amme, das Bethaus der Matrosen in der zweiten Galerie bewohnt? Oder ist es möglich, daß besagter Mandarin, oder der Künstler des Schiffes, Sam Sing, Esq., Mitglied der Kaiserlichen Akademie in Canton, je an's Land gehen können, ohne ihren Spazierstock von Zimt, nach der Weise ihrer Abbilder in den britischen Teeläden? Vor allem: meinte der heisere alte Ozean es je ernst mit diesem schwimmenden Spielzeugladen, oder hatte er nur in heiterem

Mute damit gespielt – rauh, aber ohne böse Absichten – wie der Ochse am Morgen des St. Patricktages mit einer andern Art von Porzellanladen spielte?"

Meine Antwort hierauf brachte mir nicht minder belustigende Erklärungen und Zusätze. „Ja, es kann kein Zweifel darüber bestehen, daß dies die Finalität in ihrer vollendetsten Gestalt ist; und es ist ein großer Vorteil, daß man die Lehre in dem Winkel eines Docks, bei einem fashionabeln Whitebait-Haus, zur Erbauung der Menschen so schön entwickelt sehen und in sich abgeschlossen studieren kann. Jahrtausende sind verflossen seit die erste Dschunke nach diesem Modell gebaut wurde, und die zuletzt vom Stapel gelassene Dschunke ist durch den Verlauf dieser ganzen gewaltigen Zeit um nichts besser geworden. Das an ihrem Vorderteil gemalte mimische Auge, das ihnen helfen soll, ihren Weg zu finden, hat sich ebenso weit geöffnet und ebenso weit gesehen, als irgendein wirkliches Sehorgan, während der ganzen Zwischenzeit, in dem ganzen gewaltigen Umfang jenes seltsamen Landes. Es hat Jahrtausende hindurch mit ebenso wenig Nutzen in den chinesischen Köpfen gesteckt. Trotz aller ihrer geduldigen und erfindungsreichen, aber nie fortschreitenden Kunst und trotz des reichen fleißigen Anbaues ihres Landes, haben sie nie einer Elfenbeinkugel eine neue Drehung oder Krümmung gegeben und kein Halm der Erfahrung ist gewachsen. Darin liegt eine echte Finalität; und wenn man hinter dem hölzernen Schirme hervorkommt, der den seltsamen Anblick verbirgt, um wieder den Fluß und die mächtigen Zeichen des Lebens, der Unternehmung und des Fortschritts an seinen Ufern zu betrachten, so ist die Frage, die sich zunächst aufdrängt, unzweifelhaft eine heimische. Ob auch wir etwa je in Stürmen roten Lumpen vertrauen, oder Weihrauchstengel vor Götzenbildern verbrennen, oder mit Hilfe konventioneller Augen, die kein Gesicht haben, unsern Weg suchen, oder wesentliche Tatsachen absurden Formen aufopfern? Die unwissenden Matrosen des Keying weigerten sich, an der Fahrt teilzunehmen, ehe die Eigentümer eine beträchtliche Menge Silberpapier, Staniol und Weihrauchstengel zum Zweck des Gottesdienstes herbeigeschafft hatten. Und ich möchte wissen, ob unsere Matrosen, nicht zu reden von unsern Bischöfen und Dekanen, sich in ihren Entschlüssen je durch Silberpapier, Staniol und Weihrauchstengel bestimmen lassen. Das Christentum ist kein Chin-Teeismus, und das ist vermutlich der Grund, weshalb wir den Zweck nie über verächtlichen und nichtssagenden Zänkereien wegen der Mittel aus den Augen verlieren. Jedenfalls ist am Bord des Keying Stoff zum Nachdenken genug, um für die Heimreise nach England auszureichen."

Andere, im Laufe des Sommers von Broadstairs geschriebene Briefe, werden dasjenige vervollständigen, was Dickens im vorhergehenden Jahre aus demselben Orte über Cruickshank's Bemühungen um die Sache der Mäßigkeit geschrieben hatte und mich in den Stand setzen, zu sagen, was in seiner Lebensgeschichte nicht fehlen sollte: daß nämlich sein ganzes Leben hindurch kein anderer Gegenstand eine stärkere Teilnahme bei ihm erregte als dieser. Niemand vertrat die Sache der Mäßigkeit und sogar, so weit als möglich, ihre Erzwingung durch die Gesetze, mit größerem Ernste als er; aber er machte wichtige Vorbehalte. Da er die Trunksucht nicht für ein angeborenes Laster oder für den Armen eigentümlicher hielt als andern Leuten, wollte er nie zugeben, daß das Vorhandensein einer Branntweinschenke ihr Alpha und Omega sei. Während er die Trunksucht vor allen andern als das „nationale Gräuel" betrachtete, war er zugleich der Ansicht, daß viele mitwirkende Ursachen sie dazu gemacht hätten; und seine Einwände gegen die Mäßigkeitsagitation gingen aus dem Umstande hervor, daß diese Ursachen völlig unbeachtet gelassen wurden. Seiner Ansicht nach konnte die Branntweinschenke nicht billigerweise zu dem ausschließlichen Gegenstand des Angriffs erhoben werden, ehe die physischen und moralischen Versuchungen derjenigen Volksklassen, welche dieselbe vorzugsweise zu ihrem Versammlungsort machten, mit größerer Entschlossenheit in's Auge gefaßt seien. Zu jenen physischen Versuchungen zählte er üble Gerüche, ekelhafte Wohnungen, schlechte Arbeitslokale und schlechte Gewohnheiten in denselben, Mangel an Licht, Luft und Wasser, kurz die Abwesenheit aller bequemen Mittel des Anstandes und der Gesundheit; und zu den moralischen Versuchungen die dadurch beförderte geistige Müdigkeit und Abspannung, den Wunsch nach gesunder Erholung, das Verlangen nach irgendeiner Anregung oder Aufregung, die bei einem auf solche Weise hingebrachten Leben nicht weniger nötig ist als die Sonne selbst, und endlich, und alles Übrige einschließend, die Unwissenheit und den Mangel an vernunftgemäßer geistiger Erziehung. An diesem Programm hielt Dickens konsequent fest, so lange ich ihn kannte, und da ihm die Ausführung desselben nicht nur innerhalb des Bereiches, sondern innerhalb des Zweckes der Gesetzgebung zu liegen schien (eine Wahrheit, welche sogar unsere politischen Magnaten seit kurzem entdeckt haben), so sah er in der Unmäßigkeit nur ein Resultat (und zwar das kläglichste) unter vielen andern, die aus der Abwesenheit einer entsprechenden Gesetzgebung hervorgehen. Er lieferte eine gährende vorwurfsvolle *Geschichte* der Trunksucht, welche derjenigen der *Bühne* der Trunksucht vorausging, und er betrachtete es als die erste Pflicht des Moralisten, dem die Vernichtung der Branntweinschenke am Herzen liege, jene früher heilbaren Übel „tief zu treffen und nicht zu schonen". Das war freilich nicht die Methode Cruickshank's, ebensowenig als die mancher vortrefflichen Leute, die sich an der Mäßigkeitsagitation beteiligen. Cruickshank's frühere Erzählung von der *Flasche*, wie sein bewunderungswürdiger Griffel dieselbe darstellte, war die Geschichte eines anständigen Arbeiters, des Vaters eines Knaben und eines Mädchens, der bis in seine mittleren Jahre hinein behaglich und wohlangesehen lebt, bis er eines Tages inmitten seiner gedeihenden Familie unglücklicherweise eine Gans zum Mittagessen hat, scherzhaft eine Flasche Wachholderbranntwein holen läßt und seine Frau, bis dahin das Bild einer guten Haushälterin, überredet, hinter dem Gefüllsel her einen Schluck zu trinken, von welchem Augenblick an die ganze Familie sich zu Tode trinkt. Die Fortsetzung: „Die Kinder des Trunkenbolds," über welche Dickens mir damals schrieb, beschrieb das Leben des Knaben und des Mädchens nach dem Tode ihrer betrunkenen Eltern, durch Branntweinschenken, Bierschenken und Tanzsäle hindurch, bis zu ihrer Verurteilung wegen einer Räuberei, worauf der Knabe zu Zwangsarbeit verurteilt wird und an Bord des Gefangenenschiffes stirbt und das Mädchen, nach ihrer Freilassung trostlos und wahnsinnig, sich von der Londoner Brücke in den nachtumdunkelten Fluß hineinstürzt.

„Die Kraft jener Schlußszene," sagte Dickens, „ist außerordentlich. Sie spukt in der Erinnerung wie eine furchtbare Wirklichkeit. Sie ist voll von Leidenschaft und Schrecken und ich zweifle sehr, daß irgendeine Hand außer der seinen, sie so hätte darstellen können. Es sind auch andere vortreffliche Sachen da. Die Sterbeszene an Bord des Gefangenenschiffes; der Gefangene, der ihm die Augen schließt und der andere, der den Schirm um das Kopfende des Bettes zieht, scheinen mir Meisterstücke, des größten Malers würdig. Die Realität des Ortes und die Treue, mit welcher jeder kleinste denselben kennzeichnende Gegenstand wiedergegeben ist, sind überraschend. Ich halte mich für keinen schlechten Richter in diesen Dingen und ihre Ausführung ist durchweg bemerkenswert. In der Gerichtsszene in Old Bailey kann das Auge in dem Saale umherwandern und alles sehen, was zu dem Orte gehört. Selbst das Licht und die Luft sind treu wiedergegeben. Ebenso in der Branntweinschenke und der Bierschenke. Eine weniger begabte Hand würde ein Bruchstück der Wirklichkeit darstellen und alles andere undeutlich lassen, aber hier ist jeder Fetzen ehrlich zur Anschauung gebracht. Der Mann hinter dem Ladentisch in der Branntweinschenke ist ebenso wirklich, als die Verbrecher auf den Gefangenenschiffen, oder die Advokaten um den Tisch in Old Bailey. Es war mir ganz seltsam zu Mute, als ich das Buch schloß und mich an die Zahl der Gesichter von persönlicher Identität erinnerte, die ich darin gesehen und dachte, welche Aussicht sie haben zu leben, wie der spanische Mönch zu Wilkie sagte, wenn die Lebenden dahin gegangen sind. Aber alles das macht die hartnäckige Einseitigkeit der Darstellung nur umso erbitternder für mich. Wenn jemand die Seite der Medaille, worauf das Volk mit seinen Fehlern und Verbrechen gestempelt ist, so eindringlich zeigt, ist er umso mehr verpflichtet, uns zu einem Anblick jener andern Seite zu verhelfen, worauf die Fehler und Laster der über das Volk gestellten Regierungen nicht weniger ernst eingeprägt stehen."

Dies veranlaßte ihn zu einigen Bemerkungen über Hogarth's Behandlung solcher Gegenstände und es freut mich, diese treffliche Kritik jenes großen Engländers durch einen Schriftsteller, dessen Genius (wie eine andere Generation vermutlich leichter entdecken wird als die unsere) dem seinen so sehr glich, aufbewahren zu können. „Hogarth vermied, wie ich glaube, eine Darstellung des ‚Fortschritts des Trunkenbolds' gerade deshalb, weil die Ursachen der Trunksucht unter den Armen so zahlreich und so weit verbreitet waren, und so traurig tief und weit hinab in allem menschlichen Elend, aller menschlichen Verwahrlosung und Verzweiflung lauerten, daß selbst sein Griffel sie nicht billig und gerecht an's Licht bringen konnte. Es war nie sein Plan, sich nur mit der Darstellung der Wirkung zu begnügen. In dem Tode des geizigen Vaters, dessen Schuh neubesohlt ist mit dem Einbande seiner Bibel, ehe der junge Wüstling seine Laufbahn beginnt; in dem weltlichen Vater, der teilnahmlosen Tochter, dem verarmten jungen Lord und dem schlauen Advokaten des ersten Blattes der *Marriage-à-la-mode* in dem verabscheuungswürdigen Vorrücken durch die Stadien der Grausamkeit und in der abwärts führenden Entwicklung Thomas Idle's, sieht man allerdings die Wirkungen, aber auch die Ursachen. Er war nie geneigt, die Sorte von Trunksucht zu sparen, welche von ‚respektablerem' Ursprung war, wie man in seiner modernen Mitternachtsunterhaltung, in den Wahlbildern, und an Haufen stupider Aldermen und anderer Schlemmer sieht. Aber nach einer unsterblichen Fahrt durch die Branntweingasse, wendete er sich voll Mitleid und Kummer ab – vielleicht in der Hoffnung, daß eines Tages bessere Gesetze und Schulen und Armenwohnungen bessere Zustände herbeiführen möchten – und kehrte nicht wieder dahin zurück. Der Schauplatz der Branntweingasse ist, wie Du weißt, die Straße, die soeben zur Erweiterung von Oxford-Street abgebrochen ist und die wir uns neulich betrachteten; und es scheint mir ein bemerkenswerter Zug in Hogarth's Bild, daß es, zugleich mit der Darstellung der Trunkenheit in ihren entsetzlichsten Gestalten, auch einen höchst verwahrlosten elenden Stadtteil und einen ungesunden, unanständigen, verworfenen Zustand des Lebens, der unsern Gesundheitsberichten von einem hundert Jahre späterem Datum als Frontispiz vorangesetzt werden könnte, der Aufmerksamkeit aufdrängt. Ich bin immer der Ansicht gewesen, daß der Zweck dieses schönen Bildes selbst von Charles Lamb nicht genügend erläutert worden ist. Wahr ist es, ‚sogar die Häuser scheinen absolut zu taumeln;' aber in jenem wunderbaren Bilde dessen, was der Betrunkenheit folgt, haben wir eine ebenso mächtige Andeutung dessen, was unter den verwahrlosten Klassen dazu führt. Es ist kein Beweis da, daß irgendeine der handelnden Personen in der traurigen Szene je in viel besseren Umständen gewesen ist, als wir sie dort sahen. Die Besten verpfänden die gewöhnlichsten Lebensbedürfnisse und ihr Handwerksgerät; und die Schlimmsten sind heimatlose Vagabunden, die uns keine Andeutung geben, daß sie in früheren Tagen etwas anderes gewesen sind. Alle leben und sterben auf elende Weise. Niemand bekümmert sich, weder um zu verhüten, noch um zu heilen, um die Generation, die vor unsern Augen zu Ende geht, oder um die Generation, welche in's Leben eintritt. Der Gemeindepedell ist, mit Ausnahme des Pfandverleihers, der einzige nüchterne Mensch in dem Bilde und es ist ihm gewaltig gleichgültig, daß das verwaiste Kind an dem Sarge seiner Mutter weint. Die kleinen Mädchen der Wohltätigkeitsanstalt werden nicht so gut unterrichtet oder beaufsichtigt, daß sie nicht schon mit dem Branntweintrinken anfangen könnten. Die Kirche ist freilich sehr hervorragend und schön; aber da sie diese im Schatten ihres Turmes vorgehenden Dinge in dem Bilde ganz passiv und kalt überblickt, kann ich nicht umhin, daran zu denken, daß zum erstenmal in diesem Jahre der Gnade 1848 ein Bischof von London die Meinung äußerte, die soziale Lage der Armen könne nicht sein wie sie sein solle; und ich werde dadurch in meinem Argwohn bestärkt, daß Hogarth viele Bedeutungen hatte, die innerhalb eines Jahrhunderts nicht veraltet sind."

Eine andere Kunstkritik von Dickens muß hier hinzugefügt werden. Bei Gelegenheit einer besonderen Ausgabe einiger Lithographien mit dem Titel: „Die heranwachsende Generation" von Leech,[122] nach ursprünglich für den Punch angefertigten Zeichnungen, schrieb Dickens auf meine Bitte einen kleinen Essay, woraus einige Sätze neben seinem Briefe über den andern großen Karikaturisten seiner Zeit eine angemessene Stelle finden. Ich brauche, wie er, das Wort Karikaturist nur wegen des Mangels an einem besseren. Dickens gestand dem älteren und bedeutenderen Zeitgenossen allen seinen Ruhm zu, aber er war der Ansicht, daß auf diesem besonderen Gebiete der Illustration Leech der erste Engländer sei, welcher die Schönheit zu einem Teile seiner Kunst gemacht habe; und er hielt dafür, daß Leech durch das Betreten dieser Bahn und dadurch, daß er das erfolgreiche Beispiel gegeben, immer, auch in seinen launenhaftesten Stücken, schöne Gesichter oder gefällige Gestalten anzubringen, mehr getan habe als irgendein anderer seiner Zeitgenossen, einen Zweig der Kunst zu verfeinern, welchem die Bequemlichkeiten des Dampfdrucks und des Holzschnitts eine fast beispiellose Verbreitung und Popularität verleihen. Mit einem Worte, seine Ansicht über Leech war, daß er die Karikatur in Charakterdarstellung verwandle und keinen geringen Teil der Geschichte seiner Zeit und der Torheiten derselben in unnachahmlich anmutigen Skizzen hinterlassen werde.

„Wenn wir eine Sammlung der Werke Rowlandson's oder Gilray's betrachten, so werden wir, trotz des in vielen derselben entwickelten großen Humors, finden, daß sie langweilig und unangenehm werden durch eine gewaltige Masse persönlicher Häßlichkeit. Nun aber ist es nicht bloß ein kläglicher Plan, das, was satirisiert wird, nach der Weise eines zornigen Kindes oder einer eifersüchtigen Frau, als notwendig häßlich darzustellen; es dient auch keinem andern Zwecke, als der Hervorbringung eines unerfreulichen Resultats. Es ist kein Grund vorhanden, weshalb die Pächtertochter in der alten Karikatur, die zur Begleitung des Harpsichords schreit (beiläufig gesagt zu der innigen Freude ihres würdigen Vaters, dem zu gefallen ihre Pflicht ist), quatschig und häßlich sein sollte. Die Satire auf ihre Erziehung, wenn eine solche überhaupt in dieser Karikatur vorhanden ist, würde ebenso gut sein, wenn sie hübsch wäre. Leech würde sie hübsch gemacht haben. Die Pächtertöchter in England sind für gewöhnlich nicht unmögliche Fettklumpen. Es ist ebenso wahrscheinlich, daß man in einem Pächtershause ein hübsches Mädchen findet als ein häßliches und wir glauben mit Leech, daß dieser Kunststil es mit dem hübschen zu tun hat.

---

[122] John Leech, der schon öfter erwähnte artistische Mitarbeiter des Punch, geb. 1817, gest. 1864. – D. Übers.

Sie ist kein erfreulicherer Gegenstand, aber wir empfinden mehr Interesse für sie. Es liegt uns mehr an dem, was sich für sie schickt und was sich nicht für sie schickt. Leech stellte vor kurzem gewisse zarte Geschöpfe mit bezaubernden Gesichtern dar, eingepackt in mehrfache Varietäten jenes erstaunlichen Kleidungsstücks: des Damen-Paletots. Früher würden diese reizenden Geschöpfe so häßlich und abstoßend gemacht sein als möglich, und dann würde die Pointe verloren gegangen sein. Der Betrachter würde über die Absurdität der ganzen Gruppe gelacht und sich nicht viel darum gekümmert haben, wie solche ungeschlachte Geschöpfe sich verkleideten, oder wie lächerlich sie sich machten. – Um aber weibliche Schönheit darzustellen, wie Leech sie darstellt, muß ein Künstler eine äußerst zarte Empfänglichkeit für dieselbe besitzen und die Gabe, sie uns durch ein paar leichte sichere Pinselstriche vorzuführen. Dies Talent besitzt Leech in einem außerordentlichen Grade. ... Aus diesem Grunde erheben wir unsern Protest gegen diejenigen Mitglieder der heranwachsenden Generation, die vorzeitig darnach verlangen, der Gegenstand der Heiterkeit einer mitleid- und teilnahmlosen Welt zu werden. Wir haben nie einen Knaben gesehen, der mehr im Rechte war, als das junge Herrchen, das auf dem Stuhle kniet und seine hübsche Cousine um eine Haarlocke bittet, die er mit in die Schule nehmen könne. Wahnsinn ist in ihrer Schürze und Virgil, hundeohrig und entstellt, in ihren Locken. Man mag seine Zweifel hegen über die Selbstlosigkeit des andern jungen Herrn, der das hübsche Mädchen am Klavier betrachtet – Zweifel, welche aus seiner weltlichen Anspielung auf ‚Zinn‘ entspringen;[123] aber selbst das kann aus dem bescheidenen Bewußtsein seiner eigenen Unfähigkeit, ein Haus zu halten, hervorgegangen sein; daß er sich jedoch ‚ganz verteufelt versucht fühlt hinzugehen und den andern Kerl auszustechen‘, scheint uns eine der natürlichsten Erregungen der menschlichen Brust. Der junge Herr mit dem entfesselten Haar und den festgeschlossenen Händen, der die überirdische Schönheit mit dem Bouquet liebt, nicht ohne sie glücklich sein kann, ist uns ein vernichtendes und trostloses Schauspiel. Wer könnte glücklich sein ohne sie? ... Die heranwachsenden Jünglinge sind nicht weniger glücklich aufgefaßt und angenehm dargestellt als die herangewachsenen Frauen. Das schmachtende kleine Geschöpf, das ‚nicht getanzt hat, seit er ein kleiner Junge war‘, ist vorzüglich; und die Erregung der kleinen Tänzerin, die er sich weigert als Gefährtin aus den Händen der prächtigen alten

---

[123] ‚Zinn‘, als Studentenausdruck für ‚Geld‘, ist, wie manche andere ähnliche Ausdrücke, in die familiäre Gesellschaftssprache übergegangen. – D. Übers.

Dame des Hauses zu empfangen (die kleinen Füße ganz bereit für die erste Position, das ganze Herz in die Quadrille hineingeworfen, und der Blick schüchtern, aus einem Schwanken von Zweifel und Hoffnung, dem Ersehnten zufliegend), ist ein ganz entzückender Anblick. Der intellektuelle Jüngling, der den furchtbaren Zorn einer Norma des Privatlebens erweckt, indem er die Frau für ein untergeordnetes Wesen erklärt, hält, wie wir hören, in dem gegenwärtigen Augenblick Vorlesungen über das Konkrete im Zusammenhang mit dem Willen. Die Beine des jungen Philosophen, der Shakespeare für einen überschätzten Mann hält, sahen wir vorigen Dienstag über die Wand eines Omnibus niederbaumeln. Wir haben keine Bekanntschaft mit dem jungen Herrn, dem es klar ist, daß er, wenn sein Papa nicht mit seiner gegenwärtigen Lebensweise zufrieden ist, eine möblierte Wohnung und so und so viel wöchentlich haben muß; aber wenn er nicht bereits in Van-Diemens-Land ist, so wird er jedenfalls durch Newgate hindurch dort hinkommen.[124] Es würde uns äußerst unangenehm sein, persönliches Eigentum in einem Geldkasten zu haben, in der Vorstadt Camberwell zu wohnen und in dem Verhältnis eines unverheirateten Onkels zu diesem jungen Manne zu stehen … In allen seinen Darstellungen tut Leech das, was er tun will; die Zeichnung scheint uns vorzüglich und der angedeutete Ausdruck, obgleich durch die einfachsten Mittel hervorgebracht, ist genau der natürliche Ausdruck und wird sofort als solcher erkannt. Einige Formen unseres gegenwärtigen Lebens werden nie einen besseren Chronisten haben. Sein Witz ist gutgelaunt und immer der Witz eines Gentleman. Er hat ein angemessenes Gefühl von Verantwortlichkeit und Selbstbeherrschung; er freut sich an dem, was angenehm ist; er teilt Dingen, die an sich nicht gefällig sind, aus sich heraus etwas Gefälliges mit; er ist anregend und reich an Stoff; und er wird immer besser. Sowohl in die Stimmung als in die Ausführung dessen, was er tut, hat er eine gewisse Eleganz gelegt, die völlig neu ist, ohne eine Benachteiligung dessen zu bedingen, was wahr ist. Die volkstümliche Kunst in England hat keine ähnliche Bereicherung erfahren." Dickens' Schlußanspielung bezog sich auf eine Bemerkung Ford's in einer Kritik ‚Oliver Twist's', die schon früher erwähnt wurde. „Es sind jetzt acht oder zehn Jahre, seit ein Mitarbeiter der Quarterly Review sich über die Absurdität aussprach, einen Mann wie George Cruickshank von der Königlichen Kunstakademie auszuschließen, weil seine Werke nicht mit gewissen Materia-

---

[124] Nämlich als transportierter Verbrecher. – D. Übers.

lien hervorgebracht sind, und bei ihren jährlichen Ausstellungen nicht einen gewissen Raum einnehmen. Werden nicht eines Tages die Namen von Mitgliedern mit ihren Büchern gefunden werden, deren Arbeiten mit Öl und Pinsel in das tiefste Dunkel versunken sind, wenn viele Bleistiftzüge Cruickshank's und Leech's noch in der Hälfte aller Häuser unseres Vaterlandes frisch sein werden?"

Von dem, was ihn sonst im Jahre 1848 in Broadstairs beschäftigte, ist nicht viel zu erwähnen, bis kurz vor dem Schlusse seiner Ferien. Er pflegte zu sagen, daß er nie auch nur für eine paar Tage sein Haus verlasse, ohne daß ihm etwas zustoße, was sonst nie jemandem begegne; und sein Abenteuer in Broadstairs, während dieses Sommers, grenzte näher an die Tragödie als an die Komödie. Er kehrte eines Tages im August dorthin zurück, nachdem er seine Jungen in die Schule gebracht hatte, und es war verabredet, daß er sich mit seiner Frau in Margate treffen sollte. Aber er war in seiner Ungeduld weit über den für die Zusammenkunft festgesetzten Ort hinausgewandert, als er ihrer endlich ansichtig wurde, nicht in dem kleinen Einspänner, sondern in einem großen mit zwei Pferden bespannten Wagen, dem ein aufgeregter Haufe Menschen folgte, während der junge Mann, der den kleinen Pony hätte fahren sollen, blutrünstig und verbunden auf dem Bock hinter dem sich bäumenden Pferde saß. „Du kannst Dir einigermaßen meine Bestürzung vorstellen, als ich diesem Wagen begegnete und den fremden Leuten und Kate und dem Menschenhaufen und dem Verbundenen und allem andern." Und dann wurde das Vorgegangene mir in ein paar Zeilen beschrieben. „Auf der Höhe eines steilen Hügels, über den die Straße mit Gräben an beiden Seiten hinlief, riß der Pony aus – und was tut darauf John anders, als hinunterspringen. Er sagt, er sei abgeworfen, aber das kann nicht sein. Die Zügel wurden sofort in die Räder verwickelt und der Pony raste den Hügel nieder, während Kate drinnen im Wagen die Insel Thanet mit ihrem Geschrei erfüllte. Der Unfall hätte ein schreckliches Ende nehmen können, wäre nicht der Pony, als er an den Fuß des Hügels kam, glücklicherweise seitwärts gefallen, wobei er freilich den Schaft zerbrach und seine Hinterbeine verletzte, aber auf die außerordentlichste Weise für sich abseits stürzte. Er fiel hin, ein Bündel von Beinen mit dem Kopfe darunter, und ließ den Wagen auf der Straße stehen. Ein Capitän Devaynes und seine Frau fuhren in diesem Augenblick vorbei, sahen den Unfall, ohne ihn verhindern zu können, hoben Kate aus dem Wagen, legten sie aufs Gras und bewiesen sich unendlich freundlich. Ende gut, alles gut; und ich glaube wirklich nicht, daß der Schreck ihr geschadet hat. John liegt im Bette, ziemlich stark geschunden, aber ohne gebrochene Knochen und wird wahrscheinlich bald hergestellt sein, obgleich er augenblicklich über und über mit Pflastern bedeckt und wie Squeers ein Paket braunes Papier ist, vollgestopft von Stöhnen. Die Frauen haben im Allgemeinen nicht das geringste Mitleid mit ihm; und das Kindermädchen ist entrüstet darüber, wie er habe fortgehen und ein schutzloses Weib im Stiche lassen können!"

Es fehlte auch nicht an andern Ferienbegebenheiten, aber keine derselben braucht uns hier aufzuhalten. Dieser Sommer war für Dickens wirklich eine Zeit der Muße; denn er füllte die Zwischenzeit zwischen zweien seiner wichtigen Unternehmungen; keine Zeitschrift machte schon Anforderungen an ihn und nur die Aufgabe, seinen *Haunted Man* zu Weihnachten zu beenden, lag vor ihm. Aber er tat selbst sein Nichts auf wackere Weise und konnte, wenn die Gelegenheit es mit sich brachte, selbst gegen die Elemente tapfer kämpfen. Zu meinem Entsetzen schrieb er mir, er sei an einem einzigen Tage dreimal vollständig durchnäßt worden, habe sich viermal umgekleidet und finde alle möglichen, durch die Regengüsse an's Licht gebrachten Merkwürdigkeiten zwischen den Felsen am Meeresufer. Dann und wann skizzierte er mir auch Charakterstücke, von denen ich eins aufbewahren will. „F. ist philosophisch, vom Sonnenaufgang bis zum Schlafengehen; besonders in französischem Stil, über französische Frauen, die toll werden und in diesem Zustande zu ihren Männern kommen und sagen: ‚*Mon ami, je vous ai trompé. Voici les lettres de mon amant.*' Worauf die Männer die Briefe nehmen und sie für nutzloses Papier halten und extraphilosophisch werden, wenn sie finden, daß es wirklich die Ergüsse des Liebhabers waren – obgleich man nicht leicht sieht, was für Philosophie überhaupt darin ist, oder was es anders ist als Mangel an Gesundheit." (Eine Bemerkung, die es nicht unangemessen sein möchte, der Beachtung Mr. Taine's zu empfehlen.) „Ebenso über dunkle Schatten, die in Gesellschaften über das Antlitz unserer verheirateten Emmeline ziehen; und über F., der sie an den Wagen führt und sagt: ‚Darf ich bis zu meinem Hause mitfahren?' und sie, die sich aus dem Fenster ihm zuneigt und flüstert: ‚*Ich darf es nicht!*' Und wie dann der Wagen schneller als der Blitz fortfährt, und F. philosophischer als je auf dem Pflaster zurückläßt." Erst gegen Ende September hörte ich, in einem Briefe worin er mich neckte, weil ich mein Versprechen, ihn zu besuchen, nicht gehalten hatte, von sich aufdrängender Arbeit. „Wir sind ganz vergnügt, aber auf ländliche Weise; gehen abends um zehn zu Bette und baden um halb acht morgens und trinken nicht die schmutzigen und verdorbenen Wasser Lethe's, welche um die Grundlage der großen Pyramide fließen." Dann, nachdem er Freunde genannt, die Broadstairs verlassen hatten: „Die Reflexion und das Nachsinnen kommen. Ich habe ‚die Phantasie noch nicht mit einem Griffel von Licht auf die das Meer beherrschenden Felsen schreiben sehen,' würde mich jedoch nicht wundern, wenn sie es einen dieser Tage täte. Dunkle Visionen verschiedener Dinge umschweben mich und ich muß mit dem Kopfe voran an die Arbeit gehen, wenn ich nach Hause komme. Es freut mich schließlich, daß ich hier nicht gearbeitet habe, denn diese Muße hat mir ohne Zweifel gut getan … Roche war gestern Abend sehr krank und sieht heute Morgen aus wie einer, der sein Gesicht der andern Welt zugewendet hat. Wann kommst Du? O was für Tage und Nächte habe ich hier während der letzten Woche verlebt!" Meine Einwilligung zu einem Vorschlag in seinem nächsten Briefe, ihm auf seiner Rückreise entgegenzukommen und ihn auf einer Fußtour in die Heimat zu begleiten, verschaffte mir volle Absolution für die Nichterfüllung früherer Versprechungen; und der Weg, den wir einschlugen, wird Freunde seines späteren Lebens, als er Herr von Gadshill war, an einen Gegenstand des Interesses erinnern, welchen zu zeigen ihm eine Freude war. „Du wirst ein Billet nach Maidstone nehmen (ich werde Dich in Paddock-Wood treffen) und wir werden zusammen dorthin fahren, auf einer wunderschönen kleinen Eisenbahn. Die anderthalb Meilen zu Fuß von Maidstone nach Rochester und der Besuch des Druidischen Altars am Wege sind reizend. Dies würde sich am Dienstag ausführen lassen; am Mittwoch könnten wir uns in Chatham umsehen und am Donnerstag über Cobham heimkehren …"

Seine ersten Ferien am Meere, im Jahre 1849, verlebte er in Brighton, wo er einige Wochen im Februar zubrachte und zwar (ich muß dies hinzufügen), nicht ohne daß das gewöhnliche ungewöhnliche Abenteuer seinen Besuch kennzeichnete. Er war noch keine Woche in seiner Mietwohnung gewesen, wo Leech und seine Frau sich ihm anschlossen, als sein Wirt und dessen Tochter wahnsinnig wurden und die Mietwohner in das Bedford Hotel getrieben wurden. „Hättest Du das Fluchen und Schreien der beiden hören können; hättest Du sehen können, wie der Arzt und das Kindermädchen mit Lebensgefahr von dem Wahnsinnigen auf den Flur hinausgejagt wurden; hättest Du sehen können, wie Leech und ich dem Doktor zu Hilfe eilten; sehen können, wie unsere Frauen uns zurückhielten; sehen können, wie der Doktor vor Furcht halb ohnmächtig war; sehen können, wie drei andere Doktoren ihm zu Hilfe kamen, während eine Atmosphäre von Mrs. Gamps, Zwangsjacken, kämpfenden Freunden und Dienern das Ganze umgab; so würdest Du gesagt haben, daß es meiner ganz würdig sei und ganz zu meinen gewöhnlichen Erlebnissen stimme." Der Brief schloß mit einem Worte über das, wovon seine Gedanken damals voll waren, wofür er aber noch keinen Namen gefunden hatte. „Heute ein Seenebel, aber gestern unaussprechlich schön. Mein Geist wogt wie eine hohe See nach Namen – ist aber noch nicht befriedigt." Als er wieder vom Meere schrieb, zu Anfang Juli, hatte er einen Namen gefunden, hatte sein Buch vom Stapel gelassen und ‚eilte nach Broadstairs', um das vierte Heft von ‚*David Copperfield*' zu schreiben.

In diesem Hefte kamen die Kindheitserinnerungen vor, die ihm einen so tiefen Eindruck hinterlassen hatten und über die es ihm ziemlich schwer wurde, die notwendigen Verhüllungen zu werfen. „Drittehalb Meilen heute auf's Land," hatte er mir am 21. Juni geschrieben, „über Heft vier nachdenkend!" Dennoch sah er seinen Weg nicht ganz klar vor sich. Drei Tage später schrieb er: „Als ich Dich gestern Abend verließ, fand ich mich zitiert, heute bei einer Spezial-Jury in Queensbench zu erscheinen. Ich habe auf das Dokument keine Rücksicht genommen und erwarte stündlich, wegen Beleidigung des Gerichtshofs in ein Gefängnis geschleppt zu werden. Ich glaube, das würde mir ganz angenehm sein. Es könnte mir mit ein paar neuen Gedanken in meiner Verlegenheit helfen. Inzwischen werde ich heute Abend von 7–10 eine Wanderung durch die grünen Felder machen, wobei Du vielleicht Lust hast, Dich mir anzuschließen." Seine Mühsale erreichten ihr Ende, als er nach Broadstairs kam, von wo er mich am 10. Juli benachrichtigte, daß er in Gemäßheit mit dem von uns erörterten Plane einen großen Teil seines Manuskripts in das Heft übertragen habe. „Ich glaube wirklich, daß ich es geschickt gemacht habe und mit einer sehr schwer zu entwirrenden Verwebung von Wahrheit und Dichtung. *Vous verrez*. Ich schreite fort wie ein brennendes Haus in Bezug auf Gesundheit und ditto ditto in Bezug auf das Heft."

Mitte Juli war das Heft beinah fertig und er war noch unentschieden, wo er seine langen Sommerferien verleben sollte. Leech wünschte ihm Gesellschaft zu leisten und beide wollten einmal anderswohin als nach Broadstairs. Zuerst dachte er an Folkestone; aber Ungelegenheiten dort bewirkten eine plötzliche Veränderung seiner Pläne. „Ich beabsichtige (15. Juli) morgen mit dem Dampfschiff von Ramsgate nach London zu kommen und früh am folgenden Morgen nach Weymouth, oder nach der Insel Wight, oder nach beiden, abzureisen." Einige Tage später war seine Wahl getroffen.

Er hatte ein Haus in Bonchurch[125] gemietet, wohin er durch einen Freund gezogen wurde, der während der letztverflossenen Jahre den Ort für ihn interessant gemacht hatte: den Reverend James White, mit dessen Namen und Erinnerung mein Geist viele der glücklichsten Stunden in Dickens' Leben verknüpft. Ihm einen angemessenen Tribut darzubringen, würde nicht leicht sein, wäre hier die Stelle dafür. Eine lebhafte Empfindlichkeit für Freude und Schmerz war das erste, was dem gewöhnlichen Beobachter in dem freundlichen, klugen, schottischen Gesichte auffiel. Heiterkeit und Melancholie fuhren so schnell darüber hin, daß niemand über die Geschichte, die sie erzählten, in Zweifel bleiben konnte. Aber sein Genuß am Leben hatte dessen mehr als gewöhnlichen Anteil an Schmerzen überlebt, und ein origineller schlauer Humor, Liebe zu Scherz und Belustigung, vorzügliche Belesenheit und scharfsinnige Bemerkungen über die Menschen, machten seine Gesellschaft äußerst angenehm. Wie sein Leben, bestand sein Genius aus abwechselnder Heiterkeit und Melancholie. Zu einer Zeit versenkte er sich in jene finstersten schottischen Annalen, denen er seine Tragödien entnahm, zu einer andern floß er in Sir Frizzle Pumpkin's ausgelassene Posse über. Seine historischen Tragödien werden wahrscheinlich mit der vergänglichen Kunst des Schauspielers untergehen; aber drei kleine geschichtliche Überblicke, die er zu einer späteren Zeit in Prosa schrieb, mit einer sonnigen Klarheit der Erzählung und einem Glanze malerischen Interesses, die meines Wissens in Büchern von so geringen Ansprüchen einzig in ihrer Art sind, werden, hoffe ich, eine dauernde Stelle in unserer Literatur finden.[126] Sie sind voll von glücklich gewählten Ausdrücken, von einer Breite der Einsicht und des Urteils, von männlicher Ehrenhaftigkeit, ruhigem Scharfsinn und einer beständigen heiteren Frömmigkeit und Pietät, die schätzbar für alle und unschätzbar sind für die Jugend. Noch ein Wort erlaube ich mir hinzuzufügen. Bei Dickens war White vor allem andern beliebt wegen seiner heitern guten Kameradschaft; und wenige Menschen brachten ihm mehr von dem, was er immer zu empfangen liebte. Aber White brachte nichts so Gutes mit sich, als seine Frau. „Er ist vortrefflich, aber sie ist besser," war die charakteristische Bemerkung in Dickens' erstem Briefe aus Bonchurch, und die wahre Neigung und Achtung, welche daraus hervorgingen, werden ihr glücklicherweise noch von seinen Töchtern bewiesen.

---

[125] An der Südküste der Insel Wight. – D. Übers.

[126] Die Werke, auf welche der Verfasser hier anspielt, sind die *Landmarks of History* und *Eighteen Christian Centuries*. – D. Übers.

Natürlich ist über die Ferien in Bonchurch etwas Seltsames zu berichten, aber dies kommt erst mehr gegen ihr Ende und hätte bei etwas größerer Berücksichtigung von Mrs. Malapropops' Rat: mit einer kleinen Abneigung anzufangen, vielleicht gar nicht kommen können. Dickens fing mit einem Übermaß von Zuneigung an. Er war voll von Bewunderung für die Südküste der Insel. „Von dem Gipfel der höchsten Dünen," schrieb er in seinem zweiten Briefe (28. Juli), „hat man Aussichten, welche nur an der genuesischen Küste des Mittelländischen Meeres ihresgleichen haben; die Mannigfaltigkeit der Spaziergänge ist außerordentlich; das Leben ist billig und jedermann höflich. Der Wasserfall macht einen vorzüglichen Eindruck und das Baden im Meere ist herrlich. Und was das allerbeste ist, der Ort ist jedenfalls im Sommer eher kalt als warm. Die Abende sind sogar frostig gewesen. White ist sehr jovial, und eifert dem Unnachahmlichen in Beziehung auf Gin-Punsch nach. Er hatte welchen gemacht für unsere Ankunft. Ha! ha! nicht schlecht für einen Anfänger ... Ich habe heute Morgen zu arbeiten versucht und versuche es noch, aber es will mir nicht gelingen und ich will ausgehen, um zu denken. Ein berühmter Freund hat mich eingeladen, am ersten August mit Dir zu dinieren, ich habe mich indes mit der Entfernung und dem Umstande, daß ich ein Höhlenbewohner am Meere bin, entschuldigt – meine Speise: Bohnen, mein Getränk: das Wasser aus dem Felsen ... Ich muß Mut fassen, an Jeffrey zu schreiben, über den ich gerade vor meiner Abreise durch Gordon keine sehr befriedigenden Nachrichten erhielt. Talfourd ist köstlich und erheitert mich gewaltig. Ich bin wirklich ganz entzückt über seinen Erfolg und denke mit ungewöhnlichem Vergnügen an sein Glück." Unser Freund war damals zum Oberrichter ernannt worden; und er schmückte sein Amt durch Eigenschaften, welche mit Recht der Stolz seines Standes sind und durch Talente, welche an höchsten Stellen desselben seltener geworden sind, als sie es in früheren Zeiten waren. Seine Erhebung machte diese Tugenden nur besser bekannt. Talfourd nahm mit dem Hermelingewande des Oberrichters nichts an, als das Vorrecht eines häufigeren Verkehrs mit den Neigungen und den Freunden, die er liebte, und blieb der heiterste und unbefangenste Gefährte. Die kleinen Seltsamkeiten oder Schwächen, die er hatte, hatten ihn im Grunde Dickens nur lieber gemacht. In der Tat hatte dieser keinen Freund, an dem er mehr hing, und die vielen glücklichen Nächte, welche seine an hochherzigen Worten so reiche Zunge, sein von feurigem Empfinden so strahlendes Gesicht noch glücklicher machten, kehren mir jetzt schmerzlich wieder. „Taub das gepriesene

Ohr, stumm die melodische Zunge." Der Vers des Dichters hat eine doppelte Anwendbarkeit und einen doppelten Schmerz.

Dickens schrieb mir wieder am ersten August. „Ich habe gerade angefangen, in's Arbeiten hineinzukommen. Wir erwarten, daß die Königin bald in großem Staat hier vorbeikommt und werden ungezählte Kanonen abfeuern. Ich erhielt gestern Morgen einen Brief von Jeffrey, gerade als ich an ihn schreiben wollte. Er ist offenbar sehr krank gewesen und ich fange an, wegen seiner Wiederherstellung besorgt zu werden. In Bezug auf seinen Gemütszustand ist es ein sehr pathetischer Brief; aber er sieht dem Tode mit einer ruhigen Sammlung entgegen, die mir sehr edel scheint." Sein nächster, vier Tage später geschriebener Brief, sprach von ihm selbst als noch an der Arbeit, aber auch als teilnehmend an Dîners in Blackgang und „kolossalen erfolgreichen" Picknicks auf den Dünen von Shanklin.[127] „Zwei Wohltätigkeits-Predigten für die Schule sollen heute gehalten werden und ich werde in die am Nachmittage gehen. Die neuliche Examination besagter Schule war sehr spaßhaft. Sämtliche Jungen machten Buckstone's Verbeugungen in dem „Rough Diamond" und einige rezitierten auf sehr wunderbare Weise ein Gedicht über eine Uhr; und möchten wir doch sein wie die Uhr, die immer geht und ihre Pflicht tut und immer die Wahrheit sagt (vermutlich vorausgesetzt, daß sie ein Chronometer ist, denn die amerikanische Uhr in der Schule log gerade entsetzlich); und nachdem sie mit dem Einmaleins zu Tode gequält waren, stärkte man sie durch einen öffentlichen Tee in Lady Jane Swinburne's Garten." (In einem seiner Briefe, den ich aber verloren habe, fand ich eine Bemerkung über einen goldhaarigen Jungen der Swinburne's, mit dem seine eigenen Jungen zu spielen pflegten und der seitdem allgemeiner bekannt geworden ist.)[128] „Der Regen stellte sich mit dem ersten Teetopf ein und ist seitdem ohne Aufhören tätig gewesen. Am Freitag hatten wir ein großartiges und, was besser ist, ein sehr gutes Dîner, beim Pastor Fielden, mit einigem auserlesenen Portwein. Am Dienstag werden wir an einem andern Picknick teilnehmen, bei dem auf mein besonderes Andringen die Materialien für ein Feuer und ein großer eiserner Topf zum Kochen von Kartoffeln mitgenommen werden. Diese Sachen und die Esswaren werden in einem Karren an Ort und Stelle geschafft. Gestern Abend amüsierten wir uns vortrefflich bei White, wo der angenehme Julian Young und seine Frau (die eine Mei-

---

[127] Orte an der Südküste der Insel Wight. – D. Übers.

[128] Charles Algernon Swinburne, der Dichter der *Atalanta in Calydon* &c. – D. Übers.

le von hier wohnen) einige komische neue Spiele zeigten" – und in meinem Freunde den Ehrgeiz weckten, eine „mächtige Zaubervorstellung für alle Kinder in Bonchurch zu geben," wozu ich ihm die Materialien schickte und die in einem Tumult wilder Freude von statten ging. Zu den bekannten Namen in diesem Briefe will ich noch einen hinzufügen, obgleich es mich noch jetzt schmerzt, denselben mit einem Verluste zu verknüpfen. „Ein Brief von Poole ist mir zu Händen gekommen, seit ich diesen Brief anfing, mit Nachrichten, welche Dich sehr betrüben werden. Der arme Regnier (der Komiker) hat sein einziges Kind verloren, die hübsche Tochter, die an jenem netten Tage bei uns dinierte, als wir alle die Mutter erfreuten, indem wir sie so lebhaft bewunderten. Sie starb an einem plötzlichen Anfall von bösartigem Typhusfieber. Poole war bei dem Begräbnis zugegen und schreibt mir, er habe nie einen so tiefen Schmerz gesehen oder sich vorstellen können, wie den, welchen Regnier am Grabe zeigte. Wie man ihn darum liebt! Aber ist es nicht immer wahr, in der Komödie wie in der Tragödie, daß, je wirklicher der Mensch, umso vortrefflicher der Schauspieler?"

Einige Tage später hörte ich von dem Fortschritt seiner Arbeit, trotz aller Festlichkeiten. „Ich habe es zur Regel gemacht, daß der Unnachahmliche jeden Tag bis zwei Uhr unsichtbar ist. Ich werde hoffentlich morgen mit der ersten Hälfte des Heftes fertig werden. Ich habe hier noch nicht schnell gearbeitet, aber ich weiß nicht, was ich noch tun kann. Mannigfaches Nachdenken hat in Zwischenräumen meinen Geist hinsichtlich des dunkeln Planes beschäftigt." Der Plan war die so oft bedachte Wochenschrift, über welche mein nächstes Kapitel mehr enthalten wird. Sein Brief schloß mit Andeutungen über unbequeme körperliche Zustände, einen hartnäckigen Husten und einen Entschluß, den er gefaßt hatte, täglich auf den Gipfel der Dünen zu steigen. „Es macht einen großen Unterschied im Klima, wenn man sich dort oben durchwehen läßt und dann wieder herunterkommt." Dann hörte ich, daß der Doktor ihn stethoskopisch untersucht habe; von seiner Hoffnung, daß an dieser Stelle alles in Ordnung sei, und daß ihm Reibungen à la St. John Long für seine Brust verordnet seien. Aber die vergnügte Stimmung dauerte noch fort. „Es ist ein Doktor Lankester in Sandown gewesen, ein sehr guter, lustiger Kumpan, der sich an unsern Picknicks beteiligte und bei dem ich diniert habe mit Danby, Leech und White." Ein gegen Ende August geschriebener Brief war noch mehr in seinem gewöhnlichen Ton gehalten. „Wir hatten gestern Pfänderspiele bei White. David Roberts' hübsche kleine Tochter ist auf eine Woche mit ihrem Manne dort. Zuerst gab es ein

Abschiedsdîner für Danby, der an eine andere Pfarrstelle geht; und wir waren sehr vergnügt. Mrs. White unverändert; White komisch verschieden in seinen Stimmungen. Talfourd kommt nächsten Dienstag herüber und wir denken am Montag nach Ryde zu fahren, in's Theater zu gehen, dort zu schlafen (ich meine nicht im Theater) und den Richter mit zurück zu bringen. Browne kommt, wenn er mit seiner Monatsarbeit fertig ist. Möchtest Du die Alum Bay sehen, während Du hier bist? Wir müßten dann eine Nacht dort zubringen; aber ich glaube, es würde sehr angenehm sein und wenn Du derselben Meinung bist, will ich es *sub rosa* arrangieren, damit wir nicht, wie Bobadil, ‚durch eine zu große Zahl bedrängt werden'. Ich beabsichtige, Dich mit einem Wagen in Ryde zu erwarten; in Shanklin wollen wir aussteigen, um von dort hierher zu Fuße über den Bergsturz zu gehen, wo die Szenerie wunderbar schön ist. Stone und Egg kommen im nächsten Monat und wir hoffen Jerrold zu sehen, ehe wir fortgehen." Solche Auszüge aus seinen Briefen mögen kaum der Aufbewahrung wert scheinen; aber sie tragen mit bei zu dem Bilde seiner wunderbaren Lebenskraft, so lange dem Schreiber in irgendwelcher Lage Leben blieb. Auch würde dies Bild nicht vollständig sein ohne den Zusatz, daß, so sehr er jene Fülle und Mannigfaltigkeit der Genüsse in den Zwischenräumen der Arbeit liebte, doch für niemanden auch jene ruhigeren Stunden des Denkens und des Redens wesentlicher waren, welche dem, durch eine zu große Zahl Bedrängten' nicht erreichbar sind.

Mein Besuch war auf Anfang September festgesetzt; aber schon einige Tage früher kam die volle Enthüllung dessen, wovon zwei oder drei vorhergehende Briefe nur einen flüchtigen Schatten enthielten. „Ehe ich daran denke, mein nächstes Heft anzufangen, kann ich vielleicht nichts Besseres tun, als Dir eine unvollkommene Beschreibung der Folgen des Klimas von Bonchurch zu geben, wie ein mehrwöchentlicher Aufenthalt mich dieselben kennen gelehrt hat. Die erste heilsame Wirkung, deren der Patient sich bewußt wird, ist ein fast beständiges Gefühl von Übelkeit, begleitet von großer körperlicher Schwäche, so daß seine Beine unter ihm zittern und seine Arme unsicher hin- und herfahren, wenn er etwas anfassen will. Eine außerordentliche Neigung zum Schlafen (außer des Nachts, wo seine Ruhe, falls er welche hat, durch unablässige Träume gestört wird) ist zugleich immer gegenwärtig; und wenn er irgendetwas zu tun hat, was Nachdenken und Aufmerksamkeit erfordert, so überwältigt ihn dies in so hohem Grade, daß er es nur stückweise tun kann und sich in den krampfhaften Zwischenzeiten auf's Bett wirft. Äußerste Niedergeschlagenheit und eine Neigung, von morgens bis abends Tränen zu vergießen, entwickeln sich zu gleicher Zeit. Wenn der Patient vielleicht ein guter Fußgänger gewesen ist, findet er zwei Meilen eine unerträgliche Entfernung, bei deren Zurücklegung seine Beine so unsicher werden, daß er von einer Seite der Straße zur andern schwankt, wie ein Betrunkener. Wenn er je Energie von irgendwelcher Art besessen hat, findet er dieselbe ausgelöscht in einer dumpfen, trüben Abgespanntheit. Er hat keinerlei Plan, Kraft oder Zweck. Wenn er sich morgens das Haar bürstet, ist er so schwach, daß er dabei auf einem Stuhle sitzen muß. Er ist zu allen Zeiten unfähig zu lesen. Und sein Gallensystem ist so vollständig über den Haufen geworfen, daß eine Kugel von kochendem Fett immer hinter der Nasenwurzel zu liegen und zwischen seinen eingefallenen Augen zu brodeln scheint. Sollte er sich eine Erkältung zugezogen haben, so wird er es unmöglich finden, dieselbe los zu werden, da seine Konstitution völlig außer Stande ist, eine Anstrengung zu machen. Sein Husten ist tief, monoton und beständig. ‚Des treuen Phylax ehrliches Bellen' ist im Vergleich damit nichts. Er läßt jeden Gedanken an seine baldige Befreiung davon fahren und begnügt sich damit, auf seine Blutgefäße zu achten, damit er wenigstens diese ganz und gesund behält. *Des Patienten Name: der unnachahmliche B....* Es kann' keinen größeren Irrtum geben. Unter allen Orten, in denen ich je war, ist keiner, wo es sich so schwer angenehm leben läßt. Neapel ist heiß und schmutzig, New-York fieberisch, Washington gallig, Genua aufregend, Paris regnerisch, – aber Bonchurch vernichtend. Ich bin fest überzeugt, ich würde sterben, wenn ich ein Jahr hier wohnte. Es ist nicht heiß, es ist nicht schwül, aber die niederdrückende Wirkung ist entsetzlich. Niemand hier hat die mindeste Vorstellung, was ich darüber denke; aber aus allen möglichen Andeutungen von Kate, Georgina und den Leeches geht hervor, daß sie alle mehr oder weniger auf dieselbe Weise affiziert sind und es sehr schwer finden, sich dagegen zu wehren. Ich mache kein Zeichen und tue, als wüßte ich nicht, was vorgeht. Aber sie haben recht. Ich glaube die Leeches werden bald fortgehen und verdienen wenig Tadel dafür! – Was mich betrifft, so muß ich, wenn ich zu Ende dieses Septembermonats von hier fortgehe, an irgendeinen kalten Ort, wie z. B. Ramsgate – auf ein paar Wochen, oder ich glaube ganz im Ernst, daß ich die Nachwirkung noch lange spüren werde ... Was ist Deine Ansicht darüber? ... Je länger ich lebe, umso mehr zweifle ich an den Doktoren. Ich bin fest überzeugt, daß für Leute, die an einer abzehrenden Krankheit leiden, diese Südküste völliger Wahnsinn ist. Die Doktoren, mit ihrer alten kläglichen Torheit, nur ein Stück der Sache ins Auge zu fassen, nehmen die Lungen des Patienten und die Luft der Südküste und erklären feierlich, daß sie für einander passen. Aber der ganze Einfluß der Gegend, welcher darin besteht, die Lebenskraft zu schwächen und zu überwältigen, wird nie in Betracht gezogen. Ich hege nicht den mindesten Zweifel, daß ich ihm erliegen würde, wie dem Gewicht von ebenso viel Blei, das mich langsam zerdrückt. Ein Amerikaner, der viele Jahre in Paris gewohnt hat, sagte mir vorgestern, er habe immer eine Leidenschaft für das Meer gehabt, die er nie hinreichend habe befriedigen können; aber nachdem er einen Monat hier gewohnt habe, sei sein Anblick ihm unerträglich geworden; er könne sein Rauschen nicht mehr ertragen; er wisse nicht, woher es komme, aber es scheine mit dem Verfall seiner ganzen Lebenskraft im Zusammenhang zu stehen." Das waren schwere Anklagen gegen einen der hübschesten Orte in England; aber ich wußte schon genug über den im allgemeinen niederdrückenden Einfluß des Klimas an der Südküste der Insel Wight auf gewisse Temperamente, um durch den Inhalt dieses Briefes zu sehr überrascht zu werden. Was Dickens zu schroff bei Seite setzt, ist die Tatsache, daß andere Leiden, als seine eigenen, dort gerade durch das gebessert werden, was die seinen verschlimmerte; aber mein Besuch lieferte mir den Beweis, daß er die auf ihn ausgeübte Wirkung in der Tat sehr wenig übertrieben hatte. Auch wenn (was er selbst zuweilen nicht tat) gewisse Eigentümlichkeiten und die Erregbarkeit, in der er sich immer befand, wenn er ein Unternehmen wie *Copperfield* in Händen hatte, in Betracht gezogen wurden, so bemerkte ich doch an ihm eine im höchsten Grade ungewöhnliche nervöse Neigung zu Befürchtungen und Besorgnissen, welche die gewöhnlichsten Dinge schwer zu machen schien; und obgleich er die ganze ursprünglich beabsichtigte Zeit dort blieb und nichts mit fortnahm, was seine glücklicheren Beziehungen zu dem Orte und dessen Bewohnern nicht lange überlebte, kehrte er doch nie nach Bonchurch zurück.

Während des ihm noch bleibenden Monats vollendete er sein fünftes Heft, und zugleich mit den Korrekturbögen erreichte mich die Antwort auf Fragen, von denen ich nichts weiter erinnere, als daß sie auf von mir geäußerte Zweifel Bezug hatten, deren einer seine Behandlung des armen Dick betraf. „Dein Vorschlag," antwortete er (25. August), „ist vollkommen weise und treffend. Ich habe Gebrauch davon gemacht. Ich habe Dick auch, statt seiner Ochsen- und Porzellanladen-Täuschung, den Gedanken gegeben, daß, als man dem Könige Karl I. den Kopf abschlug, etwas von des Königs Leiden herausgenommen und in seinen (Dick's) Kopf hineingetan wurde." Sein nächster Brief brachte Nachrichten, die mir sehr willkommen waren, wegen der Freude für ihn selbst, welche sie bedingten. „Browne hat für das nächste Heft einen ungewöhnlich charakteristischen und vortrefflichen Micawber entworfen. Ich hoffe, das gegenwärtige Heft ist gut. Ich höre nichts als angenehme Berichte allgemeiner Befriedigung." Derselbe Brief erwähnte seine Absicht, nach Broadstairs zu gehen; aber wie man gleich sehen wird, erlitt die Ausführung einen Aufschub. Da ihm die Arbeit rasch von statten ging, hatte er sich übrigens in Bonchurch wohler gefühlt und sie waren alle sehr vergnügt gewesen. „Ja," schrieb er am 23. September, „wir haben, seit ich das Heft beendete, ein ganz heiteres Leben geführt, und haben jeden Nachmittag große Gesellschaftsspiele gespielt, wobei ganz Bonchurch zusah; aber ich fange an, mich nach etwas Frieden und Einsamkeit zu sehnen. Und nun meine weniger angenehme Neuigkeit. Die See ging sehr hoch und Leech wurde beim Baden, durch einen häßlichen Schlag einer großen Welle auf die Stirn, zu Boden geworfen. Er liegt im Bette und hat heute Morgen zwanzig seiner Namensvettern auf der Stirne.[129] Als ich soeben von ihm hörte, schlief er – was er die ganze Nacht nicht getan hat." Er schloß seinen Brief hoffnungsvoll, aber am folgenden Tage (24. September) erhielt ich einen weniger günstigen Bericht. „Leech ist, seit ich Dir schrieb, sehr krank gewesen an Gehirnentzündung, und da er noch immer furchtbare Schmerzen hat, wird ihm fortwährend Eis auf den Kopf gelegt, abgesehen von Aderlässen am Arme. Beard und ich saßen die ganze Nacht bei ihm auf." Am 26. schrieb er: „Meine Pläne sind durch Leech's Krankheit über den Haufen geworfen, da ich diesen Ort natürlich nicht verlassen mag, so lange ich ihm und seiner guten kleinen Frau von irgendwelchem Nutzen sein kann. Aber alle Besucher sind heute fortgegangen und Winterbourne ist noch einmal der interessanten Familie des unnachahmlichen B. überlassen. Seit ich Dir schrieb, ist es mit Leech bedenklich schlimmer gegangen und man hat wieder einen starken Aderlaß mit ihm vorgenommen. Die vorletzte Nacht befand er sich in einem so beängstigenden Zustand von Unruhe, welche nichts stillen konnte, daß ich Mrs. Leech vorschlug, Magnetismus zu versuchen. Ich machte mich daher mitten in der Nacht an die Arbeit, und brachte ihn, nach einem sehr angreifenden Kampfe, auf eine Stunde und fünfunddreißig Minuten zum Schlafen. Während des Schlafes trat eine Veränderung in seinem Zustande ein und er ist jetzt entschieden besser. Ich sprach mit der erstaunten Mrs. Leech über ihn hinüber, als wäre er ein Haufen Heu gewesen. …

---

[129] Nämlich Blutegel, zu englisch „leeches". – D. Übers.

Was meinst Du, wenn ich in das magnetische Geschäft ginge, mit einem großen Messingschild an meiner Tür, worauf zu lesen stände: ‚Fünfundzwanzig Guineen per Schlaf?'" Als er am 30. wieder schrieb, hatte er sein sechstes Heft vollendet; und sein Freund befand sich so offenbar auf dem Wege der Besserung, daß er mit seiner Frau, deren Schwester und den beiden kleinen Mädchen am folgenden Tage nach Broadstairs gehen wollte. „Ich will nur noch die dringende Bitte hinzufügen, daß Du Thackeray" (der um diese Zeit eine gefährliche Krankheit gehabt hatte) „freundlich von mir grüßest; daß ich, wie ich glaube, über die Zeitschrift im Reinen bin, und daß ich Dir unter dem niederdrückenden und unbehaglichen Einfluß des Abbezahlens des Haufens von Rechnungen schreibe, welche, am Ende eines Aufenthalts wie des unsern, auf einen unglücklichen Mann mit einer jungen Familie einstürmen. Daher für heute nichts weiter von dem angeekelten, obgleich noch immer unnachahmlichen und stets liebevollen B."

Er blieb in Broadstairs, bis er sein siebentes Heft vollendet hatte, und außerdem beschäftigten ihn besonders Gedanken an die Zeitschrift, über welche sogleich ein Bericht gegeben werden soll. „Solch einen Regentag und eine Regennacht," lautete sein erster Brief, „hat, glaube ich, der älteste Einwohner nie gesehen! Und doch (ich weiß nicht, wie es kommt) mache ich mir in dem alten vertrauten Broadstairs nicht so viel daraus. Die Ortveränderung hat Mamey unendlich gut getan und ich meinerseits habe wieder angefangen zu schlafen. Nach Neuigkeiten könntest Du mich ebenso gut fragen als nach Delphinen. Niemand der der Rede wert wäre ist in Broadstairs; jedenfalls niemand in Ballard's Hotel. Wir wohnen in dem an das Hotel stoßenden Hause, demselben, das wir einmal drei Jahre hintereinander hatten, und es ist noch ebenso ruhig und gemütlich wie damals. Ich glaube nicht, daß ich vor dem 20. oder so, wenn das Heft beendet ist, zurückkehren werde; aber es ist möglich, daß ich in einer unbeständigen Laune schon vorher zu Dir eile. Vorläufige Depeschen und Ankündigungen sollen in jedem Falle in die duftige Nachbarschaft des Clare-Markts und des Begräbnisplatzes bei Portugal-Street befördert werden." Das war seine höfliche Bezeichnung meines Wohnorts, zu dem er nichtsdestoweniger eine geheime Zuneigung hatte. „Auf der Eisenbahn von Portsmouth hierher traf ich Kenyon; auf der ditto ditto in Reigate begegnete ich dem jungen Dilke und nahm ihn in's Schlepptau bis Canterbury. Auf der ditto ditto in ditto (was Reigate bedeutet) beggenete ich Fox, dem Parlamentsmitgliede für Oldham, und seiner Tochter. Alles innerhalb einer Stunde. Der junge Dilke sprach begeistert über die in Vorschlag gebrachte Ausstellung unter der Leitung Sr.

Königlichen Hoheit des Prinzen Albert und zeigte, was mir sehr angenehm war, unbegrenztes Vertrauen zu unserm alten Freunde, seinem Vater." Nach diesem kam noch ein Brief, der sich, in Zusammenhang mit dem „vom Flaminischen Tore" ausgesandten pomphaften Hirtenbrief Dr. Wiseman's, ziemlich düster über den Stand der öffentlichen Angelegenheiten und betrübt über gewisse Familienangelegenheiten äußerte; und unterzeichnet war: „Dein verzagender und angeekelter Wilkins Micawber" – jedes Wort in eine Reihe für sich geschrieben.

Sein Besuch in dem kleinen Badeort, während des folgenden Jahres, war bezeichnet durch die Vollendung des berühmtesten seiner Romane, und außerdem beschäftigten seine Briefe sich mit den ausführlichen Vorbereitungen für die theatralischen Aufführungen in Knebworth. Aber wieder stürzte die Plage wandernder Musikanten ihn in solche Fieber der Aufregung, daß er endlich beschloß, dort nie wieder den Versuch zu der Ausführung einer wichtigen Arbeit zu machen; und der Sommer von 1851, als er nur mit vermischten Schriften beschäftigt war, war der letzte seiner regelmäßigen Aufenthalte in Broadstairs. Er vermietete dann sein Haus für den kurzen Rest seines Mietterminns, entfloh zu Ende Mai, als ernster Familienkummer ihn betraf, dem Menschengedränge und der Unruhe der Großen Internationalen Ausstellung und wohnte, mit Zwischenräumen der Abwesenheit, besonders bei den Aufführungen der „Gilde der Literatur und Kunst", in seinem Lieblingshause an der See bis zum Oktober, als er von Tavistock-House Besitz nahm. Aus seinen Briefen will ich einige Bemerkungen über diese letzten Ferien in Broadstairs hinzufügen, an das er sich immer mit Vergnügen erinnerte und dem er in der kurz vor seiner Abreise geschriebenen Skizze „Unser Seebad" ein heiteres Lebewohl sagte.

„Es ist hier schöner" (1. Juni) als ich sagen kann. Das Korn wächst, die Lerchen singen, der Garten ist voll von Blumen – von dem Meere weht frische Luft. O, es ist wundervoll! Warum kannst Du nicht nächsten Sonnabend mit Deiner Arbeit hierherkommen und am Mittwoch mit mir zu dem Copperfield-Banquet zurückkehren? In Beziehung auf letzteres sage ich natürlich zu Talfourd's freundlichem Vorschlage: Ja. Lemon muß jedenfalls dabei sein. Und glaubst Du nicht auch Browne? Wer sonst noch Talfourd angenehm ist, wird mir angenehm sein." Groß war der Erfolg dieses Banketts. Der Schauplatz war das *Star und Garter Hotel* in Richmond; Thackeray und Alfred Tennyson nahmen an der Feier teil; und der hochherzige Wirt war in seiner besten Stimmung. Ich habe Dickens selten glücklicher gesehen, als in dem Sonnenschein jenes Tages. Jerrold und Thackeray fuhren mit uns nach London zurück, und eine kleine Debatte zwischen ihnen über den Nutzen des Geldes führte zu einem Geständnis von Dickens über sich selbst, dem ich die Bestätigung aller Jahre unseres Verkehrs hinzufügen kann. „Niemand," sagte er, „legt dem Besitz des Geldes weniger Bedeutung und dem Mangel daran weniger Schande bei, als ich."

Eine unbestimmte Erwähnung eines „nächsten Buches" entschlüpfte ihm in einem Briefe von Ende Juli, worauf ich längere Enthaltsamkeit anriet. „Guter Rat," erwiderte er, „ist schwer; ich wollte, Du kämest zu uns und predigtest eine andere Art von Enthaltsamkeit. Stelle Dir vor, daß die Zollbeamten vorgestern eine Menge Brandy in Fässern auf den Felsen hier fanden! Natürlich weiß niemand etwas über die Fässer. Sie hatten mit der nächsten Flut an's Land gebracht und während der Ebbe gerade vom Meere bedeckt bleiben sollen. Aber da die Ebbe ungewöhnlich weit hinaus ging, wurden die Deckel der Fässer den Zollhaus-Teleskopen sichtbar und der Brandy wurde mit Beschlag belegt. Dergleichen kommt hier herum ohne Zweifel fortwährend vor. Und natürlich würde B. nichts davon bekommen haben. O bewahre! Ganz gewiß nicht."

Seine Lektüre war in diesen Arbeitspausen beträchtlich und mannigfaltig, und in dem Sommer, von welchem hier die Rede ist, umfaßte sie sämtliche kleineren Erzählungen, sowie die Dramen Voltaire's, mehrere der Romane (alle Lieblinge von ihm) Paul de Kock's, Ruskin's *Lamps of Architecture* und eine erstaunliche Zahl afrikanischer und anderer Reisebeschreibungen, an denen er einen unersättlichen Geschmack hatte; aber in seinen Briefen finden sich über dies alles nur wenige Bemerkungen. „Beiläufig bemerke ich, indem ich Carlyle's wunderbares Buch über die ‚französische Revolution' zum 500sten Male wieder lese, daß er, der alles weiß, nicht weiß was Mumbo Jumbo ist. Es ist kein Götzenbild. Es ist ein unter den Männern gewisser afrikanischer Stämme gehütetes und nie enthülltes Geheimnis über die Bestrafung ihrer Frauen. Mumbo Jumbo kommt in häßlicher Gestalt aus dem Walde, oder dem Sumpf, oder dem Fluß, oder irgend sonst woher und prügelt eine Frau, die den allgemeinen Frieden durch Ohrenbläserei, oder Gezänk oder durch irgendeine andere häusliche Unbilde gestört hat. Carlyle scheint ihn mit dem gewöhnlichen Fetisch zu verwechseln; aber er ist etwas ganz anderes. Er ist ein verkleideter Mann und alles was ihn angeht, ist ein Freimaurergeheimnis unter den Männern. … Ich beendete gestern den *Scarlet Letter*. Er verliert sehr an Interesse nach der schönen Eröffnungsszene. Der psychologische Teil der Geschichte ist übertrieben und, wie mir scheint, nicht naturgetreu. Ihre plötzliche Begegnung und Übereinkunft, zusammen fortzugehen nach allen jenen Jahren, ist sehr dürftig. Ebenso Mr. Chillingworth. Das Kind ist ganz gegen die Natur. Und Mr. Dimmisdale kann sie jedenfalls nie erzeugt haben." An Hawthorne's früheren Büchern hatte Dickens besonderes Gefallen gefunden und sein *Mosses from an Old Manse* war das erste Buch, das er nach seiner Rückkehr aus Amerika in meine Hände legte, mit wiederholten Aufforderungen, es zu lesen. Ich will eine Bemerkung von ihm über einen Roman eines andern populären Autors hinzufügen, weil dieselbe treffend die Art von Talent bezeichnet, welche den höchsten Punkt der Begabung nicht erreicht, sondern nur gerade an ihrer Grenze stehen bleibt. „Der Roman ist wirklich ausgezeichnet, allein alles Beste, dessen er fähig ist, ist versäumt. Er zeigt genau, wie weit diese Art von Talent gehen kann. Es ist mehr wie eine Notiz über die zu Grunde liegende Idee, als irgendetwas anderes. Es kommt mir vor, als wäre er von jemandem geschrieben, der mehr neben den Leuten an, als in ihnen wohnte."

Ich besuchte ihn zur Zeit der Regatta im August und verlebte mit ihm zwei angenehme Wochen. Sein Artikel „Unser Seebad" erschien, während ich dort war und groß war die lokale Aufregung darüber. Seine eigenen rastlosen Phantasien über ein neues Buch waren damals über jede Beschränkung hinausgewachsen und eine Zeit lang hegte er den lebhaften Wunsch es in jenem hübschesten, eigentümlichsten Stück englischer Landschaft, dem Tale von Strood, anzufangen, das ihn immer an die Szenerie der Schweiz erinnerte. Ich hatte ihn noch nicht viele Tage verlassen, als die nachstehenden Zeilen mir folgten. „Ich war nahe daran, vorgestern meinen Koffer zu packen und allein in die Schweizer Berge zu ziehen. Ich bin noch das Opfer einer unerträglichen Unruhe und sollte mich gar nicht wundern, wenn ich Dir einen dieser Morgen vom Fuße des Mont Blanc schriebe. Von Zeit zu Zeit setze ich mich hin und denke an einen neuen Roman und indem der Gedanke zu wachsen anfängt, ergreift mich ein so qualvolles Verlangen anderswo zu sein, als wo ich bin, und fortzugehen, ich weiß nicht wohin, und ich weiß nicht warum, daß mir ist, als würde ich fortgetrieben. Hätte ich einen Paß, ich bin fest überzeugt, ich wäre vorgestern Abend nach der Schweiz gegangen. Ich würde mich an unsere Verabredung erinnert haben, – vielleicht in Paris, und würde zum Behuf derselben zurückgekommen sein; aber mit dem nächsten Schnellzuge würde ich wahrscheinlich wieder fortgegangen sein."

Zu Ende November, als er sich in seiner neuen Londoner Wohnung eingerichtet hatte, wurde das Buch angefangen und zwar, wie gewöhnlich, obschon immer zufällig, bei den wichtigeren Vorkommnissen seines Lebens der Fall war, angefangen an einem Freitage.

Neunzehntes Kapitel

Der Besessene und die Hausworte
1848–1850

Wir haben gesehen, daß die Idee zu seinem Weihnachtsbuch von 1848 zuerst im Sommer 1846 in Lausanne in ihm entstand und daß er, nachdem er im Herbste des folgenden Jahres die ersten Seiten geschrieben hatte, es unter dem Druck seines ‚Dombey' bei Seite legte. Die folgenden Zeilen kamen in dem Briefe vor, welcher seine Ferien von 1848 in Broadstairs beschloß: „Endlich bin ich dabei, das Weihnachtsbuch geistig zu zeitigen." Es war die erste Arbeit, die ihn nach seiner Rückkehr beschäftigte.

In London kam es bald zur Reife, wurde zur rechten Zeit als „*Der Besessene, oder der Pakt mit dem Geiste*" veröffentlicht, verkaufte sich in vielen Tausenden von Exemplaren und hatte großen Erfolg auf der Bühne des Adelphi-Theaters, für welche Lemon es geschickt bearbeitete. Dickens hatte ursprünglich die vier Zeilen aus Tennyson's Gedicht ‚*Departure*':

> *And o'er the hills, and far away*
> *Beyond their utmost purple rim,*
> *Beyond the night, across the day,*
> *Through all the world it followed him,*

auf das Titelblatt gesetzt; aber dieselben waren weniger anwendbar auf den Schluß als auf den Anfang der Erzählung, und er ließ sie vor der Veröffentlichung fallen. Der Held ist ein großer Chemiker, ein Professor an einer alten Stiftung, ein Mann von arbeitsamen, philosophischen Gewohnheiten, den Erinnerungen an die Vergangenheit quälen, ‚über welchen seine Melancholie brütet,' der seine Erkenntnis der Gegenwart für ein würdigeres Substitut hält und endlich denjenigen Teil seines Selbst aufgibt, den er mit Sicherheit abwerfen zu können glaubt. Die Erinnerungen beziehen sich auf ein ihm in früher Jugend widerfahrenes großes Unrecht und auf alle aus demselben entspringenden Schmerzen; und der Geist, mit welchem er allnächtlich Unterredungen führt, ist das dunklere, in jenen Erinnerungen verkörperte Bild seiner selbst. Dieser Teil ist schon behandelt. Aus den angehäuften Bildern düsterer und winterlicher Phantasien gewinnt das Übernatürliche eine Gestalt, welche weder erzwungen noch gewaltsam ist, und der Dialog, der kein Dialog ist, sondern eine Art trübes, träumerisches Echo, ist ein Stück gespenstischer Einbildungskraft, das Mrs. Radcliffe's[130] Leistungen übertrifft. Das gewünschte Gut wird gewährt und der Pakt abgeschlossen. Er soll nicht nur seine eigene Erinnerung an Schmerz und Unrecht verlieren, sondern dieselbe Erinnerung in allen zerstören, denen er sich nähert. Auf diese Weise wird die Wirkung auf niedere wie auf höhere Geister, in der schlimmsten Armut wie in Reichtum und Wohlleben, dargestellt und immer mit demselben Resultat. Der gedankenkranke Weise verliert seine eigenen Neigungen und Sympathien, sieht sie in andern zerstört und wird auf das Niveau des einzigen Geschöpfes gebracht, das er nicht ändern oder beeinflussen kann, eines Auswürflings der Straßen, eines Knaben, den die bloß tierischen Begierden in einen kleinen Teufel verwandelt haben. Da der Geist nie in ihm erweckt wurde, ist das Böse zum Guten dieses Geschöpfes geworden; Habgier, Unehrerbietigkeit, Rachsucht sind seine Natur; der Schmerz hat keine Stelle in seinem Gedächtnis und von seinen tierischen Neigungen kann der Philosoph nichts hinwegnehmen. Die Nebeneinanderstellung zweier Personen, welche auf so entgegengesetzte Weise in denselben moralischen Zustand geraten sind, ist ein vortrefflicher Griff der Kunst. Es sind eine Menge Unglaublichkeiten und Inkonsequenzen da, gerade wie in dem hübschen ‚Heimchen auf dem Herde', um die man sich nicht kümmert, ja, die einem vielmehr gefallen; und wie in diesem entzückenden Buche, waren auch in jenem die geringeren Charaktere so vorzüglich, als irgendwelche in Dickens' Werken. Die Gruppe der Tetterby's, in deren bescheidenen, hausbackenen, freundlichen, linkischen Gestalten alles zur Darstellung kommt, was sich einem klaren Auge, einem durchdringenden Witz und einem liebevollen Herzen darbieten konnte, wurden gewaltige Lieblinge. Tilly Slowboy und ihr kleiner Punkt von einem Baby, mit dem sie die Leute anfällt, als wäre es eine Waffe, oder das sie umherreicht, als wäre es etwas zu trinken, waren nicht minder populär als der arme Hans Tetterby, der unter seinem Moloch von einem Kinde, dem Dschuggernat, das alle seine Freuden zermalmt, dahintaumelt. Die Geschichte selbst besteht aus weiter nichts als aus den Wirkungen der Gabe des Geistes auf die verschiedenen

---

[130] Anna Radcliffe (1764–1823), Verfasserin der Romane *The Romance of the Forest*, *Mysteries of Adolpho* u. a., die sich besonders durch die Kraft schauerlicher Schilderungen auszeichnen. – D. Übers.

Gruppen der vorgeführten Persönlichkeiten, und die Art, wie das Ende herbeigeführt wird, ist ganz besonders nach Dickens' Weise. Was die höchste Anstrengung des Geistes nicht erreichen konnte, wird in der einfachsten Form des Gefühls gefunden. Die Frau des Kustoden des Kollegiums, wo der Chemiker Professor ist, ein Charakter der alle selbstlosen Tugenden besitzt, welche den niedrigsten Stand verschönern und veredeln können, ist das Werkzeug der Veränderung. Der Schmerz, den sie erfahren, hat sie nur umso eifriger gemacht, die Leiden anderer zu lindern und der unzufriedene Weise lernt an ihrem Beispiel, daß die Welt am Ende doch ein glücklicherer Kompromiss ist, als sie zu sein scheint und das Leben leichter, als die Weisheit gemeinhin denkt; daß der Schmerz der Freude die wahre Würze verleiht, indem er das, was er wahrhaft berührt, läutert; und daß ‚der Nutzen des Unglücks süß ist', wenn seine Wolken nicht der Schatten der Unehre sind. Dies alles kann freilich in einem so engen Raume nur leicht angedeutet werden, und in der Maschinerie der Erzählung muß viel als selbstverständlich angenommen werden. Aber Dickens war vollkommen berechtigt, derartige Einwände unberücksichtigt zu lassen. „Du mußt denken," schrieb er mir am 21. November, „daß die von dem Geiste auferlegte Bedingung ihm die Einblicke gibt, ohne welche die Durchführung der Idee unmöglich sein würde. Mein Gesichtspunkt ist natürlich der, daß das Böse und das Gute in der Erinnerung unauflöslich miteinander verflochten sind und daß der Genuß, sich nur des Guten zu erinnern, unerreichbar ist. Um alles Beste davon zu haben, muß man sich auch des Schlimmsten erinnern. Meine Absicht in Hinsicht auf den andern von Dir erwähnten Punkt ist, daß er selbst nicht wissen soll, wie er die Gabe mitteilt, ob durch Blick oder Berührung, und daß sie sich in jedem Falle auf ihre eigene Art verbreitet. Ich kann dies durch einige Zeilen im zweiten Teile klarer machen. Es muß nicht bloß so sein wegen der Mannigfaltigkeit, welche die Geschichte dadurch erhält, sondern ich glaube, das Ganze wird dadurch auch seltsamer und wilder." In der Tat sind kritische Subtilitäten nicht am Platze, wo Wildheit und Seltsamkeit der Mittel von geringerer Bedeutung sind, als Klarheit in dem Gedankengang und dem Zwecke. Hierüber aber läßt Dickens keinen Zweifel. Er macht seinen Gedanken, daß niemand die geheimnisvolle Verteilung des Übels in der Welt so weit in Frage stellen sollte, um den Verlust der Erinnerung an die Ungerechtigkeit und die Leiden zu wünschen, welche ihm seiner Meinung nach dadurch zugefügt worden, vollkommen klar. Es mag Schmerz gegeben haben, aber es gab auch die Freundschaft, welche ihn linderte; es mag Unrecht geschehen sein, aber es war auch die Liebe da, die es verzieh; und mit beiden sind so viele Gedanken, die alles, was sonst in dem Gedächtnis lebt, mildern und veredeln, so unauflöslich verknüpft, daß dasjenige, was im Leben gut und angenehm ist, aufhören würde es zu sein, wenn sie vergessen würden. Das alte Sprichwort sagt nicht, man solle vergessen, damit man vergebe, sondern man solle vergeben, damit man vergesse. Es ist Vergebung des Unrechts für Vergessenheit des darin enthaltenen Übels, eine Vergebung wie die, welche der arme alte Lear von Cordelia erbat.

Der Plan zu seiner viel bedachten neuen Zeitschrift war, wie wir sahen, noch ‚dunkel‘, als das erste Nachdenken darüber ihn in Bonchurch beschäftigte; aber die Rätlichkeit, ihn klarer zu machen, stellte sich bald dar bei einem Besuche von Mr. Coans, der seinen halbjährlichen Rechnungsbericht über den Verkauf von Dickens' Büchern und eine kleine Enttäuschung in Bezug auf den von *Copperfield* mitbrachte. „Die Rechnungen sind, nach *Dombey*, etwas mäßig, und was Du sagtest, wird am Ende doch wahr. Ich bedaure es nicht, daß ich mich nicht dahin bringen kann, mich viel zu kümmern, was für Ansichten die Leute sich bilden, und ich hege einen starken Glauben, daß, wenn irgendwelche von meinen Büchern in späteren Jahren gelesen werden, *Dombey* zu den besten gezählt werden wird; aber vorübergehende Einflüsse sind für den Augenblick von Wichtigkeit, und wie *Chuzzlewit* mit seinem geringen Verkauf mich in die Höhe brachte, so hat der große Verkauf von *Dombey* mich wieder heruntergebracht. Allein in Wahrheit doch nicht sehr viel. Diese Rechnungsberichte beziehen sich nur auf die drei ersten Hefte, sind natürlich mit allen schweren Lasten des ersten Heftes belastet, und sollten vernünftigerweise keinen Grund zur Klage geben. Aber es ist nur klar, daß die Zeitschrift im Frühling in Gang gebracht werden muß, und ich habe mich schon in müßigen halben Stunden damit beschäftigt, einen Namen und eine Idee dafür zu finden. Evans sagt, über *Copperfield* hören sie nur eine Stimme und sie hegen das größte Vertrauen auf den Erfolg. Ein regelmäßiger Verkauf von fünfundzwanzigtausend Exemplaren, den sie jetzt beinahe erreicht haben, wird vollkommen genügen. Die rückständigen Hefte finden fortwährend Absatz. Lies das Einliegende."

Es war ein Brief von einem russischen Schriftsteller, datiert aus St. Petersburg und unterzeichnet ‚Trinarch Ivansvitch Wredenskii‘, der ihm eine Übersetzung von *Dombey* ins Russische schickte und ihm mitteilte, daß seine Werke, die vorher nur in den Zeitungen mit gewissen Auslassungen übersetzt waren, jetzt durch seinen Korrespondenten in ihrer vollständigen Gestalt übersetzt worden seien, obschon selbst er in seiner Version von *Pickwick* eine Auslassung notwendig erachtet hatte. Er fügt, mit einer ausgesuchten Höflichkeit gegen unsere Muttersprache und doch ohne die Ansprüche seiner eigenen Nationalität zu vergessen, hinzu, seine Schwierigkeiten (in Bezug auf Sam Weller und andere) seien aus „der Unmöglichkeit hervorgegangen, die Schönheiten des Originals treu wiederzugeben in der russischen Sprache, die, obgleich in Bezug auf den Ausdruck die reichste aller europäischen Sprachen, doch weit entfernt sei, für die Literatur anderer zivilisierter Sprachen eine hinreichende Ausbildung empfangen zu haben." Er hatte sich jedoch, wie er Dickens versicherte, unablässig bemüht, sich in seine Gedanken einzuleben und die hohe Meinung, welche er sich über ihn gebildet, gebe nur einem einzigen Wunsche Raum: daß ein solcher Schriftsteller „sich unter einem russischen Himmel hätte entwickeln mögen". Nichtsdestoweniger sei sein Los ein beneidenswertes. „Während der letzten elf Jahre hat Ihr Name sich einer weiten Berühmtheit in Rußland erfreut und von den Ufern der Newa bis in die fernsten Gegenden Sibiriens werden Sie eifrig gelesen. Ihr *Dombey* fährt fort, das ganze literarische Rußland mit Begeisterung zu erfüllen." Sehr freuten wir uns über den guten Wredenskii; und noch lange nachher, wenn in öffentlicher oder privater Beziehung etwas Dickens' Wünschen zuwiderlief, benachrichtigte er mich gelegentlich, er habe Befehl gegeben, seine Koffer zu packen für die Reise in das sympathischere und freundlichere Klima „der fernsten Gegenden Sibiriens".

In der Woche, ehe er Bonchurch verließ, sprach er sich wieder über den alten und oft wiederkehrenden Gedanken gegen mich aus. „Der alte Plan zu einer Zeitschrift, der sich so lange in meinem Geiste bewegt hat, ist, wie mir scheint, endlich im Begriffe, Gestalt anzunehmen." Dies war am 24. September und am 7. Oktober hörte ich aus Broadstairs etwas über die Gestalt, welche er angenommen hatte. „Ich tue den mir vorschwebenden Ideen (die ziemlich schnell und bequem zu einer übersichtlichen Anordnung kommen werden) großes Unrecht, indem ich jetzt etwas über die Zeitschrift sage; aber mein Plan ist eine Wochenschrift, Preis anderthalb oder zwei Pence, Inhalt teils original, teils ausgewählt und immer, wo möglich, ein gutes kleines Gedicht dabei ... Über die ausgewählten Gegenstände habe ich eigentümliche Ideen. Eine davon ist, daß es immer ein besonderes Thema sein muß. Zum Beispiel eine Geschichte der Seeräuberei, mit welcher eine ungeheure Menge außerordentlicher, romantischer und fast unbekannter Stoffe in Verbindung steht. Eine Geschichte des fahrenden Rittertums und die wilde alte Sage vom heiligen Gral. Eine Geschichte der Wilden, worin die eigentümlichen Punkte hervorgehoben werden, hinsichtlich deren alle Wilden einander ähnlich sind und diejenigen, in Bezug auf welche zivilisierte Menschen, unter schwierigen Verhältnissen, am leichtesten den Wilden gleich werden. Eine Geschichte merkwürdiger geschichtlicher Charaktere, guter und schlechter, die dem Urteil des Lesers bei seiner Beobachtung der Menschen und seinen Ansichten über die Wahrheit mancher erdichteter Charaktere zu Hilfe kommen sollen. Alle diese Darstellungen und fünfzig andere, über die ich schon nachgedacht habe, würden Kompilationen sein, durch welche jedoch der allgemeine Geist und Zweck der Zeitschrift sich hindurchziehen und die kaum von geringerem Interesse sein würden, als die Originalarbeiten. Die Originalartikel sollen Essays, Revuen, Briefe, Theaterkritik &c. umfassen, so amüsant sein als irgend möglich, aber alle klar und kühn demjenigen Ausdruck geben, was nach des Verfassers eigener Meinung der Geist des Volkes und der Zeit ist ... Um nun dies alles zusammenzubinden und gleichsam einen Charakter herzustellen, den jeder der Schriftsteller ohne Schwierigkeit aufrecht erhalten kann, will ich einen gewissen Schatten annehmen, der an alle Orte gehen kann, bei Sonnenschein, Mondschein, Sternenschein, Feuerschein, Lampenschein und in allen Häusern und allen Ecken und Winkeln sein kann, und von dem vorausgesetzt wird, daß er alles weiß und ohne die mindeste Schwierigkeit überallhin gehen kann. Dies kann im Theater sein, im Palast, im Parlament, in den Gefängnissen, in den Armenhäusern, in den Kirchen, auf der Eisenbahn, auf dem Meere, in fremden Ländern und in der Heimat: eine Art halballwissendes, allgegenwärtiges, unfaßbares Geschöpf. Ich glaube nicht, daß es geeignet sein würde, der Zeitschrift den Namen „*Der Schatten*" zu geben; ich möchte aber an diesen Titel etwas anhängen, um den Gedanken auszudrücken, daß es ein heiterer, nützlicher und immer willkommener Schatten ist. Ich möchte die erste Nummer mit dem Bericht dieses Schattens über sich selbst und seine Familie eröffnen. Alle Korrespondenzen sollen an ihn gerichtet werden. Er soll von Zeit zu Zeit warnende Mahnungen erlassen, daß er auf solch und solch einen Gegenstand fallen, oder dies und jenes Stück Humbug bloßstellen würde, oder daß man ihn in kurzem an dem und dem Orte erwarten darf. Der kompilierte Teil der Wochenschrift soll die Idee ausdrücken, daß dieser Schatten inmitten der erwähnten Bibliotheken und Bücher gewesen ist. Er soll als Phantasiegeschöpf in ganz London umherdämmern und die allgemeine Frage hervorrufen: ‚Was wohl der Schatten hierzu sagen wird? Was wohl der Schatten *dazu* sagen wird? Ist der Schatten hier?' und so weiter. Verstehst Du? ... Es wird mir ungeheuer schwer, in dieser Phase der Angelegenheit auszudrücken, was ich meine; aber ich glaube die Bedeutung des Gedankens liegt darin, daß keine Schwierigkeit vorhanden ist, ihn aufrecht zu halten, wenn man ihn einmal schwarz auf weiß entwickelt hat. Daß er ein sonderbares, unsubstantielles, grillenhaftes, neues Ding darstellt, eine Art vorher unbedachte, umherwandelnde Macht. Daß er alles, was in dem Blatte getan wird, in einen Fokus konzentrieren wird. Daß er ein Wesen in die Welt setzt, welches nicht der „*Spectator*' ist und nicht Isaak Bickerstaff ist und nichts von dieser Art ist: aber doch ein Wesen, an welches die Leute vollkommen bereit sein werden zu glauben, und welches gerade geheimnisvoll und seltsam genug ist, um einen Reiz auf ihre Einbildungskraft auszuüben, während es den gesunden Menschenverstand und die Humanität vertritt. Ich möchte in dem Titel und auch in der Auffassung des Gedankens ausdrücken, daß es etwas ist, was einem jeden nahe ist und auf Schritt und Tritt folgt. Am Fenster, am Kamin, in der Straße, im Hause, von der Kindheit bis zum Alter eines jeden unzertrennlicher Gefährte … Kannst Du Dir nun hieraus, was ich loslasse, als wäre ich eine davon angefüllte Blase und Du hättest in mich hineingestochen, etwas zurechtlegen? Ich habe den Gedanken gegen niemanden erwähnt; aber ich hege die lebhafte Hoffnung, daß es ein guter Gedanke ist und daß der ganze Plan daraus zurecht gehämmert werden kann."

Unzweifelhaft ein vortrefflicher Gedanke und in Dickens' Brief auf eine Weise dargelegt, daß kaum irgendetwas Charakteristischeres von ihm vorhanden ist. Aber ich konnte nichts damit machen, was ein ganz ausführbares Ansehen hatte. Der gewöhnliche Boden vermischter Lektüre, Auswahl und Kompilation, dem ‚der Schatten' entspringen sollte, schien mir kein geeignetes Erdreich für das phantasievolle Erzeugnis, das daraus hervorgehen sollte. Indem Dickens' Ideen sich darum sammelten und wuchsen, hatten sie ihm zu viel von dem Umfang und Inhalt seines eigenen unerschöpflichen Erfindungs- und Wunderlandes verliehen, und gerade die in Vorschlag gebrachten Mittel, die Mitwirkung anderer dafür zu gewinnen, würden ihn selbst nur umso schwerer belastet haben. Ohne den Leser jetzt mit den vorgebrachten Einwänden zu belästigen, will ich nur sagen, daß mein Urteil entschieden gegen seinen Plan war, weniger weil ich an der Wirkung zweifelte, wenn eine Verbindung seiner Teile hätte zustande gebracht werden können, als weil er meiner Meinung nach von diesem Gesichtspunkte aus nicht ausführbar war, und obgleich Dickens meine Gründe nicht sofort annahm, so gab er denselben doch schließlich nach. „Ich lege auf Deine ernsten Gründe über die Zeitschrift kein großes Gewicht; doch mehr hierüber später." Das ‚mehr hierüber später' löste sich in Unterredungen auf, aus denen die Gestalt hervorging, welche der Plan endlich annahm.

Es sollte eine Wochenschrift von vermischtem literarischen Inhalt sein; und der ausdrücklich ausgesprochene Zweck war: zu der Unterhaltung und Belehrung sämtlicher Klassen von Lesern beizutragen, und die Erörterung der wichtigeren sozialen Fragen der Zeit zu fördern. Das Blatt sollte kurze Erzählungen von Dickens selbst, sowie von andern Schriftstellern enthalten, Gegenstände von vorübergehendem Interesse in der lebhaftesten Form darstellen, die ihnen verliehen werden konnte, Themata behandeln, welche durch Bücher angeregt wurden, die gerade das allgemeinste Interesse hervorriefen und, womöglich, in jeder Nummer ein Gedicht, aber jedenfalls irgendeine Schöpfung der höhern Phantasie. Dies sollte ein Kardinalpunkt sein. Es sollte kein bloß utilitarischer Geist darin herrschen; mit allen gewöhnlichen Dingen und ganz besonders mit denjenigen, welche an der Oberfläche abstoßen, sollte etwas Phantasievolles oder Anmutendes in Verbindung gebracht werden, und den mühevollsten Arbeitern sollte gezeigt werden, daß ihr Los nicht notwendigerweise von der Sympathie und dem Reiz der Einbildungskraft ausgeschlossen ist. Dies alles war endgültig festgesetzt am Schlusse des Jahres 1849, als eine allgemeine Ankündigung des beabsichtigten Unternehmens gemacht wurde. Es blieb nur noch übrig, einen Titel und einen Unter-Redakteur zu finden und es freut mich, jetzt zu denken, daß für das letztere wichtige Amt auf meinen Vorschlag Mr. Wills gewählt wurde. Er erfüllte seine Pflichten zwanzig Jahre lang mit bewunderungswürdiger Geduld und Fähigkeit, und Dickens' späteres Leben hatte keinen vertrauteren Freund als ihn.

Das Suchen nach einem Titel dauerte einige Zeit und nahm viele Briefe in Anspruch. Einer der Titel, an die er am ersten dachte, hat jetzt das eigentümliche Interesse, daß derselbe in dem ihn begleitenden Motto den Titel der Serie *All the Year Round* andeutete, welche Dickens sich veranlaßt sah im Jahre 1859 an die Stelle der älteren Serie zu setzen. „*Das Rotkehlchen*. Mit folgendem Motto von Goldsmith: Das Rotkehlchen, berühmt wegen seiner Liebe zum Menschen, bleibt bei uns das ganze Jahr hindurch." Dies wurde jedoch verworfen. Dann kam: „*Die Menschheit*. Das halte ich für sehr gut." Nichtsdestoweniger folgte auch dieser Titel dem andern. Darauf kam: „Und hier ist eine seltsame Idee; aber sie hat entschiedene Vorzüge. *Charles Dickens. Eine Wochenschrift für die Belehrung und Unterhaltung aller Stände. Herausgegeben von ihm selbst.*" Dennoch fehlte auch hierin etwas. Am folgenden Tage kam: „Ich glaube, wenn dem andern Titel wirklich etwas fehlt, daß der nachstehende sehr hübsch ist und gerade diesen Mangel ausfüllt. *Die Hausstimme.* Ich habe an manche andere gedacht – Der Hausfreund. Das Hausgesicht. Der Kamerad. Das Mikroskop. Die Landstraße des Lebens. Der Hebel. Die rollenden Jahre. Die Walddistel (mit zwei Zeilen aus Southey als Motto). *Alles.* Aber ich glaube, die *Hausstimme* ist das rechte." Es war beinah das rechte; allein am folgenden Tage kam: „*Hausworte* (Household Words). Das ist ein sehr hübscher Name;" und die Wahl wurde getroffen.

Die erste Nummer erschien Sonnabend, den 30. März 1850, und enthielt unter andern den Anfang einer Erzählung von einer sehr originellen Schriftstellerin, Mrs. Gaskell, für deren Talent Dickens eine hohe Bewunderung hegte und mit der er viele Jahre lang freundschaftlich verkehrte. Es werden sich noch andere Gelegenheiten bieten, diejenigen zu erwähnen, mit welchen diese neue Arbeit ihn in persönlichen Verkehr brachte; aber ich will sofort sagen, daß er vor allen andern bis dahin unbekannten Schriftstellern, welche durch seine Zeitschrift einer weiten Welt von Lesern bekannt wurden, das stärkste persönliche Interesse für Sala empfand, und dessen Fähigkeiten zur Mitwirkung bei einem solchen Unternehmen sofort den höchsten Rang anwies. Ein erläuterndes Beispiel von dem, was ich als Kardinalpunkt der neuen Zeitschrift für Dickens bezeichnet habe, wird meinen Bericht über ihre Gründung passend beschließen. Die erste Nummer schien ihm, noch vor ihrer Veröffentlichung, sein Versprechen, „das jeder Brust innewohnende Licht der Phantasie sorgsam zu nähren," nicht ganz zu erfüllen; und sobald er die Korrekturbögen der zweiten empfing, hörte ich von ihm. „Indem ich den in Vorschlag gebrachten Inhalt von Nummer Zwei heute Morgen beim Frühstück sah" (Brighton, 14. März 1850) hatte ich ein unbehagliches Gefühl, daß es an etwas Zartem darin fehle, was sich auf allgemeine Familienerfahrungen anwenden ließe. Neulich abends, als ich auf der Eisenbahn hierher fuhr (immer ein höchst anregender Ort für mich, wenn ich allein bin), betrachtete ich mir die Sterne und wälzte eine kleine Idee über sie in mir herum. Ich habe nun diese beiden Dinge in Verbindung gebracht und sofort die beiliegende kleine Phantasie geschrieben und möchte, daß Du sie läsest, ehe Du sie an den Drucker schickst (es wird Dir nicht fünf Minuten nehmen) und mir umgehend den Korrekturbögen zugehen ließest." Es war dies des Kindes „Traum von einem Sterne", welcher die zweite Nummer eröffnete, und da er nicht in der Sammlung seiner kleineren Schriften erscheint, einige Andeutungen rechtfertigt. Dickens erzählt darin von einem Bruder und einer Schwester, beständigen Gespielen der Kindheit, die einen

Stern zum Freunde nahmen, denselben beobachteten bis sie wußten, wann und wo er aufgehen würde und ihm immer gute Nacht sagten, so daß, nachdem die Schwester gestorben ist, der einsame Bruder sie noch mit dem Sterne verknüpft, den er sich dann wie eine Lichtwelt öffnen und mit seinen Strahlen einen leuchtenden Pfad von der Erde zum Himmel bahnen sieht. Und er sieht auch Engel, die warten, um Wanderer auf dieser funkelnden Bahn zu empfangen, seine kleine Schwester unter ihnen; und er denkt seitdem immer, daß er weniger der Erde angehört als dem Sterne, wo seine kleine Schwester ist; und er wächst auf, durch Jugend und Mannesalter in's Greisenalter, bei den einander folgenden häuslichen Verlusten, welche sein Los auf Erden sind, noch immer getröstet durch die Erneuerung jener Vision seiner Kindheit, bis er endlich, wenn er auf seinem eigenen Totenbette liegt, fühlt, daß er als Kind seiner kleinen Schwester zueilt und seinem himmlischen Vater dankt, daß der Stern sich so oft vorher geöffnet habe, um die Lieben zu empfangen, die ihn erwarten. Seine Schwester Fanny und er (so erzählte er mir, lange ehe diese Skizze geschrieben wurde) pflegten nachts auf einem Kirchhof in der Nähe ihres Hauses umherzuwandern und die Sterne zu betrachten; und ihr früher Tod, von dem ich jetzt sprechen werde, erweckte in ihm von neuem alle Kindheitserinnerungen, welche ihm ihr Andenken teuer machten.

Zwanzigstes Kapitel

Die letzten Jahre in Devonshire Terrace
1848–1851

Mit Ausnahme der Szenen und Erinnerungen seiner Kindheit hatte Dickens kein besonderes Gefühl für bestimmte Orte, und besondere Anhänglichkeit an Häuser, in denen er gewohnt hatte, machte sich bei ihm nicht bemerkbar. Aber er fühlte sich am behaglichsten in Devonshire Terrace, vielleicht wegen des mit dem Hause verbundenen Gartens, und es tat ihm leid, als er plötzlich zu Ende des Jahres 1847 entdeckte, daß er dasselbe „im nächsten Frühling über drei Jahre" werde aufgeben müssen. „Ich hatte gedacht, der Miettermin wäre noch zwei Jahre länger." Dieser Zeit gehören einige Vorgänge an, über welche ich berichten muß, und ich verknüpfe sie mit dem Hause, in welchem er während der Arbeit an dem Buche wohnte, das gewöhnlich für sein größtes gilt, und während der Jahre, welche ich für die glücklichsten seines Lebens halte.

Es fanden nie so vertrauliche Mitteilungen unter uns statt, als in der Zwischenzeit nach seiner Rückkehr von Paris; doch diese sind schon in der Erzählung von seiner Kindheit und den Erfahrungen seines Knabenalters benutzt worden und was noch übrig bleibt, waren nur gelegentliche Bemerkungen. Von dem Ursprung des ebenfalls früher mitgeteilten Bruchstücks seiner Selbstbiographie habe ich berichtet; aber die Absicht, ein solches Dokument zu hinterlassen, hatte ihn, wie wir jetzt sehen, schon früher beschäftigt und es war eben die Tiefe unseres Interesses an dem Beginn seines Bruchstücks, was den Plan zu dem größeren Werke veranlaßte, von welchem jenes absorbiert wurde. „Ich weiß kaum, weshalb ich dies schreibe," so lautete seine eigene Bemerkung über eine seiner persönlichen Enthüllungen, „aber das mehr als freundschaftliche Verhältnis, welches zwischen uns herangewachsen ist, scheint es mir in meiner gegenwärtigen Stimmung aufzuzwingen. Wir, Du und ich, werden, das gebe der Himmel, noch manchmal in späteren Jahren weise und staunend davon reden. Inzwischen fühle ich mich ruhiger, nachdem ich Dir mein ganzes Empfinden und Denken erschlossen habe … Heute vor elf Jahren starb die arme liebe Mary."[131]

Dies wurde am 7. Mai 1848 geschrieben, aber ein anderes, damals bevorstehendes schmerzliches Ereignis führte seine Gedanken noch weiter zurück – zurück in die Zeit, als er mit seiner kleinen älteren Schwester in dem kleinen Garten des Hauses in Portsea umhertrabte. Die schwache Hoffnung auf ihre Wiederherstellung, welche Elliotson ihm in Paris gemacht hatte, war seitdem völlig erloschen und in weniger als zwei Monaten nach dem eben angeführten Briefe sollte ich hören, wie nahe das Ende gekommen war. „Es fand," schrieb er am 5. Juli, „gestern in der Mitte des Tages eine Veränderung mit der armen Fanny statt, welche mich gestern Abend zu ihr hinausführte. Ihr Husten hörte plötzlich fast ganz auf und seltsam genug, wurde sie sofort ihres hoffnungslosen Zustandes inne, in den sie sich, nach einer Stunde voller Unruhe und Kampf, mit außerordentlicher Sanftmut und Standhaftigkeit ergab. Die Reizbarkeit ging vorüber und alle Hoffnung schwand dahin, obgleich sie noch zwei Nächte vorher Pläne ‚für die Zeit nach Weihnachten' gemacht hatte. Sie ist sehr verändert. Ich hatte heute, allein, eine lange Zusammenkunft mit ihr, und nachdem sie einige Wünsche über das Begräbnis kundgegeben und darüber, daß sie in ungeweihter Erde begraben werden würde," (ihres Mannes Familie gehörte einer dissentierenden Sekte an) „fragte ich sie, ob sie irgendeine Sorge oder Angst in der Welt habe. Sie sagte: nein, keine. Es sei schwer, in einem solchen Lebensalter zu sterben; aber sie fühle durchaus keine Beunruhigung im Hinblick auf die bevorstehende Veränderung, sei überzeugt, daß wir uns in einer besseren Welt wiedersehen würden; und obgleich man ihr gesagt, sie könne sich noch auf eine Zeit erholen, wünsche sie dies in Wahrheit nicht. Sie sagte, sie sei ganz ruhig und glücklich, vertraue auf die Vermittlung Christi und empfinde keinerlei Schrecken. Sie habe, selbst während ihrer Krankheit, hart gearbeitet; glaube indes, das liege in ihrer Natur und bedauere es weder, noch beklage sie sich darüber. Burnett (ihr Mann) sei immer sehr gut gegen sie gewesen; sie hätten sich nie vereinigt; es tue ihr leid, zu denken, daß er in ein so einsames Haus zurückkehren werde und ihre Kinder jammerten sie, aber es sei kein quälender Schmerz. Sie zeigte mir, wie mager und abgezehrt sie war, sprach

---

[131] Ich benutze diese Veranlassung, zu sagen, daß in der früher (Band I) angeführten Grabschrift drei Worte fehlen. Der Grabstein auf dem Kirchhofe von Kensal-Green trägt diese Inschrift: „Jung, schön und gut, zählte Gott in seiner Gnade sie in dem frühen Alter von siebenzehn Jahren seinen Engeln zu."

über eine Erfindung, von der sie gehört hatte und die sie gern an dem Rücken des mißgestalteten Kindes versucht haben möchte; erinnerte mich an die Geduld und Standhaftigkeit unserer Schwester Letitia und machte mir, obgleich sie zuweilen Tränen vergoß, den Eindruck, daß ihr Geist gefaßt und ruhig war. Ich bat sie sehr oft, wenn sie sich auf irgendetwas besinnen könne, das ich für sie tun könne, es aufzuschreiben, oder gegen jemand zu erwähnen, wenn ich nicht da sei und sie sagte, sie wolle es, aber sie glaube fest, es sei nichts, nichts da. Da ihr Mann jung und ihre Kinder klein seien, sagte sie, so könne sie nicht umhin, zuweilen zu denken, daß es nach dem Naturlauf sehr lange dauern müsse, ehe sie wieder vereinigt würden; aber sie wisse, das sei eine bloße menschliche Einbildung und könne keine Wirklichkeit haben, nachdem sie gestorben sei. Eine so rührende Offenbarung von Kraft und Zartgefühl, bei so frühem Verfall, ist ganz unbeschreiblich. Ich brauche Dir nicht zu sagen, wie es mich ergriff. Ich kann die lieben Kinder hier nicht ansehen ohne die Besorgnis, daß diese traurige Krankheit nicht mit ihr aus unserm Blute verschwinden wird; aber ich bin gewiß, es ist keine Selbstsucht in dem Gedanken und Gott weiß, wie klein die Welt dem scheint, der an einem hellen Sommertage aus einem solchen Krankenzimmer hinaustritt. Ich weiß nicht, warum ich dies schreibe, ehe ich zu Bette gehe. Ich weiß nur, daß mir mitten in der Trauer und dem Gram meines Herzens zu Mute ist, als ob ich etwas damit täte." Nicht viele Wochen nachher starb sie, und das kleine Kind, welches ihre letzte Sorge war, überlebte sie nicht lange.

Während der letzten Hälfte des Jahres waren Dickens' Gedanken lebhaft mit der Form beschäftigt, welche sein nächstes Buch annehmen sollte. Ich hatte ihm den Vorschlag gemacht, er solle es zur Abwechslung in der ersten Person schreiben, und er hatte denselben sofort sehr ernst genommen und dies sowie andere Umstände wirkten zu jenem Entschlusse zusammen, obschon er noch nicht im Traum daran dachte, von seinen persönlichen und privaten Erinnerungen einen öffentlichen Gebrauch zu machen. Ein kleiner Vorfall dieser Zeit mag zeigen, mit welch eigentümlicher Wahrhaftigkeit er Wahrheit und Dichtung zu verschmelzen wußte, nachdem sein Entschluß einmal gefaßt war. Man hat aus der Lebhaftigkeit der Knabenerinnerungen Davids an Yarmouth den Schluß gezogen, daß der Ort Dickens in seinen eigenen Knabenjahren vertraut gewesen sein müsse; allein die Wahrheit ist, daß er jenen berühmten Seehafen zuerst am Ende des Jahres 1848 sah. Einer der früheren Monate dieses Jahres war durch ein Abenteuer bezeichnet gewesen, an welchem außer ihm Leech, Lemon und ich selbst teilnahmen. Wir hatten in Salisbury Pferde genommen und einen ganzen Märztag damit hingebracht, die ganze Ebene zu durchreiten, hatten Stonehenge besucht, Hazlitt's Hütte in Winterslow, den Geburtsort einiger seiner schönsten Essays, durchforscht – und alles mit so glänzendem Erfolge, daß er jetzt (13. November) vorschlug, „den Gedanken der Ebene von Salisbury mitten im Winter in einer neuen Richtung zu wiederholen, nämlich bei Blackgang Chine auf der Insel Wight, inmitten dunkler Winterklippen und brausender Meere." Aber der Winter brachte schon von selbst zu viel Öde mit sich, um jene stürmischen Zugaben schmackhaft zu machen; und am letzten Tage des Jahres meinte er, „es werde besser sein, einen Ausflug nach einer alten Kathedralstadt zu machen, die wir noch nicht kennen; und was sagst Du zu Norwich und Stanfield-Hall?" Dorthin gingen demnach die drei Freunde, während ich selbst noch im letzten Augenblick durch Krankheit verhindert wurde, sie zu begleiten; und über das Resultat hörte ich (12. Januar 1849), daß Stanfield-Hall, der Schauplatz eines grade damals vorgefallenen schrecklichen Trauerspiels, nichts Anziehendes habe, wenn man nicht etwa diese Eigenschaft „einem mörderischen Aussehen beilege, das zu einem solchen Verbrechen einzuladen scheine. Wir kamen," fuhr Dickens fort, „zwischen Stanfield-Hall und der Potaß-Farm an, als gerade das Suchen nach der Pistole stattfand, was auf eine so erstaunlich dumme Weise geschah, daß nichts in der Welt einen der Arbeiter Rush's verhinderte, von dem jüngeren Rush fünf Pfund St. anzunehmen, um die Waffe zu suchen und sie ihm zu geben. Norwich war eine Enttäuschung, mit Ausnahme seines Richtplatzes, den wir für das Ende eines kolossalen Schurken geeignet fanden. Aber der Erfolg des Ausfluges sollte für mich noch kommen. Yarmouth, Sir, wohin wir dann gingen, ist der seltsamste Ort in der weiten Welt: dreißig Meilen hügelloser Marschebene zwischen dort und London. Mehr darüber, wenn wir uns sehen. Ich werde mich jedenfalls daran versuchen." Er machte es zu der Heimat seiner ‚kleinen Em'ly'.

Sein ganzes Sinnen nahm jetzt diese Richtung und bald wälzte, nach seinem eigenen Ausdruck, sein Geist Namen umher „wie eine hohe See". Vier Tage nach dem Datum des zuletzt angeführten Briefes („alles war, Gott sei Dank, heute Morgen um vier Uhr vorüber") kam die Geburt seines achten Kindes und sechsten Sohnes, den er zuerst nach Oliver Goldsmith nennen wollte, später aber schließlich noch Henry Fielding nannte, und bei dem unser alter Freund Ainsworth, der uns zuerst miteinander bekannt gemacht hatte und immer ein willkommener und angenehmer Gefährte war, als Gevatter gebeten wurde. Indem er mich von jener Namensveränderung des Kleinen benachrichtigte, zu der eine Art von Huldigung gegen den Stil des Werkes, welches er jetzt anfangen wollte, ihn veranlaßt hatte, fügte er hinzu: „Was denkst Du von folgendem, als Grundgedanken eines Charakters? ‚Ja das ist vollkommen wahr; aber w*as ist sein Motiv?'* Mir scheint, als könnte ich etwas Derartiges in eine Sorte von belustigendem und unschuldigerem Pecksniff verarbeiten. ‚Ja freilich, – das war ganz gewiß eine schöne Handlung. Aber – aber, w*as ist sein Motiv?'*" Es war dies wieder nur eins der vielen äußeren Zeichen der Phantasie und Fruchtbarkeit, welche den Beginn aller seiner bedeutenderen Werke kennzeichneten, obgleich es, wie gewöhnlich, auch nicht an andern, solchen Anfängen eigentümlichen, weniger günstigen Gemütsstimmungen fehlte. „Tiefste Niedergeschlagenheit bedrückt mich, wie immer, wenn ich anfange;" lautete der Anfang eines Briefes, worin er von dem sprach, was natürlich immer eine seiner ersten Sorgen war: die Wahl eines Titels. In diesem besondern Falle hatte er Zweifel und Befürchtungen in einem mehr als gewöhnlich hohen Grade ausgestanden. Erst am 23. Februar gelang es ihm, eine Art Form für einen annehmbaren Titel zu finden. „Ich möchte wissen, was der beiliegende Titel (einer von denen, an die ich gedacht habe) Dir auf den ersten Blick für einen Eindruck macht. Er ist, wie mir scheint, seltsam und neu, aber er mag an A's Mangel: ‚zu komisch, mein Junge!' leiden. Als Motto würde ich wohl hinzufügen müssen: ‚Und kurz, es führte zu eben dieses Mag's Zerstreuungen. *Altes Wort.*' Oder würde es, da für beides eine gleiche Autorität vorhanden ist, besser sein zu sagen: ‚Und kurz, alle spielten Mag's Zerstreuungen. *Altes Wort?*'

Mag's Zerstreuungen.
Die persönliche Geschichte Mr. Thomas Mag's
des Jüngeren,
Von Blunderstone House."

Dies schien mir kaum befriedigend und es zeigte sich bald, daß er derselben Meinung war, obgleich er mir diesen Titel während der nächsten drei Tage in drei andern Gestalten mitteilte. „*Mag's Zerstreuungen.* Die persönliche Geschichte, Abenteuer, Erfahrungen und Beobachtungen Mr. David Mag's des Jüngeren, von Blunderstone House." Die zweite Variation ließ ‚die Abenteuer' aus, nannte seinen Helden Mr. David Mag den Jüngeren, von Copperfield House. Die dritte zeigte eine größere Annäherung an den Titel, welchem das Schicksal ihn entgegenführte und verwandelte Mr. David Mag in Mr. David Copperfield den Jüngeren und seine Großtante Margaret, behielt aber noch als Haupttitel „*Mag's Zerstreuungen*" bei. Es ist eigentümlich, daß, während der Name auf so seltsame Weise durch Zufall zusammengebracht wurde, es ihm nie auffiel, daß die Anfangsbuchstaben umgekehrt seine eigenen waren; aber er war auf's Höchste überrascht, als ich ihn hierauf aufmerksam machte und beteuerte, das sei ganz im Einklang mit den Schicksalen und Zufällen, denen er immer ausgesetzt sei. „Warum," sagte er, „hätte ich sonst so hartnäckig an dem Namen festhalten sollen, nachdem er einmal zum Vorschein gekommen war?"

Von der Wahrheit dieser Behauptung empfing ich unmittelbar nach jenem dritten Vorschlage merkwürdige Beweise. „Ich bitte Dich," schrieb er am 20. Februar, „Dir die beiliegenden Titel sorgfältig anzusehen und mir zu sagen, welchem Du am meisten geneigt bist. Du wirst sehen, daß sie *Mag* vollständig aufgeben und sich ausschließlich mit einem Namen befassen – mit dem – welchen ich Dir zuletzt schickte. Ich zweifle, daß ich einen besseren Namen finden könnte.

1. *Copperfield's Enthüllungen*. Die persönliche Geschichte, Erfahrungen und Beobachtungen Mr. David Copperfield's des Jüngeren, von Blunderstone House.
2. *Die Copperfield'schen Archive*. Die persönliche Geschichte, Erfahrungen und Beobachtungen Mr. David Copperfield's des Jüngeren, von Copperfield Cottage.
3. *Die letzten Reden und Bekenntnisse David Copperfield's Junior*, von Blunderstone Lodge, der nie in Old Bailey hingerichtet wurde. Seine persönliche Geschichte nach seinen hinterlassenen Papieren.
4. *Copperfield's Ansicht von der Welt, wie sie rollte*. Die persönliche Geschichte, Erfahrungen und Beobachtungen David Copperfield's des Jüngeren, von Blunderstone Rookery.
5. *Das Testament David Copperfield's*. Seine als Vermächtnis hinterlassene persönliche Geschichte.
6. *Der vollständige Copperfield*. Die ganze persönliche Geschichte und die Erfahrungen Mr. David Copperfield's von Blunderstone House, deren Veröffentlichung nie im Mindesten von ihm beabsichtigt wurde.

Nun, was sagst Du?"

Was ich sagte, läßt sich aus dem schließen, was er am 28. antwortete. „,*Copperfield's Ansicht von der Welt*' ist von Anfang an mein Lieblingstitel gewesen. Kate wählte ihn sich aus den andern aus, ohne daß ich etwas darüber gesagt hatte. Ebenso Georgy. Dir gefällt er auf den ersten Blick. So zweifle ich denn nicht, daß es unbestreitbar der beste Titel ist, und ich will daran festhalten." Nichtsdestoweniger fand eine Abänderung statt. Die Vollendung des zweiten Kapitels machte ihm den Charakter seines Buches und die Angemessenheit, alles nicht streng Persönliche aus dem ihm gegebenen Namen auszumerzen, klarer als vorher. Der Wortlaut des Titels wurde daher schließlich folgender: „Die persönliche Geschichte, die Abenteuer, Erfahrungen und Beobachtungen David Copperfield's des Jüngeren, von Blunderstone Rookery, deren Veröffentlichung nie im Mindesten von ihm beabsichtigt wurde." Und der Brief, durch welchen ich erfuhr, daß der Roman unter diesem Titel am ersten Mai vom Stapel gelassen werden sollte, erzählte mir auch von den Schwierigkeiten, denen er noch beim Anfang begegnete. „Meine Hand ist in Bezug auf *Copperfield* erlahmt. Heute und gestern habe ich nichts getan. Obgleich ich weiß, was ich tun will, wackle ich doch wie ein alter Wagen vorwärts. Ich werde heute nicht einmal im Temple dinieren; es scheint mir so wichtig, heute Abend dabei zu bleiben und etwas vom Fleck zu kommen. Ich bin ganz am Boden, ein vollständiger literarischer Benedikt, wie er erschien, als seine Fersen nicht am Teppich haften wollten, und die lange Copperfield'sche Perspektive sieht an diesem schönen Morgen schneeig und trübe aus." Die Anspielung bezog sich auf ein Dîner in seinem Hause am Abend vorher, bei dem nicht bloß Rogers an seinem Tische übel wurde und hinausgetragen werden mußte, sondern, als wir bald nachher aufstanden, um das Esszimmer zu verlassen, auch Julius Benedikt[132] dem Beispiel des Dichters gefolgt und in unserer Mitte der Länge nach auf den Teppich hingefallen war. Bei der allgemeinen Bestürzung schien es an der gehörigen Sorge für die Kranken zu fehlen; dem berühmten Musiker erging es in dieser Hinsicht nicht so gut als dem berühmten Barden, dessen verlängerte Leiden in der Bibliothek, wohin man ihn gebracht hatte, die ganze im Hause verfügbare sanitarische Hilfe in Anspruch nahmen. Dickens hatte sich beim Dîner mit großer Beredtsamkeit über die Abscheulichkeiten der Behandlung der Armen in einer der Londoner Vorstädte ausgesprochen und Fonblanque benutzte den Umstand, um zu erklären, daß er es selbst nicht besser mache, da er seine Gäste erst durch die Speisen, welche er ihnen vorsetze, in eine bedauernswerte Lage bringe, und dann diese traurige Lage noch durch die Abwesenheit jeder gehörigen Verpfle-

---

[132] Der bekannte, in London ansässige deutsche Musiker, seit 1871 Sir Julius Benedikt. – D. Übers.

gung verschlimmere. Quin und Edwin Landseer trugen das ihrige zu der Durchführung des Scherzes bei, während Lord Strangford zugleich seiner tragischen Sympathie für seinen Freund, den Dichter, Ausdruck gab; und das auf so klägliche Weise unterbrochene Bankett endete in ausgelassener Heiterkeit. Denn in der Tat war nichts Ernstes vorgefallen. Benedikt ging lachend mit seiner Frau fort und ich half Rogers, zu seinem gewöhnlichem Abendspaziergang nach Hause, seine Überschuhe anziehen. „Wissen Sie, wie viele Westen ich trage?" fragte der Dichter mich, während ich ihm diesen Dienst erwies. Ich gestand meine Unfähigkeit, es zu raten. „Fünf!" sagte er, „und da sind sie." Worauf er sie nach Art des Totengräbers in „Hamlet" öffnete und mir jede einzeln zeigte.

Dieses Dîner fand im April 1849 statt, und unter den Gästen waren auch Mrs. Procter und Mrs. Macready, immer liebe und vertraute Namen in Dickens' Hause. Niemand konnte ein schnelleres oder sichereres Verständnis haben für das, was in dem menschlichen Charakter tüchtig und schön war; er schätzte dies höher als intellektuelle Kraft, und Macready und Procter würden dieselbe hohe Stelle in seiner Neigung und Hochschätzung eingenommen haben, wäre der eine nicht der größte Schauspieler und der andere ein Dichter von ebenso echtem Schrot und Korn gewesen, als der alte Fletcher und Beaumont. Es waren bei diesem Dîner ebenfalls zugegen der amerikanische Gesandte Mr. Bancroft und dessen Frau, sowie Lady Graham, die Gemahlin Sir James Graham's, der nicht einmal ihre Nichten, Mrs. Norton und Lady Dufferin, den Rang als Vertreterin der glänzenden Familie der Sheridan's durch Geist und Schönheit streitig machen konnten, eine Familie, von welcher Dickens viele Mitglieder, und vor allen diese drei, unter seinen Freunden hochhielt. Der Tisch jenes Tages wird „voll" sein, wenn ich die berühmte Sängerin Miss Katharine Hayes und ihre einfache, gutmütige Mutter hinzufüge, die uns alle sehr in Staunen setzte, indem sie Mrs. Dickens ein Kompliment darüber machte, daß sie einen so ausgezeichneten Maler, wie Mr. Hogarth, zum Vater gehabt habe.

Andere Freunde des Hauses in Devonshire Terrace werden angedeutet werden, wenn ich ein früheres, zur Tauffeier des *„Besessenen"* gehaltenes Dîner (3. Januar) erwähne, bei dem außer den Familien Lemon, Evans, Leech, Bradbury und Stanfield, Tenniel, Topham, Stone, Robert Bell und Thomas Beard gegenwärtig waren. Im folgenden Monat (24. März) traf ich an seinem Tische Lord und Lady Lovelace; Milner Gibson, Mowbray Morris, Horace Twiß und deren Frauen; Lady Molesworth und ihre Tochter; John Hardwick, Charles

Babbage und Dr. Locock. Der letztgenannte berühmte Arzt hatte Miss Abercrombie, das arme Mädchen, behandelt, deren Tod durch Strychnin die Entdeckung von Wainewright's Mordtaten herbeiführte; und er erzählte mir, daß die Ansicht, welche er sich über ihre Aussichten auf Wiederherstellung gebildet, zuerst erschüttert worden sei durch den traurigen, herzzerreißenden Ausruf der alten Familienwärterin: daß ihre Mutter und ihr Onkel gerade so gestorben seien! Es wurde später bewiesen, daß diese sich unter den früheren Opfern des Mörders befanden. Die Lovelace's waren häufige Gäste bei Dickens nach seiner Rückkehr von Italien, da Sir George Crawford, der sich in Genua gegen ihn so freundlich gezeigt, mit Lord Lovelace's Schwester verheiratet war; und wenige fühlten eine wärmere Bewunderung für Dickens als Lord Byron's „Ada",[133] auf welche Paul Dombey's Tod einen seltsamen Zauber ausübte. Sie waren wieder bei einem im folgenden Jahre für Scribe und Halévy veranstalteten Dîner, als diese nach England gekommen waren, um den ‚Tempest' in der Königlichen Oper zur Aufführung zu bringen. Der damalige Direktor der Oper, Lumley, M. Van de Weyer, Mrs. Gore und ihre Tochter, die Hogarth's und, wie ich glaube, der vortreffliche französische Komiker Samson, waren ebenfalls zugegen. Früher im Jahre versammelten sich um seinen Tisch die Familien Delane, Isambard Brunel, Thomas Longman,[134] Lord Mulgrave und Lord Carlisle, mit welchen allen, und mit Delane besonders in späteren Jahren, er in vertrautem und häufigem Verkehre stand. Lord Carlisle erheiterte uns, wie ich mich entsinne, an jenem Abende, indem er wiederholte, was der gute Lord Brougham über das „Punch-Volk" zu ihm gesagt hatte, eine Äußerung, an deren Wahrheit er wirklich fest glaubte. „Es gelingt ihnen nie mit meinem Gesichte, und sie müssen sich mit meinen karierten Hosen begnügen."[135] In Bezug auf Lord Mulgrave, der mit Dickens' ersten amerikanischen Erlebnissen in angenehmer Weise verknüpft war, will ich hinzufügen, daß er uns jetzt nach mehreren abgelegenen Vergnügungssorten begleitete, die er kennen zu lernen wünschte und die Dickens besser kannte, als irgendein anderer: kleine Theater, Salons und Gär-

---

[133] Ada Byron vermählte sich mit dem Grafen Lovelace. Sie ist die hier erwähnte Lady Lovelace. – D. Übers.
[134] Delane war und ist noch Hauptredakteur der Times; Brunel der berühmte Ingenieur, Longman Mitglied der bekannten Londoner Buchhändlerfirma. – D. Übers.
[135] Anspielung auf die Karikaturen Lord Brougham's in dem Witzblatt Punch. – D. Übers.

ten in der City und in den Vorstädten; und wie ich glaube nahm er Teil an einem Ausfluge an einem famosen Abend des Sommers von 1849 (29. Juni), als wir mit Talfourd, Edwin Landseer und Stanfield nach Vauxhall gingen, um die „*Schlacht von Waterloo*" zu sehen und auf's Höchste erstaunt waren, da wir den großen Herzog selbst, in einem glänzenden weißen Überrock, mit Lady Douro am Arme und den kleinen Ladies Ramsay an seiner Seite, dicht vor uns dahinschreiten sahen, während die Masse ihn mit Cheers empfing und Platz machte. Daß dies alles dem alten Helden Freude machte, schien unzweifelhaft; aber „die Schlacht" war ohne Frage langweilig und man konnte nicht umhin, dem wiederholt und sehr hörbar ausgesprochenen Wunsche Talfourds beizupflichten: daß „die Preußen herankommen möchten".

In dem vorhergehenden Monat hatte die Veröffentlichung „*Copperfield's*" begonnen, und ich will hier noch ein Dîner (am 12.) besonders erwähnen, wegen derjenigen, die daran teilnahmen. Thomas Carlyle und seine Frau kamen, Thackeray und Rogers, Mrs. Gaskell und Kenyon, Jerrold und Hablot Browne, nebst Mr. und Mrs. Tagart; und es war ein Genuß, Dickens' Freude zu sehen über Carlyle's lachende Erwiderung auf Fragen nach seinem Befinden: er sei, in den Worten von Peggotty's Haushälterin, ein verlassenes, einsames Geschöpf und alles laufe ihm zuwider. Ich dachte bei mir selbst, es werde wohl kaum besser gehen, als ich den großen Schriftsteller – den freundlichsten wie den weisesten der Menschen, aber nicht den geduldigsten, in Bezug auf sentimentales Philosophieren, – neben dem guten Mr. Tagart sitzen sah, den man bald verschiedene metaphysische Fragen über den Himmel und dergleichen an ihn richten hörte; und die Erleichterung war groß, als Thackeray mit seltener Laune eine Geschichte vorbrachte, die er und ich Macready hatten erzählen hören, als dieser mit uns von seinen Knabentagen sprach, – über einen provinziellen Schauspieler, der sich sechs Monate lang durch seine geschickte Behandlung der Schlußworte in dem „*Schloßgespenst*" sein Brot verdiente. In dem Original heißt es, man solle den Argwohn fahren lassen, gemeines Mißtrauen verbannen und, fast in den Worten, welche wir eben den Geistlichen an den Philosophen hatten richten hören: „Glaubt, daß es einen Himmel gibt und daß der Himmel gerecht ist!" wofür Macready's Freund, welcher bemerkte, daß der Vorhang meist ohne jede Erregung des Publikums fiel, eines Abends die wirksamere Ansprache substituierte: „Und gewährt uns Euern Beifall, denn der ist immer gerecht," was die begeistertsten Beifallsbezeugungen zur Folge hatte.

Dies Kapitel würde seine Grenzen weit überschreiten, wollte ich von andern ebenso angenehmen Zusammenkünften unter Dickens' Dache reden, während der Jahre, die ich jetzt besonders beschreibe; denn außer den Dîners fanden musikalische Vergnügungen und, sobald seine Kinder daran teilnehmen konnten, Tanzgesellschaften fast unaufhörlich statt. „Bewahre das für meine Biographie auf!" sagte er zu mir mit ernstem Tone am Dreikönigstag des Jahres 1849, nachdem er mir erzählt hatte, was er in der Nacht vorher getan; und ebenso erfülle ich jetzt mein damals gegebenes lachendes Versprechen. Die kleine Mary und ihre Schwester Kate hatten sich viele Mühe gegeben, ihrem Vater die Polka zu lehren, damit er sie an dem Geburtstagsfest ihres Bruders mit ihnen tanzen könne. Und mitten in der vorhergehenden Nacht, als er im Bette lag, überfiel ihn plötzlich die Furcht, er habe den Tanz vergessen, und unverzüglich sprang er in der winterlichen, kalten, dunkeln Nacht aus dem Bette, um ihn zu üben. Etwas Charakteristischeres könnte nicht erzählt werden, es sei denn, daß ich ihn hätte zeigen können, wie er nachher tanzte und in unermüdlicher Kraft und Lebendigkeit den jüngsten Tänzer weit übertraf. Niemand kam ihm bei diesen Veranlassungen auch nur annähernd gleich, außer unser treuer Freund Kapitän Marryat, dem es ein leidenschaftliches Vergnügen machte zu tanzen, besonders mit Kindern, an denen und deren Vergnügungen er so innig teilnahm, wie es sich für einen so von Grund aus gutherzigen Mann ziemte. Sein Name würde unter den von mir genannten an der Spitze gestanden haben, wie er unter denen, die Dickens am liebsten leiden mochte, zu den ersten gehörte; aber im Herbst 1848 war er unerwartet dahingeschieden. Doch noch andere Namen werfen mir ihre Auslassung vor, indem mein Gedächtnis weiter zurückgeht. Mit dem Namen Marryat's steht auf der ersten Seite dieses Bandes der Name von Monckton Milnes, der während dieses ganzen Zeitraums mit Dickens befreundet war und noch mehr hervorragte in den Tagen von Tavistock-House, als er in Begleitung Lady Houghton's mit frischen Ansprüchen auf die Bewunderung und Achtung meines Freundes erschien.[136] Über Bulwer Lytton's häufige Anwesenheit in allen seinen Häusern, und über Dickens' so oft öffentlich ausgesprochene unwandelbare Bewunderung für ihn, als einen der größten Meister seiner Kunst, würde es unnötig sein, hier noch einmal zu sprechen. Auch bei seinem gastlichen Verkehr mit ausgezeichneten Männern aus den beiden Berufskreisen, welche mit der Literatur und

---

[136] Monckton Milnes, bekannt als freisinniger Politiker und Schriftsteller, wurde 1863 als Lord Houghton zur Pairswürde erhoben. – D. Übers.

ihren Jüngern so enge verknüpft sind, will ich nicht verweilen – seinem Verkehr mit den Denman, Pollock, Campbell und Chitty;[137] mit den Watson, Southwood Smith, Locock und Elliotson.[138] Alfred Tennyson empfing von ihm während aller jener vertrauten und freundschaftlichen Jahre, von denen ich rede, volle Huldigung und ehrenvolles Willkommen. Tom Taylor war oft bei ihm und der milde und doch edle Charakter Lord Dudley Stuarts,[139] sein gebildeter Geist und seine hochherzige öffentliche Tätigkeit, welche in seinem ritterlichen Gesicht so vollkommen ausgedrückt waren, übten einen Reiz auf Dickens aus, den es mir schwer sein würde zu übertreiben. Unvollständig würde auch diese Liste sein, wenn ich ihr nicht den offenen, lebhaften Lord Nugent hinzufügte, der an literarischem Geschmack und Sinn für gesellige Heiterkeit so stark an seinen Großvater, den Freund Goldsmith's, erinnerte. Auch darf ich gelegentliche Tage mit dem lieben alten Charles Kemble und einer oder der andern seiner Töchter nicht vergessen, mit Alexander Dyce, und mit Harneß und dessen Schwester, oder mit seiner Nichte und ihrem Mann, Mr. und Mrs. Archdale, die besonders durch Unterhaltungen über die große Zeit der englischen Bühne genußreich waren. Es war ein Genuß; Kemble über seine Schwester, Mrs. Siddons, und über seinen Bruder John reden zu hören. Er machte kein Geheimnis aus seiner Ansicht, daß seine Schwester von beiden das größere Genie gehabt habe; aber er sprach mit Entzücken von John's „Macbeth" und Teilen seines „Othello", und verglich seine Deklamation des „Fahr wohl Du ruhiger Geist", mit dem Ablaufen einer Uhr, ein Bild, welches, ohne daß er es wußte, Hazlitt schon früher auf den Vortrag des „Morgen und morgen" angewandt hatte. Harneß schien mit diesem Urteil übereinzustimmen. Er bezeichnete den Unterschied zwischen beiden sehr gut, indem er bemerkte: daß die Natur in Kemble's Spiel nur seine großartige Kunst ergänzt habe, während seine Schwester, obgleich der Künstlergeist nicht minder mächtig in ihr war, sich doch vor allem auf die Natur verließ, und die andere Macht nur bei jener zu Hilfe nahm. „Es war," sagte Harneß zu Dickens an dem Abend, von dem ich hier rede, „in einem andern Sinne, wie mit Ihrem literarischen Schaffen: die gewöhnlichsten Naturgefühle wurden, wenn auch nicht veredelt, so doch groß gemacht durch die Kunst." Mrs. Siddons' „Constanze", erklärte

---

[137] Berühmte Juristen. – D. Übers.
[138] Berühmte Ärzte. – D. Übers.
[139] Der treu ausdauernde Vertreter der Sache Polens, von der Revolution von 1830 an bis zu seinem Tode, 1854. – D. Übers.

er, würde fischweibig gewesen sein, hätte nicht ihre wunderbare Wahrheit über jedes andere Gefühl den Sieg davongetragen und ihre Volumnia konnte nur deshalb nicht für vulgär gelten, weil sie so unendlich großartig war. Wenn sie, sagte Harneß, zuerst eintrat und mit jeder Bewegung der römischen Volksmenge, die hinausströmte und in Verwirrung zurückkehrte, von Seite zu Seite auf und ab wogte, absorbierte sie ihren Sohn so in ihrem eignen Selbst, indem sie ihn anblickte, wuchs und erhöhte sich so in dem stolzen Gefühl seines Ruhmes, daß „das ganze Parterre weinte" und auch er weinen mußte.

Noch einige andere Namen sollten in diesen umherschweifenden Erinnerungen eine Stelle finden, obgleich es mir nicht einfällt, alle anführen zu wollen. Einen Abend machte Mazzini denkwürdig, indem er mit uns in die Schule ging, die er in Clerkenwell für die italienischen Orgeljungen gestiftet hatte. Dies war nach einem Dîner bei Dickens, welcher mit dem großen Italiener in persönlichen Verkehr getreten war, nachdem er einem betrügerischen Bettler Geld gegeben, der ohne Erlaubnis von seinem Namen Gebrauch machte. Von seinen Edinburgher Freunden empfing er im Frühling regelmäßige Besuche: nicht bloß von Jeffrey und dessen Familie, sondern von dem Sheriff Gordon und der seinigen, mit der er auf ebenso vertrautem Fuße stand, von Lord Murray und seiner Frau, von Sir William Allan und seiner Nichte, von Lord Robertson mit seinen wunderbaren schottischen Possen, und von Peter Frazer mit seinen bezaubernden schottischen Liedern. Allan's Name erinnert mich an andere, oft in seinem Hause gesehene Künstler, an die Castlake, Leslie, Frith und Ward, abgesehen von den schon früher oft erwähnten, denen ich auch Charles sowohl als Edwin Landseer und William Boxall hätte hinzufügen sollen. Ebensowenig darf ich in dieser Klasse seiner Freunde (und keine andere übte eine so starke Anziehungskraft auf ihn aus) so berühmte Namen auf dem Gebiet der Schwesterkünste auslassen, wie den von Helen Faucit, einer Schauspielerin, welche mit den glänzendsten Tagen der Bühnenverwaltung unseres Freundes Macready in würdigem Zusammenhange stand – so wie die von Sims Reeves, John Parry, Phelps, Webster, Harley, Mr. und Mrs. Keeley, Whitworth und Miss Dolby. Für George Henry Lewes empfand er seit vielen Jahren die größte Hochachtung; unter andern Repräsentanten der Literatur dürfen nicht vergessen werden der kordiale Thomas Ingoldsby und der vielseitige, treu ausdauernde Charles Knight; Mr. R. H. Horne und seine Frau besuchten ihn häufig in London und während seiner Ferien am Meere, und ich traf an seinem Tische Mr. und Mrs. S. C. Hall. Auch die Duff Gordon, die Lyell und die Emerson Tennent, sehr alte Freunde von uns beiden, verkehrten dort, sowie Frank Beard und seine Frau, Charles Black und seine Frau, nahe Verwandte George Cattermole's, zu denen er vor und während seines Aufenthalts in Italien in intimen Beziehungen stand; Thomson, der Bruder der früher genannten Mrs. Smithson und seine Frau, deren Schwester Frederick Dickens geheiratet hatte; Mitton, sein eigener Jugendgefährte und Mrs. Torrens, die mit den Amateurs in Kanada gespielt hatte. Alle diese sind in meinem Gedächtnis als Freunde oder genaue Bekannte so eng mit Devonshire Terrace verknüpft, daß sie dieses Wort des Andenkens fordern, ehe wir das Haus verlassen; und bemerken will ich auch, daß Besucher aus Amerika immer einem gastlichen Willkommen begegneten. Die Bancroft wurden bereits erwähnt und ihnen müssen hinzugefügt werden Abbot Lawrence, Prescott, Hillard, George Curtis und der Bruder Felton's. Felton selbst besuchte England erst um die Zeit, als Dickens in Tavistock House wohnte. Im Jahre 1847 hatten wir einen genußreichen Tag mit den Colden und Wilke's, den Verwandten Jeffrey's, und im folgenden Jahre trafen Dickens und Carlyle sich in meiner Wohnung (weil irgendein Zufall an diesem Tage Devonshire Terrace verschloß) mit dem trefflichen Emerson. Der letzte und nicht am wenigsten geehrte Name in meiner Liste von Dickens' Bekannten und Freunden ist derjenige Professor Owen's, bei dem ich mich einer amüsanten kleinen Unterbrechung von Seiten Dickens erinnere, als Professor Owen eines Tages ein Fernrohr von gewaltigem Umfange beschrieb, welches ein Geistlicher hatte anfertigen lassen, der sich mit Astronomie beschäftigte und tiefer in den Himmel sehen wollte als – Lord Rosse, wollte Owen sagen, hätte Dickens nicht trocken die Worte eingeschaltet – „als seine Berufsstudien ihm möglich gemacht hatten".

Einige Vorfälle, die ganz speziell den drei Jahren angehörten, welche seinen Aufenthalt in dem Hause, das so mit dem nicht am wenigsten interessanten Teile seiner Laufbahn verknüpft war, beschlossen, werden fernere Aufschlüsse geben über seine damalige Beschäftigung und Lebensweise. Im Sommer 1849 kam er von Broadstairs nach London, um bei einem Dîner im Mansion-House zugegen zu sein, welches der Lord-Mayor jener Zeit, von löblichem Ehrgeiz erfüllt, „der Literatur und Kunst" gab, unter der Voraussetzung, daß dieselben hinreichend vertreten sein würden durch die Königlichen Akademiker, die Mitarbeiter des Punch, Dickens und einige Zeitungsredakteure. Im Ganzen war das Resultat nicht erfreulich, da das würdige Haupt der City-Obrigkeit, ohne Zweifel ganz unabsichtlich, eine zu große Überraschung über die ungewohnten Gesichter um ihn her ausdrückte, um den Forderungen der Höflichkeit ganz zu genügen. Im Allgemeinen (das war der Ton seiner Rede) sind wir gewohnt, Prinzen, Herzoge, Minister und was sonst nicht als Gäste hier zu haben; aber was für eine Freude (umso größer, je ungewöhnlicher sie ist), Herren wie Sie hier zu sehen! In andern Worten, was konnte für Leute, die durch hohe Gesellschaft gesättigt waren, angenehmer sein, als zur Veränderung auf kurze Zeit dem Zimmer des Kellermeisters einen Besuch abzustatten? So lautete der Hauptsache nach der Bericht, den Dickens mir am nächsten Tage über das Dîner machte und sein Grund für die sehr vorsichtigen Ausdrücke, deren er sich bei seiner Antwort auf den Toast: „Die Novellisten" bedient hatte. Eine scherzhafte Anspielung auf ihn selbst in der Daily News, in Bezug auf diese Vorgänge, ärgerte ihn daher nicht wenig; und er bat mich eine Erwiderung darauf an die Redaktion gelangen zu lassen. Da ich eine starke Abneigung gegen alle solche zur Schau getragene Empfindlichkeit habe, hielt ich den Brief zurück; aber jetzt ist er vielleicht wert gedruckt zu werden. Er ist datiert von Broadstairs, Mittwoch 11. Juli 1849. „Ich habe kein anderes Interesse und keine andere Beziehung zu einem sehr scherzhaft gehaltenen Artikel über das Dîner vom vorigen Sonnabend im Mansion-House, der gestern in Ihrer Zeitung erschien und heute seinen Weg hierher fand, als daß derselbe demjenigen, was ich bei jener Gelegenheit sagte, eine unrichtige Deutung gibt. Wenn Sie es für den Witz jener Satire nicht nachteilig halten sollten, das mitzuteilen, was ich wirklich sagte, so würde ich Ihnen sehr verbunden sein. Was ich sagte war dies: daß das Kompliment einer Anerkennung der Literatur durch die Bürger von London mir umso annehmbarer scheine, je ungewöhnlicher es sei, und daß es vermutlich für sie in demselben Verhältnis von Vorteil und Nutzen sein werde, als es in Zukunft weniger ungewöhnlich werde; daß ich im Namen der Novellisten den dargebrachten Tribut als einen angemessenen annehme, insofern wir zuweilen Grund hätten zu hoffen, daß die Welt unserer Einbildungskraft Männern, welche sich in den Geschäften des Lebens abmühten, gelegentlich einen Zufluchtsort gewähre, aus dem sie nicht ungekräftigt an die tägliche Arbeit zurückkehrten, und daß der oberste Beamte der größesten Stadt der Welt jedenfalls mit Recht als der Vertreter dieser Klasse unserer Leser betrachtet werden dürfe."

Über einen Vorfall am Schlusse des Jahres wird hier eine kurze Erwähnung genügen, obgleich derselbe wichtige praktische Folgen hatte. Wir sahen die Hinrichtung der Mannings auf den Mauern des Horsemonger-Lane Gefängnisses, und mit dem Briefe an die ‚Times', in welchem Dickens am Tage darauf beschrieb, was er an jenem denkwürdigen Morgen gesehen, begann eine tätige Agitation gegen öffentliche Hinrichtungen, die nicht aufhörte, bis die heilsame Veränderung durchgesetzt wurde, welche sich so gut bewährt hat. Etwas später machte er einen Besuch in Rockingham-Castle, dem Landsitz Mr. und Mrs. Watson's, seiner Lausanner Freunde; und ich muß dem amüsanten Briefe, worin er mir von diesem Besuch erzählte, einige einleitende Worte voranschicken. Der Brief war nämlich in einer Charakterrolle geschrieben und zwar in derjenigen eines amerikanischen Besuchers in England.

„Ich nannte ihn Horatio"; und er war ein sehr freundlicher wackerer Mann, der mit dem Auftrage nach England gekommen war, eine Untersuchung über unsere ländlichen Zustände anzustellen und der seine Mission erfüllte, indem er einige Berichte veröffentlichte, welche seinem Verstand und Talent alle Ehre machten und in einer einfachen kräftigen Sprache abgefaßt waren, die an Cobbett's Schriften über denselben Gegenstand erinnerte. Aber in einer bösen Stunde veröffentlichte er auch eine Anzahl von Privatbriefen an Freunde aus den Landsitzen, welche seine Empfehlungen ihm geöffnet, und diese Briefe waren voll von den außerordentlichsten Enthüllungen über die innere Ökonomie der Landsitze des englischen Adels. Wie z. B., daß bei unserer Ankunft in einem Hause „unser Name angekündigt und unser Koffer sofort in unser Zimmer gebracht wird, welches uns der Diener mit allen seinen Bequemlichkeiten zeigt". Daß „man beim Frühstück von dem Diener gefragt wird, was man haben will; oder man steht selbst auf und bedient sich". Daß man sich bei dem Dîner nicht auf die Speisen losstürzt oder darum kämpft, sondern wartet, bis „jedem seine Portion von den Dienern gereicht wird". Daß alle Weine, Obst, Gläser, Leuchter, Lampen und Silbergeschirr sich unter der Obhut von Kellermeistern befinden, die Unterkellermeister als „Amtsgehilfen" haben; daß die Damen ihre weißen „Atlasschuhe und weißen Handschuhe nie mehr als einmal tragen"; daß die Servietten „nie auf dem Tische gelassen, sondern entweder auf den Stuhl oder auf den Fußboden unter den Tisch geworfen werden"; daß man sich unendliche Mühe gibt, die Spülkumpen zu leeren und vor allem, was für eine nationale Neigung existiere, eines Mannes Kleider zu bürsten und seine Stiefel zu putzen, wann und wo man immer der Kleider und der Stiefel ohne den Mann habhaft werden könne. Das war es, worüber Dickens gutgelaunt lacht.

„Rockingham-Castle, Freitag, 30. November 1849. Stelle Dir, mein lieber Forster, ein großes altes Schloß vor, dem man sich durch ein altertümliches Verließ mit Fallgatter &c. nähert; voll von Besuchern, denen sechsundzwanzig Bedienten aufwarten; wo die Spülkumpen (und Weingläser) fortwährend geleert, und meine Kleidungsstücke (und ich selbst in ihnen), immer nach allen möglichen Orten geschleppt werden – und Du wirst Dir eine schwache Vorstellung von dem Edelhofe machen können, in dem ich mich jetzt aufhalte. Ich würde Dir schon gestern geschrieben haben, hätte ich nicht einen so geschäftigen Tag gehabt. Unter den Gästen befindet sich eine Miss B., Schwester der hochwohlgebornen Miss B. (aus Salem, Massachusetts), der wir einmal in dem Hause unseres berühmten literarischen Landsmanns, Oberst Landor, begegneten. Diese Dame ist berühmt als Amateur-Schauspielerin; wir führten daher gestern Abend in der großen Halle einige Szenen aus der *School for Scandal* auf, sowie die Szene mit dem Wahnsinnigen auf der Mauer, aus dem „Nicholas Nickleby" des Generalmajors C. Dickens (aus Richmond, Virginia), einige Zauberstücke – und machten dann den Beschluß mit Contretänzen, von denen zwei vortreffliche mir ganz neu waren, obgleich sie in Wahrheit alt sind. Die Vorbereitungen nahmen (wie Du Dir denken kannst) den ganzen Tag in Anspruch; und es war drei Uhr, ehe ich in's Bett kam. Es war eine köstliche Unterhaltung und wir waren alle außerordentlich lustig. ... Ich habe einen sehr höflichen Brief von unserm unternehmenden Landsmann, Major Bentley[140] (aus Lexington, Kentucky) erhalten, den ich Dir nach meiner Heimkehr zeigen werde. Wir werden heute Nachmittag von hier abreisen und ich werde Dich, unserer Verabredung gemäß, morgen früh um ein viertel nach Zehn erwarten. Von allen englischen Landhäusern und Landgütern, die ich bis jetzt gesehen, halte ich dies bei weitem für das beste. Alles was hier geschieht, zeugt von einer glänzenden Gastfreiheit und es wird Dir Freude machen zu hören, daß unser berühmter Mitbürger, General Boxall (ans Pittsburg, Pennsylvania) damit beschäftigt ist, das Gesicht des Eigentümers dieses Edelhofs und diejenigen seines jungen Sohnes und seiner Tochter der Nachwelt zu überliefern. Es wird später meine Pflicht sein, über Rüben, Mangelwurzel, Pflüge und Vieh einen Bericht zu erstatten; und vorläufig will ich nur sagen, daß ich es als einen glücklichen Umstand für die umwohnende Bevölkerung ansehe, daß diese Besitzung in die Hände meines hochherzigen und aufgeklärten Wirtes gefallen ist. Jeder hat Nutzen davon gehabt, und ganz besonders für die Arbeiter wird in jeder Hinsicht gründlich gesorgt. Zu sehen, wie das ganze Hausgesinde, eine ungeheuer fette Wirtschafterin an der Spitze, gestern Abend die Hinterbänke einnahm und ohne allen

---

[140] Der im ersten Bande öfter genannte Londoner Buchhändler und Verleger ist hier gemeint. Dickens unterhielt von dieser Zeit an wieder einen seitdem nicht mehr gestörten freundschaftlichen Verkehr mit Bentley.

Rückhalt lachte und applaudierte und einen errötenden, glattköpfigen Bedienten, unter dem begeisterten Jubel seiner Brüder- und Schwesterschaft, für das Kunststück mit der Uhr, eine silberne Uhr von gewaltigem Umfang hervorziehen zu sehen, war ein sehr angenehmes Schauspiel, sogar für einen gewissenhaften Republikaner, wie Dich oder mich, der nicht umhin kann, das Mutterland mit Gefühlen des Stolzes auf unser eigenes Vaterland zu betrachten, das (wie von dem hochwohlgebornen Elias Deeze aus Hertford, Connecticut, gut bemerkt wurde) wahrhaftig das Land der Freien ist. Die besten Grüße von Columbia's Töchtern. Stets der Deine, mein lieber Forster – C. D." Dickens wiederholte während der nur kurzen Zeit, während welcher dieser vortreffliche Freund ihm erhalten blieb, seine Besuche in Rockingham-Castle oft, immer zu seiner größten Befriedigung; und im Winter 1851 brachte er dort mit Hilfe des Landzimmermannes „ein sehr elegantes kleines Theater" zustande, dessen Regisseur er selbst wurde. Es wird den vielen schon gegebenen Beispielen seiner unermüdlichen Energie, in der Arbeit wie im Spiele, ein neues hinzufügen, wenn ich die Tatsache erwähne, daß dieses Theater in Rockingham für die erste Aufführung am Mittwoch, den 15. Januar, eröffnet wurde, daß nach der Aufführung ein Contretanz stattfand, der bis früh morgens dauerte, und daß Dickens am nächsten Abend, nach einer Eisenbahnfahrt von mehr als fünfundzwanzig Meilen, in London bei dem Premier-Minister Lord John Russell dinierte.

Etwas früher in diesem Winter hatten wir zusammen seinen ältesten Sohn nach Eton gebracht und bald darauf befiel ihn ein großer Schmerz. „Der arme, liebe Jeffrey!" schrieb er mir am 29. Januar 1850. „Ich kaufte gestern Morgen an der Station eine ‚Times' und war so betäubt durch die Ankündigung, daß ich es fast unmittelbar in jenem wunden Teil meines Innern fühlte und die schlechten Symptome nach wenigen Stunden zurückkehrten. Es sind erst etwa zwei Wochen, seit ich einen in der besten Stimmung geschriebenen Brief von ihm hatte – er wäre besser, sagte er, als er seit langer Zeit gewesen – und noch vorigen Mittwoch schickte ich ihm Korrekturbögen meines neuen Heftes. Ich sage nichts von seinen wunderbaren Fähigkeiten und seiner großen Laufbahn, aber er war mir ein äußerst liebevoller und ergebener Freund; und obgleich niemand wünschen könnte, glücklicher zu leben und zu sterben, so alt an Jahren und doch so jung an Geist und Sympathie, schmerzt sein Verlust mich sehr, sehr tief." Dickens war vollkommen berechtigt stolz zu sein, daß er seinem Tribut trauernder Liebe solche Worte verleihen konnte. Jeffrey hatte, wenn je ein Mensch, die ihm in dieser Welt bestimmte Arbeit mit vollkommenem Erfolge vollendet und wenige haben nach einem so tätigen Leben ein so unbeflecktes, reines Andenken hinterlassen. Aber andere und tiefere Schmerzen erwarteten Dickens.

Die Hauptbeschäftigung des verflossenen und des gegenwärtigen Jahres, *David Copperfield*, wird ein Kapitel für sich haben und kann hier nur leicht berührt werden. Nachdem einmal ein guter Anfang gemacht war, riss die Erzählung ihn unwiderstehlich mit sich fort, jedenfalls (abgesehen von jener feurigen Sympathie mit den Geschöpfen seiner Einbildungskraft, welche ihre Leiden oder Schmerzen immer so absolut wirklich für ihn machte) mit weniger Beschwerde für ihn selbst, bei der Komposition, und nie wurde er wohl weniger durch Unterbrechungen und Störungen seiner Erfindungskraft gequält. Am meisten schwankte er in Bezug auf das Kindweib Dora, die in dem weiteren Fortschritt der Erzählung ein großer Liebling geworden war; und kurz nachdem er eine Entscheidung über ihr Schicksal getroffen, im Frühherbst 1850, aber noch ehe sie starb, wurde ihm eine dritte Tochter geboren, die er nach seiner sterbenden kleinen Heldin nannte.[141] Ohne das, was über die Composition dieses schönen Werkes

---

[141] Ich will hier bemerken, daß er zu Ende Juni mit Maclise einen kleinen Ausflug nach Paris gemacht hatte, hinsichtlich dessen die nachstehenden Auszüge aus einem Briefe an mich vom 24. Juni 1850, Hotel Windsor, Rue de Rivoli, genügende Auskunft geben werden. „Da im Hotel Brighton kein Raum ist, sind wir hier in sehr guten Zimmern einquartiert. Die Hitze ist geradezu entsetzlich. Ich habe in Italien nie etwas Ähnliches gefühlt. Schlaf ist so gut wie unmöglich, außer am Tage, wenn das Zimmer finster und der Patient erschöpft ist. Wir beabsichtigen am Sonnabend von hier abzureisen und nach Rouen zu gehen, von wo wir uns entweder nach Havre oder nach Dieppe begeben. und unsere Pläne so einrichten werden, daß wir, so Gott will, am Dienstagabend zu Hause sind. Heute Abend gehen wir in eins der kleinen Theater und am Mittwoch, zu Rachel's letzter Vorstellung, ehe sie nach London geht, in das Théâtre Français. In theatralischer Beziehung scheint sich hier nichts besonders Bemerkenswertes zuzutragen. Auch bemerke ich nicht, daß die Stadt nach außen sehr verändert ist, ausgenommen in Bezug auf die Wagen, die allerdings weniger zahlreich sind. Es kommt mir auch vor, als wäre der Sonntag noch mehr ein Geschäftstag als früher. Da wir morgen mit Regnier auf's Land gehen, schreibe ich dies nach der Postzeit und ehe ich zum Dîner nach den Trois Frères gehe, damit Du es mit der morgigen Post erhältst. Die Fahrt hierher in zwölf Stunden ist erstaunlich – bewunderungswürdig eingerichtet, außer in Bezug auf die Möglichkeit, Erfrischungen zu nehmen, wovon absolut keine Rede ist. Mac ist sehr wohl (seine Weste sitzt ihm äußerst lose und auch sonst kümmert er sich wenig um Knöpfe) und läßt Dich grüßen. De Fresne schlägt ein Dîner mit allen jetzt in Paris anwesenden Notabilitäten vor, aber ich will mich nicht dazu hergeben. Ich habe wirklich mit meiner Arbeit so große Anstrengungen durchgemacht, daß ich entschlossen bin, ihn nicht einmal zu sehen, sondern zu

gesagt werden soll, zu antizipieren, werden einige erläuternde Worte aus seinen Briefen über diesen und andere Punkte hier eine passende Stelle finden. „*Copperfield* ist halb fertig," schrieb er über das zweite Heft am 6. Juni. „Ich fühle mich, Gott sei Dank, voll von Zutrauen auf die Geschichte. Ich habe einen Fortschritt darin bereit für diesen Monat, einen anderen für den nächsten, und einen dritten für den dann folgenden." „Ich glaube, es ist notwendig" (15. November), „daß ich mich gegen den Sachwalter entscheide. Deine Gründe sind völlig genügend. Es ist möglich, daß es mit dem Bankgeschäfte geht. Ich will es mir auf einem Spaziergange überlegen." „Das Bankgeschäft ist untunlich" (17. November) „wegen der Gefangenschaft, die, wie ich vorhersehe, der Geschichte ein Ende machen würde. Ich habe daher vorläufig für alle Fälle den Sachwalter genommen. Ich bin wunderbar im Geschirr und nichts ärgert und quält mich." „*Copperfield* ist fertig" (20. November) „nach zwei Tagen äußerst angestrengter Arbeit; und ich glaube es ist ein kräftiges Heft. Seine erste Ausschweifung wird, wie ich hoffe, als ein Stück grotesker Wahrheit, der Beachtung wert sein." „Ich hege eine lebhafte Hoffnung" (23. Januar), „daß man sich wegen der kleinen Em'ly noch nach vielen Jahren meiner erinnern wird." „Ich fange an zu zweifeln, ob ich mich Dir werde anschließen können" (20. Februar), „denn Copperfield geht in hohen Wellen und muß morgen fertig sein. Aber wo möglich werde ich es tun und jeden Nerv anspannen. Wie ich hoffe, findet sich in dem Hefte etwas von schöner, komischer Liebe." „Noch unentschieden über Dora" (7. Mai), „aber muß mich heute entscheiden." [142] „Ich habe" (Dienstag,

---

tun, was mir beliebt. Ich finde, mein Kind (wie Horace Walpole sagen würde), daß ich Dir hier nichts geschrieben habe, aber Du wirst den Willen für die Tat annehmen."

[142] Der Rest des Briefes mag die Ecke einer Anmerkung ausfüllen. Die Anspielungen auf Rogers und Landor beziehen sich auf eine Einladung, welche ich ihm geschickt hatte. „Die Nachricht über Fox tut mir außerordentlich leid. Ich werde mich erkundigen, wenn ich an dem Temple vorbeikomme. Und will auch bei Dir vorsprechen (auf die Chance hin Dich zu finden), wenn ich jenem Sitz der Langeweile zuwandere. Ich schrieb den Artikel für die ‚Hausworte' gestern und habe Copperfield heute Morgen angefangen. Noch unentschieden über Dora, aber muß mich heute entscheiden. La difficulté d'écrire l'Anglais, m'est extrêmement ennuyeuse. Ah, mon Dieu! Si l'on pouvait toujours écrire cette belle langue de France. Monsieur Rogère! Ah, qu'il est homme d'esprit, homme de génie, homme des lettres! Monsieur Landore! Ah, qu'il parle Français – pas parfaitement comme un ange – un peu (peut-être) comme un diable! Mais il est bon garçon – serieusement, il est un de la vraie noblesse de la nature. Votre tout dévoué, Charles. A Monsieur Fostère."

20. August) „während der drei letzten Tage sehr angestrengt gearbeitet und muß Dora noch töten. Aber mit gutem Glück mag es mir morgen gelingen. Heute muß ich nach Shepherds-Bush und kann deshalb diesen Morgen nur wenig tun. Weise alle möglichen Dinge ab, die sich meiner Phantasie darstellen – sie kommen in solchen Haufen!" „Meine Arbeit in sehr anständig vorgerücktem Zustande" (13. August), „trotz meines Zuhausesitzens. Ich hoffe, ich werde ein glänzendes Heft zu Stande bringen. Ich fühle die Geschichte bis in ihren kleinsten Punkt." „Mrs. Micawber ist noch" (15. August), „ich bedaure es sagen zu müssen, in statu quo. Stets Dein *Wilkins Micawber*." Am nächsten Tage, dem 16., wurde das kleine Mädchen geboren und erhielt die Namen Dora Annie. Den Rest des Jahres brachte er größtenteils von Hause zu.

Das folgende Jahr fing nicht mit einem günstigen Omen an, da Kind und Mutter gefährlich krank wurden. Das erstere erholte sich jedoch, und „die kleine Dora macht, Gott sei Dank, wackere Fortschritte," war sein Bulletin während der ersten Februarwoche. Bald nachher wurde beschlossen, für Mrs. Dickens Great Malvern zu versuchen; und im März wurde eine Wohnung dort gemietet, wohin Dickens und ihre Schwester sie begleiteten, während die Kinder in London blieben. „Es ist ein wunderschöner Ort," schrieb er mir am 15. März. „O Himmel, den Kaltwasserleuten zu begegnen (wie ich heute Morgen tat, als ich zu einem Schauerbade ausging), wenn sie mit ernstem Ausdruck im Gesicht, wie Leute, die in die Wette rennen und nicht gerade gewinnen, die Hügel hinunterstürzen! Dann ist da eine junge Dame in einer grauen Polka, die, ohne Rücksicht auf ihre Beine, die Hügel hinauf geht; und dann ein junger Herr (vermutlich ein schlechter Fall), der unter seinem Hute eine leichte schwarzseidene Mütze trägt und unter dieser die Spuren von ich weiß nicht wie vielen Douchen; ferner ein alter Mann, der, lieber als stillstehen, ein Milchmädchen überrennt, aus Grundsatz kein Halstuch trägt und den Mund weit aufsperrt, um die Morgenluft zu erwischen." Es war dies, wie wir gesehen, der Monat, in welchem die Aufführungen der „Gilde der Literatur und Kunst" eifrig vorbereitet wurden, und es war auch die Zeit des Abschiedsmahls an unsern Freund Macready, als dieser die Bühne verließ. Dickens und ich selbst kamen dazu von Malvern nach London, und aus der geistvollen Rede, worin er die Gesundheit des Vorsitzenden ausbrachte, will ich, um der darin ausgesprochenen Wahrheit willen, einige Worte beifügen. „Es ist ein weit verbreitetes Vorurteil, eine Art Aberglaube, daß die Schriftsteller keine besonders verbundene Genossenschaft sind und ich fürchte, daß ein halbes

Körnchen Wahrheit darin enthalten ist. Aber unsern Vorsitzenden habe ich nie in meinem Leben öffentlich erwähnt, ohne zu sagen, was ich nie zurückhalten kann: daß ich auf dem Pfade, den wir beide wandeln ohne Ausnahme, von Anfang an, den großmütigsten der Menschen in ihm gefunden habe – rasch zu ermutigen, langsam zu schmälern und immer bereit die Interessen des Standes zu vertreten, dem er zu so hoher Zierde gereicht. Daß wir Schriftsteller uns unveränderlich oder untrennbar aneinander anschließen oder angeschlossen haben, ließ sich weder früher noch jetzt behaupten, aber unter den Jüngern der Literatur kann es keinen geben, noch je gegeben haben, der so vollständig frei ist von den mißgünstigen kleinen Eifersüchteleien, welche nur zu oft ihren Glanz trüben, als Sir Edward Bulwer Lytton." Das war ebenso reich verdient, als gut gesagt.

Nach der Mitte des Märzmonats mußte Dickens nach London zurückkehren in den Geschäften einer wohltätigen Anstalt, welche von Miss Coutts in der wohlwollenden Hoffnung gegründet war, gefallene Frauen zu retten durch die Prüfung ihrer Schicklichkeit zur Auswanderung. Diese Anstalt, die mehrere Jahre hindurch regelmäßig einen beträchtlichen Teil seiner Zeit in Anspruch nahm, wird später noch weiter erwähnt werden. Bei der gegenwärtigen Gelegenheit wurde Dickens' Aufenthalt verlängert durch die Krankheit seines Vaters. Derselbe war seit einiger Zeit leidend gewesen und man sprach jetzt von ernsteren Symptomen. „Ich sah meinen armen Vater gestern zweimal," schrieb er mir am 27., „das zweitemal zwischen zehn und elf Uhr abends. Am Morgen schien er mir nicht so wohl. Am Abend so wohl, als jemand in diesem Zustande sein kann." Am nächsten Tage ging es ihm so viel besser, daß sein Sohn nach Malvern zurückkehrte und uns sogar Grund zu der Hoffnung gab, daß wir ihn noch auf Sir Edward Lytton's Landsitze sehen würden, um einige auf das von Lytton für die Gilde geschriebene Lustspiel bezügliche Fragen mit uns zu erörtern. Aber das Ende kam plötzlich. Ich kehrte von Knebworth in der Meinung nach London zurück, ein Zufall habe ihn in Malvern aufgehalten; und in meinem Hause erwartete mich folgender Brief. „Devonshire Terrace, Montag, 31. März 1851. ... Mein armer Vater starb diesen Morgen, um 25 Minuten vor sechs. Sie hatten mir eine Botschaft nach Malvern geschickt, aber ich traf John an der Eisenbahn; denn ich war in der Absicht nach London gekommen, heute zu Bulwer Lytton zu eilen, ehe Du ihn verlassen hättest. Ich kam gestern Abend um elf hier an und war ein viertel nach elf in Keppel-Street. Aber er kannte mich nicht mehr, noch irgendjemand sonst. Um Mittag gestern fing seine Kraft an zu sinken und er erholte sich seitdem nicht wieder. Ich blieb dort bis er starb – o, so ruhig ... Ich weiß kaum, was ich tun soll. Ich werde nach Highgate gehen, um dort das Grab zu bestellen. Vielleicht möchtest Du mitgehen, und es würde mir lieb sein, wenn Du könntest. Ich werde nicht vor zwei Uhr von hier fortgehen. Ich glaube, ich muß heute Abend wieder nach Malvern, um zu erfahren, wie es mit der Trauer der Kinder gehalten werden soll; und da Du zu Bulwer zurückkehrst, hätte ich denselben Weg fahren mögen, wenn dies tunlich wäre. Daß ich Dich ganz besonders zu sehen wünsche, brauche ich wohl kaum zu sagen. Ich darf mich durch nichts – und Gott weiß, ich habe einen zu traurigen Anblick verlassen – zu sehr von dem Plane ablenken lassen, auf den so viel ankommt. Die meisten der vorgeschlagenen Veränderungen scheinen mir gut."

John Dickens wurde am 5. April auf dem Kirchhofe von Highgate begraben und der Grabstein, welchen der Sohn, der seinen Namen in England berühmt gemacht hat, ihm setzte, brachte seinem „eifrigen, nützlichen, heitern Geiste" den Tribut des Andenkens. Was noch sonst über ihn zu sagen ist, wird am passendsten gesagt werden, wenn ich von *David Copperfield* rede. Während dies Werk geschrieben wurde, erwachte alles, was am besten in ihm gewesen war, mehr und mehr wieder in der Erinnerung des Verfassers; im Laufe der Zeit erinnerte er sich endlich an nichts anderes und fünf Jahre vor seinem eigenen Tode, als er in einem seiner Briefe an mich eine bei ihm etwas ungewöhnliche Wendung gebrauchte, fügte er hinzu: „Ich finde, daß dies meinem Vater ähnlich ist, den ich für einen besseren Menschen halte, je länger ich lebe."

Er hatte um diese Zeit versprochen, bei der Jahresversammlung des General Theatrical Fund am 14. April den Vorsitz zu führen. Große Anstrengungen wurden gemacht, ihn seines Versprechens zu entbinden; aber seiner Anwesenheit wurde so besondere Bedeutung beigemessen und der Fonds bedurfte damals so dringend der Hilfe, daß er endlich, da eine Abänderung des Tages für die Schauspieler, welche zugegen zu sein wünschten, sich als unmöglich erwies, dem auf ihn geübten Druck nachgab, wodurch mir selbst eine traurige Verantwortlichkeit auferlegt wurde. Der Leser wird begreifen, weshalb, selbst in dieser Ferne der Zeit, meine Anspielung darauf kurz ist.

Er kam mit dem Zuge von Malvern erst fünf Minuten vor der für das Dîner festgesetzten Zeit an und wir trafen uns in der London Tavern. Ich hörte ihn nie besser reden als an diesem Abende. Seine Sympathie für den Fonds gründete sich auf die Tatsache, daß derselbe seine Wohltaten nicht auf eine besondere oder ausschließliche Körperschaft von Schauspielern beschränkte, sondern sie großmütig allen zu

Teil werden ließ; und er gab eine bis ins unendlich Kleine gehende Beschreibung des nicht von dieser freundlichen Hilfe ausgeschlossenen Schauspielers, deren halb pathetischer Humor seinen Reiz noch immer nicht verloren hat. „In unserm Fonds," sagte er, „ist das Wort Ausschließlichkeit nicht bekannt. Wir schließen jeden Schauspieler ein, einerlei, ob er Hamlet oder Benedikt ist: der Geist, der Bandit, der Hofarzt, oder, in seiner einen Person, die ganze Königliche Armee. Er mag die leichten Rollen spielen oder die schweren, die komischen oder die exzentrischen. Er mag der Kapitän sein, der sich um die junge Dame bewirbt, deren Onkel unbegreiflicherweise darauf besteht, sich in ein Kostüm zu kleiden, das hundert Jahre älter ist als seine Zeit. Oder er mag der in weiße Handschuhe und Unaussprechliche gekleidete Bruder der jungen Dame sein, dessen Pflicht in der Familie darin zu bestehen scheint, daß er den weiblichen Mitgliedern zuhört, wenn sie singen, und zwischen jedem Verse aller Welt die Hand drückt. Oder er mag der Baron sein, der das Fest gibt und der mit der Baronin unruhig auf dem Sopha unter dem Thronhimmel sitzt, während das Fest seinen Verlauf nimmt. Oder er mag der Bauer bei dem Feste sein, der auf die Bühne kommt, um den Chor bei dem Trinkliede zu verstärken und der, wie man bemerken mag, immer sein Glas unterst zu oberst kehrt, ehe er daraus zu trinken anfängt. Oder er mag der Spaßmacher sein, der die Treppe von der Haustür nimmt, wo eine Abendgesellschaft stattfindet. Oder er mag der Herr sein, der auf einen falschen Lärm aus dem Hause heraueilt und in das Erdgeschoß hinunterfällt. Oder, wenn es eine Schauspielerin ist, mag sie die Fee sein, die ewig in einem sich umdrehenden Sterne wohnt, abgesehen von einem gelegentlichen Besuch in einer Laube oder einem Palaste. Oder wiederum, wenn es ein Schauspieler ist, mag er der bewaffnete Kopf des Hexenkessels sein – kurz diese Gesellschaft sagt: Wer ihr auch seid, Schauspieler oder Schauspielerin, und so hoch oder so niedrig, so stolz oder so demütig euer Pfad in euerm Berufe auch sein mag, wir bieten euch die Mittel, euch selbst gut zu tun und euern Brüdern gut zu tun."

Eine halbe Stunde, ehe er sich zu seiner Rede erhob, war ich aus dem Zimmer gerufen worden. Es war der Diener aus Devonshire Terrace, der mir sagte, Dickens' Kind Dora sei plötzlich gestorben. Sie war von ihrer Geburt an nicht stark gewesen; aber gerade damals war keine Ursache zu besondern Befürchtungen vorhanden, als unerwartete Krämpfe eintraten und das gebrechliche kleine Leben erlosch. Ich hatte sofort eine Entscheidung zu treffen und ich überzeugte mich, daß es am besten sein werde, Dickens seinen Anteil an den Verhandlungen zum Schlusse bringen zu lassen, ehe ihm die Wahrheit mitgeteilt wurde. Als er jedoch nach den oben angeführten Sätzen weiter fortfuhr von Schauspielern zu reden, die Szenen der Krankheit, des Leidens, ja des Todes selbst verlassen müßten, um ihre Rollen vor uns zu spielen, wurde die mir zugefallene Aufgabe sehr schwer. „Doch wie oft müssen wir alle," fuhr er weiter fort, und ich erinnere mich bis auf diese Stunde, mit welcher Seelenangst ich Worten lauschte in dem gedrängt vollen Raume, welche für mich allein ihre ganze Bedeutung hatten, „wie oft müssen wir alle in unsern verschiedenen Kreisen unseren Gefühlen Zwang antun und unsere Herzen verbergen, indem wir diesen Lebenskampf weiterkämpfen, wenn wir unsere Pflichten und Verantwortlichkeiten tapfer darin erfüllen wollen!" Bei der Enthüllung, welche folgte, als Dickens vom Tische aufstand, stand Lemon, der gegenwärtig war, mir zur Seite, und ich ließ diesen guten Freund am folgenden Tage bei ihm, während ich selbst nach Malvern ging und Mrs. Dickens und ihre Schwester zurückbrachte. Das kleine Mädchen ruht in einem Grabe in Highgate, neben dem von Mr. und Mrs. John Dickens, und auf dem Steine, welcher sie deckt, stehen jetzt auch ihres Vaters Name und die Namen von zweien ihrer Brüder geschrieben.

Noch an einer öffentlichen Diskussion nahm er teil, ehe er London für den Rest des Sommers verließ; und was er bei dieser Veranlassung sagte (es war ein Meeting unter Lord Carlisle's Vorsitz, zum Besten sanitarischer Reformen), erläutert in höchst schlagender Weise eine früher von mir gemachte Bemerkung. Er sprach seine Überzeugung aus, daß weder Erziehung noch Religion von wirklichem Nutzen für soziale Verbesserungen sein könnten, ehe ihrer Tätigkeit durch Reinlichkeit und Anstand der Weg gebahnt worden. Er sprach mit Wärme von den Verdiensten Lord Ashley's in Bezug auf die Lumpenschulen; aber er nahm den Fall eines armen Kindes an, das aus den ekelhaften Orten, wo es sein Leben zubringe, in eine dieser Schulen gelockt werde und fragte, was einige Stunden in der Schule gegen die immer erneute Lehre eines ganzen Lebens ausrichten könnten. „Aber man gebe ihm und den Seinigen eine Ahnung des Himmels, durch etwas von seinem Lichte und seiner Luft, man gebe ihnen Wasser, man helfe ihnen, reinlich zu sein, man helle die schwere Atmosphäre, in welcher ihr Geist verkümmert und welche sie zu den unempfindlichen Geschöpfen macht, die sie sind, auf; man nehme den Körper des toten Verwandten aus dem Zimmer, wo die Lebendigen bei ihm wohnen und wo eine so ekelhafte Vertraulichkeit den Tod selbst seiner Schrecken beraubt – und dann, aber nicht eher, wird man sie dahin bringen, gern von dem zu hören, dessen Gedanken so viel bei den Elenden verweilten und der Mitleid fühlte für jeden menschlichen Schmerz." Er schloß seine Rede mit einem Trinkspruch auf Lord Ashley, der den höheren Ehrgeiz, für die Armen zu arbeiten, dem Ehrgeiz einer Laufbahn im Staatsdienste, welche ihm offen gestanden, vorgezogen, und der auch bei allen Gelegenheiten „den Mut gehabt habe, dem scheinheiligen Gerede die Spitze zu bieten, welches das schlimmste und gewöhnlichste von allem ist, dem scheinheiligen Gerede über die Scheinheiligkeit der Philanthropie." Lord Ashley (damals bereits Lord Shaftesbury) speiste bei ihm zuerst im folgenden Jahre in Tavistock-House.

Kurz auf dies sanitarische Meeting folgten die ersten Aufführungen der „Gilde der Literatur und Kunst"; und dann verließ Dickens Devonshire Terrace, um nie dorthin zurückzukehren. Was ihn in der Zwischenzeit beschäftigte, ehe er von seiner neuen Wohnung Besitz ergriff, ist früher erzählt worden; aber bei der Beschreibung des Fortschritts seiner Arbeit in dem vorhergehenden Jahre wurden zwei Briefe übersehen, und Auszüge aus diesen werden mich naturgemäß zu dem Gegenstande meines nächsten Kapitels hinüberführen. „Ich bin" (15. September) „während dieser beiden Tage gewaltig an der Arbeit gewesen; acht Stunden in einem Zuge gestern und siebentehalb Stunden heute, bei dem Kapitel über Ham und Steerforth, das mich vollständig zu Boden geworfen, ganz und gar besiegt hat." „Ich bin" (21. October) „drei Seiten vom Ufer entfernt und fühle mich, wie gewöhnlich in solchen Fällen, seltsam zwischen Schmerz und Freude geteilt. O mein lieber Forster, wollte ich nur die Hälfte von dem sagen, was *Copperfield* mich heute Abend empfinden läßt, wie seltsam würde, sogar für Dich, mein Inneres nach außen gekehrt werden! Mir ist, als entließe ich einen Teil meines Selbst in die Welt der Schatten."

Kapitel

Die amerikanischen Noten 3

Das erste Jahr von Martin Chuzzlewit 17

Chuzzlewit-Enttäuschungen und das Weihnachtslied 34

Das Jahr der Abreise nach Italien 56

Müßiggang in Albaro: Villa Bagnerello 69

Arbeit in Genua: Palazzo Peschiere 90

Reisen in Italien 108

Die letzten Monate in Italien 121

Wieder in England 136

Eine Heimat in der Schweiz 152

Schweizer Volk und Land 166

Skizzen, besonders persönlicher Art 178

Schriftstellerische Arbeiten in Lausanne 189

Revolution in Genf, das Weihnachtsbuch und die letzten Tage in der Schweiz 203

Drei Monate in Paris 219

Dombey und Sohn 234

Glänzendes Umherschweifen 256

Ferientage am Meere 279

Der Besessene und die Hausworte 307

Die letzten Jahre in Devonshire Terrace 317